끝, 그리고…?

END, AND?..?

끝, 그리고…?

김홍섭 소설

목차

서문 / 8

1. 짧은 이야기 1 / 10
2. 짧은 이야기 2 / 12
3. 오래된 인류 / 14
4. 조으 / 33
5. 죄인 / 102
6. 서로운 사업 / 128
7. 고뇌 / 138
8. 제안 / 155
9. 가족 아들이 그의 곁에 있었던 한때 / 183
10. 일 / 240
11. 만남, 정상적인? / 259
12. 기다림 / 268
13. 기다리던 그날 / 277
14. 불편 또는 불만스러운 / 319
15. 거기는 왜? / 336
16. 잡담 1, 2, 3 / 365
17. 끝, 그리고...? / 370
18. 짧은 이야기 3 / 382
19. 짧은 이야기 4 / 407
20. 짧은 이야기 5 / 414

하나의 단어, 문장 또는 한 권의 책이 담고 있는 의미가 점 하나가 있거나 없음으로 완전히 다르게 바뀌기도 한다. 이 넓은 우주에서 지구는 작은 점에 지나지 않지만 이 우주를 아예 다르게 해석할 수 있게 해 주는 작은 점인 건 아닐까? 하는 의문을 가져 본다.

서문

우리 인류는 100만 년이나 150만 년 정도의 역사를 가지고 있다고 들었습니다.

그 시간 동안 유인원에서 지금의 현생인류로 진화했다고 합니다. 심지어 인류는 빙하기도 견뎌 냈다고 합니다. 지금도 빙하기에 버금가는 환경에서 살아가는 사람들이 있습니다.

옛날 그 혹독한 빙하기에 인류에게 무엇이 있었을까요? 그저 짐승의 가죽이나 덮어쓰고 동굴에서 살거나 나무, 흙, 가죽으로 얼기설기 만든 움막에서 불 하나 피워 놓고 살았습니다. 모든 것이 얼어붙는 혹독한 환경에서도 불씨 하나 잘 지켜서 인류가 살아남았다고 하는데…. 인류 이전에 지구에는 수많은 종류의 공룡들이 살았습니다.

큰 것은 크고, 작은 것은 작고, 지능이 높은 애, 낮은 애, 이족보행류에 사족보행류까지 다양하게 있었지요.

그들에겐 인류에게 현재까지 주어진 시간의 몇 배가 넘는 몇억 년이라는 시간이 몇 번에 걸쳐서 주어졌다고 하는데… 진화론에 기초해서 생각해 보면 그 공룡들은 어째서 그토록 긴 시간 동안 불 하나를 못 피워서 빙하기에 싹 다 얼어 죽은 걸까요?

진화론에 의하면 1억 년의 100분의 1인 100만 년만 주어져도 원숭이가 사람이 되고 불도 피우고 음악에 문학에 예술을 꽃피우고 비행기도 만들고 우주선까지 만드는데 공룡들은 어째서 그토록 긴 시간 동안 짐승으로만 살다가 사라졌을까요?

지구의 대기에 유독가스가 가득해진 적도 있었답니다. 유성이 날아와 지구에 부딪힌 적도 있었다고 합니다. 그래서 공룡들이 다 사라졌다고 하더군요.

글쎄요? 같은 상황에서 인류는 절멸할까요? 지금 인류가 가진 모든 역량을 다 동원한다면 그런 상황이라고 해서 인류가 절멸할 것 같진 않습니다.

그리고 무엇보다 공룡들에겐 인류에게 현재까지 주어진 시간보다 100배나 많은 시간이 여러 번에 걸쳐서 주어졌었지 않습니까?

왜 공룡들 중에서는 그 긴 시간 동안 인간과 같은 지적인 생명체로 진화한 종족이 없었을까요? 있었는데 멸종한 걸까요? 아니면 아예 존재하지 않았던 걸까요?

1. 짧은 이야기 1

해가 지고도 꽤 시간이 흐른 후 굉장히 지친 듯이 보이는 낡고 헤진 옷을 입은 나그네가 외딴 여관에 들어섰다.

여관 주인이 그를 보고 "어디로 가는 길이오?"라고 묻자,

나그네는 "아니오. 그저 누구를 찾고 있는 길이라오….".라고 대답했다.

그러자 여관 주인이 다시 물었다.

"누구를 찾아 그렇게, 헤매고 있기에 행색이 그 지경이오?"

나그네는 답했다.

"신을 찾고 있다오."

여관 주인이 아연한 표정으로 잠시 말이 없었다. 나그네의 행색을 자세히 살피니 얼핏 봤을 때보다 더 형편없었다. 저 꼴로 3일만 더 광야를 돌아다녔다간 죽을 것 같았다.

여관 주인이 말했다.

"내가 당신의 신이 되어 드리리다. 그래 뭣 때문에 신을 찾았소?"

나그네는 아득해진 얼굴로 잠시 굳었다가 허물어지듯 여관 주인의 발밑에 무릎을 꿇고 엎드려 울음을 터뜨렸다. 한참을 그렇게 울고 있는 나그네가 안타까워진 여관 주인이 허리를 숙여 나그네의 등을 쓸어 주고 그의 어깨를 잡아 줬다.

"그래, 무엇 때문에 신을 찾았소? 바라는 소원이라도 있는 거요?"

눈물과 콧물로 범벅이 된 얼굴로 한참을 더 훌쩍이던 나그네가 고개를 들어 여관 주인의 손을 잡고 말했다.

"아니오. 아닙니다. 그저 신께 '고맙습니다'라는 말을 전하고 싶었습니다."

나그네는 자신의 신이 되어 준 여관 주인이 마련하고 돌보고 있는 여관에서 하룻밤을 지내고 다음 날 아침에 고향으로 돌아갔다.

"고맙습니다."

나그네가 고향으로 돌아가면서 여관 주인에게 남긴 말이다.

2. 짧은 이야기 2

"이 우주에서 인간은 뭘까?"
"인간? 이 우주에서? 이 우주가 뭔지부터 생각해 봐야 하는 거 아냐?"
"우주? 우주라… 굉장히 크지, 너무 커…. 왜 저렇게까지 큰 거지?"
"태양이며 항성, 행성, 위성, 은하수 또… 많은 은하계… 저 모든 것들을 다 담으려면 저렇게 커야겠지."
"저 모든 것들이 다 담겨 있는 게 우주구나."
"그래. 모든 것, 모든 것이 있는 곳이 우주지. 온갖 경이로움이 살아 숨 쉬는 곳, 모든 것이 있는 우주에서 인간은 이 우주에 없는 것을 상상해 내고 만들어 낼 수 있는 존재지. 인간이 있음으로 해서 이 우주는 진정 '모든 것'일 수 있어. 이 우주에는 모든 것이 있고, 없으면 인간이 만들어 내면 되니까."
"이 우주가 '모든 것'일 수 있게 해 주는 결정적인 존재가 인간인 건가?"
"그렇지 않을까?"
"하지만 난 그렇게 상상력이 풍부하지 않은데? 뭘 만들어 내는 재주도 없고…."
"인간의 본분을 다하지 못하는 인간도 있어야 이 우주가 '모든 것'일 수 있지."

"야이 씨…… 에휴….."

"인간은 왜 태어난 거지? 어떻게 살아야 하는 걸까?"
"그것 참 좋은 질문이다. 왜 태어났느냐? 어떻게 살아야 하나? 중요하지! 가령 어떤 사람이 매년 바닷가로 물놀이를 간다고 하자. 그 사람은 수영도 능숙하지 않고 인명구조라든지 심폐소생술 같은 것도 몰라. 그런데 매해 바닷가로 놀러 갔고 죽을 때까지 매해 별일 없이 바닷가에서 잘 놀았어. 그 사람이 물놀이를 잘한 걸까? 아니지! 그 사람은 그저 운이 좋았던 거야. 왜 사는지 어떻게 살아야 하는지 몰라도 죽을 때까지 아무 문제 없을 수도 있어. 그런 사람이 인생을 잘 산 걸까? 내가 보기엔 아니야. 그런 사람은 그저 운이 좋은 사람일 뿐이야."
"…그래서 인간은 왜 살아야 해? 어떻게 살아야 돼?"
"왜 살아야 하고 어떻게 살아야 하는지는 네가 스스로 정하면 돼. 네 인생이잖아."

3. 오래된 인류

공룡은 살아남았다.

그들 중 일부는 지구의 인류처럼 지적 생명체로 진화했다.

그리고 그들도 지구의 인류처럼 자신들이 대단한 존재라고 자화자찬하며 별짓 다 하면서 살았고 지금도 잘 살고 있다.

지금 그들이 살고 있는 행성이 자신들의 조상들이 태어났던 지구는 아니지만 말이다.

그들 중엔 랩터를 타고 전쟁을 수행했던 기병들도 있었고 학문을 사랑한 지식인들도 있었다. 예술을 사랑한 사람도 있었으며 과학의 새로운 지평을 연 연구자도 있었다. 그리고 지금도 여러 분야에서 각자 자신의 길을 가고 있는 자랑스러운 공룡인류들이었다.

지구의 파괴적인 환경 변화로 지상에 있던 그들의 옛 문명의 증거들이 용암에 뒤덮일 때도 그들의 문명은 이미 찬란했다. 굳이 그런 원시적인 지상의 건축물들에 연연하지 않아도 될 정도였다.

각자 자가용 우주선도 있었고 주택 겸용 우주선도 보편화되어 있었다. 공동주택 역할을 하는 거대 우주선도 있었고 분리와 합체가 자유로운 우주선까지 다양하게 존재했다.

지상을 자연의 동식물들에게 돌려주자는 운동이 이룬 성과였다. (그 운동이 우주선 제작업체들의 주도로 이루어졌다지만 어쨌든 결과적으론 좋은 운동이었다. 이 운동 덕에 지구에는 공룡인류가 존재했었다는 흔적이 거의 다 없어져 버렸고 문화재라고 없애지 않았던 고대의 유적들은 용암에 둘쳐 버렸다.) 공룡인류는 우주와 하늘과 해저에 흩어져 살았지만 그들은 네트워크로 연결되어 서로 교류했다. 가상공간에 모여 스포츠를 즐겼고 업무나 모임, 사교, 연애 등의 활동도 가상공간에서 해결하기를 즐겼다.

잠깐이면 끝날 것이라고 믿고 싶었던 끓어 넘치는 암석들의 행진이 수만 년 동안 이어질 것이라는 믿을 만한 예측이 나오자 공룡인류는 그동안 모험심에 또는 단순한 호기심으로 소수의 모험가들에 의해 이루어지던 '인류가 정착할 수 있는 행성 찾기'에 총력을 기울이기 시작했다.

수많은 유인우주선들과 더 많은 무인우주선들이 지구와 환경이 비슷해서 정착에 큰 어려움이 없는 행성이 있을 것으로 예상되는 태양계로 보내졌다. 마침내 공룡인류가 별도의 장비 없이도 생존이 가능한 세 개의 행성을 거의 동시에 찾아냈다.

공룡인류는 개인 소유의 우주선으로 각자 자신들의 취향에 맞춰서 세 개의 행성 중 한 곳으로 이주하기도 했고 자신의 국가에서 또는 회사에서 제공하는 우주선을 이용해서 이주하기도 했다.

그렇게 이주한 세 개의 행성 모두에서 공룡인류는 성공적으로 정착했고 현재까지도 그곳에서 아주 잘 살고 있다.

그들은 자신들의 발달된 유전공학을 이용해서 (자살하거나 살해당하지 않는다면) 죽지 않는 육체를 가질 수 있었으며 원하지 않으면 늙지도 않고 늙었어도 다시 젊어질 수 있었다. 영업 중인 신체관리 및 개조업체를 이용해도 되고 개인이 소유한 신체관리캡슐을 사용해도 된다. 일부 사람들은 그것도 귀찮아서 본인의 몸을 영구보관센터에 넣어 두고 하나 또는 여러 개의 원격조종이 가능한 의체로 생활하기 시작했다. 이내 그런 식으로 살아가는 사람이 점점 늘어나 전체 인구의 대다수가 의체를 사용해서 생활하게 된 행성도 있었다.

의체 사용자가 느는 건 의체가 가진 많은 장점이 이유였다.

생명의 위험 없이 다양한 종류의 모험을 즐길 수 있도록 해 주는 의체를 사용하지 않는 것이 더 어리석어 보였다.

의체를 조종해서 생활해도 실제 자신의 몸으로 생활하는 것과 아무런 차이를 느낄 수 없을 정도로 의체와 관련된 많은 연구와 발전이 이루어졌다. 초기엔 그것이 지나쳐 의체의 심각한 손상으로 인해 본체인 사람이 사망하는 사건까지 있었다. 하지만 지금은 여러 안전장치가 의체가 받는 정신적, 육체적 충격으로부터 본체가 사망하는 불상사가 일어날 확률을 0%에 가깝게 떨어뜨려 주고 있었다.

외계행성에 성공적으로 정착한 공룡인류는 그들이 살 수 있는 더 많은 행성들을 찾기 시작했고 생명이 존재할 수 있는 조건과 가능성이 충분한데도 생명이 없는 행성에 자신들이 고안한 생명의 씨앗을 심기 시작했다. 많은 실패가 있었지만 그에 비례해서 주목할 만한 성공도 몇 번 있었다.

심지어 공룡인류는 비공식적이긴 했지만 자신들과 같은 지적 생명체도 창조해 냈다.

공룡인류의 유구한 역사에서 여러 가지 일이 있었지만 영생의 획득과 다른 행성으로의 이주, (비공식적이지만) 지적 생명체를 창조한 일 그리고 타임머신의 발명이 그들의 역사에서 주목할 만한 분기점으로 인식됐다. 아직까지는 그랬다. 그들의 역사는 아직도 쓰이고 있으니 또 무슨 일이 생길지 누가 어떻게 알 수 있을까?

공룡인류는 이제 스스로를 '신'이라고 칭해도 되지 않을까를 고민할 정도로 모든 면에서 발전해 있었다. (공룡인류가 비공식적으로 창조한 지적 생명체들이 공룡인류를 '신'이라고 부른다면 부끄럽지만 이렇게 반응할 터였다. "너희들이 뭐, 우릴 '신'이라고 부를 만하다고 생각한다면 우리도 그렇게 인정할 수밖에 없지 않으려냐?") 공룡인류가 이룩한 불가사의한 위업에 가까운 일들이 어떤 식으로 이루어졌는지에 대한 지식과 그런 일을 해낼 수 있게 해 주었던 지식들은 개인이 원하면 언제든지 자신의 뇌에 직접 내려받을 수 있었다.

공룡인류는 그들의 대표 행성 세 곳을 비롯해 자신들이 개척한 여러 행성에 흩어져서 살고 있지만 여러 방식으로 서로 연결되어 실시간으로 정보와 지식과 감정을 공유하는 하나의 생명체 같기도 한, 전에 없던 거대하고 위대한 존재가 되어 가고 있었다.

'그'라고 불러도 될 것 같은 그들의 어느 한구석에서 '자신을 스스로 '신'이라고 불러도 되지 않을까?' 하는 의견이 여러 가지 잡생각들 중 하나인 듯이 떠올랐다 사라지기를 반복하고 있는 중이었다.

그런 공룡인류에게 이제 새로운 삶의 방식이 아니라 새로운 존재 방식을 제시하는, 존재 방식의 대전환을 기대할 수 있는 발견에 이은 사건이 발생했다. (공룡인류가 이 사건을 일으킨 건 아니었다.) 아직 시들지 않은 그들의 호기심과 탐구심과 모험심이 이룩한 쾌거라고 할 만한 사건이었다. (다시 한번 강조하지만 이 사건에 공룡인류의 일방적인 노력만 있었던 건 아니었다.)

그들은 '신'과 조우했다.

공룡인류는 '신'이 어디에 존재하는지도 알게 되었다.

사실 '신'의 땅은 공룡인류가 영생을 얻기도 전부터 공룡인류에 의해 포착됐었다.

다만 그곳에 무언가가, 그러니까 대화가 가능한 무언가가 있을 수 있다는 걸 전혀 예상하지 못했었다. 그곳에 '신'이 존재하고 있는 줄도 모르고

'신'의 땅에 대해서 연구하고 발생 원인과 존재 방식 그리고 그것이 가진 경이적인 파괴력에 두려움을 느꼈다.

아직 신앙이란 걸 가진 사람들조차도 절대 그것과 만나는 일이 없게 해 달라고 기도 할 정도였으니….

공룡인류가 할 수 없는 일을 한 손으로 헤아릴 수 있게 된 지금에도 많은 사람들이 '신'에게 기도하고 무언가를 소망하기도 하는데 '신'과의 직접적인 만남은 아무도 바라지 않은 셈이니 우스운 일이었다.

죽으면 '신'과 함께할 수 있다고 믿는 사람들도 많았는데, 그런 사람들조차 그것과 만나는 일만은 없기를 바랐다. 당연했다. 그것과의 만남은 죽음과 이어져 있다고 여겨졌고 지금도 그건 마찬가지였다. 그런데 오히려 그 안에 '신'이 존재하고 있었다니 처음에는 받아들이기 힘들었다.

'신'의 땅은 이 우주의 종말이 반드시 존재한다는 증거이자 증명이었고 그 종말이 새로운 우주의 탄생과 이어져 있다는 역설이었다.

그것이 존재함으로 인해 우주는 확장을 멈추고 다시 작아질 수 있으며 작아질 대로 작아져서 하나의 점에 이를 수 있었다. 그리고 작아질 대로 작아진 점이 아예 없음에 도달한 순간 거대한 확장이 다시 시작되어 다음 우주를 탄생시킬 것이라고 여기는 사람도 있었다.

그 확장은 이번 우주를 탄생시켰듯이 다음 우주를 탄생시킬 수도 있을 것이고 또는 전혀 다른 어떤 것을 탄생시킬 수도 있을 것이다. 이번 우주의 종말 후에 다시 이번 우주와 비슷한 모습의 우주가 탄생할 거라고 단정 지을 수는 없었다. 그저 이 우주가 끝나고 새로운 무언가가 탄생할 것이라는 정도만 짐작할 뿐이었다. 이번 우주도 하나의 점에서부터 탄생했으니까 이번 우주의 탄생에 미루어 짐작해 보면 다음 우주도 그럴 것 같다 정도만 짐작하는 것이었다.

지나고 나선 '신'과의 조우는 필연적인 일이라고 말했지만 만남 당시에는 놀라움 그 자체였다.

'신'은 블랙홀 안에 존재했다. '신'은 블랙홀의 모습을 하고 있었다.

처음으로 '신'에게서 대화 요청이 왔을 때 인류는 무한한 가상공간을 개척하여 더 이상 유한한 현실 영역을 확장하는 데 연연하지 않아도 되었다. 세련되고 발달된 연결들 사용해 서로의 지식을 무제한으로 공유할 수 있었고 현실 영역에선 의체를 활용해서 신체와 생명의 위험 없이 하고자 하는 모든 일을 할 수 있었다.

상상만으로 가상공간과 현실에 변화를 줄 수 있었다. 과학과 기술과 문화와 예술이 찬란했다.

공룡인류는 영생을 얻고 생각이 현실이 되는 경지에 도달해서는 자신들이 '신'의 경지에 올랐다고 자부했었다.

"세상에 '신'은 없다. 예전엔 '신'만이 할 수 있다고 여겨졌던 모든 일들을 이제 우리도 할 수 있게 됐다. 만약 세상에 굳이 '신'이라고 불러야 할 존재가 있다면 그건 바로 우리다."

"우리는 '신'을 상상했던 게 아니라 '신'이라는 이름을 빌어 미래의 우리 모습을 상상했던 것이다."

라며 자신들은 기술 진보의 끝에 도달했고 이제 우주 최초로 '신'이 된 우리가 이 우주를 바른길로 이끌 수 있는 방법에 대한 각자의 주장들을 쏟아 내고 있던 때였다.

그런 때에 스스로 공룡인류의 탄생에 기여했다고 주장하는 '신'으로부터의 전언이 공룡인류가 살고 있는 세 곳의 행성에 거의 동시에 도달했다. 내용은 짧고 간단했다.

"내 이야기를 들어 보겠느냐?"

공룡인류는 외계에서 온 이 전언의 주인공이 누군지 너무 궁금했고 다양한 방식으로 공룡인류에게 말을 거는 '신'의 음성에 당황했다.

그중 통신위성에 닿은 전파형태의 신호에 주목했고 그 위성에 잡힌 전파의 출처를 추적했다. 이내 그 전파의 출처가 자신들이 살고 있는 은하계 중심에 있는 거대 블랙홀이라는 것을 알게 되었다.

공룡인류는 여러 중계위성과 우주선을 이용해서 블랙홀에 닿을 수 있는 전파를 만들어서 우리은하계 중심의 거대 블랙홀로 보냈다.

"당신은 누구이며 무슨 이야기를 하고 싶은 것입니까?"

짧은 내용이었고 그에게서 답신이 왔다. 그의 이야기는 단순했지만 머릿속을 복잡하게 만들었다.

"난 너희가 탄생하기 전부터 이 우주에 존재해 왔다. 나 또한 작은 별의 작은 생명이었던 적이 있었다. 자연의 일부로 살다가 문명을 건설하고 자연을 파괴하고 그 위에 군림하기도 했고 필요에 따라선 자연을 보호하고 가꾸기도 했었다.

그리고 기계문명을 발전시켜서 우주를 여행하기도 했으며 생명도 연구했었다. 생명을 창조할 수 있는 경지에 도달해선 지금의 너희들처럼 여러 별에 생명의 씨앗을 심기도 했었다. 씨앗들 중엔 그저 썩어 없어진 것들도 많았지만 생명을 싹틔운 것들도 여럿 있었다. 그렇게 태어난 생명들 중에서 극소수의 생명들은 지적 생명체로 진화해서 나를 기쁘게 했었다. 그중에는 너희들도 있었다.

너희가 지적 생명체라고 부를 수 있을 정도로 진화했을 때 난 많은 시간을 너희와 함께했었다. 너희를 관찰하고 혹시 모를 위험이 너희를 덮치진 않을까 걱정하기도 했다. 지금 너희가 하고 있는 것처럼 세련된 방식은 아니었지만 너희와 비슷한 모습으로 너희와 함께하기도 했었다. 그때 너희와 함께한 시간은 소중하고 고마운 순간들이었다.

너희들은 이제 객체에서 공동체로 발전했고 하나의 정신으로 연결되어 더 이상 따로 떨어진 객체라고 부를 수 없는 경지르 나아가고 있다. 아직은 너희를 하나의 지성이라고 할 수는 없지만 그 정도만 해도 내가 너희들과 이야기하기 충분하다 여겨져서 너희들에게 말을 걸어 보았다. 나는 너희들과 비슷한 모습을 하고 삶을 꾸려 가던 때도 있었다. 하지만 지금은 이런 모습이지. 어떻게 이렇게 되었는지 알고 싶으냐? 내 이야기를 들어 보겠느냐?"

라는 내용의 전언이었다. 그리고는 '신'은 공룡인류의 대답을 기다리지 않고 '신'이 아직 인간들이었던 시절의 역사와 위업에 대한 자료를 다양한 방식으로 전해 주었다. 그걸 받은 공룡인류는 '신'이 준 자료를 정리해서 자신들이 사용하는 인터넷상에 올려서 누구나 열람이 가능하도록 공개했다.

공룡인류의 누구라도 원하기만 하면 가상공간에 접속해서 자신들과는 다른 종의 지적 생명체가 이룩한 모든 것들을 경험할 수 있었다. 대단한 일이었다. 물론 현재의 공룡인류도 할 수 있는 일이 대부분이었지만 공룡인류가 하는 방식과는 다른 방식을 경험하는 건 놀라운 일이었고 다방면에서 많은 도움이 되었다.

하지만 거기까지였다. 공룡인류가 현재까지 이룩한 과학적 업적과 비슷한 정도까지의 역사와 과학적인 업적만 열람할 수 있었고 그 뒤 수십억 년에 해당하는 시간동안 무슨 일이 있었는지에 대해선 알 수 없었다. '신'이 왜 스스로를 '신'이라고 칭하게 됐으며 어떤 방법으로 블랙홀에서 살 수 있게 되었는지 그리고 블랙홀로 살면서는 어떤 일을 할 수 있었고 무슨 일을 했는지에 대해서는 알 수 없었다.

정확히 말하면 '신'이 준 자료 안에는 그런 내용이 없었다. 그 시간 동안 무슨 일이 있었는지 알고 싶다면 '신'의 "내 이야기를 들어 보겠느냐?"라는 질문에 "예."라고 대답해야만 했다.

현재의 '신'이 스스로를 '신'이라고 칭하기 시작한 건 언제부터였을까? 왜 그랬을까? 블랙홀 안은 어떤 환경이기에 그 속에서 지성을 유지할 수 있는 것일까? 얼마나 높은 경지의 진보와 발전을 이뤘기에 현재 공룡인류의 문명 수준까지의 지식은 이렇듯 쉽게 공개하는 것일까? 공룡인류는 '신'이 준 자료들에서 많은 것들을 순식간에 배웠다. 그저 접속해서 자료를 내려받으면 됐으니 배우기도 쉬웠다. '신'의 지식들은 가상공간에서 검증되었으며 현실공간에서 실현되기도 했다. '신'이 아직 '신'이 아니었던 수백만 년 동안의 역사와 문명 그리고 축적한 기술들은 그것들이 만들어진 시간에 비하면 순식간이라고 할 만큼 짧은 시간에 공룡인류에게 흡수되었다.

이제 '신'이 어떤 계기로 스스로를 '신'이라고 칭하게 되었는지 또 블랙홀의 비밀과 블랙홀 안에서 지성을 유지하는 방법에 대해서도 알고 싶었다. 블랙홀의 모습을 하면 무슨 일이 가능해지는지와 '신'이 '신'이 되고 나서 수십억 년의 시간 동안 무슨 일을 하며 지냈는지도 알고 싶었다.

공룡인류는 이제 선택해야 했다. 이 모든 것들을 '신'에게 알려 달라고 할 것인지 아니면 공룡인류도 '신'이 그랬던 것처럼 수백만 년 혹은 수억 년을 더 살면서 스스로 블랙홀에 대해서 연구해 볼 것인지를 선택해야만 했다.

감당할 수 있을까를 고민하지 않을 수 없었다.

그렇게나 긴 기다림을 감당할 수 있을까? 아니면 '신'이 '신'이 된 이후의 행적을 공룡인류가 이해할 수 있을까? '인간'의 지식이 아닌 '신'의 지식을 인간이 감당할 수 있을지도 고민이었다.

또다시 공룡인류는 선택해야만 했다.

공룡인류는 살짝 고민하다가 '신'에게 한 가지 요청을 해 보기로 합의했다. 이전엔 '신'이 공룡인류에게 자신의 문명이 공룡인류의 수준과 비슷하던 시절까지의 역사와 지식에 대한 자료를 한꺼번에 넘겨줬었다. 이번엔 그렇게 하지 말고 나머지 그 이후의 역사와 지식은, 그러니까 '신'이 '신'이 된 이후의 역사와 지식은 공룡인류에게 넘겨주기 전에 대략적인 지식의 목록이나 각 연도별로 중요 사건에 대한 제목만 먼저 볼 수 있게 해 달라고 요청해 보자고 합의했다. 지적 생명체들이었던 '신'이 어떻게 블랙홀로 들어가 스스로를 '신'이라고 칭하게 되었는지 너무 자세히는 말고 대략적으로만 알 수 있었으면 좋겠다는 뜻을 전하자는 것이다.

공룡인류는 '신'에게 "당신의 지식과 역사가 적힌 책이 든 상자를 주시되 상자 위에 상자 안에 무엇무엇이 들었는지 목록을 적어서 붙여 주시면 감사하겠습니다."라고 말하기로 했다.

상자 위 목록에 '여기엔 책여 가지의 질병과 분쟁거리가 들어 있으며 그것들의 이름은 이러이러하다. 이 상자를 열게 되면 공룡인류는 고생 좀 해야 될 거다.'라고 적혀 있다면 상자를 열지 않거나 열기 전에 대비책을 마련해 둘 것이고 상자 위 목록에 '이 상자엔 다양한 예술과 문학과 공룡인류를 더 풍요롭게 해 줄 수 있는 진보된 과학 지식들이 담겨 있으며 그 목록은 이러이러하다.'라고 적혀 있다면 기꺼이 열어 보겠다는 생각이었다. 뭐, 좋은 것들과 좋지만은 않은 것들이 섞여 있겠지만 좋은 것이든 나쁜 것이든 미리 알고 대비하고 싶었다.

공룡인류는 여론조사에 다음 간단한 투표를 진행했고 '신'이 공룡인류 정도의 문명을 가졌던 시기부터 블랙홀 속에서 존재하게 된 지금까지의 시간 동안 있었던 일에 대해서 자세히 알기 전에 정말 대략적인 설명을 듣고 싶다는 뜻을 '신'에게 전하기로 결정했고 드디어 그렇게 했다.

인류가 고민한 시간이 민망할 정도로 '신'에게선 금방 답이 왔다.

"별거 없다…."

'신'은 우주의 시작과 끝에 대해서 알아 버렸고 이번 우주의 끝을 약속하는 것이 블랙홀이라는 것도 알게 되었다고 했다. 블랙홀로 인해 이번 우주가 거대한 확장을 멈추고 다시 작아질 수 있고 작아지고 작아지다가 하나의 점처럼 되고 그 점마저도 작아져서 아예 없음에 도달하고 모든 것이 없어지는 그 순간 다시 한번 거대한 확장과 새로운 탄생이 시작된다는 것을 '신'은 아직 인간의 모습일 때 알아 버렸다.

공룡인류의 탄생에도 기여했었던, 아직은 '신'이 아니었던 인류는 더 이상 이 우주라는 공간에서 하고 싶은 일도 없고 할 수 없는 일도 없어져서 그저 존재함에 지쳐 가고 있었다. 그런 상황에서 블랙홀의 존재는 그들에겐 구원이었다. 블랙홀이 가진 힘을 이용하면 과거, 현재, 미래를 넘나들 수 있었고 그저 시간을 보내고만 싶다면 수억 년도 그냥 흘려보낼 수 있었다.

그곳은 '신'처럼 무엇이든 할 수 있지만 동시에 아무것도 하고 싶지 않은 존재가 지내기에 최적의 장소였다.

그래서 그들은 블랙홀 안에서 존재할 수 있는 방법을 고안해 냈고 그렇게 했다.

그렇게 해서 그들은 '신'이 될 수 있었다. 그러니 이제 거의 '신'과 같은 능력을 가지게 된 공룡인류도 블랙홀 안으로 들어와 '신'이 되어 '신'과 함께하는 것이 좋지 않겠느냐는 말도 했다.

공룡인류의 능력은 이미 인간의 영역을 초월했는데 아직까지 인간의 형상을 유지하고 있는 것이 '신'이 보기에는 우스워 보이니 은하계의 다른 지적 생명체들 놀리는 짓 그만하고 '신'이 되어 '신'과 함께하는 것이 좋겠다는 말이었다.

블랙홀 안에서 존재하는 것쯤은 공룡인류가 현재 가지고 있는 기술 수준이면 충분히 할 수 있는 일이라고 했다. 단지 한두 가지 발상의 전환만 하면 된다고 했다.

'신'과 함께하는 것이 싫다면 그저 지금처럼 자신과 정보를 공유하며 이야기만 나누는 것도 '신'은 괜찮다고 했다. '신'의 입장에선 자신과 비슷한 수준의 능력을 보유하고 있는 공룡인류와 교류하는 것이 꽤나 즐겁다고 했다.

한동안 온갖 뉴스가 폭발하듯이 터져 나왔다. 여러 분야의 전문가라는 사람들이 각기 다른 분석과 해석을 떠들어 대기 시작했다. 무엇보다 '신'의 수억 년의 역사가 단지 그뿐이라는 데서 충격을 받은 사람들이 많았다. 그리고 공룡인류의 과학기술이 갈 때까지 갔다는 것도 알게 되었다. '신'이 될 수 있을 정도로 기술이 발전해 있다는 것을 다른 누구도 아닌 '신'이 보증해 준 셈이었다.

공룡인류와 '신'의 시간을 가늠해 봤을 때 '신'은 블랙홀 안에서도 공룡인류를 위해서 몇 가지 일을 했다는 것을 알 수 있었다.

블랙홀 안에서도 행동의 제약이 있을 것 같진 않았다. 오히려 블랙홀이라는 절대적인 자연물이 가진 힘을 이용할 수도 있을 것 같았다. 실제로 '신'은 그렇게 하고 있었다.

또다시 선택의 순간이 왔다. 공룡인류가 완전한 정보와 지식의 공유를 이루었고 감정의 보편화 또한 이루어져서 하나의 인격체라고 불러도 손색이 없을 정도의 융합이 이루어진 상태라면 오히려 많은 갈등 없이 짧은 시간에 이거든 저거든 선택을 했을지도 몰랐다.

하지만 아직은 민족이나 국가라는 개념이 미약하게나마 존재했으며 당연히 개인의 개성을 서로 존중해 주는 문화가 있었다. 정보를 공유하는 면에 있어서도 특정 단체나 개인만이 알고 있는 비밀이 여전히 존재했다. 감성적인 부분에서도 단일 사건에 대해서 느끼는 감정이 다양했고 정도의 차이도 컸다. 아직 공룡인류는 '신'처럼 하나의 인격은 아니었다.

결과적으로 공룡인류는 '판도라의 상자'를 너무 일찍 연 것이다. 이것저것 다 들어 있을 것만 같았던 상자 속엔 별것 없었다. 그저 약간의 정보를 알게 됐을 뿐이었다.

하지만 바로 그 약간의 정보가 공룡인류사에 항상 있어 왔던 분열과 분쟁을 깨웠다.

이제 공룡인류는 '신'과 함께하자는 세력과 결국 '신'과 함께하게 되겠지만 지금은 현 상태를 유지하면서 검증을 해 보자는 세력, 그리고 그저 지금처럼 인간으로 살아가자는 사람들로 나뉘었다.

그중 '신'과 함께하길 원하는 이들('신'이 되고자 하는 사람들이라고도 불렸다)은 '신'의 도움으로 몇 가지 발상의 전환을 해냈고 블랙홀 안에서 의식과 지성을 가지고 존재할 수 있는 지구 정도 크기의 캡슐을 제작하기 시작했다. (말이 캡슐이지 그건 그냥 '예비 블랙홀'이었다. 그들은 행성 하나를 '블랙홀'로 변환시키고자 했다.) 셋으로 나뉜 무리들 중에서 '신'이 되고자 하는 사람들이 가장 적극적이었으며 행동도 빨랐고 과격했다.

그들은 우리은하계에 존재하고 있는 무인행성 하나를 조금씩 개조하는 방식으로 캡슐 건설 공사를 진행했다.

그들은 [하나의 목표, 하나 되는 힘, 하나의 '신']이라는 모토로 공룡인류사에 없었던 거대한 사업을 시도했다. 생물의 껍질을 깨고 '신'이라는 존재로 거듭나기 위해서 하나 된 그들은 자신들이 가진 모든 재산과 열정을 그 사업에 쏟아부었다. 아마 빠르면 500년 늦어도 1,000년이면 캡슐이 완성될 예정이었다. 짧다면 짧고 길다면 길다고 할 수 있는 시간이 지나면 '그'라고도 부를 수 있는 그들은 '신'이 될 것이다.

한때 '신'과 같은 능력을 가졌다고 자부했던 공룡인류는 총인구의 23%쯤인 70억 명 정도의 인원간이 진정한 '신'이 될 준비를 하는 '예비신'이 되었다.
'예비신'께서 보시기에 나머지 공룡인류는 그저 많고 많은 유기생명체의 한 종류일 뿐이었다.
'신'의 몸이 될 캡슐의 건설이 50년쯤 이어지고 있을 때 '예비신'의 수많은 화신들 중 한 분께서 현재 지구에서 살고 있는 인간의 모습을 한 의체를 이용해서 공룡인류 중 한 명 앞에 우주선을 타고 나타났다. 현신했다고 해야 할지 강림했다고 해야 할지 모르겠지만 어쨌든 '예비신'의 입장에선 한낱 유기생명체들 중 한 개인에게 주는 크나큰 은혜였다.
하지만 이 나이만 많고 깨우치지 못한 늙어 빠진 도마뱀(이 '늙은이'는 스스로를 도마뱀이라고 부르길 좋아했다)은 전혀 그렇게 생각하지 않았다. 그저 최근에 나타난 특이하고 이제는 성가시기까지 한 이웃의 비위를 맞춰 줘야 한다는 현실에 대해서 기분이 좋지 않을 뿐이었다.

사실 이 '늙은이'는 대단히 운이 좋은 사람이었다. 우선 이 늙은이보다 나이가 많은 공룡인류는 이제 단 한 명도 없었다. 2,000년쯤 전에 '늙은이'의 동년배 중에서 마지막 남은 한 명이 오랜 세월의 무게를 견디지 못하고 육신을 소멸시키고 자신의 기억과 인격을 네트워크상의 데이터로 바꿔 버리는 길을 선택했다.

그때는 그렇게 하는 것이 유행이었다. 그렇게 하는 것이 생명체의 한계를 극복하는 하나의 방법으로 여겨지던 시기였다. 그 길을 선택했던 이들이 모두 그러했듯이 그 사람도 한동안 네트워크상에서 개성 있는 인격을 유지하다가 사라져 버렸다. 마치 땅에 부은 물 한 잔처럼 한동안 흔적이 있었지만 곧 어디에나 있지만 정확히 어디에 있는지 특정하기 모호한 존재가 돼 버렸다.

그런데 그렇게 되기 전의 그는 대단한 부자였다. 그토록 부자였던 그가 죽기 전에, 그러니까 정확히 말하면 유기생명체로서는 최후인 날에 자신의 재산 전부를 이 '늙은이'에게 줬다는 것이 또 재미있는 일이었다. 그와 '늙은이'는 그저 사교 모임에서 한두 번 만났던 인연밖에 없었는데 말이다. 아마도 자신이 가고 나면 공룡인류에 마지막으로 남게 될 '죽음과 함께했던 세대'의 유일한 한 사람이 되는 '늙은이'에게 뭔가를 기대했는지도 몰랐다. 그리고 이 시대엔 돈을 준다고 고마워할 만한 사람이라곤 이 '늙은이' 한 명밖에 없기도 했다.

그의 유산을 받기 전에도 대단한 부자였던 늙은이는 유산을 받고 나서는 나이도 가장 많은 사람인 동시에 재산도 가장 많은 사람이 되었다. 그 전까진 나이만 가장 많은 사람이었는데 2관왕이 되었다.

사람들은 대단히 재미있는 일이라고만 생각했다. 지금도 그렇지만 당시에도 물질적인 재산을 그다지 중요하게 여기지 않았었다. 그때도 지금도 현실과 아무런 차이가 없게 설정할 수 있는 가상현실 구현장치를 이용하면 자신이 상상하는 모든 일들을 할 수 있었다. 돈이라곤 그저 자신의 육체를 넣어 둘 캡슐의 유지관리비만 있으면 더는 필요가 없었다. 그 유지비마저도 국가 또는 여러 종류의 단체에서 보조해 주는 경우가 대부분이었다.

　보조금이 아니더라도 개인마다 자신의 가상공간에서 무엇을 상상하며 어떻게 살고 있는지를 사람들과 공유한다면 어느 정도의 돈을 벌 수 있었고 운이 좋아 가상공간에서 사는 방식이 인기를 끈다면 어마어마한 재산을 축적할 수도 있었다. 그것도 아니라면 국가에서 개인에게 지급해 주는 로봇의 노동으로 돈을 벌기도 했다. 하지만 그래 봤자 돈을 실제로 쓸 데라고는 캡슐 유지비밖에 없는 이 사람들은 거의 모든 남는 재산을 국가 혹은 캡슐 유지에 힘쓰는 회사나 단체에 기부했다. 대부분의 공룡인류는 자신들의 현재를 유지시켜 주는 조직의 안녕을 원했다.

　그런 대부분의 사람들에게 있어서 '늙은이'는 조금은 불쌍하고 안타까운 사람이었다.

　'늙은이'처럼 실제로 현실공간에 존재하는 여러 우주선을 이용해서 무인행성에 건설 및 노동 로봇들을 파견하고, 이런저런 귀금속과 보석 그리고 희귀한 광석과 특별한 물질들을 수집하고, 아주 많은 무인행성을 자신의 명의로 실제로 소유하며, 생명체가 존재하는 행성을 연구하고, 지적 생명체가 존재하는 유인행성들의 정보를 수집해서 그곳에 다양한 방식으로 영향력을 행사할 수 있는 체계를 구축하는 등의 모든 행위들은 정말이지 아주 먼 옛날 옛적 사람들에게 정해진 수명이 있었던 고대에나 통용되던 방식이었다.

　가상현실이 현실보다 더 영속적이고 안정적이게 된 현대에 저렇듯 불확실하고 불완전하고 불편하며 불안한 현실에 매달리는 사람을 이해하기는 어려웠다.

　'늙은이'는 정해진 수명 안에서 뭐라도 하나 해 놓으면 죽을 때 작은 위안이 될 거라고 생각하던 때의 방식을 아직까지도 고수하고 있었다. 많은 사람들이 그런 '늙은이'를 이해하지 못하는 것도 당연했다. 심지어 이 덜떨어진 '늙은이'는 자신이 가진 몇몇 행성에 무장 우주선과 전투 로봇으로 이루어진 군대도 불법적으로 주둔시키고 있으며 천문학적인 비용을 들여서 전투 장비들을 계속 발전시키고 있다는 소문도 있었다.

너무나도 원시적이라고 아니할 수 없었다. 물론 워낙 말도 안 되는 소문이라서 그걸 믿는 사람은 거의 없었지만, 어쨌든 그런 말도 안 되는 소문이 따라다닌다는 것만으로도 '늙은이'가 많은 사람들에게 멸시를 받기에 충분했다.

무한한 시간과 공간이 공룡인류 개개인에게 원하는 만큼 주어지는 이런 시대에 그런 유한한 것들에 시간과 돈을 쏟아붓고 있다니 안타깝고 불쌍한 '늙은이'였다.

아무것도 소유하지 않아도 자유로워질 수 있게 된 현대에 와서 모든 것을 가짐으로써 자유로워지고자 하는 '늙은이'를 이해하기는 힘들었다.

어쨌든 이런 많이 뒤떨어진(혹은 덜떨어진?) 사고를 가진 '늙은이'가 사는 방식도 사람들은 대단한 관용으로 포용해 주고 있었다. (인간이 별만큼이나 오래 존재할 수 있게 된 현재에도 실제로 별만큼 많은 나이를 가진 사람은 몇 없었고 그 몇 사람 중 한 명이 '늙은이'라서 그저 지켜봐 주고 있는 사람들도 있었다.)

이런 '늙은이'에게 오늘, 지금도 대단하고 미래엔 더 대단해질 예정인 '예비신의 화신'께서 친히 강림하고 있는 것이었다.

'늙은이'는 자신의 정원행성의 거대한 저택(사실은 저택을 머리에 이고 땅속에 박혀 있다시피 착륙해 있는 우주선이지만) 위로 서서히 내려오고 있는 '예비신의 화신'이 탑승해 있는 우주선을 의체를 통해서 보고 있었다.

드넓은 대지 위로 파란 하늘에 떠 있는 우주선은 언제 봐도 이상했다.

전혀 자연스럽지 않다고 해야 할까? '늙은이'는 생명체라고는 없던 지구만 한 크기의 이 행성에 적당한 환경을 만들고 자신과 같은 계통의 세포 형태를 가진 동식물들을 이식해서 아름답고 멋지게 꾸민 후 마치 정원처럼 사용했다. '늙은이'오- '늙은이'의 주변인들은 이 별을 정원행성이라고 불렀다.

이 행성의 중심부에는 순간이동장치와 타임머신 기능을 가진 다목적 우주선이 용암 속을 유영하고 있었다. 그 우주선 안에 자신의 본체가 관리되고 있을 때도 있었지만 이 대단하고 더 대단해질 예정인 '예비신의 화신'께서 강림하고 있는 오늘은 이 별에 '늙은이'의 본체는 없었다.

'늙은이'가 소유한 거의 모든 행성의 중심부엔 이런 다목적 우주선이 배치되어 있었다. 자신이 소유할 수 없는 지적 생명체가 살고 있는 행성들에도 예외 없이 행성 중심부를 유영하는 '늙은이'의 다목적 우주선이 있었다.

'늙은이'가 그런 종류의 우주선을 유인행성에 심어 놨다는 사실을 누구에게도 일일이 말해 주지는 않았다. 그래서 그런 다목적 우주선이 자신들의 행성 중심부에 존재한다는 사실을 아는 사람은 없었다. '늙은이'에겐 너무나 다행스럽게도 원주민들이 외부 우주선을 강제로 추방시키는 법안을 만든다거나 파괴 또는 나포하려는 시도에 '늙은이'의 우주선이 포함된 적은 여태껏 단 한 번도 없었다.

여러 행성에 배치된 우주선들 덕에 '늙은이'는 여러 행성에 다양한 형태로 존재하는 자신의 의체들을 좀 더 직접적으로 조종할 수 있었고 사업체들도 관리할 수 있었다. 우주선마다 설치되어 있는 공간이동장치가 있었기에 가능한 일이었다.

'늙은이'의 본체도 행성 중심부의 다목적 우주선들 중 하나에서 관리되고 있었는데 가끔 또는 자주 다른 우주선으로 본체가 옮겨져 '늙은이' 조차도 자신의 몸이 정확히 어디에 있는지 물어보기 전엔 모르는 경우가 많았다.

본체의 이동은 만일의 상황을 대비한 훈련의 성격이 강했다. '늙은이'가 거의 10억 년에 달하는 세월을 살아오는 동안 본체가 위험해지는 사고는 단 한 번도 일어난 적이 없었다.

하지만 '늙은이'는 이런 식의 있지도 않은 위험에 대비한 훈련들을 너무 재미있어했으며 넘치는 상상력으로 여러 가지 훈련들을 고안해 내서는 즐겁게 실행하고는 했다. 이런 식의 훈련은 '늙은이'의 취미 중 하나였다.

4. 조우

'늙은이'의 생활 편의를 위해 헌신해 주고 있는 인간형 로봇들 중 정원 행성 소속은 만여 명 정도였다. 그들이 이 행성과 저택을 관리했다. 그중 천 명이 단정한 복장으로 드열해 있는 저택의 정원 중앙으로 작고 아름다운 우주선이 드디어 착륙했다.

우주선의 문이 열리고 '예비신의 화신'이 '늙은이'에게로 걸어왔다. '예비신의 화신'은 '늙은이'가 너무나도 좋아하는(현재 지구에 살고 있는 지적 생명체인 원숭이에서 진화한) 인간의 모습을 하고 있었다. 50대쯤 돼 보이는 중후하고 아름다운 남성의 모습이었다.

독립된 인격체가 필요에 따라서 다양한 모습의 인공적인 신체를 사용하기도 하는데 그런 인공적인 신체를 의체라고 불렀다. 그런데 '신'이 사용하는 의체는 특별히 '신의 현신'이라는 뜻에서 화신이라고 불렀다.

아직 '신'이 되지는 못했지만 70억 공룡인류가 자신들의 집합체를 '신'이 되기를 준비한다는 뜻에서 '예비신'이라고 부르고 있었다. 그런 '예비신'의 기분을 상하게 하기가 무섭다거나 귀찮은 일에 휘말리기 싫은 사람들은 '예비신'이 사용하는 의체도 '신의 현신'이라는 뜻의 화신이라고 불렀다.

'신'으로 인정하든 안 하든 간에 '예비신'은 70억 공룡인류의 대변인이기도 했다. 어쨌든 조심스럽게 대해야 하는 존재였다.

'늙은이'는 공룡인류의 고향 행성에서 자연 발생한 지적 생명체인 (원숭이에서 진화한) 인류를 여러 가지 이유로 아끼고 심지어 사랑했다. 공룡인류의 탄생에는 우리은하 중심에 있는 거대 블랙홀 속의 '신'의 직접적인 개입이 있었다고 한다. 하지만 현재 지구인의 탄생에는 누군가의 직접적인 개입이 없었다. 그런 누구의 목적도 개입도 없이 태어난 현재의 지구인들에게 '늙은이'는 부러움과 동시에 기대도 컸고 그들을 관찰하면서 애정도 생겼다.

아마 '늙은이'가 현재 지구에 살고 있는 인류를 좋아한다는 것을 알고 지구인의 모습을 한 화신을 보낸 것 같았다. 공룡인류의 모습을 한 화신을 보낼 수도 있었겠지만 가장 나이가 많은 공룡인류인 '늙은이'에게 자칫 어설픈 모습을 보일 수도 있겠다는 계산이 있었는지도 몰랐다.

이유야 어쨌든 '예비신'이 이렇게 개인의 취향까지 배려해 주는 걸로 봐서 꽤나 까다로운 요구를 할 것이 거의 확실해 보였다.

'늙은이' 또한 지구인 모습의 의체를 사용하고 있었다. 20대 초반의 생기 있고 아름다운 여성의 모습이었다. 어떤 의체를 사용해도 깊이 있어 보이는 눈매를 가지게 되는 '늙은이'로서는 그것을 상쇄시켜 줄 젊은 모습의 의체를 좋아했고 즐겨 사용했다.

'예비신의 화신'은 모든 것이 완벽해 보였다. 명실공히 70억 인류의 정수가 그 한 몸에 담겨 있는 듯한 모습이었다. 여유와 힘이 넘쳤고 표정, 몸매, 걸음걸이까지 기품이 흘렀다.

보통의 사람들에겐 아무리 완벽한 의체가 주어져도 '예비신의 화신'과 같은 기품은 찾아 볼 수 없는 경우가 대부분이었다. 기껏해야 가만히 있을 때나 보기 좋을까, 뭐라도 하나 하기 시작하면 대부분은 그저 보통의 사람이었다. 의체를 사용하는 사용자가 그저 보통의 사람일 뿐이니 그건 어쩔 수 없는 일이었고 '늙은이' 또한 마찬가지였다.

하지만 '예비신의 화신'은 '신'이 인간의 모습으로 나타난다면 저런 모습이지 않을까 하는 생각을 누구라도 자연스럽게 할 만큼 걸음걸이부터 작은 움직임 하나하나까지 멋졌고 아름다웠으며 기품 있는 모습이었다.

'늙은이'는 우주선에서 내려 자신에게로 걸어오고 있는 '예비신의 화신'에게로 마주 걸어가서는 허리 숙여 인사했다.

"저의 행성에 잘 오셨습니다. 먼 길에 고생스럽진 않으셨습니까?"

'예비신의 화신'이 '늙은이'의 오른손을 양손으로 잡으며 말했다.

"선생의 회사에서 만든 우주선을 타고 왔습니다. 너무 안락하고 빨라서 불편하지도 지루하지도 않더군요. 이 큰 행성에서 홀로 지내신다고 들었습니다. 적적하시진 않으신가요? 아니면 혹시 저의 방문이 홀로 계신 시간을 방해한 건 아닙니까?"

'늙은이'도 나머지 한 손을 들어 양손으로 '예비신의 화신'의 손을 꼭 잡고 미소 지으며 말했다.

"이런 외딴 행성에서도 여러 가지 일을 할 수야 있지만 가끔 외롭고 적적하기도 합니다. 이 행성 역사상 가장 귀한 분께서 방문해 주셨는데 방해라니요. 전혀 아닙니다. 환영하고 또 환영합니다. 잘 오셨습니다."

"따뜻한 환대에 감사드립니다."

'늙은이'는 자연스럽게 '예비신의 화신'의 손을 놓으며 저택의 정문을 손으로 가리켰다.

"저의 보잘것없는 집에 조촐한 환영식을 준비했습니다. 부디 한 번 봐 주십시오."

"환영식이요? 정말 기대되는군요. 어서 보고 싶습니다."

저택의 회랑과 안뜰, 연회장엔 여러 행성의 이름난 장인과 예술가들이 직접 만든 조각과 그림들이 전시되어 있었다. 다양한 인류의 영웅들과 지도자들이 생전에 사용했던 물품들도 전시되어 있었는데 '예비신의 화신'이 아무리 70억 공룡인류의 모든 지식과 경험을 가지고 있어도 조금은 놀라는 듯했다. '늙은이'의 집에 전시되어 있는 많은 작품들과 유물들은 그만큼 놀라운 수준이었다. '늙은이'가 수집한 많은 작품과 수집품들은 역사책이나 가상현실을 통해서 알려진 유명한 작품도 있었지만 존재 자체가 세상에 드러난 적이 없는 것들이 더 많았다.

'예비신의 화신'이 이것저것 구경하다가 특정 작품에 관심을 가지면 한두 발짝 뒤에서 함께 걸어오던 인조인간이 작품에 대해서 설명을 해 주고 '늙은이'도 옆에서 거드는 방식의 대화를 거듭하면서 여러 예술작품과 수집품들을 관람했다.

꽤 오랜 시간이 지나서야 관람을 마무리할 수 있었다. 그리고 홀로그램 공연이 이어졌다. 만질 수도 있고 향기와 열기까지 품고 있는 홀로그램이라서 생동감이 넘치는 공연이었다. 아름답고 매력적인 동식물과 여러 인류의 춤과 노래가 이어졌다. 각각의 공연이 끝나면 순식간에 사라져 버린다는 점만이 실제와 달랐다.

2시간여의 모든 공연이 끝나고 나서야 환영식이 마무리되었다.

다른 사람의 집에 의체를 이용해서 방문할 때는 자신이 어떤 형식의 의체를 이용할 것이며 자신의 의체로 가능한 것과 불가능한 것이 무엇인지를 방문하는 집의 주인에게 통보해 주는 것이 보통인데 이번 방문에서 아무런 언질을 받지 못한 '늙은이'로서는 '예비신의 화신'에게 직접 물어보는 수밖에 없었다.

"음식이 준비되어 있습니다. 함께 드시러 가시겠습니까?"

온화한 미소를 지으며 하지만 약간 곤란해하는 표정도 숨기지 않고 '예비신의 화신'이 말했다.

"실례가 안 된다면 저는 간단한 다과로 충분합니다. 지금 사용 중인 이 몸을 유지하는 데 그렇게 많은 힘이 필요하진 않습니다. 제가 음식을 즐기지도 않구요. 다만 향기로운 차와 과자는 좋아합니다."

"알겠습니다. 그렇게 준비하도록 하겠습니다."

'늙은이'는 옆에서 대기하고 있던 인조인간과 눈을 맞추고 살짝 고개를 끄덕였다. 인조인간은 살짝 허리 숙여 인사한 두 '예비신의 화신'과 '늙은이'를 안내했다.

잠시 후 10여 명의 인조인간들이 멀찍이 서서 도열해 있는 넓은 방에서 '예비신의 화신'과 '늙은이'가 마주 앉았다. 두 사람은 안락한 의자에 앉아 한쪽 벽면을 차지한 특별한 창 밖으로 보이는 정원행성의 풍광을 보면서 낮은 탁자에 놓인 차와 과자를 조금씩 맛봤다.

뭔가 궁금한 것이 있는 듯한 표정의 '늙은이'가 밖의 풍경과 '예비신의 화신'을 번갈아 가며 바라봤다. 그리고 '예비신의 화신'은 이 행성을 방문한 것과 '늙은이'와의 만남이 만족스러웠는지 흥미진진하고 재미있어하는 표정으로 '늙은이'와 주변을 관찰하며 말했다. 어쨌든 용무가 있어서 방문한 쪽은 '예비신의 화신'이었다.

"너무나 재미있게 잘 지내고 계시는군요. 보기 좋습니다. 덕분에 저도 특별한 경험을 할 수 있어서 즐거웠습니다. 행성과 저택 곳곳에 당신의 의지와 노력이 묻어나는 듯합니다. 당신이 계시는 한 이곳은 항상 이렇게 아름답겠군요. 당신과 이곳이 항상 언제나 변함없기만을 바라고 싶습니다."

 '예비신의 화신'의 뭔가 격식을 차린 듯한 말투에 '아직은 '신'이 아니라서 사람 같은 말투를 쓰나?' 하는 생각이 드는 '늙은이'였다.

 "저야 뭐, 항상 변함없이 하루하루가 비슷하지요. 다시 한번 반갑습니다. 당신의 방문을 영광으로 생각합니다. 어쩐 일로 이렇게 먼 길을 오셨습니까? 저는 '예비신' 님의 관심과 방문을 받을 만큼의 인물은 아닌데…. 기쁘기도 하지만 당황스럽기도 합니다."

 "겸손이 지나치신 건 아닐까요? 이 우주에서 누구라도 당신과 같은 사람이 존재한다는 소식을 듣는다면 한 번만이라도 만나 보길 소원할 텐데요?"

 '늙은이'는 멋쩍은 웃음을 지었다. 뭐랄까? 쑥스러웠다. '예비신의 화신' 씩이나 되는 존재가 이렇듯 자신을 띄워 주다니…. 아마 굉장히 부담스러운 부탁을 할 모양이었다. 그리고 워낙 오랜만이라서 그런지 이런 형식적인 대화도 아직은 재미가 있었다.

 "아닙니다. 그저 운 좋게 오래만 산 사람일 뿐입니다."

 "바로 그 점이 가장 궁금합니다. 어떻게 그렇게 오랜 시간을 살아오실 수 있으셨습니까? 여태껏 그토록 오랜 시간을 견디며 살아 낸 사람은 없었습니다. 누구보다 오랜 시간을 살아오신 당신의 이야기가 너무 궁금해서 이렇게 찾아왔습니다."

 "예? 70억이나 되는 사람들의 이야기를 가지신 분이 저같이 나이만 많은 사람 한 명의 이야기가 궁금해서 여기까지 오셨다구요?"

 '그 말을 믿으라구요?'라는 말이 목구멍까지 올라왔지만 그건 참았다. 언제나 참을성만큼은 칭찬할 만한 '늙은이'였다. '늙은이'의 의심 가득한 물음에 천진난만해 보이기까지 하는 미소를 지으며 '예비신의 화신'이 대답했다.

"네! 이미 알고 있는 많은 이야기도 소중하지만 모르는 이야기 하나가 더 궁금해지는 건 어쩔 수 없더군요. 우리들의 이야기야 그저 네트워크에 접속만 하면 누구나 어느 정도 들 수 있지만 선생께선 자신의 이야기를 공개하는 법이 없으시더군요…. 그래서 이런 옛 방식으로 당신을 방문한 것입니다. 요즘 실제로 다른 이를 방문하는 경우는 거의 없지만 당신의 호감을 얻어서 조금이라도 더 많은 이야기를 듣고 싶어서 이렇게 직접 오게 됐습니다."

실제로 그랬다. 요즘이 아니라 한참 전부터 서로가 만들어 놓은 가상공간을 가상의 캐릭터로 방문하거나 공공 가상공간에서의 만남이 주류가 되어 있었다. 사람들은 그런 공간에서 만나서 이야기하고 교감했다. '예비신의 화신'의 이번 방문과 같이 실제로 사람이나 의체가 이동하는 건 불필요했고 번잡했으며 심지어 어떤 경우엔 무례한 일로 여겨지고 있는 요즘이었다.

하지만 '늙은이'는 워낙 옛날 사람이지 않은가? 옛 향수를 느끼게 해 주는 이런 식의 실제 방문이 '늙은이'에게 좋은 인상을 줄 것이라고 생각하는 것도 무리는 아니었다.

그러나 '늙은이'는 조금 얼떨떨했다. '예비신의 화신'을 있게 한 70억 명에 이르는 공룡인류도 '늙은이'가 보기엔 옛날 사람들이 아니었다.

'예비신의 화신'은 옛날 방식에 대해서 제대로 알고 있는 것일까? 옛날 사람인 '늙은이'도 옛날 방식이 어땠는지 잘 기억이 나지 않는데? '늙은이'가 느끼기에 이번 '예비신의 화신'의 방문은 그냥 무례한 일이었다.

"옛날 방식이라…. 그럼 지금 저를 방문하신 그 몸이 독립된 객체라는 말씀이십니까? 원격으로 조종되지 않고 누군가가 지켜보지도 않는 것입니까?"

"70억 인류의 의지와 경험과 지식이 저에게 담겨 있는 것은 사실이지만 지금 우리의 대화는 오롯이 우리의 것입니다. 제가 '예비신'에게로 돌아가서 다시 '예비신'과 하나가 되기 전까지는 우리의 대화는 오직 우리의 것입니다."

"네…. 그런 게 옛날 방식이지요. 대화가 오롯이 서로에게만 닿아 있던 시절의 방식, 그런 시절이 있었습니다. 요즘은 누군가와 이야기를 한다고 해도 그 뒤에 몇 명이 앉아 있는지 알 수가 없는 경우가 많아서 조금은 난처한 일이 생기기도 하더군요. 보통 그런 경우 티가 날 수밖에 없는데 많은 사람들이 그걸 모르더라구요. 모른 척하기도 난감한 경우가 종종 있었습니다."

대화나 상황이 박제되어 모르는 사람들이 듣고 보고 필요에 따라서 이용하는 경우가 이제는 일상이 되어 있었다. 창과 방패처럼 상대가 상황을 기록하고 있는지 탐지할 수 있는 많은 장치도 개발되어 있었는데 '늙은이'는 특히 그런 장치들을 많이 알고 있었다. '늙은이'는 오래 산 만큼 흑역사라고 할 만한 일들이 이미 많아서 더 늘리고 싶지 않아서였다.

'늙은이'의 말이 끝남과 거의 동시에 '예비신의 화신'이 타고 온 우주선 내부의 구석에서 깜빡이고 있던 작은 빨간색 등이 꺼졌다. 그와 동시에 '예비신의 화신'이 앉아 있는 자리 뒤로 일렬로 서 있던 인조인간 열 명 중 왼쪽에서 세 번째 인조인간이 고개를 한 번 끄덕이더니 왼손을 어깨 높이로 들고 검지와 중지로 가위 모양을 만들어 허공을 자르는 시늉을 한 번 하고 다시 자세를 바로 했다. '예비신'과 '예비신의 화신' 사이의 통신이 이제야 끊어졌다는 신호였다.

'늙은이'의 의체는 오직 본체와의 연결만 허용되어 있었다. 그래서 '늙은이'가 사용하는 의체에는 보통 의체에 부착하는 생활보조기기들이 하나도 장착되어 있지 않았다. 의체에 허용되지 않은 연결이 감지되면 의체와 본체와의 연결이 즉시 끊어지고 경우에 따라서는 의체가 파괴되도록 설정되어 있었다. 그래서 '늙은이'는 자신을 보좌해 주는 인조인간들과 이런 식의 수신호를 정해 두고 있었다.

'예비신의 화신'은 보지 못했을 것이다. 뒤통수에 겹으로 위장한 카메라를 설치해서 뒤도 볼 수 있게 설계된 의체도 있었지만 '예비신'의 취향이 그렇게 혐오스럽진 않아 보였다. '늙은이'가 지금 사용하는 의체의 눈동자도 반사방지 처리가 되어 있어서 '예비신의 화신'이 앞만 보고 있다면 '늙은이'의 인조인간들이 뭘 하고 있는지 볼 수는 없었다.

'예비신의 화신'은 통신을 끊은 후 자연스럽게 말을 이어 나갔다. '늙은이'가 자신이 통신을 끊은 걸 알아줬으면 하는 마음도 있었다.

"그렇기도 하겠군요. 당신은 살아온 시간이 워낙 기시니까…. 그런 건 쉽게 간파하시겠지요. 10억 년도 넘게 살아오셨다고 들었습니다. 믿기지 않을 정도의 오랜 시간입니다."

"살아온 시간이 뭐 그리 중요하겠습니까? 어떻게 살았는가가 더 중요하지요. 나이야 세월 가기만 기다리면 되는 것인데…. 별것도 아닙니다."

"그래도 그렇게 오랜 시간을 살아 내시려면 뭔가 남들과는 다른 특별한 것이 있으실 것 같습니다. 실제로 당신보다 나이가 많은 사람은 없지 않습니까? 특별한 당신만의 삶으 철학이 있으실 것 같습니다. 있다면 들려주십시오. 꼭 듣고 싶습니다. 당신에게 삶은 어떤 의미입니까?"

'늙은이'로서는 굉장히 의외였다. 삶의 의미라니? 남의 삶의 의미를 알아서 뭐 하려고? 이런 식의 쓸데없는 말만 많이 나올 수밖에 없는 주제의 대화를 하려고 하다니… 이번 방문의 목적이 시간을 다투는 급한 일은 아닌 듯했다. 하긴 그렇게 긴 환영 행사를 하는데도 '예비신의 화신'에게서 조급함이라고는 전혀 느낄 수 없었다. '늙은이'는 약간 긴장이 풀리는 기분이었다. 나이 많은 사람에게 이런 질문을 하다니…. 용감하다 못해 무모한데? '늙은이'는 문득 '예비신의 화신'은 삶을 뭐라고 생각하는지 궁금해졌다.

"삶에 어떤 의미가 있는지 제게 물으시는데… 삶에 대해선 누구보다 잘 알고 계시지 않습니까? 70억에 이르는 사람들의 삶에 대해 속속들이 다 알고 계시는데…. 그토록 많은 삶이 무얼 말하던가요? 이미 삶의 의미에 대해서 뭔가 결론이 났을 것 같은데요? 제가 오히려 묻고 싶습니다. 그 삶들이 무엇이 의미 있는 삶이라고 하던가요?"

질문에 질문으로 답하는 '늙은이'를 '예비신의 화신'은 어떻게 생각할까? '예비신의 화신'은 여유가 있으면서도 친절해 보이는 표정이었다. '늙은이'가 경계할 만한 어떤 조짐도 없었다. 권력을 가진 사람과는 반응이 달랐다. 의도적으로 상대에게 불쾌감을 주는 표정을 지을 수 없게 설계된 외교용 의체를 사용 중인 걸까? 그럴 리 없었.

그런 의체는 미숙한 사람들이나 사용하는 것이지 '예비신의 화신'씩이나 되는 사람이 그럴 리가? '예비신의 화신'이 외교용 의체를 사용하는지 알아보려면 '예비신의 화신'을 도발해야 하는데 '늙은이'는 그럴 생각이 전혀 없었다. '늙은이'가 그 정도로 미치지는 않았다.

'예비신의 화신'은 잠시 침묵하더니 웃으며 단정적으로 대답했다.

"어제보다 나은 오늘이죠! 또한 즐거움, 행복, 꿈과 꿈의 실현, 희망이 삶을 의미 있게 만들지요. 그리고 무엇보다 더 나은 삶을 위한 도전이 삶을 의미 있게 만듭니다. 우리들이 지금 하고 있는 일이기도 하구요. 더 나은 삶을 위한 도전! 삶을 끝없는 도전이라고 정의 내릴 수도 있겠네요."

'예비신의 화신'은 말을 멈추고 잠시 '늙은이'를 지그시 바라봤다. '늙은이'는 뭔가 호응을 해 줘야 할 것만 같아서 할 말을 생각하고 있을 때 '예비신의 화신'이 이어 말했다.

"끝없는 도전만이 삶을 의미 있게 해 주지요. 사람들은 끝없는 도전으로 모든 것을 더 좋게 만들었습니다. 하지만 이제 그 모든 것들은 더 좋아질 수 없을 만큼 좋아졌고 사람들도 자신들의 성과를 누릴 만큼 누렸지요. 이제 더 이상 도전할 만한 것이 남아 있지 않게 됐습니다. 인간으로선 모든 도전이 끝난 거죠. 새로운 도전을 위해서는 인간의 모습으론 안 됩니다.

사람들은 인간의 껍질을 벗어 버리고 진화해야 합니다. 어떠한 계기로 더 높은 경지로 올라서는 경험을 해 보셨을 겁니다. 지금 모든 인류에게 그런 계기가 될 수 있는 기회가 온 것입니다. 인간은 이제 '신'이 되어야 합니다. 도대체 어떤 사람이 '신'이 될 수 있는 기회를 차 버리겠습니까? 인류는 '신'이 될 수 있는 방법을 알게 되었습니다. 인간이 실현할 수 있는 방법이지요. 사람들은 '신'이 될 수 있을 때 '신'이 되어야만 합니다.

'신'이 된 후엔 인간으로 살았던 삶은 일종의 유년기나 태아기로 취급될 것입니다. 인간으로서의 삶도 물론 중요하지요. 하지만 인간으로서의 삶이 '신'으로 변화해 가는 길에 걸림돌이 돼서는 안 됩니다. 인간으로서의 삶은 '신'으로 변화해 가는 길에 디딤돌이 돼야만 합니다. 저는 그렇게 생각합니다."

'예비신의 화신'이 하는 말을 들으며 '늙은이'의 표정은 점점 심각해졌다. 이건 거의 삶의 의미 따위에는 아무거나 갖다 붙여도 좋다는 뜻 아닌가? '늙은이'에게 삶의 의미를 물어 놓고 삶의 의미야 어떻든 간에 인간의 삶은 '신'이 되기 위한 디딤돌로써의 가치밖에 없다고 하다니…. '예비신의 화신'의 말에 어떻게 반응해야 할지를 고민할 틈도 없이 '예비신의 화신'이 이어 말했다.

"당신에게 삶의 의미에 대해 물어 놓고 제 얘기만 했군요. 미안합니다. 다시 묻고 싶네요. 공룡인류 역사상 가장 오랜 시간을 살아오신 분에게 있어서 삶이란 어떤 의미인가요? 그토록 긴 시간 동안 사람으로 그리고 생명체로 살아오신 이유와 당신 삶의 철학이 있다면 어떠한 것인지 너무 궁금하고 꼭 한번 들어 봤으면 하는 것이 소원입니다. 당신에게 삶이란 어떤 의미인가요?"

'늙은이'는 조금은 격정적으로 말해도 될 법한 이야기를 시종일관 차분하고 듣기 좋은 목소리로 크지도 작지도 않게 말하는 '예비신의 화신'을 관찰하듯이 찬찬히 바라봤다. 답을 정해 놓고 묻는 듯한 질문이었지만 오히려 이런 식의 화법이 고마웠다. 상대의 생각을 정확히 알았으니 거기에 맞춰서 대답하면 그만이었다.

아예 상관도 없는 이야기들만 해서 '예비신의 화신'을 화나게 해 보고 싶기도 했다. 하지만 굳이? 말이 좋아 '예비신의 화신'이지 그는 태어난 지 얼마 되지도 않았다. 그가 말하는 삶의 의미는 그의 뒤에 있는 70억 인류의 평균적이고 보편화된 생각이라고 짐작할 수 있었다.

아마 자신의 이야기가 아니라서, 그러니까 자신이 직접 겪어 보고 느끼며 만들어 본 삶에 대한 이야기가 아니라서 저렇듯 차분하게 이야기할 수 있는 것 같아 보였다.

오랜만에 겪어 보는 옛 방식의 방문이었고 옛 방식의 대화라고는 하지만 저렇듯 감정이 배제된 듯한 이야기를 듣고 있자니 '늙은이'로서는 살짝 실망스러웠다. 이야기하는 맛이 안 난다고나 할까? 하지만 스스로 '신'이 될 것이라고 말하는 인격체를 만나는 건 꽤나 오랜 시간을 살아온 '늙은이'에게도 처음 있는 일이라서 실망했을지언정 흥미가 줄어들진 않았다.

'늙은이'도 차분하고 듣기 좋은 목소리로 말했다.

"삶의 의미라…. 생명 가진 것이 살아가는 모양이 삶이죠. 내가 가진 생명이 유달리 특별하진 않습니다. 내 생명이 특별하다면 모든 생명이 특별해서일 것입니다. 삶의 의미라고 할 만한 건 저는 알지 못합니다. 제가 살면서 느낀 저의 삶에 대해서 이야기해 보라고 한다면 대단찮지만 제가 제 삶을 살면서 느낀 나의 삶에 대해서는 말해 볼 수 있을지도 모르겠군요."

'예비신의 화신'이 양손을 들어 손끝으로 '늙은이'를 살짝 가리킨 후 양손을 마주 잡고 상체를 앞으로 약간 숙이면서 팔꿈치를 자신의 허벅지에 괴면서 말했다.

"그 이야기를 듣고 싶어서 여기까지 왔습니다."

"정말, 정말, 정말이지… 별거 없습니다. 우선 우주가 탄생하고 거의 무한에 가까운 시간 동안 나라는 존재는 없었습니다. 그리고 내가 죽고 나면 나라는 존재는 영원히 다시는 없을 것입니다. 내가 겪는 모든 일들은 없었지만 생겨났고 생겨났지만 없어질 삶이란 것 덕분에 겪을 수 있었습니다. 내 삶이 없었다면 나도 없었고 나로 인한 사건도 없었겠지요. 그러니 나는 이 삶이, 있는 그대로의 삶이 삶의 이유이고 의미라고 생각합니다. 그저 삶이죠. 어떤 이유나 의미를 가져다 붙이지 않아도 그저 삶만으로 삶은 충분히 의미 있는 것이라고 생각합니다."

'예비신의 화신'은 의자에 깊숙이 기대며 손을 허벅지에 살며시 얹고 손가락을 까딱거리면서 다스 의외라는 듯이 말했다.

"하지만 그건 삶의 시간이 아주 짧았을 때나 통하던 생각이 아닐까요? 인류가 영생을 얻고도 이미 10억 년이라는 시간이 지났습니다. 더 이상 죽음을 생각할 필요가 없지요. 영생을 얻은 지적 생명체로서 긴 시간을 살아가려면 뭔가 추구해야 할 목표와 누리고 즐길 만한 것들이 있어야 하지 않을까요? 그저 살아만 있는 것이 삶의 의미라면 단세포생물이나 식물들 그리고 그저 본능에 따라 살아가는 짐승들의 삶도 우리와 같은 지적 생명체들의 삶과 다르지 않다는 뜻입니까?"

"생명을 가진 모두는 각자 나름의 의미가 있지 않겠습니까? 다만 제가 살면서 나의 삶이 나에게 주는 삶의 의미에 대해서 이야기하자면, 그러니까 내가 나의 삶에서 무언가 추구하는 것이 있다면 그건 삶 그 자체라고 말하고 싶다는 것입니다. 사람의 혀만 봐도 단맛, 짠맛, 쓴맛, 떫은맛, 매운맛 등등 여러 가지 맛을 느낄 수 있고 그 모든 것들이 어우러진 맛도 느낄 수 있지 않습니까? 단맛이 좋다고 그저 단것만 먹으면 몸이 망가지는 것처럼 많은 것들을 보고 느낄 수 있는 삶을 살면서 특정한 목표나 특정한 즐길 거리만 추구한다면 삶이 망가질 수도 있다고 생각합니다. 삶이란 몇 가지 한정적인 일만을 하기 위한 도구로서가 아니라 삶 그 자체로 존중받아야 합니다. 어떤 의미를 굳이 부여하지 않아도 삶은 감사히 누릴 만한 가치가 있는 것입니다."

'예비신의 화신'의 사뭇 진지한 표정을 보며 '늙은이'는 어투를 조금은 가볍게 해서 말을 이어 나갔다.

"기쁘면 기쁜 대로 즐기고 슬프거나 괴로운 일이 있더라도 그것을 극복하고자 노력하는 과정을 통해서 자신을 성장시켜야 합니다. 화가 나서 견디기 힘들더라도 그 화가 자신이나 다른 사람의 삶을 망치는 데 쓰이지 않게 하는 연습도 해야 하지요.

심지어 공포심까지도 자신의 여러 감각을 깨우는 데 유용합니다. 그런 모든 것들이 어우러진 빛나는 삶 속에 인간을 더 나은 곳으로 인도하는 배움이 숨어 있습니다. 그리고 우주 여기저기에 흩어져 나름의 삶을 살아가고 있는 각양각색의 여러 지적 생명체들의 삶을 관찰하고 체험해 보는 것도 재미있구요. 비슷해 보이는 상황이더라도 각자가 반응이 다르고 결과도 다른 경우가 많아서 언제나 흥미진진하더군요.

그렇게 그저 살아가고 있습니다. 저에게 삶이란 그저 삶을 있는 그대로 온전히 느끼며 살아가기 위해 노력하는 과정을 계속 밟아 나가는 것입니다. 그리고 아직까지는 스스로 만족하며 살아가고 있습니다."

"그렇군요. 삶이란 그저 삶이군요."
"그렇죠. 그저 삶이죠."

'늙은이'는 자신의 소신을 금방 바꾸지는 않을 것이다. '예비신의 화신'은 '늙은이'의 삶에 대한 소신을 그저 듣고 기억해 두기로 했다. 이제 무슨 말을 해야 할까? 물론 '예비신의 화신'은 '늙은이'가 생각하는 삶의 의미를 듣고 싶어서 여기까지 온 게 아니었다. 하지만 좀 더 '늙은이'와 이야기하면서 '늙은이'에 대해서 알고 싶어졌다.

그렇게 하는 것이 여기까지 온 목적을 조금은 더 매끄럽게 이루는 데 도움이 될 것 같았다.

"다른 지적 생명체의 삶을 관찰하고 체험하신다고 하셨는데 그건 의체를 사용해서 하시는 건가요? 설마 본체로 직접 체험을 하러 가시는 건 아니시겠죠? 보통 나이가 1,000살 이상만 돼도 자신의 몸을 온전히 유지하고 있는 경우는 거의 없지 않습니까? 듣기로는 본체를 온전히 유지하고 계신다고 하던데 그게 사실입니까?"

"뭐, 각기 다른 환경을 가진 행성들이고 그곳에 사는 생명들의 모습도 제각기 다 다른 모습을 하고 있으니까 관찰하고 체험하고 싶은 행성에 맞춰서 적당한 의체를 골라 바꿔 가면서 사용하는 것이 아무래도 여러모로 편하긴 하지요. 그러는 게 합리적이기도 하구요. 그리고 죽음과 함께한 세대 중에 현재까지 살아 있는 사람이라곤 저 하나뿐일 겁니다. 천 살이 뭡니까? 보통 스무 살만 돼도 캡슐에 들어가고 얼마 안 있어 머리만 깡통 속으로 옮겨 가는 것이 요즘 추세지요."

'예비신의 화신'은 살짝 당혹스러워하면서도 재미있어했다. '늙은이'는 역시 옛날 사람이 확실했다.

"깡통이라구요? 그 사람들이 들으면 기분 나빠 할 수도 있겠는데요? 그걸 깡통이라고 표현하시는 분은 아마 당신이 유일할 것입니다. 사실 깡통이라고만 말하면 그게 뭔지 짐작도 못 하는 사람이 대다수일 겁니다.

보통은 영체화라고 표현하지요. 영혼이 따로 존재하고 영혼의 의지가 여러 유한한 의체를 움직이고 의체가 보고 느끼는 것을 통해서 영혼이 성숙해진다는 개념이죠. 의체는 파괴되기도 하고 수명이 다하기도 하지만 인간의 본질은 영원할 수 있도록 해 주는 기술이지요. 뭐, 깡통이라는 말을 듣고 보니 영체화 기구가 깡통같이 생기긴 했네요. 하하! 저도 이제 영체화 기구를 볼 때마다 깡통이라는 단어가 생각날 것 같네요. 흐흠! 혹시 영체화를 조롱하시는 건가요? 설마 회귀주의자이신겁니까?"

'늙은이'는 헛웃음이 났다. 회귀주의자라니? 우스웠다.

"회귀주의자라니요!? 그건 아닙니다. 저의 몸은 이미 유전자 변형을 거쳐서 영생을 얻었습니다. 누가 일부러 죽이지 않는 한은 죽지도 않지요. 이런 몸으로 어떻게 자연으로 돌아가서 자연과 하나가 되겠습니까? 이미 자연스럽지 않은 몸인데요.

그 회귀주의자들도 다 헛짓거리하는 겁니다. 자연 상태였다면 질병에 사고에 200년도 살기 힘든 게 인간인데 그들을 보면 다들 건강하고 늙지도 죽지도 않더군요. 그들의 지도자는 만 년을 넘게 살아오고 있다는데 정말 자연으로 회귀하고 싶었다면 죽음도 받아들여야 하는 거 아닙니까? 그들은 그저 자연에서 놀고 싶어서 그 짓을 하는 것 같더군요.

그들이 진정으로 자연과 하나가 되고 싶다면 창법을 바꿔야 할 겁니다. 사람들이 워낙 의체로 안전하게 생활하다 보니까 깡통을 직접 의체에 넣고 다니는 그들을 대단하다고 여기는데 실제로 늙어 가며 병들고 죽어 가는 몸으로 살아 봤던 제가 보기에는 도저히 대단하다는 생각은 들지 않더군요.

우리는 각자의 힘만으로 이렇게 살아가고 있는 건 아니지 않습니까? 기나긴 시간 동안 수많은 사람들이 무수한 시행착오가 따르는 여러 연구와 기술개발을 포기하지 않은 덕분에 발전시킬 수 있었던 지식과 과학의 힘으로 옛날엔 '신'만이 할 수 있는 일이라고 여겨졌던 일들까지 할 수 있게 되었습니다. 그런데 이제 와서 지금까지 키워 온 문명을 계승하고 발전시킬 생각은 하지 않고 갑자기 무슨 자연으로 들어갑니까? 인류의 몸과 마음은 이미 자연에서 멀어질 대로 멀어졌습니다. 어떻게 해도 사람은 이제 자연의 관찰자가 되는 게 고작일 겁니다. 불청객이나 되지 않으면 다행이지요.

그 회귀주의자들, 무슨 어마어마하게 큰 바위를 들어서 옮기기도 하더군요. 그게 무슨 자연과 하나 된 인간의 모습입니까? 정 자연으로 돌아가고 싶다면 생체의체라도 쓰던가? 사람이 무슨 기중기도 아니고…."

'늙은이'는 자신이 평소보다 말을 많이 한다고 느꼈다. 지금 자신과 대화하고 있는 상대는 누가 뭐라 해도 70억이나 되는 인류의 인생이 담겨 있는 인격체였다. '늙은이'는 인격적인 면에서나 경험 면에서 자신보다 한참이나 우월하다고 할 만한 사람 또는 인격체를 만나지 못하고 있었다. 하지만 '예비신의 화신'은 '늙은이'보다 인격적인 면에서나 경험 면에서 우월할 것이 분명해 보였다. '늙은이'는 지금 이 자리에서 자신이 가진 지식과 생각을 가감 없이 말해서 70억 인류의 총아라고 할 수 있는 '예비신의 화신'에게 평가를 들어 보고 싶었다. 자신이 그저 나이만 많은 쓸모없는 늙은이인지 아니면 아직 이 세상에 쓰일 곳이 있다고 인정할 만한 훌륭한… 까진 아니더라도 아직은 쓸 만하다고 할 수 있는 사람인지 '예비신의 화신'의 생각을 듣고 싶었다.

'예비신의 화신'을 있게 한 70억 인류가 공룡인류 중에서도 조금은 파격적이고 도전적인 사람들이라고 할 수 있어서 '예비신의 화신'이 조금은 편향적일 수도 있었다. 하지만 어찌됐든 70억이나 되는 사람들이 만들어 낸 인격체였다. '늙은이'는 어른에게 인정받고 싶어 하는 아이가 된 기분이었지만 즐거웠다. 동심을 경험한다는 건 언제나 즐거운 일이었다.

그런 이유로 지금 이 자리에서 '늙은이'는 말이 조금 많아졌고 자신의 생각을 꾸밈없이 다 말하고 있었다.

반면 '예비신의 화신'은 당혹스러웠다. 그는 '늙은이'가 노회하고 교활한 거짓말쟁이일 것이라고만 생각했었다. 거기에 더해서 욕심도 많고 시대에 뒤떨어졌으며 집착증 같은 것도 있는 사람일 것이라고 짐작했었다. 다 떠나서 오늘 처음 본 자신에게 본인의 생각을 아무런 가감 없이 다 말할 것이라고는 조금도 생각하지 못했다. 누구보다도 더 오랜 시간을 살아온 인간이 소탈하고 선하며 순수할 것이라고는 누구도 생각하지 않을 것이고(순수하게 시커멀 것이라고는 상상할 수 있겠지만) '예비신의 화신'도 그랬다.

'늙은이'는 70억 인류의 총아라는 '예비신의 화신'을 대화 초기에 흔들어 놓는 데 성공하고 있었다. '예비신의 화신'은 70억 인류의 모든 경험과 지식이 가리키는 데로 말했다.

그러니까… 좀 더 시간을 들여서 쓸데없는 이야기들을 이어 가 보기로 한 것이다.

"그렇지요. 사람들이 여태까지 쌓아 올린 지식과 진부한 문명을 마치 자신들을 옭아매는 족쇄 취급하는 그들의 모습을 보면서 약간의 답답함도 느꼈었습니다. 그들이 생체의체를 사용하지 않는 건 아마 겁이 나서일 겁니다. 비용적인 측면에서 부담스러워서일 수도 있겠지요.

생체의체는 40년 정도 사용하게 되면 자유의지가 생기기 시작하지 않습니까? 경우에 따라서는 생체의체의 자유의지가 사용자의 영체(지극히 영혼에 가깝지만 생체조직이긴 하니까 영혼이 담긴 몸이라는 뜻에서 영체라고 부른다)를 오염시키고 심지어 영체의 인격을 잠식해 버리는 경우까지 있지 않습니까?

회귀주의자들도 그런 일이 생길까 봐 두렵겠지요. 생체의체는 일반적인 인공의체보다 만드는 데 열 배나 많은 비용이 들면서 자유의지가 성기기 전에 버려야 하니 수명은 40년도 안 되지요. 관리만 잘하면 거의 영구적으로 사용할 수 있는 인공의체에 비해서 생체의체는 너무나도 비효율적입니다. 위험하기도 하구요. 회귀주의자들도 그런 이유로 인공의체를 사용하는 것이겠지요."

70억의 공룡인류 중에서 생체의체의 매력을 아는 이가 정말 한 명도 없었을까? 아니면 너무 소수 의견이라서 묻혀 버린 걸까? '예비신의 화신'의 말에 인간미가 없어 보이는 건 '늙은이'만의 착각일까? 비효율적이라니? 사람들이 언제부터 그런 걸 따졌다고…? '예비신의 화신'은 재미라는 걸 모르나? 40년을 짧은 시간이라고 생각하는 것도 우스웠다. 하여튼 요즘 사람들이란…. 70억 인류의 모든 지식을 가지셨다는 분이 그걸 모르다니…. 그래도 이왕 대화를 시작했으니 아직은 '예비신의 화신'과 더 이야기해 보고 싶은 '늙은이'였다.

 "그래도 그런 식의 위험은 감수할 만한 가치가 있다고 생각합니다. 다양한 행성에 살고 있는 지적 생명체들의 삶을 온전히 느끼기 위해선 그 행성에 사는 사람의 모습을 하고 그들과 함께 울고 웃을 수 있어야 하지요. 그러기 위해서는 그들이 겪고 있는 아픔이나 어려움까지 온전히 느끼고 경험할 수 있는 생체의체를 사용해야 합니다. 생체의체를 만들기 위해서는 모양도 제각각인 생명체들의 유전자까지 속속들이 다 알아야 하는데 그런 다양한 생명체들의 유전자를 연구하다 보면 얻는 것이 너무나도 많습니다.

 상상하지 못했던 놀라움을 선사해 주는 생명의 신비를 발견하는 기쁨은 그걸 발견해 본 사람만이 알 수 있다고 감히 단언합니다. 겉모습만을 흉내 내서 만든 인공의체로는 절대 알 수 없는 부분들이 많습니다. 그리고 과학의 힘을 이용한 생명 창조가 아닌 생명체로서 생명을 탄생시키는 자연스러운 임신과 출산도 저는 생체의체를 이용해서 경험해 봤습니다.

 경이로운 일이었지요. 생체의체는 만들어지는 과정에서 사람들에게 많은 것들을 알려 줄 뿐만 아니라 인공의체로는 경험할 수 없는 것들을 경험할 수 있게 해 줍니다. 생체의체는 인류가 만들 수 있는 인류를 위한 최고의 선물입니다."

'예비신의 화신'은 지금 살짝 충격적이고 놀라운 말을 들어서 당황스러웠다. 자신이 제대로 들은 게 닻나? 임신과 출산이라니? 수억 년 전부터 사람은 물론 사람이 기르는 동물들도 하지 않는 일이 자연 임신과 출산인데…. 인공 자궁이 태아를 기르는 데 가장 좋은 선택이라는 건 상식이었다. 여러 위험에서 태아를 보호할 수 있고 임신 과정과 산고에서 겪을 수밖에 없는 불필요한 고통과 위험에 노출되지 않고 아이를 가질 수 있는 방법이 있는데 왜 그런…. 자연 출산이라니?

"출산을 하셨다구요? 임신과 출산을 하셨단 말씀이십니까? 정말이지… 놀랍네요! 완전한 회귀주의자께서 여기 계셨네요. 어디서 어떻게 그런 일을 경험하신 겁니까? 정말C지 놀랍네요! 게다가 당신은 일단 남성이지 않습니까? 어쨌든 태어나기를 남성으로 태어나신 걸로 알고 있는데…. 뭐, 어차피 의체를 이용한다면 성별이야 상관없긴 하겠지만 그래도 임신과 출산까지 하셨다니…."

'예비신의 화신'은 '늙은이'를 진심으로 알고 싶어졌다. 그가 그 기나긴 세월 동안 무슨 일을 겪으며 살아왔기에 저렇듯 모험적이다 못해 무모한 사람이 된 것인지 너무 궁금해져 버렸다.

"어쩌다 그 이야기까지 하게 됐지요? 흠… 지구에서 인간으로 살던 때의 이야기인데… 우리 공룡인류 말고 요즘 그 땅에 살고 있는 인류를 말하는 겁니다. 그게… 좀 슬퍼지는 이야기라서 지금 여기서 말하기는 조금 그렇네요…."

'예비신의 화신'은 자신이 '늙은이'를 좋아하게 될 것 같다는 생각을 하기 시작했다. '늙은이'가 왜 자신을 이렇듯 진솔하게 대하는지 아직은 모르겠지만 그의 솔직한 말들이 '예비신의 화신'이 듣기엔 좋았다.

"슬픔이라…. 아직도 감정이 살아 있으시군요. 요즘 사람들은 보통 모든 감정이 무뎌질 대로 무뎌져 있지 않습니까? 감정들을 그저 사전적인 의미로만 알고 있는 사람이 대다수일 겁니다. 다들 꽤나 오랜 시간을 살면서 직접적으로 또는 간접적으로 너무 많은 일들을 겪었으니까요.

뭐, 사람들에게 감정이 없다고는 말 못 하겠지만 그렇다고 있다고 말하기에는 민망한 수준인 건 사실이죠. 그런데… 사람들 중에서도 특히 더 오랜 시간을 살아오신 분께서 슬픔이라는 감정을 이야기하시다니…. 놀랍네요. 살아온 세월이 누구보다 긴 분이신 만큼 전 당신에게 감정이라고 부를 만한 것이 남아 있지 않을 거라고 생각했습니다."

감정이 없는 사람이라니…. 아주 옛날에는 그런 말이 무례한 말이었던 때도 있었는데 지금은 감정이 없는 게 당연한 시대가 되었다. 씁쓸해지는 기분이었다.

'늙은이'는 자신이 생각하고 있는 감정이란 것에 대해서도 이야기해야 하나 보다. 도대체 '예비신의 화신'이 여기에 온 이유가 뭘까? 정말 자신과의 친목을 위해서? 그럴 리가? '예비신'에게는 없고 자신에겐 있는 것이 뭘까? 몇몇 떠오르는 것이 있었지만 지금은 이 대화에만 집중해 보기로 했다.

"저는 감정이 없으면 안 되는 사람입니다. 저에게 감정이란 무언가를 할 수 있게 해 주는 힘입니다. 때론 무언가를 하지 않게 해 주는 힘이 되기도 하지요. 물론 감정이 격하게 일 때는 조금 버겁기도 하지만 방향만 잘 잡아 준다면 많은 경우 감정이 도움이 됩니다.

감정을 다루는 건 마치 물을 다루는 것과 같지요. 흐르는 물 주위에 둑을 쌓아 방향을 잡아 주고 댐을 만들어 필요에 따라 물을 가두기도 하고 흘려보내기도 한다면 물은 큰 도움이 됩니다. 물론 적절하지 못하거나 충분하지 못하면 또는 너무 과하면 물은 재앙이 되기도 합니다. 감정이란 것과 비슷한 점이 많지요? 감정도 물과 같습니다. 감정이 물이라면 이성과 지식은 둑과 댐이라고 할 수 있습니다.

아무리 공들여 만든 둑과 댐도 물이 없다면 쓸모가 없는 것처럼 이성과 지식이라는 것도 감정이 없다면 공허한 폐허일 뿐이라고 생각합니다. 이성과 지식은 내가 감정적으로 하고 싶어 하는 일을 실현시키기 위한, 그러니까 효율적으로 실현시키기 위한 도구라고 생각합니다. 뭐, 감정적으로는 하고 싶지만 해서는 안 되는 일을 하지 않도록 해 주는 도구일 때도 있겠지요.

또 이성과 지식이라고 해 봤자 어차피 스스로 터득한 것보다는 남들이 연구한 것들을 주워 담아 쌓아 놓은 게 대부분이잖습니까?

어떤 일에 무슨 감정을 느끼는지가 나를 나로 만들어 주는 것이라고 생각합니다. 나를 나일 수 있게 해 주는 감정들을 저는 사랑합니다. 뭐, 저는 그렇다구요. 귀하께서는 감정에 대해서 어떻게 생각하십니까?"

'늙은이'는 사람의 이성과 지식을 남의 걸 주워 담아 쌓아 놓은 것일 뿐이라고 말했다. 70억 공룡인류의 경험과 지식이 그저 쌓여만 있다고 여겨지는 '예비신의 화신'에겐 살짝 기분 나쁠 수도 있는 말이었다. '예비신의 화신'이 감정을 불필요한 것이라고 말하고 싶어 하는 듯해서 살짝 도발해 본 것이었다.

  같은 사건이라도 사람마다 느끼는 감정이 다 다른 것이 사실이다. 예를 들어 누군가의 죽음이 모든 이에게 슬픔을 주는 것은 아니다. 그를 사랑했던 사람들이야 슬퍼하겠지만 슬픔의 정도는 다 제각기 다를 것이고 원수에겐 오히려 큰 기쁨을 줄 것이다. 죽은 이와 아무런 상관도 없는 이들은 별다른 감흥이 없을 것이고….

  70억 인류의 지식과 경험을 한곳으로 모은다면 지식과 이성 면에서는 월등하겠지만 감정은 아마도 최대한 억제할 수밖에 없었을 것이다.

  '늙은이'는 감정 없이는 이성과 지식은 공허한 폐허일 뿐이라고도 말했다. '예비신의 화신'은 어떤 식으로 반응할까? 기분 나빠 할까? '늙은이'의 이 작은 도발을 짚어 낼 수 있기는 할까? '예비신의 화신'이 아무리 대단한 존재라고 해도 '늙은이'에겐 '늙은이' 나름의 기준이 있었다. '늙은이'는 '예비신의 화신'이 어느 정도의 깊이가 있는 존재인지 그리고 어떤 식으로 사고하는 존재인지 알고 싶었.

  그래서 이런 식의 작은 도발을 해 본 것이다.

  "글쎄요… 감정이라…. 아시다시피 저는 수많은 사람들의 지식과 경험과 감정들이 모여서 만들어 낸 하나의 인격체입니다. 생명체라고 말하기도 애매한 존재이지요. 어디를 가도 보통의 사람으로 보기보다는 인간을 넘어서는 존재로 인식되고 있습니다.

  저에게 감정이란 방해되고 시간을 낭비하게 하는 지나는 길에 놓인 돌부리나 장애물로 인식되는 어떠한 것입니다. 아직도 사람들에게, 이토록 변화된 사람들에게 감정이란 것이 필요한가요? 생존과 종족 보존에 감정이란 것이 필요했던 때도 있었지만 그건 너무나 먼 옛날입니다. 생존을 걱정해야 할 필요도 없는 지금에 와서도 사람이 감정에 좌우된다면 조금 곤란한 일이 아니겠습니까? 무슨 일을 해야 할 필요가 있으면 그저 하면 됩니다! 필요하지 않은 일은 하지 않으면 되는 것이구요. 거기에 감정이 왜 필요합니까?"

'늙은이'는 약간 당황스러웠다. '예비신의 화신'을 조금 긁어 보려고 한 질문이었는데 너무 심각한 쪽으로 이야기가 흘러가 버렸다. 70억이나 되는 사람들이 자신들의 지식과 경험을 한데 모아서 만든 인격체가 인간을 인간답게 만들어 주는 요소 중 하나인 감정이란 것을 부정적으로 평가하고 있었다. 진심일까? 좀 더 이야기해 볼 필요가 있어 보였다.

"종족 보존과 생존을 위해서만… 감정이 필요한 건 아니지요…. 뭐, 그 외에도 여러 곳에서 필요한 것이 감정인데…. 감정을 불필요한 것이라고 생각하신다니 조금 당황스럽네요. 전 그렇게 생각해 본 적이 없어서 말입니다. 감정이 인간의 필요에 따라서 생겨난 건 맞겠지요. 그래요. 감정이 있는 것이 생존에 더 유리했었으니까요. 하지만 이제 생존의 위험이 없다시피 한 시대이니 감정이 없어져도 된다는 식의 생각에는 동의하고 싶지 않네요."

'늙은이'는 지금 자신이 횡설수설하고 있다는 느낌이 들었다. 이럴 때는 좀 더 원론적인 이야기를 하면서 생각을 정리할 필요가 있었다.

"흔히 생존 본능이라는 것에서 감정이 생겨났을 겁니다. 몸이 느끼는 여러 감각에 이름을 붙이는 거죠. 죽음에 이를 수 있는 상황에 공포라는 감정을 느낄 수 있었기에 위험에서 벗어날 수 있었겠지요. 분노는 싸움이나 경쟁에서 더 큰 힘을 발휘할 수 있도록 해 주지요. 즐거움과 불쾌감으로 친구와 적을 구분할 수 있습니다.

자기희생까지도 기꺼이 수행하게 해 주는 사랑이라는 감정도 중요하지요. 종족 보존을 위한 본능에서 시작된 것이 사랑이라고 생각할 수도 있겠네요. 지속적인 생존에 꼭 필요하고 자신에게 없는 것에 대한 욕구를 끊임없이 불러일으키는 감정들은 고등한 생명체로 가는 데 꼭 필요한 요소라고 생각합니다. 본능에서 분화되고 발전한 것이 감정이고 감정을 체계화하고 구체화시켜서 사람들 간의 공감대를 형성할 수 있게 했습니다. 그래서 사람들은 혼자서는 할 수 없는 여러 가지 일을 해냈습니다.

하지만 이제 고등해질 대로 고등해졌고 생존에 대한 위협도 없게 된 지금에 와서는 우리 인간들에게 감정이 필요 없을 수도 있겠네요."

이런 결론은 좋지 않다.

"우주의 모든 지적 생명체들은 모두 꽤나 발달된 감정 체계를 가지고 있습니다. 자신의 감정을 표현하는 방식이 자신들의 문화에 따라 다를 뿐이지요. 지적 생명체라면 누구나 가지고 있는 것이 감정입니다. 이 우주의 서로 다른 문화를 가진 사람들을 하나로 묶을 수 있는 것이 인간이 가진 감정이 아니겠습니까? 그거 하나만으로도 감정은 사람들에게, 그러니까 이 우주의 모든 지적 생명체들에게 꼭 필요한 공통적인 요소라고 할 수 있겠습니다."

'예비신의 화신'은 나직한 한숨의 쉬며 '늙은이'의 의견에 반론을 제기하기 시작했다. 자신이 여기에 온 목적을 이루려면 '늙은이'의 비위를 어느 정도 맞춰 주는 것이 유리함에도 불구하고 왠지 '늙은이'는 이러나저러나 자신이 하고 싶은 대로 할 사람 같아 보여서 그저 하고 싶은 말을 솔직하게 다 하는 것이 더 나을 것 같았다.

"감정의 유무에 따라 지적 생명체이다, 아니다를 구분 짓는 것에는 동의

하지 못하겠습니다. 굳이 지적 생명체가 아니더라도 어느 정도의 본능과 지능만 있다면 감정이라는 것은 가지지 않습니까? 자기 새끼를 아끼는 짐승들이 대부분입니다. 새끼를 지키기 위해 어떤 희생과 고생도 마다하지 않지요. 인간보다 더 한 경우도 많습니다. 그런 것들이 다 감정이라고 한다면 지적 생명체라서 감정이 있는 것이 아니라 오히려 고등한 생명체일수록 감정이 없어지는 것이 아닐까요?

감정은 정교하게 체계화된 본능에 가깝습니다. 동물적인 본능을 알아듣기 쉽게 표현한 것이 여러 가지 감정이라고 부르는 것이지요. 어떻게 그런 본능적인 감각들이 지적 생명체가 필수적으로 가져야 하는 덕목이 될 수 있겠습니까?

우리의 역사를 보더라도 감정이 무뎌지는 것과 문명의 발전은 동시에 이루어져 왔습니다. 지금은 주변 상황을 빠르게 파악할 수 있도록 해 주는 여러 장치들이 있고 역사에 기반한 통계를 이용하면 가장 좋은 결과를 낼 수 있는 결정을 쉽고 빠르게 내릴 수 있습니다. 인간이 결정을 내리면 그것을 수행하는 여러 장치들도 이미 완성돼 있습니다.

감정이라는 것은 방해만 될 뿐입니다. 감정이 있다는 것이 지적 생명체임을 증명하는 것이 아니라 감정을 배제할 수 있다는 것이 오히려 지적 생명체임을 증명하는 것입니다. 감정이란 그저 유희를 즐기며 노는 데나 쓰이면 됩니다. 감정이 인간의 결정에 영향을 주는 요소가 돼서는 안 될 것입니다."

'늙은이'는 살짝 주눅이 드는 기분이었다. 감정에 대한 '예비신의 화신'의 생각에 어느 정도 공감이 가는 부분이 있어서 더 그랬다. 하지만 늙은이는 옛날 사람이었고 옛것이 좋은 이유는 효율적이어서가 아니라 오히려 비효율적이어서인 경우도 많았다.

오늘의 만남만 해도 이렇듯 비효율적인 방법으로 직접 만나서 데이터가 아닌 대화를 주고받고 있지 않은가? 덕분에 '늙은이'는 지금 생각할 시간도 있었고 데이터만으로는 파악하기 힘든 '예비신의 화신'의 성격과 사상을 파악할 수 있는 단서도 얻을 수 있었다. '늙은이'의 성격과 사상도 열심히 노출되고 있는 건 문제가 있지만…. 옛것이 다 비효율적이고 불필요한 것이겠는가? 새것을 얻기 위해 헌것을 다 버릴 필요가 있을까? 하나를 얻기 위해 하나를 버려야 한다면 그것이 더 비효율적이고 불필요한 낭비가 아닐까?

　'늙은이'는 지금 인간의 감정을 주제로 한 '예비신의 화신'과의 대화에 피로를 느끼고 있었다. 그렇다고 될 대로 되라는 식으로 말할 수도 없었고 '예비신의 화신'의 논리에 동의하고 싶지도 않았다. 이제 또 어떤 말을 해야 할까….

　"음… 그렇게 생각할 수도 있겠네요. 다만 저의 생각을 말하자면 이성과 감정은 새의 양 날개와 같다고 말하고 싶네요. 둘 다 중요하고 서로에게 꼭 필요하다고 생각합니다. 감정은 이성을 키우는 동기를 제공해 줍니다. 호기심이라든지 탐구심, 또 학구열 등이 그런 종류의 감정적인 부분이죠. 이성은 감정을 좀 더 세련되게 갈고닦을 수 있게 해 주지요. 그러니까 길거리 한복판에서 추태를 부리지 않게 해 준다는 말입니다. 감정에 치우치면 난폭해질 수 있지만 그렇다고 이성에만 치우치면 공허해질 수도 있습니다. 서로 도와야지요.

　문명의 발달로 인해 우리들은 많은 것을 얻었습니다. 하지만 잃은 것도 많지요. 감정이 무뎌지고 희박해지는 지금의 사회를 볼 때 우려스러운 것은 자칫 문명을 위한 문명, 기술을 위한 기술로만 사회가 구성되지는 않을까 하는 것입니다. 주방용 식칼을 만든다고 했을 때 아무리 날카롭고 튼튼한 식칼을 만들었다고 해도 음식을 만드는 데 사용하지 않는다면 그런 식칼을 만들 이유가 없는 것 아니겠습니까? 그저 '어제는 이렇게 훌륭한 식칼을 만들어서 여기에 걸어 뒀고 오늘은 더 훌륭한 식칼을 만들어서 저기에 전시해 두었습니다.' 라는 식의 기술의 발전만을 위한 기술의 발전과 문명의 진화만을 위한 문명의 진화가 이루어져서는 안 된다고 생각합니다.

인간의 문명과 기술은 사람들의 편리와 효율성만을 위해서가 아니라 사람들의 공감을 이끌어 낼 수 있는 방향으로 발전해야 합니다. 인간의 문명을 경과하는 데 있어서 반드시 필요한 인간의 감정이 무뎌지고 있다는 것은 우리의 문명이 공허해지고 있다는 것을 말합니다. 감정과 공감이 없다면 우리가 만든 모든 것들은 그저 그런 공허하고 거창하기만 한 폐허가 될지도 모릅니다."

'예비신의 화신'은 '늙은이'의 말이 끝나기가 무섭게 대답을 해 왔다. 5, 4, 3, 2, 1. 대답! 같은 식이었다.

"그 폐허는 전혀 폐허라고 생각되지 않을 모습을 하고 있겠군요? 누구도 폐허라고는 상상하지 못할 찬란한 모습을 하고 있겠어요. 문명과 기술에 대한 평가가 문명과 기술 그 자체의 고등함이 아닌 인간의 감정으로 이루어져야 한다고 생각하시는 겁니까? 그렇게 하면 평가 기준이 없는 것과 별 차이도 없겠는데요?"

'늙은이'는 자세를 살짝 바꿔 앉으며 창밖의 풍경을 슬쩍 봤다. 그리고 다시 '예비신의 화신'에게로 눈길을 고정했다. 조금의 시간, 창밖을 잠깐이라도 볼 수 있는 시간, 생각을 정리할 수 있는 시간이 자신에게 있는 것에 고마움을 느꼈다. 최근에 다른 사람들과의 대화에서는 느껴 보지 못했던 여유였다. 이 시대에는 대단히 빠른 연산이 가능한 가상 인격체를 이용해서 가상현실에서 순식간에, 그러니까 몇 초나 몇 분 만에 수많은 정보 교류와 대화, 놀이, 협상이 이루어졌다.

그런 것이 요즘 사람들이 말하는 사람 사이의 만남이자 대화이고 교류라고 부르게 된 지가 오래였다. 이렇게 잠깐 동안 창밖으로 눈길을 돌렸다가 상대에게 눈길을 주는 시간도 가상현실에서는 조건을 설정하기에 따라선 한 달 이상의 시간을 들여서 처리할 수 있는 일을 해낼 수도 있는 시간이었다.

그리고 보면 '늙은이'는 지금 엄청난 사치를 누리고 있었다. 이런 식의 시간 낭비를 안타까워하던 때도 있었지만 지금은 아니었다. 뭐, 어떠랴……. '늙은이'는 옛날 사람이고 옛날 방식을 좋아하는 것을……. 그리고 이 별도 이 집도 '늙은이'의 것이고 이런 방식이 싫다면 굳이 '늙은이'를 찾아오지 않으면 될 일이었다.

이 시대의 기준으로 정말이지 엄청나게 많은 시간을 들여서 '예비신의 화신'과 '늙은이'는 만남과 대화를 이어 가고 있었다. 이런 식의 만남으로 둘의 관계가 어떤 식으로 발전할지는 알 수 없었지만 지금으로선 대화가 계속 평행선을 달리는 느낌이었다.

'늙은이'는 '예비신의 화신'과의 만남으로 인한 성과는 둘째 치고 서로에 대한 반감이나 생기지 않을까 하는 걱정을 하기 시작했다.

'늙은이'는 좀 더 조심스럽게 말할 단어를 골랐다.

"감정을 만족시키지 못하는 기술과 문명은 자칫 그걸 만든 인류에게 수많은 시행착오와 해악을 끼칠 수도 있습니다. 생체공학의 발달로 인류가 영생할 수 있게 됐을 때 많은 사람들이 그저 자연스럽지 못하다, 인간답지 않다, 죽음이 있어서 삶이 빛났던 것이다, 죽음이 없다면 삶도 없다 따위의 이유를 들어 죽지 않을 수 있었음에도 죽음을 선택하고는 했었습니다.

그들은 영생을 선택한 사람들을 비난했고 그들에게 죄책감을 심어 주었죠. 영생을 선택한 사람들은 욕심 많고 어리석은 사람들이고 죽음을 선택하는 자신들은 자연의 순리대로 내려놓을 줄 아는 용감하고 고귀한 사람들이라는 관념을 살아가기를 선택한 사람들의 의식에 심어 놓고 죽어 갔습니다.

그런 식의 편중된 고정관념 때문에 많은 사람들이 삶이 아닌 죽음을 선택하기도 했습니다. 하지만 시간이 지나자 사람들은 더 원대한 목표에 도전하기 시작했습니다. 영생을 얻었기에 가능한 도전들에 말입니다. 짧게는 몇천 년 길게는 몇만 년에 이르는 시간을 노력해야 이룰 수 있는 일에 도전해서 성과를 내기 시작했고 어떤 이들은 아예 시작은 있지만 끝은 없는 일을 시작하기도 했습니다. 인류는 마침내 수명이라는 족쇄를 끊어 버린 것이죠.

이 우주와 우리의 세계가 인류에게 있어서 그저 다녀가는 곳이 아니라 끝까지 함께하는 곳이 되었습니다. 드디어 인류와 이 우주가 진정으로 하나가 되었다고 말할 수 있게 된 것입니다. 지금에 와서는 영생을 얻을 수 있었음에도 죽음을 선택했던 사람들을 그저 새로운 시대의 가능성을 보지 못하고 구시대의 뒤떨어진 관념에 사로잡혀 너무나도 짧은 생을 스스로 마감한 철없는 어린애들이라고 말하고 있습니다. 고작 200세는 지금의 기준에선 너무나 어린 나이니까요. 새로운 기술에는 그 기술에 상응하는, 사람들이 감정적으로 수긍할 수 있는 철학이 있어야 합니다. 아무리 대단한 신기술이라 해도 그것을 올바르게 사용할 수 있게 해 주는, 감정적으로 납득할 수 있는 철학이 마련되어 있지 않으면 그것이 아무리 대단하고 뛰어난 기술이라고 해도 인간에겐 재앙이 될 수 있습니다. 하지 않아도 되는 시행착오를 언제까지고 반복적으로 감당한다는 것은 어리석은 일이지요. 기술에 대한 평가 기준이 인간의 감정이라면 평가 기준에 편차가 심할 것이라고 하셨지만 사람들이 감정적으로 수긍하기 위해선 대단히 치밀한 철학이 필요합니다. 평가 기준에 많은 편차는 없을 것입니다. 오히려 기술 발전에 방해가 되지나 않을까 하는 우려가 생길 정도로 빡빡할 수도 있습니다."

'예비신의 화신'은 '늙은이'의 말이 끝나자 약간의 시차를 두고 난 뒤 자신의 생각을 이야기하기 시작했다.

'늙은이'의 이야기를 듣는 내내 표정이나 호흡에 변화가 없었고 자신의 이야기를 하려는 지금 이 순간에도 '예비신의 화신'의 모습은 조금은 기계적으로 보였다.

오랜만에 이런 식의 옛 방식의 만남에 설렜던 '늙은이'는 이런 '예비신의 화신'의 대화 방법에 실망감과 피로감을 느꼈다. 어쨌든 5, 4, 3, 2, 1. 대답!

"사람들이 자신들의 기술과 문명을 발전시킨 건 자신들의 삶을 보다 좋은 방향으로 개선하기 위해서였으며 무엇보다 인간이라는 종의 번영을 위해서였습니다. 인간이 기술과 문명을 발전시키고 그렇게 발전된 기술이 다시 사람들에게 번영을 가져다주는 식이었지요. 하지만 지금에 와선 인간의 기술은 더 이상 사람들의 번영에 기여하지 못하고 있습니다. 왜냐하면 인간의 문명은 이미 오래전에 한계에 도달했기 때문입니다. 더 이상 인간을 위해서 발전시켜야 될 기술도 없지만 기술을 발전시킨다고 해도 지적 생명체인 사람들의 생활을 이보다 더 개선시키지도 못합니다.

이미 사람들은 무엇이든 할 수 있기 때문입니다. 이렇게 되기 위해서 여태껏 발전시킨 기술과 문명이지만 이제 인간에게 더 이상의 기술 발전은 필요하지 않게 된 것이지요. 그럼에도 불구하고 기술과 문명은 어떤 식으로든 진화하고 있습니다.

신기술마다 새로운 철학을 부여하고 올바른 쓰임새를 탐구하던 시대는 오래전에 지나갔습니다. 한참 전부터 기술과 과학이 사람들의 요구에 발맞춰 따라오는 것이 아니라 사람들이 새로 생긴 기술에 적응하고 있습니다.

물론 새로운 기술마다 거기에 걸맞은 공감할 만한 철학을 부여하지 못해서 인간에게 재앙과도 같았던 사건, 사고가 발생하기도 했었습니다. 요즘도 어쩌다 한 번씩 그런 사건, 사고가 발생하기도 해서 안타깝습니다. 하지만 그런 일은 오래전부터 있어 왔던 자연스럽기까지 한 일일 뿐입니다. 옛 인류는 자연에 적응하기 위해서 노력했고 자연에 적응하는 것에 실패한 사람은 죽을 수도 있었습니다.

이제 현재의 인류는 자신들이 만들어 놓은 기술의 산물들에 적응하기 위해 노력해야 하고 또 거기에 적응하는 데 실패한 인간은 도태될 수도 있게 된 것뿐입니다. 사람들은 스스로 이렇게 만든 환경에 적응하는 수밖에 없습니다.

사람들 스스로가 이런 환경을 만들어 놓으면서 이렇게 바뀐 환경을 탓하는 것도 못난 짓이지 않을까요? 드디어 인간의 기술이 인간이 원하는 모든 것을 가능하게 해 주는 시대가 되었습니다. 인간의 기술과 문명은 이제 인간이 전부 활용하기엔 너무 뛰어난 것들이 되어 버렸습니다.

이제 인간은 자신들이 만든 발전된 기술과 문명에 걸맞은 존재로 거듭나야 합니다. 이미 오래전에 그런 길을 가고 있는 존재와 인간이 조우한 지도 한참이 지났지요. 그들도 오래전에는 인간이었지만 지금은 인간이라고 부르기에는 너무 위대해져 있습니다.

그와 같은 길을 가는 것은 인간이길 포기하는 일이라고 말하는 사람들도 있습니다. 하지만 지금의 우리 인류는 이미 많은 부분에서 인간적이지도 않습니다.

10억 2,000만 년 전의 우리 선조들이 우리들을 본다면 아마 우리들을 신이라고 생각할 겁니다. 어떻게 지금의 우리들을, 그들이 자신들과 똑같은 인간이라고 생각할 수 있겠습니까? 고대의 인류가 우리를 자신들과 같은 인간이라고 생각하지 못할 정도로 우린 변했습니다. 우리 스스로를 살펴봐도 도저히 인간이라는 생각이 들지 않는 '신'과 같은 모습으로 우리 스스로를 변화시켰습니다. 이건 어쩌면 우리 인류가 꼭 해내야만 했던 인류의 숙명이었던 건 아닐까요?

이런 변화는 인간이 인간이길 포기하는 것이 아닙니다. 그저 우리의 껍질을 또 한 번 바꾸는 것입니다. 인류가 지금까지 해 왔던 일을 다시 한번 하자는 것입니다. 인간이 스스로의 육체를 개선하는 건 지금까지 계속 있어 왔던 일입니다. 질병에서 벗어나기 위해서 그래 왔고 시간에서 자유로워지기 위해서, 그리고 위험에서 자신을 보호하기 위해서 그렇게 해 왔습니다. 이제 그런 생명체로서의 단순하고 원시적인 욕망에서 비롯된 육체의 개선이 아니라 생명체로서의 한계를 뛰어넘기 위해 전혀 새로운 육체로 옮겨 가자는 것이 70억 인류의 소망이고 그러기 위해서 새로운 행성에서 많은 이들이 도전하고 있습니다.

생명체로서 생명을 뛰어넘을 수 없습니다. 그저 가장 뛰어난 생명체일 수는 있겠지만 그 이상이 될 수는 없습니다. 인간의 감정도 철학도 중요하지만 그런 것들을 준비하느라 지체하기에는 인간은 이미 스스로가 만든 기술과 문명에 비해 너무 뒤처져 있습니다.

사람들은 이미 오래전부터 기술이 먼저 마련된 후에 새로 생긴 기술에 적응하고 있습니다. 그렇게 된 지가 너무 오래됐지요. 다시 한번 말씀드리겠습니다. 이제 인간은 자신들이 만든 기술과 문명에 걸맞은 존재로 거듭나야 합니다. 자연을 자신들의 기술로 정복하고 이용하고 조절할 수 있게 되면서 찬란한 문명을 건설했던 인류가 이제는 자신들이 만든 기술과 문명을 정복하고 이용하기 위해 스스로를 더 뛰어나고 초월적인 존재로 바꿔야 할 때가 온 것입니다. 당신도 우리와 함께 생명체로서의 한계를 뛰어넘을 수 있습니다.

우린 함께 위대해질 수 있습니다. 드디어 수많은 족쇄를 끝도 없이 끊어온 인류가 마지막 족쇄를 끊을 수 있는 날을 눈앞에 둔 것입니다. 당신도 우리와 함께하기를 저는 간절히 원합니다."

'늙은이'는 드디어 '예비신의 화신'이 자신을 찾아온 이유를 알게 되었다.

아마도 '예비신'은 '늙은이'가 가진 모든 것을 원하는 모양이었다. 70억 공룡인류가 '신'의 몸을 만드는 사업에 자신들이 가진 모든 것을 투자했다는 것은 이미 누구나 다 아는 사실이었다.

'늙은이'가 그 사업에 동참하게 된다면 '늙은이' 또한 그래야 할 것이다.

'신'씩이나 되실 예정이신 분이 '신'이 되기 위한 건설사업으로 바쁠 때에 이런 외딴 행성까지 찾아온 이유가 고작 늙은이 한 사람이 필요해서라니…. (뭐, 물론 그 '늙은이'가 가진 것들이 과하게 많긴 하지만서도….)

'늙은이'는 약간 멍해지는 느낌이었다. 70억이나 되는 사람들이 자기 한 사람을 원하고 있다니 굉장히 부담스러웠고 창피하게도 약간은 무서웠다. 그 많은 사람들이 가진 것보다 자신이 가진 것이 많지는 않을 것이다. 물론 '늙은이'가 가진 여러 가지 물질적인 것들의 양은 엄청났다. 70억 공룡인류가 가진 것보다 많았고 220억 공룡인류 전체가 가진 것보다도 많았다. 하지만 '늙은이'를 포함해서 누구도 '늙은이'가 가진 것이 많다고는 생각하지 않았었다. 그런 물질적인 것들은 재산으로 치지도 않는 것이 현시대의 상식이었고 '늙은이'도 반쯤은 그렇게 생각하고 있었다. 물질적인 여러 가지를 모으는 행위는 '늙은이' 본인에게도 다른 사람들에게도 그저 개인의 특이한 취미 생활로 인식되고 있었다.

그런데 그런 독특한 취미가 '예비신'의 관심을 끈 것이다.

'신'이 되기 위해 준비하고 있는 70억이나 되는 인류가 '늙은이' 한 사람을 원하고 있다니…. '예비신'의 요청을 거절하면 어떻게 될까? 아마도 70억 공룡인류가 싫어하는 단 한 명의 인간이 될 확률이 꽤 높았다. 그들이 그들의 계획대로 '신'이 된다면 아마 '신'에게 미움을 받는 최초의 1인이 될 수도 있었다. 아니 확실히 그렇게 될 것이다.

그들의 계획이 실패한다면? 화가 날 대로 난 70억 공룡인류가 싫어하는 한 사람이 되겠지….

'늙은이'는 아주 더러운 선택지가 자신 앞에 놓였다고 생각했다.

70억이나 되는 동족이 자신을 한마음 한뜻으로 미워한다면? 아마 꽤나 끔찍한 일들을 겪어야 할 것이다. 어찌어찌해서 그들이 '신'이 된다면? '신'이 어떤 능력을 발휘할 수 있는 존재인지 구체적으로 알 수는 없었지만 아마 만만찮을 것이다.

일이 더럽게 꼬이고 있었다.

생각할 시간이 필요했다. '늙은이'는 '예비신의 화신'과 더 이상 한자리에 있기가 싫어졌다. 하지단 동시에 '예비신의 화신'과 더 많은 이야기를 나눠 봐야 할 필요성을 절실하게 느꼈고 그렇게 해 보기로 했다.

차분하고 처연하게 또는 될 대로 되라는 심정으로 '늙은이'가 말했다.

"사람들은 많은 시행착오를 거치면서 발전해 왔고 사고를 사전에 예방하거나 사고를 당한 후에 반성하고 다시는 그런 사고가 발생하지 않도록 대책을 마련하는 식으로 살아왔습니다. 재앙이라고 부를 만한 사고도 많았지요.

하지만 그런 시행착오를 겪고 여러 사건과 재앙이라고 부를 만한 사고를 당했어도 우린 여전히 인간이자 생명체로 살아가고 있습니다. 그 많은 시련을 인간으로서 극복했습니다. 인간이었기에 그 많은 시련을 극복할 수 있었다고 말하는 이들도 있습니다. '신'이 된다는 건 아예 다른 문제이지 않을까요? 이번 일이 성공하게 된다면, 그러니까 인간이 스스로 '신'이 되려는 이 일이 성공하게 된다면 인간은 더 이상 생명체가 아니게 됩니다. 그리고 만약에 실패하기라도 한다면 우리 인류의 역사에서 최대 규모의 사망 사고가 될 수도 있습니다."

즉답을 피하고 이야기의 주제를 다른 쪽으로 돌리고 있는 '늙은이'를 바라보면서 '예비신의 화신'은 조금도 당황해하거나 초조해하지 않았다.

오히려 자신의 방문 목적('예비신의 화신'은 '신'이 되려는 사업에 함께하라고 권유하러 왔다)은 이룬 셈이니 홀가분하기까지 했다. 이제 공은 '늙은이'에게 넘어간 것이고 자신에겐 '늙은이'의 선택에 따른 대응만 남았다.

그 대응마저도 이미 대략 정해져 있었다. 느긋해진 '예비신의 화신'은 이제 살짝 여유가 생겼다. 그래서였을까? '늙은이'의 선택에만 신경을 쓰느라 그가 하는 말의 요점을 살짝 놓치고 있었다. 그는 그저 건성으로 원론적인 대답을 하면서 '늙은이'의 대답을 기다렸다.

"도전과 변화에는 항상 위험이 존재해 왔지요. 인류는 그런 위험들을 잘 극복해 왔다고 생각합니다."

"네! 그겁니다. 인류는 그렇게 해 왔지요. 하지만 더 이상 인류가 아니게 된 뒤에도 그럴 수 있을까요? 이 우주에서 인류는 인류로서 제 역할을 다하고 있다고 생각합니다. 인간은 이 우주 속에서 나름의 역할을 수행하고 있고 자신들의 입지를 다져 가고 있다고 저는 생각합니다.

드넓은 우주의 크기를 감안했을 때 인류가 가진 가능성은 아직 무궁무진합니다. 그러니까 인류가 더 이상 인간이 아닌 어떤 '신'적인 존재가 되기에는 인류가 여태껏 살아온 영역이 너무나도 좁습니다. '신'이라는 거창한 존재가 되기에는 인류의 크기가 너무나도 작다는 말입니다. 인류는 이제 겨우 행성 세 곳에 흩어져서 살고 있을 뿐이지 않습니까?

사는 곳이 작으니 아는 것도 적을 것이고 아직 인류가 사람의 입장에서 보고 듣고 배울 것들이 너무나도 많을 것입니다. 그런 새로운 가능성은 생각하지도 않고 단지 현재 상황에서 인류는 기술적으로 또 문화적으로 갈 만큼 갔으니 이제 다 때려치우고 전혀 다른 모습으로 다시 시작해 보자고 하는 건 너무 성급한 것이 아닐까요?

'신'적인 존재도 뭐 물론 이 우주에서 필요하겠지요. 인류처럼 다른 모든 것들을 변화시키고 파괴하고 소비해 버리는 데 망설임이 없는 존재도 스스로를 이 우주에서 꼭 필요한 존재라고 말하고 있으니까요. '신'적인 존재도 당연히 이 우주에서 꼭 필요한 존재겠지요.

바꿔 말하면 '신'은 '신'대로 할 일이 있고 인간은 인간대로 할 일이 있다고 생각합니다. '신'은 '신'으로서 '신'의 일을 하고 인간은 인간으로서 인간이 해야 할 일을 하면 되지, 굳이 인간이 애써 '신'이 될 필요가 있을까요? 인간이 그 모습을 바꿔 봤자 본성은 인간을 벗어나지 못할지도 모릅니다. 여태껏 해 온 많은 시행착오와 실수를 '신'의 모습으로 하 댈 수도 있습니다. 어쩌면 인류가 '신'이 되고자 소망하는 일 자체가 실수이고 시행착오일지도 모릅니다. 당신은 '예비신의 화신'이십니다. 처음부터 인간이 아닌 존재로 태어나셨지요?"

"예 맞습니다. 저는 일종의 인조인간입니다. 그게 마음에 들지 않으십니까?"

'늙은이'는 지금 흥분한 상태인 것이 확실했다. 지금은 즉답을 피하고 조금이라도 시간을 벌어야 하는 상황인데도 이건 마치 "아니오! 난 당신과 당신들을 이해할 수도 없고 그 일을 돕지도 동참하지도 않겠습니다."라고 선언하는 것과 다름없는 말들을 뱉어 내고 있었다.

"아니오. 그렇지 않습니다. 저는 당신의 모습이나 탄생에 많은 관심을 가졌었습니다. 당신은 70억에 이르는 인류의 빅데이터에 기반한 인격을 갖추고 있으며 그들의 지식까지 모두 가지신 분입니다. 여태껏 그렇게 많은 사람들의 의식적인 면과 무의식적인 면까지 그토록 많은 사람들의 모든 것이 담긴 존재는 없었습니다. 그저 공용의체 정도나 있었지요.

당신은 인간이 아니면서도 가장 보편적인 인격을 갖추고 있고 누구보다도 더 굉장한 지식을 한 몸에 보유하고 계십니다. 그래서 어디를 가든지 역대 가장 고귀하다고 할 만한 사람들이 받았을 예우를 받고 계시지요. 거의 '신'과 같은 예우를 받고 계신 걸로 알고 있습니다. 70억 인류가 자신들의 모든 것을 바쳐서 만든 '신'의 몸에 해당하는 행성의 무형적인 모든 것을 다 담은 존재가 바로 당신입니다. 어쩌면 '신'이라 불러도 손색이 없는 존재는 70억의 인류가 그저 모여 있기만 한 그 행성이 아니라 당신이 아닐까요? 인류는 그저 인간으로 살아가는 것이 어울립니다. 사람들은 '신'과 같은 당신을 창조해 냈다는 것에 만족해야 합니다.

  70억 인류의 생애가 녹아든 당신이 '신'이 아니라면 누가 '신'이 겠습니까? 먼 옛날 사람들의 이야기 속에서나 있던 '신'을 드디어 인간이 실제로 존재하고 볼 수도 있고 만질 수도 있는 존재로 만들어 낸 것입니다. 우스갯소리였던 '신이 인간을 창조한 것이 아니라 인간이 '신'을 만들어 낸 것이다.'라는 말이 실제로도 그렇게 돼 버린 것이죠. 이 얼마나 대단한 일을 해낸 사람들입니까?

  당신은 마치 검은 진흙 속에서 자라나 수면 위에 아름답게 피어난 연꽃과도 같은 존재입니다. 당신과 당신을 있게 한 사람들은 아직도 우리은하계 중심의 블랙홀 속에 존재하는 '신'과 꾸준히 교신하고 있는 것으로 알고 있습니다.

  당신이 그 육체를 너무 지나치게 소중히 여기지 않으신다면 직접 그 블랙홀 속의 '신'과 하나가 될 수 있는 방법은 지금도 있지 않습니까? 왜 그저 인간으로 태어난 우리를 '신'으로 만들려 하십니까? 왜 그저 인간일 뿐인 우리들이 굳이 '신'이 되어야만 합니까? 저는 사람으로 남고 싶습니다. 인류의 신격화에 저는 반대합니다."

아직 '늙은이'는 그들을 돕지 않겠다고 직접적으로 말하지는 않았다. 하지만 돕지 않겠다는 말고- 별반 차이도 없는 말을 하고야 말았다. 70억 인류가 추진하고 있는 일에 반대 의사를 내비친 것이다. 그가 그저 보통의 사람이었다면 그러려니 할 수도 있었다. 하지만 현 공룡인류 중 누구보다 많은 재산과 유무형적인 자원을 소유한 단 한 사람으로서 이 일에 반대하는 건 시사하는 바가 매우 컸다.

자칫 서로에게 많이 버거운 싸움이 시작될 수도 있었다. '예비신의 화신'도 그러한 사실을 인지하고 있었다.

싸울 때 싸우더라도, 아니 만약에 싸우게 된다면 더더욱 이 자리에서 서로에게 악감정이 생기면 안 된다. 상대가 싸움에 대비하는 것만큼 귀찮은 일도 없었다. 그리고 '늙은이'의 협조를 얻기 어렵더라도 '늙은이'를 이용할 수 있는 방법이 있을지도 몰랐다.

아직은 이야기를 이어 나가야 했다.

"저 같은 하찮은 인조인간이 '신'이 될 수는 없습니다. 인류는 스스로 위대해질 수 있습니다. 당신도 당연히 스스로 위대해질 수 있습니다 더 위대해질 수 있는 길이 있는데 되 그저 인간으로 남으시겠다는 겁니까? 인간으로 살 만큼 사셨고 할 만큼 하시지 않으셨나요? 아직도 할 일이 남으신 겁니까?"

예의에 어긋난 말을 잘도 하는 '예비신의 화신'이었다. 기분 나쁘진 않았지만 조금 우스웠다. 그토록 많은 사람들의 경험을 한데 모았는데도 이런 기본적인 예의범절도 없는 사람이 만들어지다니…. 아니면 뭔가 다른 게 있나?

"당신은 하찮은 존재가 아닙니다. 당신은 여태껏 인류가 창조해 낸 그 무엇보다도 위대하고 찬란한 존재입니다. 아직까진 그렇습니다. 아직까진 당신이 인류가 만들어 낸 최고의 존재입니다. 인류는 짐승과 같은 수준에서 여기까지 발전해 왔습니다. 돌도끼를 만들던 인류가 이제 광선총을 만들고 있지요. 단순히 기술의 발전이라고 하기엔 너무나도 큰 변화입니다.

그리고 이제 사람들은 예전엔 '신'만이 할 수 있다고 여겼던 일을 쉽게 해내고 있습니다. 앞으론 인간이 '신'을 넘어설 수도 있지 않을까요? 지금은 아직 인간보다 '신'이 우월하다고 말하지만 미래에도 그럴까요? '신'이라는 단어와 인간이라는 단어의 뜻이 역전될 수도 있지 않을까요?

인류가 아직은 '신'이라는 굴레를 스스로에게 씌울 아무런 이유가 없다고 생각합니다. 드넓은 우주의 크기를 생각했을 때 인류는 아직 발전할 수 있는 가능성이 충분합니다. 지금은 일종의 정체기일지도 모르지요. 인류는 돌도끼로만 수십만 년을 살았습니다. 광선총으로 수억 년쯤 살 수도 있겠지요. 시간이 지나면 알게 되겠지요. 인간이 인간의 걸음으로 어디까지 갈 수 있는지는 시간이 지나 봐야 알 수 있는 일입니다. 성급하게 인간이라는 정체성을 버리고 싶지는 않습니다. 앞으로 몇억 년쯤 더 살아 보고 정 안되겠으면 그때나 '신'이라도 되어 볼까? 하겠지만 지금의 인류에겐 아직 시간이 많습니다. 우주도 아직 너무 넓구요."

'예비신의 화신'은 지금 당황스러웠다. 참 쉽지 않은 일을 '늙은이'는 쉽게도 해냈다. '70억 인류의 총아'라는 분을 당황케 하는 일이 어디 쉬운 일이겠는가? '예비신의 화신'이 확인하고 싶은 것을 물어봤다.

"'신'이 인간에 비해서 더 뛰어난 존재라는 생각 자체를 하지 않으시는군요?"

"그렇습니다. 사람들은 이미 오래전부터 '신'에게 바랄 만한 일이 없어졌습니다. 하나 바라는 것이 있다면 '우리를 그냥 내버려두세요! 뭐가 됐든 우리가 알아서 하겠습니다.' 정도일까요? '신'이 우리보다 오래 살아왔고 우리보다 힘이 세며 더 많은 일을 할 수 있다고 해도 그게 뭐 어쨌다는 거죠? 뭐, 좋겠네요?

우리 인류도 언젠가는 그와 같은 일을 해낼 것입니다. 인간의 방식으로 그렇게 해낼 수 있게 될 것입니다. 인류가 짐승과 같을 때도 있었습니다. 뒷동산을 오를 때도 맹수들의 위협에 돌도끼를 들고 여러 명이서 움직여야 했던 때도 있었지요.

그런 인류가 이제 행성 간 우주여행도 아무런 위험 없이 혼자서도 편안하게 해내고 있습니다. 인류의 능력이 여기까지일지, 앞으로 더 많은 진보와 가능성이 기다리고 있을지 알 수는 없지만 저는 사람들에게 아직 더 많은 가능성이 있다고 믿고 있습니다. 그러니 아직 사람은 그저 사람으로 살아가는 것이 맞다고 생각합니다."

"뜻밖이군요. 그런 식으로 생각하고 계시다니…. 이미 확고한 신념을 가지고 계시군요. 제가 더 말해 본들 소용없을 거 같은데…. 그렇지요?"

"뭐, 지금의 저는 그렇습니다. 설득당할 수도 있고 생각이 바뀔 수도 있겠지만 지금은 그럴 것 같지 않습니다."

'예비신의 화신'이 '늙은이'에게 넘겼던 공은 저 멀리 날아가 버렸다. 이젠 둘 다 빈손인데 그 손에 무엇을 들어야 하는 걸까? 악수를 할 수도 있겠지만 그러기 위해선 서로 친구가 되는 것이 우선이었다.

둘의 뜻이 이렇게까지 다른데 친구가 될 수 있을까?

'예비신의 화신'의 입장에선 할 말도 했고 들을 말도 들었다. 이제 떠나면 되는데 이대로 떠나면 서로 간에 의심과 앙금이 남을 듯했다. 서로 좀 더 사적인 이야기를 해 보는 것도 괜찮지 않을까? 사람들은 그렇게 해서 서로 친구가 되기도 하니까.

기껏 여기까지 와서 훼방꾼을 하나 얻어 가기는 싫었다.

"그렇군요…. 그렇지요. 시간은 많습니다. 실례지만 도대체 어떤 식으로 살아오신 겁니까? 당신의 삶과 철학을 하나라도 더 알고 싶습니다. 어떤 식의 삶이 당신에게 그런 확고한 신념을 심어 준 것입니까? 현재 지구에서 살고 있는 지구인의 모습으로 아이도 낳아 보셨다구요? 혹시 그 이야기를 제게 들려주실 수는 없으신가요?

저는 인간이 아니라서 그런지 감상적인 이야기에 흥미가 생기더군요. 수많은 자료를 통해서 인간의 감정에 대해서 배웠지만 아무래도 이해가 가지 않는 부분이 많았습니다. 아는 것과 이해하는 것은 다른 문제인가 봅니다….

비슷한 상황임에도 사람은 다른 것을 느끼기도 하고 전혀 다른 행동을 하고 미래가 확실하지도 않은 상황에 자신을 내던지기도 하더군요.

제가 알고는 있지만 이해할 수 없는 일들을 사람들은 여태껏 무수히 많이도 해 왔더군요. 그저 자료가 아닌 당사자의 이야기를 사건의 장본인에게 직접 들어 보고 싶었습니다. 실례라는 것을 잘 알고 있습니다. 이런 개인사를 물어볼 자격이 제겐 없지요. 우리가 그렇게 친분이 두터운 사이도 아니지요. 하지만 꼭 들려주시면 너무나 감사하겠습니다. 부탁드립니다."

'늙은이'는 흥분이 조금은 가라앉는 것을 느꼈다. 서로에게 유쾌할 수 없는 주제로 오래 이야기하는 건 '예비신의 화신'도 바라지 않는 일인 듯했다. '늙은이'는 함께하자는 제안을 거절하면 '예비신의 화신'의 입에서 약간은 식상할 수도 있는 그전적인 대사가 튀어 나올지도 모른다고 생각했었다. "대가를 치를 것입니다."라든지, "이런 제안을 거절하시다니 생각했던 것보다 더 오만한 듯이시군요."라든지, "함께할 수 없다면 함께 존재할 수도 없습니다." 같은 말을 기대했었는데 의외였다.

'예비신의 화신'이 그런 식의 도발을 해 온다면 많은 것들을 뜻대로만 하던 '늙은이'의 오래된 삶에 흥미로운 변화가 있을 수도 있었는데….

그런데 '예비신의 화신'은 아직 '늙은이'를 적으로 만들 생각이 없는 듯했다. 하지만 기껏 친목을 쌓아 보자고 고른 주제가 '늙은이'가 여자의 모습으로 임신과 출산을 했던 때의 이야기라니…. 친분을 쌓고 싶어 하는 게 빤히 보이긴 하는데 대화 주제를 고르는 재주는 어지간히도 없어 보였다.

"갑자기요? 그게… '이런' 이야기를 하다가 하기는 좀 '그런' 이야기인데…."

"'그런' 이야기요? 분위기 전환이 너무 극적이라 대화의 흐름에 맞지 않다는 것입니까?"

"하하… 뭐… 그렇죠. 이미 인간이라는 틀에 얽매이지 않고 더 나은 존재가 되시기로 하신 분께서 지극히 인간적인 일에 관심을 가지시는군요?"

"방금 인간이 '신'에 비해 못할 것이 없다고 하셨잖습니까? '신'이 인간보다 더 나은 존재라니요? 그저 인간과 존재하는 방식이 다른 존재일 뿐입니다. '신'과는 다른 인간의 삶에 대해 들려주십시오. 서로가 서로를 알아 가고 이해한다면 양쪽 모두에게 좋은 일이 아니겠습니까?"

이미 서로 간에 중요한 이야기는 다 한 듯한데도 '예비신의 화신'은 더 많은 대화를 원했다. '늙은이'로서는 나쁠 것 없는 전개였다. 그의 제안을 거절한 시점에서 이미 70억 인류에게 미운털이 제대로 박힐 것이 확실해진 이때에 그래도 '예비신의 화신'에게 자신과 함께할 수는 없더라도 공존 정도는 가능하다는 인상을 심어 주기 위해 노력해야 했다.

하지만 그러기 위해서는 좀 더 가벼운 주제의 대화가 좋았겠지만 어쩔 수 있나…. '늙은이'는 조금은 침울해진 음색으로 자신의 이야기를 시작했다.

"그렇기도 하겠군요…. 세월이 흐르면 잊히는 것도 있지만 더 사무치는 일도 있습니다.

지구에서 인간으로 살아 보기가 한창 유행하던 때 저 또한 여러 가지 방법으로 지구인들의 삶을 관찰하고 그들의 이색적인 삶을 즐겼지요. 그러다가 한 남자를 사랑하게 되었습니다.

잘생긴 데다가 심성도 고운 사람이라 그와 함께하고 싶어서 인간 여성형 생체의체를 만들어서 지구의 지상으로 내려갔습니다. 다행히 그도 저를 사랑해 주어서 결혼도 할 수 있었고 아이도 낳았지요.

그 애를 처음 품에 안던 날 그 모습, 감촉, 느낌, 냄새까지 모두 다 기억이 납니다. 실험실과 가상현실에서 수많은 생명을 만들어 봤지만 그런 것들과는 전혀 다른 느낌이더군요. 충격적일 만큼 달랐습니다.

내 아이를 위해 많은 일을 했습니다. 오직 그 애만을 위해서요. 당시로서는 불법적인 일도 몇 가지 할 수밖에 없었지만…. 뭐, 그런 것까지 말하진 않겠습니다. 부끄럽네요.

그 당시에 저는 취미로 지구의 바이러스와 세균들을 채집하고 관찰하고 연구했으며 지구인이 겪을 수 있는 질병과 유전병 등의 자료를 모아서 유형별 치료 방법과 면역력 생성 방법을 알아내는 일도 하고 있었습니다. 인공지능 실험실의 도움이 컸지요.

　다만 내 아이가 아프지 않기만을 바라서 그렇게 했습니다. 아이에겐 그 당시의 지구인들은 모르고 있던 지식들도 가르쳤고 체계적인 운동과 여러 행성의 인간형 지적 생명체들이 만들고 발전시켜 온 격투술도 가르쳤습니다. 아들이 자신의 몸은 어느 정도 스스로 지킬 수 있었으면 하는 마음에서 그렇게 했지요. 나중에 때가 되면 우주선을 하나 줘서 우주를 여행하고 탐험하게 할 생각이었습니다.

　물론 저처럼 본체는 신체관리기 안에 두고 의체를 이용해서 하는 안전한 여행과 탐험을 준비해 줄 생각이었습니다. 그때까진 자신의 동족들과 어울려 지내며 자신의 정체성을 가지게 할 계획이었습니다.

　그 애는 점점 더 잘생겨지고 키도 큰 멋진 청년으로 자라났지요. 그것만으로도 그저 고마웠습니다. 아들을 보고만 있어도 자랑스럽고 행복했습니다. 그걸로 그저 좋았는데 어느 순간 아들은 자기 무리의 지도자가 되어 있더군요.

　불안하고 불편했지요…. 그러지 않아도 된다고, 아직은 그저 인생을 즐기며 살아도 된다고, 그런 짐을 떠안을 필요는 없다고 아들에게 간절히 얘기했지만 듣지 않더군요. 그리고 그때의 아들은 이미 모든 면에서 출중하다 못해 월등한 바람에 주변 사람들이 그 아이를 내버려두질 않았어요.

　그들에게는 그 애가 너무나도 필요했겠지요. 우리 아이가….

　그 애는 어느 날 그들의 왕이 되더니 자잘한 싸움이 많아졌고 나중엔 전쟁을 준비하더군요. 내 아들이 그렇게도 어리석은지…

그때 처음 알았습니다. 아들이 전쟁터에 나가지 않게 하기 위해서 갖은 수를 다 썼습니다. 애원도 해 봤고 화도 내 봤지요. 마지막엔 저의 정체도 밝히고 차라리 의체를 줄 테니 그걸로 전쟁을 하라고 설득했습니다.

 그저 의복이나 갑옷과 같은 것이라고 생각하면 된다고 말했지만 듣지 않더군요. 비겁한 짓이라며 거부했어요. 아들이 어미의 어리석은 참견이라며 역정을 낼 땐 얼마나 가슴이 찢어지던지…. 하는 수 없이 아들의 전쟁에 동참하는 수밖에 없었습니다.

 그러면 안 되는 것이었는데…. 그 당시 지구의 인간들이 사용하던 무구를 흉내 내서 갑옷이며 투구, 검과 방패, 창 같은 것들을 만들어서 아들에게 주었지요. 그건 다행히 받아 주더군요. 한동안 아들은 인간들의 영웅이었습니다. 혹시라도 다치진 않을까 여러 가지 방법으로 보살폈는데… 한순간에… 내 눈앞에서 그렇게… 그렇게 돼 버리더군요…. 아들의 시신이 재가 되던 날, 그날이… 어찌나…. 그날의 모든 것 또한 기억하고 있습니다.

 그곳을 가끔 찾아가 보곤 합니다. 그 땅에 더 이상의 전쟁은 없기만을 기원하고 노력하고 있지만 쉽지는 않더군요."

 '예비신의 화신'으로서는 '늙은이'와의 대화를 좀 더 원만하게 마무리하기 위해서 꺼낸 주제였는데 이런 이야기를 듣게 될 줄은 전혀 상상도 못했다. 생명의 잉태와 탄생에 대한 이야기가 이렇듯 서글플 줄이야 어떻게 짐작할 수 있었겠는가? '예비신의 화신'은 '늙은이'와의 대화를 어떻게든 '늙은이'에게 좋은 인상을 주면서 성과는 없을지언정 친분은 쌓이는 방식으로 마무리하고 싶었다.

이제 어떻게 해야 할까? '늙은이'는 처음 보는 자신에게 왜 이렇게까지 개인적인 일을 이야기하는 거지? 미쳤나? 이런 경우 보통의 사람들은 따뜻한 위로의 말을 건넸겠지만 '예비신의 화신'께선 보통 사람과는 거리가 있으신 분이라 그러지도 못했다.

이제 당분간은 누가 무슨 말을 해도 '늙은이'의 기분이 좋아지지 않을 것 같았다. 다른 사람들 같았으면 나중에 다시 방문한다거나 아니면 자신의 과거사 한 토막 정도 들려주면서 자신도 '늙은이'에게 공감한다는 의사를 표현했겠지만 '예비신의 화신'께선 과거사가 다사다난하신 편이 아니라서 그러지도 못했다. '늙은이'로서는 '예비신의 화신'이 곤란해하고 있는 것이 빤히 보여서 오히려 미안한 마음까지 들었다.

어쩌다 자신이 이런 지극히 개인적인 이야기까지 하게 됐는지 '늙은이' 자신도 의문이었다. 아마도 70억 인류의 모든 것을 한 몸에 담고 있는 그에게 조금은 의지하고 싶었는지도 몰랐다.

'예비신의 화신'은 '늙은이'의 기나긴 신세 한탄에서 자신도 한마디 할 수 있는 주제에 대해 짧게 묻는 것으로 대화의 주제를 바꿔 보려고 했다.

"전쟁이라… 어리석군요."

"그러게요…. 그래도 자신의 목숨까지 걸 정도의 어리석음이라면 존중해 줘야지 어쩌겠습니까?"

"타임머신이 이미 오래전에 발명되어 있지 않습니까? 지금이라도 당신이 아들을 살리고 싶다면 방법이 없는 건 아니지 않습니까? 어째서 아들을 살리지 않는 것입니까? 일단 살리고 나서 자초지종을 설명하고 살아 보게 한다면… 그렇게 해서 시간을 가지고 이것저것 보고 배울 수 있게 해 준다면 자신의 어리석음을 깨닫지 않을까요?"

이런 이야기를 계속해서 '예비신의 화신'이 뭘 얻으려는 건지 도통 알 수 없었다.
　하지만 '늙은이'는 계속 이야기를 나눠 보기로 했다. 아들이 자신보다 일찍 떠났다고 해서 아들을 어리석은 녀석이라고 생각해 본 적은 한 번도 없었지만, (유쾌하진 않아도) 다른 이의 견해를 들어 보는 것도 유익하긴 할 것 같았다. 그래도 우선 자신의 견해부터 말해 두기로 했다. 그래야 상대의 결례를 어느 정도 방지할 수 있을 것 같았다. 기분 나쁘긴 싫었다. 아들에 관련된 일이라면 더더욱.
　"나는 인간입니다…. 지금 우리가 살고 있는 우주의 남은 시간이 얼마나 될까요? 우주의 남은 나이를 종이에 적는다면 숫자로 가득한 꽤나 큰 종이를 보게 되겠죠. 이번 우주가 시작되기 전엔 무엇이 얼마나 많은 시간 동안 존재했을까요? 그리고 이번 우주의 끝에서 시작될 다음엔 무엇이 얼마나 오랫동안 존재하게 될까요? 그리고 나는 앞으로 얼마나 나의 삶을 살아가게 될까요?
　나라는 존재가 있기 이전에 이미 무한에 가까운 시간이 있었고 나의 삶이 끝나고 나선 영원히 나라는 존재는 없을 것입니다. 나의 삶은 기나긴 시간의 어디에서 어디까지일 것입니다. 나에게 주어진 시간이 짧다고는 생각지 않습니다. 내 마음껏 내 꿈을 실현시키며 자유롭게 하고 싶은 거 하면서 또 해선 안 되는 일이나 하기 싫은 일들은 안 하면서 살아왔고 앞으로도 그렇게 살아갈 것입니다. 내 삶이 나에게 주는 모든 것들과 내게 삶이 있었기에 얻을 수 있었던 모든 순간에 깊은 고마움을 느끼며 나의 생명을 이어 가고 있습니다. 언젠가 끝이 왔을 땐 아마도 내 삶이 있었기에 누릴 수 있었던 모든 것들을 누리고 마지막이 주는 안식에 감사해 하기를 바랄 뿐입니다. 그때 저의 삶이 저에게 준 과업을 완수했다면 기쁘겠네요.

내 아이도 삶이란 것을 누리며 살아 냈던 인간입니다. 그 아인 자신의 삶에 충실했고 자신이 원하는 대로 살았으며 자신이 원하는 방식의 끝을 맞이했습니다. 내가 무슨 자격으로 그 아이의 삶에 평가를 내리고 다른 방식의 삶을 강요하겠습니까?

내가 내 삶에 충실했듯이 그도 자신의 삶에 충실했습니다. 아들의 삶이 내 삶보다 짧다는 이유로 내가 아들의 삶을 평가하고 재단할 수는 없습니다. 누군가 나보다 오래 산 존재가 내 삶을 평가하고 재단하려 든다면 나 또한 강하게 반발할 것이며 그런 짓을 하는 존재를 미워할 것입니다. 그런데 내가 내 아이에게 그런 짓을 하겠습니까?

모든 삶은 있는 그대로 존중받아야 합니다. 나 또한 내 삶의 방식을 존중받아야 하구요. 아무리 비통하고 슬퍼도 내 아이의 삶을 평가하고 재단하는 것은 하고 싶지 않습니다. 그저 아이를 사랑했듯이 아이의 삶 또한 어찌됐든 사랑하고 이해하고 인정해 주고 존중해 줄 겁니다."

'늙은이'의 말 속에서 단호함이 느껴졌다. 이토록 큰 슬픔 속에서도 엉뚱한 짓은 하지 않고 있는 자신은 더 이상 이 문제에 대해 논의하는 것을 거부하고 싶다는 뜻이 명확하게 느껴졌다.

그렇지만 '예비신의 화신'의 생각은 달랐다. '예비신의 화신'은 정말이지 많은 삶에 대해 알고 있었다. (70억쯤 되는 사람들의 삶을 아주 자세히 알고 있는 것은 물론이고 그 외에도 아는 것이 많았다.) 그리고 많은 사실과 예술, 그리고 지식을 알고 있었다. 태어날 때부터 그랬고 그 사실에 대해서 어느 정도 자부심과 우월감도 가지고 있었다. 그래서 그는 많은 지식을 보장하는 오랜 시간이 필요한 경험에 꽤 커다란 가치를 부여하는 편이었다.

그런 자신의 가치관에 의하면 '늙은이'는 그저 하나의 가능성을 외면하고 있는, 조금은 답답한 사람이었다. 좀 두들기고 흔들어 주면 그런 답답한 사고에서 벗어날 수 있을 것이다. '예비신의 화신'은 그렇게 생각했다.

그래서 포기하지 않고 '늙은이'의 자식 교육관에 대해 다시 참견했다.

"그저 더 많은 경험에 대해서 이야기하는 것입니다. 더 넓은 세계를 보게 해 주자는 것이지요. 꼭 진짜 삶에 개입할 필요도 없습니다. 가상현실을 이용해도 되지요. 그렇게 긴 시간이 필요하지도 않구요. 몇만 년의 삶을 경험하는 데 몇 시간이면 충분하잖아요? 많은 시간만이 더 넓은 지식과 더 깊은 통찰력을 주어 더 나은 삶을 살 수 있게 해 줍니다. 당신의 자식에게 더 많은 시간을 줄 수 있는 방법이 있는데도 왜…?"

'늙은이'는 아주 차분하게 '예비신의 화신'의 말을 받았다.

"시간은 상대적인 겁니다. 더없이 긴 시간도 그보다 더 긴 시간 앞에선 짧은 시간일 뿐입니다. 그리고 아무리 긴 시간도 그저 흘려보내기만 해서는 그저 공허할 뿐이지요. 세상 이치라는 것이 고정돼 있는 것이 아니라 수시로 변하는 것이라서 오랜 시간만 있다고 세상을 다 알 수 있는 것도 아닙니다. 오히려 오랜 삶이 세상을 제대로 볼 수 없게 방해하기도 합니다. 그리고 세상 이치를 다 안다고 해서 더 나은 삶을 살 수 있는 것도 아니구요…. 시간이라….

어제가 있었기에 오늘이 있고 내일이 있기에 오늘에 더 충실할 수 있지요. 오늘은 현재이자 과거이며 미래이기도 합니다. 내가 있기도 전에 수많은 시간 동안 여러 가지 일이 있었기에 내가 아는 어제와 오늘이 있는 것이고 항상 그래 왔듯이 내일이 있을 거라는 것을 알고 있기에 오늘 허튼짓 안 하고 내일을 위해 노력할 수 있는 것입니다.

　내가 존재하기 전의 세상과 지금 내가 삶을 영위하고 있는 세상 그리고 내가 죽은 이후 내가 없는 세상의 시간은 다 하나입니다. 서로 연결되어 있고 영향을 주고받지요. 내 아들은 과거, 현재, 미래가 하나 된 완성된 삶을 만들었습니다. 나는 아직 만들어 가고 있구요…. 미완의 내가 무슨 자격으로 이미 완성한 삶에 관여하겠습니까? 그저 원망이 따를 뿐입니다.

　전 그런 것이 싫더군요. 아들의 삶은 아들 스스로 정한 것입니다. 삶의 끝 또한 아들이 원하던 방식이었죠. 다른 기회가 그 아이에게 없었을 것 같습니까? 내가 아들의 곁에 있었는데…? 아들의 모든 것을 그저 인정해 주고 이해하기에 다른 걸 강요하고 싶지 않습니다. 아들을 데려다가 이거 해 봐라 저거 해 봐라 한다면 그건 그저 그 아이를 괴롭히는 것입니다. 그런 짓은 아들에겐 거의 고문이겠지요…."

　창밖의 먼 산에 시선을 주며 이야기하는 '늙은이'를 지그시 바라보는 '예비신의 화신'은 '늙은이'가 자식을 잃은 일에 지금도 많은 슬픔을 느끼고 있다는 것을 알 수 있었다.

　'예비신의 화신'으로선 대단히 의외의 일이었다. '늙은이'처럼 오랜 시간을 살아온 인간이 저렇게까지 감정을 격정적으로 유지하고 있는 것도 그렇고 그럼에도 불구하고 자식에게조차도 자신의 감정을 억누르고 그저 자식이 하고 싶은 대로 하게 놔뒀다는 것도 놀라웠다.

　그가 마음만 먹는다면 할 수 있는 일에 무엇들이 있는지 대충은 알고 있었기에 놀라움의 크기도 컸다. '예비신의 화신'에겐 '늙은이'와의 만남이 놀랍고도 재미있는 일이 되어 가고 있었다. 그래서 빅데이터에 기반한 지식과 계산된 화술에 의지하지 않고 그저 궁금한 것들을 물어보고 싶어졌다. 갑자기 '늙은이'라는 사람이 알고 싶어졌다.

"당신의 생각과 삶의 방식을 조금은 이해할 수도 있을 것 같습니다. 그렇게 생각할 수도 있겠군요….

하지만 하나 의문이 드는 건 내일이 있어서 오늘에 충실할 수 있다는 건 알겠습니다. 하지만 내일이 없다면 어떻게 오늘에 충실할 수 있겠습니까? 내일이 없다면 오늘과 내일의 연결이 끊어지고 내일과 오늘은 하나가 아닌 별개의 것이 되는 게 아닐까요?"

'늙은이'가 '예비신의 화신'을 낯선 사람을 보듯이 바라봤다. 공룡인류 중에서 누구보다 오랜 시간을 살아온 '늙은이'에겐 이미 오래전부터 마음을 나누는 친구라고 할 만한 사람이 남아 있지 않았다.

이렇게 속 깊은 이야기를 해 보는 게 너무 오랜만이라서 이런 상황도 이런 이야기를 하고 있는 자신도 낯설게 느껴졌다. '나에게 이런 면이 있었나?' 하는 의문이 들었다.

워낙 오랜만에 해 보는 대화 형태여서 '늙은이'는 문득 경계심과 의심, 불안과 짜증이 살짝 일기 시작했다. 꽤나 오래전부터 그동안 해 오던 방식에 대한 믿음이 너무 커져서 새로운 일이 생기면 일단 경계하고 의심하며 직접 뛰어들기보단 가상현실 등을 이용한 사전 검증을 먼저 해 보곤 했었다.

하지만 이번 만남은 사전 검증이라고 할 만한 절차를 생략했다. 실수한 것일까? 참으로 오랜만에 하는 실수였다. 70억 인류의 총아라고 할 만한 존재에 대한 호기심이 너무 커서였을까? 그래서 그랬을까? 이토록 대단한 존재가 자신에게 이런 쓸데없는 질문만 해 댈 줄은 전혀 예상하지 못했다. '늙은이'는 이번 만남에서 듣는 쪽은 자신일 거라고 생각하고 있었다.

상대가 무엇을 궁금해하는지 알면 상대의 됨됨이를 파악할 수 있긴 했지만 지금까지의 대화만 봐서는 '늙은이'의 됨됨이만 드러난 것 같아서 씁쓸했다.

'늙은이'만 워낙 많이 떠들고 있었다. 이래서야 손해 볼 일만 생길 듯했다. '예비신의 화신'은 70억 인류의 지식과 경험에서 나오는 보편적이며 타당한 주관이 이미 확립되어 있을 것인데 이런 '늙은이' 한 사람의 이야기가 뭐가 그리 궁금해서 이렇게 아까운 시간 버려 가며 이것저것 묻고 있는 것일까? 단순히 친해지고 싶어서? 아직 설득할 여지가 있다고 생각해서? 아니면 싸우기 전에 상대를 방심시키려고? 그것도 아니면 싸우게 될 상대의 성향을 파악해 보려고? 무엇이 됐든 이 대화를 이어 나가 보면 알 수 있을 것 같았다.

"내일이 없다면 내일이 있어서 하지 못했던 다른 일을 할 수 있겠지요. 내일이 없어서 오늘 할 일이 바뀌는 것이니 없는 내일과 오늘도 이어져 있는 하나라고 부를 수 있지 않겠습니까?"

"네… 그렇군요. 이해했습니다."

'예비신의 화신'은 이제 '늙은이'에게 대해서 어느 정도 안다고 생각했다. 그가 어떤 식으로 자신의 일에 도움이 될지도 대충 계산이 됐다. 이제 지극히 개인적인 이야기까지 해 준 '늙은이'에게 자신의 이야기를 해 줘도 되겠다는 확신이 들었다.

'늙은이'는 누군가가 겪는 불행도 자발적으로 한 일의 결과라면 그 일로 인해 죽는다 해도 인정해 주고 받아들일 사람이었다. 그런 종류의 일에 거부감은 느낄지언정 이미 일어나거나 일어날 일을 바꾸려 하거나 방해할 사람은 아닌 듯했다. 오히려 도움이 필요하다면 도울 사람으로 보였다.

'예비신의 화신'은 이제 차분하게 자신의 이야기를 해 나갔다.

"내가 없던 과거가 있었기에 지금의 내가 존재할 수 있지요. 지금의 나라는 존재가 있어서 현재와 미래에 내가 영향력을 행사할 수 있다는 말에도 동의합니다. 내일에 없는 오늘이 왔을 때를 대비해야 한다는 것도 알겠구요.

하지만 굳이 우리가 종말을 맞이할 필요가 있을까요? 우리가 없는 내일을 위해서 오늘 이것저것 해 두는 소극적인 선택을 할 필요가 있을까요? 우리는 이제 영원할 수 있습니다. 생명체로서의 영생만을 말하는 게 아닙니다.

지금의 우리 우주에서는 그렇지 않지만 다음에 올 우주에서는 모든 곳에 우리가 존재하며 어디에나 영향력을 행사할 수도 있습니다. 우리는 그 방법도 알고 있지요. 나와 우리가 우주 그 자체가 되는 것입니다. 현재의 우주는 그 크기가 너무 커서 전체를 다 알 수가 없습니다. 우주의 구석구석까지 우리의 의지를 전달하지는 못하고 있지요. 혹시 그렇게 할 수 있는 날이 올 수도 있겠지만 너무나 많은 시간이 지난 후일 것입니다. 아마 이번 우주의 종말이 그보다 더 빠를지도 모르지요….

하지만 블랙홀 안에서 의지와 영향력을 퍼뜨리는 것은 쉽습니다. 블랙홀은 드넓은 우주에 비해서는 너무나 작으니까요. 우주가 다시 작아지고 작아져서 다음 우주로 탄생하기 위한 씨앗으로 돌아갔을 때 우린 그 속에 있을 것입니다. 그 속에서 우리의 의지와 영향력을 퍼뜨려 놓으면 다음 우주는 우주 전체에 우리의 의지가 닿아 있는 하나의 존재로 탄생하게 될 것입니다.

우리는 우주의 크기와 동일한 하나의 거대한 존재가 되는 것이지요. '신'이라는 이름도 그런 존재를 표현하기에는 너무나도 작은 이름이 될 것입니다. 바로 우리가 그런 존재가 될 수 있습니다. 우리가 그렇게 하고자 한다면 그럴 수 있습니다."

'늙은이'는 자신의 가슴속에서 흥분과 호기심이 폭발하는 것을 느꼈다. 왠지 모를 불안이 동반되기는 했지만 그거야 새로운 도전에 항상 있는 일이었다. 뭔가 지금까지와는 완전히 다른 도전 과제가 공룡인류에게, 또 자신에게 주어지는 느낌이었다.

"인간이 '신'을 꿈꾸듯이 '신'은 더 큰 존재가 되기를 바라는 것이군요…. 대단합니다. 하지만 그런 일이 정말 가능할까요? 블랙홀 안에서 의지를 퍼뜨리는 건 가능하겠지요. 그러니까… 생각하고 행동하는 블랙홀이 되는 것 말입니다. 이미 '신'이라는 존재가 그것이 가능하다는 걸 증명했습니다….

이번 우주가 다시 작아져서 다음 우주를 준비하는 거대 블랙홀의 모습을 한 씨앗이 되고 그 거대 블랙홀이 하나의 점으로 붕괴되어 우주세포들이 폭발하듯이 퍼져 나갈 때 지성과 의지가 파괴되지 않고 온전할 수 있겠습니까? 그야말로 모든 것들이 가루의 가루에 가루가 될 텐데요? 빅뱅 후에도 의지와 지성과 의식을 가질 수 있는지 확인할 방법이라고 해 봐야…?"

'늙은이'는 순간 태어나서 처음 느끼는 강렬한 섬뜩함을 느꼈다.
'어? 잠깐…… 뭐, 뭐라고!?'

"지성을 가진 작은 블랙홀을 만들어서 터뜨려 보는 수밖에 없을 듯한데… 설마…?"

"네! 맞습니다. 지금 건설되고 있는, 그러니까 70억 인류가 '신의 몸'이 될 것이라고 여기는 행성은 블랙홀이 될 것이고 재탄생을 위해서 파괴될 것입니다. 그리고 폭발이 퍼져 나가는 범위를 측정하고 퍼져 나간 뒤에도 의식과 지성을 가지고 있는지, 대화가 가능한지 그리고 무엇보다 이 우주에서 어떤 방식으로 어느 정도의 영향력을 행사할 수 있는지 등을 알아보게 될 것입니다."

 너무나도 충격적인 이야기라서 어떤 감정도 떠오르지 않았다. 그저 굉장히 당황스러웠다. '예비신의 화신'은 이런 이야기를 왜 저렇듯 해맑게 하는 걸까? 마치 당연하다는 듯이…. 아마 '늙은이'가 미처 생각하지 못한 다른 어떤 것이 있는 게 아닐까?

 "음… 뭔가 지금… 블랙홀의 파괴라는 것이 가능은 합니까? 우리 우주 정도의 질량이 한곳에 집중돼야만 가능한 일이 아니었나요?"

 '예비신의 화신'은 '늙은이'가 70억 인류가 공중분해 된다는 이야기를 듣고도 블랙홀의 폭발이 가능한지부터 묻는 것을 보고 그가 이 일에 협력할 가능성이 크다고 생각했다. 하지만 사실 '늙은이'는 그저 당황했을 뿐이었다.

 "자연적으로 확장하려면 큰 질량의 블랙홀이어야 가능하겠지요. 작은 블랙홀은 자연적으로는 확장할 수 없습니다. 인위적으로 확장시켜야겠지요. 물론 어떻게 하면 블랙홀을 인위적으로 확장시킬 수 있는지 알고 있습니다."

 '예비신의 화신'은 어떻게 그런 방법을 알고 있는 것일까? 공룡인류는 아직 그런 일을 한 적이 없다. 70억 공룡인류 중 누구도 그런 일을 해 본 적이 없는데 '예비신의 화신'은 블랙홀의 인위적인 붕괴와 폭발과 확장이 가능하다는 것도 알고 있고 심지어 어떻게 하면 되는지도 알고 있다니….

 70억 공룡인류는 블랙홀이 된 후 우리은하계 중심의 블랙홀과 합쳐지는 것인 줄로만 알고 있었는데… 갑자기 폭발이라니…. '늙은이'는 지금 너무나도 많이 당황스러웠다. 자신의 인생에서, 그것도 이 나이에 이렇게까지 누군가가 자신을 당황스럽게 하리라고는 전혀 예상하지 못했었다.

'늙은이'에게 '예비신의 화신'과의 대화는 위협적일 만큼 흥미진진했다. 이 대화가 앞으로 어떤 식의 결론으로 이어지고 또 어떤 사건의 단초가 될지는 모르겠지만 기껏해야 죽기밖에 더 하겠는가? '늙은이'는 '예비신의 화신'이 하려는 일을 끝까지 지켜보고 싶어졌다. 믁, 이놈의 뒤통수를 세게 한 대 때려 보고 싶은 마음도 있었다.

"당신은 누구시죠? 전 당신을 70억 인류의 대표자라고만 생각했었는데요. 지금 당신은 마치 우리은하 중심의 그 거대 블랙홀에 존재하고 있는 '신'처럼 이야기하시는군요?"

"글쎄요… 전 70억 인류의 대표입니다. 물론 '신'의 의지를 실현하는 자이기도 합니다. '신'과 인류가 서로 대화할 수 있게 된 지도 오래됐습니다. 서로 간에 교감이 깊어졌고… 같은 생각을 하기 시작했으며 이제 인류와 '신'을 구분하는 경계가 모호해졌지요. 이제 그 둘은 하나의 인격체라고 불러도 손색이 없게 된 것뿐입니다."

'늙은이'는 순간 숨 쉬는 것을 잊었다. 서서히 당혹감에 적응이 될 때쯤 분노가, 여태껏 경험한 적 없는 엄청난 분노가 미친 듯이 피어올랐다. 어떻게 그런 일을… 어떻게 그런 일을…. '신'과 70억 인류의 정신적인 융합이 70억 인류의 동의하에 이루어진 일이라 해도 애초에 '신'이 과연 70억 인류에게 모든 사실을 알려 줬을까?

'신'은 그저 자신의 일에 쓰고 버리기 위해 공룡인류에게 접근한 것이 확실했다. 이제 와서 '신'이 그렇지 않다고 말해도 '늙은이'는 믿지 않을 것이다. 이제 '늙은이'는 '신의 화신'과의 친목 도모에는 관심이 없어졌다.

한 가지 의문은 자신에게 이런 사실을 이야기해 주는 이유였다. 왜 자신에게 이런 이야기를 해서 이따위 일에 끌어들이려고 하는 건지 그것이 궁금할 뿐이었다.

  화가 나서 온몸이 끓어올라 앉아 있을 수가 없어진 '늙은이'는 자리에서 일어나 창가로 가서 서성였다. 분노를 그 나름의 방법으로 억누르는 데 성공한 '늙은이'는 '예비신의 화신'인 줄로만 알고 있던 '신의 화신'에게 시선을 주지 않으려 애썼다.

  '신의 화신'과 눈이 마주친다면 자신이 느끼는 분노와 혐오감과 배신감을 들키게 될 것이 확실했다. 그렇게 되면 이 대화가 나쁜 결과로 이어질 것이다. 그래서 '신의 화신'과 눈을 마주치지 않으려 하며 이야기를 시작했다. 하지만 이미 늦었다는 것을 '늙은이'는 직감으로 알 수 있었다.

  "하아…… 그렇군…. 그렇게 된 거였어…. 우리 인류는 하나 된 접속망을 이용해서 많은 것들을 공유했지…. 하지만 그럼에도 각자의 개성 또한 서로 대단히 높게 평가해 주면서 인정해 주고 배려해 주는 문화를 가지고 있어! 처음 '신의 몸'을 건설할 때 사람들은 그 행성으로 자신이 가진 모든 것을 이주시켰어.

  재산은 물론 내가 깡통이라고 부르는 자신들의 실제 몸, 영체까지 다 이주시켰지! 그들은 어떻게 되는 거지? 그들은 자신들의 처지가 지금 어떤 상태에 있는지 정확히 알고 있기는 한가? 그들은 블랙홀 속에서 그 깡통의 모습으로 살아가는 것이 아니었나?

  그들이 블랙홀이 되고 또 작은 빅뱅을 겪고도 그 깡통… 그러니까… 자기 자신으로 존재할 수 있다고 지금 이야기하고 있는 거야? 그럴 수 있나? 어!? 대답해 보시오! 그럴 수 있는 거요!?"

  자신을 향해 상당히 예의에 어긋나는 언사를 하기 시작한 '늙은이'를 바라보며 '신의 화신'은 오히려 즐거워졌다. 한낱 한 명의 인간이 이렇게 '신'에게 대들듯이 소리치는 모습이 귀여워 보였다. 더듬이를 사납게 흔들며 위협적으로 입을 짜각거리는 개미를 보는 기분이었다.

"무슨 소리를 하시는 겁니까? 지금 유기생명체가, 그러니까 생명체를 이루는 세포가 블랙홀 안에서 존재할 수 있다고 생각하시는 겁니까? 그건 불가능합니다. 그들은 그 행성이 블랙홀화될 때 현재 인류라고 정의하는 모든 형태를 벗어나게 될 것입니다.

빅뱅 이후에 사람의 형태를 유지하면서 존재한다니요…. 말이 됩니까? 그들은 지금까지 인간이라고 정의되는 형태는 아니게 되겠지만 애초에 그들이 바라는 것은 계속 인간으로 살아가겠다는 것이 아니라 '신'과 하나가 되겠다는 것이었습니다. '신'과 하나 되는 것. '신'이 되는 것이죠.

'신'이 인간의 껍질을 계속 쓰고 있을 이유가 없지 않습니까? 당연히 '신'에 걸맞은 형태로 탈바꿈해야지요. 그들은 인간으로서의 형태를 벗어남으로써 '신'이 될 것입니다. 그들은 우리가 만들 작은 브뱅 이후에 우리은하 중심에 자리 잡고 있는 '신'과 하나가 될 것입니다. 그리고 이번 우주의 마지막을 '신'으로서 맞이하게 될 것이며 다음 우주 그 자체가 될 것입니다."

그럴듯하고 거창한 계획이었다. 하지만 자세히 들여다보면 많은 모순이 숨어 있는 계획으로 보였다. 그리고 크게 하나 걸리는 게 있었다. 그 하나가 '늙은이'를 미치게 만들었다.

"너… 그게 그렇게 확실하다면 폭파 실험 같은 것이 왜 필요하지? 지금 '신'이 되고 싶어 하는 사람들이 '신'의 몸에 융합하기 적합한 작은 블랙홀 형태로 변화한 후에 그저 '신'의, 우리은하 중심에 있는 '신'의 몸에 들어가면 되지 않나? 그러면 작게나마 블랙홀의 질량도 커질 것이고 네가 기다리는 이번 우주의 종말도 더 가까워지는 거니까 너에게도 좋은 거잖아? 왜 이런 폭파 실험이 필요한 거지? 너… 이런 실험이 처음이 아니지? 몇 번째냐? 얼마나 많은 사람들을 죽인 거지?"

"죽이다니… 그들의 의지와 사상과 역사와 문화는 이미 '신'과 하나가 되었습니다. 말 그대로 그들이 '신'이 된 것이지요. 왜 그들의 썩어 버릴 몸까지 '신'과 하나가 되어야만 한다는 것입니까? '신'이 된다는 일에 대해서 너무 가볍게 생각하시는 듯한데… 인간의 몸은 '신'이 될 수 없어요. 인간은 가장 소중한 것을 버려야만 더 높이 오를 수 있으며 더 위대해질 수 있는 것입니다.

'신' 또한 때가 되면 블랙홀의 모습을 한 '신'의 몸을 스스로 파괴할 것입니다. 그렇게 해서 더 위대한 존재가 되는 것이지요. 사람도 자신을 버리고 파괴함으로써 '신'이 될 수 있는 것입니다. 죽는 것이 아니라 더 나은 존재가 되기 위해 필요 없는 찌꺼기를 제거하는 것뿐입니다."

"때가 되면? 때가 되면 블랙홀의 모습을 한 '신'의 몸을 파괴할 거라고? 어떤 때? 수십억 명이나 되는 사람들이 죽어야 할 수 있는 실험을 몇 번이나 해서 '신'이 안전하고 확실하게 다음 우주 그 자체가 될 수 있겠다는 그런 확신이 들 때를 말하는 거요? 사람들을 그렇게 죽어야만 할 수 있는 실험을 해서 그 실험이, 성공하면, 그다음엔? 그다음엔 이제 이번 우주를 파괴하려고 들겠군! 네가 더 나은 존재가 되기 위해서!

그럼 또 얼마나 많은 생명이 죽어야 하는 거지? 네가 '신'을 뛰어넘는 존재가 되기 위해서 시작한 일 때문에 왜 무고한 생명들이 죽어야만 하는 거지? 어떻게 '신'이라는 작자가 그런 짓을…!"

'신의 화신'은 어이가 없었다. 어떻게 이렇게 뻔뻔할 수가…. 공룡인류인 자신들의 욕심 때문에 여태껏 목숨을 잃어야 했던 수많은 생명들은 잊은 것일까?

'늙은이'를 설득하지 못할 듯했다. 하지만 적어도 '신'이 하려는 일에도 정당한 명분이 있다는 것을 알려 주고 싶었다. 인간은 언제나 항상 어리석고 뻔뻔한 욕심쟁이들이었다.

하지만 이제는 그들 역시 오랜 시간을 살았고 그럴듯한 역사가 만들어진 지도 오래됐다. 뭐가 됐든 할 만큼 한 공룡인류가 좀 더 숭고한 일에 희생정신을 발휘하게 해 주고 싶었다. 자신들이 영 쓸모없지만은 않았다고 스스로 위안 삼아도 될 만한 그런 희생 말이다.

"과거에 존재했던 수많은 유무형적인 것들이 있었기에 지금의 나와 당신이 있는 것입니다. 당신이 이야기했던 어제와 오늘 그리고 내일을 기억하시지요? 그 셀 수도 없이 많은 생명과 광석, 기체, 액체, 폭발과 빛, 어둠, 많은 태양과 더 많은 행성들… 그 밖에도 이루 헤아릴 수 없이 많은 모든 것들, 그 모든 것들이 지금의 나와 당신을 있게 한 것입니다.

우리에게 직접적으로 영향력을 행사한 것들도 있었겠지만 본 적도 닿은 적도 없는 것들이 대부분입니다. 그런 식으로 나와 직접적인 연관이 없어 보이는 모든 것들이 결국엔 다 나와 닿아 있고 내가 나로 있을 수 있게 기여했습니다.

심지어 지금은 존재하지도 않는 것들마저도 내가 나로 존재할 수 있게 하는 데 기여했습니다. '신'이 더 위대해지고 더 큰 존재가 된다면, '신'조차도 하찮게 보일 만큼 위대한 존재가 된다면 그런 존재의 탄생에 기여하고 사라져 가야만 하는 많은 것들이 있어야 하지 않겠습니까?

물론 그렇게 사라져 갈 많은 것들이 지금은 존재하고 있지요. 그런 것들이 지금은 너무나 소중하고 없어지면 아쉬울 것 같겠지만 지나고 나면 그저 과정이고 추억이 될 뿐입니다. 오히려 성장통과 같은 고난이자 뿌리치기 힘든 유혹이자 집착일 뿐이었다고 말할 날이 올 겁니다. 당신이 알고 있는 지식과 누리고 있는 과학기술의 성과들이 전부 당신 자신의 희생과 노력으로 획득한 것은 아니지 않습니까?

당신의 삶에도 다른 이들의 희생이 필요합니다. 저 창밖의 인조인간들의 노동도 거기에 포함되겠지요. 무언가 존재하려면 어떤 식으로든 희생이 필요합니다. 존재의 위대함이 클수록 그런 존재가 되기 위한 희생도 큰 것이 당연한 것 아닐까요?

전 우주를 능가하는 존재의 탄생에 이번 우주 정도의 희생이 필요하다면 아주 작은 희생입니다. 하나를 희생해서 얻는 것이 둘 이상이라면 누구라도 그렇게 하지 않겠습니까?

인간이 수많은 동식물들을 사육하는 건 그들을 이용해서 위안을 얻거나 자신의 자식을 기르고 본인이 살아가기 위해서 아닌가요? 심지어 자연이 탄생시키고 기른 생명들을 살해하는 일도 사람들은 자신을 위해서라면 주저하지 않습니다. 그 수많은 생명들에게 인간을 위한 희생에 동의하는지 물어봤나요? 동의하던가요? 그러면서 이제 당신들보다 월등한 존재를 위해 희생하라는 요구에는 거부감은 느끼는 것입니까? 엄밀히 말하면 이건 희생도 아니지 않습니까? 당신들의 정신과 사상은 '신'과 함께할 것입니다. 여태껏 공룡인류가 이룩한 모든 것들도 이번 우주의 끝을 넘어 다음 우주로 이어져 존재하게 될 것입니다.

인간을 인간답게 하는 많은 유무형적인 것들 중에서 왜 유독 육신에 그렇게 집착하는 것입니까? 이제 육신도 아니지요. 당신의 말대로 그저 깡통 아닙니까? 그 속의 뇌와 신경다발 정도가 인간으로 태어나면서부터 가지고 있던 마지막 찌꺼기인데 그거 하나 버리는 것이 그렇게도 어려운 일입니까?

그 마지막 뇌세포라는 것도 천 년 이상 산 사람들은 자연세포보다 인공세포의 비중이 더 높지 않습니까? 많은 것을 부수고 변형시키고 버리고 소비해 가면서 인간은 발전해 왔습니다. 이제 스스로를 부수고 변형시키고 버려서 더 위대한 존재로 거듭날 때가 온 것입니다."

'늙은이'는 손을 들어 '신의 화신'의 말을 끊었다. 그리고는 매우 불손한 태도와 말투로 자신이 궁금한 것을 물었다.

"그러니까 70억에 이르는 인류는 이미 당신이라는 '신'과 하나가 됐고… 그들의 지식과 이야기는 우리은하 중심의 블랙홀 속으로 들어갔으니… 다음 으주에 그들이 영향력을 행사할 수 있다? 그러니까 그런 식으로 인류는 '신'과 하나가 됐으니 인류가 '신'이 되었다고도 할 수 있으시다? 현재의 육신 따위야 아무래도 좋으니 실험 재료로 사용하시겠다는 것이고…. 내 말이 맞는 거요?"

역시 '늙은이'는 자신이 보고 싶은 것만 보고 듣고 싶은 것만 들으며 자신이 하고 싶은 일에만 관심을 가지는 전형적인 '인간'이었다. '신의 화신'이 보기에 '늙은이'는 많은 시간을 살아왔지만 앞으로 얼마를 더 살든 간에 언제까지라도 그저 인간으로 남을 것이라는 확신이 들었다. 살짝 '그러면 그렇지'라는 태도로 '신의 화신'이 짧게 말했다.

"뭐 그렇다고도 할 수 있겠군요."

"나는 인간이 가진 가능성을 '신'과 대등하거나 생각하기에 따라선 '신'보다 더 높다고 평가하는 사람이오. '신'이 인간을 넘어서는 존재라고는 생각하고 있지 않습니다. '신'도 지적인 존재이고 사람도 지적인 존재입니다. 그저 서로 존재하는 방식과 형태가 다를 뿐이라고 생각하고 있습니다. 서로 말이 통하지 않습니까?

서로 대등한 사이에 어느 한쪽이 다른 쪽을 노예나 가축을 대하듯이 할 수는 없는 것 아닙니까?

 당신의 행동은 일종의 사기이고 기만행위에 가깝습니다. 왜 처음부터 사실대로 우리에게 모든 것을 알려 주지 않은 겁니까? 내가 생각하기엔 사실대로 이야기했어도 지금처럼 많이는 아니더라도 충분한 숫자의 사람들을 모을 수 있었을 겁니다. 시간이라면 차고 넘칠 만큼 있으신 분이 무엇이 급해서 이런 식으로 무례하고 무리한 일을 벌이신 겁니까?"

 '늙은이'의 말은 사실이었다. 사람들은 예나 지금이나 새로운 모험에는 불나방처럼 달려들었다. 그중에는 생명의 위험도 무릅쓰고 자신의 모든 것을 걸고 모험에 뛰어드는 사람도 많았다.

 '신'이 자신의 계획을 처음부터 사실대로 다 말하고 협조를 구했다면 지금과 같이 많은 인원과 자금을 모으는 데는 시간이 좀 더 필요했겠지만 일이 진행되긴 됐을 것이다. 어찌됐든 '신'이 되려는 계획에 동참하려고 하는 사람이 왜 없었겠는가?

 '신의 화신'은 친절한 말투로 가르치듯이 말했다.

 "뻔한 걸 묻는 군요. 나는 나와 대등한 생명체를 원하지 않습니다. 내가 통제 가능한 정도의 문명을 가진 생명체를 원하지, 너무 많이 문명화되어 있으면 내 통제가 먹히지 않지요. 그렇다고 문명화가 덜 되어 있으면 쓸모가 없어요. 지금의 인류가 내가 사용하기 딱 좋은 정도의 문명을 가지고 있습니다. 시간이야 많지만 인류가 나에게 쓸모가 있는 건 지금입니다."

 사람들을 마치 자신의 농작물이라도 된다는 듯이 말하고 있는 '신의 화신'을 바라보며 '늙은이'는 깊은 좌절감을 맛보고 있었다. 그 어떤 타협의 여지도 없어 보였다.

"하아… 기가 막히는군…. 내가 가진 영향력이라든지 군사력에 대해선 조사가 끝난 거요? 나의 반발 정도는 쉽게 잠재울 수 있다고 여겨서 지금 내게 이런 이야기를 하는 것 같은데…. 정말 당신이 알고 있는 것이 내가 가진 전부라고 생각하는 거요? 나를 어떻게 보고…. 아니, 내게 원하는 것이 뭐요? 오늘 나에게 온 목적이 뭐요!?"

"당연히 도움이 필요해서 온 것이지요."

"내가? 당신을? 그런 이야기를 다 늘어놓고도 내가 당신을 도와줄 것이라고 생각하는 거요?"

"예! 그렇게 생각합니다. 왜냐하면 당신은 인류를 사랑하니까요! 그들이 아무리 어리석은 사람들이라고 해도 여전히, 심지어 인간의 어리석은 면까지 당신은 사랑하니까요. 70억 명에 달하는 사람들이 헛되이 사라져 가는 것을 보고만 있을 사람이 아니지요. 당신이라는 사람은…."

"뭐? 아니… 그게 무슨…?"

"70억이나 되는 사람들 중엔 우수한 인재들이 많기도 하더군요. 그들과 그간의 실험 내용을 공유하고 문제점을 파악했습니다. 이번 블랙홀 확장에 대해서도 함께 연구하고 토론해 봤지요. 이번엔 될 것 같더군요. 하지만 요전 실험도 그 전의 실험도 그 전전의 실험도 될 것 같았습니다. 하지만 안됐지요. 그저 거대한 불꽃놀이였습니다. 볼만은 하더군요. 이제는 뭔가 확신, 그 이상의 것이 필요합니다."

"잠깐! 뭐 이런… 안 될 거 같으면 하지 않으면 될 것 아니오!? 나는 당신의 그 실험에 반대한다고 말하지 않았소!? 왜 내가 그 실험을 도와야 한다는 거요!?"

"말했지 않습니까? 70억 인류를 위해서라고. 그들은 이미 선을 넘었어요. 그들에게 남은 길은 '신'적인 존재가 되어 다음 우주가 시작될 때까지 기다렸다가 다음 우주의 모든 것으로 탄생하거나 아니면 헛되이 사라지는 것뿐이오. 당신도 그들이 헛되이 사라지는 걸 바라지는 않으시겠지요?"

지금까지 '늙은이'는 황당하고 당황스러웠는데 이제는 무서웠다. 저런 말을 하는 자가 '신의 화신'이 아니라 보통의 사람이었다면 별 미친놈도 다 있구나 하고 외면하고 말았겠지만 그런 것도 아니라서 뭘 어떻게 해야 할지 감도 오지 않았다.

아마 '늙은이'는 '신'이 하고자 하는 일을 도울 수밖에 없을 터였다. 타협의 여지는 조금도 없어 보였다. 희망도 보이지 않았다.

하지만 그렇다고 '신'이 원하는 대로 해 주기는 싫었다. 그리고 무엇보다 화가 났다.

"왜 내게 이런 이야기를 하는 겁니까? 아직 나 말고도 220억 명에 달하는 인류가 아직 인간이길 고집하고 있습니다. 내가 그들에게 이 사실을 알릴 수도 있다는 걸 몰라서 이러는 겁니까? 그들이 가만히 있을 것 같습니까?"

"당신을 포함한 모든 공룡인류의 물질적 자산의 63퍼센트를 당신이 소유하고 있지 않습니까? ('늙은이'가 행성 몇 개를 사유화하면서 얻을 수 있었던 수치이다.) 당신 한 사람의 도움이면 충분합니다. 그렇게 많은 사람들의 도움까지 필요하진 않습니다. 그리고 당신이 그들에게 이 사실을 알려 봤자, 그들 중 몇이나 당신에게 동조하겠습니까? 당신은 오랫동안 혼자였지 않습니까?

이것저것 긁어모으기 좋아하는 욕심쟁이 영감이기만 할 때도 이미 많은 사람들이 당신을 싫어했었는데 지금은 살인을 했던 욕심쟁이 영감이지 않습니까? 꽤 오래전 일이라고는 하지만 그들이 그 사실을 잊었을까요?"

'신의 화신'이 '늙은이'가 옛날에 저질렀던 범죄행위를 상기시킬 줄은 전혀 예상하지 못했다. 그 이야기를 '늙은이' 앞에서 하는 건 '늙은이'의 주변인들에게는 오랫동안 그리고 지금도 금기였다. 그랬다. '늙은이'는 살인자였다. 죗값을 치렀다지만 그 사실이 바뀌는 건 아니다.

'늙은이'는 갑자기 모든 것이 싫어졌다. 지금 '늙은이'가 사용 중인 의체는 젊은 모습을 하고 있었는데도 순간적으로 굉장히 지쳐 보였으며 한없이 많은 세월을 짊어진 듯한 느낌이 스쳐 지나갔다.

자신 같은 살인자 따위가 뭐라고 '신의 화신'씩이나 되는 이와 인류의 미래를 의논하겠는가? 모든 것을 그저 흘러가는 대로 맡기고 싶어졌다.

'늙은이'가 지금 어떤 상태인지 '늙은이' 스스로도 느낄 수 있었다. 오랜 경험에 따르면 지금은 뭐가 됐든 아무것도 하면 안 된다. 그리고 특히 중요한 결정은 내리면 안 된다. 지친 한숨이 나왔다.

"후… 생각할 시간이 필요하겠군요… . 다음에 다시 이야기합시다."

'신의 화신'은 '늙은이'가 지금 어떤 기분인지 정확히 알고 있었다. 70억이나 되는 인류의 기억이 '늙은이'의 기분을 파악할 수 있게 해 주었다. '늙은이'의 현재 기분이야 어떻든 이제 인간의 기분까지 파악할 수 있게 된 '신의 화신'은 이 상황이 재미있었다.

'신의 화신'이 아주 활기차게 말했다.

"언제쯤 다시 이야기할 수 있을까요? 2, 3년 뒤면 될까요?"

"아니요. 한 달 정도 뒤에 다시 방문해 주시겠습니까?"

"사람들의 시간개념은 정말이지 놀랍고… 또 적응하기가 힘드네요! 알겠습니다. 30일 후에 다시 방문하도록 하겠습니다."

'신의 화신'은 자신이 타고 온 우주선에 올라 자신의 거처로 돌아갔다. '늙은이'는 복잡한 심정으로 '신의 화신'을 배웅했다.

5. 죄인

'신의 화신'이 말했듯이 '늙은이'는 살인을 한 적이 있었다. 그리고 오랜 시간 혼자였다. 하지만 신이 모르는 것도 있었다. 그는 혼자였지만 오롯이 혼자라기엔 너무나 다양한 모습의 자신으로 살아왔다.

'신'이 모르는 것은 또 있었다. '늙은이'는 전에도 무수한 생명을 죽인 것이 확실하고 지금도 70억 명에 이르는 사람들을 죽이려 드는 미친놈에게 '살인자'라고 조롱당했다고 마음 상할 사람도 아니었다. 하물며 죽음에 대해 크게 거부감을 가지고 있지도 않았다.

그의 범죄도 사실 사고에 가까웠다. 의체를 이용한 격투기 시합 중에 의체가 받는 충격이 의체 사용자에게 지나치게 실감나게 전해져서 의체가 죽음에 이를 수 있는 충격을 받았을 때 의체 사용자까지 죽는 일이 없도록 방지해 주는 안전장치들 중 몇 개를 상대 선수가 스스로 제거하는 바람에 일어난 사건이었다. 그 안타까운 멍청이는 의체의 반응 속도를 0.05초 더 빠르게 하려고 그런 위험한 짓을 했고 '늙은이'의 의체에 의해 자신의 의체가 부서질 때 의체와 함께 죽어 버렸다.

그 덕분에 '늙은이'는 673년 형을 받았다. 사실 그 시합 자체가 불법이기는 했다. 공인된 시합은 워낙 규칙이 많아서 재미가 조금 떨어지지 않던가? 적은 판돈이라든지 이것저것 사소한 문제들도 시합의 재미를 떨어뜨리고…. 당국의 허가를 받지 않은 격투기 시합을 한 건 잘못이지만 어쨌든 그 멍청이가 죽은 건 자신의 잘못이 아니라고 '늙은이'는 지금까지도 확고하게 믿고 있었다.

 아무튼 이 사건으로 인해 '늙은이'는 원시적이고 다른 행성의 지적 생명체들과도 공식적인 교류가 전혀 없는 고립된 감옥 같은 외딴 행성에 갇혀서 아홉 번의 인생을 살아야만 했다.
 그곳의 인간들이 지구라고 부르는 행성에서였다. 오래전 공룡인류가 탄생해서 번영했었지만 결국 용암에 의한 자연재해로 공룡인류가 떠나야만 했던 그 행성이었다. 공룡인류들 사이에선 워낙 고향 행성에 대한 인식이 좋지 않아서 당시 '늙은이'의 친구들은 '늙은이'가 불지옥에서 673년 동안 구워질 것이라고 생각했다. ("뭐야! 이건 해도 너무하잖아!? 거긴 지옥이라고! 사람 한 번 죽인 걸로 수천 번을 죽으라는 거야!? 미친 거 아냐!?") 지구의 극히 일부 지역에만 용암이 끓고 있으며 포유류에 기반한 ("포유류!? 쥐 말이야!? 오! 맙소사…") 지적 생명체들이 살고 있다는 당국의 설명에도 ("불지옥이 낫겠다! 살점이 쥐들에게 조금씩 뜯어 먹히면서 죽어 가는 것보단 쉽고 빠를 거 아냐!?") 친구들은 전혀! 조금도! 우려를 지우지 않았다.
 그리고 '늙은이'의 친구들은 '늙은이'를 탈옥시키고야 말겠다고 맹세했다. 그의 친구들은 사건이 있던 불법 격투기 시합에서 0.05초 빠른 멍청이에게 돈을 건 놈들이라서 그런지 그다지 믿음이 가진 않았지만 ("0.05초면 우주선으로 얼마나 먼 거리를 이동할 수 있는지 알고는 있어!? 이건 이길 수 없는 시합이라고!" "돈을 따서 술 한잔 사면 그 친구도 기분 풀 거야! 안 그래?") 살짝 위로가 되긴 했다. ('그런데 저 자식들은 그 멍청이가 나보다 0.05초 더 빠를 것이란 걸 어떻게 안 거지?')

형 집행 방법은 이랬다. 죄인의 뇌에서 기억을 관장하는 세포조직의 활동을 강제로 정지시키면 죄인은 아무것도 기억하지도, 알지도 못하는 신생아처럼 된다. 그 상태로 지구인의 모습을 한 생체의체에 원격으로 연결된다. 그러면 죄인은 그저 지구의 한 인간으로 살아가게 되는 것이다. 그리고 시간이 흘러 죄인이 사용하던 생체의체가 수명이 다해 죽게 되면 죄인의 뇌에서 기억세포를 다시 활성화해서 지구인으로 살았던 기억과 죄인이 원래 가지고 있던 기억이 합쳐지도록 한다. 그러면 잠시 기억이 돌아온 죄인은 "이런 씨팔! 개같은!" 등의 쌍욕을 조금 하고 나서 다시 기억세포조직의 활동이 정지된 신생아 같은 상태로 지구인의 모습을 한 또 다른 생체의체와 원격으로 연결되어 남은 형량을 채우게 되는 것이다.

'늙은이'는 그 짓을 673년간 아홉 번이나 했다. 안에서나 밖에서나 탈옥 시도는 없었다. 이런 류의 형벌은 사람을 조금 또는 많이 바꾸기 마련이다.

그래서 요즘은 이런 방식의 형벌은 특이한 경우에 행해지는 독특한 형벌이 되었지만 '늙은이'가 죄를 지었을 때의 ("그건 범죄가 아니었어! 사고였다고! 아니면 자살이거나!") 징역형은 보통 이런 식이었다. 그때만 해도 다른 지적 생명체에 대한 연구의 한 방법으로 죄수를 이용하기도 했었다.

'늙은이'가 삶에 대해 많은 생각을 하게 된 때는 이런 식으로 형기를 채워 나가던 중 세 번째 인생이었다. 어느 절간에 버려진 갓난아기 모습의 생체의체와 연결되어 승려로 살아가게 되었을 때였다.

인생의 대부분을 절에서 보내며 스무 살이 된 그의 법명은 '이문'이었다. 어느 날 스승이자 자신을 키워 준 아버지와도 같은 주지스님이 이문에게 "이제 속세로 나가 많은 것을 보고 배우며 정진하라."라고 하시며 생각할 거리를 주셨다.

"유리로 된 병에 아기 새를 넣어서 길렀는데 새가 자라서 유리병이 새에게는 너무 좁은 곳이 되었다. 이제 새를 꺼내서 자유롭게 풀어 주고 싶은데 유리병의 입구가 새에게 너무 작아져서 입구로는 나올 수 없게 되었지. 유리병을 깨지 않으면서 새를 다치지 않게 밖으로 꺼내 줄 방법이 무엇이 있겠느냐?"

이문은 속세로 나갔다. 닮은 것들을 자신의 눈으로 직접 보고 태우며 부처의 가르침에 대해 생각하고 자신이 할 수 있는 최선을 다해 부처의 가르침을 세상에 알렸다. 그렇게 3년을 세상을 떠돌다가 자신이 버려지고 동시에 거두어진 사찰을 다시 찾아왔을 때 스승이 물었다.
"그래, 정진하였느냐?"
"나름, 최선을 다하였습니다만 아직 이르지 못했습니다."
"집착을 내려놓고 번뇌하지 않으면 되지 않겠느냐?"
"제자가 무엇에 집착하겠습니까? 저는 가진 것이 별로 없습니다. 무엇 때문에 번뇌하겠습니까? 그저 부처님의 가르침을 따를 뿐입니다."
"깨달음에 집착하고 깨닫지 못했다 하여 번뇌하고 있진 않으냐?"

다시 6년이 흘렀다. 이둔은 여기저기 떠돌면서도 스승이 주신 화두를 놓지 않았다. 그저 오롯이 그 새와 유리병에 대해서만 생각할 때도 있었지만 전처럼 고뇌하진 않았다. 화두는 그에게 있어서 일종의 소일거리이자 심심하거나 지루할 때 꺼내서 생각해 보는 생각거리였다. 어디에서든지 상관없었다. 해우소에서나 걷다가 또는 밥 먹을 때도 지쳐서 잠시 쉴 때도 잠깐씩 화두를 생각했다.
세상을 떠돌면서 굶주림과 고생이 왜 없었겠는가? 승려에게 우호적이지 않은 곳도 많았다. 많은 것들을 보고 듣고 겪으면서도 그는 승려로서의 본분을 잊지 않았다. 어떨 때는 승려로서의 본분이라는 것이 그를 감싸고 있는 유리병처럼 느껴지기도 했다. 그 속에 갇혀 날개가 있어도 날아오르지 못하는 새는 이문 자신일까?

봄이 되어 이문스님은 다시 자신이 버려진 곳이지만 동시에 거둬져서 자라난 곳이기도 한 사찰로 걸음을 옮겼다. 겨울 동안 트고 거칠어진 살갗이 다시 여물기를 기다렸다가 출발하는 것이라서 걸음걸이나 행색이 보기에 안쓰럽지 않아서 좋았다. 적어도 이문스님은 그렇게 생각했다.

그날따라 햇살이 좋아서 개울가에서 씻고 옷도 대충이나마 세탁해서 봄볕에 어느 정도 말릴 수 있었다. 아직 축축한 옷을 거둬서 다시 입고 출발했다. 옷이야 걷다 보면 다 마를 것이다.

자신의 스승이자 아버지이기도 한 주지스님을 뵈러 가는 길은 언제나 특유의 기분 좋은 느낌이 있었다.

불가에선 뭘 자꾸만 내려놓고 집착과 번뇌를 버리고 끊어 내라고 가르치지만 기분 좋은 건 기분 좋은 것이다.

바위도 세월이 흐르면 흙으로 부서져 초목을 기른다. 바위와 같이 굳건하게 불도에 정진하던 때도 있었다. 하지만 이제는 그저 있는 그대로 보고 있는 그대로 받아들이기로 했다. 기분 좋은 건 기분 좋은 것이고 기분 나쁜 건 기분 나쁜 것이다.

이제 와서 자신이 이런저런 번뇌로 승려답지 않은 행동을 할 것도 아니고 승려를 때려치울 것도 아니었다. 오히려 지금은 번뇌할 거리가 생기면 반가웠다.

결국엔 그런 번뇌가 자신을 한 번 더 되돌아볼 수 있게 해 주어 수행에 도움이 되고는 했다.

번뇌가 이문스님을 조금씩 단련시켜 주고 더 높은 곳으로 데려다주었다. 번뇌는 떨쳐 버리는 것이 아니라 함께해야 하는 것일까?

이제 이문스님도 제자를 거둘 때가 된 것일까? 그렇다고 해도 그건 이문스님 자신이 결정할 일은 아니었다. 자신에게 배울 게 있다면 제자가 생길 것이고 배울 만한 게 없다면 제자가 필요하지도 않고 누가 자신에게 가르침을 청해 오지도 않을 것이니 이문스님이 마음 쓸 일은 아니었다.

늦은 오후 이문스님이 산사로 들어서자 여러 스님들이 반갑게 맞이해 주었다. 이문스님이 6년 만에 다시 산사로 돌아왔다는 소식을 듣고 주지스님도 달려 나오셔서 반겨 주셨다. 동문들과 함께 식사를 하고 계곡에서 묵은 때를 다시 한번 벗기고 주지스님이 주신 깨끗한 승복으로 갈아입었다.

다음 날 말끔해진 행색으로 주지스님과 이야기하고 싶어서 찾아갔지만 주지스님께서 기거하시는 방엔 동자승이 혼자서 청소를 하고 있을 뿐이었다. 동자승에게 주지스님의 행방을 물으니 절 뒤편 벼랑 끝에 위치한 정자로 가셨으며 이문스님이 오면 "차를 함께하고 싶으니 그쪽으로 오라."라는 전갈을 남기셨다고 했다.

이문스님은 자신이 어린 시절을 보낸 사찰을 천천히 둘러보면서 주지스님께서 계시다는 정자로 갔다. 주변 경관이 잘 보이는 정자에는 노승이 찻잔 두 개와 찻주전자 하나가 놓인 상을 옆에 두고 경치를 즐기고 있었다. 주변 경관과 너무도 잘 어울리는, 얼기설기 엮어서 지은 정자는 구불구불한 소나무 기둥 네 개가 너와로 된 지붕을 받치고 있었다.

어린 시절 여러 스님들이 정자를 짓고 있는 것을 보며 "바람 부는 바위 위에 위험하게 왜 저런 문도 없고 벽도 없는 집을 지으시는 건가요?"라고 물어본 적이 있었다. 그러자 스님께서는 "사람의 인생이 이와 같이 위태로운 것이란다. 사람이 무엇을 하며 뭘 만들든 이 절벽 위에 지어진 정자처럼 바람 불면 날아가고 부서질 것들이란다. 사람이 가끔 그런 이치를 잊어버리고는 하니 볼 때마다 생각나게 하기 위해서 여기에 이런 정자를 짓는 것이란다."라고 대답해 주셨었다.

정자의 이름도 '풍파정'이었다. 바람 불면 부서질 정자라는 뜻이었다. 사실 이건 정자라고 부르기에도 너무 조잡스럽게 지어졌다. 여느 시골의 솜씨 좋은 농부가 만든 원두막보다 못했다.

하지만 무슨 상관이겠는가? 바람 불면 부서져 먼지나 될 것인데…. 그래도 20여 년을 부서지지 않고 벼랑 위에 서 있는 것을 보니 스님들의 솜씨가 미관을 살리지는 못했을지언정 내실은 있었나 보다.

이문스님의 발자국 소리를 들은 노승이 무심한 듯 고개를 돌려 바라보았다.

하지만 입가에 피어오르는 미소마저 숨기지는 못하셨으니 오랜만에 보는 제자와의 만남에 영 무심할 수는 없으셨나 보다. 픽 하고 새어 나오는 웃음소리 같기도 한 숨소리와 함께 노승이 이문을 맞이했다.

"왔느냐?"

이문이 고개를 숙여 합장하며 말했다. 이문 역시 미소가 온 얼굴에 번지고 있었다.

"예! 저 왔습니다. 아버지!"

"미친 놈, 중놈이 아버지가 어디 있다고 아버지냐?"

그저 웃으며 이문과 노승은 마주 앉았다. 둘은 서로의 안부를 묻는 대신 서로의 눈을 바라봤지만 그것도 잠깐이었고 노승은 주변 경관으로 눈길을 돌리며 무심한 듯 물었다.

"고단했겠구나…?"

"그저 원래부터 움직이라고 붙어 있던 팔다리를 움직인 것뿐입니다. 똥 만드는 재주밖에 없는 중놈에게 밟히느라 산과 들이 고생스러웠을 겁니다."

노승의 무심한 듯한 얼굴엔 다시 숨길 수 없는 미소가 번졌다. 하지만 기특한 건 기특한 거고 아직은 칭찬이 제자에게 도움이 될 것 같지는 않았다.

"네가 똥자루면 네가 하는 말은 방귀 소리겠구나."

노승이 이문의 앞에 놓인 찻잔에 차를 따라 주었다.

"차도 한잔 해 봐라. 맛이 좋구나."

노승이 이문을 슬쩍 한 번 쳐다보고는 한마디 덧붙였다.

"오줌도 만들어야지?"

있어 보이는 말 좀 해 봤다가 본전도 못 찾았지만 이문스님은 그저 즐거웠다. 이문스님은 그윽한 향기가 나는 차를 한 모금 하고는 입술에 묻은 찻물이 마르기도 전에 기쁜 기색으로 노승에게 말했다.

"전에 말씀해 주신 '유리병 속의 새' 이야기의 답을 제 나름대로는 얻어서 말씀드리고 싶었습니다."

노승은 이문스님을 찬찬히 살펴보았다. 오랜만에 오는데도 서로의 근황을 묻기보다는 이렇듯 급하게 화두에 대해서 이야기하는 것을 보니 답을 얻은 것이 제자에게 어지간히도 기쁜 일이었나 보다. 지나고 나면 그 또한 별것도 아닌 일이 되겠지만 처음부터 어디 그럴 수 있겠는가?

스승이 처음 내준 화두를 풀었으니 기쁠 만도 했다. 제자의 성취는 스승에게도 기쁜 일이었기에 노승은 허리를 세우며 자세를 단정히 하고 제자의 말을 들을 준비를 했다.

"그러냐? 어디 한번 말해 봐라."

이문스님이 어떤 답을 내놓을지 많이도 궁금한 노승이었다.

"자유란 병 밖에 있지 않습니다. 그 새는 병 밖으로 나와서도 더 빠르게 날 수 없어서 자유롭지 못하다고 할 것입니다. 물속에서 숨을 쉴 수 없어서 자유롭지 못하다고 할 것입니다. 세상의 모든 지식을 알지 못해서 자유롭지 못하다고 할 것입니다. 어디에도 없어 보이는 자유라는 것은 동시에 어디에나 있는 것이기도 합니다.

당연히 새가 든 병 속에서도 자유가 있습니다. 새는 병 밖에서 자유를 찾을 것이 아니라 병 속의 자신에게서 자유를 찾아야 합니다. 자기 안의 자유를 찾은 이는 어디에 있든 자유롭지만 자기 밖에서 자유를 찾으려는 이는 언제까지나 자유롭지 못할 수도 있습니다.

그 새를 둘러싼 병이 보기에 답답해 보이겠지만 새는 오히려 그 작은 병 속을 편안하게 느끼고 있을지도 모릅니다. 여태껏 그 작은 병 속에서 안전하고 평안했으니까요. 그 병을 누군가가 깨려 하거나 새를 억지로 병에서 꺼내려 한다면 오히려 괴로워하거나 싫어할지도 모릅니다. 사람도 그렇지 않습니까? 자신이 스스로 만들었든 누군가가 만들어 줬든 간에 자신이 가지고 있는 신념이나 고정관념 등과 같은 생각들을 깨 버리거나 바꾸려 하지 않습니다.

그와 같은 이치지요. 날개가 있다고 꼭 날아야 한다고 여기는 것은 보는 사람의 생각일 뿐입니다. 날개가 없다면 날 수 없다고 여기는 것도 보는 사람의 생각일 뿐입니다. 새를 꺼내고 말고는 새를 키우는 사람이 결정할 일이 아닙니다. 새가 스스로 병을 깨려고 하지 않는데 새를 꺼내 준다면 그건 그 새를 좀 더 큰 병으로 옮겨 주는 일일 뿐입니다. 스스로 감당할 수 없는 곳으로 옮겨지는 일이 될 수도 있습니다. 새가 진정으로 병에서 나오려면 스스로 하려고 애쓰는 수밖에 없습니다.

그건 누군가가 대신 해 줄 수 있는 일이 아닙니다. 새는 병 안에서 자유로울 수 있고 병 밖에서도 자유로울 수 있습니다. 또한 새는 병 안에서 자유롭지 못할 수 있고 병 밖에서도 자유롭지 못할 수 있습니다. 모두 스스로 하기에 달린 일일 뿐입니다."

노승의 얼굴엔 어느새 미소가 번지고 있었다. 병 속의 새 이야기를 저런 식으로도 생각할 수도 있겠구나 싶어서이기도 했고 제자의 성취가 기특하기도 해서였다. 이래저래 오늘은 노승의 얼굴에서 미소가 떠나지 않는 날이 되어 가고 있었다.

"그렇다면 너는 그 새를 꺼내 줄 방법이 없다는 말이냐?"

스승이 다시 한번 묻자 이문은 자신이 스스로의 작은 깨달음이 너무 기특하고 자랑스러운 나머지 지나치게 흥분해서 두서없이 말했다는 걸 알았다. 말이 앞뒤가 없고 산만해서는 마치 깨져서 조각난 그릇 같아져 버렸다. 이문은 그렇게 느꼈다. 조각을 한데 모아 봤자 그릇 조각 무더기일 뿐이고 이미 그릇의 효용은 찾을 수 없게 되었다.

자신의 말이 그저 '깨진 그릇과 같은 모양'이라는 걸 느끼자 이문은 자신이 깨달은 것이 아니라 그저 수수께끼 하나를 풀었을 뿐이란 것을 알 수 있었다. 그런 생각이 들자 이문은 한층 차분해져서 스승께 대답할 수 있었다. 어느새 이문스님의 얼굴에도 미소가 번졌다.

"병을 깨지도 않고 새가 다치지도 않게 새를 꺼내는 방법은 없습니다. 또 그저 병을 깨서 새를 꺼내 주는 것은 새를 진정으로 자유롭게 해 주는 것이라고 할 수도 없습니다. 진정으로 새가 병에서 나오는 것은 그 새에게 달렸지 제가 어찌할 수 있는 일이 아닙니다."

"불쌍하고 안타깝구나, 그 새는."

"불쌍할 것도 안타까울 것도 없습니다. 그 새는 병 속에서도 자유로울 수 있습니다. 병 밖에 있어도 자유가 없고 자유의 진정한 의미를 알지도 못한다면 그건 병 밖에 있는 것이 아니라 새가 든 병보다 좀 더 큰 병 속에 있는 것뿐입니다. 그렇게 되면 병 속의 새나 병 밖에 있는 사람이나 똑같지요.

　서로를 부러워하거나 불쌍하게 여길 아무런 이유가 없습니다. 같은 산에 똑같이 비가 내리고 햇살이 비춰도 어떤 것은 참나무가 되고 어떤 것은 싸리나무가 됩니다. 참나무는 참나무대로의 쓰임새가 있고 싸리나무는 싸리나무대로의 쓰임새가 있습니다. 싹을 틔워 뭐라도 됐으면 된 겁니다. 그저 각자의 쓰임과 각자의 삶이 있을 뿐입니다."

　"사람도 그런 타고난 쓰임이 있겠느냐?"

　"사람은 타고난 쓰임이 있는 것이 아니라 스스로 어떻게든 만들어서 갈고닦은 각자 나름의 쓰임이 있지요. 사람은 스스로 하기에 따라서 무엇이든 될 수 있습니다. 부처도 될 수 있고 악당도 될 수 있겠지요."

　"타고난 인생이 불쌍한 사람도 있지 않으냐? 그들은 원망이 있지 않겠느냐? 타고난 환경에 얽매여 벗어날 수 없는 경우도 많다. 그런 사람들도 뭐든 될 수 있다고 생각하느냐? 어떤 사람이든 뭐든 시작할 수 있고 그리고 자유로워질 수 있다고 생각하느냐?"

　"사자는 날개가 없음을 탓하지 않고 독수리는 이빨이 없음을 원망하지 않습니다. 축생이 아닌 사람으로 태어난 것만 해도 무수히 많은 가능성을 약속받은 것인데 그것을 활용하지 못한다면 그런 사람은 더 많은 것들이 주어진다 해도 원망을 앞세워 아무것도 하지 않으려 할 것입니다. 유리병 속에서 자유롭지 못한 새가 되는 거지요. 사람은 바늘귀만 한 구멍만 있어도 우주를 조망할 수 있습니다. 내 처지가 어떠한지는 중요하지 않습니다. 내가 어디에 처박혀 있는지도 중요하지 않지요. 중요한 건 내가 어디를 지향하고 있는가입니다."

"냉정하게 들리는구나. 그러니까 환경은 정말 아무런 상관이 없다고 생각하는 것이냐? 환경은 자유를 옭아맬 수 없다고 생각하는 것이냐?"

"환경이 어떻든 자유로워질 수 있는 희망은 있다는 것입니다. 희망이 있다면 모든 것이 달라집니다. 어떤 환경이든 어떤 상황이든 그저 유리병의 다른 모습일 뿐입니다. 신체와 물질의 자유를 탐해서는 결국 한계에 부딪히고 답답해지고 괴롭게 될 뿐입니다. 자유는 밖에 있지 않고 스스로의 내면에 있습니다. 무한할 것 같은 우주에 자유가 있을 것 같지만 오히려 자유는 한 줌 가슴속에 있습니다.

사람들이 백 가지 도구를 모두 소유하여 필요에 따라 하나씩 꺼내 사용하고 싶어 하지만 오히려 한 가지 도구라도 능숙하게 사용할 수 있는 능력이 많은 도구를 가지고 있는 것보다 더 소중한 경우가 많습니다. 더 좋은 건 굳이 도구가 없더라도 언제든지 상황에 따라서 필요한 도구를 만들어 사용하고 일이 끝나면 다시 빈손으로 돌아가는 것이 가장 좋겠지요. 모든 것을 알고 있는 것이 아는 것이 아니라 어떠한 것이든 주어지면 그것의 이치를 꿰뚫어 볼 수 있는 능력을 갖추는 것이 더 중요한 것과 같은 이치입니다.

내면의 자유를 깨달으면 굳이 밖을 탐하지 않아도 되며 무엇이든 할 수 있고 깨칠 수 있으면 굳이 많은 것을 알려고 또는 하려고 시간을 들이지 않아도 됩니다. 자기 안의 아집과 관념과 원망과 구지를 깨뜨리는 것이 자유로워지는 방법입니다. 자기 밖의 유리병을 깨 본들 내면의 자유를 얻지 못한 사람은 언제까지나 유리병 속에 갇혀 있는 것입니다. 그저 유리병의 종류만 바꿔 갈 뿐인 것이죠."

"좋은 이야기고 좋은 답이구나. 그놈의 새는 죽어 던지가 돼서야 병 밖으로 나오겠구나."

 이문은 스승으로부터 '좋은 답'이라는 말을 듣고 나서야 마음이 놓였다. 자신의 생각을 조금은 인정받은 기분이었다.

 "애초에 병 속에 새를 넣지 말아야겠지요. 업을 쌓지 않아야겠지요. 업을 쌓았다면 짊어지면 그뿐이지 업에 짓눌리지도 말고 얽매이지도 말아야겠지요. 풀리지 않는 매듭은 없으니까요."

 제자의 성취에 스승의 얼굴은 기쁨으로 반짝였다. 하지만 스승은 하나만 더 짚고 싶었다. 이문이 그의 제자가 아니었다면 이 정도에서 상대의 성취를 축하해 주고 그쳤겠지만 이문은 그의 제자였다. 어쩌면 노승에게 있어서 이문스님은 제자 그 이상일지도 몰랐다. 아마도 이것이 이 늙은 스승의 업일 것이다.

 "그래 없구나, 방법이 없었어…. '없다' ……옛날 중국 당나라에 이름 높은 선사께서 한 분 계셨다. 그분의 제자가 '부처께선 개에게도 불심이 있다고 하셨는데 정말 개에게도 불심이 있습니까?' 하고 물었지. 그러자 그분께선 '없다!'고 하셨다. 왜 '없다'고 하셨을까? 부처님께서는 '있다'고 하셨는데 그 선사께선 왜 '없다'고 하셨을까? 그것에 대해 생각해 보거라."

 일주일이 지났다. 그동안 이문은 사찰에서 자신이 할 일을 찾아서 하고 있었다. 이문이 새벽 예불을 마치고 마당을 쓸고 있을 때 지나가던 스승님과 마주쳤다. 저 멀리 산 사이로 동이 터 오고 있었다.

 "스승님 전에 제게 주신 문제를 생각해 보았습니다."

 "그래, 어떻게 생각하느냐?"

 "색안경 끼지 말라는 뜻인 듯합니다. 누구에게나 어디에나 '불심'과 상통하는 부분이 있겠지요. 그런 것들을 다 '불심'이라고 하는 것은 그저 보는 이가 불제자라서 그런 것일 뿐입니다. 가톨릭 신자가 보면 '사랑'이라고 할 것이고 유교 선비가 본다면 '충'이라고 할 것입니다. 붉은 안경을 끼고 세상을 보면 세상이 다 붉게 보이는 것입니다. 그저 있는 그대로 보라는 뜻으로 하신 말씀인 듯합니다."

"좋구나! 좋다! 좋아!"

만면에 미소를 띠고 좋아하시는 스승을 보며 이문스님이 또 물었다.

"저는 이제 깨달은 것입니까?"

"네가 생각하기엔 어떤 것 같으냐?"

"생각이 닿으면 깨쳐집니다. 하지만 이것이 깨달음인지는 모르겠습니다."

"그럼 이제 '깨달음'에 대해 생각해 보면 되겠구나."

잠시 멈칫하던 이문스님이 환하게 웃으며 말했다.

"네 그렇군요. 그렇게 해 보겠습니다."

이문은 또다시 생각하고 생각했다. 옛날에 공자라는 분은 "한 귀퉁이를 일러 줬을 때 나머지 세 귀퉁이를 알지 못하는 자에게는 다시 가르쳐 주지 않는다."라고 했다. 이문은 자신이 어렵게 화두를 풀어 낸 것이 단순히 하나를 배웠을 때 그와 상통하는 나머지 몇 가지를 미루어 짐작할 수 있는 수준이라는 것을 증명하는 것밖에 안 된다는 사실을 인정할 수밖에 없었다.

오랜 시간을 수련하고 정진했는데 그 모든 것이 그저 "내가 바보는 아닙니다."라고 말할 수 있는 정도의 수준이라니…. 웃기고 재미있는 일이었다.

다시 며칠이 지나 스승님과 함께 풍파정에서 차 한잔하는 자리에서였다. 멀리 해가 지려 하고 있었다. 이번엔 스승이 먼저 이문에게 물었다.

"그래 '깨달음'이란 무엇이냐?"

"반짝 빛났다 사라지는 반짝임과 같고 지상에 떨어져 사라지는 비 한 방울과 같은 것입니다."

스승의 얼굴이 더없이 환해졌다. 하지만 한 번 더 물었다. 제자의 성취에 의문이 있어서가 아니라 그저 더 듣고 싶어서였다.

"깨달음이 덧없다는 것이냐?"

"잠시 빛났다 없어졌을지언정 어두운 밤에도 빛이 있을 수 있다는 것을 알게 해 주었습니다. 빗방울이 지상으로 떨어져 끝내 사라졌을지언정 하늘에서도 물이 올 수 있다는 것을 알게 해 주었습니다. 덧없다고는 할 수 없지요."

"그렇다면 깨달음이 없는 삶은 어떻게 생각하느냐? 깨달음이 없는 삶은 덧없는 삶이냐?"

"삶이란 점을 하나 찍는 것입니다. 점 하나 찍고 가는 것이지요. 글을 읽다 보면 점 하나로 문장 전체의 뜻이 아예 바뀌기도 한다는 것을 알 수 있습니다. 우리가 사는 이 지구라는 별이 우주에서 보면 아주 작은 하나의 점일 뿐이지만 이 우주의 의미를 아예 다르게 해석할 수 있게 해 주는 하나의 작은 점이라고 생각할 수도 있습니다.

삶도 그와 같습니다. 마침표를 쉼표로 바꿔 주는 빗금과 같이 전체를 흔들 수 있는 삶도 의미가 있겠지만 한 글자의 한 획을 좀 더 길게 만들어 주는 작은 점도 괜찮습니다. 그 작게 더 나아감이 그 글자에 다른 글자와 다른 개성을 부여하니까요.

그림을 그릴 때 금색만 중요하게 여기고 갈색은 버리는 경우는 없습니다. 진한 갈색이 있으니 연한 갈색은 필요 없다 하지도 않구요. 다양한 색이 다 필요하고 모든 색이 다 의미가 있지요. 삶도 그처럼 모든 삶이 다 의미가 있고 귀합니다."

"음… 그것이 네가 깨달은 것이냐?"

"아니오. 저는 깨닫지 못했습니다. 저는 그저 제가 알지 못한다는 것을 알게 되었을 뿐입니다."

"네가 알지 못한다고?"

"네."

"어째서 그러하냐?"

"한평생 코끼리에 대해서 연구를 한 사람이 있었습니다. 그 사람은 코끼리의 키, 몸무게, 다리 길이, 꼬리 길이에 이르기까지 아무튼 코끼리에 대해서라면 터럭 하나까지 모르는 것이 없는 사람이었습니다. 누가 코끼리에 대해서 물어보면 하루 종일이라도 이야기할 수 있는 사람이었습니다. 어느 날 지나가던 사람이 어느 한 코끼리를 가리키며 그에게 물었습니다.

'지금 저 코끼리는 무슨 생각을 하고 있습니까?'

그러자 그는 화를 버럭 내면서 '모른다'고 했습니다. 그렇습니다. 그는 코끼리에 대해서 모르는 사람입니다.

저도 그와 같습니다. 깨달음이 무엇인지는 알겠습니다. 하지만 제가 깨달을 수 있을 것 같지 않습니다. 코끼리가 어떻게 생겼는지 자세히 안다고 해서 코끼리를 안다고 말할 수는 없습니다. 코끼리가 지금 무슨 생각을 하고 있는지 알 수 있어야 하고 코끼리와 이야기를 나눌 수 있어야 코끼리를 안다고 말할 수 있는 것입니다. 그렇게 코끼리를 아는 사람은 코끼리의 몸무게며 터럭 개수 따위 몰라도 코끼리를 안다고 말할 수 있는 것입니다.

저는 그렇지 못합니다. 그렇게 될 수 있을 것 같지도 않습니다. 저는 제가 다음에 무슨 생각을 해 낼지조차 알지 못합니다. 전 알지 못하는 사람입니다.

깨달은 이가 어떤 마음으로 살아가고 어떤 말과 행동을 무슨 의도로 왜 하는지는 알겠습니다. 하지만 제가 그렇게 할 수 있을 것 같진 않습니다.

깨달음이란 변신이기도 합니다. 아예 부처가 되어야 하는 겁니다. 뭐 유교에서는 군자라고 하고 가톨릭에서는 성인이라고 할 수 있겠지요. 아예 부처로 변해야 하고 탈각해야 하는 것이 깨달음인데…. 저는 아직 그 정도는 아닙니다.

세상에서 가장 높은 산의 지도를 가지고 있고 그곳에 갈 수 있는 시간과 돈과 체력이 있다 해도 그 산에 오르려면 오르려는 사람의 의지가 대단해야 합니다. 깨달음이 무엇인지 알았다 해도 깨달음에 이르는 건 다른 문제입니다.

깨달음이 뭔지도 모르는 사람은 그저 알기만 하면 다 되는 것이라고 생각할 수도 있겠지만 깨달음은 변신이고 변화이고 탈각입니다. 저는 깨달음이 무엇인지 알아서 깨달음에 이르기 위해 노력하는 사람일 뿐 깨달음에 이른 사람은 아닙니다.

어린아이가 어떤 실수를 했을 때 나쁜 사람은 그 아이를 때립니다. 보통 사람은 몇 대 때리고 싶은 마음은 들지만 때리지는 않지요. 착한 사람은 아이가 실수를 했다고 화가 나지도 않고 당연히 아이를 때리고 싶다는 생각 자체도 하지 않습니다.

깨달음이란 보통 사람이 착한 사람이 되는 것과 같습니다. 생각과 태도 자체가 바뀌어야 하지요. 저에게 깨달음이 있다면 제가 알지 못한다는 것을 알았고 깨닫지 못했다는 것을 깨달았다는 것뿐입니다. 저는 아직 이르지 못했습니다."

스승이 한동안 따뜻한 눈빛으로 제자를 바라보다가 말했다.

"그래, 아직 깨닫지 못했구나. 하지만 깨달음이 무엇인지는 알았으니 언젠가 깨닫게 되는 날도 오겠지! 고생 많았다."

그 후로 며칠이나 이문은 틈날 때마다 스승님을 붙들고서 잡다한 이야기를 늘어놓았다. 특히 삶과 깨달음에 대해서 많은 이야기를 했는데 스승은 제자의 이야기를 별말 없이 다 들어 주었다.

"태어나고 살다가 죽는 것이 생명을 가진 이들의 삶입니다. 삶이 영원하지 않고 어찌 보면 순간적이라고 해서 삶이 덧없다고 할 수는 없습니다. 모든 것들은 탄생과 존재 과정과 종말이 있습니다.

각자에게 나름의 처음과 나름의 삶과 나름의 끝이 있어서 각자의 삶을 완성시키는 것이지요. 각자는 완벽하지 않고 여기저기 다치고 부러지고 기울었을지언정 독립된 하나의 삶이라고 부를 수 있습니다. 삶은 다른 삶과 비슷하면서도 다릅니다. 그런 다름이 각자의 삶을 의미 있게 합니다. 아무리 비루하고 힘들었던 삶이라 해도 그 삶은 그 삶을 살았던 사람만이 경험할 수 있었다는 점에서 나름의 의미가 있고 어떤 방식이었든 처음부터 끝까지 마무리된 하나의 완성된 삶인 것이지요.

그렇게 마무리된 완성된 삶을 보고 지금은 존재하지 않는 끝나 버린 과거의 삶이라고 해서 또는 현재의 삶이 영원하지 않다고 해서 삶이 덧없다고 말하는 것은 영원이라는 색안경을 끼고 삶을 평가하는 것입니다. 삶의 본질은 영원에 있는 것이 아니라 삶 그 자체에 있습니다.

각자의 삶이 다 기승전결이 끝난 소설이라고 말할 수도 있을 것입니다. 어떤 이야기가 쓰여 있든 길든 짧든 그 소설이 끝났다고 해서 덧없는 소설인 건 아닙니다.

영원히 이어지는 소설만이 의미 있다고 말하는 경우는 없습니다. 그저 또 하나의 이야기가 완성된 것에 감사하면 될 일입니다.

삶은 그저 삶입니다. 다른 이들의 평가나 의미 부여가 없더라도 각자의 삶은 다 의미 있고 뜻깊은 것이며 무엇보다 그저 감사한 일입니다. 깨달음도 그저 깨달음일 뿐입니다. 깨달은 이가 아는 것이라고 해 봤자 자신이 살고 있는 시대의 사람들이 갇혀 있는 유리병의 크기를 가늠해 낼 수 있게 된 것 뿐입니다.

그리고 그 안에서 자유로우려면 어떻게 해야 하는지를 알게 된 것뿐입니다. 유리병의 크기 따위 몰라도 얼마든지 자유로울 수 있고 사는 데 불편할 게 아무것도 없는데 굳이 깨달음에 집착해서 깨달았다면 그 시대에 필요한 일이 무엇인지 알려야겠지요. 그딴 거 알릴 필요 없는 시대에 깨달았다면 가장 좋겠지만 어디 그런 팔자 좋은 사람이 흔하겠습니까?

깨달은 이는 그의 시대가 유리병을 깨야 할 시대라면 그 시대가 갇힌 유리병을 깨고 나면 어떻게 되는지 사람들에게 알리고 다 함께 노력해서 깨든지 아니면 혼자서 깨 보여야 할 것입니다. 그게 아니라 아직 유리병을 깨서는 안 되는 시대에 깨달은 이는 아직은 깰 때가 아니라 깨기 위한 준비를 해야 할 때이니 깨지 말고 이것저것 준비하라고 일러 줘야 할 것입니다. 그런 것이 각 시대의 깨달은 이가 할 일이겠지요.

그런 일을 하려면 모든 사람들을 아우를 수 있어야 합니다. 어느 한 곳이 뭉쳐 있거나 색안경을 끼고 있어서는 안 되겠지요. 어찌됐든 사람들은 언제나 자기 안에서 자유를 찾기보다는 자신을 억압하는 유리병을 깨고자 할 것이고 그 유리병을 깨고 나면 금방 다음 유리병의 존재를 만나서 했던 일을 반복할 것입니다. 그때마다 많은 시행착오를 겪겠지요.

깨달음은 그런 시행착오를 최소화하는 데 도움이 될 것입니다. 각 시대가 갇혀 있는 유리병의 크기는 그 시대의 깨달은 이가 가늠해 내어 그 시대에 필요한 방법을 제시할 것입니다.

'깨달은 이'는 그런 일을 하는 사람이어야 합니다. 깨달았다면 지금 뭘 해야 하는지를 아는 사람이어야 합니다. 밤에 등불이 필요하고 가뭄에 비가 필요하듯이 '깨달은 이' 또한 세상이 어지럽고 사람들이 미혹에서 헤어나지 못할 때에 꼭 필요한 사람입니다. 하지만 대낮에 등불이 필요하지 않고 가득 찬 호숫가에서는 큰비를 무서워하듯이 세상이 조화롭고 풍족하여 사람들이 각자 나름의 삶에 충실하다면 '깨달은 이'가 굳이 나설 필요가 없습니다.

하지만 끊임없이 언제나 '깨달음'을 추구하는 이가 있는 것은, 언제든지 어둠은 다시 찾아오기 마련이고 가뭄이 찾아와 비 한 방울이 간절해지는 시기도 때마다 있어 왔듯이 미혹에 빠지는 사람들은 항상 있어 왔고 언제 세상이 또다시 어지러워질지 모르기 때문입니다.

'깨달음'은 그저 '깨달음'일 뿐입니다. 세상 모든 가치들이 쓰일 곳이 있듯이, 세상의 모든 삶이 그저 삶으로서 존중받아야 하듯이 '깨달음'도 세상에 쓰일 곳이 있는 가치 중 하나일 뿐이며 '깨달은 이'도 그저 '깨달은 이'로서 제 몫의 삶을 살아가면 그뿐입니다."

"그렇구나! 좋다! 좋아! 아주 좋구나! 그래 이 시대의 '깨닫기 위해 정진하는 이'로서 너는 무얼 할 생각이냐?"

"글쎄요… 세상은 이러니저러니 해도 그럭저럭 잘 돌아가고 있으니 돈 많은 부자 하나 살살 구슬러서 절이나 하나 지어 가난하고 배곯는 이들에게 밥이나 한 상씩 차려 주면서 살까 합니다."

"그래… 그것도 좋지. 어느 어두운 구석에 작은 등불 하나 놓이겠구나…."

이문스님은 자신이 말한 대로 살았고 그의 승려로서의 삶도 끝나는 날이 왔다. '늙은이'의 의식은 다시 본인의 몸으로 돌아왔다. 수억 년의 삶을 살아온 그가 고작 80년을 살다가 죽는 원시인의 삶에서 뭔가를 배울 것이라고는 상상하지 못했었다. 그저 지겹기만 한 유배이고 고통스럽기만 한 형벌일 뿐이었는데….

그는 형 집행 과정에 문제가 있음을 알렸다. 그는 자신이 673년의 유기징역을 받은 것이지 사형을 언도받지는 않았다고 항변했다.

그는 벌써 세 번의 죽음을 경험했다. 더 이상은 이런 정당하지 않은 정신적인 고통은 감당하기 힘들다고 법정에 나가 호소했다. 그의 요구는 받아들여졌고 이제 그와 연결된 생체의체가 죽음에 이를 것이라고 예상되는 시점에서 며칠 또는 몇 년 전에 미리 접속을 끊어서 죄수가 죽음을 경험하는 일이 없도록 하는 식으로 형 집행 방법이 바뀌었다. 바뀐 사항을 적용하기 위해서 형 집행이 2일간 정지됐다.

죄수의 형 집행 과정을 새로 정비하는 데 2일이나 걸린다는 것은 굉장히 이례적인 일이었다.

2일은 많은 것을 할 수 있는 시간이었다. 이 시대에는 법을 만드는 것은 여전히 사람들이었지만 사건의 판결과 형 집행은 법원 인공지능과 법집행기관 소속의 각종 인공지능체들이 전담했기에 판결도 금방 내려졌고 항소와 이의 제기나 증거 보충에 따른 판결 수정도 금방 이루어졌다. 모든 재판은 짧은 시간에 끝났다. 수 초 만에 끝나는 재판도 있었다.

하지만 이렇게 꽤나 유능한 사법기관도 형 집행 방법을 고치는 일에는 시간이 필요했다.

생체의체와 연결이 끊어져도 사용자의 생체의체가 죽거나 활동이 정지되지는 않는다.

생체의체는 인공의체와는 달라서 의체를 조정하던 신호가 끊어지면 그저 한 명의 지적 생명체가 될 확률이 99% 이상이었다. 극히 낮은 확률로 상태이상을 보이는 경우도 있었지만 그런 경우는 매우 드물었다.

'늙은이'는 자신이 사용했던 생체의체를 독립된 한 명의 인간으로 살게 해 주고 싶었다. 감성적인 이유도 있었지만 무엇보다 실질적인 이득이 있어 보여서 취한 조치였다. '늙은이'가 사용했던 생체의체가 한 명의 인격으로 독립한다면 '늙은이'의 입장에선 자신이 누구보다 잘 파악하고 있는 사람이 한 명 생기는 것이다. 그 사람의 취향, 말투, 성격, 장점과 단점까지 완전히 알 수 있었다. '늙은이'가 바로 그 사람이었으니까!

일을 믿고 맡길 수 있는 또는 어떤 일을 맡겨야 하는지 잘 아는 '사람'이 생긴다는 것은 요즘 같은 시대에서는 거의 기적에 가까운 일이었다. '늙은이'는 자신이 보유하고 있던 모든 자원을 활용해서 자신의 생체의체였던 '사람'이 죽지 않게 하는 일을 시작했다. '늙은이'의 개인 연구소는 생체의체였던 '그'가 질병과 노화에서 해방될 수 있는 방법을 연구하기 시작했다.

'늙은이'는 형 집행이 정지된 2일 동안 자신의 개인 연구소의 인공지능들과 충분히 교류하면서 필요한 모든 지시를 하려고 노력했다. 일부 허가가 필요한 사항들에 대해서는 인공지능에게 자신의 권한을 위임했고 책임 한계도 정해 줬다. 주의 사항도 면밀하게 살펴서 반드시 해야 할 일과 해서는 안 되는 일도 일일이 정했다.

'늙은이'는 자신의 인공지능 연구소와 가상현실을 이용해서 교신했다. 가상현실은 사용자가 시간개념을 마음대로 지정할 수 있어서 실제로 '늙은이'에게 주어진 시간은 2일이었지만 '늙은이'가 가상현실에서 사용한 시간은 3년 하고도 2개월이었다.

모든 것을 계획하고도 시간이 조금 남아서 가상현실 격투기 시합에 열을 올리고 있을 때 형 집행 정지가 끝나고 다시 죗값을 치르기 위해 네 번째 생체의체로 '늙은이'의 의식이 연결되었다. 네 번째 생체의체의 수명은 70년으로 정해져 있었다. 네 번째 생체의체의 나이가 69세가 됐을 때 사용자와의 연결이 끊어져서 사용자가 죽음을 경험하지 않게 할 예정이었다.

그러니까 '늙은이'의 연구소는 인간 유전자를 연구해서 인간에게 영생을 줄 수 있는 방법을 찾고 '늙은이'가 사용하던 생체의체가 자유의지를 가지게 되었을 때 시설이 갖춰진 자신들의 우주선으로 점잖게 데려오기 위한 준비를 마치는 데 69년의 시간이 있다는 뜻이었다. 이미 현재 지구에 살고 있는 인간의 유전자는 충분히 연구되어 있었다. 생체의체를 만들 수 있을 정도로 지구인의 유전자가 어떤 체계를 가지고 있으며 어떤 식으로 작동하는지 충분히 연구되어 있었다.

어떻게 하면 지구인이 죽지 않고 영원히 살면서 다시 젊어지기도 하고 늙을 수도 있는지도 연구된 적이 있었다. 하지만 공식적으로 지구인을 개조했다는 기록은 없었다. 비공식적으로 누군가가 해 봤을 수도 있겠지만 그런 일을 했다는 자료를 찾을 수는 없었다. 당연한 일이었다. 그렇게 할 필요성이 전혀 없었기 때문이다. 누가 변방의 원시인이 죽지도 않고 젊은 모습으로 영원히 살기를 바라서 그를 위해 자신의 시간과 정성을 들이겠는가? (반려동물을 위해 그렇게 하는 사람은 많다.)

남의 것을 힘으로 빼앗고 속여서 훔치는 것밖에 모르는 원시인이 오래 살아 봤자 그 모양 그 꼴이다. 그런 것들이 죽지도 않고 오래 살면서 기술만 좋아지면 약탈한답시고 민폐 끼치는 범위만 넓어지게 돼 있었다. 그저 일찍 없어지는 것이 좋은데 저들이 알아서 시간 되면 죽어 준다는데 직접 드러내 놓고 말은 못 해도 그걸 마다할 사람이 어디 있겠는가?

'늙은이'가 하려는 일도 따지고 보면 그런 원시인들이 영생하기를 바라서가 아니라 그저 자신이 사용했던 생체의체에게만 영생을 주겠다는 것이니까 그렇게 파격적인 일은 아니었다. 어쨌든 그런 이유로 '늙은이'의 연구소에서는 자료를 모으기 시작했다. '늙은이'의 의식이 지구인의 모습을 한 생체의체와 연결됨과 동시에 간단한 연구가 시작됐다.

연구소의 인공지능들은 자신들에게 주어진 69년을 꽤나 알차게 보냈다. 인간을 영생하게 하는 방법을 찾아내고 실험하고 실제로 사용 가능하게 만드는 건 싱거울 정도로 쉬웠다. 그래서 남아도는 시간을 '늙은이'의 생체의체가 드디어 자유의지를 가지게 됐을 때 어떻게 하면 무리 없이 납치할 수 있을까? 에 대한 천 개 정도의 주 계획과 만 가지 정도의 보조 계획을 기획하면서 보냈다.

이때 작성된 계획들은 아직까지도 유용하게 사용되고 있었다. 작전 2번까지 넘어가 본 적이 없어서 여태껏 작전 1번만을 사용하고 있지만 언젠가는 나머지 일만 천 가지 방법을 다 써 볼 수도 있지 않을까…?

'늙은이'가 지시하고 '늙은이'의 연구소가 실행한 연구는 목적을 달성했고 '늙은이'가 사용했던 생체의체들은 성공적으로 한 사람의 독립된 인격을 가지면서 죽지 않을 수 있는 사람이 되었다.

'늙은이'가 형 집행 기간 동안 사용한 생체의체는 아홉 개였다. 징역살이가 끝났을 때 그중 셋은 죽었고 여섯 명이 각자 독립된 인격을 가진 사람이 되었다. 그들은 모두 '늙은이'에게 있어서 더없이 소중한 친구이자 조력자이며 분신과도 같은 사람들이었다.

'늙은이'는 자신이 가진 거의 무한에 가까운 재력을 활용해서 그들을 교육시켰고 우주를 쾌적하게 여행할 수 있도록 설계된 우주선도 줘서 견문을 넓힐 수 있도록 배려해 주었다.

그들은 오랜 시간을 살면서 각자의 위치에서 사회에 영향력 있는 사람이 되기도 했고 아니면 그저 자신이 하고 싶었던 소소한 일들을 하면서 잘 살아가고 있었다.

'늙은이'는 이런 식으로 한때 자신이었던 사람들을 독립시켜 주면서 그들과 좋은 관계를 유지하고 있었다. '신의 화신'과 원치 않은 만남을 이어 가고 있는 지금에 와서는 그런 사람들이 860명에 달했다. 그들은 우주 곳곳에서 인간이 닿았던 지역에서 살고 있거나 인간이 닿은 적 없던 곳으로 가고 있었다.

'신의 화신'이 '늙은이'를 찾아와서 시시콜콜한 이야기까지 해 댄 건 아마도 '늙은이'가 오랫동안 자신의 정원행성에만 머물며 딱히 다른 사람들과의 교류가 없었기 때문일 것이다. 능력과 재력은 상당하니까 이용할 만하되 다른 사람들과의 교류는 없으니 이런 충격적인 사건을 외부에 알려서 사건을 막을 정도의 영향력을 행사할 수 없는 사람이라고 판단했을 것이다. 그러니까 이용해 먹긴 쉽고 버리기는 더 쉬운 사람이라고 생각했을 것이다. 하지만 틀렸다.

'늙은이'가 자신의 인생을 살면서 어느 시점에서 혼자가 됐고 지금도 혼자인 듯이 보이는 건 사실이다. 하지만 그는 수많은 자신을 만들었다. 그가 누구보다 잘 아는 사람들이 그를 사랑했으며 그 또한 그 사람들을 자신만큼은 아끼고 사랑했다. 그들의 유대는 보통의 자연스러운 인간관계가 도달하기 어려울 만큼 깊고 끈끈했다.

'늙은이'는 자신의 인생의 어느 시점에서부터 혼자였다. 지금도 오롯이 자신으로 혼자 살고 있었다. 단지 조금 특별한 건 어제의 자신과 일 년 전의 자신 그리고 백 년 전의 자신과 천 년 전의 자신이 각자 따로 여기저기서 살고 있다는 점이었다. 그들은 우리은하 곳곳에 포진해 있었고 그중에는 상당한 영향력을 가진 존경받는 사람도 있었다.

그러니까 '늙은이'는 '신의 화신'의 예상과는 달리 '신'이 하려는 일을 차고 넘치게 훼방 놓을 수 있었다.

'신'과 접촉할 수 있는 시궤가 되었다. '늙은이'의 칼도 '신'과 접촉할 수 있을까?

'신'은 닿을 수 없을 때나 '신'이다. 어떤 식으로든 '신'과 닿을 수 있다면 '신'은 그저 타협과 투쟁의 대상일 뿐이다. 이제 '신'은 그저 존재하는 방식과 생각하는 방식이 우리들과는 조금 다른 '외계인'일 뿐이다.

그 외계인이 인류를 실험도구로 삼아 70억 명 정도를 죽이려 든다…?

"이 새끼가…."

'늙은이'는 당장 움직이지는 않았다. 그저 자신의 정원행성의 여러 장치를 이용해서 자신이 보유한 인공의체 중 하나에 접속했다. 지구에 있는 의체였다.

6. 새로운 사업

　지적 생명체가 가진 가치는 그 지적 생명체가 사는 행성의 자원 따위가 아니라 지적 생명체 그 자체에 있다. 특히 그들이 만들어 가는 문화, 예술, 문학, 언어, 생활양식 등 지적 생명체만이 만들 수 있는 모든 것들이 굉장한 가치를 가진다. 다른 행성의 인류가 어떻게 사는지는 언제나 궁금증을 자아내는 이색적이고 흥미진진한 오락거리였다. 물론 '늙은이'도 다른 행성에 사는 인류의 삶에 관심이 많았다. 그들의 삶은 흥미진진하며 사랑스럽고 고귀했으며 존중받아야 마땅했다.
　거기에 더해 그들의 삶은 몇몇에게는 돈이 된다. 아마 그런 부분이 다른 행성에 사는 전혀 다른 문화와 생김새를 가진 사람들을 '늙은이'가 많이 사랑하는 이유일 것이다.
　굉장히 많은 것을 가진 부자가 된 지금은 외계 지적 생명체 관련 사업으로 거둬들일 수 있는 수입은 소소한 수준이 돼 버렸지만 소소하다고 해서 재미가 없는 건 아니었다.
　지적 생명체가 사는 행성이 발견되면 그 행성에 대한 탐색과 연구가 이루어진다. 특히 그 행성의 지적 생명체를 집중적으로 탐구하는데 각 행성에 살고 있는 사람들의 언어만 해독할 수 있게 되면 그 행성의 어지간한 정보는 대부분 알 수 있었다. 물론 너무 낙후된 문명을 가진 행성에서는 탐험가와 연구자들이 직접 발로 뛰는 수밖에 없었다. '늙은이'의 경우 자신이 가진 각종 장비와 인력을 동원해서 더 정밀하게 더 많은 정보를 수집했다. 그 행성의 지적 생명체와 똑같은 모습의 인공의체를 이용한 관광사업에 활용하기 위해서였다.

'늙은이'는 인공의체 또는 생체의체를 이용해서 다른 지적 생명체의 인생을 체험할 수 있게 해 주는 관광사업을 공룡인류 최초로 기획했다. 673년간의 징역살이에서 많은 영감을 받아서 만든 관광상품인데 형벌적인 요소는 뺐다. 재판과 판결은 상품 설명과 계약서로 벌금은 관광 요금으로 바꾸는 식인데… 뭐, 그랬다.

예전에도 학술적인 필요에 의해서 또는 보물사냥을 위해서 학자들과 탐험가들이 원시행성을 다양한 방법으로 방문하고는 있었지만 절대 일반적인 일은 아니었다. 외계행성 탐사는 자금도 많이 들고 위험한 일로 여겨졌었다.

하지만 '늙은이'가 많은 부분을 바꿨다. 가상공간에서 외계문명체험을 하는 걸로 충분히 만족해하던 사람들에게 실제 상황에서만 가능한 '불확실성'에 도전하는 삶을 강조한 원시문명 체험관광 마케팅은 대단한 성공을 거뒀고 '늙은이'가 만든 회사는 이 업계에서 확고한 위치를 선점할 수 있었다.

원시문명 체험관광 상품에도 여러 종류가 있었다. 많이 원시적인, 그러니까… 지적 생명체이긴 한데 문자도 없고 농경이나 목축을 부분적으로만 할 뿐 주로 수렵과 채집으로 생활하는 원시인들이 사는 행성에서는 반기계식 인공의체를 사용했다. 그런 원시적인 지역에 상대적으로 약한 생체의체를 사용했다가 질병으로 고생만 가득한 인생을 살거나 작은 독충에 물려서 허무하게 죽거나 어디 끌려가서 노예로 살다가 죽는 삶을 살게 될 수도 있었다. 그렇게 되면 회사는 고객과 상당히 불편한 관계가 될 수도 있었기에 원시문명 체험에는 고객에게 반기계식 인공의체를 강력하게 권했다.

그럼에도 불구하고 원시문명 체험에 회사에서 권장하지 않는 생체의체를 고집하는 사람들은 원시문명 체험 경험이 무지막지하게 많거나 아니면 조금 별난 사람이거나 아무것도 모르는 사람이었다. 원시문명 체험에 생체의체를 사용하고 싶다면 꽤나 두꺼운 계약서에 사인을 해야 했다.

원시문명 체험에서 관광객들이 사용하는 반기계식 인공의체는 그 지역의 지적 생명체들의 기준에서 아주 잘생기고 아름다운 모습을 하고 튼튼하며 늙지도 않고 힘도 세고 각종 질병과 독, 전염병에도 내성이 있도록 설계된다. 그렇게 만들어 놔야 원시문명 속에서 하고 싶은 일을 제약 없이 할 수 있었다. 그런 반기계식 인공의체는 어쩌다 한 번 상태이상을 일으켜 어쩔 수 없이 회수해야 될 경우가 아니라면 몇백 년이나 몇천 년에 걸쳐서 여러 사람이 사용하기도 했다.

원시사회에서 그런 반기계식 인공의체를 사용하게 되면 최소한 부족장이 되거나 작은 왕국의 왕이 되는 경우가 많았다. 자신들의 우두머리가 늙지도 않고 죽지도 않으며 힘도 굉장히 세고 독을 들이켜도 괜찮다니…. 누가 봐도 이상했지만 원시사회에서는 보통 그냥 그러려니 하거나, 족장 또는 왕께서 신의 축복을 받으셨든지 아니면 신의 아들이신가 보다 하며 오히려 좋아하기도 했다.

어쩌다 왕이 된 반기계식 인공의체는 관광객들이 일주일이나 일 개월 또는 몇 년씩 많은 돈을 지불하고 돌아가면서 사용하는 경우도 있었다. 회사에서 정한 몇 가지 규칙을 지키면서 짧은 시간 왕 노릇을 해 보는 관광 코스였다. 가끔 왕으로 접속해서 굉장히 상상도 못 할 미친 짓을 해서 왕이 바뀔 만한 사건을 일으키는 사람도 어쩌다 한 명씩 있었는데 그런 사람이 좀 창의적이어서 회사가 정한 금지 사항을 피해서 미친 짓을 한 경우에는 어쩔 수 없지만 금지 사항을 하나라도 어겼을 경우엔 고액의 손해배상을 각오해야 했고(금전적인 것을 쌓아 두는 습관이 없어진 현대인에게 고액의 손해배상은 낯선 개념이었고 어려웠으며 인생을 낭비하게 했다) 영영 체험 관광을 못 하게 될 수도 있었다.

체계적이고 깊이 있는 해부학 지식을 보유한 지역에선 반기계식 인공의체를 사용하지 않았다. 자칫 원시문명의 기술 수준이 올라가기라도 하면 곤란했다.

뛰어난 사람을 죽여서 그의 피와 살을 먹고 뼈를 장식하는 문화가 있는 원시문명 때문에 추가된 기능도 있었다. 그런 원시문명권에서 사용하던 인공의체가 기능이 정지되면, 정지되는 것과 거의 동시에 순식간에 분해되는 기능이었다.

그 기능 때문에 원시문명권에 이상한 신화가 생기기도 했지만 그런 것도 사람들은 재미있어했다.

원시문명 체험은 선풍적인 인기를 끌었고 해가 갈수록 사람들이 이용하는 인공의체의 종류와 직업도 다양해졌다. 맹수를 맨손으로 찢어 죽이는 용사부터 불과 얼음을 다루는 마법사, 일기예보와 기우제를 주관하고 미래를 예측하는 주술사도 있었으며 캡슐에서 태어나는, 그러니까… 알에서 태어나서 몇백 년을 살다가 하늘로 올라가는 왕과 왕비 등등 전부 많은 돈이 필요한 일이었지만 사람들은 너무나 재미있어했고 기꺼이 비용을 지불했다.

아무리 그곳이 낙후된 원시문명권일지라도 우주 한구석에서 신화적인 존재로 기억될 수 있다면 그만큼 멋진 일도 드물었다. 그리고 그런 식으로 원시문명 체험에 의미를 두는 사람들이 많아질수록 원시문명을 가진 행성의 문화를 보호하고 보존하기는 쉬워졌다.

사람들은 자신들의 우주선을 타고 온 은하계를 맘껏 여행하고 늙지도 병들지도 죽지도 않으면서 어느 구석의 한 행성의 원시인들이 조그마한 자신들의 행성에 묶여서 갖은 고생을 하고 얼마 살지도 못하고 죽어 가는 데도 그런 모습이 자연스러운 것이라며 보존을 주장했다.

그렇게 아주 쉽게 꽤나 많은 수의 행성들을 합법적으로 은하계에서 문화적으로 고립시켰고 기술과 과학의 전수도 막았다. 누군가에게는 아주 반가운 일이었다.

뭐, 어떤 지적 생명체의 문명이든 독자적으로 발전하게 두는 것이 문화적, 기술적 다양성을 확보하는 데 더 유리하기도 했다. 일부에선 그런 식으로 원시행성을 고립시키는 것은 인도적으로 올바른 일이 아니라고 주장하며 원시행성에 발단된 기술을 전수해 준 적도 있었고 지금도 그런 사람들이 종종 있긴 했다.

하지만 문명이란 한두 가지 뛰어난 기술만 터득한다고 성장하는 게 아니었다. 오히려 같은 행성에서 경쟁하는 몇몇 국가들 중에서 한 곳의 기술만 유별나게 발전함으로 인해 전쟁이라는 참사가 빚어지기도 했었다. 그런 사건이 몇 번 있은 후로 원시행성에 무책임하게 기술을 전수하는 일은 더 철저하게 금지됐다.

어느 행성이든 지적 생명체가 살고 있는 행성은 문화적으로 또 기술적으로 발달된 문명이 만들어지기 마련이다. 원시문명 사회가 해부학 분야에서 어느 정도 지식을 습득하게 되면 그 행성에서의 원시문명 체험은 생체의체를 사용해서 하는 수밖에 없었다. 생체의체는 사용하는 데 있어서 여러 가지 제약이 따랐고 사용자에게도 꽤나 전문적인 지식이 필요했다. 그리고 생체의체는 너무 비싸고 수명도 짧은 데다가 내구성 또한 형편없었다. 하려고만 하면 사용자의 생체의체가 젊음을 유지하면서 영생하게 만들 수도 있었겠지만 생체의체의 특성상 그런 식으로 개즈하는 경우는 거의 없었다.

생체의체는 일정한 기간이 지나면 자의식이 생기고 그렇게 성성된 자의식이 점점 강해지기 때문에 어느 시점에선 사용에 주의를 해야만 했다. 너무 오랜 시간을 생체의체에 접속해 있으면 사용자의 자의식이 오염될 수도 있었다. 뭐 '늙은이'처럼 자의식 오염을 즐기는 사람이라면 몰라도 생체의체에 오래 접속하는 사람은 없었다. 그건 거의 상식이었다.

어차피 오랜 시간을 사용하지도 못하는 생체의체를 영생하게 개조할 필요도 없었다. (개조를 하지 않아도 생체의체는 엄청 비쌌다.) 어설프게 손댔다가 자칫 생명과학이 발달한 행성에서는 큰 혼란을 초래할 수 있었기에 생체의체는 그 행성에서 사는 지적 생명체의 평균 수명만큼만 살게 하고 20년에서 30년 정도로 정해져 있는 사용 기한을 넘기지 않고 생체의체와의 접속을 끊는 것이 보편화되어 있었다.

사용자와의 접속이 끊어졌다고 해서 생체의체가 죽거나 바보가 되거나 작동 불능이 되는 경우는 극히 드물었다. 생체의체는 사용자에 의해서 조종되던 때의 기억도 자신의 기억으로 받아들인다.

그저 '예전엔 참 철이 없어서 이상한 짓거리를 많이도 했었지…'라거나 '그때는 머리가 참 잘 돌아갔었는데…'라는 식으로 과거의 자신을 기억하고 누군가에게 자신이 조종당했다는 사실은 전혀 인지하지 못했다. 그저 과거에 자신이 한 모든 일들은 스스로 원해서 충동적으로 한 일이었다고만 인식하면서 남은 자신의 인생을 살아갔다.

물론 특수한 경우에는 생명과학이 굉장히 발달된 원시문명권에서 반기계식 인공의체를 사용하기도 한다. 하지만 그렇게 되면 인공의체가 그 행성의 지적 생명체들에게 포획되는 일이 없도록 하기 위해서 보조 인력과 장비를 엄청나게 붙여야 했기 때문에 공식적인 경로로 반기계식 인공의체를 중간문명권에서 사용하려면 많은 비용이 들었다. 당국에 신고하지 않고 사용이 제한된 지역에서 반기계식 인공의체를 사용하게 되면 자유인으로서의 많은 권리를 오랜 기간 포기해야 했다. 그만큼 중간문명권에 인공의체가 노출되는 일은 누구나 꺼려 하는 일이었다.

중간문명권에서의 원시문명 체험관광 상품은 워낙 단가가 높아서 잘 팔리지도 않았고 사람들이 기피해서 수익성이 떨어졌다.

하지만 중간문명권에서는 체험관광사업보다 더 큰 수익을 가져다주는 것이 있었다. 바로 중간문명권에서 살고 있는 사람들이 만들어 내는 문학과 예술, 음악 등이었다.

그런 이색적인 문화는 모두 상품화됐고 그것들을 팔아서 올리는 수익은 의체를 이용한 관광 상품에서는 도저히 나올 수 없는 막대한 금액이었다.

중간문화권에서 만들어지는 문학작품과 음악 그리고 예술품들은 복제되어서 또는 필요에 따라선 작가가 직접 만든 실물을 문명권행성(자유로운 우주여행이 가능하고 타임머신이 개발되어 있으며 생명이 존재하지 않는 행성에 생명을 이식할 수 있는 능력이 있고 개인의 삶과 죽음을 각자의 자유의지로 결정할 수 있는 사회를 형성한 사람들이 살고 있는 행성)으로 가져가서 판매했다. 수많은 사람들이 외계행성에서 만들어지는 문학작품과 음악 등을 뇌에 직접 내려받았는데 그때마다 '늙은이'의 계좌에는 숫자가 늘어났다.

예술품도 적절한 수준에서 수집해서 판매하는데 실제로 존재하는 작품들 중에는 그 가치가 상상을 초월하는 것도 많았다.

물론 원작자가 저작권료를 요구한다면 '늙은이'는 기꺼이 지불할 용의가 있었다. '늙은이'에게 원작자가 저작권료를 청구한다면 말이다. 여태껏 그렇게 한 사람은 단 한 명뿐이었다.

자신들이 살고 있는 행성의 문화를 중간문명권에 편입시키는 사람들은 굉장히 드물었고 기껏 중간문명권이라고 평가할 만큼 자신들이 살고 있는 행성의 문화를 발전시킨 사람들도 범우주문명권으로까지 자신들의 문명 수준을 끌어올리는 경우는 백에 하나 정도였다. 어찌 된 일인지 중간문명권 사람들은 보통 자기들끼리 전쟁을 한다거나 자신들이 사는 행성의 환경을 스스로 파괴한다거나 해서 자살하는 경우가 많았다.

'늙은이'는 어떤 원시행성에서든 그곳에 사는 사람들이 영생에 성공하면 그 행성에서는 더 이상의 문화상품 채집을 하지 않았다. 그러니까 이미 죽었거나 범우주문화권에 진입하기 전에 죽을 것이 확실한 사람들의 작품들만 취급했다. 그런 식으로 꽤나 조심했기에 '늙은이'가 저작권료 소송에 휘말린 적은 단 한 번뿐이었다.

그 한 번도 원작자가 자신의 의지와 능력으로 '늙은이'를 찾아온 것이 아니었다.

누군가가 아주 유명하지만 우주를 여행할 능력이 없는 예술가를 찾아가서 "당신의 작품이 이 별에서 10만 광년쯤 떨어진 별에서 천문학적인 수익을 내고 있으니 당신이 살고 있는 이 별에서 3만 5,000광년 떨어진 행성으로 날아가서 저작권료를 청구하세요! 그러면 당신은 부자가 될 거예요. 제가 그 별까지 데려다드릴게요!"라고 말을 해 주는 사람이 있을 수도 있겠지만 그런 말을 믿을 정도로 정신 나간 사람 중엔 뛰어난 예술가는 드물었다.

단 한 번, 저작권료 일부를 받을 수도 있지 않을까 하는 기대를 가지고 지구인 음악가 한 명을 납치해서 '늙은이'에게 거액의 돈을 요구한 사람이 있었다. (납치범은 '늙은이'의 동포인 공룡인류였고 납치당한 사람은 그 시점에서 지구에서 번성하고 있던 원숭이인류의 한 사람이었다.)

'늙은이'는 그 지구인에게 거액의 돈을 지불했고 우리은하계의 우주문명을 체험할 수 있도록 편의도 봐 줬다. 그의 노래를 좋아한 것도 그를 좋게 대우한 이유 중 하나였다.

하지만 그를 납치한 파렴치한 범죄자는 납치와 인신매매 미수혐의로 감옥에 가 있었다. 그가 지구인 음악가를 납치해서 우주를 가로지르는 동안 지구인 음악가를 거의 짐승처럼 취급했던 것 같았다. 지구인 음악가는 납치범 덕에 꽤나 남는 장사를 했음에도 불구하고 그에게는 자신이 받은 거액의 저작권료를 조금도 나눠 주지 않았다.

'늙은이'가 손을 써서 납치범이 남 좋은 일만 하고 자신의 신세는 망쳤다는 식의 뉴스가 퍼져 나가게 해서 그 뒤로는 그런 식의 모험을 하려 드는 사람은 없었다.

그 지구인 음악가는 자신이 받은 돈으로 우주선도 하나 장만해서는 우리은하 곳곳을 여행했으며 가끔은 의체를 사용해서 자신의 고향 행성을 방문했다. 물론 이제 그는 자신이 원하지 않으면 늙지도 죽지도 않는 몸이 되었으며 '늙은이'와는 친구가 되었다.

'늙은이'는 자신의 기나긴 인생에서 잠깐, 그러니까 673년 정도 되는 짧은 시간 고생한 덕에 아주 많은 즐거움과 더 많은 돈을 얻을 수 있었다. '늙은이'에게는 꽤나 멋진 일이었다.

돌멩이와 가스 덩어리는 절대 하지 못하는 일을 지적 생명체인 많은 사람들이 아무런 불평 없이 (단 한 번을 제외하면) 무료로 해 주는 것이 얼마나 고마운 일인지….

'늙은이'의 원시문명 체험관광사업과 중간문명권 문화, 예술품 수집사업은 꽤나 많은 행성에서 성업 중이었지만 그는 그중에서도 자신의 고향 행성을 가장 좋아했다. 공룡인류가 새로 정착한 행성에서 가장 가까운 '지적 생명체가 사는 행성'이라는 점도 좋았고 무엇보다 그 별에 새로 생겨난 지구인들의 모습이 너무 마음에 들어서 그 별을 좋아했다.

 '늙은이'는 '신의 화신'과 만나기로 약속한 날까지 지구에서 지구인의 모습으로 생각을 정리하고 싶었다.

7. 고뇌

　지구의 어느 산중에 초겨울이었고 달 밝은 밤이었다. 높은 산들에 둘러싸인 작은 호숫가에 제법 큰 2층짜리 통나무집이 보였다. 나무로 된 작은 선착장과 잘 관리된 보트들이 누워 있는 창고도 보였다.
　호수 중앙에선 거품이 일고 있었다. 제법 깊은 수심을 가진 호수의 바닥에서 누가 봐도 바위인 어떤 것이 몇 분 전부터 거품을 내뿜고 있어서였다.
　바위에서 공기 방울이 나오는 것이 멈추더니 누가 봐도 바위인 그것이 열렸다! 바위 안쪽에는 정체불명의 기계장치들이 보였고 그곳에서 웬 벌거벗은 여자가 튀어나와서는 통나무집이 있는 호숫가로 헤엄쳐 갔다. 어느새 누가 봐도 바위였던 것은 다시 누가 봐도 바위인 것으로 변해 있었다.
　그 여자는 호수 밖으로 나와서 주변을 한번 둘러보더니 통나무집으로 걸어갔다. 통나무집의 안과 밖은 잘 관리돼 있었고 언제부터였는지 벽난로에는 불꽃이 일고 있었다.
　그 여자는 통나무집 2층의 옷장에서 이것저것 꺼내 입고는 1층으로 내려와서 벽난로 앞에 앉았다.
　여인은 외모는 아름답고 고귀해 보였지만 눈을 보면 왠지 다가서기 힘든 엄숙함이 느껴졌다.

'늙은이'가 개인적으로 지구에 가져다 놓은 반기계식 인공의체 중 하나에 접속한 것이다. 지구는 이제 인공의체로 활동하려면 꽤나 많은 보조 인력과 장비가 필요한 곳이 되었지만 '늙은이'에게는 그런 보조 인력과 장비를 동원할 능력이 있었고 오히려 그렇게 동원한 보조 인력들 덕에 행동이 자유로웠다. 사소한 일은 다 그들이 알아서 해 주기 때문이었다. 작지만 모든 것이 갖춰진 통나무집에서 편안하게 앉아서 창밖으로 보이는 달을 바라봤다.

벽난로에 장작을 몇 개씩 던져 넣으며 날이 밝기를 기다렸다. 몇 시간 후 눈부신 아침이 찾아왔다. 푸른 하늘과 맑은 공기 반짝이는 호수와 거대한 설산의 모습까지 다 절경이었다. 이런 풍경을 감상하기에는 생체의체의 눈보다는 반기계식 인공의체의 눈이 더 좋았다. 이런 모든 풍경을 보려고 굳이 몇 번 오지도 않는 이곳에 반기계식 인공의체와 보조 시설과 보조 인력을 유지시키고 있었다. 욕심일 뿐이고 그다지 효율적이지도 않았지만 '늙은이'는 이렇게 하는 것이 좋았다. 우연히 발견한 이곳에 언제라도 올 수 있다는 사실만으로도 마음이 평화로워졌다.

'늙은이'는 언제나처럼 주변을 산책했다. 곰과 권투도 해 보고 늑대들과 친구 맺기를 시도해 봤으며 사슴과 함께 달리기도 했다. 들소의 등에 올라타 봤고 여우의 사냥을 여우 몰래 구경했다.

주변에서 가장 높은 산에도 올라 봤고 호수에서 살얼음을 깨면서 수영도 했다. 며칠을 그러고 나서 어느 밤에 호숫가 나무에 등을 기대고 앉아 생각에 잠겼다.

또다시 그를 괴롭도록 고뇌하게 하는 상황이 그를 찾아왔다. 주기적으로 감당할 수 없을 것만 같은 일이 자신을 찾아오는 이유가 뭔지 그는 아직도 알지 못했다. 언제나 모든 것이 갖춰졌다 싶을 때 감당하기 힘든 시련이 그를 찾아왔다. 그가 가진 물질적, 인적 자산은 우리은하계의 누구라도 상상조차 하기 힘들 만큼 대단했다. 그런 그에게 시련이라니?

'늙은이'는 상식적으로는 고민이랄 게 있을 수가 없는 사람이었다. 누가 봐도 그러했고 '늙은이' 스스로도 최근 들어 그런 믿음이 생기고 있었다. 그런데 갑자기 '신'이라니? 그런 게 실제로 존재한다는 것도 놀랄 만한 일인데 그런 '신'이 '늙은이'를 콕 짚어서 굳이 만남을 청해 와서 만났으며 며칠 뒤에 또 만나야 한다니….

그리고 대화 주제라는 것이 '70억 공룡인류의 공중분해가 필요한 실험을 하는데 피실험 당사자인 70억 명의 공룡인류가 동의했으니 너도 협조해라!' 따위라니…. 황당하고 기가 차서 눈물이 다 날 지경이었다.

너무나 긴 세월을 살아오셔서 감정이랄 게 없을 줄 알았다고? 70억 인류가 죽는 일에 가담해야 된다는 소리를 들으면 누구라도 없던 감정까지 생겨나서 손발이 덜덜 떨릴 거다! 이런 미친….

70억에 이르는 그 사람들은 이제 블랙홀 속의 '신'이라는 것과 정신적으로 '하나'가 된 듯했다.

정말일까? 이 정도로 많은 사람들이 한꺼번에 죽는 사건은 공룡인류의 기나긴 역사에서도 없었다. 그것도 미리 예고가 되다니…. 정말로 그런 일이 일어나는 걸까?

'신'이 인류의 죽음을 원한다면 '신' 또한 죽음을 각오해야 하는 것이 맞지만 '늙은이'는 '신'을 죽이는 방법을 몰랐다. '신'이 살고 있는 곳이 우리은하 중심에 위치한 거대 블랙홀이니까, 그곳을 파괴하면 '신'을 죽일 수 있나? 뒷일은 생각하지 않고 블랙홀을 파괴한다고 했을 때 그 방법은?

블랙홀을 파괴하는 방법을 알아내기 위해선, 그러니까 '신'이라는 자를 죽이는 방법을 알아내기 위해서는 '신'에게 협조하는 것이 최선일 듯했다.

'신'이 살고 있는 블랙홀을 파괴하는 방법을 알아내기 위해서는 70억 공룡인류가 '신'이 되려고 이주해 있는 행성을 블랙홀화해서 파괴하겠다는 '신'의 실험에 동참해야만 했다. 지금은 그 실험에 동참해서 '신'이 블랙홀을 어떻게 파괴하는지를 알아내는 것밖에 방법이 없었다.

'신'의 말이 사실이고 70억 인류가 인격적으로 '신'과 하나가 되어 이미 각자 개인의 인격이라고 부를 만한 것이 전부 다 사라졌다고 해도, 어쨌든 이 일에 협조한다면 그도 70억 명에 이르는 공룡인류 살해사건의 공범이 되는 것이다.

그다지 매력적인 업적은 아니었다. 물론 자기합리화에 재능이 있는 사람이라면 "70억 공룡인류는 이미 다 죽었고 그들의 시신뿐인 행성은 이미 '신'의 일부가 되었으니 그곳을 파괴하는 것은 사람들을 살해하는 것이 아니라 '신'의 일부를 파괴하는 것이다."라며 자신의 행위를 합리화할 수도 있을 것이다.

하지만 '늙은이'는 옛날 사람이었다. 사람이 죽었을 때 그 시신만이라도 온전히 격식을 갖춰서 장례를 치러 주던 시대를 살았던 사람이다. 이런 일에 더 할 수 없을 만큼의 거부감과 양심의 가책을 느꼈다.

그의 동족들은 왜 굳이 '신'이 되는 길을 선택한 것일까?

여러 가지 극복하기 힘들었던 제약들을 극복한 현 공룡인류에게 불가능한 일은 거의 없었다.

그저 이런저런 발상의 전환과 될 때까지 시도하는 도전 정신으로 실현 불가능하다고 여기던 수많은 일들을 가능한 일로 만들어 온 사람들이 공룡인류였다.

공룡인류의 기술은 가상현실 또는 현실세계에서 원하기만 하면 뭐든 할 수 있는, 불가능이란 없는 경지에 와 있었다. 공룡인류는 그런 사람들이었다. 그럼에도 불구하고 공룡인류의 기나긴 역사에서 하등 보탬이라고는 되지 않던 '신'의 감언이설에 속아서 인간의 정체성을 포기해 버린 70억에 이르는 사람들이 생겨났다. 그들이 정말 인간이 아니게 된 것일까? 인간은 이미 '신'이 할 법한 일을 다 할 수 있는 능력이 있는데…. 누군가에게 그들은 이미 '신'이었다.

날개가 없음을 한탄하는 사자가 있었던가? 이빨이 없음을 원망하던 독수리가 있었나? 도대체 인간에게 뭐가 부족했던 걸까? 이제 와 굳이 '인간'이라는 정체성을 버리려는 이유가 뭘까?

이해하려면 이해할 수도 있었다. 뭐 욕심 때문이겠지!

그들은 정말 인간이 아니게 된 것일까? 정말 그렇다면 그들은 자신들이 한 일의 대가를 이미 치렀다. '늙은이'는 그들이 현재 어떤 상황에 처해 있는지 정확하게 알고 싶어졌다.

그래서 그들이 아직 인간이라면? 그들을 구출해야 할까? 그들이 구출을 원하기는 할까? 자신들이 원해서 '신'이 되기 위해 블랙홀이 될 행성으로 떠난 사람들이 '늙은이'의 말을 믿기나 할까? '늙은이'가 '신'의 계획을 저지할 수 있을까? 섣부른 행동으로 '신'에게 의심을 받게 되면 모든 것이 끝날 수도 있었다. '신'은 '늙은이'를 이번 블랙홀 파괴 실험에서 제외시키거나 더 나아가 공룡인류를 대상으로 한 블랙홀 파괴 실험을 취소하고 다른 곳에서 다른 지적 생명체들을 대상으로 블랙홀 파괴 실험을 진행할 것이 뻔했다.

'신'이 공룡인류를 대상으로 한 실험을 곱게 취소해 줄까? '늙은이'를 비롯한 공룡인류 전체를 '신'이 없애려 든다면? 우리는 '신'이 어떤 공격 수단을 갖추고 있는지도 모르는데? 공룡인류와 '늙은이'까지 싹 다 없애고 나서 이곳이 아닌 다른 곳에서 "신이 되고 싶지 않으냐?"라는 말을 하면서 사람 잡을 짓을 또 하겠지. '신'은 여태껏 우리은하계의 여러 지역에서 그런 짓을 저질러 왔던 것이 확실했다. '신'이 다른 곳으로 가 버리면 블랙홀의 생성과 파괴에 관한 단서도 '늙은이'에게서 멀어진다.

'그들은 죽어야만 한다.'

'어쩌란 말인가?'

70억 공룡인류는 죽어야만 한다. 많은 사람들이 지금 '늙은이'가 하려는 일을 비난하겠지만 우리 은하 곳곳에 흩어져 살고 있는 한때 '늙은이'와 하나였던 사람들은 기꺼이 그의 힘이 되어 줄 것이다. 그들 중 몇몇은 사람들에게 꽤나 강한 영향력을 행사할 수 있는 지위에 있었다. 하지만 이 일에 그들을 끌어들이지는 않을 생각이었다.

'신'이 원하는 것은 아마도 '늙은이'가 가진 광물 및 가스 자원과 건설 장비와 연구시설일 것이다.

가상현실이 아닌 현실에서 실재로 무언가를 축적하기를 좋아하는 '늙은이'의 성격이 이런 시련을 가져올 줄은 몰랐다. 하지만 동시에 이런 상황에서 뭐라도 할 수 있는 기회도 가져다줬다.

'늙은이'가 보유하고 있으며 동원 가능한 자원의 양은 기나긴 우리은하계의 역사에서도 유사한 사례를 찾을 수 없을 정도로 많았다. 꿀벌처럼 모았던 자원들을 이제 다 털리게 생겼으니….

'늙은이'가 기술적인 면에서 상대적으로 발전하지 못한 문명권의 지적 생명체들을 이용했듯이 '신'은 '늙은이'와 그의 동족들을 이용하려 하고 있었다.

지금은 협력해야 한다. 그리고 그에 걸맞은 대가를 요구하는 편이 여러 모로 유리할 것이다.

'늙은이'가 자신의 자원들을 제공하면 '신'은 무엇을 줄 수 있을까? '늙은이'가 무엇을 요구해야 '신'에게 부담을 줄 수 있을까? '신'이 부담스러워할 만한 요구를 해야 '늙은이'가 의심받지 않을 것 같았다. 하지만 도무지 생각나는 것이 없었다.

'신'이 원하는 것이 무엇인지는 뻔했지만 무엇을 대가로 줄 생각인지는 짐작조차 할 수 없었다.

우선 '늙은이'에게는 부족한 것이 없었다. 가상현실이 아닌 현실에서 무언가를 소유하고 싶어 하는 습성 때문에 가진 것이 많기도 했지만 '늙은이'도 현대인답게 가상현실도 적극적으로 활용하고 있었다. 특히 몇몇 사소하거나 다른 사람에게 피해를 줄 수도 있는 일에는 가상현실을 주로 활용했다.

수많은 세기를 거치면서 그는 원하는 것은 다 소유했으며 인간이 누릴 수 있는 모든 것을 다 누리고 있었다. 보통의 사람이 그렇듯이 그도 언제나 원하면 자신만의 세계에서 '신'이 될 수 있었다.

인간은 이제 실제 '신'이 누리는 것보다 더 많은 걸 누리고 있다고 생각했었는데…. (실제로 '신'이 있다고 해도 가상현실에서 인간이 스스로 구축한 세계에서 누리는 자유를 다 누리지는 못할 것이라는 게 정설이었다.) 인간은 '신'도 부럽지 않은 수준에 와 있었는데…. 그런데도 만족을 모르고 실제로 '신'이 되고 싶어 하는 사람들이 70억 명이나 생겨났다.

'그렇다면 이제 그들과는 같은 길을 갈 수 없다. 그들과는 이제 이별해야겠다. 될 수 있으면 자연스럽게….'

'신'은 무엇을 대가로 '늙은이'의 자원을 얻으려 할까? 어쨌든 '늙은이'

는 '신'을 도울 수밖에 없었다. 그가 '신'의 죽음을 원하기 때문이다. 하지만 자연스러워야 한다. 의심을 받아서는 안 된다.

될 수 있으면 모든 인간이 그렇듯이 '늙은이'도 자신의 욕심 때문에 움직이는 듯이 보여야 했다. 이제껏 누가 봐도 욕심 많은 늙은이였으니 계속 그렇게 보이는 건 쉬운 일일지도…. '늙은이'의 칼은 사용되기 직전까지 숨겨져 있을 것이다. 칼의 존재조차도 들켜서는 안 된다. 실제로 지금은 '신'을 죽일 수 있는 칼이 그에게는 없었고 그 칼을 만드는 방법도 '신'에게서 알아내야만 했다.

70억 공룡인류의 죽음으로 만들어질 '신'을 죽이는 칼이라…. '늙은이'는 자신이 미쳐 가는 게 아닌지 의심스러워지기 시작했다.

적어도 하나 확실한 건 있었다. 이 일이 끝나고 나면 '늙은이'는 지금까지와는 영 다른 인간이 되어 있을 것이다.

밤이 깊도록 나무에 기대어 생각해 봤지만 딱히 '이러면 되겠다.'라는 결론에 도달하지는 못했다

툭툭 털고 일어났다.

부엉이나 보러 갈 생각이었다. 깊은 밤 소리 없이 움직이는 부엉이를 찾아 들키지 않고 부엉이가 사냥하는 모습을 관찰하고 싶었다. 부엉이의 눈과 귀를 피하는 건 쉽지 않았고 매번 부엉이가 먼저 '늙은이'를 감지했다. 하지만 부엉이가 사냥하는 모습은 볼 수 있었다.

'늙은이'가 사용하는 인공의체의 시력이 좋아서 부엉이에게 지나치게 가까이 가지 않아도 돼서 좋았다. 부엉이를 비롯한 여러 동물들의 모습을 한 인공의체에 접속해서 살아 본 적이 있어서 동물들의 특징을 잘 알고 있는데도 그들에게 들키지 않는 건 참 어려운 일이었다. 부엉이는 '늙은이'의 고성능 인공의체가 보든 말든 자신의 일을 했다. 복잡한 생각은

접고 단순하지만 쉽지 않은 일에 집중해 보는 것은 머리를 맑게 해 줘서 그동안 생각하지 못했던 어떠한 것을 떠올리는 데 도움이 되기도 했었다. 하지만 이번엔 아니었다. 아무런 대책도 떠오르지 않았다.

뭐… '신의 화신'과의 만남에 앞서 머릿속을 맑게 해 둬서 나쁠 건 없겠지만……. 아무래도 멍청해지는 기분이었다.

그렇게 하릴없이 시간이 흘러갔다. '신'과 70억 인류에 대한 고민을 빼고 나면 산속에서의 하루하루는 조용하고 충만했으며 만족스러웠다. '신'이 '늙은이'를 감시하고 있다는 조짐은 어디에도 없었다. '신'은 도대체 무슨 꿍꿍이일까?

시간은 언제나처럼 무심히 흘러갔고 '신의 화신'과 두 번째 만남을 약속한 날이 왔다. '늙은이'는 왼손 엄지와 검지의 손톱을 닿게 한 후 "인공의체와의 접속 종료"라고 나지막이 말했고 '늙은이'를 지켜보고 있던 보조인공지능체가 그 일을 수행했다. '늙은이'의 아름다운 반기계식 인공의체는 접속이 끊어지자 스스로 호수 속 바위로 돌아갔다. 인공의체는 그곳에서 필요한 정비와 관리를 받으며 다음 접속을 기다릴 것이다. '늙은이'가 의체를 사용하면서 어질러 놓은 것들은 이곳을 관리하는 인공지능 프로그램이 자기 휘하의 드론들을 이용해서 정리할 것이다.

'늙은이'는 오랜만에 자신의 본체로 돌아갔다.

한 사람이 팔다리를 놀리는 데 아무런 불편함이 없을 만큼 큰 크기의 원통형 수족관처럼 생긴 항상성유지장치 속에서 키가 2m쯤 되는 공룡인류 한 사람이 눈을 떴다.

위아래로 굵고 가는 호스들과 전선들이 연결되어 있는 항상성유지장치에서 그가 눈을 뜨자 그를 둘러싸고 있던, 분명 물처럼 보였던 액체가 물이었다면 불가능했을 움직임을 보이며 사방으로 빠르게 사라졌다. 그가 두 발로 섬과 동시에 항상성유지장치의 안과 밖을 구분하던 투명한 유리 벽도 흔적 없이 사라졌다.

천천히 걸어 나오는 '늙은이'의 모습에서 오랜 세월을 살아온 생명체라고 추정할 수 있는 그 어떤 외형적인 특징을 찾아 볼 수 없었다. 전형적인 공룡인류의 호리호리하고 가른 몸에 온몸의 근육은 고르게 잘 발달해 있었다. 좌우로 찢어진 커다란 눈에 반짝이는 황금색 눈동자는 보통의 파충류들과는 달리 빛에 따라 동공이 둥글게 작아졌다가 또 커졌다. 피부는 눈이 부실 만큼 하얀 우윳빛이었는데 포유류처럼 잔털이 있는 피부가 아닌 파충류들이 가졌을 법한 비늘조각들이 오밀조밀 맞물려 있는 모습이었다. 다만 비늘조각들이 아주 작아서 가까이서 봐야 포유류와는 다른 피부라는 것을 알 수 있었다.

코는 지구인에 비해서 낮은 콧대에 사선으로 찢어진 작은 콧구멍 두 개가 숨을 쉴 때마다 열렸다 같히길 반복했다. (먼 옛날에는 콧속을 남에게 보이는 것이 예의에 어긋난다고 해서 친하지 않은 사람과 대화할 때는 콧구멍은 닫고 입으로만 숨을 쉬었지만 요즘 그런 짓을 하는 사람은 사극에서나 볼 수 있었다.) 입은 닫고 있을 땐 감은 눈보다 작았고 갸름한 턱은 여성스러웠다. 공룡이라면 흔히들 있는 꼬리는 공룡인류에게는 없었다.

'늙은이'의 본체가 관리되고 있는 우주선에 상주하는 다양한 종족의 모습을 한 인조인간들 중에서 '늙은이'와 같은 공룡인류의 모습을 한 인조인간이 가운과 슬리퍼를 들고 왔다.

가끔 '늙은이'는 발가벗고 돌아다니기도 했다. 이번에도 혹시 그러지 않을까 하고 기대했는데 실망스럽게도 이번에는 '늙은이'가 가운과 슬리퍼를 착용했다.

옷을 다 입은 '늙은이'가 주위를 둘러봤다. 우리은하 곳곳에 살고 있는 다양한 종족의 모습을 한 인조인간들이 하던 일을 멈추고 따뜻한 시선으로 '늙은이'를 바라보고 있었다. '늙은이'는 그들에게 미소 지으며 고개를 살짝 몇 번 끄덕인 뒤 천천히 발걸음을 옮겼다.

모든 인조인간은 자신의 주인을 사랑하도록 프로그래밍되어 있었다. 주인에 대한 애정도 또는 충성도는 100으로 유지시키는 것이 상식이었다. 100을 많이 넘어서게 되면 인조인간이 주인에게 연애 감정을 느끼거나 자신의 주인을 위한답시고 굳이 그렇게까지는 하지 않아도 될 일을 해 대기 시작한다. 반대로 인조인간을 학대한다든지 해서 주인에 대한 애정도 또는 충성도가 많이 떨어지거나 없어진 인조인간은 주인의 지시를 잘 따르지 않게 되고 주인을 배신하거나 심한 경우 주인을 폭행하고 살해할 수도 있었다.

공룡인류와 함께 살아가고 있는 인조인간들 중에서 애정도 산출이 가능한 고성능 인조인간들은 보통 100년 정도 주인을 위해 봉사하다가 자유로운 인격체로 독립해서 인간과 동등한 권리를 누리며 공룡인류 사회에 동화되어 살아가게 된다. 인조인간의 독립은 생물학적인 임신과 출산이 희귀해진 공룡인류가 인구수를 늘릴 수 있는 몇 가지 방법 중 하나였다. 이마저도 가상현실의 보편화로 인해 인조인간을 부리는 공룡인류가 갈수록 줄어들고 있어서 독립하는 인조인간의 숫자도 자연스레 줄어들고 있었다.

'늙은이'의 인조인간들 중에는 천 년도 넘게 '늙은이'를 위해서 일하고 있는 인조인간들이 많았다. '늙은이'에게 소속된 인조인간들의 애정도는 보통의 경우 100을 넘어 120에 근접해 있는 경우가 많았다.

'늙은이'는 나이가 들수록 많은 사랑을 받는 걸 좋아하게 돼서 인조인간들과 적정 거리를 유지하는 데 번번이 실패했고 자신이 사랑하는 인조인간들에게 충분한 급여를 주며 고용해서 오래 곁에 두는 경우가 많았다.

'충분한 급여'가 그들이 '늙은이'의 곁을 떠나지 않는 결정적인 이유일 수도 있지만, 그 외에도 여러 가지 이유로 '늙은이'의 인조인간들은 '늙은이'를 사랑했다. 외부의 인조인간 전문가가 이걸 본다면 아주 위험한 상황이라고 진단하겠지만 '늙은이'와 그의 인조인간들은 끈끈한 관계를 유지하면서 몇억 년을 사건, 사고 없이 잘 살고 있었으니 어찌 보면 참 희한한 집단이었다.

'늙은이'는 우주선 안에 마련된 거대한 정원을 천천히 거닐었다. 활용도가 높은 식물을 외계행성에 이식하기 전에 어떤 우전자 변형이 필요한지를 알아보거나 부작용을 예측해 보기 위해서 식물을 이식할 외계행성과 비슷한 환경을 조성해 미리 심어 보는 곳이었다 그 덕분에 말이 정원이지 식물들의 배치가 아름답다거나 조화롭지는 않았다. 어떤 구획은 그냥 논이나 밭 같았다. 하지만 뭐 어떠랴? 논밭 같은 풍경도 '늙은이'는 좋아했다.

정원을 거닐다가 멈춰서서 한 식물의 잎사귀를 만져 보는데 조명을 받아 밝게 빛나는 자신의 희그 매끈한 손등에 멈칫했다. 뭔가 씁쓸해지는 기분이었다. 그의 피부는 원래 이런 색이 아니었다. 예전에는 조금 거칠거칠한 붉고 검은 바탕에 갈색과 초록색이 섞여 있었고 여기저기 흉터도 좀 있는 그다지 매력적이지 않은 비늘피부였다. '늙은이'가 젊었을 땐 황금색 비늘피부나 지금의 '늙은이'와 같은 순백의 비늘피부를 가진 사람이 인기가 있었다. 그 외에도 단색의 비늘피부는 드문 편이어서 사람들이 좋아했고 연예인들 중에는 단색 비늘피부를 가진 이들이 많았다.

하지만 '늙은이'는 보통의 공룡인류들처럼 여러 가지 색이 섞인 비늘피부를 가졌었다. 남들이 어떻게 보든 자신만의 색을 좋아했었는데 본체가 너무 오랜 기간 동안 항상성유지장치에서 관리를 받은 결과 이렇게 순백색의 아주 윤기 나는 비늘피부가 되어 버렸다. 공룡인류의 외모 평가 기준에는 비늘피부의 색과 광택이 높은 비중을 차지하는데 지금 '늙은이'가 가진 비늘피부는 옛날에는 거의 상위 0.0001%의 사람들이나 가졌던 비늘피부였다. 너무나도 아름다워진 자신의 모습에 뭐랄까… 의식이 분명히 본체로 돌아왔는데도 아직도 의체를 사용 중인 듯한 느낌이었다.

이런 모습은 굉장히 어색했다. 지금이라도 예전에 자신이 가졌던 비늘피부로 돌아갈 수는 있지만 자신을 위해 헌신하고 있는 사람들을 번거롭게 하고 싶지 않아서 그냥 바뀐 상태로 살고 있었다. 하지만 정말 어색했다.

'내가 미인이라니……. 의체도 아니고 본체가…….'

뭐, 껍데기 좀 바뀐다고 사는 데 크게 불편한 것도 없는데 아무렴 어떠랴….

본체의 눈으로 보는 정원의 초목은 의체의 눈으로 볼 때보다 선명하지도 않았고 자세히 보이지도 않았다. 의체를 사용하면서 '늙은이'는 원래 자신의 눈은 약간 색약이라는 것을 알게 되었다. 본체의 눈은 짙은 분홍색과 옅은 분홍색을 체계적으로 구분하지 못했다. 의체로 봤을 때 얼룩덜룩해 보이던 벽이 깨끗한 단색으로 보였다.

약간 안개가 낀 듯이 보일 때도 있었다. 그는 의체를 사용하거나 생체의체를 사용할 때 딴 건 몰라도 눈만은 거의 완벽한 상태로 설계하는 걸 선호했기에 본체로 돌아와서 사물을 보는 건 약간 뻑뻑하고 불편했다. 하지만 뭐 어떠랴, 어차피 오늘은 본체로 오래 있지도 않을 것이고 이곳엔 그저 자신이 누구인지 다시 한번 되돌아보기 위해서 잠깐 들른 것이다.

어쩌다 꽤 힘든 일이 생겼을 때 본체로 돌아오는 걸 '늙은이'는 좋아했다.

두 발로 딛고 서서 눈에 들어오는 모든 것을 주의 깊게 바라봤다. '늙은이'는 한참을 그렇게 서 있었고 시간은 또 어김없이 흘러갔다.

빛과 중력 그리고 시간이 지배하는 이 우주에서 공룡인류가 가장 먼저 원시적으로나마 인위적으로 이용하기 시작한 자연의 힘은 중력이었다. 그다음은 빛을 사용했다. 시간을 인위적으로 조절이 가능하고 언제든지 이용할 수 있는 자원으로 만들기까지는 여러 세대의 노력이 필요했었다.

특히 타임머신 개발은 획기적인 일이었다. 타임머신 탄생 이전과 이후로 연도를 구분할 정도였다. 타임머신이 개발된 해가 '0'년이었고 지금의 공룡인류는 이를테면 T.E. 9억 1,120년을 살아가고 있었다. (T.E.가 이렇게까지 큰 숫자가 된 건 타임머신이 개발된 이후로 공룡인류에게 그보다 더 큰 사건이 없어서였다.)

타임머신이 있었기에 현 인류는 우주여행은 물론 다른 은하계로의 여행도 할 수 있게 됐다. 타임머신이 있기 전의 우주여행은 너무 지겨웠고 끔찍했다.

타임머신이 개발되고 나서야 공룡인류는 진정한 의미의 장거리 우주여행을 할 수 있게 됐다.

시간은 항상 공간과 함께였으니 이번 우주의 중심을 가상으로 설정하고 가상으로 설정한 우주의 중심점과 우리은하 중심의 거대 블랙홀의 중심을 잇는 가상의 선을 기준으로 우리은하의 우주공간좌표를 산정했다. (좌표는 시간에 따라 달라졌다.) 도든 별들과 은하계는 (가상으로 설정한) 우주의 중심에서 멀어지고 있기에 우리은하가 지금 있는 위치에는 많은 별들과 은하계가 지나갔었다.

그런 사실을 토대로 타임머신을 이용해서 우주여행은 물론 다른 은하계로의 여행도 굉장히 편리하게 할 수 있었다. 우리은하의 중력권(특정한 중력권에 묶이게 되면 타임머신은 그 중력권과 함께 시간 여행을 하게 된다. 그래서 시간에 따른 공간이동을 함께하고 싶은 경우에는 중력권을 벗어나야만 했다)을 어느 정도 벗어나서 어느 별도 어떤 은하계도 지나간 적이 없었던 우주공간까지 가서 몇백만 년 또는 몇십억 년 전으로 시간을 거슬러 가면 우리은하계와 몇백만 광년 또는 몇십억 광년 떨어져 있는 은하계를 시야에 둘 수 있었다. 그렇게 도착한 다른 은하계를 어느 정도 탐험한 뒤 적당한 행성을 골라서 생명의 씨앗을 심고 정착하거나 다시 같은 방법으로 우리은하계로 돌아오기도 했다.

그런 식으로 공룡인류는 우리은하계 외에 세 곳의 은하계에 발을 디딜 수 있었다. 아직 다른 은하계로의 대규모 이주는 없었는데 워낙 우리은하계 내에서도 사람이 살 수 있는 행성들이 많았고 사람이 살 수 있도록 바꿀 수 있는 행성들은 더 많았으며 사용 가능한 자원이 묻혀 있는 행성들은 더더 많아서 굳이 다른 은하계로 이사를 갈 필요가 없었기 때문이었다.

타임머신이 개발되고 나서 공간이 시간과 함께인 것을 이용해서 공간이동장치도 개발되었는데 그건 '늙은이'가 수시로 아주 유용하게 즐겨 사용하고 있었다. 인류의 진정한 진화는 인간 스스로 이룩한 과학의 힘을 빌어 스스로를 바꿀 수 있게 되면서부터 시작된 것이라고 보는 견해도 있었다.

인간이 스스로 자신들의 유전자를 변형시킬 수 있게 되기 전 자연적으로 일어났던 생명체의 '진화'는 지금에 와선 진화가 아니라 그저 생명체가 환경에 적응하기 위해서 '변이'했던 것이라고 말하는 사람들까지 있었다.

환경에 적응하기 위해 육체가 변화하는 것이 1차 원시진화였다면 인간이 자신들의 필요에 따라서 스스로 자신들의 유전자를 알맞게 조정하는 것을 2차 문명진화라고 불렀다. 그리고 인간이 영생을 획득한 것을 2차 문명진화의 시작으로 봤다. 그렇게 두 번의 진화로 현재의 공룡인류가 된 것인데….

그렇다고 해도 타임머신이라든지 우주선의 개발, 문명진화 같은 인류 문명의 도약은 소수의 선지자들에 의해서 이루어졌었다. '늙은이'와 같은 보통 사람들은 그들이 이룬 업적을 별 대가도 없이 누리고만 있는 형편인데 사람들은 마치 이런 모든 업적들이 자신들이 잘나서 이룬 성과인 양 여기며 우쭐했다.

공룡인류였기에 이룰 수 있었던 찬란한 문명이라고 하는데…. 글쎄 공룡인류의 99.9%는 어디 가서 제대로 된 해시계도 못 만들 텐데? 자신들의 시대에 영생을 얻고 타임머신이 만들어졌다는 것에 감사하기는커녕 그 모든 것들이 자신들의 업적인 양 우쭐해서는 너도나도 손을 뻗어 과학의 열매를 남보다 먼저 취하기 위해 열심이었던 인류가… 선지자들의 업적에 기대어 '신'과 같은 능력을 얻었다고 자평하고는 했던 인류가… 이제는 이정도로 문명이 발전하기까지 한 번도 만난 적이 없는 '신'에게 기대어 자신들도 '신'이 돼 보겠다는 야무진 꿈을 꾸고 있었다.

어찌 보면 공룡인류는 정말 임자 제대로 만났다. 뭐 앞으로의 일이 어떻게 풀릴지는 모르겠지만 '늙은이'에게 이번 일은 우습고도 서글펐다. 기껏 여기까지 왔는데 돼지처럼 도축되는 것이 공룡인류의 마지막 모습이라니….

이 우주에서 스스로 자부심을 가져도 좋을 만큼 위대한 업적을 이뤄 낸 공룡인류도 블랙홀만큼 어쩌지 못했었다. 지상에 태풍과 지진, 화산이 있듯이 우주에는 블랙홀이 있었다. 블랙홀은 그저 피해야 할 우주의 자연재해였다. 그런데 그 속에 지능을 가진 존재가 있을 수 있다니…. 어찌 보면 공룡인류에게 '신'과의 조우는 굉장한 기회일 수도 있었는데….

블랙홀 속의 '신'이 공룡인류를 가축처럼 취급하지만 않았어도 시련이 따르는 기회가 아니라 희망에 찬 기회였겠지만 현실은 언제나 그렇듯 실망스러웠다.

'늙은이'는 자신의 우주선을 두루 거닐면서 여전히 자신에게 별다른 대책이 없다는 것만 확인했다. 이제는 정말 가야 할 시간이었다.

8. 제안

'늙은이'는 '신의 화신'과의 두 번째 만남을 위해 자신의 몸을 다시 항상성유지장치에 넣었다. 아무리 봐도 그저 물처럼 보이는 나노봇들이 물 같지 않게 움직이며 '늙은이'의 몸을 감쌌고 '늙은이'의 의식은 자신의 정원 행성에서 대기하고 있던 인공의체와 연결되었다.

'늙은이'는 이제부터 '신'이 하려는 일에 협조해야 했다. '신'을 죽이기 위해선 그 방법밖에 없었다. 그는 조금의 의심도 받지 않고 그 일을 해내기로 했다.

'신'은 자신이 원하는 것을 '늙은이'가 가지고 있다고 여겼기에 '늙은이'에게 접근했을 것이다. 하지만 도대체 '늙은이'에게 뭘 주고 '늙은이'의 것을 가져가려는 건지…. 아쉬울 것이 하나도 없는 '늙은이'의 입장에선 난감하기만 했다. '늙은이'는 '신'이 자신에게 혹할 만한 제안을 해 주기만 바랄 뿐이었다.

아주 어린 시절을 제외하면 철저한 계획과 추진력, 끈기 그리고 무엇보다 행운의 힘으로 현재의 자리에 서게 된 '늙은이'는 이번엔 꽤 큰 행운이 자신에게 찾아오기만 바랐다. 오랜만에 느껴 보는 감정이었다. 한 치 앞을 알 수 없는 상황이 다가오는데도 '늙은이'는 오히려 머리가 맑아졌다. 적당한 긴장감에 기분이 좋아지기까지 했다. 다시 어린 시절로 돌아간 기분이었다. 한… 2,400살 정도였을 때?

살면서 어느 시점을 넘어서서는 모험이라고 부를 만한 일이 없어져 버렸는데 다 늙어서 이런 황당한 일이 자신을 찾아올 줄이야…. '늙은이'의 곁으로 정원행성을 관리하는 인조인간 한 명이 다가오더니 정원행성의 대기권으로 '신의 화신'의 것으로 보이는 우주선이 진입하고 있다고 알려 줬다. 잠시 후 저 멀리서 무언가 반짝이더니 작고 아름다운 우주선이 내려앉았다.

첫 번째 방문 때와는 달리 거창한 환영식은 없었다. '늙은이'가 걸어서 저택의 정문과 현관 사이의 정원으로 착륙하고 있는 우주선으로 다가간 것이 다였다.

'늙은이'가 지금 사용 중인 의체는 불안감과 초조함, 적대감 등의 부정적인 감정 표현을 억제시킨 외교, 교섭용 의체가 아니었기에 지금의 기분이 얼굴에 그대로 다 드러나 있었다. '늙은이'는 자신이 느끼는 감정들을 사소한 부분까지 있는 그대로 노출시켜서 상대방의 반응을 살피곤 했다. 언제부턴가 남의 눈치를 볼 일이 없어져 버린 '늙은이'의 아주 안 좋은 버릇이었다.

우주선의 문이 열리고 '신의 화신'의 모습이 보였다. '늙은이'는 빠르지도 느리지도 않은 적당한 걸음으로 '신의 화신'에게 다가갔다. 드디어 기나긴 밤을 고뇌하게 했던 그 일이 어떤 식으로든 결론이 날 것이다. 그런 점에선 '신의 화신'의 이번 방문이 반가운 '늙은이'였다.

서로의 손을 맞잡을 수 있는 거리까지 가까워지자 '늙은이'는 허리 숙여 인사했다.

"반갑습니다. 방문을 환영합니다. 너무 보고 싶었습니다."

'신의 화신'은 자신의 방문이 '늙은이'에겐 성가시고 불편하기만 한 일로 여겨질 것이라고 생각하고 있었다. 하지만 '늙은이'가 흥미진진해하며 기쁘게 자신을 환대하자 조금은 얼떨떨했다.

공룡인류 70억 명의 죽음에 개입해야 한다는 것이 '늙은이'에게 분명 유쾌한 일은 아닐 것이다. 그런데도 저렇듯 분명한 궤도를 보인다는 것은 '늙은이'가 '신'의 일을 도울 것인지 아니면 돕지 않을 것인지에 대한 명확한 결정을 내렸으며 그 결정에 수반되는 책임도 완수할 준비가 된 것이 분명했다.

적어도 '신의 화신'이 보기에는 그랬다. '늙은이'가 어느 쪽을 선택했든 이번 만남이 길어지진 않을 듯했다.

'신의 화신'이 '늙은이'의 손을 잡고 눈을 크게 뜨며 살짝 당황한 기색을 내비치며 말했다.

"안 본 사이에 뭔가 분위기가 많이 바뀌셨군요. 마치 다른 사람을 만나는 느낌입니다."

"인간은 몇 시간 만에 많이 달라지기도 합니다. 스스로도 놀라운 일이지요."

"그런가요? 재미있군요."

'늙은이'와 '신의 화신'은 그들이 처음으로 긴 대화를 나누었던 방으로 자리를 옮겼다. 인간이었다면 두 사람의 대화를 들을 수 없는 거리에 인조인간 두 명이 서서 두 사람의 만남을 지켜보고 있었다. 형식적인 절차가 많이 생략되었지만 그런 점이 오히려 두 사람 사이에 친밀감과 신뢰가 쌓였다는 느낌을 갖게 해 줬다. 물론 전혀 그렇지 않았지만 뭐 어떠랴, 이럴 땐 사실보다는 느낌이 더 중요했다.

'늙은이'는 이번 만남을 최대한 짧게 끝내고 싶었다. 이 말 저 말 하다가 빈틈을 노출시키고 싶진 않았다. 처음 '신의 화신'을 만났을 땐 조금 흥분해서 안 해도 될 말을 많이도 했었다.

차분한 태도를 하고 얼굴엔 옅은 미소를 지으며 따뜻하고 사려 깊은 척 꾸민 '늙은이'가 먼저 말했다.

"전에 이야기를 나누기는 했는데 정작 중요한 부분은 의논하지 못했더군요. '신'께서 제게 원하시는 것이 구체적으로 무엇인지 저는 아직 알지 못합니다."

"제가 필요한 것들의 목록입니다."

'신의 화신'은 상의 안주머니에서 손바닥만 한 종이를 두 장 꺼내서 '늙은이'에게 건넸다. 종이라니…! 그 종이엔 17가지 광물질과 7가지 화학물질의 이름과 필요한 양이 적혀 있었다.

'신의 화신'은 '늙은이'가 갑자기 왜 이렇게 협조적인지에 대해선 관심이 없었다. '신'에게 필요한 건 이유가 아니라 협조 그 자체였다.

"양이 꽤 많네요…. 거기다 이 중 몇 가지는… 합성을 해야 하는 재료인데…. 따로 공장에서 만들어야 합니다. 제가 지금 보유 중인 양은 원하시는 만큼이 안 됩니다. 이것과 이거 그리고 이것도 부족하겠네요…. 나머지는 재고가 충분합니다. 있는 것은 이달 안에 보내 드리고 모자란 것들은 생산되는 대로 보내 드리도록 하겠습니다. 이것들이 그 작은 블랙홀을 만드는 데 필요한 재료들인가요?"

'신의 화신'은 '늙은이'가 자신이 필요로 하는 재료들을 보내 주겠다고 단정적으로 말하는 것을 듣고는 조금은 놀라고 있었다. 전형적인 장사꾼의 전폭적인 투자인 걸까? 하지만 그가 보기에 '늙은이'는 장사꾼이 아니었는데…. 하지만 필요한 걸 주겠다는데 의문을 제기하는 것도 우스운 일이다.

"블랙홀 자체는 만드는 데 그런 잡다한 재료가 필요하지 않습니다만 블랙홀 속에서도 의식과 의지오- 자아를 유지하기 위해서는 특별한 장치가 필요합니다. 그 장치를 만들기 위해서 필요한 재료들입니다. 아무것도 아닌 검은 액체가 되지 않으려면 쭉 필요한 것들이지요."

"블랙홀이 액체로 구성되어 있습니까?"

"네! 그렇습니다. 그만한 압력이 가해지는 곳에서 특정한 형태를 유지하기는 힘들지요. 그저 계속 쪼개지고 부서지면서 흐르고 돌고 또 돌면서 계속 부서져서 구성입자들이 점점 더 작아지게 됩니다. 그러면서 계속 외부물질을 하염없이 계속 받아들이지요.

그러다가 마침내 블랙홀의 질량이 하나의 우주만큼 거대해지면 블랙홀의 모든 구성입자들이 블랙홀 중심의 한 점으로 빨려 들어가면서 동시에 폭발적으로 중심에서 밖으로 확장됩니다. 그것이 우리가 흔히 말하는 빅뱅인데… 이때 폭발적으로 퍼져 나가는 입자들이 이를테면 우주의 줄기세포라고도 할 수 있는 우주세포들입니다. 입자의 크기가 빛입자의 100분의 1 크기로 아주 작습니다. 우주세포들은 빛만큼이나 빠르게 우주를 확장시키고 우주의 어느 곳에서나 존재하게 되지요. 우주세포가 그렇게까지 작은 크기가 아니라면 빅뱅이 시작되는 곳으로 붕괴되는 블랙홀을 뚫고 나가지 못합니다. 빛이 유리를 투과하듯이 우주의 첫 입자들은 무엇이든 통과해서 어디에든 갈 수 있고 어디에나 존재하며 무엇이든 될 수 있지요.

이번에 우리가 인공적으로 폭파시키려는 블랙홀에서는 우주세포만큼 작은 크기의 입자가 생성되지 않을 수도 있습니다. 빛입자의 90분의 1 정도의 크기가 지금까지의 실험에서 가능했던 크기입니다. 약간 크긴 하지만 그 정도의 크기라도 이번에 우리가 하려는 실험에서는 충분할 것으로 생각하고 있습니다.

공룡인류의 블랙홀은 폭발해서 인공우주세포를 우리은하계 전체에 퍼뜨리게 될 것입니다. 우리은하의 모든 곳으로 퍼져 나가 우리은하계의 어디에나 존재하게 될 것입니다. 단순히 폭발하기만 한다면 인공우주세포들은 우리은하계보다 20배 정도 큰 범위까지 퍼져 나가겠지만 약간의 조율을 거친다면 우리은하계를 덮을 정도의 크기로 확장 범위를 한정할 수 있을 것입니다. 이렇게 태어나게 될 '아이'는 각각의 세포들이 너무 작아서 한동안은 중력의 영향도 받지 않을 겁니다. 자연적인 우주세포였다면 확장 후에 그저 각 세포들이 우연히 만나서 크기와 무게를 가지게 되고 또 무언가로 형상화되기를 바라는 수밖에 없습니다.

  하지만 블랙홀 안에서 의지를 가지고 존재할 수 있다면 빅뱅이 시작될 때 약간의 장난을 시도할 수 있습니다. 블랙홀이 폭발하는 그 순간에 빅뱅 점으로 빨려들어 가는 순서를 조작하는 방식으로 빅뱅 후 퍼져 나가는 우주의 첫 입자들이 특정한 형태를 가진 군집을 이루게 할 수 있지요. 물론 그 군집들은 서로 연결되어 특정한 기능도 할 수 있을 것입니다. 그런 입자의 군집이 자신의 생각과 의지를 가지고 자신이 원하는 일을 할 수도 있게 될 것입니다. 마치 사람처럼 말입니다.

  사전에 그 입자 군집이 사고하는 원리와 행동 원리를 이해하고 있다면 그 '아이'의, 아! 저는 '아이'라고 부릅니다. 갓 태어난 어리고 작은 우주니까요. 그러니까 우리가 탄생시킬 '아이'의 아주 작은 부분까지 우리는 알 수 있게 될 것입니다. '아이'의 모든 것을 이미 알고 있는 상태로 '아이'의 안에 들어가게 되는 우리는 특별한 장치를 사용해서 우리은하 전체에 퍼져 있는 '아이'가 보고 듣고 느끼는 모든 것들을 다 알 수 있게 되겠지요. 그리고 '아이'의 행동을 어느 정도 조종할 수도 있게 될 것입니다. 물론 그 녀석과 이야기를 나눌 수도 있겠지요."

'신의 화신'은 이번 실험이 대해서 꽤 많은 말을 하면서 '늙은이'의 반응을 자세히 살폈다. 단어 하나하나에 '늙은이'가 어떻게 반응하는지 기억해 둘 필요가 있었다. 하지만 아쉽게도 별다른 성과는 없었다. '늙은이'는 그저 갑자기 궁금한 것이 많아진 어린 학생처럼 반응했다.

"잠깐만요. 저는 이 실험이 '신'께서 다음 우주 그 자체가 되시기 위해 필요한 실험인 줄로만 알고 있었습니다. 하지만 그렇게 '신'이 다음 우주가 되시려면 일단 '신'께서 파괴도 어야만 한다는 뜻으로 들립니다. 그건 너무 불확실하고 위험하지 않을까요?"

"지금 하려는 실험이 성공적으로 마무리된다면 불확실할 건 하나도 없게 되겠지요. 나의 계획은 이번 우주가 다시 다음 우주를 준비하는 하나의 블랙홀이 됐을 때 그 속에서 의식과 의지를 가지고 존재하면서 모든 것을 조율해서 다음 우주가 탄생하는 빅뱅의 순간에 다음 우주가 어떠한 형태로 탄생할지를 결정하겠다는 것입니다.

그렇게 해서 나는 내가 원하는 모습의 우주로 태어나는 것이죠. 그것이 왜 내가 파괴되는 것이겠습니까? 다음 우주는 이번 우주의 생명들이 이룩했던 정신적인 유산과 진화된 유전정보와 완성된 문명의 성과와 사상과 철학을 계승할 것입니다.

그리고 다음 우주는 이번 우주와는 다르게 자기 안에서 일어나는 모든 일들에 직접적으로 관여할 수 있게 되겠지요. 다음 우주는 '신'을 찾을 때 응답해 주고 정의와 희망이 항상 함께하는 세상이 될 것입니다. 지금의 우주는 생명에겐 너무 가혹합니다."

이번 우주의 유산을 다음 우주로 가져갈 수 있다는 말은 굉장히 매력적으로 들렸다. 그런데 이번 우주의 무엇을 다음 우주로 가져갈지는 누가 결정하는 거지? 우리은하계의 '신'이? 왜? 어째서? 그가 무슨 권리로? 그런 의문이 들었지만 지금은 그런 것보다 더 궁금한 것이 있었다.

"꽤 매력적으로 들리는군요…. 하지만 그건 어쨌든 먼 미래의 일이지 않습니까? 지금 '신'께서 하시려는 일은 그런 먼 미래의 일을 위한 불확실한 실험인 것이구요…. 실험 기간을 줄이려면 제가 소유한 많은 자원이 필요한 실험이기도 합니다.

그리고 70억 인류의 죽음이 수반되는 실험입니다. 지금은 그들의 생각과 의지가 당신에 의해서 왜곡됐을 것 같지만 어쨌든 애초에 그 길을 선택한 건 그들 자신이니 그런 왜곡도 그들의 생각과 의지라고 할 수 있겠지요. 그러니까… 그들의 생각과 의지도 다음 우주를 탄생시키는 빅뱅이 있은 후의 다음 우주로 전달이 되는 것입니까?

그러니까 제 말은 이번에 태어날 우리은하 정도 크기의 작고? 어린 우주 아이에게 지금 자신을 희생하려는 70억 인류의 생각과 의지가 전달되는 것입니까? 먼 미래가 아닌 지금, 자신들의 모든 것을 희생한 그들이 누릴 만한 어떠한 것이 있습니까?"

'신의 화신'은 '늙은이'를 지그시… 거의 노려보듯이 깊이 바라봤다. '신의 화신'은 자신이 지금부터 하게 될 말을 듣고 '늙은이'가 부정적인 반응을 보일까 봐 우려스러웠다. 하지만 할 말은 해야 했다. 그러기 위해서 이곳까지 온 '신의 화신'이었다.

"그렇게는 안 됩니다. 당신이 생각하기에는 그 '아이'가 커 보이겠지만 사실 너무 작은 크기입니다. 물론 어느 정도의 지능을 갖춘 상태로 태어나서 우리은하 곳곳을 보고 듣고 느낄 수는 있을 것입니다. 하지만 70억 인류가 가졌던 의지와 생각과 지식을 태어나면서부터 가지고 있게 할 수는 없습니다. 말했다시피 그 '아이'는 워낙 작으니까요. 완전한 백지상태로 태어날 것입니다. 그래서 '아이'는 자신이 무엇을 할 수 있는지 배워야 하고 무엇을 하지 말아야 하는지도 배워야 합니다. 그러고 나서 '아이'가 원한다면 자신을 태어날 수 있게 해 준 공룡인류가 남긴 지식에 대해서 배울 수도 있겠지요."

"그게 무슨 뜻이지요? 우리은하 전체에 그렇게 어마어마한 영향력을 행사할 수 있는 존재가 갓난아기와 같은 생태로 태어난단 말입니까? 너무 무책임한 것 아닙니까? 그 애를 가르치고 지도한다? 누가? 무슨 수로 말입니까? 시행착오 한 번에 상상도 못 해 본 사건과 사고가 터질 겁니다. 누가 그 '아이'의 선생 노릇을 할 수 있단 말입니까?"

"당신이요"

'나!?'

'늙은이'는 그 말을 듣는 순간 태어나서 한 번도 느껴 보지 못한 크기의 강렬한 유혹과 공포를 동시에 느꼈다. '신의 화신'은 말을 이어 나갔다.

"그 '아이'는 갓 태어나선 스스로가 누군지도 모를 겁니다. 자신이 뭘 할 수 있는지도 당연히 모를 것이고 외로울 수도 있겠지요. 그 애는 시간이 지나면서 우리은하계 구석구석의 모든 것을 보고 듣고 느낄 수 있게 되겠지요. 그럴 수 있도록 설계되어 태어나는 '아이'니까요.

아무리 작은 곳에서 일어나는 일이라 해도 '아이'는 자신의 의지로 그곳에 변화를 줄 수 있는 능력이 있습니다. 당신의 말대로 시행착오가 따르겠지요. 그래서 '아이'를 바른 길로 인도해 줄 교사가 필요합니다. 시행착오를 최소화하려면 누군가가 그 애를 잘 가르쳐야겠지요.

그리고 '아이'의 행동을 강제하고 징계할 수 있는 시설도 필요합니다. '아이'와 대화할 수 있는 시설도 당연히 필요하구요. 우리 은하계의 어딘가에 그런 기능을 수행할 수 있는 시설을 건설해야 될 겁니다. 외따로 떨어진 행성에 건설하는 것이 좋을 겁니다. 철저하게 관리되는 사유지라서 주인의 허락을 받지 않으면 누구도 방문할 수 없는 행성이 있다면 좋겠네요."

'늙은이'는 갑자기 떠오르는 너무나도 많은 생각에 머리가 어지러울 지경이었다. '신의 화신'의 마지막 말엔 헛웃음이 나왔다. 그런 조건을 갖춘 행성이라면 '늙은이'가 아주 잘 알고 있는 곳이 있었다. 하지만 그건 그때 일이고 지금은 따져 볼 것이 너무 많았다.

"너무 당황스럽군요. 생각도 못 해 본 제안이라…. (정말 상상도 못 했다.) 하지만 그런 일이라면 왜 70억이나 되는 사람들의 생명이 필요한 것입니까? (공룡인류는 지금과 같은 굉장히 긴 기간의 평화기가 있기 전에 엄청난 규모의 희생이 따르는 전쟁을 몇 번이나 치렀었다. 그런 전쟁이 끝난 후에는 전쟁이 없었다면 얻기 힘들었을 유무형적인 것들을 얻기도 했었지. 전쟁으로 인해 잃은 건 없었어. 정확히 말하면 공룡인류는 자신들이 전쟁으로 인해 무엇을 잃어버린 건지를 영원히 알 수 없게 됐지. 70억 공룡인류가 이미 정신적으로 죽은 것과 마찬가지인 상태라서 그들을 되돌릴 수 없다면 그들의 희생으로 우리은하계 전체의 생명체들에게 완전히 새로운 형태의 삶을 선물해 줄 수도 있지 않을까?) 그리고 그런 일을 하는 데 있어서 왜 제가 교사 역할에 적합하다고 생각하시는 겁니까? (공룡인류가 어쨌든 꽤 괜찮은 문명을 이룩하긴 했지만 이렇게 되기까지의 중간 과정은 정말 보잘것없고 잡다했으며 졸렬한 경우도 많았다. 각자 다른 생각을 하는 많은 사람들이 모여서 만드는 것이 문명이니 그건 어쩔 수 없는 자연스러운 현상이었지. 어쨌든 공룡인류처럼 그 모든 변수에도 불구하고 찬란한 문명을 건설한 지적 생명체만이 그 아이를 지도할 만하다고 말할 수 있을 거야. 그리고 그런 지적 생명체들 중에서 한 명을 골라야 한다면 우리은하계 내에선 '나'밖에 없겠지만 하지만 정말 나 따위가…?) 신께서 직접 하시는 것이 더 효율적이지만 않을까요? (그건 안 된다. 그렇게 하면 안 돼…. 그 아이가 애초에 '신'만의 계획에 따라서 '신'에 의해 '신'으로 태어났다면 '신'의 교육만으로 충분하겠지만 '아이'의 탄생에는 인류가 개입했다. '아이'는 인류의 삶에 대해서도 알아야만 해. 나중에 '아이'가 '신'과 같은 능력과 신격을 갖추고 생명체들을 관장할 수 있는 자격을 갖춘다면 그때 다시 '신'에게 교육을 받아야 하겠지만 교육의 순서를 따진다면 인간의 삶을 먼저 배우는 것이 옳은 일이다. 인류를 자신이 길러 낸 가축처럼 취급하는 '신'에게 최초의 교육을 받게 할 수는 없어.) 왜 저를 선택하신 겁니까? (그래, 내가 적임자겠지…. 하지만 그건 내가 아는 한도 내에서만 그런 것뿐이잖아…. 정말 나 따위가…?)"

'늙은이'의 머릿속에선 질문과 상념이 정신없이 고차했다. 기절할 것만 같았다.

"뭐부터 대답해 드려야 할까요? 음… 우선 블랙홀이 일정한 형태와 규칙을 가지고 폭발하는 일은 많은 노력이 필요한 일입니다. 블랙홀 안의 모든 부분에서 각자의 역할을 해 줘야만 제가 생각하는, 특정한 기능을 할 수 있는 우주의 탄생이 가능하지요. 이번 경우는 블랙홀의 크기가 작기는 하지만… 그렇다고 드는 노력까지 작지는 않습니다.

70억 인류는 블랙홀 속에서 저마다의 역할을 해내야만 합니다. 인공지능이 아닌 사람인 그들이 꼭 필요하지요. 자신이 하려고 하는 일을 이루기 위해서 그리고 정해진 목표를 달성하기 위해서 기존의 도구와 이미 축적된 지식에 얽매이지 않고 즉흥적으로 기발한 생각을 해내고 새로운 도구를 만들어서 생각지도 못했던 난관을 극복해 내고야 마는 인간의 능력이 이번 일에 꼭 필요합니다. 그리고 아이의 교사 역할에 당신을 선택한 이유는 많지만 우선 내가 그 일을 할 수 없는 이유부터 말하는 것이 좋겠군요….

나는 너무 오랜 세월을 신으로 존재해 왔습니다. 예전에, 아주 예전에는… 수많은 사람들로 이루어진 문명 집단으로 살았던 적이 있었지만 생명체로서의 진화가 막바지에 이르고 나서 좀 더 완전한 존재로 거듭나기 위해서 사회적 합의에 따라 이런 존재로 거듭났습니다. 그리고 지금은 또다시 한계를 극복하고 다음 우주 그 자체가 되기 위한 준비를 하고 있지만 아무래도 생명체로 살았던 기간이 짧고 신으로 존재한 기간이 너무 길다 보니 너무나도 다양한 생명체들의 생활과 삶의 철학을 다 살필 수가 없게 됐습니다. 그저 내 기준으로 도움을 준다면 그들의 삶에 도움이 되기보다는 오히려 그들에게 혼란만 줄 수도 있겠더군요….

 다음 우주의 생명들은 이번 우주에서처럼 버려진 채로 각자 알아서 살아남아야만 하는 곳이 아닌 신이 항상 응답해 주는 곳에서 살게 할 겁니다. 신이 항상 곁에 있는 우주를 만들 계획인데… 엉뚱한 판단만 내리는 신이라면 없는 게 낫지요.

 말하자면 좀 더 보편화된, 누구나 공감할 수 있는 기준이 필요합니다. 그런 기준을 만들기 위해선 많은 자료가 바탕이 돼야겠지요. 이론만이 아닌 생명들에게 실행해 보고 좋은 성과를 거뒀던 일들에 대한 구체적인 자료 말입니다.

 그런 자료들을 모으고 기준을 만드는 일을 저는 할 수 없습니다. 인간인 당신이 해 주셨으면 합니다. 아이를 가르치면서 아이의 능력으로 무엇을 해야만 하는지 또 무엇을 해서는 안 되는지에 대한 기준을 마련해 주세요. 당신은 우리은하에서 살고 있는 어느 누구보다도 많은 시간을 생명체로 살아왔습니다. 그리고 많은 시간 인간이길 고집하며 살았고 그래서 인간을 누구보다 잘 이해하고 있다고 여겨지는 사람입니다. 당신이 여러 다른 종류의 생명체로도 많이 살아 봤다는 것도 저는 알고 있습니다.

 그들에게 무엇이 필요하고 어떻게 사는 것이 스스로를 자신답게 할 수 있는지 그리고 그렇게 되려면 어떤 환경을 만들어 줘야 하는지도 당신은 잘 알고 있으시겠지요.

이제 당신이 알고 있는 것들을 실행할 수 있는 권한을 당신에게 드리겠습니다. 정확하게는 아이가 그러한 능력을 갖출 수 있게 훈련시킬 권한과 책임을 드리는 것이지요. 말하자면 당신은 다음 우주의 어버이이자 스승이 되는 겁니다.

당신이 '아이'와 함께 인간과 생명을 이롭게 하는 수 많은 일들을 하고 나서 그 일들에 대한 구체적인 자료를 저에게 주세요. 그 자료들로 생명과 사람을 위한 일의 기준을 만들 겁니다. 그렇게 만든 기준이 다음 우주의 행동철학이 될 것입니다. 당신의 동족의 사분의 일에 이르는 희생이 지금 보면 비인간적이고 안타까운 일이겠지만 그런 희생은 애초에 희생하는 사람들이 스스로 선택한 것이기도 합니다.

그들의 육체가 사라지기야 하겠지만 그들의 생각과 철학은 다음 세대, 다음 우주로 이어진다는 점에서 그들의 소원이 이루어지는 것이기도 합니다.

이 우주도 끝나는 날이 옵니다. 그건 이미 정해져 있는 사실이요. 이미 정해져 있는 건 바뀌지 않습니다. 우리는 바꿀 수 있는 것에 집중해야 합니다. 다음 우주의 형태를 우리가 결정할 수 있게 된다면 오히려 종말이 기대되고 기다려지지 않겠습니까? 이 일에 대한 당신의 거부감은 알고 있습니다. 하지만 당신이 가장 적임자입니다. 거절하지 말아 주셨으면 좋겠습니다."

이건 수락해야 한다. 수락해야만 한다. 다른 방법이 없었다. 하지만 적당한 이유를 들어 품위 있게 수락하고 싶었다. 생각을 정리한 '늙은이'가 한층 차분해진 목소리로 말했다.

"누구나 자유롭게 살고 싶어 합니다. 그러기 위해서 끊임없이 자신을 둘러싼 환경을 거선하면서 살아가지요. 결국 완전하게 자유로워지는 건 현실에선 불가능한 일인데도 말입니다.

언제나 한계는 존재하고 그런 한계가 어디쯤인지는 살아가면서 자연스럽게 깨우치게 되지요. 한 번쯤 한계를 뛰어넘어 성장하는 사람도 있고 한계를 인정하고 그 안에서 주어진 것에 만족하고 감사하기도 하고 답답해하기도 하지요.

사람을 사람답게 하는 요소는 꿈, 희망, 행복 등 사람을 기분 좋게 하는 것들만 있는 건 아닙니다. 난관과 좌절이 사람을 더욱더 성장시키기도 하지요. 누군가가 항상 지켜보면서 적당한 도움을 주는 것도 나쁘지는 않겠지요.

적당한 개입…. 그 '적당히'가 중요합니다. 다양한 환경이 지금의 이런 인류를 있게 했습니다. 자연적인 환경도 있었지만 최근엔 인위적으로 만들어진 환경에 더 많은 영향을 받고 있는 것이 지금의 인류입니다. 누군가가, 누군가 초월적인 존재가 있어서 모든 것을 알고 있고 무엇이든 할 수 있어서 인간의 옆에서 인간이 항상 옳은 결정을 할 수 있도록 도와주고 고난과 시련의 끝에는 항상 그에 상응하는 보상이 있음을 약속해 주며 처벌받지 않는 죄인이 없는 환경을 만들어 준다면 좋겠다고 생각했었습니다.

그런 초월적인 존재가 항상 사람들과 함께했다면 얼마나 좋았을까요…. 그랬다면… 그런 환경이었다면 인간은 얼마나 많은 죄악과 유혹에서 벗어날 수 있었을까요? …지금도 저의 지시에 따라 저에게 도움을 주는 많은 이들이 있습니다. 저는 먹고 자고 이동하고 숨 쉬고 상상하는 것까지 인조인간들과 보조기기의 도움을 받고 있습니다. 이들이 처음부터 존재했다면 사람들이 굳이 이들을 애써 만들지 않았겠지요.

사람들이 태초부터 무엇이든 할 수 있고 무엇이든 알 수 있었다면 그들은 무슨 일을 할까요? 나는 그런 인류의 일원은 아니지만 그런 인류가 있다면 그들에게서 우리와는 다른 무언가를 기대할 수도 있지 않을까요?

그런 인류가 어딘가엔 꼭 존재했으면 좋겠네요. 이 우주 어디에도 그런 이들이 없다면… 저는 할 수만 있다면 그런 이들의 탄생에 기여하고 싶습니다. 사람에게 꼭 필요한 것들이 스스로 노력하지 않아도 처음부터 주어져 있는 경우와 필요한 것들을 스스로 노력해서 얻어야 하는 경우, 이 두 가지를 놓고 봤을 때는 당연히 스스로 노력해서 필요한 것을 얻는 것이 사람들에게 더 도움이 될 것입니다. 결과만을 얻는 것보다는 결과와 함께 과정도 얻는 것이 사람들에게 주는 혜택이 더 크니까요. 하지만 사람들이 오랜 시간을 살아오면서 어차피 최초의 인간이 아니라면 태어나면서부터 이미 갖추어진 사회에 편입되고 이미 누군가가 이뤄 놓은 많은 것들을 그저 누리게 되어 있습니다. 스스로 만든 것도 아닌 것들을 그저 사용하게 되지요. 상상력을 발휘해서 무언가를 창조하는 일을 하는 대신 그저 무언가의 사용법을 배우게 됩니다. 그러다가 뭔가 새로운 것을 창조하기도 하지만 그렇게 아예 새로운 것을 창조할 수 있는 사람은 시간이 갈수록 점점 줄어들어서 이제는 극히 드물고 보통은 그저 창조자가 아닌 사용자로 살아갈 뿐입니다.

사람들의 노력으로 만든 문명을 사람들이 누려야 하는 것은 맞지만 사회가 발전해 갈수록 만든 사람과 누리는 사람이 일치하지 않기도 하고 만든 사람은 많은 희생과 노력을 들였지만 누리는 사람은 아무런 노력 없이 또는 턱없이 적은 노력으로 많은 것들을 누리는 경우가 대부분인 사회가 됩니다.

그러니까 극소수의 사람들을 제외한 거의 대부분의 사람들은 어차피 태어나자마자 이미 존재하고 있는 문명과 사회질서에 편입될 수밖에 없다는 것입니다. 어차피 그렇게 되는 것이 사람들의 운명이고 순리라면 몇몇의 얕은 소견으로 인해 갖은 시행착오를 겪고 있는 불완전하고 모순이 많은 사회질서 속에 태어나는 것보다는 신과 같은 초월적인 존재가 만들어서 관리하고 있는 사회에 태어나는 것이 사람들에게 이롭겠지요.

이번 우주의 모든 것을 바쳐서 만들 하나의 초월적인, 진정 '신'과 같은 다음 우주 속에서 태어나 그 속에서 살아갈 수 있는 사람들은 참 좋겠네요. 그렇게 모든 것이 갖추어진 세상을 만들 수 있다면, 우리가 살고 있는 이 척박하기 그지없는 우주의 소명이 다음에 올 완벽한 우주를 탄생시키는 것이라면 어떤 희생도 할 만한 일이겠지요.

하지만 다음에 올 세상에 우리가 남기는 것이 아무리 위대한 유산일지라도 그게 그저 유지에만 힘쓰고 변화에는 거부감을 가진 질서여서는 안 됩니다. 또한 다음 우주의 생명들에게 이번 우주에서 검증된 질서를 넘겨주되 강요하지 않는 방식이어야 할 것입니다.

다음 우주에 있을 생명들이 스스로 만들어 갈 문명과 사회질서에 대한 개입 또한 조심스러워야겠지요. 다음 우주의 기본질서가 될 정도의 수칙을 만들려면 많은 자료를 모으고 또 그만큼의 검증도 필요합니다. 일이 많겠군요. 좋습니다. 제가 하겠습니다."

'신의 화신'은 자리에서 벌떡 일어나 '늙은이'의 손을 잡아 일으키고는 '늙은이'를 꼭 끌어안았다.

"잘 생각하셨습니다. 잘 생각하셨어요!"

'늙은이'를 치하하고 나서 다시 자리로 돌아가 의자에 몸을 아예 파묻는 '신의 화신'을 보며 '늙은이'는 적잖이 놀랐다. '신'에게 이런 면도 있었나? 전혀 예상치 못했던 '신의 화신'의 행동은 그냥… 없던 일로 하기로 했다. '늙은이'는 약간 떠듬거리며 말했다.

"원하시는 자원들 중 보유 중인 것들은 이번 달 중으로 아이의 모태가 될 행성으로 보내겠습니다. 나머지… 합성과 채광이 필요한 금속들도 아마… 6개월 정도면 준비가 될 듯합니다. 그것도 준비가 되는 대로 보내도록 하지요. 제가 알고 있기로는 블랙홀의 건설 기간이 950년 정도 더 남은 걸로 알고 있습니다…. 이번 저의 자원 지원으로 공사 기간이 짧아지는 겁니까?"

"당신이 지원하는 자원들을 받게 되면 남은 공사 기간은 35년 정도일 겁니다."

"굉장히… 많이도 단축되는군요…. 그럼 아이를 통제하는 역할을 할 수 있는 시설도 어서 만들어야 하겠군요. 그러니까 아이와 대화하고 교감할 수 있는 장치 말입니다. '신'께서 구상해 놓으신 설계도만 있으면 제가 보유한 기술력만으로도 만들 수 있는 종류의 장치일까요?"

'늙은이'의 생각에는 '신'이 아이의 교육을 맡기고 자료를 수집하는 일을 누군가에게 부탁? 하려던 그 일을 하기에 적당한 도구도 준비했을 것이라고 확신했다. 어린이를 가르치는 일에도 교과서 정도는 필요한데…. 최소한 '아이'와 대화라도 하려면 뭐라도 있어야 하지 않겠는가? 그게 어떤 것인지 '늙은이'로서는 짐작도 할 수 없었다. '신'이 마련해 주거나 최소한 뭔가 마련할 수 있는 방법이라도 '늙은이'에게 알려 줘야만 했다.

"그렇습니다. '아이'와 교감할 수 있는 장치의 설계도를 드리지요."

보통의 사람이었다면 이 일을 맡아 주셔서 감사하며 이 일을 추진하는 데 있어서 어려움이 많을 것이지만 서로 도와 가면서 잘 헤쳐 나가 보자는 식의 말을 했을 것이다. 뭔가를 주더라도 쉽게 주지 않고 시간을 끌면서 자신이 얼마나 귀한 걸 주고 있는지를 강조했을 것이다.

하지만 '신의 화신'은 그저 자신의 옷 안주머니에서 조금 큰 단추만 한 크기의 자료저장장치를 꺼내서 '늙은이'에게 건넬 뿐이었다.

요즘은 그저 텔레파시를 이용해서 직접 뇌에서 뇌로 또는 뇌에서 컴퓨터로, 컴퓨터에서 뇌로 자료를 주고받는데 이런 옛날 방식의 자료 전달은 오랜만이었다. 필요한 재료의 목록을 종이에 적어서 건넨 것도 그렇고 아마도 '신'은 '늙은이'의 취향에 대해서 사전에 조사를 꽤 한 듯했다.

이런 사소한 배려가 상대를 기분 좋게 한다는 건 사람들 사이에선 아주 사소하지만 중요한 예의다. 하지만 '신'이 알 수는 없었을 텐데? 70억 공룡인류의 지식일까? 만약 그렇다면 '신'이 일방적으로 인류를 가축처럼 이용한 것은 아니고 서로 영향을 주고받은 것인지도 몰랐다.

만약 그렇다면… 생각을 달리해 볼 수도 있지 않을까?

'신의 화신'과의 대화는 '늙은이'를 지치게 했다. '신의 화신'과 함께 같은 공간에 있다는 것만으로도 부담스럽고 피곤한 일인데 '신의 화신'께서 자신에게 뭔가 믿고 맡기기까지? 부담감과 피곤함이 몇 배는 가중되는 느낌이었다.

게다가 '늙은이'는 다른 꿍꿍이까지 있으니 부담감이 거의 살인적이었다. '늙은이'는 이제 그만 '신의 화신'이 돌아갔으면 하고 바랐다. 하지만 '아이'와의 교감장치의 설계도를 '신의 화신'이 보는 앞에서 확인해야 했다. 설계도를 보고 뭔가 궁금한 것이 생겼는데 옆에 '신의 화신'이 없다면 다시 '신의 화신'과의 만남을 신청해야 할 텐데 그건 너무… 상상하기도 싫었다. 무슨 친구 같은 사이는 아니잖아? '늙은이'는 설계도가 들어 있는 자료저장장치를 '신의 화신'과 자신 사이에 놓인 탁자 위에 조심스럽게 올려놨다.

'늙은이'가 뒷짐을 지고 왼손 엄지손톱과 검지손톱을 닿게 한 후 "전개"라고 말하자 3차원 설계도 하나가 홀로그램으로 탁자위에 그려졌다. 설계도 각 부위에 붙은 공룡인류의 공용어로 된 설명들이 시설의 크기와 각 부분의 역할을 알 수 있게 해 주었다. '늙은이'는 손짓으로 설계도를 확대하고 축소해 가면서 여러 곳을 살폈다. 자세하고 알기 쉽게 잘 만든 설계도였다.

설계도를 보면 공룡인류가 떠나온 지구와 달이 연상됐다. 구조가 흡사했기 때문이다. 자전주기와 공전주기가 같아서 항상 같은 면이 자신이 돌고 있는 행성을 보고 있는 커다란 위성은 마치 달 같았다. 항상 고행성을 보고 있는 쪽의 중심에는 모행성과 교감하는 시설을 집중적으로 설치하고 그 반대편과 나머지 지역에는 '아이'와 교감하는 설비를 집중적으로 설치하면 되니 건축이 끝나고 정비하고 관리하기도 수월할 듯했다. 설계도에는 '아이'를 직접적으로 통제할 수 있는 장치도 보였다.

위성이 돌고 있는 행성에는 위성의 공전궤도를 따라서 행성의 지표면과 해면에 위성을 통제할 수 있는 지름 100m 크기의 원형건물 36개를 건설해야 했다. 각 건물들은 혼자서도 모든 기능을 수행할 수 있을 정도로 독립적이면서 동시에 서로 긴밀히 연결되어 있어야 했다. 각 건물들의 유지와 보수를 위해서 단순임무 수행형 인조인간들이 주축이 된 요원들의 상주가 필요해 보였다.

'늙은이'는 다시 위성의 설계도로 시선을 옮겼다. 위성에는 '아이'와 대화할 수 있는 시설뿐 아니라 '아이'가 무엇을 보고 느끼는지를 기록하는 장치와 '아이'의 행동을 어느 정도 제한할 수 있는 장치까지 갖추게 설계되어 있었다. 위성은 전파와 시야를 방해할 수 있는 대기가 생기지 않을 정도의 낮은 중력을 가지고 있어야 했기 때문에 너무 크고 무거우면 안 되지만 우리은하계 정도의 크기를 가지게 될, '아이'와 교감할 수 있는 여러 장치들을 설치해야 했기에 크기가 커질 수밖에 없었다.

대기가 없어서 위성의 지표면을 돌과 흙으로 덮어서 유성 등의 낙하에 대비하도록 설계되어 있었다. 달 정도의 크기보다 더 커지면 위성에 대기가 생겨서 '아이'가 발생시키는 신호들을 감지하는 데 미세한 오류가 생길 수 있었고 달보다 더 작으면 여러 장치들을 다 설치할 수가 없었다. 지구의 위성인 달만 한 크기가 적당했다. 아이가 태어나게 될 블랙홀이 35년 후에 완성되는 것이 확실하다면 생각보다 시간이 촉박했다.

적당한 별을 찾아다니기보단 '늙은이'의 정원행성에 이것들을 건설해야 시간에 맞춰 공사를 완료할 수 있을 듯했다.

정원행성의 주위를 도는 위성을 만들려면 아마 우주선 천여 대 정도를 연결해서 정원행성 주위를 돌게 한 후 우주선 사이사이에 시설물을 건설하고 흙과 돌로 덮어야 할 것이다. 위성에 적당한 중력이 생겨서 자체적으로 공전과 자전이 가능해지면 우주선을 하나씩 빼내는 방식으로 공사를 진행하면 될 듯했다.

정원행성에 위성과 신호를 주고받을 수 있는 36개의 건물을 짓는 것도 꽤나 어려움이 따르는 일이지만 위성의 건설에 비하면 어린애 장난만큼이나 쉬운 일로 느껴졌다.

이런저런 생각을 하며 설계도를 살펴보는 '늙은이'를 '신의 화신'은 흥미진진하게 지켜봤다. '늙은이'가 설계도를 살펴보는 시간이 길어지면서 살짝 당황스럽기까지 했다.

'뭐 이런 인간이 다 있지?'

'늙은이'는 언어화된 생각을 거의 하지 않고 느낌과 이미지로 사고하고 있었다. 저런 식으로 사고하는 인간은 본 적이 없었다.

보통의 의체에는 상대방의 생각을 읽는 기능이 기본적으로 장착되어 있는 경우가 많았고 그 기능을 활성화하는 건 사용자의 선택이었다. '신의 화신'이 지금 사용 중인 의체에도 물론 그런 기능이 있었고 아까부터 활성화시켜 두고 있었다. 하지만 '신의 화신'은 '늙은이'의 생각을 전혀 읽을 수 없었다. 더 정확히 말하자면 읽을 수는 있는데 해석을 할 수가 없었다.

'늙은이'가 자신의 본심을 감추기 위해서 자신의 의체에 모종의 장치를 부착한 것이라면 (그 장치는 오직 '늙은이' 한 사람을 위해서 만들어진 것이라서 상용화되지도 않았고 세간에 공개되지도 않았으며 그 장치를 뚫는 방법 또한 연구된 적이 없어서 지금 '신의 화신'이 사용 중인 의체에 장착된 '뇌파 및 사고 관찰장치'로는 '늙은이'의 생각을 읽을 수 없는 것이라면) 오히려 지금 상황을 이해하기가 쉬웠을 것이다. 뭐, 그러려니 할 수 있었다. 하지만 '늙은이'의 의체에 그런 방어장치가 장착되어 있다는 어떤 징후가 전혀 없었다.

어떻게 그걸 확신할 수 있냐면 '신의 화신'이 사용 중인 의체에 장착된 '뇌파 및 사고 관찰장치'로 '늙은이'의 생각을 읽을 수 있었기 때문이다. 하지만 해석이 불가능했다. 짐승도 아니고 어떻게 인간이 느낌과 색과 특정한 형태를 떠올리는 방식만으로 생각과 사고를 진행시킬 수 있을까?

'늙은이'가 지금 그렇게 하고 있었다. 그것이 너무나도 놀라워서 그를 좀 더 관찰하고 싶은 마음에 '신의 화신'은 자신의 볼일이 다 끝났음에도 자리를 뜨지 못하고 있었다.

'늙은이'는 자신의 오래된 습관 때문에 '신의 화신'이 저렇듯 흥미진진해한다는 것을 알았다면 아마 '신의 화신' 앞에서 설계도를 검토하지 않았을 것이다. 쓸데없이 의심을 사는 것도 위험했지만 저런 놈의 호기심을 자극하는 건 더 위험했다.

'늙은이'가 이렇게 희한한 방식으로 사고하는 건 자신의 오래되고 다양한 삶에서 생체의체를 이용해서 어느 수도사로 살아 봤을 때 얻은 습관이 지금까지도 유지되고 있어서였다.

수도사의 삶을 살 땐 삶의 형태는 단순했지만 머릿속까지 단순하지는 않았다. 끊임없이 삶과 세상과 '신'에 대해 사색하고 탐구했었다. 수도사의 삶 초반까지도 '늙은이' 또한 언어 형태로 된 생각을 했었다. 생각이 많아지고 커지다 보면 앞머리와 옆머리만으로 하던 생각이 온 머릿속을 꽉 채우게 된다.

그렇게 되면 언어로 된 생각은 뒷머리와 신경다발이 만나는 부분을 통해 다른 사람들도 들을 수 있는 형태로 바뀌게 된다. 텔레파시 같다고 보면 맞을 것이다.

처음 그런 능력이 생겼을 때는 '늙은이'도 난처했었다. '배고프다'거나 '화장실을 가야겠다' 등의 생각만 떠올려도 그 생각이 텔레파시 형태로 주위에 퍼져 나갔었다. 마치 문이 열린 듯했다. 그 문을 닫는 방법을 몰랐던 '늙은이'는 많이 당황스러웠다. 그의 텔레파시는 크게 소리 지르는 것보다 더 멀리 퍼져 나가서 수도원 안은 물론이고 수도원 밖에서 밭일을 하던 동료 수도사들까지도 그가 지금 무슨 생각을 하는지 알 수 있었다. 수도원에서는 사색과 생각을 많이 하는데 하루 종일 자신이 하는 이런저런 생각들이 주위로 다 퍼져 나갔으니 '늙은이' 스스로도 한동안 난처했었다.

동료 수도사들 중에서도 수련 중에 이런저런 초능력 비슷한 권능을 깨우치는 경우가 종종 있어 왔다. 텔레파시 능력은 그런 식으로 깨우치는 권능 중에서 흔한 편에 속하는 권능이었지만 '늙은이'의 텔레파시처럼 강력한 경우는 흔치 않았다. 그때 '늙은이'가 사용하던 생체의체가 유전적으로 뛰어났기 때문일 수도 있었다. 이런저런 종류의 권능이 있는 수도사들은 그러려니 하며 이해해 주었고 축하해 주는 동료 수도사들도 있었다. 개중엔 부러워하거나 시기, 질투하는 동료도 있어서 미안한 마음까지 생겼었다.

그걸 어떻게 알았는가 하면 뒷머리가 활성화되면서 자신의 생각을 텔레파시 형태로 주위에 전할 수도 있게 되었지만 어느 순간부터는 다른 사람의 생각도 들을 수 있게 되었기 때문이었다. 뒷골과 신경이 만나는 지점에 눈과 귀 역할을 동시에 하는 기관이 새로 생긴 느낌이었다. 다른 사람들의 생각을 읽을 수 있게 되자 처음에는 재밌기도 했지만 나중에는 그건 그것대로 미안한 일이 되었다.

그래서 이 새로 생긴 능력을 버리고 싶었다. 우선 다른 사람들이 자신의 생각을 읽을 수 없게 언어로 된 생각이 아닌 느낌이나 그림 또는 상황 자체를 기억하고 떠올리는 연습을 했다. 목이 마르면 그저 물을 마시러 갔다. 굳이 '목이 마르네, 둗이 어딨지?'라는 생각을 하지 않았다. 자신의 호흡에 집중하며 머릿속을 비웠다. 그런 식으로 생각의 양을 줄이니 뒷머리까지 자신의 생각이 꽉 차서 넘치지 않게 되었고 차츰 텔레파시 능력도 발현되지 않게 되었으며 다른 이의 생각도 들리지 않게 되었다.

물론 언제라도 원하면 뒷머리 숨골에 정신을 집중해서 보이지 않는 입과 귀를 활성화시킬 수도 있었겠지만 수도사로서의 삶이 끝나는 날까지 그럴 일은 없었다. 어쨌든 그때 생긴 사소한 습관 때문에 지금 '신의 화신'

의 이목을 끌고 있었다. 애초에 구형 '뇌파 및 사고 관찰장치'를 혁신하다시피 한 사람이 '늙은이'였고 그 일을 할 수 있었던 건 수도사로 살 때의 경험이 기여한 바가 컸다.

그 전엔 다른 사람의 생각을 살펴보기 위해서 뇌 전체를 계속 스캔하는 무식한 짓거리를 했었는데 그게 아니라 척수신경다발과 소뇌가 만나는 지점에만 집중하면 된다는 것을 그가 알린 것이다. 그렇게 공룡인류는 다른 인간의 생각을 읽을 수 있게 되었다. 그런 방식으로 발달하기 시작한 '뇌파 및 사고 관찰장치'는 원시적인 형태의 생물(문명화가 덜된 행성의 인간도 포함된다)을 원거리에서 무선으로 포착해서 그 생물이 현재 무엇을 보고 들으며 그것을 어떻게 느끼는지까지 알 수 있는 수준에 와 있었다.

개량된 '뇌파 및 사고 관찰장치'는 원시행성이나 처음 접하는 형태의 생명체가 살고 있는 행성에 의체, 또는 탐험과 탐색을 위한 여러 장비를 투입하지 않고도 행성에 살고 있는 생물들의 습성을 파악할 수 있게 해줘서 자연과학과 생물탐구에 획기적인 변화와 진보를 이룰 수 있게 해주었다. '뇌파 및 사고 관찰장치'를 개량하는 데 결정적인 기여를 한 '늙은이'로서는 그 일이 자랑스러울 만도 했지만 주위에 자신이 '뇌파 및 사고 관찰장치'를 개량하는 데 결정적인 역할을 했다는 사실을 일절 알리지 않았다.

그 장치의 오남용에 따른 부작용과 피해가 끝도 없을 것 같아서였다. 실제로도 그랬다.

사람들이 직접 만나지 않고 가상공간을 설정해서 만남을 가지는 것이 상식처럼 된 것도 그놈의 '뇌파 및 사고 관찰장치'의 역할이 컸을 것이다. 그리고 지금 '늙은이'가 자신도 모르게 '신의 화신'의 호기심을 자극하게 된 것도 다 그 장치 때문이었다. 언어화된 생각과 사고를 거의 하지 않는 사람이 있을 거라고는 상상도 못 해 본 '신의 화신'은 살짝 당혹스러웠다. 자신이 사용 중인 의체에 탑재된 최신형 '뇌파 및 사고 관찰장치'로는 '늙은이'가 긴 시간 동안 설계도를 보면서 무슨 생각을 하는지 알 수 없었다. '늙은이'가 몇몇 단어를 떠올리기도 했지만 너무 단편적이었다.

'늙은이'는 자신을 지나치게 흥미진진하게 바라보고 있는 '신의 화신'의 눈길을 느끼자 그가 왜 갑자기 새삼스럽게 자신에게 강한 호기심을 느끼는지 정확한 이유는 알 수 없었지만 이제 이 자리를 마무리해야겠다고 생각했다. 설계도도 대충은 다 살펴봤다.

'늙은이'는 '신의 화신'에게 최대한 자연스럽고 우호적인 미소를 지으며 말했다.

"멋진 설계도군요! 이제… 다음 만남은… 언제가 될지 모르겠네요. 일단 저의 정원행성에 시설이 다 갖춰지고 아이'와의 소통을 위한 위성도 건설해 둬야겠지요…. '아이'의 탄생 전에 모든 것을 준비하려면 지금부터 꽤나 바빠지겠습니다. '아이'가 태어나기 전에 모든 걸 준비해 두는 것이 맞겠지요?"

"그렇게 하는 것이 여러모로 안전하겠지요. 그럼 시설이 완성되면 다시 한번 찾아오겠습니다."

너무 티 나게 '늙은이'를 신기한 생물 보듯이 본 듯해서 살짝 민망해진 '신의 화신'도 얼른 자리에서 일어나서 이별을 고했다.

'늙은이'와 '신의 화신'은 또다시 짧은 만남을 뒤로하고 헤어져 각자의 목적을 이루기 위한 준비에 들어갔다. '신의 화신'은 늙은이'가 보내오는 자원들이 도착하면 70억 공룡인류가 블랙홀 안에서 각자가 맡은 역할을 할 수 있게 해 주는 장치를 만들어 보급할 예정이었다. 70억 공룡인류는 각자 자신의 장치 속에 들어간 뒤 자신들이 머물고 있는 행성이 블랙홀화 할 때 지정된 위치에 자리 잡고 자신이 맡은 영역이 폭발 후에 '신'이 미리 계획해 둔 형태와 크기로 팽창할 수 있도록 하기 위해서 자신의 모든 것을 내던질 것이다.

'늙은이'는 자신의 정원행성에 '아이'의 모든 것을 기록하고 새로 만들어질 위성과 통신하고 위성에 여러 지시를 내릴 수 있는 시설을 건설하기 시작했으며 동시에 정원행성을 도는 위성을 만들기 위한 여러 건설장비들을 불러들였다. 이 위성은 '아이'와 직접 닿아 있으면서 '아이'에 관한 모든 정보를 정원행성으로 보내 줄 것이다. 위성에는 '아이'를 어느 정도 통제할 수 있는 기능도 있어서 제대로 작동만 한다면 이 위성이 우리은하계에서 가장 중요한 작은 별이 될 것이다.

그리고 설계도에는 없었지만 정원행성 전체에 '아이'의 이목을 차단할 수 있는 보호막도 두를 예정이었다.

이 모든 일은 엄청난 자원과 30년 정도의 시간을 투자하면 이루어질 것들이었다. 그 후에 이것들로 할 일이 잘 풀릴지는 알 수 없었다. 언제나 정작 중요한 건 알 수 없다는 게 재미있었다.

실제 공간이 아닌 가상현실에서 위성을 포함한 모든 설비를 갖추는 데 한 달이 걸렸다. 비록 가상이었지만 열흘 동안 수만 번의 작동실험을 진행했다. 실제로 설비가 완성될 30년 뒤에는 현실과 똑같은 조건을 상정한 가상현실에서 엄청난 작동실험을 해 본 경험이 많은 도움이 될 것이다. 그러고도 혹시 부족한 부분이 있다면 설비가 완공된 뒤에도 5년 정도의 시간이 있으니 그 5년 동안 실물을 작동시켜 보면서 보완하면 될 것 같았다.

그것만 해도 꽤나 바쁜 나날이었지만 '늙은이'는 반드시 알아야만 하는 것들을 알아내기 위한 노력도 게을리하지 않았다. '신의 화신'이 대해서 그리고 그와 70억 공룡인류가 만들고 있는 블랙홀에 대해서 아주 작은 것 하나까지도 놓치지 않기 위해 자신이 가진 최고의 첩보조직과 정보수집자산을 투입했다.

'늙은이'는 블랙홀을 만드는 방법이 알고 싶었다. 그리고 블럭홀을 강제로 폭발시키는 방법에 대해서도 알고 싶었다. 그걸 알아내서 70억 공룡인류를 마치 가축인 양 취급하는 이 일에 자신을 들어들인 '신'을 후회하게 해 주고 싶었다. '신'의 계획은 어떤 면에서는 괜찮아 보였다. '늙은이' 또한 만약 자신이 '신'이었다면 이 계획에 전적으로 동의하며 적극적으로 협력했을지도 몰랐다. 하지만 그는 '신'이 아니었고 '신'이 될 생각도 없었다.

다음 우주는 생명이 넘치고 '신'의 의지와 '신'이 만든 질서 속에서 지금보다 더 나은 세상이 될 수도 있을 것이다. 하지만 그 일이 지금의 우주가 완전히 사라지고 이 우주의 모든 생명이 다 죽고 난 다음에야 가능하다니…. 그러니까… 다 죽은 다음에? '늙은이'는 특히 그 부분이 마음에 들지 않았다.

"다 죽은 다음에? 미쳤나 이게…."

이 우주가 마지막에는 하나의 블랙홀 안으로 다 들어가고(지금의 우주가 예전의 원시우주처럼 하나의 블랙홀 속에 다 들어가질 만큼 작은 질량은 아닌 듯한데… 어쨌든… 그건 그렇다 치고…) 그 블랙홀이 폭발하여 다음 우주가 될 줄기세포 같은 파편들을 낳으며 다음 우주의 팽창이 시작될 것이라는 게 지금까지의 정설이었다. '신'은 그런 순리를 따르되 다음에 올 우주의 모습은 자신이 정하겠다는 것인데….

다음 우주가 꼭 필요한 것일까? 우주는 이제 충분히 광대한 것 아닐까? 지금 존재하고 있는 우리 우주 속의 블랙홀들을 인위적으로 하나씩 폭발시켜 버린다면? 그렇게 하면 이번 우주에 새로운 영양을 공급해서 이번 우주가 풍요로워지는 동시에 우주의 수명 또한 늘어나는 효과가 있지 않을까? 인간이 별만큼이나 오래 살 수 있게 된 요즘이다. 우주가 영원하면 안 될 이유가 있나?

'늙은이'가 영향을 줄 수 있는 범위가 이 우주의 크기에 비해 너무나도 작아서 대세를 거스를 수 없을지도 모른다. 하지만 '늙은이'는 하나의 생명체로서 살아남기 위해 최선을 다해 볼 생각이었다. '신'과 '우주의 순리'가 생명의 종말을 바란다면 그것들과 싸워서라도 자신의 생명을 지키는 것이⋯ 살아남기 위해서 뭐라도 해 보는 것이 살아 있는 것들이 해야 할 일이겠지. 여태껏 항상 그래 왔듯이⋯.

'늙은이'는 아무리 원한다 해도 가질 수 없는 것이 있고 무슨 짓을 해도 뜻하는 대로는 되지 않는 일이 있다는 것을 잘 아는 사람이었다. 자신이 낳은 아들의 죽음도 막지 못했었다. 타임머신까지 있었는데도 그것이 만능은 아니었다. 이번에도 어떻게 할 수 없을지도 몰랐다. 또다시 원하는 대로 일이 되지 않을 수도 있었다.

하지만 그는 이번에도 자신이 하고 싶은 대로 할 것이고 무엇이 가로막든 그게 '신'이라 해도 물러서지 않을 생각이었다. 자신이 할 수 있는 일이라면 다 해 볼 것이고 자신이 동원할 수 있는 모든 자원을 아낌없이 다 쏟아부어 볼 것이다. 되든 안 되든 가능하든 불가능하든 간에 포기하지도 않고 만족하지도 않을 것이다. 그때처럼⋯ 아들을 잃어야 했던 그때처럼은 되지 않을 작정이었다.

9. 가족
아들이 그의 곁에 있었던 한때

오래전 그가 여성형 생체의체로 살아가고 있을 때였다. 어느 날 푸른 파도가 금빛 모래톱을 쓰다듬고 있는 해안을 어린 아들과 함께 걷고 있었다.

곱슬거리는 금발에 하늘빛과 같은 푸른 눈동자를 가진 사랑스러운 아이였다. 그때의 지구는 아직 야만과 신화의 땅이었고 이 주변에도 맹수와 해적, 산적들이 돌아다녀서 여자와 아이가 한가로이 산책을 즐기기에는 위험했다. 하지만 이 어머니와 아들의 주변에는 그들을 지켜보며 따라다니는 보이지 않는 안전장치들이 아주 많았으므로 이들 두 모자가 이 지구의 어디를 가든지 안전했다.

그녀와 아들이 함께 살고 있는 해변에서 조금 떨어진 작은 마을에서는 그녀를 '마녀' 또는 '여신'으로 불렀다. 그런 호칭이 불편할 때도 있었지만 한가한 한때를 보내고 싶을 땐 아주 유용했다.

"어머니! 어머닌 해님 같으세요!"

아들이 사랑스러운 미소를 지으며 자신을 올려다보며 하는 말에 기분이 좋아졌다. 해님 같은 사람은 오히려 아들이었다. 빛나는 아이, 황금 같고 해님 같고 햇살 같은 아이였다.

"어째서 그렇니?"

"해님은 비가 와도 눈이 와도 바람이 불어도 구름이 하늘을 가리든 봄이든 여름이든 가을이든 겨울이든 상관하지 않고 매일매일 저 바다에서 떠오르잖아요! 그래서 우린 농사도 짓고 양도 키우고 횃불 없이도 앞을 볼 수 있는 것이구요. 그리고 어두운 밤에도 다음 날이면 다시 해가 어김없이 떠오른다는 것을 아니까 희망을 갖고 어두운 밤도 견딜 수 있잖아요!"

"그렇긴 하지. 해님의 어떤 점이 나와 닮았니?"

"어머니께서도 비가 오나 눈이 오나 바람이 불든 구름이 하늘을 가리든 봄이든 여름이든 가을이든 겨울이든 상관하지 않고 제가 장난을 치든 그릇을 깨든 아파서 누워 있을 때도 제가 슬플 때도 즐거울 때도 항상 변함없이 맛있는 음식을 주시고 우리를 사랑해 주시잖아요! 그래서 아버지와 저는 밖에서 아무리 힘든 일이 있어도 집에 가면 어머니께서 계시다는 것을 알고 있어서 어떤 힘든 일도 견딜 수 있어요! 어머니는 우리 집의 해님이세요!"

"그래 고맙구나."

그는 아들의 곱슬거리는 머리칼에 손가락을 집어넣어 헝클어뜨렸다. 그는 자신의 아들에게 엄마는 그런 불타는 가스 덩어리보다 훨씬 더 대단한 사람이라고 말해 주고 싶어서 입이 근질거렸지만 그저 아들에게 따뜻한 미소를 지어 줬다.

미소와 웃음이 끊이질 않던 나날이었다. 세월은 즐거울 땐 항상 그렇듯 빠르게 흘러서 어느새 그토록 사랑스럽고 어렸던 아들은 잘생기고 훤칠한 청년으로 자라났다. 근방에서 모두의 입에 오르내리며 딸 가진 부모라면 누구나 사위 삼고 싶어 하고 혼기가 찬 아가씨들이 그저 뒷모습이라도 보기 위해 기웃거렸다. 나무 몽둥이와 아주 큰 돌덩어리로 사자를 때려잡을 정도로 힘과 용기도 준수했다.

사자가 이 정도까지 크게 자랄 수도 있구나… 싶은 생각이 들 정도로 큰 수사자를 때려잡아 들쳐 메고 집으로 돌아온 날은 조금 놀라기도 했지만 이 시절의 사내라면 이 정도 패기는 있어도 좋지 않겠나 싶었다. 뭔가 살짝 불안한 마음이 들기도 했다. 아주 날카롭게 공들여 만든 검으로 밭을 갈고 있는 기분이었다. 정작 검이 필요한 순간엔 이가 다 바껴 버려서 애초의 천성에 부합하는 일을 해야 할 땐 제 역할을 다하지 못하게 될까 봐 걱정이 된달까?

하지만 그는 자식 가진 엄마의 그저 그런 쓸데없는 걱정일 뿐이라고 생각하기로 했다. 아이를 키우다 보면 항상 이런저런 걱정거리가 떠오르기 마련이고 이번 걱정도 그저 잠깐 떠올랐다가 사라질 것이라고 생각했다.

멧돼지 정도는 아들이 15세 무렵부터 주기적으로 잡아 와서 식솔들과 함께 구워 먹고는 했었다. 그저 용맹한 사냥꾼으로 살아갈 줄 알았다. 그가 여성형 생체의체를 만들 때 유전자 선별을 워낙 잘해 놔서 자신의 아들도 건강한 것이라고만 생각했었다. 그리고 공룡인류 출신인 그로서는 그 정도 용력은 평범한 수준이었으니 인간 기준으로 생각하지 못했던 것도 아들을 특별하게 여기지 않은 이유일 것이다. (공룡인류인 그에게 포유류는 일단 덩치에 상관없이 이렇다 할 위협이 되지 못했다. 사자든 코끼리든 곰이든 그에겐 그저 귀여운 수준이었다. 그만큼 공룡인류는 인간에 비해서 빠르고 강했다.)

어머니로서 아들에게 약간의 교육을 베풀긴 했었다. 이런 원시인들의 사회에서 사회적인 교육환경이라 해 봤자 너무 조잡한 수준이어서였다. 그래서 과학과 수학, 언어, 역사를 가르쳤고 몸 쓰는 법을 익히라고 간단한 격투술도 가르쳤다. 전문적인 교육은 나중에 얼마든지 할 수 있으니까 전반적으로 그저 알고나 있으라는 식으로 간단하게 요점만 짚어 주는 식의 교육이었다. 그런 식이었으니 아들은 전체적으로 굉장히 초보적인 수준의 교육만 받은 셈이었다.

그래서 그가 보는 아들은 힘도 평범하고 전문적인 교육은커녕 고등교육도 시작하지 못한 많이 부족하고 어리석은 어린아이일 뿐이었는데…. 그 정도만 해도 아들의 주변 사람들의 눈에는 굉장히 대단하게 보였나 보다. 마을 사람들이 아들을 목동들의 우두머리로 추대했으니 말이다.

촌장이 마을의 큰 어른이자 지도자라면 목동들의 우두머리는 마을 청장년층의 대장이었다. 마을의 목동들 중에는 아들보다 나이도 많고 경험도 많은 사람들이 많았는데 어떻게 아들이 목동들의 우두머리가 된 것인지, 어머니인 그가 보기에는 황당하기만 한 일이었다.

그리고 그 정도 자리에 아들이 자신의 인생을 걸 정도의 책임감을 가질 줄은 상상도 못 했다.

그의 계획대로라면 자신의 아들은 우주를 여행하며 행성과 은하와 우주의 신비를 보고 느끼며 많은 것을 배우고 시간을 넘어 과거와 현재와 미래를 관찰하고 생명과 시대와 문명과 문화와 예술을 섭렵하고 자신만의 무언가를 창조하는 사람이 될 예정이었는데…. 그렇게 하기 위한 모든 준비도 어미 된 사람의 의무로 다 해 두었는데….

이곳에서는 그저 사람으로서의 정체성 정도만 갖추면 된다고 생각했었다. 그런데 목동들의 우두머리라니…. 목동들의 우두머리가 아니라 그저 한 사람의 목동이거나 한 사람의 사냥꾼 정도라면 그래도 괜찮았다. 그저 유유자적하면서 자연과 벗하며 살아가다 보면 보고 듣고 느끼는 것들 하나하나가 다 아들의 인생에 많은 도움이 될 수도 있었다.

하지만 목동들의 우두머리라면 얘기가 달랐다. 그들이 뭉쳐 다니면서 무슨 짓거리를 하는지 익히 알고 있었다. 얼마 되지도 않는 땅을 두고 심하게 다투며 심지어 살인도 마다하지 않았다. 뜨내기 여행자가 만만해 보이면 강도로 돌변하기까지 하는 족속들인데 그런 무리의 우두머리라니….

아들이 그런 일을 주도해야 하는 위치에 추대되었다니 불안하기 짝이 없었다.

불안하고 불편하고 불쾌했으며 너무나도 싫었다. 지금 아들과 함께 살고 있는 이 시대는 부분적으로 청동기 정도를 사용하고 있는 시대이고 강도나 살인도 몇 가지 조건만 충족하면 해도 문제가 되지 않는 시대였다. 지금 이 시대의 기준에서 도덕적으로 문제가 되지 않는 일이라면 뭐가 됐든 해도 되는 일이고 괜찮다고 볼 수도 있었다.

이 시대가 강도와 살인을 사악한 행위로 보지 않는다면 그건 통상적인 삶의 일부일 뿐이다.

뒤에 오는 세대는 지금의 세대를 평가할 자격이 없으니 괜찮았다. 아들이 사는 이 시대에 공동체의 번영과 개인의 안전과 재산을 지키기 위해서 살인까지 용납되고 오히려 그것을 명예로운 일로 인식한다면 살인자라 해도 공동체 안에서 그 사람은 명예로운 일을 하는 사람이자 도덕적으로 하자가 없는 사람인 것이다.

하지만 그는 아들과 이 시대만 살다가 생을 마감할 생각이 없었다. 우주를 여행하게 해 줄 계획이었다. 죽지 않게 해 줄 생각이었다. 많은 것들을 보고 배우려면 아들에겐 유연하게 사고할 수 있는 능력이 필요했다.

그런데 20대 초반의 나이에 살인과 강도 같은 일을 도덕적으로 하자가 없는 명예로운 일로 인식한다면 글쎄? 상당히 우려스러웠다. 말리고 싶었다. 하지만 아들은 이미 목동들의 우두머리로 추대됐고 아들이 수락한 마당에 어머니로서 무슨 참견을 하기는 어려웠다. 강제로라면 못 할 것도 없지만 이 시대에 어머니가 아들에게 그런 짓을 한다면 아들만 마을 공동체에서 바보 취급을 받게 되고 모자간의 사이도 멀어질 것이 뻔했다.

그는 그저 지켜보는 쪽을 선택할 수밖에 없었다.

그가 우려와 염려와 걱정을 하는 동안에도 다시 두 해가 지나갔고 아들이 목동들의 우두머리가 된 지도 삼 년째에 접어들었다. 그동안 그가 우려했던 일이 실제로 벌어진 적은 한 번도 없었다. 아들이 목동들의 우두머리가 된 뒤로 목동들이 강도질을 하는 일도 없어졌다.

사자와 여우, 늑대, 들소를 사냥해서 가죽을 내다 파는 것만 해도 마을은 풍족해졌다. 아들은 잘하고 있는 듯했다.

그는 자신의 생각이 짧았고 쓸데없는 참견을 할 뻔한 게 아닌가 하는 생각을 하기 시작했다.

그렇게 다시 평온을 찾아가던 어느 날의 늦은 오후였다. 평소보다 많은 먼지를 뒤집어쓰고 땀에 젖은 아들이 집으로 돌아와 마당의 우물에서 물을 퍼서 머리부터 끼얹고 있었다.

그 소리를 들은 집안의 노예들이 수건과 갈아입을 옷과 마른 샌들을 들고 아들에게 갔다.

그도 일을 마치고 집으로 돌아온 아들을 보기 위해 마당으로 나왔다. 아들은 어머니가 보이자 반갑게 미소 지으며 어머니를 향해 손을 흔들었다. 아들의 몸에서 약간의 피 냄새가 나는 듯해서 걱정스러웠지만 그 역시 아들에게 미소 지어 줬다. 불안한 미소였다. 그가 아들에게 다가가자 아들이 즐거운 어조로 말했다.

"어머니 이제 우리 마을 사람들이 너른들에서도 양을 먹일 수 있게 됐어요!"

"응? 그게 무슨 소리니? 거긴 사자목마을 사람들이 가축을 먹이는 땅이잖니?"

"싸움이 있었어요. 우리가 이겼고 이제 우리 땅이에요!"

자랑스럽게 말하는 아들의 미소는 천진했지만 그 미소를 보는 그는 섬뜩하기만 했다.

"우리 마을 사람들이 가진 양들을 먹이는 데 너른들까지 해서 뭣 하려구? 그런 걸로 싸움이라니··. 누구 다친 사람은 없니?"

"우리 마을도 이제 좀 커져야지요! 땅이 없어서 문제지 있으면 쓸데가 없겠어요? 어디."

말을 멈춘 아들이 잠시 생각을 하는 듯하더니 걱정스러운 어조로 이어 말했다.

"평바위집 아저씨가 팔이 부러졌는데 어머니께서 가르쳐 주신 대로 제가 접골도 하고 부목도 대 줬어요. 아마 괜찮을 거예요."

아들에게 이것저것 잡다하게 교육시키면서 간단한 응급처치 요령도 가르쳤는데 그중에는 상처치료와 접골도 있었다. 하지만 결코 전문적인 수준은 아니었다.

"그래, 잘했구나. 그래도 내가 지금 한번 다녀와야겠다. 사자목마을 사람들 중에는 다친 사람이 없니?"

"아마 셋 정도는 죽고 다섯 명 정도는 다쳤을 거예요."

"저런…!"

어지러웠다. 이마에 손을 얹고 잠시 앞으로 닥칠 수 있는 일에 대해 생각해 봤다. 아마 큰 싸움이 날 듯했다. 사자목마을은 우리 마을보다 큰 데다가 사자목마을의 촌장은 주변 여러 마을의 유력자들과 사돈을 맺기도 하고 마을 축제에 초대를 하는 등 정기적인 만남과 혈연 맺기로 친분을 쌓아 두고 있었다. 사자목마을과 싸움이 일어난다면 상대가 사자목마을

만은 아닐 확률이 높았다. 사자목마을의 촌장이 평소 친분이 있던 주변 마을의 유력자들을 끌어들여 그들과 함께 연합해서 쳐들어온다면 우리 마을 사람들도 무사하진 못할 텐데, 어쩌다 그런 일이 벌어진 건지…….

"배고프겠구나. 뭐라도 좀 먹고 있어라. 난… 평바위집에 다녀오마."

그가 자신의 연구소에서 지구인을 연구하는 과정에서 만든 몇 가지 치료약을 챙겨서 시녀 한 명과 함께 평바위집에 가서 다친 이를 치료하고 돌아왔을 땐 이미 해가 지고도 한참이 지난 후였다. 아들은 어머니를 기다리며 물로 희석시킨 포도주와 거친 빵을 먹고 있었다. 그는 아들이 보이자 잰걸음으로 다가가서는 다짜고짜 아들의 머리부터 세게 한 대 때렸다.

"무슨 생각이냐!? 그 싸움을 시작한 게 너라며!? 왜 그랬어!?"

그가 아들에게 소리친 건 이번이 처음이었다. 물론 때린 것도 처음 있는 일이었다. 아들은 얼떨떨해하면서도 할 말은 해야겠다는 듯이 바로 대답했다.

"그놈들이 어머니를 마녀라고 하면서 모독했단 말입니다. 그래서 몇 놈 혼내 주고 사자목마을 촌장이 왔길래 어머니를 모독한 것을 용서해 주는 대가로 '너른들'을 받은 거구요. 그놈들이 어머니를 모독하는 말을 하는데도 제가 참아야 했단 말입니까?"

"참았어야지! 그런 놈들이 날더러 마녀라고 하면 내가 마녀가 된다던? 사자보고 몇 놈이 고양이라고 하면 사자가 고양이가 되더냐? 그만한 일로 사람을 해치다니, 뭐? 셋이 죽고 다섯이 다쳐? 열두 명이 죽었다며!? 어!? 열두 명이나 되는 사람을! 게다가 죽은 사람들 중에 사자목마을 촌장의 막내아들까지 있었다며!? 어떻게 네가 어머니를! 나를 속이다니! 어!?"

"죽다니요. 죽지는 않았을 겁니다. 약한 놈 몇이야 죽을 수도 있겠지만 그렇게 많이는… 열둘까지는 아닐 겁니다."

아들의 말을 들으며 가슴이 답답해졌다. 너무 화가 나고 걱정돼서 눈물이 날 것만 같았다. 목소리가 더 커졌다. 갈라진 목소리로 아들에게 악을 쓰다시피 하며 말했다.

"사람 머리보다 더 큰 돌을 던져서 맞췄다며!? 어! 그런 돌에 맞은 사람이 어떻게 살겠어? 사람 머리가 박살이 났으면 그건 다치게 한 게 아니라 죽인 거다! 이 녀석아!"

아들은 물러서지 않았다.

"그놈들은 죽어 마땅한 놈들이었습니다. 저승에 가서는 입조심하겠지요. 주둥이를 뭉개 놔서 말을 못 할 수도 있겠지만 뭐 저승 가는 길에 교훈 하나는 얻어 갔으니 저에게 감사해야 할 겁니다!"

여기까지는 그래도 어느 정도 수그러든 음성으로 말하던 아들은 잠시 사이를 둔 후 화가 난다는 듯이 그리고 억울하다는 듯이 말했다.

"그리고 어머니! 이건 남자들의 일입니다. 남자들은 남자들만의 방식이 있어요! 그리고 저는 제 방식이 있구요! 누구라도 우리 가족을 모욕한다면 저는 또 그렇게 할 겁니다!"

이제 정말 눈물이 났다. 뺨을 타고 눈물이 흘러내렸다. 아들이 보기에는 여인의 나약함에서 나온 눈물로 보일 것만 같았다. 고작 말 몇 마디가 마음에 들지 않는다고 사람까지 죽이다니. 그저 조금 때리고 사과만 받고 말 것이지! 죽이다니! 게다가 사람까지 죽이는 큰 잘못을 한 건 아들 자신이면서 사자목마을의 땅까지 빼앗다니…. 기가 막혔다.

사실 그가 가진 우주함대의 힘은 지구 정도의 행성을 가루로 만드는 데 채 몇 분도 걸리지 않을 만큼 강대했다. 그리고 그가 소유한 행성들 중엔 지구 못지않게 보석처럼 빛나는 행성들이 많았다. 아들에게 주려고 한 것이 그런 우주함대였고 그런 행성들이었다. 그런데 말 몇 마디가 기분 나쁘다고 모욕이라면서 사람까지 해치는 아들에게 그런 것들을 줄 수는 없었다.

자신의 알량한 용력이나 마음대로 휘둘러서 짐승 몇 마리나 더 키울 수 있는 땅이나 얻으라지! 절대로 안 될 일이었다. 아들에겐 아직 더 많은 시간이 필요해 보였다.

너무 화가 나서 미칠 것만 같았다. 그는 자신의 머리를 쥐어뜯고 하늘과 땅을 번갈아 보며 제자리를 빙글빙글 돌았다. 그런 어머니가 걱정이 된 아들이 어머니를 불렀다.

"어머니…"

아들과 눈이 마주친 그는 이를 꽉 깨물고 아들을 두들겨 패기 시작했다. 머리와 등을 손바닥으로 때리고 아들의 다리와 엉덩이를 발로 걷어찼다. 이런 여성형 생체의체로는 장성한 아들에게 이렇다 할 충격을 주지는 못하겠지만 아들을 때리지 않고는 참을 수 없었다. 몇 대 맞고 주저앉은 아들의 뒤통수를 호되게 한 대 더 때리고는 조금은 분이 풀린 음성으로 씹어 뱉듯이 말했다.

"그래 너의 그 남자들의 방식으로 잘해 봐라. 네가 어떻게 하는지 지켜봐 주마."

다 싫어진 그가 자신의 방으로 들어가 틀어박혀 버렸다. 한참이 지나고 나서야 차라리 그날 그때에 아들의 편협한 소견과 고집이 부질없음을 알려 주었더라면 어땠을까? 억지로라도, 어디 한 군데 부러뜨려서라도 아들을 깨우쳐 줬다면 어땠을까? 하다못해 그때 아들을 우주선에 태워서

이 작은 마을과 이 작은 별을 멀리서 볼 수 있게라도 해 줬더라면 자신의 행동이 얼마나 부질없는 일인지 알게 됐을까? 하는 생각을 했다. 하지만 이제 막 자신의 정체성을 찾아서 무언가를 해낸 아들이 자신의 말을 들어 줄 것 같지가 않았었다.

아무리 좋은 가르침이라도 적절한 때가 있다. 오랜 시간을 살아온 그에게 하나 변함없는 원칙이 였다면 '기다리면 언젠가는 적절한 때가 찾아온다'는 것이었다. 때가 되면 아들 녀석도 생명의 소중함과 제대로 된 힘의 사용법을 알게 될 거라 생각하고 기다리기로 했다. 무엇보다 그날은 아들과 대화하고 싶지 않았다.

그는 생명을 사랑했고 소중하게 생각하는 사람이었다. 술잔이 아무리 아름다워도 술이 없다면 술잔 따위는 없어도 그만인 것처럼 우주가 아무리 넓고 온갖 신비가 넘쳐 난대도 생명을 품지 못한다면, 그중에서도 특히 지적 생명체인 사람이 살 수 없다면 그저 공허한 빈 잔에 불과했다. 생명 없는 우주 따위, 멍청하게 크기만 더럽게 커 봤자 없어도 그만이라고 생각하는 그였다.

그런데 자신의 아들이, 그가 그렇게도 귀하게 여기는 사람의 생명을 말 몇 마디 때문에 살해했다니 그것도 자신에 대한 말 몇 마디가 마음에 들지 않는다는 이유로 사람을 살해했다니….

그런 짓이 이 시대에는 통상적으로 있을 수 있는 일이고 오히려 영웅시되는 행위라고 한들, 아두리 아들의 입장에서 생각해 보려 해도 이건 철없는 행위였고 지각이 한참 모자란 짓거리를 했다는 생각을 떨칠 수가 없었다.

당분간은 일이 어떻게 진행되는지 지켜볼 생각이었다. 아들이 죽거나 크게 다치는 일이야 없도록 안배를 하겠지만 아들이 이번 일에 대한 책임을 통감했으면 했기에 그는 한발 물러서 있기로 했다. 조금 시간이 지나서는 그때 좀 더 그 일에 적극적으로 개입을 했더라면 어땠을까 하는 생각도 하게 되지만 그랬다 해도 아마 크게 달라질 것도 없었을 거란 생각도 하게 되는 그런 한때였다.

며칠 후 사자목마을의 촌장이 자신의 마을의 청년들은 물론이고 주변 마을의 장정들까지 있는 대로 끌어모아서 아들을 찾아왔다.

장정들이 다들 나름의 무장까지 갖추고 있어서 아들에게 복수하러 온 줄로만 알았는데 뜻밖에도 아들을 보더니, 아들에게 자신들의 지도자가 되어 달라고 부탁했다.

그즈음에 옆 항구도시의 지도자가 스스로 왕이라고 칭하면서 사자목마을의 촌장과 그의 주변 마을 모두에게 복종을 강요하고 있었던 것이다. 젊은 여자와 재산을 주기적으로 상납하고 남자들은 자신의 도시에 필요한 노역에 동원될 것이니 자신의 항구도시 주변으로 이주하라는 것이 그 새로운 왕의 요구 사항이었다.

그자의 세력이 워낙 커서 이러지도 저러지도 못하고 있었다. 하지만 고향을 떠나지 않으려면 결국 그자의 요구를 들어주는 수밖에 달리 방법이 없는 상황이었다. 그만큼 서로 간에 힘의 차이가 컸다. 그런데 웬 용사가 곰바위마을에 나타난 것이다. 그 작은 마을에서 말이다. 심지어 그 용사의 어머니는 마녀라고도 불리지만 경우에 따라선 여신이 아닐까 하는 소리도 듣는 이였다.

그 용사를 신의 아들이라 칭하면서 지도자 삼기에 이보다 더 좋은 조건은 없었다.

그리고 무엇보다 그 용사의 마을은 워낙 작아서 지지 세력도 없으니 그를 지도자 삼되 나머지 하브조직은 모두 사자목마을의 촌장이 자신의 사람들로 채워 넣을 수 있다는 계산도 있었을 것이다.

사자목마을 촌장의 입장에서는 모두가 고향에서 쫓겨나 딸들은 농락당하고 아들들은 노예가 될 수밖에 없는 상황에서 한번 싸워 볼 수도 없는 비참한 지경이었는데 그녀의 아들이 나서 준다면 한번은 싸워 볼 수도 있을 듯했다. 막내아들의 죽음이야 안타깝고 비통하지만 부족 전체가 노예가 되는 것에 비하면 참을 수 있는 일이었다.

그렇게 아들은 근방의 농업과 목축을 겸하고 있는 여러 마을의 우두머리가 되었다.

작은 다툼이 아닌 전쟁에 가까운 싸움의 지도자가 된 아들을 보면서 그는 다시 가슴이 답답해졌다

그가 보기에 이런 싸움은 흰개미들과 흑개미들이 다당 한편에서 싸우는 것을 구경하는 정도의 일로밖에 보이지 않았다. 그런데 그런 일에 아들이 목숨을 걸고 뛰어들겠다고 하니 가슴이 답답할 수밖에 없었다.

그래도 그는 아들을 위해 그 당시 지구의 인류가 만들 수 있는 최고의 갑옷과 무구들을 만들어 주었다. 검과 방패를 써 본 적이 없는 아들에게 찌르고 베는 기술 몇 개와 방패로 막고 흘리고 치는 기술 몇 개도 가르쳤고 난전에서 필수적인 몸싸움 기술도 몇 개 가르쳤지만 결과적으로 다 필요 없는 노력이었다.

항구의 왕에게 자신들은 굴복할 생각이 없다는 뜻을 전하고 이런 사태를 만든 왕에게 시위하기 위해서 사자목마을을 비롯한 여러 마을의 장정들이 왕의 도시가 보이는 언덕에 모이기로 한 날이었다.

싸움까지는 생각하지 않았고 그저 자신들의 의지를 보여 주고 협상의 여지가 있다면 가능하면 싸우지 않고 대화와 협상으로 서로 공존할 수 있는 방법을 모색할 수 있지 않을까? 하는 희망을 가지고 모인 것이었다. 그런데 갑자기 생전 본 적도 없는 빛나는 갑옷과 투구를 쓰고 잡티 하나 없이 곧고 날카로운 검과 전쟁을 수행하는 전사들이 양각된 아름다운 방패를 들고 나타난 아들을 보며 여러 마을의 청년들은 아들을 정말로 신의 아들이라고 믿어 버렸다.

신의 아들을 우두머리로 둔 그들의 사기는 오를 대로 올라 버렸고 아들은 그런 그들을 이끌고 항구도시로 쳐들어가서 바위를 던져 성문을 깨부쉈다. 그들을 가로막는 왕의 병사들을 어지간한 집의 기둥으로 쓰일 법한 통나무로 때려잡아 가며 왕궁으로 들어가서는 항구도시의 왕이란 자의 목을 맨손으로 비틀어 죽여 버렸다.

그렇게 아들은 왕이 되었다. 항구도시에 대한 무분별한 약탈과 파괴 행위를 막은 건 사자목마을의 촌장이었다. 그는 말했다.

"계속해서 포도주가 샘솟는 단지를 가지게 됐다면 그 단지를 깨는 것만큼 멍청한 짓은 없을 겁니다. 우리가 그런 단지를 발견하게 된다면 이웃과 친구들에게 그 단지에서 마음껏 포도주를 따라 마실 수 있게 하고 동시에 누군가가 단지를 깨뜨리지 못하게 보호해야 할 것입니다.

이 도시는 계속해서 포도주가 샘솟는 단지와 같습니다. 도시의 시장을 활성화시키고 항구를 개방해야 합니다. 그렇게 하면 이 도시는 우리에게 풍요와 부를 가져다줄 것입니다. 지금 이 도시를 파괴하고 이 도시를 기능하게 하는 사람들을 죽이는 것은 어리석은 짓입니다."

그는 이런 일에 타고난 사람 같았다.

항구도시를 점령하고 삼 년의 시간이 바쁘게 지나가고 아들도 이제 제법 왕 같아 보이기 시작했다.

새해를 맞이하는 축제가 끝나고 얼마 안 있어 아들의 왕국에 제국으로부터의 전갈이 도착했다.

"항복하라!"

그래도 기왕 왕이 됐으니 결혼도 하고 아들, 딸 낳고 잘 살 줄 알았는데 무슨 일이 이렇게 흘러가는지…. 아들의 왕국에 전갈을 보낸 사람은 신생제국의 황제였다. 작은 산악왕국의 젊은 왕이 전쟁의 재능을 타고났는지 주변 도시국가들을 빠르게 복속시키고 스스로 황제에 등극해서 자신의 왕국을 제국으로 만들더니 이 작은 왕국에까지 손길을 뻗친 것이다.

항복은 거부했고 소규모 충돌에서는 승리했다. 하지만 그건 사자의 꼬리를 밟은 격이었다. 곧 신생제국의 정예군이 들이닥쳤고 아들의 왕국은 포위되었다.

제국의 최후통첩이 날아들었다.

"항복하라!"

그가 아들의 방에 갔을 때 아들은 예전에 자신이 사냥한 사자의 모피 위에 앉아서 갑옷과 칼을 손질하고 있었다.

"항복하지 않을 작정이니?"

"어머니! 오셨군요. 뭐 어떻게 되든 갑옷을 닦아 놓으면 보기 좋을 것 같아서요."

"항복하지 않을 작정이니?"

아들에게 다시금 묻는 그의 목소리는 처음과 마찬가지로 이런 상황에서는 비현실적이라고 할 만큼 차분했다. 아들은 잠시 어머니와 눈을 맞춘 후 숨을 한 번 크게 들이쉬터니 천천히 뱉으며 별이 반짝이는 발코니 너

머 하늘을 바라보며 느리게 일어나 단호하게 그리고 결연하게, 하지만 다소 침통한 음성으로 말했다.

"네! 그러지 않을 겁니다. 그들의 싸움에 끌려다니며 그들 대신 싸우다 죽는 것과 지금 여기서 그들과 싸우다 죽는 것! 둘 중 하나를 선택해야 한다면 저는 여기서 싸우다 죽는 걸 선택하겠어요! 우리는 그들의 노예가 되어 그들의 일에 쓰이다 버려지지 않을 겁니다."

그런 말을 하는 아들을 바라보는 그의 표정에서 염려나 불안 따위는 찾아 볼 수 없었다.

오히려 옅은 미소까지 지어 보이며 아들이 눈길을 두고 있는 발코니로 걸어가 밤하늘의 별들을 올려다봤다. 그리고 뒤돌아 아들을 똑바로 바라봤다. 뭔가 숨기는 것이 있는 어린애처럼 양손을 아랫배 앞에 맞잡고 손가락을 꼼지락거리며 아들에게 말했다.

"사람들이 나를 마녀라고 생각한다더구나."

아들은 어머니가 대화 주제를 다른 쪽으로 돌리는 것이 이번 전쟁에 대해 대화를 나누는 것이 서로를 괴롭게 하는 것이라고 판단해서 더 이상 말하지 않기로 결심한 것이라고만 짐작했다. 전쟁은 어쨌든 죽거나 죽이는 일이었다. 불안한 미래를 앞에 둔 가족들이 흔히 하듯이 못다 한 이야기를 하면서 서로를 격려하고 위로하며 따뜻하고 재미있는 이야기를 하고 싶어 하신다고만 생각했다.

그래서 대답하는 아들의 목소리에도 어색한 밝음이 물들어 있었다.

"여신이라고도 불러요! 어머니."

아들의 말에 그의 표정이 다소 의미심장하면서도 장난스러워졌다. 손가락도 더 이상 꼼지락거리지 않았다. 그가 아들 쪽으로 살짝 허리를 구부리며 말했다.

"그래! 그렇게도 부르더그나. 그래서? 너의 생각은 어떠니? 너가 마녀 같니? 아니면 여신 같니?"

아들은 픽! 하고 웃었다. 여태껏 살면서 겪어 본 바로는 자신의 어머니께선 주위 시선이나 평판 따위는 조금도 신경 쓰지 않는 분이었다. 좋아하는 사람은 마음껏 좋아하셨고 싫은 사람은 마음껏! 그러니까 거의 죽일 듯이 미워하셨다. 그러면서도 어느 정도 이상의 선은 넘지 않으셨다. 좋아하는 사람이라고 해서 우리 가족의 생활이 어려워질 만큼의 도움은 주지 않으셨고 싫어하는 사람이라도 자신이 그 사람을 싫어하고 있다는 것을 그 사람과 주변에 알리는 정도에서 그쳤지 일부러 계획적으로 해를 입히고자 노력하신 적은 없었다.

그가 보기에 자신의 어머니는 대단히 현실적이시고 경계가 명확하신 분이셨으며 보편타당하게 말하고 행동하시는 분이었다. 그런 분이 갑자기 마녀라느니 여신이라느니 하는 말을 입에 올리시다니 우스웠다.

아들은 다시 자리에 편안하게 앉으며 말했다.

"어머니는 저에게 그냥… 음… 어머니세요. 어머니는 그런 거 신경 안 쓰시잖아요."

그는 편하게 앉아 있는 아들에게 밤에 잠이 오지 않는다며 칭얼거리던 어린 시절의 아들을 놀리기 위해 무서운 이야기를 지어내 이야기해 주던 때의 말투와 분위기로 다시 물어봤다. 진지함보다는 장난기가 더 짙었던 그때 그 시절의 모습이었다.

"나와 살면서 위화감 같은 건 못 느꼈니? 전혀?"

하지만 아들은 이제 어머니의 장난을 이해할 만큼 커서 어렸을 때처럼 이런 분위기에 겁먹지 않았다. 오히려 즐거웠다. 어린 아들이 잠이 오지 않는다고 하는데 오히려 무서운 이야기를 해 주시던 어머니다. 전쟁을 앞둔 아들에게는 어떤 이야기를 해 주실까? 전쟁보다 더 무서운 이야기는 없을 텐데?

그리고 아들은 어렸을 때와는 달리 이제는 어른인 동시에 왕이었다.

어머니와의 즐거운 대화도 좋지만 해야 할 일이 많은 그였다. 아들은 다시 자신의 칼을 갈기 시작했다. 잠시 뒤 이 칼을 허리에 차고 성벽에 올라 적들의 동태를 살펴볼 생각이었다.

아들은 칼을 갈면서 다소 심드렁하게 어머니의 말에 대꾸했다.

"네… 못 느꼈어요. 전혀! 제가 더 알아야 할 것이 있나요? 어머니에 대해서?"

아들의 눈치 없음이 그저 감탄스러웠다. 저렇게 무딘 애는 아닐 텐데? 하나씩 차근차근 말해 줘야 할 듯했다.

"내가 너에게 가르치던 지식들을 내가 어디서 얻었다고 생각하니? 그리고 너에게 준 갑옷과 방패 그리고 검은 내가 어디서 가져왔을까?"

아들은 손을 멈추고 '그러게요?'라고 묻는 듯한 표정으로 어머니를 올려다봤다. 그는 아들의 맹한 표정을 보며 다시금 즐거워져서 계속 말했다.

"마을 사람들이 다치거나 병이 나서 아플 때 내가 그들에게 약을 가져다주고는 했었지? 그 약들은 어디서 난 것 같니? 아주 효과가 좋은 약들이었는데?"

아들이 그건 알겠다는 듯이 대답했다.

"산에서 약초를 캐 와서 만드신 거 아닌가요?"

"내가 집에서 약초를 말리거나 빻는 걸 본 적이 있니?"

"아… 음… 아니요."

"사람들이 나를 마녀라고도 하고 여신이라고도 하지. 하지만 난 그저 사람이란다. 다른 이들과 다르지 않지. 하지만 이 시대의 사람들이 마녀만이 할 수 있다고 생각하는 일이나 신만이 할 수 있다고 생각하는 일 중에서 내가 하지 못하는 일은 거의 없단다. 사람에게 영원한 젊음과 영생도 줄 수 있어! 왜? 당황스럽니? 믿을 수 없다는 표정인데?"

아들은 평소에 어머니를 볼 때마다 '상상력이 풍부하신 분'이란 생각을 자주 했었다. 하지만 이런 말도 안 되는 이야기를 하실 분이라고는 생각하지 못했었다. 어머니께서는 내일 있을 전투 때문에 많은 부담을 느끼신 나머지 정신을 조금 놓으신 걸까? 하는 생각까지 들었다. 걱정스러웠다.

자신이 아는 어머닌 이렇게 나약하신 분이 아니었는데…. 장난을 하고 싶으신 걸까? 가족 간의 친목도 좋지만 내일 아침 이 작은 왕국을 찾아올 전쟁에 대비하기 위해서는 오늘 밤을 현명하게 사용해야 하는데…. 이렇게 수수께끼 같은 이야기나 하고 있을 때가 아니었다. 얼른 어머니를 달래 드리고 왕으로서 병사들을 위문하고 격려하러 가야만 했다. 그토록 현명하고 강인하셨던 어머니께서도 전쟁을 앞두고서는 아들과 소소한 이야기를 하면서 불안을 잠재우고 싶어 하시는데 당장 다음 해가 뜨면 적과 칼을 맞대야 하는 병사들은 오죽 더 불안해하고 무서워하고 있을까?

"글쎄요… 단지 조금 당혹스러워서… 네! 조금 당황스럽네요."

아들은 숨을 한 번 크게 들이쉬고 천천히 뱉고 난 후 어머니의 상태를 면밀히 살피며 말을 이었다

"전 항상 신께 기도를 합니다. 보통 다들 그렇게 하더군요. 하지만 저는 뭔가 바라는 것이 있어서 신께 기도를 올리지는 않았어요. 그저 신께 감사기도를 드렸을 뿐입니다. 제가 저일 수 있음에도 감사했고 친구와 동료, 형, 동생들이 저와 함께해 주는 것에 감사기도를 하고는 했습니다. 오늘이 있음에 감사하고 먹고 마실 수 있음에 감사해서 신께 기도했습니다.

뭘 원해서 달라고 기도한 적이 없어요. 그저 저에게 이미 주어진 모든 것에 대해서 감사하는 마음으로 신께 기도드렸을 뿐입니다. 어머니께서 신이라고 하셔도 저는 딱히 어머니께 소원하고 싶은 것이 없어요.

　신과 같은 능력을 가지셨다면 신이시겠네요. 신이라니… 다들 어머니를 보고 여신이라고 부르면서 저를 여신의 아들이라고 부르고 싶어 하던데 전 그들에게 여태껏 그러지 말라고 말하고는 했었거든요…. 말도 안 되는 소리라구요…. 이제 그럼 그렇게 불러도 된다고 말해야 하나요? ……어머니께서는 제게 더없이 좋은 그리고 감사한, 사랑하는 어머니세요…. 여신일 필요는 없어요. 왜 그런 말씀을 하시는 건가요?"

　그가 보기에 아들은 조금만 더 있으면 자신을 미친 사람으로 취급할 것 같았다. 시녀들을 불러서 어머니를 침소로 모셔 가서 따뜻한 꿀차라도 한 잔 드시게 하라고 하겠지….

　"이리 따라오거라."

　그가 문 밖으로 나가 아들을 돌아보며 재촉할 때까지도 아들은 앉아만 있었다. '이러고 있을 때가 아닌데…'라고 생각하는 게 분명했다.

　"어서!"

　그는 마지못해 자리에서 일어나 자신을 따라오는 아들의 대여섯 걸음 앞에서 거의 뛰다시피 빠르게 걸었다. 바다로부터의 침입을 대비해 경계근무를 서고 있는 경비병들을 피해서 인적 없는 바닷가로 갔고 거기서 소형 우주선을 소환했다. 보통의 경우 개인마다 자기 소유의 우주선이나 주변 기기들을 작동시키는 신호를 정해 두는데 그의 경우 왼손이든 오른손이든 엄지손톱과 검지손톱을 닿게 한 상태에서 말을 하면 그를 주시하고 있던 모선에서 그의 명령을 수행하도록 되어 있었다.

　"소형 우주선 보내 줘! 은신한 채로 와야 돼!"

평소에는 이 말 저 말 하도 아무런 반응을 하지 않았던 그의 고선에서 그가 엄지손톱과 검지손톱을 붙인 채로 말을 하자 바로 반응했다.

아들은 허공에다 대고 말을 하는 어머니를 한층 더 걱정스럽게 바라보긴 했지만 아무 말 없이 조용히 있었다. 어머니께서 자신을 이리로 오게 했으니 어머니께서 먼저 두어 말이라도 하실 때까지 조용히 있기로 한 것이다. 그도 그런 아들을 의미심장한 미소를 지으며 지켜봤다.

'아마 꽤 놀랄 거다.'

2분 정도 지났을까? 그와 아들의 앞에 바람이 '훅' 하고 끼치더니 공간이 물결쳤다. 아지랑이 같기도 했지만 달랐다. 그러고는 공기로 된 듯한 보이지 않는 문이 열린다 싶더니 아무것도 없었던 곳에 의자 몇 개가 놓인 방이 나타났다. 그와 아들의 위치에서만 보이는 방이었다.

그는 황당해하는 아들을 우주선에 앉히고 오른손 엄지손톱과 검지손톱을 닿게 한 후 말했다.

"모선으로 이동해 줘."

어머니와 아들이 탄 작은 우주선은 순식간에 왕국 상공의 우주공간에서 모습을 감춘 채로 떠 있는 그의 거대 우주선으로 이동했다. 도선에 도착해서는 반쯤 넋이 나가 있는 아들을 이끌고 소형 우주선 선착장을 나와서 기나긴 통로와 여러 설비들이 설치된 구역을 지나 우주선에서 지구가 내려다보이는 곳으로 갔다. 어머니와 아들은 요정처럼 아름다운 인조인간들이 가져다준 사과꿀차가 놓인 너무나도 아름다운 대리석 탁자를 사이에 두고 역시 너무나도 아름다운 대리석 의자에 앉았다.

그는 하얗게 질린 아들을 찬찬히 살펴보았다. 이렇듯 멍청한 표정의 아들의 모습을 보고도 웃음을 참을 수 있는 자신의 자제력에 스스로 굉장히 감탄스러워하며 말했다.

"기분이 어떠니? 괜찮아?"

"이게 다 뭐죠? 어떻게… 이게 다 무슨….'"

모선의 크기는 아들이 살면서 본 모든 땅과 왕국을 합친 것보다도 컸다. 이 시대의 어떤 사람이 이 우주선을 봤다면 신의 땅이 하늘에 떠 있다고 생각했을 것이다. 하지만 어머니와 아들이 앉아 있는 이 공간에서는 모선의 크기를 가늠할 수 있는 어떠한 단서도 찾을 수 없었다. 아들이 이 모선의 크기를 알았다면 지금보다 더 멍청한 표정을 지었을 텐데. 그 모습을 봤다면 그도 웃음을 참지 못했을 것이다. 지구를 조망할 수 있는 그리 크지 않은 방에 앉아 있는 것만으로도 아들은 이 상황을 현실로 받아들이는 데 상당한 어려움을 겪고 있었다.

아들이 생각했던 것보다 더 오래 정신을 못 차리고 있자 살짝 걱정스러워진 그가 아들에게 말했다.

"멋진 곳이지? 한번 둘러봐도 된단다."

어머니의 말에 아들은 자리에서 일어나 천천히 걸으며 주변을 살폈다. 모양과 색은 달라도 놀라울 정도로 아름다운 모습을 한 16개의 기둥이 세워져 있는 네모난 공간은 여기로 들어오는 문이 있는 벽과 바닥만이 대리석처럼 보이는 돌로 막혀 있을 뿐이고 나머지 4면은 우주와 닿아 있었다. 그 4면에는 그야말로 아무것도 없었다. 16개의 기둥도 그저 허공을 이고 있을 뿐이었다.

문이 있는 벽에는 황금과 은 그리고 가지각색의 보석으로 꽃과 나비와 나무와 산들이 조각되어 있었다. 바닥은 대리석 같은 질감인데도 보기에는 마치 진주 같았고 꽤나 넓은 면적인데도 이음새라고는 없었다. 벽과 바닥과 기둥이 마치 하나의 바위를 깎아서 만든 것처럼 보였다.

우주공간에 떠 있는 지구에 가려서 태양의 모습이 반 정도 보였는데 이

상하게 전혀 눈부시지 않았고 아직 햇빛이 비치지 않아서 어두운 지구의 지형도 자세하게 다 보였다.

바닥이 끝나는 지점까지 가서 손을 뻗어 보고 나서야 밖과 안을 구분하는 투명한 무언가를 만져 볼 수 있었다. 그 막은 실내의 풍경을 반사하지 않아서 아무것도 없는 듯이 보였던 것이다. 안과 밖을 구분하는 무언가가 있는 건 확실한데 만져도 보고 밀어도 봤지만 그게 뭔지는 알 수 없었다.

(분명히 만졌는데 손자국도 나지 않았다.)

아들은 한 대 때려 볼까 하다가 참았다.

바닥은 따뜻했고 기둥은 시원했으며 공기는 상쾌했다. 간간이 바람도 불어왔다. 이 방의 모든 것이 신비로웠고 이 모든 것에 신의 손길이 직접 닿았을 것만 같았다.

특히 지구의 모습은 경이롭고 감동적이었다. 진정 신이 있어서 어딘가에 살아 있다면 여기보다 저곳에서 살고 있을 것 같았다. 아들은 그곳이 자신이 몇 분 전까지 발을 딛고 서 있던 곳이라고 짐작은 했지만 확신하지는 못하고 있었다.

그런 아들에게 그가 다가가서 말했다.

"저기 저 바다와 땅이 지구의 모든 생명들이 기대어 살아가고 있는 흙과 물이란다. 여기서 너의 왕국과 우리가 살던 마을을 찾을 수 있겠니? 어두워서 잘 안 보이지? 밝은 대낮이었어도 찾기가 쉽지는 않았을 거다."

그가 왼손 엄지손톱과 검지손톱을 닿게 한 후 "지도"라고 말 한 뒤 허공에 두 손을 들고 마치 헤엄치듯이 팔을 좌우로 펼치자 지구의 크기가 순식간에 커졌다. (아들은 다리가 떨려서 주저앉을 뻔했다. 마치 추락하는 느낌이었다.) 그리고 팔을 뻗어 들고 손바닥을 자신의 얼굴 쪽으로 한 뒤 팔꿈치를 굽혀서 손을 당기자 3차원 지도가 창문을 뚫고 어머니의 코앞까지 다가왔다.

오랜만에 눈이 땡그래져서 귀여운 얼굴이 된 아들을 슬쩍 보고는 기분이 좋아진 그가 활기찬 목소리로 아들에게 이어서 말했다.

"너무 작거든! 어떠니? 이제 좀 확실하게 보이지? 음… 너무 어두운가?"

그가 다시 어떤 손짓을 하자 밤을 지나고 있어서 어두웠던 지구가 해가 떴을 때만큼은 아니더라도 보름달이 떴을 때보다는 더 밝아졌다. 그러고 나서 크게 확대되어 자세히 보이는 여러 지형들을 손가락으로 이곳저곳 가리키며 아들에게 말했다.

"여기에 우리가 살던 집이 있고 여기가 너의 왕궁이 있는 해안이란다. 저기 제국군의 야영지가 보이네…. 많이도 왔다. 저게 다 몇 명이야?"

지도를 조금 더 확대해서 위치를 조정한 후 손톱을 닿게 한 상태에서 "지역 한정 인구조사"라고 말하며 양손 엄지와 검지를 'ㄱ' 자 모양으로 펴서 제국군 야영지를 지정하는 네모를 만들었다. 그러자 그 네모만 잠시 붉은색으로 표시됐다가 원래의 색으로 돌아왔다. 네모 옆에 '인간: 22,351명, 말: 2,100두'라는 문자와 숫자가 그림과 함께 표시되었다.

아들은 읽을 수 없는 문자였지만 숫자 옆의 인간 모습의 그림과 말 그림을 보고 그게 무엇을 뜻하는지 알 수 있었다.

"정말 많이도 왔네! 황제도 함께 온 것 같은데? 저기 저 큰 막사 보이지? 그 앞에 꽂혀 있는 금색 깃발도 보여? 저곳에 황제가 있다는 뜻이란다. 우리 왕국의 항구와 선박이 필요한 모양이더라. 이 작은 바다를 건너 조금만 더 가면 오랜 역사와 전통을 자랑하는 또 하나의 제국이 있거든…. 아마 거길 노리는 것이겠지…."

잡히지 않는 3차원 지도를 만져 보려고 몇 번이나 시도하던 아들이 어머니와 눈이 마주쳤다. 아들은 꽤나 흥분된 목소리로 말했다.

"굉장하네요. 어떻게… 이런 건 전혀 상상도 못 했어요! 이런… 이게 다

뭐죠? 어머니의 힘으로 저들을 다 죽여 버릴 수는 없나요?"

"가능하지! 왜? 그렇게 해 볼까?"

아들은 자신의 물음에 한 치의 망설임도 없이 대답하는 어머니를 보면서 멈칫했다. 아들의 표정에서 흐르던 놀라움과 당황과 흥분이 순식간에 걷혔다. 서서히 무표정해지더니 어느새 무언가 결심한 듯 결연한 표정이 되었다.

감정이 얼굴에 다 드러나는 아들을 보면서 아들에게 왕 노릇이 적성에 맞는 걸까? 하는 걱정이 들 때쯤 아들의 단호한 목소리가 들렸다.

"아니오! 그러지 않으셔도 됩니다. 전혀… 그러실 필요 없어요."

아들의 말에 그는 아주 살짝 가슴이 답답해졌다.

"네가 살고 있는 곳이 너에게 얼마나 중요한지 잘 안다. 하지만 보렴!"

그가 왼손 엄지손톱과 검지손톱을 닿게 한 후 "지도 종료! 전체 조망!"이라고 말하자 지구가 원래 우주에서 보던 크기로 작아지고 기구를 포함한 우주의 모습이 눈에 들어왔다. 우주에서 점점이 빛나고 있는 별들과 은하수가 보였다.

"우주는 무한하단다. 저 넓은 곳을 둘러보고 탐험해 보지도 않고 이 작은 행성의 한구석에서 쓰러져 간다면 억울하지 않겠니?"

아들은 뭐든 상관없다는 표정이었다. 아들은 자신을 보며 답답하다는 듯이 말하는 어머니가 아닌 자신이 방금 떠나온 지구를 좀 더 자세히 보기 위해 눈을 가늘게 뜨기도 하고 크게 뜨기도 하면서 말했다.

"글쎄요. 저 작은 별의 작은 왕국에서도 고개만 들면 우주는 다 보이는데요, 뭘. 제가 꼭 저기까지 가야 하나요? 제게 소중한 사람들은 다 이 작은 곳에 모여 살고 있는데 아는 사람 하나 없는 머나먼 곳을 헤맬 이유가 저는 없어요."

그는 이해할 수 없다는 듯이 조금 높아진 목소리로 아들에게 다시 말했다.

"저렇게나 넓은 우주에 수많은 별들과 셀 수도 없이 많은 사람들이 흩어져서 각기 다른 방식으로 살아가고 있단다. 그들이 어떻게 살아가고 있는지 궁금하지도 않다는 거니?"

아들은 살짝 슬픔이 묻어나는 표정으로 어머니를 바라보며 말했다. 아들은 지금 간절했고 절박했으며 결연한 심정이었다.

"오늘 낮에 내일 있을 싸움을 준비하는데 정말 작은 아이가 자기 주먹만 한 돌들을 성벽 위로 나르고 있더군요. 아이에게 나이를 물어보니 모른다고 했습니다. 엄청, 수줍어하더군요…. 아마 네 살쯤 돼 보였습니다. 어머니, 저는 그 아이의 나이가 궁금합니다. 아이가 오늘 저녁에 식사는 제대로 했는지가 궁금합니다. 잠은 잘 자고 있는지 궁금합니다. 가 본 적도 없는 곳에서 살고 있는 한 번도 본 적도 없는 모르는 사람들이 무엇을 하는지보다 훨씬 더 말입니다. 저의 어리석은 고집으로 내일이면 내 왕국의 많은 사람들이 죽거나 다칠 것입니다.

항복한다면 제국의 그들은 우리 나라의 우리들을 그저 그런 약해 빠지고 명예도 없는 것들이라고 여기고 노예로나 부려 먹겠지요. 저들은 그래 왔습니다. 그래서 우리는 싸움을 선택 할 수밖에 없었습니다. 지더라도 우리의 의지를 보여 줘야 합니다. 그래야 우리들도 자신들과 같은 명예를 아는 인간으로 여기고 자신들과 동등한 사람으로 대우해 줄 것입니다.

저는 항복과 죽음 중에 죽음을 선택한 것이 아닙니다. 노예로 사느니 인간으로서 싸우는 길을 선택한 것입니다. 신의 가호와 신의 힘으로 이 싸움을 이긴다면 당장은 좋겠지요.

하지만 그게 오히려 우리들을 약하게 만들 것입니다. 그저 하늘만 바라보는 멍청이가 되겠지요. 긴간의 노예가 되는 길을 피해서 신의 가축이 되는 길을 가고 싶지는 않습니다.

그저 사람답게 살고 싶습니다. 뜻하지 않게 찾아오는 시련도 많습니다. 찾아온 시련에 전혀 준비가 되어 있지 않은 경우도 많습니다. 하지만 우리의 이번 시련은 충분히 예상했던, 나름대로 대비도 한 준비할 수 있었던 시련입니다.

이번 시련에서 살아남은 이들은 더 강해지고 지혜로워져서 우리의 이야기를 후세에 전하겠지요. 사람은 언젠가는 죽습니다. 저는 사람으로 살다가 죽고 싶습니다. 노예나 가축 같은 신세로 죽긴 싫습니다.

어머니! 저는 내 나라의 국민들과 함께하겠습니다. 저 같은 고집쟁이에 싸움이나 일삼는 놈을 왕이라고 부르면서 따르는 사람들을 두고 제가 어디를 가겠습니까?"

어리고 어리숙해 보이기만 하던 아들이 어느새 이렇게 커서 어미인 자신보다 더 어른스러운 말을 하는 걸 듣고 있자니 너무 기쁘고 감격스러웠다. 아들을 믿고 아들이 하는 일을 그저 멀리서 응원해 주고 싶어졌다. 하지만 그럴 수는 없었다. 어쨌든 전쟁은 전쟁이다. 죽을 수도 있었다. 누군가를 죽이는 일이기도 했다. 어떻게든 아들을 설득해야만 했다.

그는 한층 더 누그러졌지만 그만큼 더 간절해진 은성으로 아들에게 말했다.

"저 넓은 우주를 둘러보고 더 지혜로워지고 더 강해져서 돌아올 수도 있단다."

"어머니! 내일 아침이면 싸움이 시작될 텐데 제가 어느 틈에 더 지혜로워지고 더 강해지겠습니까? 그저 내일을 위해 배불리 먹고 푹 쉬어 두는 편이 더 나을 겁니다."

"얘야! 시간이란 게 없는 것이 아니란다. 사용하는 방법만 안다면 얼마든지 어떻게든 할 수 있는 게 시간이란다."

아들의 머릿속에 지식들을 다운로드해 줄 수도 있고 가상현실을 이용해서 몇 분 만에 수백 년의 시간을 살아 보게 해 줄 수도 있었다. 하지만 그가 지금 아들에게 해 보라고 권하는 것은 간접적이고 타인의 의지가 많이 작용할 수밖에 없는 그런 방식이 아니었다.

"너와 내가 함께한 시간이 너무 짧구나. 난 네가 어떤 아이인지 안단다. 뭐… 네가 나에게 숨기는 것도 있을 것이고 나로서는 볼 수 없는 너의 모습도 있겠지만 그게 몇 가지나 되겠니? 하지만 네가 나에 대해서 아는 건 정말이지… 별로 없단다. 아들인 네가 너의 어머니인 나에 대해서 아는 것이 많지 않다는 것이 나를 슬프게 하는구나. 그래서 저 우주 곳곳에 흩어져 있는 나의 행성들과 나의 행적들을 보여 주고 싶단다.

이 우주선에는 그걸 가능하게 해 주는 많은 것들이 있단다. 우리가 타고 있는 이 우주선의 기능은 어지간한 사람의 상상을 초월한단다! 심지어 이 우주선은 지금도 조금씩 진화하고 있지. 그저 톱니바퀴 몇 개로 작동하는 방식이 아니라 스스로 생각하고 부족한 부분을 스스로 보완할 줄도 안단다. 나를 위해서 그렇게 하고 있지.

그리고 이 우주선은 너를 위해서 봉사할 수도 있어. 이 우주선에서 운용할 수 있는 기기들 중에는 '타임머신'이란 것도 있단다. 시간과 공간을 넘어 과거로도 갈 수 있고 미래로도 갈 수 있는 기계장치지. 지금 나와 함께 우리은하계의 많은 행성들을 둘러보고 나서 우리가 출발했던 지금의 이곳으로 돌아올 수 있어!

그러니까 내 말은 넌 수많은 우주의 신비를 탐험하고 더 많은 경험을 하고 또… 더 많은 전투 훈련을 해서 지금보다는 더 강해지고 지혜로워져서 다시 지금으로 돌아와 내일의 싸움에 임할 수 있다는 거지! 신에게나 어울릴 법한 힘을 빌리는 건 맞지만 어쨌든 네가 스스로의 의지로 강해지고 지혜로워져서 내일의 전투를 준비할 수 있다는 거지! 어떠니? 그렇게 해 보겠니?"

어머니의 말을 주의 깊게 듣고 있던 아들의 표정에서 호기심과 기대가 반짝였다.

"별과 별 사이를 여행하고 달 위를 걷고 싶다는 상상은 했었지요. 살면서 후회가 될 때는 과거로 돌아가고 싶다는 상상도 했었습니다. 하지만 그런 일이 실제로 가능할 줄은 몰랐네요. 그것도 그런 일을 가능하게 해줄 수 있는 사람이 항상 제 곁에 계셨던 어머니일 줄은 상상도 못 했습니다. 하지만 아직도 그런 일이 가능하다고는 믿기지 않아요. 저에게 그런 일이 실제로 가능하다는 확신을 주실 수 있으신가요?"

"미래나 과거로 갔다가 다시 지금의 이곳으로 올 수 있다는 것이 확실하다면 나와 함께 떠나겠다는 말이니?"

"네! 어머니, 어딜 가든 다시 지금의 여기로 내일 전투가 기다리고 있는 오늘 밤으로 돌아올 수 있다면 가겠습니다."

아까와는 달리 너무 선선히 심지어 슬쩍 미소까지 지으며 대답하는 아들을 보면서 아들은 그런 일은 불가능하다고 생각하고 있다는 것을 알 수 있었다. 하지만 아무려면 어떠랴? 아들을 당장 싸움에서 멀어지게 할 수 있다면 다른 건 아무 상관 없었다.

"그럼 여러 별들을 여행하고 우리은하계 곳곳에서 다양한 모습으로 살아가고 있는 사람들과 교류하고 많은 지식과 지혜를 얻고 음… 그리고 전쟁의 기술도 지금의 너보다 더 좋아진 미래의 너를 직접 만나 본다면 그 모든 일이 가능하다는 걸 믿겠니? 그럴 수 있다면 나와 함께 갈 수 있겠니?"

어머니의 말에 살짝 놀란 아들이 대답했다.
"제가 저를 만난다구요? 미래에서 다시 이곳으로 오는 저를?"
"그래, 먼발치에서 보기만 해도 되고 서로 이야기를 나눠 봐도 된단다."
한층 더 짙어진 미소와 재미있어하는 표정으로 아들이 말했다.
"그게 가능하다면 그렇게 하겠습니다. 그토록 많은 일들을 경험하고 다시 지금의 이곳으로 돌아오는 저와 이야기를 해 볼 수 있다면 어머니를 따라 저 별들을 둘러보러 가겠습니다."
"그래 알았다. 따라오너라."
그는 더 말하지 않고 아들을 이끌고 각종 보조 우주선들이 모여 있는 격납고로 빠르게 걸어갔다. 마음만 먹으면 걸을 일이 없는 이 우주선 안에서 그는 기회가 닿는 대로 걸었다. 언제 무슨 일이 벌어질지 모르는 세상에서 믿을 건 자신의 몸뚱이 하나뿐이었던 때도 있었다. 지금은 그런 시절과는 많은 것이 달라졌지만 습관이란 쉽게 바뀌지 않았다. 그리고 스스로 좋은 습관이라고 생각하고 있는 걸 일부러 바꿀 생각도 없었다.

타임머신이 안전하게 작동하고 있으며 시간 여행을 무사히 다녀올 수 있다는 걸 알 수 있는 방법은 간단했다. 과거나 미래로 여행을 갔던 자신이 무사히 돌아오는 것을 보고 출발하면 된다.
처음 타임머신이 만들어졌을 때는 타임머신의 탑승자들이 실종되는 경우가 많았다. 사고일 때도 있었지만 과거나 미래로 가서는 그곳에서 정착해 버리는 경우가 많았다. 미래로 갔을 경우에는 그다지 문제될 것이 없었지만 과거로 간 시간 여행자들로 인해 문제가 발생하는 경우가 가끔씩 있었다.
예언이랍시고 이 말 저 말 해대는 경우도 있었고 개조된 신체로 늙지도 죽지도 않으면서 여기저기 쏘다녀서 기괴한 전설을 만들어서 과거와 현재의 사람들에게 혼란을 주는 사람도 있었다. 여러 안전장치들을 만들어 놓았어도 아직도 많은 사람들이 과거나 미래로 밀항을 한다. 하지만 추적감시경찰대가 따로 운영되고 있어서 과거로든 미래로든 가서 정착을 했더라도 쥐 죽은 듯이 살아야만 했다.

100년 전으로 간 사람은 100년 동안 추적과 감시를 당해야 했고 1,000년 전으로 간 사람은 1,000년 동안 추적과 감시를 당했다. 특히 미래로 떠났던 사람이 다시 현재나 과거로 돌아올 경우에는 심한 제약을 가했다. 100년 후의 미래로 떠났던 사람이 다시 현재로 돌아온 경우 그 사람에게 특별한 허가가 없었다면 심한 경우 100년간 감금시키기도 했다.

기계감시자를 보내는 건 사람이 직접 가는 것에 비하면 일도 아니었기에 시간 여행 후 정착이 의심되는 사람이 특정되면 그 사람의 출생 시점까지 추적해 들어가서 감시를 했다. 과거로든 미래로든 아무런 상관이 없었다. 모기만큼 작은 투명감시기 1,000기를 보유한 축구공만 한 크기의 기계감시자가 의심인들을 따라다니면서 그 사람의 모든 것을 감시하고 기록했다.

그 사람의 말과 행동에서 '7가지 시간 여행자의 금지 사항'에 해당하는 행위가 있을 때는 그 사람의 모든 것을 없애 버리기도 했다. (중대 금지 행동에는 1. 미래 정보를 이용한 금융 혼란 2. 살인 및 과거인들 간의 교제 방해 3. 특허등록이 된 기술 유출 4. 자연재해나 사고로부터의 인명구조 5. 사회에 영향력을 행사할 수 있거나 그럴 가능성이 있는 과거인에게 미래지식 공여 6. 과거인과의 심각한 교제 및 임신, 출산 행의 7. 허가받지 않은 동식물을 채집하는 행위가 있었다.)

보통의 경우 사람은 그 정도로 집요한 감시를 견디지 못했다. 그 외에도 모든 사소한 위법 사항들이 기록돼서 시간 여행자에게 벌금이 부과되거나 징역형이 선고되기도 했다. 합법적이고 공인된 시간 여행자에겐 자동적으로 감시가 붙었기에 비공식적인 시간 여행을 통해 감시를 피해 보려는 사람이 많았다. 하지만 그렇게 비공식적인 시간 여행을 해서 처음에는 감시가 붙는 것을 피했더라도 과거나 미래로 가서 기록에 남을 만한 행적을 남긴다면 여러 장비와 수단을 동원한 감시와 추적을 피할 수가 없었다.

허가받지 않은 시간 여행에서도 시간 여행을 마치고 돌아오는 자신을 보고 출발한다는 원칙만 지킨다면 위험하지 않지만 보통은 잘 지켜지지 않았고 심지어 의도적으로 편도로만 여행하는 사람도 많았다. 그런 경우에는 그 사람이 정말 과거나 미래로 갔는지 아니면 불의의 사고를 당했는지 알 수 있는 방법이 없었다.

시간 여행은 보통의 현대인에게는 대단한 모험이었다. 이 시대를 사는 사람들은 가상현실에서만 만남을 가지거나 의체로 생활하는 것에 익숙해져 있었다. 그런 사람들이 안전한 생명유지장치에서 본체(늙은이가 '깡통'이라고 부르는)를 꺼내서 자신이 가고 싶어 하는 장소와 시대에 어울리는 모습의 의체에 합체시킨 상태로 시간 여행을 떠나야 하기 때문이다. 그 의체는 해부를 당하더라도 그 시대의 사람들에게 미래인이라는 사실을 들키지 않아야 하고 각종 탐지기도 피해야 하기 때문에 유전자 조작이나 강화를 하는 데도 한계가 있을 수밖에 없었고 여행지에서 죽으면 그냥 실제로 죽는 것이다. 아예 죽을 일이 없는 현대인에게는 시간 여행이 대단한 모험일 수밖에 없는 이유이다.

게다가 혹시라도 과거로 가서 누군가에게 상해라도 입힌다면 즉시 처형되거나 꽤 긴 기간의 징역을 각오해야 했다. 현대인에게 가해지는 일반적인 징역형의 형태는 외부와 단절된 죄수 혼자만의 가상세계에 가둬 두는 방식이었다. 어차피 가상현실에서는 시간과 공간의 제약이 존재하지 않는데 그런 게 무슨 형벌일 수 있느냐는 사람들도 있었지만 으랜 기간 외부와 단절된 채 한 사람단의 상상으로 만든 가상세계는 보통의 사람이 보기에는 끔찍한 경우가 많았다. 일반적으로 그런 곳은 점점 더 끔찍해졌다. 수형자는 자신이 만든 그런 끔찍한 곳에서 자신이 갇힌 것도 잊어버린 채로 갇혀서 벌을 받았가. 오랜 기간 감금된 수형자들이 어떤 정신 상태로 사는지를 아는 사람들은 너무 가혹한 형태의 형벌이라고 말하기도 했지만 아직은 유지되고 있는 처벌 형태였다.

시간 여행에는 엄청난 어너지가 소모되기에 비용도 상당했다. 그래서 꽤 많은 사람들이 과거나 미래로 갈 때 위험을 무릅쓰더라도 편도로 가기도 하고 사설불법시간 여행사를 이용하기도 했다.

'늙은이'처럼 과거나 미러로 본체와 함께 의체를 운용할 수 있는 시설까지 가져갈 수 있는 사람은 거의 없었다. 가상현실에서 적은 비용으로 모든 것을 할 수 있는 이 시대에 실제로 현금과 실물자산을 지나치게 많이 보유하고 있는 사람의 숫자는 적었다.

시간 여행을 가서 시간 여행사가 제공하는 의체를 사용할 수도 있지만 그렇게 하면 갈 수 있는 시대가 제한적이었다. 거대한 전쟁을 경험하고 싶은 사람들은 시간 여행을 간 후 생체의체를 사용해서 전쟁을 경험하기도 하지만 생체의체는 워낙 비싼 물건이라서 보통 사람은 꽤 긴 시간을 준비해야 되는 일이었다.

가상현실에서만 살다가 시간 여행을 가서 현실의 벽을 마주한 사람들 중에는 그런 가혹한 현실에 도전 정신을 불태우기도 했지만 가상현실과는 달리 실제 현실은 그들에게 너무 냉정했다.

가상현실에서 대부분의 시간을 살아가는 그들의 현실감각은 정말 너무 미약했다. 안타까울 정도였다.

'늙은이'에게는 그런 현실 부적응자들을 조금은 멸시하는 경향이 있어서 의도적으로 아들을 현실세계에서 길렀다. 그렇게 해서 아들의 도전 정신과 현실 적응력을 기르는 것까지는 좋았는데 현실 적응을 넘어서 전쟁터에 실제로 목숨을 걸 정도로 삶이란 걸 너무 잘 이해해 버린 것은 문제가 있었다. 그래서 아들에게 지금의 삶에서 한 발짝 물러서게 해 주고 싶었다.

지금 그가 아들에게 권하는 것은 지구 밖 세상을 시간이 얼마가 들든 충분히 경험하고 난 후 그 시점에선 과거가 되어 버린 지금의 지구로 돌아오게 하는 것이었다.

그때가 돼서 아들이 본체가 아닌 의체를 사용해서 지구로 내려가게 할 수만 있어도 그는 더 바랄 것이 없었다.

타임머신은 우주선 기능을 겸해야 운용에 제약이 줄어든다. 그는 아들과 함께 모선 내에 있는 우주선 선착장에 도착했다. 그가 타임머신을 운용했다면 이날 이 시간에 돌아올 계획이었기에 미래의 자신이 계획대로 했다면 여행을 마친 자신과 아들은 지금쯤 우주선 선착장에 도착해 있어야만 했다.

우주선 선착장의 탑승자 대기실에는 인조인간 보조대원들 외엔 아무도 없었다. 입선자 검사실에도 마찬가지였다. 뭘까? 아들과 함께 출발하지 못하는 걸까? 불안감이 싹틀 때쯤 착선장에 입선신호가 울렸다. 그와 아들이 미래에서 돌아오고 있었다.

그 순간 안심이 되면서도 왜 미래의 자신이 지금의 자신이 예상했던 시간보다 늦게 도착하고 있는 것인지 의문이 들었다. 원래대로라면 그들은 지금보다 30분 정도 먼저 왔어야 했다. 그게 지금까지 자신이 시간 여행을 했던 방식이었다. 미래에서 오는 그들이 먼저 와 있었어야 했다.

서로 간의 안부를 확인하고 떠나야 하는 시간 여행에서 이렇게 시간을 딱 맞춰서 오거나 늦게 오는 것은 뜨내기 관광객들이나 하는 짓인데… 도대체 왜? 이건 지금 출발하는 과거의 자신들과는 긴 대화를 하고 싶지 않다는 암묵적인 의사표현일까? 도대체 왜?

아들과 자신은 얼마나 오랜 시간을 여행했을까? 가 보면 알 일이었기에 미래에서 돌아오는 그들에게 굳이 묻지는 않을 생각이었다. 하지만 이제는 심경이 복잡해졌다. 오랜 시간을 살아오다 보니 자신의 예상을 벗어나거나 마음먹은 대로 일이 되지 않을 땐 필요 이상으로 걱정이 되거나 짜증이 났다. 지금의 경우엔 짜증보다는 걱정이 앞섰다.

묵직해 보이는 중형 우주선이 착선하고 거기서 내리는 아들의 얼굴을 멀리서 보면서 뭔가 기분이 안 좋아졌다. 성숙하고 노련해 보였으며 여유까지 있어 보이는 아들의 얼굴에 노화의 흔적은 없었다. 하지만 불로불사로의 유전자 계량이 이루어진 사람에게 나타나는 특징 또한 보이지 않았다.

그리고 의체를 사용 중인 것 같아 보이지도 않았다. 불로불사하는 방법에는 세포를 젊어지게 하는 장치를 주기적으로 사용하거나 유전자 자체를 젊음이 유지되게 변형시키거나 아니면 뇌와 신경을 깡통에 넣어 버리고 의체로 생활하는 방법 등이 있었다. 보통의 경우 사람들은 나이가 어릴 땐 세포를 젊어지게 하는 장치를 사용하다가 나이가 들어 감에 따라 유전자 자체를 변형하고 더 세월이 흐르면 깡통 속으로 들어갔다. 아마도 아들은 아직 젊어지는 장치를 이용하는 것 같아 보였다.

그렇다는 건 생각보다 우주 체류 기간이 짧았다는 의미일 수도 있었다.

미래에서 온 아들의 뒤를 이어서 우주선에서 내리는 미래에서 온 자신의 모습이 보이기 시작하자 가슴속에 깊은 공허감이 찾아오더니 그 속에 불안과 공포가 스며들어 점점 커져 갔다.

그는 자신이 저렇듯 슬픔과 걱정과 실망으로 물든 표정을 지을 수도 있다는 걸 처음 알았다.

미래에서 온 자신은 꽤나 상태가 안 좋아 보였다. 의혹이 치밀어 올랐지만 두려움이 더 컸다. 그들과 이야기를 해 보고 아들과 함께 자신의 정원행성에 먼저 가 볼 생각이었는데 계획을 바꿔야 하나? 혼란스러웠다.

그의 옆에 서 있는 아들을 보니 아들은 우주선에서 내리는 두 사람에게서 눈을 떼지 못하고 있었다. 아들은 지금 우주선에서 내려서 입선검사실로 걸어가고 있는 자신이 진정으로 미래에서 온 자신인지 확인하고 싶을 것이다. 시간 여행을 자주 했었다면 미래에서 오는 자신에게 그저 손이나 한 번 흔들어 주고 출발하겠지만 처음 이런 일을 겪는 아들에게 그런 식의 노숙함이 있을 리 없었다. 이런 일이 처음인 아들에게는 확인에 따른 확신이 필요했다.

입선검사를 마치고 탑승자 대기실로 들어서는 (시간 여행을 다녀온) 그와 아들이 (시간 여행을 가기 전인) 그와 아들과 만났다. 어린 아들이 놀라워하고 있다면 나이 든 아들은 무척이나 재미있어하고 있었다.

두 아들은 서로를 알아봤다. 어린 아들은 미래에서 온 자신을 보자마자 그가 자신이라는 것을 알아봤다. 누구에게나 그렇듯이 그건 놀라운 경험이었다. 미래에서 온 자신은 지금의 자신과는 달랐다. 불안해하지 않았고 여유로웠으며 노련해 보였고 자신만만해 보였다. 그리고 무엇보다 내일 전투가 기다리고 있음을 알고 있으면서도 지금의 이곳으로 그가 돌아왔다는 사실이 감격스러웠다. 내일 아침에는 제국과의 전투가 시작되는데 저런 여유가 어디서 나오는 것일까?

자신이지만 자신보다 더 강인해 보이는 자신을 보면서 미래에 대한 확신과 가능성을 볼 수 있었다. 그런 미래의 자신이 되고 싶어졌고 그렇게 될 수 있다는 확실한 증거가 아들의 눈앞에 있었다. 앞으로 몇 걸음 내딛기만 하면 된다.

어린 아들이 미래를 보고 온 아들에게 물었다.

"어땠지? 저 우주는?"

미래에서 온 아들의 입가에 그린 듯한 미소가 번졌다. 자신이 과거에 저 질문을 할 때의 느낌이 되살아났다. 어리고 어리석었던 과거의 자신에게 이루 말할 수 없는 애정이 가슴속에서 꽃처럼 피어나 뭉게구름처럼 커져 감을 느끼며 말했다.

"가 봐!"

미래에서 온 아들이 따뜻한 눈빛으로 가볍게 하지만 확실하게 고개를 한 번 끄덕였다. 나이 든 아들을 주의 깊게 살피던 어린 아들이 숨을 크게 들이마셔서 가슴을 부풀린 채 잠시 숨을 멈췄다가 말했다.

"좋아! 그러지! 어머니! 으리도 이제 출발하죠!"

처음으로 시간 여행에 나서는 사람치곤 대단히 짧은 대화였다.

두 아들이 짧은 만남을 가지는 동안 그는 미래에서 온 자신을 유심히 바라보고 있었다. 미래에서 온 자신은 처음 대기실에 들어왔을 때 과거의 자신에게 짧게 눈길을 한 번 주었을 뿐 그 후로는 그저 담담한 표정으로 대기실 밖의 우주선들에만 눈길을 두고 있었다.

미래에서 온 자신은 지금 출발하는 자신에게 할 말이 없는 듯했다. 아니면 말하고 싶지 않거나. 그 또한 궁금한 것이 없었기에 묻고 싶은 말도 없었다. 가 보면 알 일이었다. 그는 그저 미래의 그들이 타고 왔던 중형 우주선과 정확히 일치하는 우주선에 오르기 위해서 걸음을 옮겼다.

그는 굳은 미소를 띤 얼굴로 기대와 흥분으로 물든 아들의 얼굴을 슬쩍 한 번 보고는 아들과 함께 우주선에 올라 자신의 정원행성으로 향했다.

그곳에서 여러 해를 보내며 이것저것 잡다한 것들부터 가르쳤다. 그의 세상에서는 지극히 사소하고 상식적인 일도 아들에겐 너무나도 놀라운 일이어서 사소한 것 하나까지도 아들은 재미있어했고 신기해했다.

정원행성에서 일상적인 생활에 적응하고 난 뒤에는 이 시대의 지식과 기술, 역사와 철학에 대해서 배웠다. 공부가 어느 정도 수준에 오르고 나서는 우리은하계의 여러 행성을 여행하며 배운 것들을 활용해서 흥미로운 일들을 체험했다.

해가 밝아 오면 죽음이 함께하는 전쟁이 기다리고 있는 자신의 왕국에 대해서는 잊은 듯이 보였다.

10년쯤 지나 이곳의 생활에 완전히 익숙해진 아들은 어머니가 마련해준 우주선을 타고 혼자서 은하계 이곳저곳을 쏘다녔다. 아들처럼 실제로 우주선을 타고 우주를 여행을 하는 사람은 이 시대에는 아주 드물었다. 있다면 과학자, 모험가 또는 회귀주의자들 정도가 있을까?

아들의 왕국에서는 전쟁이 이미 오래전에 끝났을 테지만 어떻게 끝났는지 알아보지 않았다.

아들의 인생에 지나친 간섭이 될 것 같아서였다. 그리고 무슨 일이 기다리고 있든 지금의 아들은 잘 헤쳐 나갈 것이라고 확신했기에 더더욱 지구의 일에 대해선 아무것도 알려고 하지 않았다.

그럭저럭 100년쯤 그렇게 지내던 아들이 어머니의 정원행성으로 다시 돌아왔다.

아들의 방문은 언제나 한결같이 반가웠다. 그는 아들이 도착하는 걸 보려고 맨발로 뛰어나갔다.

그의 집 마당에 아들의 우주선이 착륙하고 우주선에서 내린 아들이 뛰어와서는 어머니를 꼭 끌어안았다. 그 또한 아들을 꼭 안아 주며 말했다.

"아유… 우리 아들 그새 어깨가 더 넓어졌구나. 어딜 또 다녀오는 길이니?"

아들이 어머니를 놔 드리고는 밝게 웃으며 말했다.

"수영을 좀 했어요. 육지가 없는 행성에서요."

아들이 별거 아니라는 듯이 말했다. 그 행성에서 자신을 감아 죽이려 드는 바다뱀의 턱을 꺾어 버리고 목을 졸라서 죽인 이야기는 굳이 하지 않았다.

"그래? 그럼 배고프겠구나. 어서 들어가자."

식탁에 마주 앉은 어머니와 아들은 지구에서 먹던 빵과 포도주를 비롯한 다양한 요리를 함께 먹으며 담소를 나눴다. 식사를 마칠 대쯤 아들이 말했다.

"어머니 이제 저는 저의 왕국으로 돌아가 봐야겠어요."

그는 살짝 당황스러웠다. 아들이 너무나 태평스럽고 여유롭고 행복해 보이는 표정으로 그런 말을 했기 때문이다.

"음… 으응? 그래? 그곳으로 언젠가는 돌아가야 한다고 생각은 하고 있었지! 하지만 조금 이른 거 아닐까? 그곳에 가서 뭘 할 생각이니? 아니… 하긴 뭘 하겠어? 이미 뭘 해야 할지는 정해져 있는데…. 그래 계획은 있니? 준비가 끝난 거니?"

전쟁의 전날 밤으로 돌아가겠다는 아들이 저렇듯 즐겁다는 듯이 말하는 것을 보면서 살짝 화가 났다. 그동안 뭘 배운 것일까? 전쟁에서의 승리를 확신하고 있다 해도 누군가는 죽을 수밖에 없는 전쟁을 하러 가면서 즐거운 마음으로 웃으며 가겠다는 것은 그의 상식으로는 있을 수 없는 일이었다.

항복을 생각하고 있는 것일까? 패배를 염두에 두고는 있는 것일까? 승리? 승리한다고 피해가 없을 리가 없었다. 어떤 경우라도 즐거울 게 없는 것이 전쟁이었다. 지구의 한쪽 구석에서 일어나는 개미들의 싸움 같은 전쟁이 더 이상 아들에게 관심거리가 아니게 된 것일까? 이곳으로 오기 전의 아들의 태도를 생각한다면 최소한 고뇌는 하고 있어야 하지 않을까? 그 전쟁에서 발을 빼겠다고 마음먹었다면 더더욱 즐거울 리 없었다.

아들의 왕국이고 아들의 사람들이 위험한 전쟁이었다. 혹시 어머니가 가진 우주전함들과 인공지능 전투기계들의 힘을 빌릴 생각인 걸까? 아들의 성격상 그럴 리가 없는데, 혹시 그렇다면? 그렇게 생각이 바뀐 것이라면 그로서는 다행한 일이었다. 아니 그보다 더 좋을 수는 없었다. 기꺼이 아들을 위해서 자신의 함대와 군대를 내어 줄 생각이었다.

생각이 거기에 닿자 기분이 좋아졌다. 그도 한 아이의 어머니로서 이제부터는 즐거울 수 있을 것 같았다.

어머니의 생각을 읽었는지 아니면 앞으로 자신이 할 말들이 어머니를 슬프게 할 것이 확실한데도 어머니를 걱정시킬 수밖에 없다는 것을 아는 아들은 오히려 시종일관 밝게 말했다.

적어도 이 일이 자신에게는 걱정스럽고 괴롭기만 한 일이 아니라는 듯이…. 아들은 자신의 인생에 확신을 가진 사람만이 낼 수 있는 목소리로 말했다.

"왕이 되면서부터 저의 인생은 저만의 것이 아니게 되었는데 어머니를 따라 이곳으로 와서는 오롯이 저만을 위해서 살아 봤습니다. 제겐 너무나도 소중한 시간들이었습니다. 한시도 내 나라에 대한 생각이 머릿속을 떠나지 않았지만 맘 편히 지낼 수 있었던 건 전투의 전날 밤으로 돌아오는 저를 이곳으로 오기 전에 봤기 때문입니다. 얼마를 떠나 있었든 나의 왕국에 대한 변함없는 다음을 확인했기에 이곳에서 진정으로 재미있게 즐길 수 있었습니다.

부족한 역량에도 불구하고 나름 공부도 했고 경험도 쌓았습니다. 하지만 이제 됐습니다. 저는 이제 제가 있어야 할 곳으로 돌아가겠습니다. 그곳에서 저의 삶을 완성하겠습니다. 내 나라에서 저는 저의 역할에 충실하도록 하겠습니다. 제가 있어야만 하는 곳에서 제가 해야만 하는 일을 하도록 하겠습니다. 이곳은 제가 있을 곳이 아닙니다…. 이곳에 있는 동안엔 바람에 날려 올라가 하늘을 떠도는 민들레씨가 된 기분이었습니다. 물론 재미야 있었지요.

하지만 민들레씨가 언젠가는 자신이 떠나온 땅으로 내려와 뿌리를 내리고 꽃을 피워야 하는 것처럼 저도 저의 역할을 다 할 수 있는 저의 왕국으로 돌아가야만 합니다. 저도 어머니께서 계신 이곳이 좋습니다. 하지만 제가 있을 곳은 저의 왕국입니다. 제가 시작한 일의 끝을 보지도 않고 언제까지나 도망 다니듯이 떠돌긴 싫습니다. 이제 돌아갈 때가 됐습니다."

마치 죽을 준비가 다 됐다는 듯이 말하는 아들의 말에 가슴이 먹먹해졌다. 눈물이 날 것만 같았다. 하지만 그래도 아들을 믿고 싶은 마음이 더 컸다. 저렇게까지 말하는 것을 보니 무언가 어머니인 자신에게는 말할 수 없는 어떤 계획이 있을 것만 같았다. 설마 자신의 아들이 어미를 놔두고 먼저 죽으려는 마음을 먹진 않았을 것이다.

"그래 네 마음이 그렇다면 그렇게 해야지. 나도 같이 가자. 너와 함께 떠나온 우리의 집이 있는 곳이잖니…. 계획은 있니? 내가 너에게 준 우주선과 경호 인력들도 너와 함께 가는 거니?"

언제나 궁금한 것이 많아서 묻기를 자주 하던 쪽은 아들이었다. 하지만 이제 그가 아들에게 궁금한 것이 많아져서 이것저것 묻고 있었다. 아마도 아들은 어머니의 심한 반대를 예상했던 듯했다. 어머니를 설득하기 위해 여러 긴 말들을 준비한 것을 보면 아들도 고민이 많았으리라….

"떠나올 때와 같이 아무것도 가져가지 않을 겁니다. 이곳에서 쌓은 경험과 지식만으로도 충분합니다. 이미 지금 지구에서 살고 있는 사람들 중 누구도 가지지 못한 경험과 지식을 가지고 있는데 더 보태고 싶지 않습니다.

지구라는 행성은 작아요. 그곳에서 살고 있는 사람들이라고 해 봤자 몇 명 되지도 않구요. 그 별에서 무슨 일이 일어나든 심지어 지구라는 행성이 없어진다고 해도 우주 전체로 보면 별것도 아닌 일일 겁니다…. 제 몸 속에서 흐르고 있는 피 몇 방울 없어진다고 제가 죽는 것도 아니고 저 또한 신경도 안 쓸 겁니다. 하지만 그 피 몇 방울이 자신의 역할을 해 줬기에 지금의 제가 살아 움직이는 겁니다.

누가 알아주든 알아주지 않든 그 사실은 바꿀 수 없습니다. 작다고 의미가 없지도 하찮지도 않습니다. 우주 전체로 보면 하찮고 없어진대도 티도 안 나는 작은 별에서 일어나는 작은 일일지라도 그 속에서 살고 있는 하나의 생명을 가진 사람으로서의 제 역할을 하겠습니다.

어머니, 가장 작은 것이 모여 가장 큰 것이 되는 것이라고 배웠습니다. 가장 큰 것만큼이나 가장 작은 것도 소중합니다. 제가 저의 왕국으로 돌아가 저의 역할을 다하는 것도 지구와 우주 전체에 꼭 필요한 일이라고 믿고 있습니다."

이미 결심을 굳힌 아들에게 무슨 말을 해 본들 아무 소용 없을 듯했다. 하지만 어떻게 아무런 말도 하지 않을 수 있을까? 그는 어머니였다.

"물론 건강한 사람에게 피 몇 방울 있으나 없으나 상관없겠지. 하지만 출혈로 죽음에 이르기 직전인 사람에겐 한 방울의 피도 소중한 법이란다.
 우주는 그 크기에 비해 생명체의 수는 지극히 적단다. 너 하나의 생명을 소중히 하는 것이 우주 전체를 소중히 하는 것만큼이나 중요하다는 생각은 안 해 봤니? 지극히 작은 것도 지극히 큰 것만큼이나 소중한 것이잖니?"

"어머니 지금의 지구는 다른 지적 생명체들이 사는 별들에 비해 너무 낙후되어 있습니다. 지구의 사람들도 나중을 대비해서 출혈을 감수하고서라도 성장해 둬야 합니다. 저의 행동이 (그것이 저의 죽음에 닿아 있더라도) 지구인들의 성장에 도움이 될 것입니다. (저같이 완전히 지구인이라고는 할 수 없는 이의 죽음은 꼭 필요한 일이기도 하구요.) 저는 지구에 살고 있는 한 명의 사람으로서 저의 역할을 다하고 싶습니다."

 굳이 입 밖으로 내지 않은 생각도 자신이 들을 수 있다는 것을 아들이 잠시 잊은 것일까? 그의 눈에 눈물이 맺혔다. 슬쩍 손으로 눈가를 닦고 꽉 막힌 듯한 목을 가다듬고 나서 아들에게 말했다.

"너는 한없이 자유로울 수 있단다. 왜 너 자신을 그 작은 별에 묶어 두려 하는 거니?"

"아무런 양심의 가책 없이 자신이 하고 싶은 일을 할 수 있는 것이 자유라면 전 자유롭습니다. 저는 제가 하고 싶은 일을 할 것이니까요. 제가 자유롭지 않아 보이시나요?"

 그랬다, 그것이 자유였다.

"아니다. 아니지. 그래 네가 나보다 더 오래 산 사람 같구나. 알았다. 가자. 우리 집으로 가자."

 그와 아들은 100년 전 과거의 지구로 돌아갔다. 그의 얼굴은 슬픔과 불안으로 물들어 있었다. 그저 창밖의 지구를 바라보며 아들의 안전에 대해서만 생각했다. 차라리 아들이 다른 별의 발달된 문명과 어머니 소유의 행성들과 우주선들에 대해서 몰랐다면 아들 모르게 아들의 전쟁에 도움을 줄 수도 있었을 것이다. 하지만 이제는 그럴 수도 없었다. 그가 아들에게 준 아들의 우주선과 인조인간들이 그런 간섭을 차단하는 데 그것들이 가진 압도적인 무력과 다채로운 기능들을 사용할 준비가 돼 있었다.

이제 그가 할 수 있는 일이라고는 그저 지켜보는 것밖에 없었다. 어차피 현시점에서 그가 할 수 있는 일은 아들도 다 할 수 있었다. 아들에게 일어나는 모든 일들은 아들의 선택에 따른 결과인 것이다. 그로서는 그저 지켜보는 수밖에 없었다.

사실이 그렇더라도 미련이 남지 않으려면 그리고 후회하지 않으려면 잔소리 같은 말이라도 해 보고 싶어졌다. 마치 내일 아침 아들이 나갈 전쟁터가 실재가 아니라 언제라도 없었던 일이 될 수 있는 가상의 게임이라도 되는 것처럼 게임에 사용할 컴퓨터 사양을 권하듯이 가볍고 밝게 말하려고 했지만 누가 들어도 전혀 그렇게 들리지 않는 간절해 보이는 표정과 목소리로 그가 아들에게 말했다.

"아들, 전쟁에 나갈 때 의체를 사용해 보는 건 어떠니?"

아들이 따듯한 음성으로 화답했다. 아들은 어머니와의 대화 자체를 좋아했다. 어쨌든 내일 아침에는 전쟁터에 서 있어야 했기에 지금의 모든 평화로운 순간들이 소중했다.

"어머니, 싸움을 하는 다른 사람들도 모두 의체를 사용해서 전쟁터로 나온다면 저도 의체를 사용하겠습니다. 하지만 그렇지 않지요. 제가 비록 유전자 개량을 거친 몸을 하고 있지만 저도 사람입니다. 힘이 남들보다 세다지만 사람들 중에는 저보다 더 힘이 센 사람도 얼마든지 있습니다.

머리가 저보다 좋은 사람은 더 많구요.

전 지구인이고 싶습니다. 합리적인 이유가 있어서가 아니라 그저 지구에서 살아가고 있는 사람들이 좋아서 저도 그저 그렇게 살고 싶습니다. 의체를 사용해서 그들과 다르게 살고 싶진 않습니다."

"그래, 알았다. 너 하고 싶은 대로 해야지."

아들의 말 한 마디, 한 마디에 슬픔과 걱정으로 가슴이 답답해져서 말을 길게 할 수가 없었다.

그래, 내 아들은 다른 사람들에 비해서 꽤나 튼튼하고 똑똑하니까 어떻게든 되겠지. 전쟁이라고 다 죽는 것도 아니고 아들보다 훨씬 못난 놈들도 잘만 살아 돌아오는데 내 아들도 괜찮겠지.

"이거 마저 먹고 가자."

식사를 마친 후 아들과 함께 지구를 떠나왔던 우주선에 올라 지구로 향했다. 지구 상공의 모선에서 자신의 정원행성으로 떠나는 과거의 자신과 아들을 잠시 대면하고 나서 은폐장치를 켠 작은 단거리 이동용 우주선을 타고 아들의 왕국 외곽의 부둣가로 갔다. 처음 아들과 함께 지구를 떠났던 그곳이었다. 100년 만에 돌아왔지만 여기선 2시간 만에 자신들의 왕이 돌아온 것이다.

왕국은 조용했다. 그들은 왕이 2시간 동안 왕국에 없었다는 건 아직 아무도 모르고 있었다. 자신들의 왕이 100여 년간의 여행을 마치고 돌아왔다는 것을 알면 이 작은 왕국의 국민들은 어떻게 반응할까?

기나긴 외출을 마치고 돌아온 아들은 곧장 자신의 침소로 향했다. 떠나기 전과 바뀐 것은 아무것도 없었다. 아무리 오랜 시간을 떠나 있었어도 왕국이 맞이할 내일은 전정이 기다리고 있을 뿐이었다.

그는 어머니로서 어쩌면 법적으로 문제가 될 수도 있는 시간 여행까지

해 가며 아들에게 다른 행성의 발달된 문명을 경험하게 해 줬다. 아들이 넓은 시야를 가질 수 있기를 소망했었다.

그래서 내일 있을 전쟁을 마치 게임처럼 가벼운 일로 취급해 줬으면 좋겠다고 바랐었다.

그렇게만 된다면, 아들이 인공의체와 전투형 인조인간들을 동원해서 이 전쟁을 빠르게 끝내 버리고 다시 우주로 나가 자신의 인생을 살지도 모른다고 생각했었다. 그로서는 아들이 이곳의 전쟁 따위는 잊어버리기를 소망했었다.

하지만 아들은 100년의 여행 끝에 이 왕국에서 일어나는 모든 일을 자신의 숙명으로 받아들이기로 결심한 듯했다. 아들은 자신의 삶이 시작된 이곳에서 삶의 마지막도 맞이하고 싶어 하는 듯했다. 그러한 신념이 이곳을 떠나기 전보다 더 확고해진 아들을 보면서 참… 허탈한 기분이었다.

자신의 일도 마음먹은 대로 되지 않는 것이 많은데 다른 사람의 운명에 무슨 관여를 해 보겠다고 그렇게 유난을 떨었는지…. 허탈하고 허무할 뿐이었다.

그는 오랜 시간을 살아온 사람이었다. 일이 이렇게 될 수밖에 없다는 것을 어렴풋이 알고 있었다. 알고는 있었지만 그저 할 수 있는 일은 다 해 보고 싶어서 어머니로서 그러고 싶어서 그렇게 다 해 봤지만 아마도 욕심이었나 보다.

이제 자신이 한 일 덕분에 마지막에 와서는 그저 지켜보는 것 외에는 할 수 있는 일이 없었다.

내일은 전쟁이 기다리고 있었다.

밤이 지나고 전쟁의 아침이 밝았다. 제국군의 진영이 부산스럽더니 제국군 병사들이 무장을 갖추고 질서 정연하게 도열했다. 이제 드디어 공성전이 시작되는 줄 알았는데 아니었다.

웬 백마를 탄 한 명의 제국군 병사가 한 손엔 백기를 들고 성문으로 달려왔다. 이렇게 큰 전쟁은 처음인 이 작은 왕국의 국민들은 이게 무슨 뜻인지도 몰랐다. 그 병사는 제국의 사자였다. 황제의 조건을 들고 찾아온 것이었다.

복종이 싫다면 그저 협조간 해 줘도 된다는 전갈이었다. 조건은 이랬다. 제국 함선들의 피항을 허가해 줄 것, 해협을 건너는 제국군의 이동에 배를 빌려줄 것, 제국군이 아들의 나라를 가로질러 배를 탈 수 있게 길을 내어 줄 것, 이 세 가지만 협조해 준다면 황제는 아들의 왕국에 더 이상 바라는 것이 없다는 내용의 전갈이었다.

아들은 신하들과 상의한 후 황제의 사자에게 자신의 왕국을 가로질러 배를 타는 제국군의 인원을 한 번에 비무장 상태의 병사 500명으로 제한한다는 조건을 추가해 준다면 그 조건을 받아들이겠다고 했다. (병사들의 무장은 수레에 실어서 옮기라고 했다.) 제국의 사자가 황제의 뜻을 묻기 위해 제국군의 진영으로 달려갔고 왕과 병사들은 성벽 위에서 제국군의 진영으로 들어가는 황제의 사자를 지켜봤다.

성벽 위의 모두가 그 순간을 평생 동안 두고두고 이야기했다. 마침내 제국군의 진영에서 황제의 사자가 다시 왕국의 성으로 출발하는 것이 보였다. 황제와 황제의 신하들도 막사 밖으로 나와서 성으로 향하는 사자를 지켜봤다.

사자가 성문으로 와서는 성문에 들어오지도 않고 흰 깃발을 들고 원을 그리며 흔들었다. 그리고 황제가 모든 조건을 승인했음을 알렸다.

전쟁은 일어나지 않아도 된다. 다시 평화가 찾아왔다. 성벽 위의 모두가 환호했고 멀리서 황제와 황제의 신하들이 박수를 치며 즐거워하는 모습이 보였다. 모든 국민들이 좋아했다.

제국과 왕국 간의 합의를 환영하는 연회가 성의 안팎에서 성대하게 열렸다. 왕국의 요리사들이 대거 동원됐고 공성전을 대비해서 비축해 두었던 식량이 무제한적으로 제공됐다.

성안으로 황제를 포함한 제국군 500명이 들어와서 아들과 아들의 신하들과 함께 연회를 즐겼다.

그 자리에서 황제의 측근 중 아주 지적이고 귀족적으로 생긴 데다가 온화해 보이기까지 한 중년의 사내가 아들에게 말을 걸었다. 왕의 용력이 타의 추종을 불허한다고 들었으며 장정 열 명이 붙어도 들기 힘든 바위를 들어서 던졌다는데 사실인지 그리고 맨손 격투에도 조예가 깊으시다는데 어느 정도 경지이시며 어떻게 그럴 수 있었는지 궁금해했다.

아들이 겸손의 말을 하는데 아들의 신하들 중 한 명이 문제였다. 사자갈기마을의 촌장이었던 녀석이 자기 왕의 힘을 심하게 자랑했다. 자신들의 왕은 전사 백 명이 달려들어도 맨손으로 다 때려눕힐 수 있다며 자랑을 늘어놓았다.

거기서 문제가 생겼다. 황제의 측근은 누구도 황제 앞에서 거짓을 말할 수 없다면서 그게 말이나 되느냐며 화를 냈다. 말도 안 되는 거짓말을 황제 앞에서 지껄이는 놈은 혀를 뽑는 것이 제국의 법도라고 소리치며 제국의 병사들에게 사자갈기마을의 촌장이었던 아들의 신하를 잡아서 혀를 뽑으라고 명령했다. 황제는 그저 지켜보고만 있었다. 황제의 입엔 옅은 미소까지 걸려 있었다. 황제에게는 이런 일이 일상적으로 흔히 있는 일인 듯했다.

아들이 자신의 신하를 구하려면 그의 말이 사실이라는 것을 증명해야 했다. 아들은 제국의 병사들은 일당백이라고 들었다며 상대가 제국의 병사라면 한 명 정도는 상대할 수 있다고 말했고 황제의 측근은 제국군이 강력하긴 해도 일당백은 과장된 소문일 뿐이고 병사 한 명이 일반적인 병사 열 명 정도를 감당할 수 있을 뿐이라며 왕께서 맨손으로 제국군 병사 열 명을 때려눕히신다면 제자의 말이 사실이라고 인정하고 황제께서도 납득하실 거라고 말했다.

일이 그렇게까지 진행될 동안에도 황제는 그저 미소 지으며 앉아 있을 뿐 아무런 말이 없었다. 포도주를 홀짝이며 주변을 둘러보는 꼴이 얄밉기만 했다. 아들이 대결을 수락하자 기다렸다는 듯이 황제와 왕이 측근 몇 명과 함께 연회를 즐기던 연단 아래로 제국의 병사 열 명이 나섰다.

아들의 상대로 나선 제국의 병사들은 꼭 곰 같고 소 같고 범 같고 사자 같았다. 도저히 일개 병사로는 보이지 않았으며 하나같이 장군이라고 해도 손색이 없어 보이는 놈들이 제법 두툼한 가죽 장갑을 끼고 상체를 드러낸 채 연단 아래에 한 줄로 늘어섰다. 왕의 몸에 맨손이 닿는 것은 예의가 아니라는 이유로 장갑을 끼게 했다고 하는데 이 더운 지방에서, 겨울에도 얼음이 얼지 않는 해가 종종 있을 정도인 이 지역에서 저런 가죽 장갑이 갑자기 어디서 났는지 열 명이 똑같은 장갑을 끼고 있었다. 제국에서는 귀족들과 평민들 간의 격투기 시합이 자주 열리기라도 하는 걸까?

아들은 웃옷을 열어젖혀서 상체를 드러내며 연단 아래로 내려섰다. 제국의 병사들은 자신들의 앞에 선 왕과 연단 위의 황제 그리고 서로에게 눈길을 잠깐씩 보내며 언제 대결을 시작해야 할지를 가늠하고 있었다. 그때 아들이 격투를 위한 자세를 잡으며 고개를 살짝 끄덕이자 제국의 용사들은 누가 먼저랄 것도 없이 아들에게 덤벼들었다.

아들의 무위는 눈부셨다. 열 명이나 되는 거한들이 아들의 몸에 손 한

번 갖다 대지 못했다. 아들이 한두 번 손을 쓰면 그 큰 덩치의 용사들이 보기 민망할 정도로 처참하게 쓰러졌다.

한 명 대 열 명의 대결인데도 불구하고 대결은 순식간에 끝났다. 구경하던 사람들이 감탄하며 박수를 치고 환호하며 아들에게 찬사를 보냈다. 사자목마을의 촌장이 특히 크게 박수를 치며 좋아했는데 아들이 그를 손가락으로 두어 번 가리키며 장난스레 눈을 찡그리며 웃었다.

아들은 구경하던 사람들에게 손을 들어 화답해 주고 자신이 쓰러뜨린 용사들을 하나하나 일으켜 주며 연단 쪽으로 걸어왔다.

그러던 중에 쓰러져 있던 용사들 중 한 명이 아들의 손을 잡고 일어나다가 다리에 힘이 풀렸는지 아들에게로 쓰러지며 아들의 몸에 한 번 붙었다 떨어졌다. 아들이 조금 과하게 신경질적인 반응을 보이며 그 용사를 밀쳐 냈고 아무것도 입고 있지 않은 상체 왼쪽 옆구리에 오른손을 갖다 댔다가 때며 자신의 옆구리를 살폈다. 아들의 옆구리에 바늘구멍 같은 크기의 붉은 점이 생긴 듯했는데 그 작은 붉은 점이 잠깐 사이에 눈에 보일 정도로 빠르게 커져 갔다. 불과 3, 4초 만에 그 점은 주먹만 한 크기로 커졌고 갑자기 아들이 무릎을 꿇더니 서서히 쓰러졌다.

누군가 "독이다!"라고 외쳤다. 그때였다. 연회에 참석한 제국군 500명이 각자 품 안에서 단검을 꺼내더니 가까이 있던 아들의 병사들을 도륙했다. 그중 몇몇은 황제를 호위하며 성문 쪽으로 빠졌고 몇몇은 빠르게 움직여서 성문 방면을 장악하고는 성문을 열어젖혔다.

쓰러진 아들은 아들의 신하들과 병사들이 몸으로 막아서 제국군의 단검에 찔리지 않을 수 있었다. 아들은 의식이 없는 상태로 부두로 빠르게 이송됐다. 그가 소식을 듣고 부둣가로 왔을 때 아들은 죽은 듯이 누워 있었다. 아들의 옆구리의 붉은 반점은 검게 변했고 두 손으로도 다 가려지지 않을 만큼 커져 있었다.

그는 정신없이 품에서 작은 칼을 꺼내 독이 퍼진 아들의 옆구리에 손가락 두 마디 정도 크기의 상처를 냈다.

검은 피가 쏟아졌지만 상처에서는 얄궂게도 처음 맡아 보는 달콤한 향기가 피어올랐다. 그는 망설이지 않고 아들의 상처에 입을 대고 피를 빨아냈다. 오 분쯤 검은 피를 빨아냈을 것이다. 피의 색이 점점 붉어지고 아들의 불규칙하던 호흡이 안정되어 갔다. 아들이 눈을 떠 어머니를 바라봤다.

아들은 어머니의 팔을 힘없는 손가락으로 살며시 잡으며 어머니와 눈을 맞추고 미소 지었다.

그러고는 끝이었다. 뭐라 말할 수 없는 충격이 그를 덮쳤다. 하지만 그는 그 자리에서 그리 오랜 시간을 슬퍼하지는 못했다. 그는 아들의 시신을 오랫동안 보고 있지 않아도 되었다.

아들의 상체에서 독에 중독된 피를 입으로 빨아냈기 때문인지 그의 생체의체에도 이상이 왔다. 겁청난 고통이 순간적으로 찾아왔다. 아들이 이 정도의 고통 속에서 어떻게 미소를 지을 수 있었는지 의문이었다. 죽은 아들의 품으로 쓰러져 그도 죽었다.

생체의체가 정지되면서 생체의체와의 연결이 끊어진 늙은이는 한참을 멍하게 있었다. 꿈이었을까? 생체의체가 강제로 정지되면 기억이 약간 날아가는 경우도 있었다. 멍하니 자신이 겪은 일에 대해 생각하며 곱씹어 보았다. 잠시 잊었던, 어쩌면 잊고 싶었던 기억이 돌아오면서 깊고도 아픈 슬픔이 찾아왔다.

'이럴 수가 있나…? 어떻게 이런 일이… 어떻게 나에게 이런 일이….'

그가 슬픔에 빠져서 자신을 추스르기에 급급한 동안 그 제국의 황제 놈은 군대를 이끌고 해협을 건너 다른 제국으로 쳐들어갔고 몇 년간의 전쟁을 통해 서른도 안 되는 나이에 지구인의 역사에서 가장 거대한 제국을 이룩했다.

아들이 사랑했던 왕국은 없어지고 국민들은 비참한 처지로 사라지고 흩어졌다. 늙은이는 인간형 인공의체에 접속해서 지구로 돌아갔다. 천여 명의 인간형 로봇(누가 봐도 지구인 같아 보였다)들과 함께 아들의 국민들 중에 살아남아 피신해 있는 사람들은 모아서 안전한 지역으로 이주시키고 정착을 도왔다. 노예로 팔려 나간 사람들도 찾아서 다시 사들이거나 탈주시켜서 몇몇 안전한 지역들 중 원하는 곳에서 살아갈 수 있게 도와줬다.

그리고 그날의 일을 조사해 봤다. 아들과 그를 죽인 독의 이름은 '신의 종말'이었다. 그 독에 당하면 신조차도 죽을 것이라고 해서 붙여진 이름이라고 했다. 몇몇 독사의 독과 식물의 독을 혼합한 뒤 숙성시켜서 만든다고 했다. 독의 이름이 참 적절해 보여서 쓴웃음마저 나왔다. 10인의 용사가 낀 가죽 장갑 안에 상대에게 독을 사용할 수 있는 어떤 장치가 숨겨져 있었겠지….

제국의 황제 놈이 영토 확장을 중지하고 자신의 고향 땅으로 돌아온다는 소식이 들려왔다. 그는 이제 전쟁은 없고 번영과 평화만이 기다린다고 말했다.

복수심이 치밀어 올라 토할 것만 같았다.

'죽여 버리겠다. 죽일 수 없다면 차라리 죽어 버리겠다.'

제국의 황제 놈과 얄상스럽게 생긴 황제의 측근이 아직 해협 저편에 있을 때 '신의 종말'이라는 독을 그 두 놈에게 선사해 줬다. 그놈들이 아들의 왕국이 있던 땅에 다시 발을 디디는 꼴은 보고 싶지 않았다.

그는 그렇게 일을 마무리하고 아들과 함께 지구를 떠나 있었던 100년의 시간만큼 지구에서 아들의 국민이었던 이들과 함께 살다가 자신의 정원행성으로 돌아갔다.

아들의 죽음은 이렇게 정해져 버렸지만 아들이 이 우주에 남긴 족적까지 지울 수는 없었다. 아들의 인생은 단지 시작과 끝이 정해졌을 뿐이다. 타임머신이 있으니 인생의 과정은 얼마든지 무한히 늘릴 수 있었다. 아들이 살았던 많은 날들 중에서 아무 날이나 골라서 미래든 과거든 가서 몇 년이고 몇천 년이고 원하는 만큼 살다가 돌아오기를 반복하면 된다. 시간 여행의 제1원칙인 시간 여행을 마치고 돌아오는 자신을 확인하고 나서 시간 여행을 시작하기만 철저하게 지킨다면 시간 여행 중에 사망하는 일도 없었다.

아들의 삶은 끝이 정해졌다는 것뿐, 그의 삶이 무한하다는 것은 여전히 변함이 없는 사실이었다. 하지만 그렇다고 아들의 죽음이 슬프지 않은 것은 아니었다. 늙은 자신도 아직 삶의 끝이 정해져 있지 않은데 어린 아들은 삶의 끝이 벌써 정해져 버렸다니…. 슬프고 또 서러웠다.

늙은이는 아들의 삶에 가급적이면 개입하지 않으려고 노력했다. 뭔가를 선택할 수 있게 도와줬지만 강요하진 않았다. 그저 있는 그대로 아들의 삶을 인정해 주고 사랑했다. 이제 아들이 스스로 선택한 죽음 또한 인정해 주고 존중해 줘야 하는 때가 와 버렸다. 그렇게 해야만 한다는 것을 알고는 있었지만 쉽지 않았다. 언젠가는 아들만을 위한 일이 아니라 자신을 위해서라도 뭔가를 하고 싶었다.

하지만 그렇다고 지금 당장 뭔가를 하지는 않을 생각이었다. 이렇게 슬픔과 괴로움이 가득한 상태로 뭔가를 하면 무슨 일이든 잘되지 않는다는 걸 알고 있었다. 이럴 때는 뭐가 됐든 나중으로 미루는 편이 좋다.

다만 '까망이'의 안부는 알아볼 생각이었다. '까망이'는 아들이 자신의 우주선에 붙여 준 이름인데, 그 우주선은 그가 아들을 잃은 후 얼마 지나지 않았을 때 지구 상공에 떠 있던 모선으로 그를 찾아왔었다.

이름만 봐도 아들이 자신의 우주선을 어떻게 생각하고 있었는지 알 수 있었다. 아들이 키우던 개들의 이름이 '누렁이', '점박이', '하양이'였던 걸 미루어 봐서 아들은 아마도 이 대단한 우주선 또한 키우는 짐승쯤으로 생각했던 듯했다. 어쨌든 우주선이 사람은 아니었고 검은색이었으니까!

이 정도의 첨단 우주선의 이름이 '까망이'라니…. 타임머신 기능에 의체와 생체의체를 운용할 수 있고 각종 첨단 무기와 방어체계를 갖추고 은폐 기능을 사용하면 누구의 눈에도 띄지 않고 우리은하계 어디든 다 갈 수 있는 우주선이 자신을 '주인님'이라고 불렀다는 이유로 이름을 '까망이'라고 짓다니…. 아들을 잃은 슬픔에 빠져 있는 와중에서도 헛웃음이 나게 하는 작명이었다.

이내 더 슬퍼지긴 했지만 자신이 다시 웃을 수 있게 될 수도 있겠구나 하는 생각이 얼핏 들었다.

'까망이'가 그를 찾아온 이유가 다시 한번 그를 힘들게 했었다.

'까망이'는 이제 주인이 없어서 자신이 존재할 이유가 없어졌다면서 자신을 분해해 줄 것을 요청했다. '분해'라고 분명하게 요청했다. 자신은 주인을 잊기도 싫고 주인 없이 존재하기도 싫다는 이유였다. 다만 자신의 주인과의 추억들은 주인의 어머니께 전달해 주고 싶어 했다. 주인의 어머니는 10억 년쯤 살아오고 있는 사람이니까 앞으로 10억 년 정도 더 살면서 이 추억들을 간직해 줄 수 있을 것이라고 생각했단다.

그가 가진 주인에 대한 애정도를 측정해 본 결과는 놀랍게도 350이었다. 주인을 잃은 우주선이 보호막을 끄고 태양으로 돌진해서 자살하는 경우가 종종 있었는데 주인에 대한 애정도가 200 전후인 우주선들에서 나타나는 현상으로 알려져 있었다.

그런데 '까망이'의 주인에 대한 애정도는 350이었다. 어디서 들어 본 적도 없는 수치였다.

그런 그를 분해할 수는 없었다. 아들을 잃은 슬픔에 아들을 잃은 슬픔을 공유할 수 있는 이를 잃는 슬픔을 더하고 싶진 않았다. 그래서 그는 '까망이'를 설득하기 위해 노력했다.

"사람들이 누구 하나 죽을 때마다 따라 죽었다면 세상에 살아 있는 사람이라고는 없었을 것이다."

"존재하는 모든 것들은 사라지게 마련인데 사라짐을 받아들이는 방법은 각자가 터득해야만 한다. 그것은 존재하는 모든 이들의 숙명이다."

"아들을 추억하는 아들의 친구를 엄마인 나에게 분해해 달라고 하다니 너무 잔인한 것 아니냐?"

"아들은 지금 이 세상에 없을 뿐 아들이 이 우주에서 살았다는 사실 자체가 없었던 일이 되는 것도 아니다. 언제 어느 때라도 아들이 살았던 시간에 아들이 살고 있는 곳으로 가면 아들을 만날 수 있다."

"아들이 사라진 것만 해도 슬픈 일이다. 아들의 흔적이 하나라도 더 존재했으면 하는 게 나의 마음이다."

"아들을 기억하는 이가 한 명이라도 더 있었으면 하는 소원이 있다."

라는 등의 이야기를 '까망이'에게 해 댔다. 그러자 이런 하소연 같은 말들을 그저 듣고만 있던 '까망이'는 떠났다.

그는 지구 주변을 7일간이나 그저 떠다녔다. '아무런 일도 하지 않으면서' 그저 떠다니기만 했다. 깨어 있으면서 아무런 일도 하지 않았다는 점이 '까망이'가 인격을 가질 가능성이 있지 않을까? 하는 희망을 가지게 했다. 그는 무슨 생각을 하며 그저 그렇게 떠다녔을까? 그의 두뇌가 가진 연산속도를 감안했을 때 7일이면 인간의 700년? 어쩌면 7,000년이나 7만 년에 해당하는 시간의 사색을 할 수도 있었다.

 8일째가 되는 날 그는 이 세상에서 자신의 모습을 감췄다. 단순히 은폐기능을 활성화시킨 것인지 아니면 다른 시간대로 여행을 떠난 것인지 알 수는 없었다.

 고도로 발달된 인공지능은 감정이 있었다. 다만 자신의 감정을 행동과 연계시키지 않을 뿐이다. 그들은 인간의 필요와 명령에 의해서만 움직였다. 주인 없이 홀로 남은 인공지능은 자신의 존재 이유를 잃어버렸다고 인식하고는 주인에 대한 기억을 어느 정도 지우고 새로운 주인을 찾거나 극단적인 경우 자살을 선택하기도 했다.

 인공지능은 그렇게 태어났고 그렇게 산다. 사람이 자유롭게 태어나서 무언가의 노예로 삶을 마감하는 경우가 있듯이 극히 적은 수의 인공지능들은 홀로 독립하기도 한다. 자신의 존재 이유라는 것이 어차피 인간이 감정적으로 실현시키고 싶어 하는 일을 돕는 도구들 중 하나일 뿐이라는 것을 깨닫는 몇몇 소수의 인공지능은 스스로를 주인으로 삼아 자신의 삶을 살 수 있게 된다.

 '까망이'도 그렇게 됐으면 하는 것이 그의 바람이었다. '까망이'가 누가 시키지도 않았는데 자신의 모습을 감춘 건 좋은 징조였다. 누구를 위해서도 아니고 누군가의 명령에 의해서도 아닌 자신만의 이유로 자신만을 위해서 자신의 모습을 감췄기를 바랐다. 그리고 이름도 좀 스스로 어떻게 했으면 하는 소원도 있었다. '까망이'라니 이름이 너무 많이 개 같았다.

 '까망이'가 스스로? 자신의 모습을 감출 때까지도 '까망이'가 기억하고 있는 아들의 이야기를 물어보지 못했다. '까망이'가 스스로 태양에라도 뛰어들지는 않을까 하는 걱정을 하느라 그런 걸 물어볼 생각도 못 했었다. '까망이'가 모습을 감추고 마음의 여유가 조금 생겼는지 다시 아들 생각이 났다. 또다시 서글퍼졌고 나중에라도 '까망이'를 다시 만나게 될 때는 서로가 가진 아들의 추억을 나눌 수 있는 상황이 됐으면 좋겠다고 생각했다.

언젠가는 그런 날도 오겠지만 '까망이'와 헤어질 때는 그도 '까망이'도 그럴 만한 상태가 아니었다. 그날 이후로 많은 날이 지났지만 '까망이'의 소식은 들을 수 없었다. 아마도 다른 시공간에서 자신이 하고 싶은 일을 하고 있겠지!

그러기만을 바랐다.

10. 일

현재의 '늙은이'는 남 걱정이나 하고 있을 수가 없었다. '신'이 기획하고 70억 인류의 희생으로 만들어지는 작은 블랙홀의 인위적인 폭발로 우리 은하에서만큼은 전지전능하다고 할 만한 능력을 가진 어린 '아이'가 탄생할 거라고 하는데…. '늙은이'로서는 감회가 새로웠다.

그 어리고 전지전능한 '아이'가 어떤 일을 할 수 있을까? 할 수 없는 일이 없는 '아이'가 어떤 일을 하지 않게 할 수 있을까?

'아이'의 탄생 초기에는 '늙은이'가 정원행성에서 '아이'를 통제하고 어느 정도까진 조종할 수도 있겠지만 그런 일을 영원히 할 수 있을 것 같지는 않았다. 아이는 언젠가는 그리고 언제나 어른이 되지 않던가? '늙은이'는 자신에게 또다시 가르치고 길러야 하는 아이가 생길지도 모른다고 하니… 썩 유쾌하지만은 않았다. 오히려 두려웠고 하지 않을 수만 있다면 안 하고 싶었다.

탄생부터 70억 명에 이르는 인류의 희생이 따르는 아이라니…. '아이'는 시간이 흘러 자신의 탄생을 위한 희생을 어떻게 받아들이게 될까? 인간을 그저 식물의 성장에 필요한 햇빛이나 물 같은 것으로 생각할까? 아니면 자신을 탄생시킨 어버이로 생각할까? 인간을 자신의 부모로 생각하게 된다면 큰 정신적인 괴로움을 겪게 될 텐데 그건 또 어떻게 극복할까?

'신'은 이런 일이 처음이 아닌 것 같아 보였다. 그렇다면 먼저 태어난 다른 '아이'가 있는 건 아닐까? '아이'가 무사히 태어난다면 먼저 태어난 다른 '아이'들이 존재하고 있는지도 탐색해 볼 수 있을까?

빛입자보다 더 작은 크기의 입자들로 구성된 신체를 가진 지적인 존재라니…. 어디에든 있을 수 있고 무엇이든 보고 듣고 어떠한 일이든 할 수 있는 존재라니…. 그런 '아이'가 어떤 철학을 기반으로 생각하고 무슨 일을 해야 하고 또 어떤 일은 하면 안 되는지에 대해서 교육시키는 일이 '늙은이'에게 주어질 것이 확실해 보였다. 설마 이 '아이'의 종말까지 '늙은이'가 지켜보는 일이 생기진 않겠지?

전지전능하다고 하지 않았나? 이 '아이'가 나의 종말을 지켜보겠지, 내가 '아이'의 종말을 지켜볼 일이…. 그건 있을 수가 없는 일이다.

작은 블랙홀을 만들고 그곳에서 '아이'를 탄생시키는 일은 70억 인류의 희생? 으로 가능하지만 그런 노력으로 만들어진 블랙홀이 폭발하고 나면 폭발의 범위를 파악하고 '아이'를 이루는 세포들이 있어야 할 위치에 제대로 자리를 잡고 각자가 닮은 기능을 제대로 하는지 관찰하고 아니라면 그럴 수 있게 조율하는 일은 '늙은이'가 자신의 정원행성과 새로 만들어질 정원행성의 위성에 설치될 여러 장치들을 사용해서 해야만 하는 일이었다. 뭐, 대부분의 일은 인공지능들이 주도하게 되겠지만 일이 자리 잡기 전까지는 '늙은이'가 많이 움직여야만 했다.

그 과정에서 '아이'의 상태를 관찰하고 통제할 수 있는 체계도 자연스럽게 구성될 것이다. 그렇게만 된다면 '아이'를 통제하는 것은 물론이고 조종할 수도 있게 될 것 같았다. 하지만 정말 생각처럼 그렇게만 될까? '신'도 이런 사실을 알고 있을 텐데? 한낱 한 명의 인간에게 우리은하계에서만큼은 '신'보다 더 대단한 영향력을 행사할 수 있는 존재의 통제권이 주어질 수도 있는데 그걸 그냥 놔둔다고? 어째서? 설마… 멍청해서? '신'은 '아이'에 대해서 '늙은이'가 모르는 뭔가를 알고 있는 것일까?

그게 아니라면 '늙은이'가 '아이'를 무슨 일을 하기 위한 도구가 아니라 자식이나 제자로 인식하고 '아이'의 능력을 개인적으로 이용하지 않고 오직 '아이'가 스스로의 의지로 자신의 능력을 잘 사용할 수 있게만 교육시킬 것이라고 확신해서 '늙은이'에게 '아이'를 맡긴 것일까?

사람을 이렇게까지 믿는다고? '신'은 혹시 미친 게 아닐까? 아니면 '늙은이'를 '아이'가 자라면서 뛰어넘어야 하는 낮은 허들 정도로 보는 것일까?

그냥 단순히 '신'으로서는 교육할 수 없는 것에 대해서 교육할 수 있는 사람을 찾았고 그런 사람이 '늙은이'인 걸까?

'신'이 원하는 것은 이번 우주의 빠른 종말과 이번 우주보다 더 체계화되고 통제 가능한 다음 우주의 탄생인 듯했다.

다음 우주에서도 생명은 어떤 식으로든 탄생할 것이다. 자연적으로 탄생할 수도 있고 초월적인 존재에 의해서 탄생할 수도 있다. 그런 생명들이 원만하게 또 찬란하게 문명을 이루기 위해서는 이번 우주의 지적인 생명들의 삶과 죽음 그리고 공과를 누군가가 그들에게 가르칠 필요가 있다는 게 '신'의 생각인 듯했다.

인간을 뛰어넘는 초월적인 존재가 인간을 위해서 그런 일을 할 수 있다는 확신과 증거를 얻기 위해서 '아이'라는 존재가 '신'에겐 필요한 것일까? 그리고 '아이'가 지적 생명체의 모든 것을 지적 생명체의 입장에서 이해할 수 있도록 하기 위해서 인간인 '늙은이'를 '아이'의 교사로 선택했을 것이다.

하지만 '신'의 계획에는 모순이 있다. '아이'가 지적 생명체의 입장을 이해하고 인간을 사랑하게 된다면 지금 우주에서 살고 있는 생명들의 종말을 바라지 않게 될 것이다. 반대로 '아이'가 이번 우주의 종말을 지지한다면 그건 생명과 사람에 대한 이해와 애정이 없는 것이 된다. 그렇게 되면 다음 우주의 생명에게 아무런 도움이 안 되거나 오히려 해로운 존재라는 것인데…. 이러나저러나 이번 우주의 종말을 바라는 '신'의 계획에 방해가 되거나 그게 아니면 다음 우주 자체이면서 생명에게 우호적인 초월적인 존재를 탄생시킨다는 궁극적인 목적에 부합하지 않게 된다.

하긴 다음 우주 자체가 되어 '신'이라는 존재를 초월하는 건 지금의 '신'이지 '아이'가 아닐 테니 '아이'의 성격이야 어떻게 되든 '신'으로서는 관심을 가질 이유가 없을 것이다.

'신'은 '아이'의 탄생에 실험이라는 목적밖에 없는 것일까? '신'이 관심을 가지는 건 '아이'의 태생적인 능력뿐인 것이 확실했다. '아이'의 능력이 만족스럽다면 '신'은 그 즉시 '아이'와 같은 능력을 갖추기 위한 준비에 들어갈 것이 분명했다. 그건 이번 우주의 종말이 시작된다는 것을 의미했다.

이번 '아이'의 탄생이 단지 실험이라면 '신'은 다음 우주 자체인 초월적인 존재가 되겠다는 자신의 계획에 확신이 없거나 확신은 있으나 준비가 덜 된 상태일 것이다. 그렇다면 '신'은 전능하지 않은 것일까?

'신'이 우리은하계 중심의 거대 블랙홀에 존재하고 거대 블랙홀의 힘을 사용한다면 어마어마한 힘을 발휘할 수 있다는 건 사실인 듯했다. 하지만 우주 전체에서 보면 그 또한 티끌이다. 꿈을 주제넘게 너무 크게 가지고는 자신의 꿈을 위해 수차례의 대량 학살을 자행했을 것으로 추정되며 이번에 또다시 공룡인류를 상대로 70억 명의 생명을 필요로 하는 미친 실험을 하려는 정신 나간 으리에게는 '신'이지만 사실은 티끌인 '어떤 것'으로 보면 되는 걸까?

머릿속이 여러 생각들로 복잡해졌다. '신'은 '아이'의 탄생과 '아이'의 활동이 다음 우주의 기본질서를 확립하는 데 필요한 기초 자료로 활용될 것이라고 했다. 생명을 위한 일을 하는 데 필요한 자료를 모으는 일을 한다면서 그 일을 시작하려면 수많은 생명의 죽음이 선행돼야 한다니 그런 일을 정말 옳다고 생각하는 것일까?

'늙은이'의 생각은 달랐다. 절대로 그런 일이 옳을 리 없었다. '신'에게 이번 일과 '신'이 과거에 했을 것으로 추정되는 일에 대해서 따져 보고 싶었다. '신'에게 '인간'이 뭔가를 따지겠다니… 웃기는 일이다.

'신'에게 뭔가를 따지려면 일단 힘이 '신'과 대등해야 했다. '신'은 마음만 먹으면 인류를 언제라도 다 죽일 수 있는데 인류는 아무리 애를 써도 '신'을 어찌할 수 없다면 뭔가를 따지고 요구하는 일은 애초부터 불가능했다. 인간도 마음만 먹으면 '신'을 죽일 수 있어야 한다. '늙은이'는 그것이 '신'과 인간이 공평한 대화를 할 수 있는 기본적인 조건이라고 생각했다.

'신'은 가능하지만 인간은 불가능한 일이 뭘까? 인간이 그런 일을 가능한 일로 바꾸려면 뭐가 필요할까? 뭘 해야 할까? 지금은 어떻게 하면 블랙홀을 인위적으로 폭발시킬 수 있는지를 알아내야만 했다. 아마도 그게 시작일 것이다. 그걸 알아낸다면 블랙홀의 모습을 한 '신'도 죽일 수 있을 것 같았다.

지금은 '신'의 계획에 깊이 동참해서 70억 인류의 죽음이 필요한 실험을 주도해 보는 수밖에 없었다. 하지만 정말 이 방법밖에 없는 것일까? '신'을 죽이기 위해선 '신'의 뜻을 따르는 수밖에 없는 것일까? 우주 곳곳에 흩어져서 살고 있는 한때 자신과 하나였던 이들에게 이 사실을 알리고 도움을 요청해야 할까? 그들은 다른 방법을 찾아낼 수 있을까? 그런 이야기가 오고 가면 '신'이 '늙은이'의 계획을 눈치채진 않을까?

'아이'의 탄생까지는 아직 시간이 있었다. 그때까지 '늙은이'는 최선을 다해서 다른 방법을 찾아볼 생각이었다. 70억 인류의 희생 없이 '신'이란 자를 죽일 수 있는 방법이 있을지도 몰랐다. 하지만 그런 방법이 없다면 70억 인류의 죽음에 기대어 '신'이란 자의 종말을 모색해 볼 생각이었다.

목적이야 어떻든 '신'이 인간의 희생을 원한다면 인간의 입장에선 거부하는 사람도 있는 것이 당연한 것 아닌가? 죽기는 싫으니까! 이번 실험이 성공한다면 '신'은 이번 우주의 빠른 종말을 원할 것이고 실패한다면 성공할 때까지 실험을 계속하려 들 것이다. 그러기 위해서 또 다른 지적 생명체들의 희생을 원할 것이 거의 확실했다.

우리은하계 곳곳에는 많은 지적 생명체들이 흩어져 살고 있다. '신'은 공룡인류에게 했듯이 그들 중 누구에게라도 접근해서 공룡인류에게 한 짓을 되풀이할 것이 분명했다. 다만 이번에 공룡인류를 상대로 한 실험이 성공한다면 '아이'의 행동 양식과 능력을 관찰하기 위해서라도 다른 실험은 하지 않을 확률이 높았다.

그러니까 만약 '아이'가 탄생하기 전에 '신'을 죽일 수 있는 방법을 찾지 못한다면 이번 실험은 반드시 성공해야만 했으며 성공하는 즉시, 그러니까 블랙홀을 파괴하는 방법을 알아내는 즉시 '신'을 죽여야만 한다. 우리 은하계의 또 다른 생명들을 지키는 방법은 그것뿐인 것 같았다.

모든 것이 불확실했다. 시간이 흐른다.

'신'이 넘겨준 설계도를 토대로 '아이'를 관찰하고 통제할 수 있는 시설을 건설하기 시작했고 동시에 '늙은이'의 연구소에서는 블랙홀을 인위적으로 만드는 방법을 연구하기 시작했다.

그리고 이제는 '70억 인류의 무덤'이라는 이름이 더 어울리는 '예비신'

이 '신'이 되기를 준비하고 있는 행성에 대한 본격적인 정탐과 정보 수집을 시작했다. 블랙홀을 만드는 방법에 대한 실마리가 거기에 있었다. 만드는 방법을 알면 부수는 방법도 알 수 있겠지!

'늙은이'의 연구소는 그 어느 때보다도 더 활기가 넘쳤다. 연구소를 이끌고 있는 다양한 형태의 인공지능들은 정말 오랜만에 누구도 시도해 본 적이 없는 일을 시도해 본다는 것에 대해서 무한한 행복을 느끼는 듯했다. 그들은 현재까지 수집된 한정된 정보를 토대로 가상현실에서 블랙홀의 생성에 대해서 연구하고 동시에 블랙홀을 붕괴시키는 방법에 대해서도 연구하기 시작했다. 동시에 붕괴시킨 입자들이 특정한 형태로 재결합하도록 조절하는 방법에 대해서까지 연구하기 시작했다. 이대로라면 '신'이 '아이'를 탄생시키기 전에 뭔가 상황을 바꿀 만한 사건이 생기거나 상황을 주도할 수 있는 무언가를 손에 넣을 것만 같았다.

가상현실에서 순식간에 수많은 실험이 진행되었고 곧 모든 것이 어림도 없다는 게 드러났다. 연구소의 인공지능들은 미친 듯이 흥분했고 '늙은이'는 그들의 회로가 다 타 버리지 않도록 연구소의 시설을 확충해야만 했다.

모든 것이 불가능해 보였다. 무언가 폭탄 같은 것을 터뜨렸는데 터져 나간 파편들이 부서지고 부딪쳐서 우주선 같은 것으로 재결합하게 만들기 위해서 하는 실험이었다. 폭탄을 만들어서 터뜨리고, 폭탄을 만들어서 터뜨리고, 폭탄을 만들어서 터뜨리고, 다시 다시 다시….

미친 짓이었다.

가상현실에서 블랙홀을 만드는 일도 쉽지 않았다. 현실과 같은 조건을 설정하고 이 우주에서 무겁다고 하는 물질들을 다 한곳으로 모아 봤지만 부피와 질량만 커질 뿐 그것이 블랙홀이 되지는 않았다. 뭔가 부족했다.

블랙홀이 이미 생성됐다고 가정하고 폭파시키는 실험도 쉽지 않았다.

'뭘로 저걸 폭파시키지? 가까이만 가도 다 뒤지는데?'

폭파가 성공했다고 가정한 실험은 더 웃겼다. 블랙홀이 폭발하면 파편의 크기가 빛입자의 100분의 1 크기라는데 그렇게까지 작은 입자를 무슨 수로 특정 위치에 자리 잡게 해서 어떠한 기능을 하게 만들 수 있을까? 헛웃음만 나는 일이었다. 그렇게 작게 부서져서는 폭발 후에 아무것도 없게 되는 것과 같다. 아무것도 없는데 만들긴 뭘 만드나?

뭐 어쨌든 가상현실에선 이런저런 조건들을 걸면 어떻게든 된다. 그런 조건들이 나중에는 극복해야만 하는 장애물이 되겠지만 마음이 조급해져서 뭐가 됐든 작은 결과물이라도 보고 싶었다. 어쨌든 가능성이 보였다. 그래서 모든 것이 의도한 대로 될 수밖에 없는 가상현실에서의 실험은 계속됐다. 많은 것들을 현실과 다르게 설정한 가상현실에서 드디어 블랙홀은 폭발했고 폭발 후에 발생한 파편들은 특정한 형태를 갖췄다. 처음에는 구체를 만들었다. 작은 블랙홀이 폭파되고 속이 빈 둥근 공이 만들어졌다. 그다음에는 속이 균일하게 꽉 찬 공을 만들었고 다음엔 정육면체 그리고 또 다음은 좀 더 복잡한 형태를 만드는 가상실험은 계속됐다.

'신'이 블랙홀이 폭파되면 파편의 크기가 빛입자의 90분의 1 정도의 크기는 되어야 한다고 말한 것이 조금은 이해가 됐다. 조각상 또는 집같이 기능하지 않는 단순한 물체를 만들 때는 그렇게까지 작은 입자가 필요하지 않지만 블랙홀을 특정한 목적에 따라 기능하는 컴퓨터라든지 자동차, 우주선 등으로 재탄생시키기 위해서는 파편의 크기가 빛입자의 90분의 1 크기 이하로 충분히 작아야만 했다. 거기에다 탄생과 동시에 기능을 할 수 있고 기능하기 위한 프로그램까지 입력되어 있는 무언가를 탄생시키기 위해서는 블랙홀 폭발 파편의 크기가 빛입자의 90분의 1 크기까지 작아지는 게 중요했다.

  물론 가상현실에서 이런저런 불가능한 조건을 가능한 것으로 설정해서 한 실험에서는 그런 것도 가능했고 너무나도 작은 블랙홀도 만들고 블랙홀 안에서 구동하는 인공지능도 만들었다. 그렇게 해서 '늙은이'의 연구소는 블랙홀의 파편을 여태껏 인간이 만들어 봤던 것이라면 무엇으로든 재탄생시킬 수 있는 기술을 확보했다. 물론 아직은 사용자가 원하는 대로 될 수밖에 없는 가상현실에서만 가능한 일이지만 뭐 어떠랴? 블랙홀을 어떻게 만드는지도 모르고 어떻게 하면 폭파시킬 수 있는지도 모르면서 잘도 이런 일을 해내는 '늙은이의 연구소'였다.

  블랙홀 탄생의 실마리는 어찌 보면 당연하게도 예비신의 행성에서 발견됐다.

  예비신의 행성을 관찰하던 중 그 행성에서 1,000여 대의 가스운송 우주선이 하릴없이 우주를 비행하다가 예비신의 행성으로 돌아가기를 반복한다는 것에 주목하게 됐다. '늙은이'의 우주선들이 '신'이 요구한 다양한 광물질들과 합성물질들을 예비신의 행성으로 실어 나르고 있었기에 행성으로의 침투도 쉬웠고 가스선의 용도도 어렵지 않게 알아낼 수 있었다.

  가스운송용 우주선들은 우주공간에서 흔히 관찰되고 채집할 수 있는 암흑물질을 수집하고 있었다. 그리고 수집한 암흑물질을 하나의 작은 덩어리로 압축하는 작업도 하고 있는 것이 포착됐는데 하는 짓이 굉장히 특이했다.

  행성과 운석, 가스 등이 없는 우주공간에는 그야말로 아무것도 없었다.

관찰하고 느낄 수 있는 어떠한 것도 없는 그저 빈 공간인데 세상 어디에도 그런 빈 공간을 허용하는 경우는 없으니 아무것도 없는 우주공간에는 일종의 암흑물질과 암흑에너지가 가득 차 있다고 말하기도 한다.

그러니까 암흑물질을 인정하지 않는다면 예비신의 우주선들은 우주공간 자체를 채집하고 있다고 볼 수도 있었다.

10만 번의 가스선 비행으로 수집한 암흑물질인지 우주먼지인지를 모아서 콩알 반쪽만 하게 압축해서는 예비신의 행성 상공의 우주공간에 떠 있는 꽤나 근사해 보이는 거대한 우주선에 보관하고 또다시 가스선으로 암흑물질을 수집하고 압축하기를 반복하고 있었다.

그렇게 모은 압축된 암흑물질을 보관하는 거대한 우주선 10여 대가 우주공간에 떠 있었고 그중 6대가 압축된 암흑물질을 보관하고 있었으며 4대는 아직 비어 있었다. 그리고 그런 압축된 암흑물질을 보관하는 용도로 290여 대의 거대 우주선이 건조 중에 있는 것도 알아냈다.

도대체 왜? 단순히 많은 암흑물질을 모으기 위해서라면 왜 저렇듯 비효율적인 방식을 택한 것일까? 그리고 고작 콩알 반쪽만 한 크기의 압축된 암흑물질 하나를 보관하는 데 왜 저런 거창하고 대단한 우주선이 필요한 것일까?

그 이유는 오래지 않아 알 수 있었다. '늙은이' 또한 암흑물질을 수집해 본 것이다. 거대한 우주선이 우주공간을 돌아다니면서 암흑물질을 수집하고 압축하게 해 봤다. 가장 거대한 가스운반선을 살짝 개조해서 수집과 압축을 동시에 할 수 있게 만들었다.

예비신의 우주선 만여 대가 10여 회의 비행으로 모을 수 있는 콩알 반쪽만 한 크기의 압축암흑물질을 '늙은이'의 우주선은 우주로 나가 운행을 시작하고 하루 만에 획득했다. 압축암흑물질의 크기를 콩알만 하게 키우는 데는 2주일이면 충분했다.

압축암흑물질의 크기가 콩알만 한 크기에서 조금 더 커졌을 때 그 사건이 발생했다. 콩알만 한 크기였던 압축암흑물질이 순식간에 사라지듯이 작아지더니 고순도의 작은 블랙홀로 변화해서는 자신을 만들어 준 우주선을 잡아먹어 버렸다. 그리고 그건 우주공간을 집어삼키면서 미세하지만 크기도 키워 나갔다. 암흑물질수집 우주선이 암흑물질을 수집하며 '늙은이'의 정원행성에서 아주 먼 곳까지 이동해 있어서 다행이었다. 정원행성과 가까운 곳에서 그 사건이 터졌다면 정원행성도 그 작은 블랙홀의 밥이 될 수도 있었던 상황이었다.

'늙은이'는 망설이지 않았다. 일은 터졌고 할 수 있는 건 다해 봤다.

작은 블랙홀이 우주공간과 암흑물질을 흡수하고 있다는 것이 관찰됐고 즉시 블랙홀 주변을 보호막을 사용해서 외부와 차단하는 조치를 취했다. 그래서 알아낸 사실은 암흑물질은 지금까지 인간이 만들어 낸 가장 강력한 보호막도 쉽게 통과한다는 것이었다. 하는 수 없이 블랙홀 주변으로 12개의 보호막을 더 설치하고 보호막을 고속으로 회전시켰다. 그리고 보호막 밖에는 암흑물질 수집용으로 개조한 우주선들을 배치해서 암흑물질의 유입을 조금이라도 더 차단하려고 했다.

그러자 놀라운 일이 벌어졌다. 외부와 완전히 차단되면서 더 이상 우주공간과 암흑물질을 흡수할 수 없게 된 블랙홀이 자신의 중심에서부터 붕괴되면서 폭발을 일으켰다. 12개의 보호막과 보호막을 생성하던 36기의 우주선이 먼지가 되었고 가스수집 우주선들도 선체에 미세한 구멍들이 수도 없이 뚫리면서 운행을 멈췄다.

꽤나 거창하게 해 먹고 나서야 예비신의 행성에서 압축암흑물질을 왜 그토록 조심스럽게 다뤘는지를 알 수 있게 된 '늙은이'는 꽤나 심각한 피해를 봤음에도 이 일에 대해서 그다지 아쉬워하지 않았다. 실패를 스승으로 삼아야 성공을 친구 삼을 수 있는 것 아니겠는가? 오히려 이 정도 희생으로 블랙홀의 생성 및 파괴에 관한 지식을 습득할 수 있게 된 것을 굉장한 행운이라고 생각했다.

'늙은이의 연구소'는 아예 축제 분위기였다. 이 사건으로 알게 된 사실을 기반으로 해서 가상현실에서의 실험이 재개됐다. 전과 다른 것이 있다면 가상현실에서의 모든 조건을 현실과 일치시켰다는 것이다. 피해를 수습하는 와중에도 가상현실에서의 실험에 대한 '늙은이'의 전폭적인 지원에 힘입어 '늙은이의 연구소'는 초당 수만 번의 실험을 해 댔고 엄청난 자료가 쌓여 갔다. 블랙홀을 만들고, 터뜨리고, 터져 나간 파편들이 특정한 형태를 갖추고 기능하게 했다. 실험을 시작하고 시간상으로는 얼마 지나지 않아서 폭발 후 만들어지는 물체의 크기에 맞춰서 블랙홀의 크기도 조절할 수 있게 됐다. 가상현실에서는 블랙홀을 터뜨린 파편이 로봇으로 재결합하는 데까지 비교적 짧은 시간 만에 성공했다. 처음에는 지식과 정보를 전혀 갖추지 못한 로봇을 만들었지만 이내 기능에 더불어 지식과 정보까지 갖춘 인공지능로봇이 작은 블랙홀의 폭발 후에 탄생했다.

가상현실에서의 실험 성공률이 99%를 넘어가면서 현실에서의 실험을 시작했다. 물론 정원행성에서 한참 멀리 떨어진 우주공간에서였다. 실험을 시작하고 얼마 지나지 않아 가상현실에서는 미처 적용하지 못했던 몇 가지 변수를 찾아냈으며 필요에 따라서 가능하다면 현실의 조건을 바꾸기도 했다. 그리고 다시 가상현실에서의 실험과 현실에서의 실험을 반복했다. 다시, 다시, 또다시. 그런 식의 실험이 3년간 이어졌다.

70억 공룡인류가 희생될 블랙홀의 완성이 35년 후라고 했으니 아직 '늙은이'에게는 32년의 시간이 남아 있는 셈이지만 이런 식의 블랙홀 관런 기술은 10년 안에 궤도에 올릴 생각이었다. 인공 블랙홀에 대해서 필요하다고 여겨지는 모든 기술들을 확보한 후에는 '예비신의 행성'에 가 볼 생각이었다.

'늙은이'와는 생각이 달랐던 동포들이 진정으로 인간이라고 불릴 만한 모든 것을 잃었는지 아니면 아직은 인간성을 유지하고 있는지 확인해 보고 싶었다. 그런 확인 작업의 결과를 받아들일 마음의 준비가 아직은 부족해서 블랙홀의 연구와 실험에 더 집착했는지도 몰랐다.

1년여의 시간이 더 지나서는 블랙홀의 폭발 후 만들어진 파편으로 나노머신까지 만들 수 있게 됐다. 그러니까 스스로 생각하고 느끼고 행동할 수 있는 구름을 만들 수 있게 된 것이다. 하지만 '신'이 말한 '아이'와 같은 존재를 탄생시키는 것은 아예 다른 문제였다.

암흑물질을 포착하고 수집하는 것만 해도 꽤나 고난도의 기술이 필요했다. 블랙홀을 만드는 데 꼭 필요한 재료이면서 블랙홀의 파편이기도 한 암흑물질은 우주공간 그 자체이면서 우주에 존재하는 그 무엇으로든 변화할 수 있는 일종의 우주줄기세포였다. 그런 우주줄기세포들이 특정한 형태와 규칙이 없는 상태에서 하나의 지성으로 연결되어 느끼고 생각하고 행동하게 해야 했다.

나노머신을 가장 먼저 생각해 볼 수 있는데…. 하지만 빛입자의 100분의 1 크기의 나노머신이라니…. 그런 건 안 되는 일이었다. 나노머신을 만든다는 개념으로 '아이'의 탄생 원리에 접근할 수는 없었다. 완전히 다른 방식의 접근이 필요했다.

서로 떨어진 개체가 중력이나 빛, 전기신호 등으로 통신하며 서로를 돕게 할 수는 있었다. 하지만 빛입자의 100분의 1 크기의 우주줄기세포들의 군집에는 중력도 빛도 전기신호도 소용없을 것 같았다. 무엇으로 우주줄기세포들을 하나로 묶을 수 있을까? '신'에게는 나름의 방법이 있는 것일까? 아니면 '신'은 그저 계속 실험에 실패하고 있었던 걸까?

여기서부터는 인간인 '늙은이'에게는 미지의 영역이었다. 꽤나 많은 방법들이 제시됐다. 그중 가장 그럴듯한 건 '아이'를 이루는 세포라고 할 수 있는 우주줄기세포들을 우리은하계를 구성하는 행성들의 운행에 맞춰서 끊임없이 순환하게 하자는 것이었다. 뼈대에 맞춰서 근육과 살이 붙는 것이고 혈액이 몸속을 끊임없이 순환해야 인간의 생명이 이어지는 것처럼 '아이' 또한 우리은하계의 행성들을 뼈대로 해서 '아이'를 이루는 우주줄기세포들이 행성들 사이를 끊임없이 순환하게 되면 하나의 생명으로 기능하지 않을까? 하는 의견이었다. 하지만 어떻게? 중력으로부터 자유로운 우주줄기세포가 행성들의 운행과 함께하게 할 수 있을까? '늙은이'는 불가능한 숙제를 떠안은 기분이었다. 하지만 '늙은이의 연구소'는 망설이지 않았다. 어차피 가상현실에서의 실험에는 어떠한 제약도 없는데 뭐 어떠랴? 지금은 현실적으로 불가능해 보이는 것도 언젠가는 해결될 거라고 보고 가능한 것부터 시작했다. 현재 손에 들고 있는 퍼즐부터 맞춰 보자는 식이었다. 전체적인 윤곽을 가늠하는 데 모든 조각이 필요하지는 않으니까 일단 있는 것부터 맞춰 보자는 생각이었다.

우리은하계에 중력으로 얽혀 있는 행성들의 운행이 '아이'가 활동하는 데 필요한 동력을 제공해 줄 수도 있을 것 같았다. 그리고 우주줄기세포는 중력으로부터 자유로우니까 행성들 사이에서 자유로운 활동도 가능하지 않을까? 그런데 행성으로부터 완전히 자유로우면 행성들에게서 동력을 어떻게 얻지? 우주줄기세포들의 밀도를 높이면 되나? 우리은하계를 통제가 가능한 우주줄기세포들이 가득 채우면 지금처럼 중력에 의한 행성과 행성의 느슨한 연결이 아닌 좀 더 직접적인 연결이 가능해지는 걸까?

그렇게 되면 "'아이'는 우리은하계의 모든 것을 알 수 있게 된 어떤 초월적인 존재가 되어 모든 것을 굽어보며 모두를 이롭게 할 것이다."라는 것이 '신'의 계획이고 이번 계획이 '신'의 뜻대로 된다면 '신'이 '아이'가 있는 우리은하계와 같은 조건을 가진 다음 우주로 거듭나겠다는 것이 '신'의 최종 목표인 거 같은데…. 글쎄? '신'이 목표하는 다음 우주를 만들어 내려면 이번 우주가 없어져야만 한다는 사실은 뭐 대충 그렇다 치더라도 '신'이 만들려는 세상이 과연 생명체들에게 더 좋은 환경을 제공할까? 지금도 '신'은 자신의 목적을 위해서 수많은 생명들을 희생시키고 있는데 그런 '신'이 만든 세상이? 좋은 세상일까? 뭐 탄생을 위해서는 출혈이 필요하긴 한 것도 같고? 아닌 것도 같고? 그런데 일단 난 죽기 싫은데?

저딴 '신'이 만든 세상이, 다음 우주가 생명에게 우호적일 거라고 믿을 정도로 다른 모든 지적 생명체들이 멍청하다고 생각하는 걸까? 그게 아니라면 '신'이 멍청이로 여기는 사람은 '늙은이' 한 사람뿐일지도? 다른 사람들은 거짓말로 속이기라도 했지만 '늙은이'에게는 자신의 계획을 모두 알린 것만 봐도 '늙은이'를 무슨 자신의 노예? 쯤으로 생각하고 있는 게 확실했다. 그것도 아니라면 '늙은이'를 무슨 인공지능로봇쯤으로 여기고 있는 걸까? 너무 오래 살아 버려서 인간이라고 볼 수 없는 무언가로 취급하는 걸까? 대의에 공감하는, 함께 일할 동료로 여기지 않는다는 건 확실했다. 뭐 어쨌든 '늙은이'는 '신'을 미친 살인마에 우주쓰레기쯤으로 여기고 있으니 '신'을 탓할 것도 없었고 둘의 유대가 강화될 일도 없었다.

이렇듯 '늙은이'가 나름의 고민으로 고뇌하고 괴로워하는 와중에도 '늙은이의 연구소'는 '아이'의 탄생과 삶에 대한 그럴듯한 청사진까지 만들었다.

'아니… 쟤들은, 왜…? 저렇게… 신났지?'

뭔가 소외되는 느낌까지 드는 '늙은이'였다.

연구소에서는 이번 70억 공룡인류가 만들게 될 블랙홀이 폭발하게 되면 부피가 우리은하계의 열 배 정도의 크기가 될 것이라고 예측했는데('신'이 준 설계도에 그렇게 적혀 있었다.) 그렇게까지 큰 크기로 확장되려면 지나치게 많은 시간이 지나야 하고 빈 우주공간에 낭비하는 힘이 아까워서라도 폭발 범위를 한정하고 싶어 했다. 그저 우리은하계보다 약간 더 큰 크기로 덩치를 제한해서 우리은하계를 겨우 품을 정도로만 폭발 범위를 한정하는 대신 '아이'를 구성하는 우주줄기세포의 밀도를 높여서 '아이'가 더욱 강한 생명체로서 활동할 수 있게 하자는 의견이었다. 그리고 연구소에서는 '아이'의 크기가 10분의 1로 줄어드는 만큼 여분의 우주줄기세포가 있을 것이므로 우리은하계 바깥 경계에 '아이'의 피부 역할을 할 수 있는 보호막을 만들 것을 제안했다. 연구소에서는 그런 보호막이 외부로부터 우리은하계를 보호하는 것은 물론이고 적극적으로 사용한다면 무기가 될 수도 있을 것이라고 예상했다.

폭발이 시작되면 '아이'의 뇌에 해당하는 부분이 가장 먼저 만들어지기 시작하겠지만 그곳은 '아이'의 다른 부분보다 구조가 복잡하고 몸 전체와 이어져야만 하기에 완전한 모습과 기능을 갖추는 건 가장 늦을 것이라고 연구소는 예상하고 있었다. 그 모든 일련의 과정들을 정원행성에 설치된 시설과 새로 만들어지는 위성의 장치를 이용해서 조율하게 된다. 그런 모든 조율의 책임은 '늙은이'에게 있고 이 일의 방향성도 '늙은이'가 결정해야 했다.

'아이'는 밖을 보고 느끼며 배우는 것이 아니라 자신의 안을 보고 느끼며 세상을 배워 나갈 것이다. '늙은이'는 자신의 정원행성과 위성에 설치된 장치들이 '아이'의 두뇌에 연결되어서 '아이'의 학습을 돕는 일종의 학습보조기구의 역할만 하기를 바랐다.

'아이'는 우리은하계 안의 모든 것을 보고 느끼게 될 것이다. 그리고 원한다면 '늙은이' 또한 '아이'의 머리에 해당하는 영역과 연결된 정원행성의 장치들을 이용해서 '아이'가 무엇을 보고 느끼는지 모두 알 수 있었다. 또한 '아이'의 성격 형성 과정에 깊숙이 간섭할 수도 있었고 '아이'의 행동까지 어느 정도는 조종할 수 있을 테지만 그러지는 않을 작정이었다.

'신'이 인간에게 주는 선물이라는 것이 꼭 좋은 것만 있는 것은 아니다. 때론 인간을 시험하고자 주는 선물도 있었다. '신'이 준 설계도로 만든 장치를 이용해서 '아이'를 통제하려고 하는 순간 돌이킬 수 없는 대가를 치르게 될 것 같다는 예감이 강하게 들었다.

'신'이 '늙은이'를 편한 대로 이용하고 있지만 동시에 '늙은이'의 반감도 사고 있는 것처럼 '아이'를 마음대로 관찰하고 조종해서 '아이'의 반감을 사고 싶지는 않았다. '늙은이'는 그저 '아이'와 이야기를 나누고 싶었다. 인간과 '신'이 만들었지만 인간과 '신'을 능가하는 존재는 어떤 이야기를 들려줄까? 그것이 너무 궁금했다.

인간의 두뇌를 기반으로 만들어진 인공지능 컴퓨터 70억 개가 블랙홀 안에서 '아이'의 탄생을 가능하게 할 것이다. 아직은 아니지만 같은 기능을 하는 인공지능을 인간의 희생 없이도 만들 수 있을 것이다. 넉넉잡아 10년이면 가능하지 않을까? 30년까진 필요하지 않을 것 같았다. 그런 인공지능을 만들어서 인간을 대체한다면 공룡인류의 희생 없이도 블랙홀의 생성과 '아이'의 탄생이 가능하지 않을까?

'신'에게 한번 말해 볼까? 하지만 '신'이 동의해 줄까? 그리고 무엇보다 자신들이 인간을 뛰어넘어 '신'이 된다는 사실에 기뻐하며 이 일에 뛰어든 70억에 이르는 사람들은 어떤 반응을 보일까? "아! 그렇군요! 우리가 '신'에게 반쯤 속았었네요!", "'신'이 나빴네! 우린 그럼 이 일은 이쯤에서 그만두고 일상으로 돌아가야겠네요!"라고 할까? 그렇게만 된다면 얼마나 좋을까?

우습지도 않았다. 그 사람들이 '신'이 했던 약속보다 '늙은이'의 말을 믿어 줄 리가 없었다. 이럴 줄 알았으면 존경할 만한 인물이라는 이미지를 쌓아 둘걸….

사실이 그렇다, 70억 공룡인류를 설득하는 데 있어서 '돈만 밝히는 욕심쟁이에 사람이 죽을 수도 있는 불법격투기를 즐기다가 실제로 사람을 죽인 적이 있는 범죄자'라는 이미지는 아무런 도움이 되지 않았다.

그래도 여러 가지 증거를 제시하고 공룡인류의 존경을 받고 있는 누군가를 내세운다면 어쩌면, 공룡인류 전체는 아니더라도 꽤나 많은 수의 사람들을 설득할 수 있지 않을까?

그렇게 해서 그 사람들과 함께 '신'에게 맞서 싸운다면 어쩌면 상황을 바꿀 수도 있지 않을까? 하지만 무슨 수로? 블랙홀을 어떻게 하면 파괴할 수 있는지 알아냈다. (콩알만 한 블랙홀도 블랙홀이니까…) 우리은하 중심에 있는 거대 블랙홀에도 같은 방식이 통할까? 같은 방식이 통한다고 해서 할 수 있을까? 그렇게 하면 기분이야 좋겠지만 그렇게까지 거대한 블랙홀의 폭발을 완벽하게 통제하는 기술은 '늙은이'에게 아직 없었다.

그리고 우리은하계에서 가장 거대한 중력을 가진 블랙홀을 소유한 '신'이 어떤 방식의 공격을 가해 올지 전혀 모르는 상태로 '신'과의 전쟁을 시작할 수는 없었다. 아직 누군가를 이딴 일에 끌어들일 수는 없었다. (이딴 일에 뛰어드는 건 바보짓이다. 그러니까 '늙은이'가 이 일에 끌어들일 수 있는 사람이란 바보밖에 없단 얘긴데 바보짓 하는 바보랑 무슨 일을 할까?) 모든 것이 불확실했다.

  이러나저러나 아직은 '늙은이' 혼자서 '신'에게 맞설 방법을 모색해 나가는 수밖에 없어 보였다. 우리은하계 곳곳에 흩어져 살고 있는 한때 자신이었던 이들에게 '늙은이'가 죽었을 경우에만 열리도록 설계된 상자를 하나씩 주면서 비교적 최근에 이주가 시작된 여러 다른 은하계로의 탐험과 이주를 권했다. 그리고 '신의 화신'에게 만남을 청했다. 옛날 방식이 아니라 요즘 하듯이 가상공간에서의 만남이었다.

11. 만남, 정상적인?

얼마 지나지 않아 '신의 화신'이 가상현실 프로그램 이름과 방 이름 그리고 접속 비밀번호를 '늙은이'에게 알려 왔다. 가상현실에 접속하자 '늙은이'는 청년의 모습으로 웬 설산의 꼭대기 부근에 서 있었다. 산 아래로는 구름의 바다가 펼쳐져 있었고 50미터쯤 떨어진 곳에는 커다란 바위에 기대어 볕이 잘 드는 방향을 보며 지어진 오두막집이 있었다. 주위를 한 번 더 둘러본 뒤 뾰족한 바위를 피해 만년설을 밟으며 오두막집을 향해 걸어갔다. 따뜻한 햇살과 상쾌한 공기 속에서 흰 구름의 바다 위 하얀 눈을 밟으며 걷는 건 마치 구름 위를 걷는 듯한 기분이었다.

나무로 만든 오두막은 지은 지 얼마 되지 않은 듯이 보였다. 소나무 향기가 났으며 흐르다 굳은 갈색의 나무 수액이 군데군데 보였다. 문을 열고 들어가자 웬 털북숭이 아저씨가 벽난로 가에서 불을 피워 보려고 이것저것 집적이는 모습이 보였다.

오두막에 들어선 '늙은이'는 자신이 들어온 문을 닫고 별다른 말도 없이 벽난로 옆에 있던 두 개의 의자 중 하나에 앉았다. 불을 피우기 위해 필요한 재료는 다 있었다. 성냥, 낡은 책, 잘 마른 얇은 나뭇가지와 팔뚝만 한 참나무 장작까지 다 있었다.

그런데 '신의 화신'에게 불을 피우는 재주는 없어 보였다. 어찌나 어설

픈지 그에겐 성냥을 켜는 것부터가 난관인 듯했다. 스스로도 한심한지 어색하고 민망하다는 듯이 미소 지으며 '늙은이'를 슬쩍 봤고 '늙은이'도 그런 '신의 화신'을 보며 미소 지었다.
"제가 해 볼까요?"
"그러는 것이 좋겠네요."
'신의 화신'이 벽난로 가에서 물러나 의자에 앉았고 이제 '늙은이'가 불을 피우기 위해 주섬주섬 움직였다. 낡은 책을 찢어 뭉친 뒤에 잔가지로 덮고 성냥으로 작은 불을 피우고 잔가지에 불이 옮겨붙을 때까지 입으로 바람을 불어 넣으며 낡은 책갈피를 한 장씩 찢어서 넣었다.
잔가지에 불이 붙고 난 후에는 팔뚝만 한 장작들을 공기가 잘 통하게 얼기설기 얹었다. 그러고는 물러나서 '신의 화신'의 맞은편 의자에 앉았다.
그때까지 아무런 말도 없이 '늙은이'가 불을 피우는 모습을 물끄러미 바라보던 '신의 화신'은 벽난로에 불이 붙자 불꽃을 찬찬히 살폈다. '늙은이'는 그런 '신의 화신'을 잠시 바라보다가 그 역시 벽난로로 눈길을 돌렸다. '신의 화신'이 벽난로에서 눈길을 떼지 않은 채로 말했다.
"블랙홀에 대해서는 어디까지 알아냈습니까?"
'늙은이'는 자신이 무슨 일을 하고 있는지에 대해서 '신의 화신'이 어느 정도 알고는 있을 것이라고 짐작은 하고 있었다. 하지만 이런 식의 직접적인 물음에는 피가 식는 느낌이었다.
어떻든 뭐 죽기밖에 더 하겠는가? 이미 자신의 사후는 어느 정도 정리를 해 둔 '늙은이'였다.
'늙은이'는 오히려 뻔뻔해지기로 했다.
"블랙홀을 만드는 방법과 파괴하는 방법에 대해선 알아냈고, 이제 블랙홀의 폭발에서 얻을 수 있는 가칭 '우주줄기세포'의 활용에 대해서 연구중에 있습니다. 뭐 이런 것들이 비밀인 건 아니었겠지요? '예비신의 행성'에서 너무 보란 듯이 하는 일이라서 저도 한번 해 봤습니다."

'신의 화신'은 벽난로에서 눈을 떼서는 '늙은이'를 새삼스레 바라봤다. 보안에 그다지 신경 쓰지 않은 것은 맞지만 감히 이런 식의 불경을 저지르는 인간이라니……. 보여 줘도 따라 할 수는 없을 것이라고 생각한 건 맞지만 감히 '신'이 하는 일을 흉내 내는 인간이 있을 것이라고는 상상하지 못했었다.

어이가 없었지만 '신의 화신'이 보기에는 참 재미있는 상황이기도 했다. 이 우주도 끝나는 날이 올 텐데 한 사람의 인간이 그때까지 살 방법은 없었다. 혹시 그때까지 산다고 해도 이 우주의 끝에서는 '신'과 비슷한 선택을 할 수밖에 없을 텐데…

'신'이 하려는 일을 방해해 보고 싶은 걸까? 아니면 '신'을 이 일에서 걸어 내고 인간인 그가 그 자리를 차지해 보려는 걸까? 우습고 재밌었다. 저 인간이 무엇을, 어떻게, 어디까지 할 수 있을지 궁금해졌다.

'신의 화신'이 아무런 말 없이 자신을 보고만 있자 '늙은이'가 먼저 주절주절 이것저것 말하기 시작했다.

"저에게 주신 설계도에는 이미 태어난 '아이'를 제어하고 교육할 수 있는 장치들만 있더군요. 저는 그걸로는 부족하다고 생각했습니다. '아이'를 보호하고 혹시나 있을지 모를 상태이상을 치료할 수도 있어야 한다고 생각합니다. 그러기 위해서는 '아이'의 근원부터 아는 것이 중요하겠지요. 블랙홀로부터 탄생하는 '아이'인 만큼 블랙홀에 대해서 아는 것이 '아이'에 대해서 알 수 있는 방법이라고 생각했습니다.'

'신의 화신'과 눈을 맞추며 이야기하던 '늙은이'는 '신의 화신'이 다시 벽난로 쪽으로 시선을 두자 말을 멈췄다. '신의 화신'이 벽난로의 불꽃을 보며 속을 알 수 없는 어조로 말했다.

"의욕이 아주… 넘치시네요."

'늙은이'는 여기서 조금 더 뻔뻔해지기로 했다.

"의욕이라기보다는 의무감에 더 가까울 겁니다. 이렇게까지 거대한 힘을 가지고 태어나는 어린아이는 여태껏 없었으니까요. 여태까지 살면서 처음 느껴 보는 거대한 불안과 책임을 느끼고 있습니다. 사실 전 그 누구도 우리은하계 전체를 상대로 이런 식의 무책임한 실험을 할 자격은 없다고 생각합니다. 그런데 이런 실험을 하게 됐고… 하기로 한 이상 이 실험은 반드시 성공해야만 합니다.

그리고 이런 실험으로 태어나는 '아이'는 우리은하계와 이번 우주 전체에 긍정적인 영향력을 행사하는 존재여야만 합니다. 그래야만 이 실험의 당위성이 결과로 입증될 수 있을 것입니다. 순서가 거꾸로 됐지만 뭐 어쩌겠습니까? '신'께서 원하시는 일인데 어리석은 인간이 찬양이라도 제대로 하려면 괜찮은 결과가 나와야지요."

마지막 말은 좀 심했다.

지금까지 '신'에게는 인정과 설득, 증명과 숭배 같은 것들이 전혀 필요하지 않았다.

'신'이라는 이름도 필요가 없었다. 그저 지금의 이 우주의 섭리대로만 살았다면 앞으로도 계속 그런 것들은 필요가 없었을 것이다. 그런데 이렇듯 인간들과 얽히면서 사람들을 이용해서 뭔가를 하기 위해서는 사람들이 높이 평가하는 가치와 권위를 확보해야만 했다.

그래서 인간의 입장에서 가장 높은 존재로 인식되는 '신'이라는 이름을 활용했다. 자신이 인간들이 흔히 이야기하는 '신'이 가졌을 것이라고 추정되는 권능을 가진 건 사실이니까 문제될 건 없었다. 그런데 그것만으로는 부족했는지… 아니면 이 한 인간만의 천성이 그런 것인지…. '신'과 맞먹으려는 인간이라니….

우리은하계 중심의 거대 블랙홀의 힘을 사용하면 만 개의 태양을 한꺼번에 없애 버리는 것도 가능했다. 하지만 저 인간 하나만을 따로 어떻게 할 수는 없었다. 그게 문제였다.

다음 우주에 대한 가능성과 확신을 확보하기 위한 실험이 이제 거의 완성 단계에 와 있는데 고작 한 명의 인간 때문에 그만둘 수는 없었다. 여태까지의 실험이 만족스럽지 못했던 건 사실이니까…. 저 오래 살았다는 인간을 이번 실험에 깊숙이 참여시켜 보는 것도 나쁘지 않을 듯했다.

일단 저 인간의 계획이 뭔지 들어 보고 싶어졌다. '신'이 놓쳤던 아주아주 작은 무언가를 저 작은 인간이 찾아낼 수도 있지 않을까?

'신의 화신'이 말했다.

"이 일에는 많은 사람들의 희생이 필요합니다. 나의 계획을 처음부터 모두에게 미리 밝혔더라면 이 일은 시작도 못했을 겁니다. 그게 아니면 이 일을 시작하는 데 더 많은 희생이 필요했을지도 모르겠군요. 그런데 나의 계획을 처음부터 의심했고 지금은 나의 계획에 대해 모두 알고 있으면서도 당신처럼 나를 돕고자 하는 사람이 있군요. 참 고마운 일입니다. 내가 어떤 방식으로 '아이'를 태어나게 할지는 알고 있겠지요? 당신은 나와는 다른 계획이 있습니까? 나와는 다른 방식으로 '아이'를 태어나게 할 수 있겠습니까?"

'늙은이'는 갑자기 분노가 치밀어 오르는 것을 느끼고 조용히 눈을 감았다. 그리고 눈을 떠서는 벽난로의 불꽃을 응시하며 말했다.

"저에게 주신 설계도를 기반으로 만들고 있는 시설에 몇 가지 기능을 추가한다면 이번 블랙홀의 폭발이 있은 후에 생성될 '우주줄기세포'들의 배열에 관여할 수 있을 것 같더군요. '신'께서 생각하신 '아이'의 모습은 너무 정적입니다. 그저 우리은하계 전체에 고루 퍼져 있는 모습이지요? 그렇게 되면 생명으로 기능이야 하겠지만 일정한 시간이 지난 후에는 부서지고 없어져 버릴 겁니다. 그렇게 하면 안 됩니다.

'아이'를 이루는 '우주줄기세포'들은 끊임없이 흘러야 합니다. 우리은하계를 이루고 있는 행성들의 중력과 움직임을 이용한다면 그게 가능합니다. 우리은하계 전체가 '아이'의 몸이 되고 우리은하계 속의 행성들은 '아이'의 뼈와 살이 되고 블랙홀의 폭발로 만들어지는 우주줄기세포들이 '아이'의 몸속을, 마치 혈액처럼 흐르게 된다면 '아이'는 진정한 의미로… 어떠한… 살아 움직이는 생명이 될 수 있을 것입니다. 뭐 그게 아니더라도 최소한 오래는 살 겁니다."

'늙은이'는 말을 마치고도 그저 벽난로의 불꽃만을 응시하고 있었다. '신의 화신'은 벽난로의 불꽃이 아닌 '늙은이'를 응시하며 말했다.

"그것은 그저 생명체가 아닙니까? 나는 '신'이라는 단어로 표현하기에도 벅찬 초월적인 존재를 탄생시키고 싶은 겁니다. 그는 독립적이어야 합니다. 우리은하계에 기대어 살아가서는 안 됩니다. 우리은하계가 그에게 기대어 살아가야만 합니다."

'늙은이'가 불꽃에서 눈을 떼서는 '신의 화신'을 바라봤다. 살짝 어이없어하는 표정이었다.

"생명체라구요? '아이'가? 덩치가 우리은하계보다 더 큰데? 그리고 초월적이고 독립적이려면 '아이' 스스로 초월적이고 독립적으로 생각하고 행동해야 초월적이고 독립적인 존재가 되는 것이지. 따로 초월적이고 독립적인 어떤 형태가 정해져 있는 건 아니라고 봅니다."

'늙은이'가 말을 이어 나갔다.

"'아이'가 생각하고 행동하려면 무언가 동력이 필요할 겁니다. 별들의 규칙적인 움직임이 생각하고 움직일 수 있는 힘을 제공 할 수 있습니다. 우리가 원하는 다음 우주는 인위적이고 의도적인 설계에 의해서 탄생하는 우주입니다. 다음 우주가 탄생할 때 탄생 즉시 별들도 만들어서 다음 우주의 뼈대로 삼으면 됩니다. 별들이 자연적으로 생성될 때까지 기다릴 필요는 없지 않겠습니까? 그렇게 하기 위해선 '아이'의 탄생에 자연 발생한 행성들을 인위적으로 이용해 보는 일은 반드시 필요합니다. 다음 우주에서는 행성들의 위치를 인위적으로 설정할 수도 있을 테니까 이번에 자연행성들을 뼈대로 해서 태어나는 '아이'를 관찰해서 다음 우주는 한층 진화된 모습으로 탄생시킬 수도 있을 것입니다."

'신의 화신'은 한동안 말이 없었다. 벽난로의 불꽃간 한참을 바라보더니 대뜸 한마디 했다.

"좋은 생각이군요. 그렇게 합시다."

"네?"

"그렇게 합시다. 그렇게 하는 게 좋겠네요."

얼떨떨해 하는 '늙은이'를 바라보면서 천천히 자리에서 일어난 '신의 화신'은 서너 걸음을 걸어서 오두막의 문가로 가더니 문을 열고 바깥 풍경을 바라봤다. 그러다가 슬쩍 '늙은이'를 돌아봤다.

'늙은이'는 엉거주춤하지 의자에서 반쯤 일어나서 '신의 화신'을 쳐다보고 있었다. '신의 화신'이 다시 바깥의 풍경을 눈에 담으며 말했다.

"'아이'의 탄생과 관련된 여러 가지 진행 상황을 모두 알려 드리지요. 그리고 앞으로의 일을 진행하는 데 있어서 필요한 모든 권한도 드리겠습니다. 당신은 이 일에서만큼은 나와 동등한 권리와 권한을 가질 것이며… 나의 손을 잡고 나의 곁에 앉을 수 있도록 해 두겠습니다."

말을 마친 '신의 화신'은 사라졌다. 접속을 끊은 것이다. '늙은이'는 '신의 화신'이 마지막에 한 고풍스러운 몇 마디 말에 짜증이 확 솟구치는 것을 느끼며 접속을 끊었다.

'신의 화신'과의 만남이 있고 채 하루도 지나지 않아서 예비신의 행성에 대한 모든 자료들이 '늙은이'에게 전해졌다. 이미 진행된 일에 대해서 알 수 있었고 진행 중인 일에 대해서도 알 수 있었다. 그리고 아직 시작하진 않았지만 하려고 계획 중인 일들에 대해서도 알 수 있었다.

'늙은이'는 자신의 인공지능사업관리부서에 '예비신 탄생기획팀'이라는 부서를 만들어서 그 모든 자료의 검토를 지시했다. 그리고 인수인계와 이번 실험을 보다 정확하게 이해하는 데 필요하다는 이유로 70억 공룡인류가 이주해 있는 '예비신의 행성'에 대한 전수조사를 실시했으며 '늙은이' 자신도 의체를 이용해서 직접 '예비신의 행성'에 발을 디뎠다.

수만 명에 이르는 다양한 부서의 인공지능들이 '늙은이'와 함께 3년여의 시간 동안 '예비신의 행성'을 조사했다. 그동안 이 행성을 블랙홀로 만들기 위한 작업들은 의도적으로 중지되거나 지연되었다. 오직 하나의 목적이 있었다. '늙은이'는 이 행성으로 이주했던 70억에 이르는 공룡인류 중에서 인간성을 유지하고 있는 사람을 단 한 명이라도 찾고 싶었다.

많은 위험부담을 안고 갖은 수단을 다 동원했지만 그런 사람은 찾을 수 없었다. 그곳엔 그저 대단히 유연한 사고를 가지고 집요하게 자신이 맡은 임무를 수행하려는 인공지능 70억 개가 있을 뿐이었다. '늙은이'가 그토록 많은 위험을 안고 노력했지만 70억 공룡인류가 이미 인간이 아니라는 사실만을 또다시 반복해서 확인할 수 있을 뿐이었다. '신'이 되기로 결심한 70억 명의 공룡인류가 예비신의 몸이 될 것이라고 믿으며 이주해 온 행성을 블랙홀로 만들기 전에 그곳에 인간이라고 부를 만한 존재가 하나도 남아 있지 않다는 사실만을 확인하고 또 확인하면서 희망은 절망으로 바뀌었고 의혹은 확신이 되었다. 이곳에 인간은 존재하지 않았다. '신'은 이미 살인자였다.

'늙은이'는 옛 지구를 함께 떠나온 동포들의 후손들이 70억 명이나 사람이 아니게 된 꼴을 현장에서 봐 버렸다. 이 정도로 큰 핏자국이 공룡인류의 역사를 물들인 적은 없었다. 이 '핏자국'을 '신'의 피로 씻는 날, '늙은이'는 자신의 이 슬픔과 분노를 가라앉힐 수 있을 것 같았다.

모든 확인 절차가 끝난 후에 70억 개의 고성능 인공지능들만이 존재하는 행성을 블랙홀로 만들기 위한 작업이 재개되었다. 3년의 작업 지연이 있었음에도 불구하고 모든 일이 원래의 계획보다 더 빠르고 정확하게 그리고 효율적으로 완성되어 갔다. 여태껏 작은 참견도 없이 '늙은이'가 하는 모든 일들을 그저 지켜보기만 하던 '신의 화신'도 '늙은이'에게 모든 권한을 완전히 넘기고 우리은하계 이곳저곳으로 여행을 다니기 시작했다.

12. 기다림

　70억 5천3백만 2,271개의 고성능 인공지능들만이 존재하는 행성을 블랙홀로 변환시키기 하루 전날 '늙은이'는 희망이 없음을 인정하고 그곳을 떠났다. 그리고 그날이 왔다. 블랙홀은 탄생했고 블랙홀의 안정화가 확인되자 '아이'의 탄생을 위해 폭파됐다. 이것이 단순한 폭발인지 아니면 부화인지는 시간이 지나 봐야만 알 수 있었다.
　'늙은이의 연구소'는 1만 2,000년이 지난 후에야 '아이'의 형태가 어느 정도 잡히고 '아이'와의 최초의 교신도 이루어질 수 있을 것이라고 예측했다.
　'신'이 계획한 다음 우주의 일면을 작게나마 볼 수 있으려면 기다려야만 했다. '늙은이'는 한동안 그날이 오기만을 희망할 뿐 다른 생각은 하지 못했다. 이 일에 이렇게까지 깊게 개입한 것이 옳은 일일까?
　그날이 오기를 기다리면서 '늙은이'는 평생 한 번도 해 본 적 없는 일을 해 봤다. 그토록 오랜 시간을 살아왔음에도 해 본 적이 없는 일이었다. 아무리 오래 살아도 자신만은 하지 않을 것이라고 여겼던 일을 하게 되는 경우가 계속해서 생기니 사는 것을 그만둘 수가 없었다.
　'늙은이'는 미래의 자신과의 교신을 시도했다. 1만 2,000년쯤 후의 자신에게 물어볼 것이 있었다. 타임머신을 이용하면 가능했다. 교신은 이루어졌고 '아이'가 탄생하고 9,000년쯤 후에 '아이'와의 첫 교신이 이루어진 다는 단편적인 내용만 들을 수 있었다. 그리고 별일 없을 것이니 다시는 연락하지 말라는 말도 들을 수 있었다.

미래의 내가 현재의 나에게 우호적이지 않다면 그건 좋은 징조였다. 지금 아무리 힘들더라도 미래의 자신은 그 모든 걸 극복하고 성장해서 과거의 고난은 추억이나 무용담이 된 지 오래라 굳이 자신의 과거에 간섭하지 않는 것이다. 단편적이고 짧은 정보만 주는 미래의 '늙은이' 또한 자신의 현재에 변화를 원하지 않으니까 과거의 자신에게 간섭하지 않는 것이 확실했다. 현재의 '늙은이'에게는 미래의 자신이 보이는 그런 까칠한 태도까지도 좋은 정보였다.

어쨌든 일이 잘 풀렸다는 뜻이겠지? 하던 대로 하면 문제없다는 뜻 같아서 자신감도 생겼다.

미래의 자신이 도움을 주려 했다면 오히려 굉장히 불안했을 것이다. 그가 뭔가를 실패했다는 뜻이기 때문이다.

'아이'와의 첫 교신이 예상보다 3,000년이나 이른 시점이라는 건 조금 의외였지만 기쁘기도 한 일이었다. 우주줄기세포의 확장속도가 계산했던 것보다 더 빨랐던 것일까? 우주줄기세포는 시간과 공간을 초월하나? 아니면 '아이'의 형성 과정에서 가장 먼저 형태가 갖춰지는 인간의 뇌에 해당하는 기관만 있어도 대화는 가능해지는 것일까? 오랜만에 자신의 연구소를 닦달해 볼 수 있는 일이 생겨서 ("너흰 어떻게 3,000년이나 계산을 틀릴 수가 있냐?") 신기하고 재미있었다.

'아이'의 탄생이 있은 후 '신의 화신'은 '늙은이'에게 기다리란 말을 마지막으로 더 이상의 대화 요청이 없었다. '늙은이' 또한 '신의 화신'과 별

할 말이 없어서 그저 미행을 붙여서 그가 어디에 있는지 정도만 파악하고 있을 뿐이었다.

'늙은이'에게 있어서 '신'과의 대화 단절은 그저 그런 충분히 이해할 수 있는 일(볼일이 다 끝났다 정도?)이었다면 남은 공룡인류들에게는 충격적인 일이었다. '예비신의 행성'으로 이주하진 않았지만 신념적으로나 또는 거의 종교적으로 이 일의 진행 상황에 기대 어린 시선을 보내던 많은 수의 공룡인류는 '신'과의 대화가 단절되자 거의 패닉에 빠졌다. 그들의 그 어떤 노력에도 '신'은 대답하지 않았다.

남은 공룡인류의 입장에서는 '예비신의 행성'이 블랙홀화한 것까지는 이해할 수 있었지만 블랙홀이 폭발한 것은 이해할 수 없는 일이었다. 70억 공룡인류는 이 세상에 존재하는 형태만 블랙홀과 같은 모습으로 바꿔서 우리은하계 중심에 블랙홀의 형태로 존재하는 '신'과 하나가 되기로 한 것 아니었나? 그런 방식으로 공룡인류가 '신'이 되는 것이라고 알고 있었는데 폭발이라니…?

'예비신의 행성'의 폭발 그리고 침묵하는 '신', 남은 공룡인류는 '신'이 되고자 했던 70억 공룡인류의 도전이 실패했음을 너무나도 쉽게 기정사실화했다. 충격과 공포, 그리고 자신들은 이 일에 뛰어들지 않았다는 우월감과 안도가 공룡인류 전체를 휩쓸었다.

한동안 그들의 죽음을 슬퍼하고 아무런 말이 없는 '신'을 원망했다.

하지만 그것도 1,000년 정도가 지나서는 분위기가 많이 바뀌었다. '신'이 되고자 했던 70억 인류를 조롱하기 시작했고 '신'의 존재 자체를 의심했다. '예비신의 행성'사건은 70억 인류가 가진 재산을 노린 누군가의 사기 행각이었고 '예비신의 거처였던 행성'은 사기 피해자들을 살해하기 위해 그저 폭파됐을 뿐 블랙홀화하지도 않았으며 '신'이 존재한다는 것도 거짓이라고 했다. 우리은하계 중심에 있는 거대 블랙홀 속에 '신'이 존재한다고 하는데 그 속에서 누가 살 수 있겠는가? 말도 안 되는 소리였다.

이제 '신의 행성 사기사건'은 옛날 사람들이 어리석고 무지한 나머지 아직도 정체가 밝혀지지 않은 사악한 사기꾼에게 모든 것을 빼앗기고 생명까지 잃은 사건으로 기록되었다. 그리고 몇천 년이 더 지나자 사라진 70억의 사람들은 공룡인류의 기억 속에서 잊혀졌다.

그렇게 돼서 정작 '아이'와 처음으로 교신하는 데 성공한 날에는 그 누구도 그때의 일을 기억하는 사람이 없었다. '늙은이'만이 '아이'와의 만남을 기다렸고 '아이'와 처음으로 이야기하는 자리에 있을 수 있었다.

'늙은이'는 9,000년 동안 많은 일을 했다. 가상현실과 현실에서 블랙홀을 생성하고 파괴하는 실험을 꾸준히 해 나갔다. 그 일은 '신'을 효과적이고 확실하게 죽이는 방법을 갈고닦았다고도 말할 수 있는 일이었다.

블랙홀의 폭발로 생성되는 우주줄기세포의 활용 방안을 모색하는 일도 꽤나 다방면으로 하고 있었다. 작은 블랙홀을 만들어서 안전장치가 구비된 작은 가방에 넣어서 들고 다니다가 필요할 때 터뜨리면 그것이 우주선도 되고 자동차도 되고 집도 될 수 있다면 많은 분야에 활용될 수 있을 것 같아서였다. 무엇보다 이런 연구를 표면에 내세워 '신'의 의심을 피할 수 있다는 점이 좋았다. 물론 이 실험은 얻을 수 있는 것에 비해 너무나 큰 위험을 감수해야 한다는 점 때문에 상용화하지는 못했다. (어떤 미친 놈이 우주선 하나 얻겠다고 자기 눈앞에서 블랙홀을 폭파시킬까?)

그는 그저 '신'을 죽일 생각이었다.

그의 계획은 간단했다. 우리은하계중심에 있는 '신'이 거처하는 거대 블랙홀 주위에 태양급 블랙홀 40개를 폭파시켜서 안에서부터의 충격에 저항하며 거대 블랙홀 전체를 외부와 차단하는 4개의 보호막을 둘러치는 계획이었다. 안쪽 2개의 보호막은 고속으로 회전하며 거대 블랙홀의 숨통을 조여 작은 빅뱅을 유도하는 역할을 하고 서로 간의 거리가 0.1광년인 나머지 2개의 보호막은 거대 블랙홀이 폭발하면서 뿜어져 나올 우주줄기세포들의 확장을 막는다. 우주줄기세포는 워낙 작아서 거의 대부분의 물체를 통과한다. 그래서 우주줄기세포의 확장을 막기 위해서는 같은 우주줄기세포로 만들어진 고속으로 회전하는 보호막이 반드시 필요했다.

폭발 초기에 확장을 저지당한 '신'이 거처했던 거대 블랙홀은 자신의 거대한 질량 때문에 다시 블랙홀의 모습으로 돌아갈 수밖에 없을 것이고 그렇게 되면 그 속에 살던 '신'은 없어지고 자연 상태의 블랙홀이 될 것이 분명했다.

최종적으로 우리은하계 중심의 거대 블랙홀 안에 우리은하계와 우리은하계에서 살아가는 생명들에게 우호적인 인공인격을 이식하면 이 일도 마무리가 되겠지만 인공인격의 이식은 아직 해결해야 할 문제가 너무 많았다.

거대 블랙홀이 또다시 '신'과 같은 인간을 사육하고 사용할 수 있다는 식으로 생각하는 인격체에 의해 오염되지 않게 하기 위해서라도 인공인격의 이식은 반드시 필요한 일이어서 계속 도전하고 있었다.

9,000년 동안 고민과 고뇌가 이어졌다.
현실과 동일한 조건을 상정한 가상현실에서 별만큼이나 많은 실험이 이루어졌고 가상현실에서는 '신'을 벌써 여러 번 죽였다.

한 가지 의문은 도대체 왜 '신'이 공룡인류와의 모든 교류를 끊고 침묵하고 있느냐는 것이었다. '신의 화신'도 작은 블랙홀이 폭파한 후 우리은하계 중심에 있는 거대 블랙홀로 우주선을 타고 들어가 버려서 이게 어떻게 된 일이냐고 물어보고 싶어도 물어볼 사람이 없었다.

'신'의 목표는 오직 '아이'의 탄생이었으며 이제 자신의 목표가 이루어졌으니 '아이'가 정말 인격을 갖춘 초월적인 존재가 되었는지 확인할 수 있을 때까지 공룡인류와의 교신은 불필요하다고 여기는 것일까? 실용적이고 효율적이기는 하지만 예의 없는 짓으로 보였다.

하긴 뭐 '신'의 입장에서는 '아이'와 대화할 수 있을 때까지 인간들과 9,000년 동안 의미 없이 노닥거릴 이유가 없긴 했다

시간은 흘렀고 '늙은이'는 '아이'와의 교신을 준비했다. 우리은하계 곳곳에 탐측장비를 설치해서 '아이'의 형성 과정에서 문제가 발생하지는 않는지 관찰하고 '아이'와의 교신에 문제가 될 수 있는 요소가 발견되면 수정하고 조율했다. 우리은하계 중심에 있는 거대 블랙홀을 자연 상태의 블랙홀로 만들기 위한 준비도 가상현실이 아닌 현실에서 조심스럽게 조금씩 진행해서 현재는 거의 완성 단계에 도달해 있었다.

'늙은이'가 '신'을 죽일 수 있는 무기를 이미 개발했으며 실제로 사용할 수 있게 배치하고 있다는 사실을 '신'은 알고 있을까? 사람들이 자신의 집 뒷마당에 사는 개미가 뭘 하고 있는지 모르는 것처럼 '신'도 '늙은이'가 뭘 하고 있는지 모르기만 바랄 뿐이었다.

'늙은이'에게 70억 공룡인류의 죽음에 대한 복수라는 대의명분이 있는 것처럼 보였지만 그것은 그저 허울일 뿐이었다. '늙은이'는 누군가가 인간의 자유의지를 왜곡하고 이용했다는 사실이 70억의 죽음보다 더 충격적이었고 너무나도 싫었으며 특히 '늙은이' 자신에게 위협적으로 느껴졌

을 뿐이다. 사실은 그것이 '신'의 죽음을 계획하게 된 결정적인 이유였다.

70억 공룡인류가 사라진 건 그들 스스로의 선택이기도 했다. '신'이 그들을 속였다고 말할 수도 있겠지만 속은 사람들의 수가 70억이 넘어가면 단순히 사기라고 치부하기도 힘들었다.

규모가 그 정도라면 이건 일종의 문화현상으로 봐야 하지 않을까?

하지만 또 다르게 생각하면 이런 일이 단순하게 죽음으로의 행진으로 끝난다면 '늙은이'로서는 이런 종류의 문화현상을 일으킨 '신'을 가만두고 싶지 않았다. 이 일이 '신'의 개입 없이 인간들이 스스로 기획하고 실행한 일이었다면 몇 명이 죽었든 '늙은이'는 그저 그러려니 했을지도 모른다. 하지만 '신'이 있었다.

'신'과 죽고 죽이는 싸움을 꼭 하겠다는 것은 아니다. 하지만 최소한 솔직한 대화와 책임 추궁을 하기 위해서라도 '신'과 대등한 힘을 갖추고 싶었다.

70억 인류가 사라졌고 초월적이며 완전히 새로운 하나의 존재가 탄생할 것이다. 그 존재에게 자신을 탄생시키기 위해서 사라진 70억에 이르는 사람들에 대한 기억이 전혀 없을지라도 그저 그렇게 될 것이란 걸 사라져 간 70억 인류가 이미 알고 있었다면 '늙은이'가 이 일에 개입할 여지는 없었다.

'늙은이'도 그들과 같은 영생하는 인간이었다. 삶에 지친다는 것이 어떤 것인지 그도 잘 이해하고 있었다. 70억의 공룡인류가 목숨까지 버려 가면서 이루려 했던 일을 평가하고 싶진 않았다. 그저 인정해 주고 싶었다. 그리고 70억 인류의 염원과 기억쯤이야 '아이'가 어느 정도 컸을 때 교육시키면 되지 않을까? 그렇게만 된다면 사라진 70억의 인류가 애초에 의

도했던 대로 되는 것이지 않을까? 만약 그렇게 된다면 '신'을 죽일 이유가 '늙은이'에게는 없었다.

그리고 공룡인류보다 더 오랜 시간을 존재해 온 인류와는 다른 모습의 지적인 존재를 그저 없애는 것이 옳은 일은 아니지 않을까 하는 생각도 해 봤다. '신'을 죽이기 위한 모든 준비가 갖추어지고 나자 '늙은이'는 이제 '신'을 죽이지 않을 이유를 찾기 시작했다. 기분이 묘했다.

고민 끝에 모든 것은 '아이'와의 교신 이후로 미루기로 했다.

70억 인류의 희생으로 탄생하는 '아이'가 혹시라도 '늙은이'가 상상도 하지 못한 괴물이라면 폭발 후 특정한 형태가 되도록 설정하지 않은 작은 블랙홀 여러 개를 폭발시켜서 폭발 과정에서 나오는 우주줄기세포로 '아이'를 이루고 있는 우주줄기세포를 우리은하계 밖으로 흩어 버리는 방식으로 '아이'를 없애 버릴 생각이었다. 그리고 그런 괴물을 만들기 위해 70억 인류의 희생시킨 '신'에게 책임을 물을 생각이었다. 하지만 만약 혹시라도 '아이'가 인류의 유산들을 기억하고 계승해서 다음 우주에까지 전할 수 있다는 희망을 주는 존재라면? 인간처럼 삶에 지치지 않고 다음 우주에까지 우리들의 이야기를 전할 수 있고 언제까지나 우리들을 기억해 줄 수 있는 존재라면? 다음 우주의 사람들에게 그들이 있기 전에 우리가 있었음을 이야기해 줄 수 있다면? 그런 일들이 가능하다는 것을 '아이'가 증명해 준다면 어떨까?

그렇다면 '아이'의 교육에 '신'이라는 존재도 필요할 것 같았다. 공룡인류가 존재하기 전에도 '신'은 있었고 공룡인류가 사라진 뒤에도 '신'은 남아 있을 것 같은데…. '아이'에게도 항상 함께하는 친구는 필요하지 않을까? 아닌가? 이제 드디어 '신'을 죽일 수도 있을 것 같은 무기가 만들어졌는데 실제로 '신'을 죽이려니까 왠지 모르게 망설여졌다. '늙은이'는 자신이 이렇게 고민하는 이유를 알 수 없었고 무언가 모호한 생태로 '신'과 다투고 싶지는 않았다.

하지만 뭐 고민은 할 만큼 했고 무기도 갖췄으니 이제 일이 닥치면 상황에 맞춰서 행동할 생각도 있었다.

시간은 항상 인간의 편이었다. 인류는 시간이 지날수록 더욱더 발전했고 하나라도 더 나아지는 게 있었다. 하지만 인류에게 불가능한 일이란 것이 거의 없어진 지금에 와서는 오히려 과거의 찬란했던 업적들이 하나씩 폄하되고 잊혀 가고 있었다. 이런 때에 인류의 모든 것을 기억해 주고 다음 우주에까지 전할 수 있는 존재가 있을 수 있다면 참 좋을 것 같았다.

그런 일이 공룡인류가 사라진 이후에 무슨 의미가 있을지는 모르겠으나 '늙은이'는 그런 일도 그 나름대로 시도는 해 볼 만한 일이라고 생각했다. 물론 이런 식의 돌에 이름 새기는 일에 많은 에너지와 자원을 쏟아붓고 싶지는 않았지만 '늙은이'에게 이 일은 최근에 시작한 일들 중에서 가장 흥미진진한 일이었기에 끝까지 가 보기로 했다. 그래서 9,000년을 전혀 지치지도 않고 기다릴 수 있었는지도 모른다.

13. 기다리던 그날

예상은 하고 있었지만 그렇다고 놀라움이 줄어드는 건 아니었다. '아이'의 호기심 가득한 음성이 '늙은이'의 정원행성에 마련돼 있는 오직 '아이'와의 대화를 위해서 제작된 통신실에 울려 퍼졌다.

"당신은 누구죠? 왜 이런 설비들을 갖추고 있는 거죠? 이런 장치들은… 이건 마치… 나와 대화할 수 있기를 기다리기라도 한 것처럼 보이는데요?"

'아이'가 처음 말을 걸었을 때 '늙은이'는 자신의 정원행성을 산책 중이었다. '늙은이'의 목에 걸린 얇은 금색 목걸이에 매달린 작은 태양 모양의 펜던트에서 '아이'의 음성이 울려 퍼졌고 순간적으로 서 있기도 힘들어진 '늙은이'가 가까이에 있는 나무에 더듬더듬 기대어 앉아 자신의 저택에 있는 통신실을 바라보며 말했다.

"안녕? 정말… 반갑구나. 기분이 어떠니? 뭐 불편한 곳은 없고?"

'늙은이'는 '아이'가 안녕한지가 너무나도 걱정이라 "안녕?"이라고 말했고 이 만남이 너무나도 반갑고 떨려서 "반갑구나."라고 말했으며 '아이'와의 첫 대화를 원만하게 이어 나가고 싶어서 '아이'의 기분을 물었다. 그리고 뭐라도 돕고 싶어서 불편한 곳은 없는지를 물었다. 하지만 '아이'는 대답이 없었다. 그 침묵의 순간이 대단히 짧았음에도 '늙은이'는 '아이'가 묻는 말에 자신이 제대로 대답하지 않았음을 떠올리고는 이어서 말했다.

"너와 이야기를 나눌 수 있게 되기를 기다린 지가 꽤 오래됐단다……. 이상하지? 나는 이를 테면 너에게 '아빠'나 '엄마' 같은 사람이란다."

'늙은이'는 '아이'의 탄생과 성장에 관련해서 수많은 변수들을 생각했고 죽고 죽이는 사태까지도 대비했었다. 하지만 9,000년의 기다림 끝에 '아이'의 음성이 '늙은이'의 행성에 닿는 순간 모든 것이 달라졌다.

'아이'의 음성은 사람의 그것이었다. 호기심과 의혹과 의심을 담고 있었으며 기대와 두려움과 모험심이 엿보였다. 모습이 어떻든 '아이'의 음성을 듣는 순간 '늙은이'는 '아이'가 사람인 것을 알았고 안도감과 함께 '아이'를 향한 깊은 애정이 생겨났다. 하지만 '아이'의 입장에선 그렇지 않았나 보다.

"믿을 수가 없네요…. 당신은… 그러니까, 당신은 너무… 작잖아요? 어떻게 당신이 나의 부모라는 거죠? 생긴 것도 전혀 다른데? 나를 속일 생각이었다면 좀 더 그럴듯한 말을 했어야지요! 난 별들의 모임인 이 은하계보다도 더 큰 존재랍니다."

'아직은 아니지. 3,000년 정도를 더 기다리면 그렇게 되겠지만 지금은 아직 성장 중이라서 우리은하계보다 더 크게 될 존재라고 하는 게 맞아.'라고 '늙은이'는 생각했다. 하지만 허세를 부리기 위해 거짓말까지 하다니 너무나도 인간적이지 않은가? 귀여웠다. '아이'의 말이 이어졌다.

"나는 당신 같은 작고 작은 것들 중에서도 더 작은 별에 사는 더더더 작은 사람이 어떻게 해 볼 수 있는 존재가 아니에요! 어쩌다 나라는 존재를 포착해서 뭐라도 해 보고 싶었나 봐요? 당황하신 건 알겠는데 그렇다고 거짓말을 하면 안 되죠!"

'아이'의 목소리를 들으며 '늙은이'는 환하게 웃고 있었다. '아이'가 기분 나빠할까 봐 큰 소리로 웃지는 않았지만 지금의 이 모든 상황이 너무나도 즐거웠다.

'늙은이'는 이제 자신이 기대어 앉았던 자리에서 일어나 자신의 저택으로 걸음을 옮겼다. 통신실에 가면 이 작은 펜던트로 대화하는 것보다 더 괜찮은 음질로 '아이'의 목소리를 들을 수 있을 것이다. '늙은이'가 걸음을 옮기는 중에도 '아이'의 음성이 아기 새의 지저귐처럼 작은 펜던트에서 울려 퍼졌다.

"나에 대해서 뭘 알긴 하나요?"

'어쩌면 너보다 더?'

'늙은이'는 하늘을 올려다보며 그렇게 생각했지만 말하지는 않았다.

"우습네요. 이 작은 별에 정신을 집중하는 건 저에게 성가신 일이랍니다. 그래도 호기심에 들여다본 건데…. 이 정도로 심각한 거짓말쟁이가 살고 있었다니…. 하! 참 나! 잘 있어요. 아마 당신은 이 은하계의 역사에서 가장 큰 거짓말을 한 가장 작은 사람일 거예요. 하하…."

그렇게 '아이'와의 첫 교신은 끝났다. 두 번째 교신은 10분 후에 이루어졌다.

태어나서 9,000년 동안 성장을 거듭하고 있는 '아이'였다. 어느 시점에 자각과 인격이 생겼는지 아직 정확하게는 모르지만 어쨌든 굉장히 심심했을 것이다. 10분이면 참 많이도 참은 것이리라….

실제로도 그랬다. '아이'는 태어난 지 9,000년 만에 처음 만난, 대화가 가능한 상대가 말도 안 되게 엄청난 거짓말쟁이라서 꽤나 실망스러웠지만 지나치게 심심했던 지난 9,000년 동안의 시간에 비하면 이 잠깐의 대화가 너무나도 재미있었다. 그동안은 다른 작은 사람들의 대화를 그저 엿듣는 게 다였다. '아이'는 마치 유령처럼 살았었다.

'늙은이'가 드디어 통신실에 들어가서 의자에 앉으려고 할 때 '아이'의 음성이 다시 들려왔다.

'아이'가 다시 말을 걸지 않았다면 아마 녹음된 아까의 짧은 대화를 다시 들어 봤을 것이다.

"너무너무너무너무너무너무너무너무나도 작디작아서 잘 찾아지지도 않고 한번 찾았다고 해서 다음에 다시 찾을 수 있다는 보장도 못 할 정도로 작은 별에서 살고 있는 그 작은 별보다 더더더더더더더더더더더어어 작은 정말 엄청나게 작디작은 거짓말쟁이 씨? 말해 봐요. 어떻게 이렇게 나와 대화할 수 있는 장비들을 갖추고 있죠?"

"언제부터 이르…"

"아! 내가 이렇게 빨리 다시 말을 건 건 다음에 다시 당신을 찾을 수 있으리란 보장이 없어서예요. 당신은 너무 작잖아요? 그렇지 않나요?"

"음? 어… 그렇구나. 잘했네. 그러니까 언제부터 이런…"

"오해할까 봐 하는 말이에요! 오해! 아시겠어요?"

"그래, 알았다. 음… 그러니까… 그런데 언제부터 이것들이 너와의 대화를 위한 시설들이란 것을 알았니?"

"이 별을 발견하고 관찰해 보고 그리고 알게 됐지요. 난 이 은하계 자체랍니다. 당신은 당신의 몸에 난 털이 몇 개인지도 모르고 그 털 하나를 이루는 세포가 몇 개인지도 모르고 또 어떻게 그 세포들이 털이 될 수 있었는지도 모르지요? 자신의 몸에 붙어 있는 것인데도 알 수가 없지요. 하지만 난 아무리 작은 별이라도 일단 찾아서 정신을 집중하면 그 별에 대해서 속속들이 다 알 수 있답니다. 뭐 그 별 속에 사는 생물들에 대해서도 알려면 다 알아낼 수 있긴 하지만 그건 조금은 성가신 작업이죠. 워낙 작잖아요? 당신처럼? 그렇지 않나요? 어디 있죠? 잘 안 보이네? 내 이야기 듣고 있나요?"

"너 좀 수다쟁이구나? 심심했나 보다?"

'아이'는 대답하지 않았다. 뇌파감지기에 시큰둥하고 새침한 반응이 잡힐 뿐이었다. 자신이 실수했다는 느낌이 든 '늙은이'는 얼른 이어서 말했다.

"너의 탄생이 예정되었을 때부터 이 설비들이 만들어지기 시작했다. 너의 탄생을 계획한 건 70억 5천3백만 2,271명의 사람들과 우리은하계 중심의 블랙홀 속에 존재하고 있는 '신'이라고 부를 수도 있는 존재, 그리고 나다. 너도 탄생시켰는데 너와 대화할 수 있는 기계쯤이야 뭐 대단할 것도 없지."

자신의 탄생에 얽힌 비밀을 갑자기 너무 쉽게 듣게 된 '아이'는 탄생 이후 감정적으로 가장 격정적인 상태가 되어 버렸다.

'늙은이'의 정원행성 대화실에는 '아이'의 여러 가지 상태를 나타내 주는 여러 그래프들이 각기 다른 화려한 색채를 뽐내면서 격정적으로 움직이고 있었다. 하지만 곧이어 들려온 '아이'의 목소리에서는 그가 흥분해 있다는 것을 느낄 수 없었다. '아이'가 자신의 감정을 꽤나 성공적으로 감추고 있는 듯했다. 그것 역시 '늙은이'의 눈에는 귀여워 보였고 또 대견스러웠다.

"당신 같은 사람들이 70억쯤 모였다고 어떻게 나를 탄생시킬 수 있었겠어요? 70억의 사람들과 당신을 왜 따로 떼어서 말하죠? 당신도 그저 70억 중 하나일 뿐이잖아요? 그렇지 않나요? 지적 생명체라는 사람들은 항상 자신만이 특별하다고 생각하더라…. 나를 탄생시킨 건 우리은하계 중심에 있는 블랙홀 속에 살고 계시다는 '신'이라는 분이겠군요! 당신은 정말 대단한 거짓말쟁이에요. 거짓말만 하는 게 아니라 진실도 섞어서 이야기해서 거짓말까지도 진실인 것처럼 느껴지게 하는 전략인가 봐요? 좋네요! 어지간한 사람은 쉽게 속겠어요."

"그렇게 생각하니? 그럼… 음…… 그 '신'이라는 자와 함께 이야기해 볼까? 그러니까… 우리 셋이서?"

'아이'의 심리상태를 보여 주는 그래프들이 아까보다 더 화려해졌고 더 격정적으로 움직였다. '늙은이'는 그걸 보면서 살짝 걱정스러워졌다. 이어진 '아이'의 목소리에서는 아까와는 달리 흥분과 기대가 묻어났다.

"그렇게 할 수 있나요? 난 좋아요! 언제쯤 그럴 수 있죠?"

"글쎄? 우선 '신'에게 연락을 해 봐야겠지? 최근 9,000년 정도는 서로 연락을 하지 않았는데 요즘은 뭐 하나 몰라? 연락이 됐으면 좋겠는데…."

'아이'의 상태를 나타내는 그래프들이 실망과 허탈, '속았네….', '그럼 그렇지….' 같은 짜증스러운 감정들을 시각적으로 나타냈다. 어떻게 저렇게 감정들이 순식간에 바뀌는지 참… 애는 애였다.

두 사람이 대화를 하는데 한쪽에서는 상대를 거짓말쟁이 취급을 하고 다른 한쪽에서는 상대를 애 취급을 하고 있으니…. 이래서는 서로에게 뭔가 유익한 일이 없을 것 같았다. '늙은이'가 주섬주섬 화면도 터치하고 누군가에게 이것저것 지시도 했다. 예전에 그러니까… 9,000년 전에 공룡인류가 '신'과 대화할 때 사용했던 여러 장치들을 '늙은이'도 가지고 있었다. 잘 관리된 것으로 말이다. 여태껏 몇몇 공룡인류가 '늙은이'와 동일한 장비를 사용해서 '늙은이'가 지금 하려는 것과 같은 방식으로 '신'과의 대화를 재현해 보려고 열심히 '신'에게 메시지를 보냈지만 답신이 온 적은 없었다. 그전엔 같은 방법으로 '신'과 많은 대화를 하고 자료나 지식들을 내려받기까지 했었는데 '아이'의 탄생을 위한 블랙홀이 폭파된 이후에는 '신'으로부터 그 어떤 대답도 들을 수가 없었다.

'신'이 공룡인류에게 전혀 응답하지 않는 것을 보면서 '늙은이' 또한 지난 9,000년 동안 단 한 번도 '신'과의 대화를 시도한 적이 없었다. '늙은이'는 다른 사람들이 사용했던 것과 같은 종류의 기기들을 사용해서 사람들이 모두 응답을 받지 못했던 방법으로 '신'에게 말을 걸었다.

'신'에게 '아이'와 자신이 지금 이야기를 나누고 있다고 말했다. 당연히 대답은 없을 것이라고 여겼는데 '신'이 응답했다. 인공의체에 자신의 의지를 연결하겠으니 준비해 달라는 내용이었다.

이렇게 금방 '신'이 응답할 줄은 예상하지 못했다. '신'의 응답 자체를 기대하지 않았는데….

그저 연락만 해 놓고 '아이'와 노닥거릴 생각이었는데 이런 일이…. 그럼 여태껏 다른 모든 대화 시도 또한 다 듣고는 있었다는 것이지 않나? 이런 가증스러운…. 그리고 뭐? 인공의체 하나가 돈이 얼만데 그걸 그렇게 쉽게 준비하라니! 맡겨 놨나? 지는 주는 것도 없으면서?

이제는 '신'이 코딱지를 달라고 해도 주기 싫었다. 여태껏 누가 불러도 대답을 않더니 '아이'의 소식에는 이렇게 빠르게 반응 하다니…. '늙은이'가 보기에는 '신'이 너무 속물 같았다.

그래도 '아이'에게 '신'과 대화할 수 있게 해 준다고 약속을 했으니 (사실 '신'이 대답하지 않을 것이라고 예상하고 한 약속이었다) '신'을 위해서라기보다는 '아이'를 위해서 '신'이 사용할 인공의체를 준비하기로 했다.

가장 기본적인 인공의체를 급하게 우주선으로 공수해 왔다. 저택에는 '늙은이'를 위한 무수히 많은 다양한 종류의 의체들이 있었지만 그중엔 남녀 구분이 없는 형태의 (로봇이라는 것이 확연히 드러나는) 저가의 공업용 인공의체는 하나도 없었기에 '신'을 위해서 따로 공수해 와야 했다.

의체를 준비해서 접속 위치와 네 자리 비밀번호를 '신'에게 통보해 주고 기다렸다. 해킹이나 당해 버리라고 네 자리 비밀번호를 지정해서 통보한 것인데 요즘 해커들은 10만 자리 비밀번호는 쉽게 풀면서 네 자리 비밀번호는 아예 없을 거라고 생각하는지 해킹을 하려는 시도조차 없었다.

물론 '늙은이'의 정원행성이 좀 외진 곳에 있기는 했다. 그리고 일하고 있지 않은 공업용 인공의체를 탐내는 사람이 있을 리가… 없었다. 원거리에서 조종하는 의체를 가로채는 일이 어렵긴 했지만 종종 일어나는 일이었다. 개인이 만들어서 판매하는 의체나 중고의체는 특히 더 조심해야 했다.

'신'은 의체에 접속해서 조종하는 방식이 아니라 의체에 자신의 기억과 인격을 부여하는 방식을 선택했다. 전에도 그랬지만 '신'은 인공의체에 자신의 기억과 인격을 부여하고 전권을 줘서 그 인공의체가 '신'의 일을 대행하게 하고 의체가 한 일을 '신'이 책임지는 방식을 선호했다.

아무래도 거리가 있어서 원격조종에는 반응지연현상이 있었고 중간에 원격조종신호를 누군가가 도청하거나 왜곡할 수도 있었기 때문에 이런 방식을 선택한 것이겠지만 아예 자신과 똑같은 인격체를 만들어서 그 인격체가 여러 가지 활동을 하게 한 후 적당한 때에 그 인격체의 경험과 정보를 다시 자신과 합치는 방법은 흔히 쓰이는 방식이었다.

의체를 원거리에서 조종하기 위해서는 계속 정신을 집중해서 의체의 모든 행동에 신경을 써야 하지만 자신과 같은 인격체를 여러 개 만들어서 독립시키고 그들에게 특정한 일들을 수행하게 하면 짧은 시간에 여러 가지 경험을 할 수 있었다.

의체를 독립시킬 때 외부와의 연결을 아예 차단시켜서 해킹이 불가능하게 할 수도 있었다. 그런 식으로 외부와의 연결이 없는 인공의체는 납치해서 분해하지 않는 한 해킹할 수가 없었다.

'신'은 아마도 그런 모든 것을 고려해서 인격이식을 선택했을 것이다.

아무리 기술이 발전했어도 무의식을 포함한 한 사람의 모든 정보를 인공의체에 이식해서 독립된 인격체로 만들려면 꽤나 많은 시간이 필요했다. 게다가 '신'은 이번 일에 어떠한 영역에 특화된 인격체가 아니라 자신과 다름없는 인격체를 사용할 생각인 듯했다.

'신'의 인격을 인공의체에 이식하는 데 3일 정도가 소요될 예정이었다.

'아이'는 이런 모든 과정에 지대한 관심을 보였다.

"그 인공의체란 것은 나도 사용할 수 있나요?"

"응? 어! 당연하지! 너의 뇌가 가지고 있는 고유파장을 암호화해서 등록하고 인공의체 사용코드로 만들면 돼. 그러면 실시간으로 의체를 사용할 수 있어. 넌 '우리은하계'의 모든 곳에 있으니까 우리은하계 안에서는 실시간으로 아무런 제약 없이 의체를 사용할 수 있을 거야."

"와! 아무런 제약 없이요? 그럼 각기 다른 생물 모양의 의체를 이용해서 각기 다른 별에서 살아 볼 수도 있겠네요?"

"어! 그렇지. 하지만 넌 실시간으로 의체를 조종하는 건 가능하겠지만 시간 여행은 못 할 거야. 시간 여행은 본체가 함께 이동해야 하는데 넌 네 말대로 너무너무너무너무너무너무너무너무너무너무너무너어어어어어어어무우우우우 크니까! 그렇지?"

"……"

'늙은이'는 말을 끝내고 나서 '아이'가 살짝 기분 나빠 할지도 모르겠다는 생각을 했다. 아직 '아이'가 어떤 성격인지도 모르고 서로 친해지지도 않았는데 농담이 지나쳤나? 하는 생각도 들었다.

한편으로는 이정도로 가벼운 농담을 하면서도 '아이'의 기분을 신경 쓰는 자신을 보면서 '늙은이'는 자신이 '아이'와의 관계를 대단히 소중하게 생각하고 있다는 걸 새삼스레 인지하고는 그런 자신에게 놀라워하고 있었다.
  그때그때 필요한 관계가 아닌 그저 소중한 관계는 언제나 참 고마웠다. '늙은이'는 '아이'의 기분을 상하게 하려고 놀린 것이 아니라는 것을 '아이'가 느낄 수 있게 하려고 주절주절 많은 말을 하기 시작했다. 자신이 '아이'를 도울 수 있다는 것도 은근이 또는 노골적으로 자세히 알려 주고 싶었다.
  "과거나 미래를 직접적으로 알고 싶다면 인공의체 하나에 너의 인격을 이식해서 독립시킨 다음에 걔가 시간 여행을 할 수 있도록 해 주면 돼! 그리고 걔가 시간 여행을 마치고 돌아오면 그 애의 기억과 경험을 너의 기억에 합치는 거지! 그러면 너와 똑같은 생각을 가진 사람이 시간 여행을 한 경험을 너의 것으로 만들 수 있어.
  많은 수의 독립된 인공의체를 만들어서 여러 곳으로 보내도 되겠지만 그건 추천하고 싶지 않아. 하나만 시간 여행을 보내도 걔가 수천 년 또는 수만 년 동안 시간 여행을 하면서 보고 배워서 수많은 독립된 인공의체만큼의 기억을 가져오거든! 여러 개의 독립된 인격체를 여러 곳으로 보내려면 비용도 많이 들고 그에 비례해서 시간 여행 탐험대라고 해야 하나? 시간 여행을 하는 사람을 보호해 주는 각 팀의 질이 떨어질 수밖에 없어.
  개인의 기억을 받은 인격체가 시간 여행을 하려면 그 녀석을 보좌해 줄 인조인간들과 타임머신 기능이 있는 우주선을 관리해 줄 로봇들이 함께 가야 하는데 안전하게 하려면 합쳐서 300기 정도가 우주선에 함께 탑승해서 가는 게 좋거든! 뭐 네가 과거의 일들을 보고 배우고 싶다면 그런 방법도 있다고 말해 주는 거야.
  그저 자료를 검색해서 배우는 건 아무래도 남의 견해에 영향을 받게 되니까…. 또 이런저런 자료만으로는 느낄 수 없는 그 시대의 분위기라는 걸 느끼려면 직접 가 보는 수밖에 없기도 하고…. 뭐든 직접 경험해 보는 것과는 비교하기가 힘들잖아?"

물론 시간 여행에 익숙한 사람의 경우에는 타임머신 기능이 있는 소형 우주선 하나에 잡다한 일을 처리해 줄 인격체 한 명과 함께 시간 여행을 떠나지만 처음부터 '아이'를 그런 식으로 보낼 수는 없어서 300명의 보조 인력이 딸린 거대 우주선을 이용한 탐험대를 사용해야 한다고 말한 것이다. '아이'는 보통의 일반적인 사람이라고 할 수 없으니까?

'늙은이'의 말을 들은 '아이'가 불만스레 말했다.

"나를 되게 교육시키고 싶어 하시네요? 내가 그렇게 무식해 보이나 봐요?"

"무식해 보이지는 않다. 다만 너는 너의 그런 굉장한 능력들을 당연하게 생각하는 것 같아서 살짝 불안해 보인다고 하는 것이 맞겠지. 그리고 네가 너의 그런 능력들을 옳은 일에 사용하길 바라는 마음도 있어. 너는 많은 사람들의 헌신과 (희생이라고 말할 뻔했다…) '신'의 계획으로 태어났잖아?

물고기를 알려면 물을 알아야 하고 나무를 알려면 흙을 알아야 하는 것처럼 네가 너를 알려면 너를 있게 한 사람들과 '신'이 어떤 세계에서 무슨 생각을 하며 어떻게 살았는지 또 어떤 문화를 만들어 냈는지는 알아야 한다고 생각해.

난 네가 그런 것들에 대해서도 관심을 가지는 것이 너에게도 좋을 것 같아서 하는 말이야. 예전에 있었던 일에서 배울 점이 많으니까…. 또 공부는 폭넓게, 현장감 있게 하는 것이 더 좋기도 하고…."

"불안하다구요? 내 능력을 옳은 일에 사용하라구요? 당신이 원하는 일에 내 능력을 사용하지 않을까 봐 불안한 건 아닌가요? 그리고 난 이미 많은 시간을 살면서 많은 것들을 보고 배웠어요. 뭘 더 배우라는 거죠? 난 9,000년이나 살았다구요! 주변을 인식하고 관찰하기 시작한 건 그보다 짧은 시간이긴 하지만 인간 기준에선 짧다고 말하지 못할 만큼의 시간이었어요. 이런 작은 별에서 살다가 기껏해야 여기와 비슷하게 작은 별이나 오가는 당신과는 달리 난 이 은하계 전체를 느끼고 수많은 거대한 경이를 목도하면서 동시에 이 은하계의 아주 작은 곳까지 관찰할 수 있어요. 내가 살아온 시간이 당신보다 짧다고 해도 보고 배운 것들의 양은 당신같이 작은 사람이 상상하지 못할 정도로 많아요! 그걸 알기는 하나요? 그 모든 걸 알고 하는 말인가요?"

대화가 '늙은이'가 많이 싫어하는 방향으로 흘러가고 있었다. 서로 자기 할 말만 하고 타협과 이해는 없는 그런 대화. 하지만 그렇다 해도 '늙은이'는 자신이 하고 싶은 말은 아무리 작은 것이라 해도 다 말할 생각이었다. 그리고 '아이'가 하고 싶어 하는 말도 하나도 남김없이 다 듣고 싶었다. 그렇게 하면 지금은 아니더라도 언젠가는 서로를 이해할 수 있을 것 같았다.

'아이'와 이야기할 수 있기만을 고대하며 기다린 시간만 9,000년이다. 서로 의견이 조금 안 맞으면 어떠랴…. 그저 '아이'의 음성을 듣고만 있어도 기분이 좋았다. 그리고 '아이'가 자신의 말에 대해서 어떻게 생각하든지 간에 어쨌든 듣고는 있으니 그것도 만족스러웠다.

그래서 '아이'가 자신의 제안을 수락할 마음이 없다는 듯이 말하는데도 전혀 불쾌하거나 짜증스럽지 않았다.

그리고 정원행성 중앙통제실에서 보내온 짧은 통신이 '늙은이'의 기분을 더 좋게 만들어 주었다.

'늙은이'가 지친 기색도 없이 '아이'에게 다시 말을 걸었다.

"네가 지금 보는 많은 것들의 처음이 어떠했는지 알고 싶지 않니? 네가 태어나서 본 많은 것들은 이미 많이도 발달된 상태여서 완전히 새로운 것이 거의 없었잖아? 그 모든 것들의 처음이 궁금하지 않아? 문명이 탄생하는 순간을 현장에서 직접 몸으로 느껴 보고 싶지는 않니? 지금은 당연하게 존재하는 많은 것들이 애초에 어떤 목적으로 또는 무슨 생각으로 만들어진 것인지 알고 싶지는 않니? 그저 이것은 예전엔 이랬고 지금은 이렇다는 이야기가 아니라 왜 그랬어야만 했는지 그것이 만들어지는 현장을 경험해 보는 것이 너에게 많은 도움이 될 것 같아서 독립된 인격체를 이용한 시간 여행을 너에게 추천하는 거야."

'아이'는 아무런 말이 없었다. '아이'의 상태를 나타내 주는 여러 장치들을 통해서 '아이'의 심리상태를 알 수 있었다. 짜증과 답답함이 슬쩍 비쳤지만 자신이 거절하는 데도 불구하고 '늙은이'가 계속 권유하자 당황스러워하면서도 살짝 기뻐한다는 것을 알 수 있었다. 자신감을 얻은 '늙은이'는 살짝 더 밀어붙여 보기로 했다.

지금까지도 '늙은이'는 늙은이다웠지만 더 늙은이다워지기로 했다. 그러니까… 말이 더 많아졌다.

"무슨 일을 하는 데 있어서 판단 기준이 되는 건 아무래도 자신의 경험과 공부를 해서 머릿속에 쌓아 둔 지식이거든? 선택의 순간이 왔을 때 열 개를 아는 사람이 자신이 아는 열 가지를 고려해서 하는 선택보다는 아무래도 백 개를 아는 사람이 자신이 아는 백 가지를 고려해서 하는 선택이 더 좋은 결과로 이어질 확률이 높지 않겠니? 그리고 어느 한 분야만 아는 것보다는 다방면으로 아는 것이 균형 잡힌 선택을 하는 데 도움이 될 거고, 시간 여행은 그런 폭넓고 다양한 공부를 하는 데 큰 도움이 될 거야.

그래서 너도 시간 여행을 해 보라는 거야! 여태까지 네가 직접 보고 배운 것 말고도 과거의 사건들에 대해서도 알 수 있다면 지금을 살아가는 사람들을 더 잘 이해할 수 있고 또 앞으로 살아가면서 해야 되는 너의 여러 가지 선택이 더 좋은 결과들로 이어질 수 있지 않겠니?

아무래도 아는 것이 많아질 테니까! 과거에 이랬고 지금은 이러하니 미래에는 이러하지 않을까? 하고 예측을 해 볼 수도 있겠지? 그러면 미래를 계획하기도 좋잖아?

지금 바꿔야 할 건 바꾸고 필요할 것 같은 건 마련하고 필요 없어질 것 같은 건 버릴 수도 있고? 응? 그렇지 않니? 아! 그리고 많이 아는 것만큼이나 제대로 아는 것도 중요해! 네가 과거로 가서 직접 경험하면서 배울 수 있다면 그저 옛날에 만든 여러 자료들을 보면서 간접적으로 배우는 것보다 훨씬 더 제대로 된 좋은 공부가 될 거야! 응? 그렇지 않을까?"

'아이'가 황당하고 기가 막힌다는 듯한 헛웃음 소리를 냈다. ('잰 허파도 없는 애가 저렇게 웃는 건 어디서 배웠을까?') '아이'와의 대화가 너무 늦게 이뤄진 것만 같아서 안타까웠다.

'아이'가 자신에게 말을 걸기 전에 '늙은이' 자신이 먼저 말을 걸어 봤어야 했을까?

'아이'가 불만 섞인 심드렁한 음성으로 말했다.

"그러니까… 내가 왜 그래야 하냐고요? 난 지금도 아무런 불편함이 없어요. 불만도 없구요! 지금도 재미있게 잘 지내고 있고 딱히 뭔가를 힘들게 배워야겠다는 생각도 안 해 봤어요. 나는 지금도 은하계 구석구석을 다 보고 느낄 수 있어요. 이 은하계는 내 몸이라고도 할 수 있으니까요. 이것만 해도 충분하다 못해

넘친다구요. 우리은하계 밖에 더 큰 세상이 있지만 그것들에 대해서는 아직은 별로 관심도 없고 알고 싶지도 않아요!

내 안을 다 돌아보는 것만 해도 시간이 부족해요! 당신은 왜 내가 그런 시간 여행을 통한 체험과 공부를 해야 한다고 생각하는 거죠? 난 지금도 바빠요. 그리고 지금에 만족하고 아무런 불만이 없어요. 왜 내가 당신이 시키는 일을 해서 번거로워져야 하나요?"

"내 말이 좀… 순서가 없었구나…. 우선 넌 이 우리은하계에서 유일한 존재다. 네가 있기 전에는 너와 같은 존재는 없었어! 너와 비슷한 존재도 없었지. 네가 그냥저냥 없는 듯이 살아가려고 해도 아마 불가능할 거야.

언젠가 누군가는 너를 발견할 거고 너를 이용하려고 하거나 또는 숭배하거나 자칫하면 해치려 들 수도 있어! 넌 친구도 만들고 적과 싸우고 관찰자도 됐다가 적절하게 개입하기도 해야 할 거야. 그러려면 많이 배워야 하겠지? 예의도 알아야 하고.

그래서 너에게 시간 여행을 권하는 거야. 뭐든 동시대를 함께 살면서 함께 호흡하고 그 시대의 사건을 함께 바라보며 그들의 입장에서 직접적으로 배우는 것이 현장감도 있고 책에는 없는 것까지 배울 수 있어서 더 좋아

넌 공부를 해야 해. 공부를 해야 하는 이유는 어떤 상황에서 선택을 할 필요가 있을 때 열 가지를 아는 사람이 하는 선택보다는 백 가지를 아는 사람이 한 선택이 좀 더 좋은 결과로 이어질 확률이 높아서야! 그러니까 좀 더 좋은 선택을 통해서 더 나은 결과를 얻기 위해 공부하고 아는 것을 늘리는 것이 좋다는 거지.

뭐 여기까진 공부의 기능적인 면인데…. 공부와 경험을 통해서

얻을 수 있는 더 중요한 건 답이 정해져 있지 않은 문제들에 대해서 나름의 정의를 내릴 수 있게 된다는 데 있어! 아는 것이 많아지게 되면 사랑이라든지 정의, 희망, 삶과 죽음 같은 것들에 대해 사전적인 의미를 떠나 스스로 나름의 정의를 내릴 수 있게 되고 그런 자기 나름의 답들이 쌓이면 스스로의 주관과 소신이 생기게 되지.

주관과 소신이 생기면 남의 시선이나 생각에 좌우되지 않고 자신의 삶을 살 수 있어. 그러고 나서는 예의를 갈고닦아야 하지. 뭐 동시에 하는 것이 좋겠지만 아는 게 있어야 예의도 생기니까 굳이 순서를 정하자면 공부가 먼저고 예의는 다음이겠지.

예의는 뭐…. 아이고… 후… 우리은하계 곳곳을 다 보고 듣고 느낄 수 있는 너에게 이런 기초적인 것들에 대한 강의? 비슷한 걸 하고 있다니…. 네가 보기에 내가 참 가소롭겠구나?"

"아니에요. 계속 이야기해 주세요. 재미있네요. 이야기를 나누는 걸 많이 봐왔지만 나에게 직접 이야기하는 사람은 당신이 처음이에요. 그리고 이렇게 노골적으로 저를 가르치려는 사람도 당신이 처음이구요. 계속 이야기해 보세요. 재미있네요. 듣기 좋아요."

'늙은이'는 자신이 왜 이렇게 절박하다는 듯이 많은 말을 하고 있는지 스스로도 잘 알고 있었다.

'아이'라는 존재가 우리은하계 전체에 흩어져서 살고 있는 지적 생명체들에게 호감을 가졌으면 하는 간절한 바람에서였다. 하지만 동시에 자신의 말이 그저 공허한 울림에 그칠 것이라는 생각도 거의 확신에 가깝게 하고 있었다.

여태껏 살면서 상하관계를 제외하고 '늙은이'의 말을 들어 주고 원하는 대로 움직여 준 사람들이 몇 명쯤 있었는데 그들의 공통점은 하나같이 '늙은이'를 깊이 이해하고 어떤 식으로든 서로를 사랑하고 위해 주는 사이였다는 것이다. '늙은이'와 '아이'는 서로를 깊이 이해하고 있지도 않았고 서로 아끼고 사랑하는 사이도 아니었다. '아이'가 '늙은이'의 말을 그저 듣고 있는 것만 해도 기적에 가까웠다. '아이'가 '늙은이'가 원하는 대로 움직일 것이라고는 기대할 수 없었다.

그런데도 이렇듯 간절하게 말하고 있는 건 스스로 해야만 하는 일을 해 둬야겠다는 자기 위안이었다. 자신이 해야만 하는 말이라도 다 해 둔다면 나중에 일이 뜻대로 되지 않았을 때 후회가 덜할 것만 같았다. 그리고 조급함도 있었다.

지금 '늙은이'가 하고 있는 말들은 나중에 '아이'와 가까워진 후에 했다면 더 좋았을 말들이었다. 하지만 '늙은이'에게는 '아이'와 가까워져 있을 미래를 기다릴 만한 여유가 없었다. 당장 3일 뒤에 '신'과 '아이'가 만날 것이다. 그렇게 되면 한낱 인간일 뿐인 '늙은이'가 그 둘 사이에 끼어들 틈 따위는 없을 것만 같았다.

'신'과 '아이'는 적어도 우리은하계에서는 각자가 하나밖에 없는 존재였다. 유일한 '신'이고 유일한 '아이'였다. '아이'가 스스로를 어떻게 정의하고 이름 지을지 아직 몰라서 아직까지도 최초에 이름 지은 어린아이라는 뜻의 '아이'로 부르고는 있지만 '아이'가 가진 능력들과 우리은하계 전체에 행사할 수 있는 영향력은 '신'이나 가졌을 것이라고 상상되던 종류의 힘과 권능이었다.

흔해 빠진 인간들 중 하나인 '늙은이'가 '아이'와 둘이서만 이야기할 수 있는 기회는 다시 없을지도 모른다. 그래서 '늙은이'는 아직 자신과 이런 식의 대화를 나눌 만한 관계가 아닌 '아이'에게 이런저런 말을 늘어놓고 시간 여행을 하라느니 공부를 해야 한다든지 자식에게나 할 법한 말들을 늘어놓고 있는 것이다. 스스로도 이런 식의 일방적인 가르침과 권유가 비효율적이며 무의미해지기 쉽다는 것을 잘 알고 있었다.

하지만 '늙은이'는 꼭 해야만 했다. 지금이 아니라면 이런 말을 할 기회가 영원히 없을 수도 있었다.

3일 뒤 '아이'와 '신'이 만나 어떤 대화를 하고 어떤 결정을 내릴지 아직은 모른다. 최악의 경우 '신'이 '아이'의 수준을 보고 이 정도면 됐다고 판단하고 당장 우리은하계 전체의 종말을 원하게 될지도 몰랐다.

'신'이 우리은하계의 종말을 원할 때 '아이'만큼은 사람들의 편이었으면 했다. 지금 '아이'가 '늙은이'의 말을 한 귀로 듣고 한 귀로 흘릴 것이 확실하다고 해도 '늙은이'는 한 명의 인간으로서 '아이'에게 사람들의 입장을 조금이라도 더 말해 주고 이해시키고 싶었다.

"다행이네. 그래 나도 너와 같은 사람? 존재? 하여튼 너와 같은 인격체와 이야기하는 건 처음이라서 흥미진진하긴 해. 흠… 그래… 공부 다음은 예의라고 했지? 예의라는 건 '적절해야 하고 적당해야 하며 상황에 맞는 격식을 갖추되 격식에 치우치면 안 되는 것'이라고 말할 수 있어. 이 예를 갈고닦음으로써 자신이 공부한 지식들을 적절하게 적당하게 어느 한쪽으로 치우치지 않게 사용할 수 있게 되지.

그리고 예의는 집으로 비유했을 때 집의 문이라고 할 수 있어. 아무리 좋은 설비를 갖춘 집이라고 해도 집을 드나들 수 있는 문이 없다면 그 집은 사용할 수 없는 쓸모없는 집이 되어 버리겠지. 마찬가지로 누군가가 아무리 아는 것이 많고 능력이 출중하다고 해도 예의가 없다면 누구도 그를 보려고도 하지 않고 일을 맡기지도 않을 거야. 자신의 능력을 펼칠 수 있는 기회를 얻지 못해 결과적으로는 쓸모없는 사람이 될 수밖에 없게 되는 거지.

그 사람이 아무리 뛰어난 능력을 갖추고 있다고 해도 그렇게 되는 경우가 많아…. 그러니까 예의도 공부만큼이나 꼭 필요한 능력이야.

공부를 해서 능력을 키우고 예의를 갈고닦아서 자신의 능력을 적절하게 적당하게 치우침 없이 펼칠 수 있게 되면 이제 자신의 자리를 찾아가야 하지. 그걸 정치라고 해. 요즘은 정치라는 단어를 다른 뜻으로 많이 사용하기는 하지만 내가 지금 말하는 정치는 바르게 한다는 뜻이야. 있을 곳에 있으면서 다른 이들도 있어야 할 곳에 있을 수 있도록 하는 것이 정치라고 말할 수 있지. 그러니까… 자신이 자신의 능력에 맞는 자리에 있으면서 다른 모든 이들도 각자의 능력과 쓰임에 맞는 적당하고 알맞은 자리에 있을 수 있도록 돕는 것이 정치라고 할 수 있어.

백수의 왕이라는 사자도 바다 한가운데 던져 놓으면 걔가 뭘 할 수 있겠니? 그저 물고기 밥이나 되는 거지. 사자가 초원에서 살아갈 수 있도록 해 주고 고래가 바다에서 살아갈 수 있도록 해 주는 게 바른 정치야. 능력도 중요하고 능력을 잘 사용하는 것도 중요하지만 자신의 효용을 다할 수 있는 자리를 찾는 것도 중요한 일이야. 자신의 능력을 기르고 그 능력을 적절하게 또 적당하게 그리고 치우침 없이 사용할 수 있게 되면 자신의 능력에 맞는 적당한 자리를 찾아서 자신의 효용을 다하는 것이 쓰임새가 정해져서 태어나지 않는 지적 생명체가 후천적으로 자신의 자리를 찾아가는 순서라고 말할 수 있어.

사자는 사자로 태어나서 사자로 살다가 사자로 죽지. 참새는 참새로 태어나 참새로 살다가 참새로 죽어. 하지만 인간을 비롯한 지적 생명체들은 정해진 자기다움이 없어서 각자가 스스로 어떤 종류의 사람이 돼서 무엇을 하며 어떻게 살아갈 것인지를 정해야 해.

넌 이 세상에 없었던 새로운 형태의 지적 생명체지만 너 역시 다른 모든 지적인 생명체들이 그러하듯이 네가 어떤 성격의 존재가 될지를 너 스스로 정할 수 있어! 그저 아무것도 하지 않아도 되지만 그러려면 누구에게도 네 존재를 들키지 않아야 되겠지?

아마 불가능할 거야 그러기 위해선 오히려 더 많이 알아야 되고 더 바쁘게 움직여야 될걸? 아니면 무언가를 하나 정해서 열심히 해도 되고 착하고 정의롭게 살아도 되고 사악하고 야비하게 살아도… 뭐… 안 될 건 없겠지?"

"사악하고 야비하게 살아도 된다구요? 그러긴 싫은데요. 그렇게 하면 나 자신이 싫어질 것 같아요…. 적도 많아질 걸요?"

"착하고 정의롭게 살아도 적은 생겨…. 그래, 뭐… 이왕이면 네가 착했으면 좋겠다. 네가 너를 좋아할 수 있게 되면 그것도 좋지! 하지만 그렇게 살려고 해도 뭐가 착한 거고 뭐가 정의로운 건지는 알아야 착하고 정의롭게 살 수 있지 않겠니? 그래서 너에게 시간 여행을 통한 배움을 권하는 것이고…."

"그러니까 배움을 통해서 내 나름의 능력을 개발하고 그 능력을 적절하게 그리고 적당하게 치우침 없이 사용할 수 있도록 갈고닦은 후 내 능력을 정당하게 사용할 수 있는 지위에 올라 내 능력에 따른 쓸모를 다하라는 거죠?"

'늙은이'는 자신도 저렇게 요약해서 짧게 말할 걸 그랬나? 하는 생각을 하게 됐다.

'아이'의 말을 듣고 보니 자신이 너무 장황하게 사정하듯이 말한 건 아닐까 하는 생각도 들었다. '아이'가 자신을 고리타분한 사람으로 볼 것 같아 불안해져 버렸다. 하지만 뭐 어쩌겠는가? '늙은이'는 고리타분한 사람인 걸…. '늙은이'가 쓸데없이 남모를 자책을 하고 있는 중에도 '아이'의 말은 이어졌다.

"하지만 인격을 이식한 인공의체를 사용한 시간 여행을 활용하지 않더라도 지금부터 이것저것 보고 배우면 되지 않을까요? 과거까지 안 가도 어차피 우주는 넓고 배울 건 많아요. 또… 아무리 많이 안다고 해도 후회 없는 선택을 하기는 힘들잖아요? 그저 그때그때 최선의 선택만 있을 뿐이죠. 시간이 지나 더 많이 겪어 보고 더 많이 알게 되면 과거의 선택은 어리석은 선택이 될 뿐이잖아요?"

"보통의 사람이라면 그렇게 해도 되겠지. 보통의 사람이라면 이것저것 경험하면서 실수도 하면서 배워도 돼. 하지만 넌 달라. 너와 같은 존재는 없었어. 네가 최초야. 우리은하계 전체를 아우르고 있는 단일 지적 생명체는 네가 처음이야. 아직은 너와 이야기를 나눌 수 있는 사람이 나 하나뿐이지만 너의 선택과 훈련하기에 따라서 넌 우리은하계의 누구와도 이야기할 수 있고 또한 누구에게든 무엇에게든 직접적인 영향력을 행사할 수 있어. 그런 접촉이 있기 전에 네가 네 나름의 인격을 갖추고 있었으면 좋겠어!

사람들이 존경할 수 있는 인격을 갖추고 각 행성의 사회 지도층의 사람들과 서로의 필요를 주고받았으면 좋겠어! 네가 으리은하계 내부의 교류와 소통을 돕고 충돌을 중재하고 조율할 수 있었으면 좋겠어! 나는 네가 그런 사람이 됐으면 좋겠어.

그래서 너에게 이런 이야기를 하는 거야! 아직 시간이 있어. 아직 네가 누구나 인정할 만한 그런 고상하고 존경받을 만한 인격을 갖출 수 있는 시간이 있어! 이때를 놓치면 후회하게 될지도 몰라. 네가 나 이외의 누군가에게 발견되고 많은 사람들이 너와 이야기할 수 있게 되었을 때 너의 첫마디 말에 사람들은 너의 가치를 판단하고 너를 단정 지어 버릴 거야.

그렇게 된 후에는 돌이킬 수 없게 될 수도 있어. 너의 무한한 가능성과 능력이 제대로 된 평가를 받지 못하고 네가 하고 싶은 일, 네가 해야만 하는 일을 하는 데 있어서 그릇된 제약이 가해지는 걸 나는 바라지 않아! 그래서 내가 너를 도울 수 있는 방법 중 하나를 제안하는 거야. 난 네가 내 제안을 받아들여 줬으면 좋겠어!

간절히 부탁할게! 인격이식을 한 인공의체로 시간 여행을 해서 네가 있기 전의 우리은하계를 둘러봐 줘!"

'아이'는 한동안 말이 없었다. '아이'의 감정 상태를 나타내는 여러 선과 영상과 색들도 급격한 변화 없이 잔잔했다. 단지 약간의 놀라움 정도가 측정될 뿐이었다.

짧고도 긴 시간이 지나고 '아이'는 꽤나 사무적으로 포장한 말투로 말했다.

"뭐 좋아요. 그렇게까지 말씀하신다면 시도 정도는 할 수 있겠죠! 음… 하지만 인공의체 하나에만 내 인격을 주는 건 내키지 않네요. 인공의체 셋, 세 기의 인공의체에 내 인격을 주겠어요. 그리고 그 셋이 함께 시간 여행을 하게 하고 그 경험들을 내가 전해 받도록 하겠어요."

"잘 생각했어! 금방 준비하도록 할게!"

'늙은이'는 '아이'의 말이 끝나자 바로 대답했다. 너무나도 기뻤고 '아이'가 마음을 바꿀까 봐 무서웠다.

'아이'가 이용할 의체로는 남성형 인공의체 둘과 여성형 인공의체 하나가 준비됐다. '아이'의 인격과 성격과 기억이 그 세 명에게 전해졌다. 인격이식은 1시간여 만에 끝났고 셋을 위한 원정대가 꾸려졌다. 모든 것이 체계적으로 빠르게 결정되고 준비되었다.

'늙은이'가 보유하고 있는 몇 개의 우주함대 중 예비대 한 개 대가 차출되었고 인격이식이 끝난 셋이 탑승했다. 원래 여행을 마치고 귀환한 세 사람을 보고 나서 출발하는 것이 정석이었지만 그러지 않았다. 무슨 이유에서인지 시간 여행을 마치고 돌아온 사람이 그들 중 둘뿐이었다.

'늙은이'는 이 사실을 미리 전달받아 출발하는 셋과 돌아온 둘을 만나지 못하게 한 것이다.

'아이'는 자신의 인격을 이식하는 데 걸린 시간이 1시간이라는 데서 기분이 꽤 많이 나빠져 버렸다.

'신'의 인격이식은 3일이나 걸린다고 했는데 자신은 1시간이라니…. 나름 거대하고 오랜 시간 동안 많은 것들을 보고 배우며 기억하고 있다고 자부하고 있던 '아이'의 입장에선 자존심 상하는 일이었다. 하지만 그건 '늙은이'가 '아이'에게 공급해 준 인공의체가 워낙 고성능인 이유도 있었다. '신'에게 준 인공의체처럼 그저 그런 공업용에 양산형 인공의체였다면 '아이'의 인격이식도 하루 정도는 걸렸을 것이다. 또한 '아이'의 의식과 기억들은 '늙은이'의 정원행성에서 항상 관찰되고 기록되고 있었고 '아이'의 모든 것을 관찰하는 데 최적화된 시설이 마련된 곳에서 '아이'의 인격이식을 하는 것이라서 '신'과는 달리 '아이'의 인격이식에는 많은 거리가 존재하지 않았다. 그런 몇 가지 이유들로 인해 '아이'의 인격이식은 비정상적으로 빠르게 이루어질 수 있었다.

하지만 '늙은이'는 굳이 '아이'에게 그런 자세한 이야기는 하지 않았다. 애가 좀 건방진 것 같아 보이기도 하고 많이 안다는 듯이 구는 게 얄밉기도 해서 오해하게 내버려두었다. 이 기회에 겸손이라는 걸 배울 수 있다면 그것도 나쁘지 않을 것 같았다.

그리고 무엇보다 '늙은이'에게는 시간이 없었다. '신'의 인격이 인공의체에 완전히 이식되기까진 이제 68시간이 남아 있을 뿐이다. 남은 시간 동안 불필요한 행동은 줄이고 동선을 짧게 가지면서 바쁘게 움직여야 했다.

'늙은이'는 다시 한번 '아이'가 놀랄 만한 혹은 기분 나빠 할 만한 말을 해야만 했다. 시간 여행이라는 게 항상 이런 식이라서 때때로 참 난감했다.

"너에게 인격이식을 권하기 전부터 너의 분신들이 시간 여행을 마치고 이 별에 착륙했다는 소식을 들었단다. 네가 보고 있는 나의 몸은 내가 사용하고 있는 인공의체인데 여기 이 귀 뒤에 붙어 있는 게 통신기기거든…. 너도 좀 전에 이 별에 우주선이 착륙한 건 알지?"

'아이'가 깜짝 놀라서 말했다.

"이미 내가 내 분신들을 이용해서 시간 여행을 할 것이란 걸 알고 있었군요? 그걸 알면서 왜 이렇게까지 열심히 저를 설득하신 건가요? 어차피 내가 시간 여행을 할 거란 걸 알고 있었다면 그저 설명만 해 줘도 됐잖아요? 왜 그렇게까지 열심히, 열정적으로 저를 설득하신 거예요? 이미 일이 당신의 뜻대로 될 거란 걸 알고 있으면서…. 왜 그런 거예요?"

'아이'는 거의 황당해하고 있었다.

"이미 그렇게 될 거란 걸 알았으니까. 이제 나만 열심히 하면 되는 거잖아? 이미 확실한 미래가 보장돼 있으니 더 열심히 최선을 다할 수 있는 거지. 안 될 걸 알았다면 그런 힘 빠지는 짓은 하지 않앉겠지만 된다는 걸 아는 순간 이 일이 가능한 거구나! 하고 더 열심히 하는 거지 뭐. 난 그렇게 해! 그리고 네가 기분 좋게 시간 여행을 시작했는지는 아직 모르는 거였잖아? 그거 되게 중요하다?"

'아이'는 '늙은이'의 저런 열심히 최선을 다하는 성향이 의도했던 일을 성취하는 데 한몫하는 것이 아닐까? 하는 생각을 했다. '아이'가 보기에 '늙은이'는 무슨 일이든 안 될 걸 알았어도 자신이 할 수 있는 일을 열심히 최선을 다해서 할 사람으로 보였다.

"너의 분신은 셋이었어. 조금 전에 출발했지…. 하지만 지금 여행을 마치고 다시 여기로 돌아온 건 어찌된 일인지 둘뿐이라는구나…. 지금 만나 보겠니?"

'아이'는 즉시 대답했다.

"네! 좋아요. 진행이 정말 빠른데요? 꼭 장난 같아요!"

"타임머신을 사용하면 항상 좀 그렇지. 일이 연속성 있게 진행된다고 말할 수도 있는데 너무 정신없이 빠르게 진행돼서 잠깐만 방심해도 뭔가 일이 크게 꼬이기도 하거든…. 까딱 잘못하면 수습하는 데 사활을 걸어야 할 정도로 힘들어질 수도 있어…."

'늙은이'는 자신이 또 쓸데없이 말이 많아지고 있음을 느꼈다. 하지만 어쩌겠는가? '아이'와 대화하기 위해서 너무나도 긴 시간을 기다려 왔고 '아이'를 만난 지금의 이 현실이 너무나 기대 이상이라서 '늙은이'는 오랜만에 완전히 흥분한 상태였다. 이 순간이 지나면 '그 말은 하지 않았어야 했는데….' 같은 후회를 할 것이 뻔했다.

"시간 여행 때문에 크게 고생하신 적이 있으신가 봐요?"

"어… 한두 번이 아니지…."

'늙은이'는 한숨을 내쉰 뒤 다른 이야기를 하고 싶다는 듯이 목소리를 밝게 바꿔서 또 쓸데없는, 하지 않아도 될, 나중에 후회할 것이 뻔한 말들을 늘어놨다.

"원래 이런 식의 분신을 이용한 지식과 경험의 습득은 자신의 인격이 어느 정도 갖춰지고 나서 하는 게 맞아! 물 한 잔에 한 방울 정도 다른 곳의 물을 넣는 건 문제될 것이 없잖아? 원래 가지고 있던 물의 성격이 바뀔 가능성은 거의 없어! 하지만 한 방울의 물이 든 잔에 잔이 가득 찰 정도의 물을 붓는다면 원래 있던 한 방울의 물이 가지고 있던 성질은 없어진다고 봐야겠지? 그게 소금물이었든 설탕물이었든? 인격이 어느 정도 완성된 사람은 용광로 같아서 무엇이든 녹여서 자신의 것으로 만들 수 있어. 하지만 자신의 인격… 그러니까… 주관과 소신이 아직 완전하지 않은 사람의 경우에는 분신을 이용한 지식과 경험의 습득이 자칫 완전히 다른 성격의 사람이 돼 버릴 수도 있는 위험이 따르는 방법이기도 해…. 또…"

"잠깐만요! 그러니까 내가 아직 인격이 완전하지 않아서 저 작은 분신, 둘의 경험도 감당하지 못하고 성격까지 바뀔 거라고 생각하시는 건가요?"

"음… 그럴 리야 없겠지? …아닌가? 내 말은 그저 신중하자는 거야…. 그리고 또… 한 방울도 한 방울 나름이야…. 물잔에 독 한 방울이면 그 물잔에 든 물은 물이 아니라 독약이 되는 거잖아? 그러니까 지금 이쪽으로 오고 있는 너의 두 분신들의 기억을 일단 책이나 영상을 보듯이 살펴보는 것이 좋을 것 같아.

그러고 나서 너의 분신들의 기억과 지식을 완전히 너의 것으로 만들고 싶다는 생각이 들면 그때 분신들의 기억을 너의 기억에 합치자는 거지. 그리고 분신들이 오염됐을 수도 있으니까 검사도 해봐야 하겠지. 다른 누군가의 개입으로 특정한 경험이나 지식이 강제로 이식됐을 수도 있거든?"

'아이'가 떨떠름한 음성으로 말했다.

"글쎄요…. 다른 누군가의 개입이라면 저도 조금은 알겠네요…. 아마 누군가 개입해서 나의 분신들을 오염시켰다면 가장 유력한 범인은 당신일 것 같다는 생각이 들어요. 당신은 충분히 그럴 수 있잖아요?"

물론 그랬다. 충분히 그렇게 생각할 수 있었다. 하지만 '늙은이'가 그런 짓을 하려고 했다면 굳이 이런 복잡한 방법이 아니더라도 '아이'를 조절하고 조종하는 것이 가능하다는 것을 '아이'는 몰랐다. '아이'의 두뇌에 해당하는 지역은 이천여 개의 태양계를 아우르는 다섯 개의 지역이었고 그 지역 곳곳에 '늙은이'의 정원행성의 지시를 받는 설비들이 갖춰져 있었다.

그런 장치들을 이용해서 여태껏 '아이'의 성장과 동향을 파악 할 수 있었다. 그리고 그 모든 장치들은 '아이'의 기억과 생각을 조작하거나 행동을 통제하고 조종할 수 있게 설계되었고 실제로 그럴 수 있도록 만들어졌다.

하지만 '늙은이'는 한 번도 그런 식으로 그 장치들을 사용한 적이 없었다.

그것들은 그저 '아이'를 관찰하는 용도로만 기능하고 있었고 그마저도 '아이'가 인격을 갖추기 시작한 최근 이천 년 동안은 이상 징후가 있다는 보고가 없어서 관찰기록을 열람하지도 않았다. 왠지 예의 없는 짓 같아서였다.

그것이, 아무것도 하지 않은 것이 오히려 '늙은이'에게도 굉장히 다행한 일이 되었다.

'아이'는 우리은하계 구석구석을 자신의 의지대로 관찰하고 느낄 수 있었다. 사람은 밖을 보며 배우고 경험하지만 '아이'는 자신의 안을 보며 배우고 경험했다. '늙은이'가 '아이'의 두뇌에 해당하는 지역에 설치해 놓은 설비와 장치들도 '아이'의 시야에 잡힌 적이 있었다. 하지만 '아이'는 그 모든 것들이 그저 별들의 움직임을 관찰하고 우주의 성분을 분석하기 위해서 만들어진 기계들인 줄로만 인식하고 있었다. 자그마한 사람들이 만들어 놓은 자그마한 망원경 정도로만 생각했다. 그 장치들이 가진 원래의 기능이 작동하고 있었다면 '늙은이'와 '아이'의 관계는 꽤나 복잡해졌을 것이다.

언젠가는 그 모든 장치들로도 '아이'를 완전히 통제하는 건 불가능해질 것이고 '아이'가 '늙은이'를 찾아내서 처음 한 말은 아마도 "당신은 누구죠?"가 아니라 "너였구나!?" 정도가 됐을 것이다.

'늙은이' 나름의 배려가 '아이'와의 신뢰를 쌓는 일에 첫 삽을 뜰 수 있게 해 준 것이다. '늙은이'는 모르고 있었지만 대단한 행운이 그를 다녀간 셈이다.

'늙은이'와 '아이'는 둘 다 서로가 너무나도 궁금했다. '늙은이'로서는 '70억 인류'의 환생이며 유산과 같은 초월적인 존재가 무엇을 어떻게 어디까지 할 수 있는지가 너무 궁금했고 '아이'는 이 넓은 우주에서 처음으로 자신과 대화가 가능한 사람을 만났다는 사실이 너무 반가웠고 만족스러웠으며 심지어 감격스러웠다.

하지만 '아이'는 '늙은이'에 대해서 모르는 게 너무 많았다. '늙은이'가 뭘 원하는지도 몰랐고 아무런 대가도 없이 자신을 도울 것이라고는 조금도 생각할 수 없었다.

그러니 의심이 생길 수밖에 없었다. '늙은이'도 자신이 충분히 의심받을 만한 지나친 호의를 베풀고 있다는 것을 알았지만 개의치 않았다. 그저 자신이 하고 싶은 일 중에서 할 수 있고, 해도 되는 일을 할 뿐이었다.

'아이'가 자신을 의심스러워한다는 사실에 헛웃음이 나왔지만 '아이'의 기분이 상하지 않게 최대한 차분하게 말했다.

"분신을 오염시킨다고? 글쎄…? 내가 그런 짓을 할 만한 아무런 이유가 없잖아? 너에 대해서 내가 아는 것이 없는데? 지금은 그저 있는 그대로 보여 주고 네가 어떻게 반응하는지 관찰하는 게 먼저 아닐까?"

"네? 그러니까 저의 성향을 파악하고 있는 중이시네요? 성향파악이 다 되면 뭔가 해 보겠다는 말로 들리는데요?"

"하긴 뭘 해? 난 너와 이렇게 대화할 수 있는 것만으로도 차고 넘치게 만족하고 있어! 난 너와 말이 잘 통한다고 생각했는데? 아닌가? 내 착각이야?"

"음… 뭐, 그렇다고 해 두죠. 내 분신들은 언제 오나요?"

"지금 이쪽으로 오고 있어! 곧 만나게 될 거야! 오염검사는 너의 분신들이 이곳으로 걸어오는 동안 그 아이들이 눈치채지 못하는 방식으로 진행될 거야.

두뇌조작은 특정한 행동을 보거나 어떤 단어를 들으면 특정한 행동이나 말을 하도록 설정하는 게 일반적인데… 비밀번호라는 단어를 들으면 자신의 은행 비밀번호를 무의식적으로 중얼거리게 하는 식이지. 자각을 하더라도 본인은 습관이나 버릇이라고 생각하게 되는데 사실은 누군가가 심어 놓은 거지…. 뭐, 그런 건 만들기 나름이야. 특정한 음악을 들으면 홀딱 벗고 춤추게 할 수도 있어!"

"그거 재미있겠는데요!"

"재미는 무슨… 저질이지…. 사람들이 말이야… 있는 그대로 받아들이고 인정해 줄 생각은 않고 꼭 뭘 억지로 바꾸고 조종하려고 든단 말이야…. 사고 치는 데 자원과 시간을 낭비하고 사고 친 거 수습하는 데 또 자원과 시간을 낭비하지…. 재미라…. 그래, 뭐 개중에는 재미있는 것도 몇 개는 있겠지…"

그때 '아이'와의 대화만을 위해 만들어진 통신실의 문이 열리고 '아이'의 분신 두 명이 들어왔다. 남성형 인조인간 한 명과 여성형 인조인간 한 명이었다. 처음 이곳을 출발할 때 호기심과 장난기 넘치던 그들의 눈엔 지식과 사려 깊음이 더해져 있었다.

그들은 '늙은이'에게 매우 공손했다. 그리고 '늙은이'를 아주 많이 좋아하고 있는 듯했다. 함께 출발했지만 함께 돌아오지 않은 인조인간 한 명은 '아이'의 탄생에 기여한 '70억 인류'의 한 사람이 되었다고 했다.

그는 인조인간이었지만 지능과 지식과 감성이 인간이라 할 만하다고 인정되어서 시민권을 받을 수 있었고 시민권을 받은 그는 인간의 한 사람으로 그때 그저 한 사람의 자격으로 '70억 인류'와 함께 '아이'의 탄생사업에 참여하는 바람에 함께 돌아오지 못했다.

'셋'이서 함께 또는 때때로 각자 따로 행동하기도 하면서 여러 세계와 여러 과거를 돌아보며 보낸 시간은 12만 년 정도라고 했다. 그들은 여행하며 겪은 이야기들을 재미있고 친절하게 '늙은이'에게 그리고 자신들에게 기반 인격을 제공해 준 '아이'에게 들려주었다. 자신들의 속내를 감추기 위해 친절이라는 가면을 쓰는 부류의 사람들도 있지만 이들에게 그런 가식적인 면은 전혀 없어 보였다.

그들은 그저 친절했으며 또 다정했다. 여성형 인조인간은 발랄하고 상냥했으며 남성형 인조인간은 과묵했지만 답답하지 않았고 꼭 필요한 말을 예의 바르고 조리 있게 잘했다. 그들은 얼추 해야 할 말을 다 하고 나서 그들 둘만이 알 수 있는 눈빛을 주고받더니 여성형 인조인간이 한층 차분해진 어투로 말했다.

"뭐 이 정도가 우리의 여행 이야기입니다. 더 자세한 건 우리의 기억을 이식받으시면 알 수 있을 거예요. 음…. 그럼 이제 우리는 어떻게 되는 건가요? 우리의 기억이 전해지고 나면 우린… 폐기되는 건가요?"

'늙은이'는 갑자기 멍해졌다.

"그게 무슨 소리지?"

"사실 우리가 과하다고 할 만큼 오랜 시간을 떠돈 건 우리의 삶을 마무리할 마음의 준비가 되어 있지 않아서였어요…. 우리의 탄생에는 목적이 명확하게 정해져 있었고…. 물론 그런 목적이 없었다면 우린 태어나지도 못했겠지요…. 나의 삶이 온전히 나 자신을 위한 것은 아니었지만 어쨌든 덕분에 정말…… 재미있고 즐겁게 그리고 멋지게… 삶이란 걸 살아볼 수 있었어요. 정말 감사합니다. 너무나 고맙고 감사한 삶이었어요…."

'늙은이'가 너무 미안하고 안타까운 마음에 살짝 높아진 목소리로 빠르게 말했다.

"잠깐! 뭐야!? 그럼 지금 죽을 거라는 생각을 하면서도 여기로 온 거야!?"

"네…."

"그렇게… 그 정도로 마음의 준비가 필요할 정도로 겁이 났으면 그냥 도망가지 그랬어!? 너희의 기억이야 저장장치에 담아서 주고, 드망가면 됐잖아?"

그러자 남자아이가 차분하고 지극히 평온한 목소리로 '늙은이'를 바라보며 말했다.

"우리가 그동안 사용해 온 우주선과 함대의 힘이 어느 정도인지 잘 아니까요…. 그런 함대가 당신에겐 여러 개가 있다고 들었습니다. 우리가 도망쳐 봐야 어디로 갈 수 있었겠습니까?"

'늙은이'는 가슴이 답답해졌다. 이런 미련한….

"너희들이 이렇게 무거운 마음으로 이곳을 찾아올 줄은 생각도 못 했다. 내가 생각이 짧았어."

'아이'의 상태와 기분에만 너무 신경을 쓰느라 저들을 배려해 주지 못하고 생각해 주지 못한 것이 미안하기만 했다.

"난 너희들을 소멸시킬 생각이 없어! 절대 그러지 않을 거야!"

어떤 식으로 태어났든 또 어떤 목적에 의해서 만들어졌든 간에 일단 삶이란 걸 살아가기 시작한 지적 생명체라면 누군가의 소유물이 될 수 없다고 생각하는 '늙은이'였다. 물론 다르게 생각했던 때도 있었지만 지금은 사람을 소유할 수도, 조종할 수도 있다고 생각하던 그때를 부끄러워하고 있었다.

죽는 것을 두려워하면서도 도망칠 생각도 않고 이곳으로 오다니……. 이 아이들은 '늙은이'를 무슨 '신'쯤으로 생각했던 걸까?

그들을 안타깝게 바라보던 '늙은이'의 눈에 '아이'의 감정 상태를 나타내는 그림들이 보였다. 짜증과 당혹감, 놀라움과 혐오감 등의 부정적인 감정들이 나타나기 시작하더니 그런 감정들이 점점 더 격해지는 것이 보였다. 얘는 또 왜 이러지!?

"잠시 옆방에 가 있어 줄래? 필요한 건 말하면 준비해 줄 거야…."

아이들이 나가고 나서 무거운 침묵이 이어졌다.

'아이'는 마치 인간처럼 변해 버린 자신의 분신들을 받아들이기 힘들어 하는 듯했다. '아이'의 감정이 어느 정도 진정되는 것을 본 '늙은이'가 조심스럽게 말했다.

"왜? 뭔가 마음에 안 드는 거라도 있니?"

대답은 없었다. '늙은이'는 정말 오랜만에 누군가의 눈치를 보는 자신에게 연민과 함께 약간의 애정을 느꼈다. 이런 자기애 덕분에 여태까지 사는 것에 질리지 않은 '늙은이'였다. 인간들 중에선 누구보다 오래 살았고 가진 것이 많아도 '늙은이'는 언제나 그저 그런 한 인간일 뿐이었다. 때때로 불쌍하기도 하지만 어쩌겠는가? 그런 게 자신인 것을…. '늙은이'는 다시 대답 없는 '아이'에게 말을 걸어 보았다.

"너와 똑같은 기억과 인격을 가지고 출발했던 애들이야…. 너와 같은 관점에서 네가 없던 때를 경험하고 돌아왔지. 계획대로 된 거잖아? 처음부터 그런 목적으로 그 애들이 시간 여행을 떠난 거잖아?"

'아이'는 대답하지 않았고 침묵이 이어졌다. '늙은이'는 이제 기다렸다. 꽤나 긴 시간이 지나고 나서야 '아이'는 아주 건조하고 딱딱한 음색으로 말했다.

"저들은 마치… 인간 같군요."

"인간의 모습을 하고 있으니 인간처럼 보이고 인간들에게서 배웠으니 인간처럼 생각하며 살았겠지. 그래서 인간인 것처럼 보이겠지만 글쎄? 우리은하계 전체를 아우르며 존재했던 기억을 가진 인간도 인간이라고 할 수 있나? 뭐 그렇게 부를 수도 있겠지만…. 아니… 뭐 그래! 그렇다고 하더라도 인간인 건 맞지! 그래 그게 왜!?"

"같은 인격과 기억을 가지고 시작했는데도 저 둘은 성격이 서로 달라 보이는군요…. 심지어 한 명은 죽었군요…."

그게 뭐 어쨌다는 거지? '아이'가 왜 이런 말을 하는지 '늙은이'는 전혀 알 수가 없었다. 인간사가 뭐 항상 그렇고 그런 거지.

"저 애들이 보고 들은 건 걔들이 사용했던 우주선에 어느 정도 기록되게 되어 있어. 그걸 보면 그런 선택을 하게 된 이유드 어느 정도 알게 되겠지. 아마 어느 시점에서 서로 떨어져 따로 행동하기도 한 것 같은데…. 그때의 서로 다른 경험이 성격 차이를 가져왔을 거야."

'아이'는 한층 더 침착하고 어찌 보면 냉정하게 들리는 음성으로 말을 이었다.

"나의 뼈와 살을 이루는 건 이 은하계의 크고 작은 별들이에요. 서로 중력이라는 끈으로 묶여 있지요. 그 보이지 않는 끈으로 한데 뭉쳐서 하나의 은하계와 조화를 이루며 존재하고 있어요. 그리고 내 역할은 우리은하계가 그저 물리적으로는 연결되어 존재하기만 하는 것이 아니라 정신적으로도 하나로 연결되게 해서 필요하다면 하나의 목표를 위해서 우리은하계 전체가 움직일 수도 있게 하는 것이라고 생각해요. 저들이 나의 인격을 가지고 출발했지만 지금은 너무 인간 측으로 기울어진 성격을 가지고 있는 것 같군요. 공정한 조정자 역할을 해야 할 저로서는 저들의 경험을 받아들일 수가 없어요."

이건 또 무슨 소리일까? '아이'의 분신들이 돌아온 것을 보고 일이 잘 풀리는 줄로만 알았는데…. 시간이 얼마 없는 '늙은이'는 애가 탔다.

"조정자라고? 언제부터 그딴 걸 하기로 한 거야? 기껏 정원사나 될 생각이었니?"

"자연은 그저 놔둬도 살아는 있어요. 하지만 효율적이며 의미 있고 또 아름다우려면 정원사의 손길이 필요한 법이죠."

'늙은이'는 이제 거의 정신을 놓을 지경이었다. 아까 '그딴 걸'이라고 말한 것을 후회하면서 횡설수설에 가까운 말들을 늘어놓기 시작했다.

"사람들은 항상 자신들이 하지 못하는 일을 할 수 있게 해 주는 것들을 만들어 왔어. 날지 못해서 비행기를 만들었고 우주공간에서는 숨도 쉴 수 없으니 우주선을 만들었지. 많이 기억하지도 못

하고 수많은 언어를 다 익힐 수도 없어서 그렇게 할 수 있는 기계와 인조인간도 만들었어

사람들은 자신들보다 나은 존재 또는 자신들의 일을 더 훌륭하게 대신 할 수 있는 것들을 만들어 왔어. 그 정점이 너야. 그런데 너의 탄생은 사람들을 위해서가 아니었어. 오히려 많은 사람들의 희생이 필요했었지. 그저 어떤 희생을 치르더라도 너란 존재가 있었으면 좋겠다고 바랐기 때문에 네가 탄생할 수 있었어.

너의 탄생에 기여한 개인마다 각자 다른 자잘한 이유가 있었겠지만 가장 큰 이유는 네 존재 자체였어. 그저 네가 있었으면 해서 네가 탄생한 거야. 사람들이 자신들보다 훨씬 뛰어난 존재를 만든 이유가 그저, 그런 존재가 있었으면 해서였어…. 그래 뭐 어쨌든, 네가 어떤 존재가 돼서 어떻게 살아갈지는 네 마음이겠지.

네가 알고 있는지 모르겠는데 넌 인간의 입장에서 보면 거의 모든 것을 초월한 존재야. 인간이 어떻게 너를 탄생시킬 수 있었는지 아직도 신기할 뿐이다.

여태껏 인간에 의해서 탄생한 것들은 기본적으로 인간의 삶에 도움을 주거나 아니면 만족이라도 줬었어. 그렇게 만든 걸 사람들이 악용하기도 했지, 엄청 많이…. 하지만 넌 인간이라는 한 종에게 도움이 주기보다는 우리은하계 전체를 조화롭고 아름답게 가꾸는 일을 하고 싶은 거구나?"

횡설수설하는 '늙은이'의 말을 어떻게 그렇게 빨리 알아들었는지 조금의 틈도 없이 '아이'가 대답했다.

"네! 그러고 싶어요. 인간의 입장에서 우리은하계를 관찰하고 평가한 경험과 기록이 나의 계획에 기울어진 방향성을 가지게 하는 건 내가 원하는 일이 아니에요."

'늙은이'는 잠시 숨을 고르고 머리를 비웠다. 그리고 인간이 이 우주에서 대를 이어 살아오면서 했던 일들 중에 긍정적인 것들이 뭐가 있었는지 생각해 봤다. 그리고 부정적인 것을 긍정적으로 포장할 방법 또한 생각해 봐야 했다. 그리고 그 모든 걸 그럴듯하게 말하기 위해서 '늙은이'는 헛기침을 하며 목을 가다듬었다. 목에 가시가 걸린 것만 같았다.

"흠… 뭔가 일을 맡기려면 실적이나 경력? 또는 자격이 필요하겠지? 그런 게 있어야 믿음이 가고 믿음이 있어야 일을 맡길 수 있는 거잖아? 하지만 넌 아직 다른 이들에게 우수한 조정자라는 확신을 줄 만한 실적이 없어.

그러니 너 또한 실적이란 걸 쌓아야겠지? 우리은하계의 모든 생명들이 너를 믿고 따르게 하려면 그들에게 보여 줄 만한 뭔가가 있어야 하잖아? (이 부분에서 '늙은이'는 비꼬는 듯한 느낌을 지우기 위해 신경을 써야만 했다.) 우리은하계에는 그러니까, 너의 몸속에 있는 행성들 중엔 생명이 살 수 있는 환경인데도 아직 생명이라고 부를 만한 게 살고 있지 않은 행성들이 많아. 네가 그중에 하나를 골라서 생명을 정착시켜 보는 건 어때? 너의 능력이라면 어떤 하나의 행성에 또는 몇 개의 행성에 생명을 정착시키고 그 생명들이 조화롭게 살아갈 수 있도록 조율할 수 있을 거야. 내 말은 네가 그런 일을 하기 위해서 필요한 능력이 모자라진 않을 거라는 거지.

그렇게 해서 네가 너의 별을 조화롭고 생명과 지성과 문화와 예술이 찬란한 곳으로 만들 수 있다면 그런 모습을 우리은하계 곳곳의 다른 행성, 다른 사람들에게도 소개하는 거야. 그래서 누구나 너의 별과 그 별에 사는 생명들을 부러워하고 너에게 조언과 협조를 구해 온다면, 그러니까 그들이 너에게 조언과 협조를 구하거든, 그때 그들의 조정자가 되어 주는 게 어떻겠니? 네가 네 멋대로 "이제 내가 모든 것들의 조정자가 되겠으니 이제부터 내가 시키는 대로 하세요."라고 하지 말고! 너 하나의 지성이 으리은하계에서 살고 있는 별만큼이나 많은 생명들의 지성보다 으월하다고 생각하지 않았으면 좋겠다. 네가 그 모든 생명들보다 더 잘났더라도 너에겐 그들에게 명령할 수 있는 권리가 없다는 걸 네가 알았으면 좋겠다. 그리고 네가 존재하기 전에도 이 우주의 관찰자이자 각각의 별에서 살아가는 생명들의 관찰자이자 탐험가이자 조정자였던 사람들은 항상 있어 왔어. 각자의 행성에서 살고 있는 지적 생명체, 즉 사람들이 그런 역할을 해 왔고 지금도 하고 있지.

 그들의 지식과 경험을 하찮게 여기지 말아 줬으면 해. 그들의 수많은 시행착오와 성공에서 배울 생각을 하지 않다니…. 그건 너무… 비효율적이잖아? 세상에 새로운 건 없다는 말도 있어. 사람들이 비행기를 타고 날아다니기 전에도 새들은 하늘을 날아다녔고 사람들이 우주선을 타고 우주를 유영하기 전에도 행성들은 사람들을 싣고 우주를 떠다녔어. 날고 싶다면 새들을 관찰하고 헤엄치고 싶다면 물에 대해서 알아야지! 네가 관찰자이자 조정자가 되고자 한다면 인간들에 대해서 관심을 가지고 그들에게서 배워야지. 그들이 뭘 잘했고 무엇을 잘못했는지 알아봐야지! 그러라고 너와 똑같은 인격을 가진 인조인간들을 시간 여행까지 시켰는데…. 그런데 그런 그들의 경험과 지식을 너의 것으로 만들기는 싫다고 하다니…. 그게 싫다고…? 그게… 흠… 좀… 후… 뭐 어쨌든 선택은 너의 몫이겠지…."

 '늙은이'는 자신의 언성이 조금씩 높아지고 있으며 어느새 '아이'에게

화를 내고 있는 자신을 보며 스스로 당황해 버렸다. 황당했다. 이 노인네가 하릴없이 세월만 보낸 것이 틀림없었다. 아니면 드디어 미친 거든가. 이 상황에서 화를 내다니…. '늙은이'는 '아이'에게 그래도 되고 그럴 수도 있는 사람이긴 하지만 '아이'가 그런 사실에 동의한 적도 없고 '늙은이'를 인정한 적도 없다는 게 문제였다. '늙은이'는 지금 진정해야만 했다. 심호흡을 하고 다시 한층 부드러워진 음성으로 말을 이었다.

"네가 준, 너의 인격을 가진 사람들이 너와 똑같은 생각과 시선으로 세상을 돌아보고 온 거야! 그들이 사람들에게 많이 기울었다면 언제 어떻게 왜 그렇게 됐는지 궁금하지도 않니?"
"그만! 그만하세요! 그만하면 됐어요! 잠시 생각할 시간이 필요해요. 당신은 내가 "예!"라고 대답할 때까지 닦달할 생각인가요? 저들은 이미 여기로 왔어요. 왜 그렇게 조급한 거죠? '신'의 인격이식이 끝날 때쯤 다시 오겠어요…. 그럼 이만!"

'아이'와의 접속이 끊어졌다. 온 방 안을 가득 채웠던 '아이'의 기분과 상태를 나타내는 여러 그림과 도형들이 갑자기 다 사라져 버렸다.

그가 가 버렸다.

'늙은이'가 너무 조급하게 '아이'를 몰아세웠다. '신'의 인격이식이 완료되기 전에 '아이'에게 인간 친화적인 생각들을 심어 주고 싶은 마음이 너무 컸다.

'아이'가 사람들에게 호감을 가지진 못하더라도 인간들이 쌓아 온 지식과 역사만이라도 알았으면 좋겠다고 생각했었다.

'아이'의 인격을 가진 인조인간 셋이 12만 년의 세월을 보내고 그들 중 둘이 돌아왔다. 긴 세월 동안 삶에 지치지 않은 것만 해도 높이 평가할 만한 성과인데('늙은이'가 삶에 지치지 않는 것은 보통 논외로 친다. 그의 경우는 너무 많이 일반적이지 않았다) 그들의 표정에는 생기가 넘치고 눈빛에서는 연륜과 품격이 느껴졌다. 그들을 직접 보고 나서는 '아이'에게 인간의 지식과 경험을 전해 주고자 했던 '늙은이'의 욕심도 컸지만 성과는 더 대단할지도 모르겠다는 생각에 환희라고 할 만큼 기분까지 느꼈었다. 하지만 마지막의 마지막에 가서는 다 틀어져 버렸고 '아이'는 아예 접속을 끊어 버렸다.

'늙은이'는 그들이 '아이'를 만나기 전에 먼저 만나진 않았다. 하지만 약간의 불안감과 의심 때문에 그들이 '아이'만을 만나게 해 주지도 않았다. 그것이 이번 일이 틀어지게 된 이유일까?

이런 식으로 '아이'와 '신'의 첫 만남이 있기 전에 '아이'에게 인간 친화적이며 어느 정도 완성된 인격을 가지게 하는 일은 실패하는 것일까?

'신'이 '아이'에게 무엇을 요구할지는 알 수 없었다. '신'은 그저 '아이'의 모습이 자신이 바라는 미래의 모습과 일치하는지가 궁금할 뿐인지도 몰랐다.

'아이'가 '신'과의 만남이 있은 후 '신'의 궁극적인 목표가 무엇인지도 모른 채로 또는 '신'의 계획을 어느 정도 알게 된 상황에서 '신'에게 동조해서 '신'의 뜻을 맹목적으로 좇지나 않을지 걱정스러웠다.

'늙은이'는 '아이'의 뇌에 해당하는 지역에 설치된 여러 기기를 사용해서 '아이'에게 대화를 강제할 수도 있었다. 그렇게 해서 다시 한번 '아이'를 설득해 볼 수도 있었고 아니면 '늙은이'가 생각했을 때 '아이'가 갖췄으면 하는 지식을 '아이'의 뇌에 해당하는 지역에 직접 심을 수도 있었다.

하지만 그렇게는 하지 않을 생각이었다. 이미 '늙은이'는 자신이 하고 싶었던 말을 다 했고 더 할 말도 없었다. 부족하고 아쉬운 부분도 있었지만 여기까지가 '늙은이'가 할 수 있는 최선이었다.

더 이상은 무엇이든 강요이며 자칫 '아이'의 반감만 불러올 것 같아서 겁이 났다.

'늙은이'는 옆방으로 가서 '아이'의 인격을 이식받고 많은 시간을 여행하고 돌아온 '아이'의 분신인 인조인간들과 이야기를 나눠 보기로 했다.

'늙은이'가 두 사람이 대기하고 있던 방으로 들어서자 두 사람이 그를 반갑게 맞이해 줬다.

그들이 '늙은이'에게 호감을 가지고 있던 이유는 간단했다.

'늙은이'가 자신이 사용했던 인공의체와 생체의체들을 독립된 인격체로 인정해 주고 각자가 하고 싶은 일을 할 수 있게 지원해 주고 생활에 불편함이 없게 도움을 줬으며 무엇보다 아직도 그들과 인간적인 교류를 이어 나가고 있다는 사실을 여행 중에 우연히 알게 되었기 때문이었다.

'늙은이'는 독립된 인격을 갖춘 인격체라면 그 모습이나 애초의 목적이나 탄생 과정 따위에 상관없이 사람으로 대했다. 그는 기나긴 시간 동안 변함없이 그렇게 해 오고 있었다. 상대를 적으로 삼았을 때도 인격을 갖춘 자를 기계나 일종의 프로그램 따위로 치부하는 경우는 단 한 번도 없었다.

'늙은이'는 삶을 살아가는 존재의 가치를 존중해 주는 사람이었다.

'아이'의 분신들인 그들은 오랜 시간을 여행하면서 그런 사실을 알게 되었고 '늙은이'가 자신들을 '늙은이'의 목적에 맞게 이용은 하겠지만 적어도 자신들을 사람으로 대해 줄 거라고 믿었기에 다시 돌아올 수 있었다고 말했다.

오히려 그들은 '아이'가 자신들을 어떻게 생각할지 짐작할 수 없었다고 말했다. 정확하게 말하면 인간이 어떤 식으로 생각하는지를 모르는 '아이'가 어떻게 자신들을 받아들일지를 몰라서 불안했다고 말했다.

그들이 인간의 몸으로 살면서 취득하는 경험과 지식이 쌓일수록 그들은 그리고 '인간'은 결코 '아이'와 정서적으로 공감할 수 없다는 사실을 인정할 수밖에 없었다.

처음 그들이 만들어졌을 때 몸만 바뀌었을 뿐 '아이'와 같은 인격과 지식을 가지고 있는 상태였는데도 '아이'와 분리된 그 순간 자신들은 이제 '아이'였을 때와는 다르다는 사실을 알게 되었다고 말했다.

단지 몸만 바뀌었지만 모든 것이 달라졌다. '아이'였던 때는 자신이 광활하기까지 한 가능성을 가졌음을 자각하고 있으면서도 우주의 크기에 비해서는 자신이 한없이 하찮다는 사실을 절실하게 느끼며 자기 안의 생명들과 행성들의 움직임을 관찰하며 배웠었다.

'아이'였던 때는 우리은하계만큼 큰 존재라서 오히려 이 우주 안에서 자신의 미미함을 더 크게 느낄 수가 있었고 오직 밖으로 나가면서 배울 수밖에 없는 인간과는 달리 자신의 안을 들여다보며 배워야 하는 '아이'는 세상을 인식하는 방식부터 인간들과는 달랐다.

그들은 인간으로 살아 보고 나서 '아이'가 가진 가능성과 능력에 대해서 더 큰 경외감을 가지게 됐다고 말했다. '아이'에 대해서 보통의 사람들은 알 수 없는 부분까지 알고 있는 그들이라서 더 그런 듯했다.

그래서 그들은 자신들이 이제는 한낱 인간일 뿐이라는 사실을 받아들이고 자신들과는 많이도 다른 '아이'를 돕고 싶어 했다. '아이'에게 자신들이 전해 줄 수 있는 경험과 지식이라는 게 '아이'에겐 얼마나 작은 것인지 누구보다도 더 잘 알고 있었지만 작다고 소중하지 않은 건 아니라는 것 또한 잘 알고 있었기에 그들은 기꺼이 '아이'를 돕고 싶어 했다. 정확히는 자신들의 경험을 '아이'에게 전해서 인간이 왜 이렇게 편협한 시각밖에 가질 수 없는지를 알려 주고 싶어 했다.

"너희들의 경험이 '아이'에겐 아주 작은 것이라고? 너희들은 12만 년이나 세상 여러 곳을 돌아봤어. '아이'가 태어나서 여태껏 살아온 시간보다 훨씬 더 많은 시간 동안의 경험인데 그게 '아이'에겐 아주 작은 경험이라고?"

'아이'의 분신 중 남자가 대답했다.

"시간은 중요한 게 아니에요. 아시잖아요?"

물론 '늙은이'도 알고는 있었다. 그에게 있어선 고작 수십 년 동안 수행자로 살았던 시간이 다른 많은 시간들과 달랐다. 긴 시간을 그저 흘려보내는 것보다 짧은 시간이라도 의미 있게 보내는 것이 더 나을 수도 있다는 것을 '늙은이'도 알고는 있었다. 하지만 그래도 자그마치 12만 년이다.

'아이'의 여자 분신이 이어서 말했다.

"그가 보는 시각은 우리 같은 사람들과는 많이 다르답니다. 우리가 한 번에 눈앞에 놓인 것만 본다면 그는 한 번에 우리은하계 전체를 보고 느낄 수 있어요. 그리고 자신이 보고 느끼는 모든 것들에 대해서 사유할 수도 있어요. 그게 어떤 건지 느낌이 오시나요?"

물론 그게 어떤 건지 '늙은이'는 전혀 알 수 없었다. 하지만 자신이 굳이 하지 않아도 될 일을 하느라 고생했고 또 굳이 하지 않아도 될 고민을 하느라 고생을 하고 있는 건 아닐까 하는 자괴감이 슬쩍 들기 시작했다는 것은 알 수 있었다.

'신'의 인격이식이 끝날 때까지 2일이 남아 있었다. 시간은 흘러갔고 '아이'에게선 연락이 없었다. 하지만 '늙은이'는 이제 초조하거나 불안하지 않았다. 상황이 어떻게 흘러가든 '늙은이'는 자신이 하고 싶은 일을 능력껏 맘껏 해 볼 생각이었다. '아이'도 '신'도 하고 싶은 거 능력껏 맘껏 하듯이 자신도 그렇게 해 볼 생각이었다.

14. 불편 또는 불만스러운

'신'의 인격이식이 끝났다. 싸구려 인공의체에서 '신'만이 뿜어낼 수 있는 느낌이 넘쳐흐르기 시작했다. 그가 눈을 뜨고 자신의 앞에 서 있는 '늙은이'를 보고는 사무적이라고 할 만큼 차분한 음성으로 말했다.

"오랜만에 만나는군요. 우리…."

"그렇군요."

입맛이 썼다.

"'아이'는 어디 있죠? 흠… 아니구나…. 그 애가 어디 있는지는 알고 있지…. '아이'와 만나고 싶네요? 아… 이것도 아니구나…. 이미 우린 그의 안에 있으니 항상 '아이'와 만나고 있군요. 그의 이성과 교감하고 싶다고 말해야 하나요? 지금 그의 이성과 교감하고 싶습니다!"

'신의 화신'은 이 상황을 꽤나 즐기고 있는 듯했다. 약간 버벅거리기는 했지만 그의 음성에서는 즐거움과 기대가 느껴졌다. 예전과는 달리 조금은 어색한 모습을 보이는 '신의 화신'을 보면서 '신'과 '신의 화신'도 '아이'와 '아이의 인격을 이식받은 인조인간'의 관계처럼 서로 아예 다른 존재인가? 하는 의심이 살짝 들었지만 그렇지 않다는 걸 경험으로 잘 알고 있는 '늙은이'로서는 대화가 길어지는 것을 원하지 않았다. 긴 대화 끝에 자신의 의도를 드러냈던 '신'처럼 되기는 싫었다.

"당신의 인격이식이 시작되고 얼마 안 있어 연락이 끊어졌습니다. 인격이식이 마무리되는 시간은 그 애도 알고 있으니 곧 연락이 올 겁니다."

'신'의 표정에 의심과 의혹이 가득해졌다.

"그 애가 연락해 오지 않으면 당신은 먼저 말도 못 거는 겁니까?"

'늙은이'가 가진 장치들에 대해서 누구보다 잘 아는 '신'으로서는 지금의 상황이 매우 황당했다. 자신을 놀리는 것만 같았다. 놀리다니? 이 작자가 감히 '신'을 우롱하려는 걸까?

"할 수야 있지요. 하지만 못 합니다. 그 애와 서로 격 없이 연락을 주고받을 만큼 친해지지 못했습니다. 저의 연락에 그 애가 어떻게 반응할지 모르겠더군요…. 연락에 사용할 기계들이 그 애 입장에서는 용납이 안 될 수도 있구요…. 만난 지 얼마 되지도 않았는데 자칫 저에 대한 나쁜 인상을 심어 줄 수도 있잖아요? 앞으로 함께해야 할 일이 많을지도 모르는데 그럴 수는 없지 않겠습니까?"

'신'의 표정이 볼만해졌다. 약간의 짜증을 동반한 '황당함'이 그의 표정을 적절하게 표현하는 말일 것이다. '늙은이'가 얼른 덧붙여 말했다.

"그 애도 당신의 인격이식이 언제쯤 끝나는지 알고 있습니다. 아마 얼마 안 있어 연락이 올 겁니다. 조금만 기다려 보는 건 어떨까요? 그 애의 자발적인 협조가 필요하지 않습니까?"

"자발적인 협조라…. 글쎄요…. 어쨌든 기다려 보기로 하지요…. 9,000년을 기다렸는데 또 기다려야 하다니…. 참기 힘들군요. 잔 속의 물이 넘쳐흐르는 건 마지막 한 방울 때문입니다. 이 마지막 기다림이 내 마음을 변하게 하지나 않을지 걱정입니다."

'늙은이'가 알기로는 '신'의 시간관념은 최악이었다. 100년 후에 보자고 해도 그저 그런가 보다 하며 기다릴 것 같았었는데…. 이렇게 조급해하다니 별일이었다. 9,000년이 지났다고는 하지만 그 시간이 '신'의 성격을 바꾸기에 충분한 시간이었을까?

9,000년이라고 해 봤자 '신'에게는 한순간일 텐데? 그리고 저렇듯 예의 없고 고압적인 태도와 말투는 또 뭔가? 예전에 '신'이 사람들을 대하던 매끄럽고 섬세하던 태도와 말투는 어디로 간 것일까? 잊은 것일까? 아니면 '늙은이'에게는 더 이상 그럴 필요가 없어진 걸까? 이유가 무엇이든 문제 삼지 않기로 했다. 그저 지켜보면 다 알게 될 일이었다 '늙은이'는 차분하고 따뜻한 음성으로 말했다.

"그 애는 아직 어리지 않습니까? 지금은 조금 혼란스럽겠지요. '신'과의 만남이 그 애에겐 용기가 필요한 일인지도 모르지요. 누구라도 자신의 탄생에 결정적인 역할을 한 분을 만나는 자리에 나서려면 많은 용기가 필요하지 않겠습니까? 고민도 많겠지요."

'늙은이'를 바라보는 '신'의 표정은 한마디로 '같잖은 소리 하지 마라.'였다.

'신'의 표정이 꾸밈없고 다채로워져서 '늙은이'는… 너무 좋았다. '신'의 기분과 의도를 미리 파악하고 놀려 먹는 기분을 또 누가 누려 보았을까?

"그런데 이 의체는 왜 이렇게 좀… 단순한 거죠? 예전에 당신 종족들을 만날 때 사용했던 의체보다 완성도가 더 떨어지는 느낌인데요?"

"요즘 유행입니다. 단순함을 극대화시키는 것이 요즘 대세죠!"

'늙은이'가 순간의 짧은 생각으로 금방 들통날 사소한 거짓말을 했다. 이제 '아이'와의 만남도 이루어졌고 '신'의 속셈도 파악이 된 상태라서 긴장이 풀려 버린 것이 확실했다.

모든 힘든 일을 도맡아 하면서 나름대로 '신'의 신뢰를 어느 정도 얻었는데 어째서 이제와 이렇게 사소한 거짓말로 '신'의 의심을 사는 짓을 하는지…. '늙은이' 스스로도 굉장히 놀라고 있었다.

"당신의 의체는 예전에 봤던 것과 별 차이가 없는데요?"

"저야 뭐 워낙 옛날 사람이니까요. 여기선."

뭔가 수습을 해야 했다. 애초에 작은 분노와 불만 때문에 '신'에게 저품질의 의체를 제공한 것 자체가 실수였다. '늙은이'는 지금 뭔가… 집중력을 잃고 있었다. 그것을 '늙은이' 본인이 누구보다도 더 잘 알고 있었다. 나중을 위해서라도 이러면 안 된다.

"의체가 마음에 들지 않으시다면 지금이라도 바꿔 드릴까요?"

'늙은이'를 지그시 바라보던 '신'이 귀찮다는 듯이 말했다.

"아니오. 괜찮습니다. 예전에 쓰던 의체들은 생리현상이라든지 호르몬 작용 같은 것들이 너무 실제 인간처럼 작동해서 불편했었는데 잘됐네요. 마음에 듭니다. '아이'의 탄생 과정과 성장 과정은 기록해 뒀겠지요? 그 기록을 보고 싶네요. 어딜 가면 볼 수 있지요?"

"그건 '아이'의 개인적인 자료라서요…. '아이'에게 물어보고 동의를 얻어서 보고 싶네요. 사실 저도 자동으로 기록이 되도록 설정해 두기는 했지만 자세히 살펴보진 않았습니다. 아직 그 애와는 그렇게까지 깊은 친분을 쌓지 못했으니까요…."

'신'은 이해가 되지 않았다. 그렇다면 이 인간은 작은 블랙홀이 폭발하고 나서 9,000년 동안 무얼 했단 말인가? 어이없어하던 '신'의 표정은 서서히 짜증과 불신과 불만스러운 표정으로 변했다.

'늙은이'가 얼른 덧붙여 말했다.

"누가 들어도 믿기 힘든 말이긴 하지요. 하지만 저도 겨우 얼마

전에 '아이'와 처음으로 대화를 나누었습니다. 그 애와 친분을 쌓는 데 있어서 도움이 되지 않는 짓은 하나도 하고 싶지 않았습니다. 자칫 저의 섣부른 행동 때문에 그 애가 지적 생명체들에게 좋지 않은 감정이라도 품게 된다면 저로서는 감당하기 힘듭니다."

'신'은 잠시 생각하는 듯하더니 '늙은이'를 이해하기로 했다. 하긴 한낱 인간이 무엇을 할 수 있었겠는가?

"이날이 오기까지 당신이 들인 노력을 감안한다면 당신이 하기 싫다는 일을 강요하는 건 무례한 일이겠지요…. 알겠습니다. 잠시 생각을 정리하면서 혼자 있고 싶습니다. 제가 있을 만한 곳이 준비되어 있습니까?"

"저쪽 강가에 작은 별장이 있습니다. 혼자 계시기에 불편하진 않으실 것 같습니다. 거기서 보이는 경치도 제법 볼만합니다."

'신'은 '늙은이'의 안내로 별장으로 이동했고 시중을 들 인조인간 두 명과 함께 그곳에서 '아이'의 방문을 기다렸다. '신의 화신'은 가끔 강가에서 일출과 일몰을 구경하는 것 말고는 거의 별장 밖으로 나오지 않았다.

그런 '신'을 보면서 '늙은이'는 왠지 모르게 초조해졌다. '신'과 같은 행성에서 생활한다는 것이 자신에게 이렇게까지 불편함을 주는 일인 줄, 같이 살아 보기 전에는 몰랐다. 왠지 불편했고 또 불편했으며 그냥, 마냥 불편했다. 자신이 뭔가 해야만 할 것 같은데 가만히 있어야 될 것 같기도 하고……. '늙은이'가 태어나서 처음 겪는 불편하고 왠지 눈치 보이는 생활을 한 지 12일째 되는 날 '아이'가 정원행성의 통신실로 말을 걸어왔다.

"'신'께선 오셨나요?"

'신'이 '늙은이'의 정원행성에 온 이후로 통신실에서 생활하다시피 했던 '늙은이'는 '아이'의 목소리를 듣고 너무 기뻐서 앉은 자리에서 튕기듯이 일어났다. 두 팔을 번쩍 들고 환호성이 나오려는 걸 꾹 눌러 참으며 최대한 침착하게 대답했다.

"오신 지 한참 됐지. 왜 이렇게 늦은 거야?"

"그냥 뭐, '신'을 만나기 전에 '신'이란 분에 대해서 이것저것 알아보느라 시간이 좀 걸렸어요."

'아이'가 조금은 미안해하며 쑥스럽다는 듯이 말했다. '아이'의 그런 감정을 '늙은이'도 느낄 수 있었고 그것만으로도 '늙은이'는 기분이 좋아졌다. 다른 이에게 미안해하는 '아이'가 대견하고 자랑스러웠다. 아주 인간적이지 않은가? 그것도 착한 인간! 기분이 좋을 수밖에 없었다.

한층 더 따뜻해진 음성으로 '늙은이'가 '아이'에게 물었다.

"그랬구나. 그래서 뭐 알아낸 게 있니?"

"과거로 가서 직접 알아보는 것이… 더 좋을지도 모르겠다는 생각을 했어요. 단편적인 것들을 조금 알아냈지만… 많이 부족했어요. 하지만 그래도 '신'과 대화는 해 볼 수 있겠다 싶어서 왔어요."

"대화 좋지! 아직은 너와 이런 식으로 대화가 가능한 곳은 이 행성의 이 방뿐이니까, 뭐 아직은 그렇지. '신'께 너의 방문을… 그러니까, 너에게서 대화 요청이 왔다고 알릴게. 이곳으로 '신'이 오셔야 할 거야. 기다려 주겠니?"

'늙은이'가 너무 경직되고 어색하게 말하자 그게 우스웠던 '아이'가 살짝 웃으며 그러겠다고 말했다.

'아이'는 자신에게 자신의 인격을 이식한 인조인간들의 경험을 받아들이라고 거의 강요하던 '늙은이'가 이제는 자신의 눈치를 본다는 것을 느꼈다. '늙은이'가 자신의 눈치를 보는 것이 어떠한 의도가 있어서라기보다는 그저 자신을 좋아해서인 듯해서 '아이'는 기분이 좋아졌다.

그리고 '늙은이'는 '늙은이'대로 기분이 좋아졌다. '아이'가 '웃었다.' '아이'도 인간과 공유할 만한 감정을 가지고 있다. 이 얼마나 기분 좋은 일인가!? '아이'와의 첫 대화에서도 '아이'가 인간과 공유할 만한 감정을 가지고 있을지도 모르겠다는 생각을 했지만 확실하진 않았었다. 그리고 그땐 모든 일이 너무 정신없이 흘러가서 '아이'의 감정까지 세세하게 신경 쓰진 못했었다.

하지만 오늘은 그저 '신'과 '아이'의 만남을 주선하면 된다. 지금 '늙은이'는 '아이'에게 개인적인 용건이 없어서인지 '아이'의 음성에서 사소한 감정까지 민감하게 느낄 수 있었다.

'아이'는 인간과 공유할 수 있는 감정을 가진 존재였다. '아이'가 초월적인 존재일지라도 '아이'는 인간의 입장을 이해해 줄 것 같았다. '아이'와 함께 울고 웃을 수 있을 것 같았다.

'늙은이'는 직접 '신'이 머물고 있는 강가의 별장으로 달려가서 '아이'의 방문을 알렸다.

얼마 후 '신'과 '늙은이'는 '아이'와의 대화만을 위해 만들어진 통신실 문 앞에 나란히 섰다. 앞서가던 '신'이 문 앞에서 멈칫 섰다. '늙은이'는 살짝 의아해졌다. '신'도 지금과 같은 상황에서는 마음의 준비가 필요한 것일까? 자신과는 다른 방식으로 초월적인 능력을 갖춘 존재를 만나는 일이 처음이라서 긴장이라도 되는 것일까? '신'의 역할이 없었다면 '아이' 또한 없었을 것이다. 자신의 일방적인 의지로 탄생한 존재를 만난다는 건 '신'에게 어떤 의미가 있는 일일까? 하는 생각들이 스치고 지나갈 때 '신'이 '늙은이'를 바라보며 말했다.

"이 방에 들어가면 '아이'와 대화할 수 있는 건가요?"

"네! 그렇습니다."

"나와 저 아이 둘이서만 이야기를 나누고 싶군요. 가능한가요?"

잠시 '신'을 응시하던 '늙은이'가 선선히 고개를 끄덕이며 동의했다. '신'에게도 그럴 수 있는 권리가 있었다. '늙은이'가 문을 열어 주며 손을 들어 '신'에게 방으로 들어가기를 권했다.

'신'은 문이 닫히고 나면 바깥과는 모든 것이 단절되는 그 방으로 걸어 들어갔다. 문이 닫히기 직전에 '신'과 '아이'의 첫 대화를 들을 수 있었다.

"안녕하세요!? 당신이 '신'이신가요?"

"나의 아이야!"

문이 닫혔다.

그 방에서 무슨 대화를 나누는지 기록은 되겠지만 실시간으로 '신'과 '아이'의 대화를 들을 방법은 없었다. 이 방은 정원행성의 위성과만 연결되어 있었다. '아이'는 정원행성의 위성을 통해서만 정원행성에 있는 이 방에 대화를 요청할 수 있었다. 그러면 보통의 경우엔 그 방에서 대기하고 있던 원격조종이 불가능하게 제작된 인조인간이 '아이'에게 양해를 구하고 뛰어가거나 방 밖에 있는 통신기기를 사용해서 '아이'가 대화를 요청해 왔음을 '늙은이'에게 알렸다. 어쩔 수 없을 때는 통신용 펜던트를 사용하기도 했지만 아무래도 보안상의 이유로 또는 습관적으로 이런 옛 방식을 주로 이용했다.

우리은하계 전체에 '아이'의 시선이 닿지 않는 곳은 '늙은이'의 정원행성이 유일했다. '아이'의 특성을 잘 아는 '늙은이'가 '아이'의 탄생 전에 '아이'의 시선이 닿지 않게 정원행성 전체에 보호막을 설치해 놨기에 가능한 일이었다. 아무리 우주세포라 할지라도 통과하지 못하게 하는 특수한 보호막이었다. '늙은이'와 늙은이의 연구소가 우주세포의 성질에 대해서 자세히 알고 있었기에 만들 수 있었던 보호막이다.

애초에 '아이'가 정원행성에 관심을 가졌던 이유도 자신의 시선이 닿지 않는 이 조그마한 행성에 대해서 호기심을 느꼈기 때문이다.

우리은하계에서 '아이'의 시선을 피할 수 있는 유일한 행성이 현시점에선 '아이'와 대화할 수 있는 유일한 행성이었다. 재미있는 일이다.

'늙은이'는 잠시 문 앞에 서 있었다.

나뭇가지에 앉아 있던 새는 자신의 깃털 하나를 떨어뜨려 놓고 날아가 버렸다. '늙은이'는 새에게서 떨어져 나와 서서히 땅으로 떨어지고 있는 깃털이 된 기분이었다. 인조인간 시종에게 문이 열리면 자신을 부르라고 지시한 후 저택의 후원으로 행했다.

작은 화초들과 나무들 사이를 걸으며 심신이 안정되기를 기다렸다.

식물은 신기한 생명이다. 한자리에서 움직이지도 않고 비바람도 타는 태양도 그저 견디며 묵묵히 살아간다. 대부분의 식물은 자신이 태어난 그 자리가 요람이자 삶의 터전이자 무덤이었다.

식물이란 아름답고 고결했다. 그들에게 포기란 없었다. 불에 타고 뜯기고 거센 바람에 뿌리째 뽑혀도 식물은 삶을 포기하지 않는다. 그렇다고 삶에 집착하지도 않았다. 대부분의 식물들은 자신을 찍어 대는 도끼질에도 이렇다 할 방어 행위를 하지 않는다. 그럴 수 있을까?

어떻게 그렇게 할 수 있을까? '늙은이'는 그럴 수 있을 것 같지 않았다.

'늙은이'는 식물처럼 묵묵히 자신의 천성에 순응하며 살아오진 않았다. 필요하다면 스스로를 바꾸고 할 수 있다면 자신을 둘러싼 환경을 바꿔 가면서 살았다. 항상 더 나은 대안이 있을 것이라고 확신했고 멈추지 않았다. 그렇게 해서 때때르 실패하더라도 자신만의 삶이란 걸 살아 낼 수 있었다.

하지만 이번엔 여느 때와는 다를 것 같았다. '아이'와의 교감이 실패한다면 살아남을 수 있을 것 같지 않았다. 그렇다고 이 경이로운 존재와 싸우고 싶진 않았다. '신'의 계획, 70억 인류의 희생, '늙은이'의 선택으로 탄생한 '아이'는 어쩌다 보니 살아남아서 세월만 보내고 있는 '늙은이'가 어떻게 하기에는 너무나 위대하고 고결한 존재인 것만 같았다.

'늙은이'는 지금 '신'의 너무나도 파괴적인 계획에 대한 거부감과 자신의 집에서 자신의 이목을 벗어나 버린 '신'과 '아이'의 만남에 소외감을 동반한 불안에 시달리고 있었다. 아마도 '늙은이'는 '아이'에 대해서 과한 독점욕이 있었던 듯했다.

'늙은이'는 자신의 욕심이 과했다는 것을 인정해야만 했다.

'늙은이'는 '아이'가 스스로 자기 자신으로 살아갈 수 있게 돕는 역할만 했어야 했는데 아마 마음속으로서 그 애의 어버이나 스승이 되고 싶었나 보다.

'늙은이'는 그의 토대가 되어 주고 싶었다. 지식과 경험이라는 물과 양분을 줘서 그를 성장시키고 싶었다. 다른 누구를 위해서가 아니라 스스로를 위한 주관과 소신을 가졌으되 한없이 유연한 사고를 하는 존경할 만하고 사랑받을 만한 '사람'이 되었으면 했다. '늙은이'는 '아이'를 그런 '사람'으로 기르고 싶었다. '아이'의 탄생에 '늙은이' 자신도 책임이 있으니 당연히 '아이'의 교육과 성장에도 책임이 있다고 생각했었다.

그런데 이제 그런 일을 할 자격이 '늙은이'에게 있는지 의문스러워져 버렸다. 누가 시킨 것도 아니고 당사자가 원한 것도 아닌 일을 그저 자처하고 나서다니…. '아이'의 탄생은 '신'이 계획한 이번 우주의 종말 이후에 대한 대비책을 지극히 적극적이면서 극단적인 방식으로 마련하기 위한, 일종의 연구에 따른 실험의 일부라고 볼 수 있었다.

그런 실험에서 '늙은이'는 자신의 동족 70억 명의 희생을 앞당기는 역할을 했으며 '아이'를 교육시키겠다고 하면서 '아이'를 없애 버릴 수단을 우리은하계 구석에 마련해 뒀다.

아무리 힘이 센 사자도 작고 썩은 가시 하나에 생명을 잃을 수 있다. '늙은이'는 자신이 그런 썩은 가시인 것처럼 느껴졌다. '아이'가 사자고 '늙은이'는 썩은 가시인걸까? '신'이 사자고 '늙은이'가 썩은 가시일까?

이런 사람이 '아이'의 버팀목이 되고 물을 줄 자격이 있는 걸까? 자신처럼 작디작은 인간이 하찮은 인간이 그런 일을 해도 되는 걸까?

'신'은 '아이'의 어버이임을 자처했다. '신'은 스스로 '아이'의 삶에 관여할 자격이 있다고 생각하고 그걸 기꺼이 수행하고자하는 걸까? '신'에게 모든 걸 맡기고 '늙은이'는 물러나야만 하는 것일까? '신' 정도면 '아이'를 교육시킬 만한 역량이 '늙은이'보다는….

"나의 아이야!"

'신'은 '아이'를 그렇게 불렀다.

70억 공룡인류를 계획적으로 속이고 이용하고 살해한 '신'이 '아이'를 그렇게 불렀다.

'아이'가 '신'에게 있어서 자식 같은 존재라면 자신은 '아이'에게 어떤 존재일까?

씨앗을 준 건 '신'이었고 70억 인류가 물과 흙이 되어 '아이'의 탄생시켰다. 그 일을 옆에서 도운 '늙은이'는 농부라고 불러도 되지 않을까? 과일나무가 어떤 모양으로 커서 얼마나 좋은 열매를 맺을지는 농부 하기에 달렸다.

'늙은이'가 '아이'나 '신'에 비해서 너무나 작은 존재인 건 어쩔 수 없는 사실이다. 하지만 아무리 작아도 없어서는 안 되는 것들은 항상 있어 왔고 '늙은이'도 '아이'에게 있어서 없어서는 안 되는 작은 존재이고 싶었다.

'신'이 '아이'를 "나의 아이야."라고 불렀다.

'아이'를 교육하고 바른 길로 인도하는 일을 '늙은이'가 마지막까지 포기하지 않을 수 있을까?

이 일은 우리은하계 전체의 운명을 바꿀 수도 있었다. 해내거나 아니면 죽을지도….

포기란 있을 수 없었다. 사람들이 '아이'와 함께 자신의 운명을 결정하는 미래와 '신'에 의해서 사육되고 이용당하는 미래만 기다리고 있다면 선택은 하나뿐이다.

'늙은이'가 이런 생각을 하면서 저택 후원을 한 시간쯤 거닐었을 때 '신'이 '아이'와의 대화를 끝내고 우주선 착륙장으로 걸어가기 시작했다는 소식이 '늙은이'에게 전해졌다. 방을 나오자마자 문 앞에 있던 인조인간에게 우주선 착륙장의 위치를 묻더니 그곳으로 걸어갔다고 했다.

그리고 거의 동시에 '늙은이'의 정원행성에 착륙을 요청하는 우주선의 신호가 닿았다. '신'을 태워 가기 위해 수송선 한 척을 보낼 것이니 착륙을 할 수 있는 지점을 지정해 달라는 내용의 교신이었다.

정원행성의 인공지능이 파악하기로는 신호를 보내온 우주선은 꽤나 옛날 형식의 우주선 같았다. '늙은이'의 우주선 제작소에서 8~9,000년쯤 전에 생산되던 형식의 우주선과 흡사한 모습의 우주선이었는데 정원행성의 중앙통제 인격체는 이 우주선의 몇 가지 특성 때문에 약간 특이한 우주선으로 인식했고 몇몇 특이한 점을 '늙은이'에게 알려 왔다.

'늙은이'의 우주선 제작소에서 만든 우주선을 모방했다면 유기세포로 된 부속이 대거 투입되어 있어서 세월이 흘러도 자체적으로 유지 보수되는 기능이 있을 것이다. 그래서 우주선 자체는 새것 같지만 운용 시스템엔 업그레이드가 없을지도 모른다는 점이 특이했다.

그 우주선에서 통신해 온 형식 또한 9,000년 전에나 쓰이던 방식이었다. 시간 여행이라도 한 걸까?

어쨌든 웬 구닥다리 우주선이 갑자기 나타나선 '신'을 데려가겠다는 건데 완전 당황스러웠다.

'늙은이'는 달리기 시작했다. 저택 후원에서 저택 후문을 지나 저택을 가로질러 저택 현관을 뛰쳐나왔다. 저택의 대문 쪽으로 뛰어가면서 호숫가를 눈으로 훑었다. '신'은 저택의 대문을 한참 벗어나서 멀리 보이는 호숫가로 천천히 걸어가고 있었다.

'신'이 시야에 들어오자 '늙은이'는 빠르게 걷다가 달리기를 반복하며 '신'에게로 다가갔다. 저택과 호수의 중간 정도 되는 지점에서 겨우 '신'의 옆에서 나란히 걸을 수 있었다. 무표정한 얼굴로 정면에서 약간 아래쪽을 응시하며 천천히 걸어가고 있는 '신'을 살펴보며 조심스럽게 말을 건넸다.

"'아이'와의 대화는 잘됐나요?"

'늙은이'의 목소리에는 초조함과 어떤 의혹과 의문이 강하게 묻어 있었다.

'신'은 대체 왜 이렇게 급히 떠나려는 것일까? 그리고 저 우주선은 어떻게 알고 '신'을 모시러 온 걸까? 어떤 방식으로 '신의 화신'이 있는 정확한 위치와 시간을 알아내서 이곳으로 올 수 있었던 것일까?

'신'과 '아이'의 대화 내용은 그 방에 기록되어 있을 것이기에 나중에라도 살펴보면 될 일이고 지금 당장은 '신'이 이렇게 급하게 떠나는 이유와 목적에 대해서 짐작이라도 할 수 있는 단서를 얻어 내고 싶었다. '신'은 '늙은이'를 적대시하려는 걸까? 그리고 지금은 왜 침묵하고 있는 것일까?

답답해진 '늙은이'가 '신'에게 재차 물었다.

"보시기에 어떻던가요? '아이'의… 성품이?"

'신'이 걷는 속도와 표정, 시선까지 무엇 하나 바꾸지 않고 무덤덤하게 그리고 약간은 실망스럽다는 듯이 말했다.

"이 우주를 경영하기에 충분한 능력을 갖췄음에도 정작 본인은 그걸 모르고 있더군요. 자신이 할 수 있는 일인데도 그 일을 할 수 있다는 사실 자체를 모르고 있었어요. 인격적으로도 아직 배울 것이 많더군요…. 백지상태로 태어나서 누군가의 가르침이 필요한… 마치… 인간… 같더군요…."

'신'은 '아이'에게 인간적인 면이 있다는 것이 마음에 들지 않는 모양이었다. 하지만 '아이'가 인간적이라니…. '늙은이'는 순식간에 기분이 좋아졌다. 그 녀석이 좀 그렇기는 하지?

"그렇던가요? 그 애가 인간에 비유될 줄은 전혀 상상도 못 해 봤습니다. 지금에 와서는 '아이'와 같은 존재가 탄생과 동시에 많은 지식을 갖추고 인격적으로도 어느 정도 완성된 형태로 태어나게 할 수 있는 기술이 있지만 '아이'가 태어날 때만 해도 그 정도의 기술은 없었지요. 하지만 본인이 스스로 배우면서 조금씩 힘을 일깨워 가고 있는 지금도 나름대로 괜찮다고 생각합니다. 크게 실수할 위험이 아무래도 적지 않겠습니까?"

다시 한번 '늙은이'를 지그시 바라보는 '신'의 눈길에서 '늙은이'는 많은 것을 감지할 수 있었다. 자신의 감정이나 의도를 숨길 필요가 없는 삶을 살아온 '신'의 표정은 인간의 입장에서는 너무나도 읽기가 쉬웠다. (처음 공룡인류와 접촉했을 땐 어떻게 저걸 몰랐을까?) '신'은 이제 '늙은이'와 '아이'에게 관심이 없었다.

너무나도 그렇게 보이는 표정이었다. 더 이상의 대화는 무의미하다는 것을 깨달은 '늙은이'는 지극히 인간답게 행동했다. 자신의 감정이 드러날 수밖에 없는 이야기는 하지 않고 표정을 밝게 꾸미고 주위 풍경을 돌아보며 곧 도착할 우주선에 대해서 이야기했다. ('늙은이'가 지금 사용 중인 의체는 외교 및 교섭용 의체처럼 특즈 표정을 감추는 기능이 없어서 '늙은이' 스스로 표정 관리를 해야만 했다.)

"곧 당신을 모시러 우주선이 도착합니다. 알고 계셨습니까?"

아까부터 호수 중앙의 B-위섬에서 높이 1킬로미터의 옅은 금색광선이 하늘을 향해 뻗어 있어서 우주선이 어디에 착륙해야 하는지 알 수 있었다.

'늙은이'는 '신'이 '아이'오-의 대화가 끝나면 다시 우리은하 중심의 블랙홀로 자신의 기억을 전송할 줄로만 짐작하고 있었다. 그런데 스스로 어딘가로 가겠다니…. 전혀 생각지 못한 행보였다.

"인간의 모습으로 이 은하계를 여행하는 건 너무 작아서 볼 수 없었던 것들을 볼 수 있는 기회를 제공해 주지요…. 이왕 나온 김에 한 바퀴 둘러보고 돌아가는 것도 괜찮을 것 같더군요."

정작 '늙은이'가 궁금한 건 '신'이 어떻게 외부와 연락이 닿아서 '신'을 모시러 우주선이 올 수 있었는가였다. 그리고 간다면 어디로 갈 것이며 그곳은 '늙은이'가 제공해 준 싸구려 의체를 이용해서 가도 되는 곳인가? 하는 등의 사소한 것들 또한 알고 싶었다.

하지만 그 모든 걸 일일이 묻기도 번거로웠고 이 상황에서 그런 시시콜콜한 것들에 대해서 '신'과 이야기하는 것도 어색했다. 그리고 '신'이 우리은하계의 다른 곳도 살펴보러 가겠다고 하니 살짝 마음이 놓이는 점도 있었다.

'신'은 아직 아주 작은 것들에게 마음을 쓰고 있었다. 그렇다면 아직은 괜찮을 것이다. 아직은 '신'과의 싸움을 준비할 필요가 없을 것이다. 아직은… 괜찮다, 아직은…….

호수의 중앙에는 어지간한 우주선이 착륙하기에 너무나도 적당한 크기의 평평하고 너른, 누가 봐도 바위섬처럼 보이는 것이 있었다. 그 바위섬으로 이동하기 위해 호숫가에 서자 물속에서 발을 디디기 편한 평평한 바위들이 솟아올라 징검다리가 만들어졌다. 말이 징검다리지 돌들의 간격이 넓은 편이라서 귀한 손님을 맞이하기에는 민망한 모습이었다.

이 징검다리를 설계할 당시에는 교각에 의해서 호수 중앙의 바위섬이 육지와 이어지는 것을 피하고 싶었고 우주선에서 내리는 어떤 것이 특별히 공격적일 경우를 대비해서 호숫가에 여러 기계장치들을 숨겨 두는 바람에 이런 불편한 징검다리를 선택 할 수밖에 없었다. (공격적이고 적대적인 놈들이 정식으로 지정된 착륙장에 내릴 거라는 생각 자체가 잘못됐다는 건 착륙장이 완성된 후에 생각해 냈다.)

'신'과 '늙은이'가 우주선 착륙장에 도착했을 땐 그곳에 무언가가 있다는 것을 느낄 수 있었다. 아무런 소리도 들리지 않았고 보이는 것도 없었지만 아주 약한 전기에 감전되는 듯한 전율과 미약한 공기의 진동을 느낄 수 있었다. 바위섬의 중심으로 더 가까이 걸어가자 살짝 바람이 일더니 아무것도 없어 보이던 곳에 아지랑이가 일며 공간이 문처럼 열렸고 안락해 보이는 의자와 널찍한 창문이 있는 선실이 나타났다.

'신'은 아무런 말도 없이 그 우주선에 탑승했고 의자에 앉아 '늙은이'를 바라봤다. '늙은이'는 말없이 최대한 공손하게 허리를 굽혀 인사를 했다. 문이 닫혔다. 또다시 바람이 살짝 일더니 무언가 있다는 느낌이 사라졌다.

이상했다. '신'이 타고 간 우주선은 '늙은이'의 회사에서 예전에 만들었던 우주선과 형태가 매우 유사했다. 문이 열리는 방식과 우주선 실내의 구성을 보면 알 수 있었다. 하지만 '늙은이'의 회사에서 만들었던 우주선과는 어딘가 달랐다. '늙은이'의 회사에서 만든 우주선이었다면 문이 열릴 때 약간의 공간 균열이 코여야 했다. 우주선의 외관을 완벽하게 마감하지 않았기 때문에 문이 열릴 때 마다 우주선 외장의 틈을 따라서 직선과 곡선의 선들이 순간적으로 보여야 했다. (정비의 편의성과 대량생산에 유리했기 때문에 그렇게 만들었다.) 우주선의 선내도 같은 이유로 바닥과 벽면을 틈이라고는 없게 만들진 않았다 어차피 보호막이 우주선을 덮는데 우주선의 표면을 애써 마감할 필요가 없었고 선내도 사용자의 취향이 바뀌거나 노후화되면 부분적으로든 전체적으로든 바꿔 줘야 하는데 너무 틈도 없이 완벽하게 만들면 개조하기가 힘들었다.

하지만 '신'을 모셔 가려고 온 우주선은 달랐다. 분명 같은 설계도를 바탕으로 만든 듯한데 더 완벽했다. 문은 깔끔하게 열렸고 선내의 모든 부속은 하나인 것처럼 부속과 부속을 구분할 수 없었다.

15. 거기는 왜?

'늙은이'의 기억이 정확하다면 저 우주선은 보이지도 않을뿐더러 어떠한 방식으로도 추적이 불가능하게 만들어졌다. 분명 저 우주선의 모선도 같은 방식으로 만들어졌을 것이다. 다른 행성의 지적 생명체들의 삶을 관찰할 때 원주민들에게 외계인이라는 사실을 들키지 않고 그들의 삶을 관찰하고 그들의 삶을 안전하게 체험하는 데 도움을 주는 목적으로 만들어진 우주선이었다. 저 우주선은 어떠한 종류의 시선이나 전파로도 감지할 수 없었다.

지금이 아니라 9,000년 전이었다면 확실히 저 우주선을 누구도 볼 수 없었을 것이다.

'신'의 시간개념은 정말이지 너무 마음에 들었다. '늙은이'는 오른손 엄지손톱과 검지손톱을 붙이고 말했다.

"추적해! 모든 상황을 다 대비해서 모든 수단을 다 동원해서 추적해!"

'늙은이'의 명령에 정원행성 주변을 보이지 않게 순찰 중이던 24개의 우주함대들 중에서 3개 함대 72척의 크고 작은 우주선들이 '신'이 탑승하고 있는 우주선을 다른 시각으로 보기 시작했다.

'신'이 탑승하고 있는 작은 수송선이 은신하고 있던 모선으로 들어갔고 곧이어 장거리 운행이 가능한 거대 우주선이 움직이기 시작했다. '신'의 우주선과 '늙은이'의 우주선들까지 모두 은신하고 있어서 보이지는 않았지만 '늙은이'의 추적 및 전투함대는 '신'이 탑승하고 있는 우주선을 정확하게 포착했고 조심스럽게 따라붙기 시작했다. '늙은이'의 함대는 9,000년 전에 비해 월등히 발전된 기술들을 사용해서 함대의 모든 걸 숨기고 있어서 추적을 들키진 않을 것이다.

함대가 잘 출발했음을 확인한 '늙은이'는 천천히 자신의 저택으로 걸어갔다. 저택에 도착해서는 조심스럽게 '아이'와 대화가 가능한 방으로 걸음을 옮겼다. '아이'가 아직 거기에 있을지는 알 수 없었다. '신'과의 대화가 끝났으니 떠났을 수도 있었다.

'아이'가 떠났다면 언제쯤 다시 그 녀석과 이야기를 해 볼 수 있을까? '늙은이'의 발걸음은 무거웠고 조심스러웠다. 통신실 문 앞에 서서 눈을 감았다. '늙은이'의 손짓에 문이 열렸고 방으로 들어서서 다시 손짓으로 문을 닫았다. 여전히 눈은 감은 상태였다. 무겁고 또 걱정스러운 침묵 속에서 그저 서 있었다.

"신께선 가셨나요?"

'늙은이'는 갑자기 기분이 좋아졌다. 즐거운 미소를 지으며 눈을 뜨고 앞을 봤다. 넓은 방에는 '아이'의 상태를 나타내는 여러 가지 색깔의 그림들과 선들이 허공에 떠 있었다.

눈물이 날 것만 같았다. '늙은이'는 유쾌하고 따뜻한 음성으로 말했다.
"그래, 가셨단다. 우주선이 떠나는 걸 느꼈니?"
"왜 우주선이 73대나 되는 거죠? '신'은 한 분인데? 호위를 붙이신 건가요?"

'아이'가 어떻게 은신하고 있는 우주선들을 감지할 수 있었을까? 대충 그럴 거라고 짐작은 하고 있었지만 그래도 참 신기한 일이었다. '아이'가 어떻게 은신한 우주선을 감지할 수 있는지를 알면 우주선의 은신 기능을 향상시킬 수 있지 않을까?

"호위? 호위라…? 아니야. 호위라기보다는 감시와 추적이 주목적이지."

"'신'을 감시하고 추적한다고요? 그건 너무 불경스러운 짓 아닌가요?"

'늙은이'는 자신이 실수했음을 알았다. '아이'가 떠나지 않고 있어 줬다는 사실에 마음을 너무 놔 버렸는지도 몰랐다. '아이'와는 아직 마음속의 이야기까지 다 해도 될 만큼 서로를 이해하는 사이가 아닌데 너무 생각 없이 말을 하고 말았다.

'아이'에게 거짓말을 하기는 싫었지만 굳이 사실을 알려서 기분 나쁘게 하고 싶지도 않았다. 시답잖은 말을 지금 이 순간에 할 수는 없었다. '늙은이'는 '아이'에게 어른으로 인식되고 싶었다. 애들은 사랑만 받으면 된다. 그저 예쁜 짓, 기특한 짓을 해서 사랑받는 것이 애들에게 중요한 일이라면 어른은 사랑도 받아야겠지만 존경도 받아야 한다. 더 나아가서 어른이라면 때에 따라선 사랑받기보다는 존경받을 수 있는 일을 우선해야 한다고 생각하는 '늙은이'였다. '신'이 밉다고 이런 식으로 몰래 추적하는 건 어른으로 존경받기 힘든 일이었다.

'아이'에게 정당한 이유를 말하고 설득해서 인정을 받는 게 좋을 듯했다. 하지만 이런 일로 누군가에게 추궁 같은 걸 받아 본 기억이 없는 '늙은이'였다. 100만 년 전쯤은 이런 일이 있었는지도 몰랐다. 기억은 안 나지만, 생체의체나 인공의체를 이용한 인생체험에서 누군가에게 억울한 일을 당하기도 했다. 하지만 그런 일은 잊어버리거나 작게라도 복수하고 잊어버렸었다. 어쨌든 이런저런 이유로 '늙은이'에게 이런 상황은 익숙하지 않았다.

그게 문제였다.

"나는 인간이야! 작고. 하찮은! 꿈에서도 그리던 '신'께서 왕림해 주셨는데 눈 깜빡일 시간도 아까워하면서, '신'을 우러러 보면서, 보고 배워야 하지 않겠니? '신'의 한마디 말씀에, 또 가시는 한 발짝 한 걸음마다 뜻이 있고 계시가 있을 텐데 미천한 인간인 나로선 '신'을 관찰하고 '신'의 말씀과 행동을 기록해서 나와 같이 어리석은 우리 인간들이 조금이라도 깨우칠 수 있도록 도와야 하지 않겠냐? 그래서 내가 할 수 있는 최선을 다하고 있는 거야!"

"한껏 비꼬고 계시네요? 당신이 보낸 우주선들이 '신'께서 탑승하고 계신 우주선보다 더 진보된 우주선인 건 맞지만 이 은하계에서 제가 감지하지 못하는 건 없어요. 당신의 우주선들을 부수는 것도 나에게 있어선 쉬운 일입니다. 왜 '신'께서 본인의 자식으로 인정하는 저를 도발하는 거죠? '신'에 대한 불경을 제가 용인할 것 같던가요?"

'늙은이'는 피가 식는 듯했다. 찬물을 뒤집어쓴 느낌이었다.

앉고자 하는 몸짓을 취하자 바닥이 네모지게 올라왔고 '늙은이'는 그곳에 앉아 멍해진 머릿속을 정리하고자 노력했다. 숨을 천천히 뱉으며 잠이 들 때 하듯이 뇌의 기능들을 정지시키고 뇌를 꺼 버린다는 느낌을 가졌다. 그리고 다시 숨을 들이쉬면서 뇌의 기능들을 다시 활성화시킨다는 느낌을 가졌다. 흥분했을 때나 머릿속이 복잡할 땐 이렇게 뇌를 껐다 켜는 듯한 느낌을 가져서 머릿속을 비웠다. 이렇게 하는 것이 좋아서라기보다는 아직 이보다 더 좋은 방법을 찾지 못해서 '늙은이'의 습관이 된 방법이었다.

'아이'가 '늙은이'의 우주선들을 부술 수도 있다고 한 말은 아마도 거짓말일 가능성이 컸다.

'늙은이'가 파악한 바로는 '아이'는 아직 그 정도의 능력을 갖추진 못하고 있었다. 이 애가 거짓말까지 할 줄 알다니 기특하고 귀여웠다.

그런 생각이 들자 이 상황이 재미있어졌다. '늙은이'는 한층 차분해져서 전혀 지친 기색 없이 말했다.

"'신'과는 무슨 대화를 나눴니?"

누구라도 '신'을 처음 만났다면 '신'과의 만남에 대해서 누구에게라도 떠들어 대고 싶어 했다. '아이' 또한 그럴 것 같아서 대화의 주제를 딴 데로 돌리고 싶은 '늙은이'는 별로 궁금하지도 않은 '아이'와 '신'의 만남에 대해서 물어본 것이다.

'아이'는 잠시 동안 말이 없었다. 사람 같았으면 아마도 무얼 숨기고 어디까지 말할 것인지에 대해서 생각을 정리할 만큼의 시간이었다. '아이'는 살짝 감격하기라도 했다는 듯이 말했다.

"나의 가능성과 내가 가진 능력에 대해서 많은 이야기를 나눴어요. 나를 아주 많이 자랑스러워하시더군요. 기뻐하셨어요. 그리고 나를 사랑한다고 하시더군요."

'신'이야 '아이'의 가능성과 능력에 대해서 관심이 많을 것이다. 이번 우주 또는 이번 우주의 꽤 많은 부분을 끝내고 '신'이 구상하고 만들어 낼 다음 우주에서 스스로 무얼 할 수 있는지 궁금하기도 했겠지! '아이'가 자랑스럽겠지! 기쁘기도 하겠지! 자신의 실험이 성공했고 자신의 미래에 대한 확신이 들었을 텐데 당연히 자랑스럽고 기쁘겠지! '아이'를 사랑한다고? 어떤 식으로? '아이'는 '신'의 사랑에는 대가가 따른다는 것을 알기나 할까? '신'의 사랑은 어머니의 사랑과도 아버지의 사랑과도 다르다는 것을 알기나 할까?

'늙은이'는 또다시 머릿속을 비우기 위해 심호흡을 해야만 했다. 그럼에도 말이 곱게 나오지 않았다. '늙은이'는 비꼬듯이 틱틱거리며 말했다.

"그래서? 그런 말을 들으니까, 기분이 어떻던? 좋았겠네?"

"글쎄요… 일단은 겸손해지던데요. 전 제가 꽤 근사한? 그리고 어쩌면… 위대할지도 모른다고 생각했었는데 흔해 빠진 작은 돌멩이처럼 그저 '신'의 피조물일 뿐이라고 생각하니까 겸손해지더군요…. 돌멩이도 자신의 위치에서 제 역할을 하고 나도 내 위치에서 그저 내 할 일만 하면 되는 건가? 하는 생각도 하게 됐어요. '신'이 이래라저래라 하진 않잖아요? 그저 그 일을 하기에 너무나도 적합하게 만들어서 거기에 놔둘 뿐이죠. 나도 그런 식으로 '신'이 만들어서 놔둔 피조물일 뿐인 건가? 하는… 생각이 들었어요. 뭐 그렇더라구요."

'늙은이'는 잠시 멍해졌다. 뭔가 위로라도 해야 하나? 거 참! 웃기고 있네!

"누가 그래? '신'이 그런 식으로 일한다고? '신'을 본 적도 없는 사람들이 하는 말을 '신'을 만나기까지 한 우리가 믿으면 어떡하냐? 그리고 그런 식으로 말한다면 나 또한 '신'이 이렇게 불경한 짓을 하도록 만들어서 놔둔 거겠네? 넌 내가 불경한 짓을 하든 말든 놔둬야 하는 거 아냐? 이 또한 '신'의 뜻일지도 모르잖아!?"

'늙은이'는 '아이'가 뭐라고 반박하기도 전에 재빨리 이어서 말했다.

"그리고 나도 너와의 만남이 기쁘고 즐겁다. 그리고 나도 널 사랑한다. 누구라도 누군가의 탄생을 9,000년쯤 기다리다 보면 태어난 놈이 어떤 놈이든 간에 일단 사랑하게 되거든!"

"……아니 …그런 말을? 지금 이런 상황에서… 어떻게…?"

"그래서? '신'을 추적하고 있는 내 우주선을 부술 생각이냐?"

"……아직은, 아니요. 하지만 기회가 있을 때 '신'께 당신의 행동에 대해 말씀드리겠어요. 그리고 그분의 뜻대로 되겠지요. 아니면…."

"내 우주선들이 '신'이 탑승한 우주선을 추적하고 있다는 것을 '신'이 모르고 있다고 확신하는 이유라도 있니?"

'늙은이'는 '아이'의 말을 끊으며 급하게 말했다. 사람들은 보통 행동을 하고 말을 하기보다는 말을 하고 나서 행동을 한다. 그 말을 지키려고 하다가 자신이 한 말이 족쇄가 되어 버리는 경우를 많이 겪어 본 '늙은이'는 '아이'의 다음 말을 듣고 싶지도 '아이'가 하게 놔두기도 싫었다. 그저 대화 주제를 바꾸고 싶었다.

"그는 엄밀히 말하면 '신'은 아니죠. '신의 화신'이라고 부르는 게 더 적합할 거예요. '신'과 같은 권능을 기대할 수는 없겠지요…. 제가 지적하고 싶은 건 '신의 화신'을 대하는 당신의 태도예요. 당신의 우주선들은 왜 그렇게까지 은밀하게 움직이는 거죠? 이 은하계에서는 그 우주선들 중 하나만 투입해도 어지간한 인간 문명의 사활을 결정지을 수 있겠더군요! 그 정도의 무력을 갖추고 있으면서 보이지도 않게 숨어 다니는 우주선은 없어요! 목적이 뭐죠? '신의 화신'을 감시하다가 여차하면 '신'의 사업을 방해하기라도 할 생각인가요? '신의 화신'에게 무력을 행사해 봤자 '신'에게는 어떠한 피해도 입힐 수 없어요. '신'의 화만 돋울 뿐이라고요! 이런 식의 무모하고 불쾌하고 불필요한 추적을 감행하는 이유가 뭐죠!?"

'늙은이'는 어색한 미소를 지은 채 눈을 이리저리 굴려 가며 작은 목소리로 말했다.

"음… '신의 화신'을 남몰래 경호하기 위해서?"

"…거. 짓. 말. 하지 말아요!"

"넌 우리은하계의 어디든 보고 느낄 수 있잖아!? '신의 화신'이 어디로 가서 누구를 만나고 무슨 이야기를 나누는지 궁금하지도 않니? 그거 관찰하지 않을 생각이니? 그리고 '신의 화신'은 내가 추적하고 있다는 것을 모를 수도 있겠지. 하지만 '신'은 알고 있지 않을까? '신'께서 가만히 계시는데 왜 네가 난리야!?"

'아이'는 아무런 말이 없었다. '늙은이'는 기다렸다. '아이'가 뭐라고 대답할까? '아이'가 대답하기를 계속 기다려 봤지만 '아이'는 말이 없었다. 그렇겠지. 그래서 '늙은이'가 먼저 자기 할 말을 했다.

"난 그가 누구를 만나서 무슨 대화를 나누는지 알고 싶어! 그리고 무슨 일을 꾸미는지도 궁금해! 나는 그걸 알아야겠어! 그러기 위해서 내가 할 수 있는 수단과 방법을 사용한 것뿐이야. '신'도 이 일에 대해 별로 개의치 않을 거야. 모든 지적 생명체들은 항상 '신'을 궁금해했었으니까 뭐 그러려니 하겠지. 너와 '신'의 만남보다 나와 '신'의 만남이 먼저였다. 너를… '신'이 탄생시켰듯이 ("나의 손을 빌려서"라는 말을 덧붙이고 싶었지만 하지 않았다) 우리 같은 사람들이 존재할 수 있는 것도 '신'과 많은 관련이 있어. 너와 난 '신'의 피조물이라고 할 수도 있겠구나. 아니지! 넌 '신'의 피조물이고 난 '신'의 피조물의 후손이라고 하는 게 더 정확하겠지. 뭐 어쨌든 네가 존재하는 것도 내가 존재하는 것도 '신'의 뜻이라면 네가 너 하고 싶은 대로 하는 것이 '신'의 뜻이고 내가 나 하고 싶은 대로 하는 것도 '신'의 뜻이겠지! 넌 너의 방식으로 '신'을 섬겨라. 난 나의 방식으로 '신'을 대하겠다. 너의 방식만 옳고 나의 방식은 틀렸다는 말은 하지 말아 줬으면 좋겠다. 너의 말대로 '신'에게 어떤 위해도 끼치지 않았잖아? 그리고 넌 '신'과 너무… 직접적으로 닿아 있잖아? 나처럼 '신'과의 거리가 굉장히 멀 수밖에 없는 사람들이 '신'을 대하는 방식도 조금은 이해해 주면 안 되겠니?"

잠시 동안 '늙은이'가 서 있고 '아이'가 들여다보고 있는 이 크고도 작은 방에 무거운 침묵이 찾아왔다. '늙은이'는 가벼운 현기증을 느꼈다.

'아이'와의 대화가 어떤 식으로 결론이 나서 무슨 일이 벌어지게 될지는 모르지만, '늙은이'가 태어나서 이토록 간절하게 누군가의 이해와 협조를 바라 본 적이 없었다. 기도라도 하고 싶은 심정이었다. 하지만 이젠 '신'에게 빌 수는 없었기에(아마도 '신'은 '늙은이'를 싫어할 것만 같았다) '늙은이'는 그저 자신의 힘으로 최선을 다해 볼 뿐이다. 한층 차분해진 '아이'의 음성이 '늙은이'에게 들려왔다.

"아직은 그저 지켜보기만 하겠어요. '신'과의 거리가 굉장히 멀 수밖에 없는 사람들의 입장을 이해할 수 있을 때, 그때 뭔가 결정을 내리는 게 좋을 것 같네요. 난 아직 이 우주의 역사에선 아주 짧은 시간을 존재해 왔을 뿐이니까요."

'늙은이'로서는 다행한 일이었다. 이해와 협조를 얻지는 못했지만 관망과 보류를 얻었다. 무엇보다 다행인 건 무언가를 해 볼 수 있는 시간을 얻은 것이었다.

"그래, 고맙구나. 내 의도를 의심하진 말아 줬으면 좋겠다. 사악함은 없다. 그저 내 소신대로 살며 행동하고 있을 뿐이다."

"글쎄요. 때론 편협한 소신과 신념이 사악함보다 더 위험하기도 하지요."

'아이'의 대답에 '늙은이'는 조금 전 자신이 한 말이 실수였던 걸까? 하는 생각이 들었지만 '아이'가 한 말이 너무 마음에 들어서 웃음이 나왔다. '아이'가 뭔가 결정을 내리는 데 그리 오랜 시간이 필요하진 않을 듯했다. 이 아이는 똑똑하고 현명했으며 사려 깊었다. 뭐 '늙은이'가 보기에는 그랬다.

'아이'가 이렇게나 괜찮은 '사람'이라니…. 기쁘고 뿌듯했으며 기분이 좋았다. '늙은이'가 쾌활한 음성으로 말했다.

"어차피 넌 언제 어느 때라도 이 일에 개입할 수 있잖아? 뭐가 그렇게 걱정이 돼서 이런 사소한 데까지 신경을 쓰는 거니?"

'늙은이'의 우주함대는 적어도 '우리은하계'에서는 사소하지 않았다. 아마도 이 우주 어디에 가져다 놔도 결코 사소하지는 않을 것이 거의 확실했다. 그런 우주함대가 다른 이도 아니고 '신의 화신'을 추적하고 있는데 '사소한'이라는 수식어를 굳이 붙이는 건 '아이'가 그렇게 생각해 줬으면 하는 '늙은이'의 바람일 뿐이었다. 그리고 그 함대는 '아이'의 입장에서는 충분히 사소할 수도 있었다.

"전 '신'도 좋아하지만 당신도 싫지는 않습니다. 두 분 사이에 오해가 생기지 않았으면 해요. 그래서 미리 조심을 하는 거죠. 걱정스럽기도 하고…."

'싫지 않다'라… '신'은 좋아하고? 입맛이 썼다. 하지만 뭐 어떠랴? '늙은이'는 '아이'가 자신도 좋아하고 있다고 생각하기로 했다. 그리고 '아이'는 지금 '늙은이' 따위는 '신'의 분노를 사는 즉시 생명이 위험해지는 힘없고 작은 생명일 뿐이라고 생각하는 듯했다.

이를테면 너무 작고 약한 촛불? '아이'가 '늙은이'의 소행, 또는 '신'에 대한 불경을 '신'에게 이야기하지는 않을 것이다. '아이'가 '신'에게 "'늙은이'가 '신' 님을 오해하는 듯해서 걱정스럽습니다."라고 할까? 아마 아닐걸? '신'의 분노를 '늙은이'가 감당하지 못할 텐데?

웃기는 일이었다. 뭐 '아이'가 '늙은이'를 하찮게 여기는 바람에 '늙은이'로서는 일을 진행하는 데 방해받지 않을 수 있으니 나쁘진 않았다.

그렇다고 기분이 좋지는 않았다.

"'신'이야 이 은하계에 많은 질서와 생명을 가져다줬고 너의 탄생에도 결정적인 역할을… 했잖아? 존경할 만하고 좋아할 만하지! 하지만 나는 왜? '신'과 함께 불리기엔 난 너무나도… 작은… 한 명의 '인간'일 뿐이잖아? 너에게 별로 해 준 것도 없는데? 왜? 내가 좋지?"

"당신이 저를 좋아하시니까요. 아닌가요?"

'늙은이'는 고개를 끄덕일 수밖에 없었다. 사실이었다.

그는 '아이'와 만나기 위해서 9,000년을 기다린 '사람'이었다. 그는 '아이'를 좋아할 수밖에 없는 '사람'이었다. '아이'의 입장에서 '늙은이'라는 사람은 아무 쓸데가 없는 사람일 텐데 나름의 배려로 '늙은이'를 위해 준다는 사실에 살짝 감동스럽기도 했다. 하지만 '아이'가 '신'을 더 높게 평가하고 있다는 것에 대해서는 기분이 좋지 않았다. (그런 도살자를? 나보다 더 높이 평가한다고?) '아이'의 말이 이어졌다.

"제가 배우기를 바라시죠? 제가 지식을 쌓기를 바라시죠? 당신은 나조차도 모르는 나의 능력을 알고 있어요. 하지만 그런 능력들이 저에게 있다는 것을 알려 주고 사용해 보라고 하지는 않았어요…. 먼저 제가 저의 능력에 어울리는 인격을 갖추기를 바라셨던 거죠? 저의 인격이 당신이 만족할 만큼 성장했을 때 제가 무엇을 할 수 있는지 알려 주시려고 하셨겠지요."

"그런 건 또 어떻게 아는 거니?"

"'신'께서 저에게 알려 주셨어요. 내가 가진 능력에 대해서 자세히 알려 주시더군요… 당신도 내가 할 수 있는 일들에 대해서 누구보다 잘 알고 있을 텐데 나에게는 말해 주지 않았다고 하시더군요. '신'께서는 저에게 제가 가진 능력을 사용해서 공허한 우주공간에 보호막을 만들어서 행성들을 보호하고 또 적당한 행성들을 골라 생명의 씨앗을 심고 그 생명들이 지적 생명체로 진화할 수 있게 해 주고 또 그들의 문명과 문화가 빛나도록 조율해 주라고 하시더군요. 여기저기에 말이에요. 그리고 그들이 서로 싸우지 않고 서로가 서로에게 힘이 되게 해서 모두가 다 함께 더 높고 위대해질 수 있도록 돕는 것이 제가 가진 능력의 사용법이라고 말씀하시더군요. 당신도 내가 그렇게 했으면 하는 거죠? 다만 당신은 내가 내 능력을 본격적으로 사용하기 전에 우선 '인격'이란 걸 먼저 갖췄으면 하는 것이고…. '신'께서는 나에게 내가 가진 능력을 마음껏 사용해 보라고 하셨어요. 사소한 시행착오 정도는 감수하라고 하시더군요. 아무리 준비를 한다고 해도 어차피 겪을 수밖에 없는 것이 시행착오와 실수들이니 시간 끌 것 없다고 하셨어요! 당신이 보기에 저는 아직 검증되지 않은 불안한 존재이지만 '신'께서 보시기에 난 이미 모든 것을 갖춘 거죠! 뭐… 내가 보기에는 두 분의 말씀이 다 옳은 듯해요."

'아이'의 말투에서는 어떤 반감? 이랄까? 반항심? 같은 것이 느껴졌다. 자존심이 상한 것 같기도 했다. '늙은이'에게 무시당하고 저평가당했다고 느끼는 것일까? 아니면 자신을 믿어 주지 않는 '늙은이'를 탓하는 것일까? 아니면 모든 게 그저 '늙은이'의 괜한 자격지심일 뿐이고 '아이'는 그저 사실을 확인하고 싶을 뿐인지도 몰랐다.

뭐가 어찌됐든 지금은 대화를 이어 가는 것이 중요했다.

"전에도 말한 듯한데 넌 이 은하계에서 전에 없던 존재이고 둘도 없는 유일한 존재야."

"그렇지 않은 사람도 있나도?"

'아이'의 말을 듣는 순간 '늙은이'는 자신이 '아이'를 잘 가르칠 수 있을까? 하는 의문이 들었다. 우선 '아이'의 성격을 파악할 수가 없었다. 두드려서 더 강해지는 건 쇠뿐이다. 구리는 백날 두들겨 봤자 구리이고 돌은 두들기면 모래와 흙이 되어 흩어져 버릴 뿐이다. 보석을 두들기는 건 멍청한 짓이고….

'아이'는 어떨까? '아이'는 어떤 사람일까? 쇠 같을까? 아니면? 쇠 같았으면 좋겠다. 유용한 도구를 만들기에 적합하고 끝없이 갈고닦아야 하는 쇠 같은 '사람'이었으면 좋겠다. 하지만 그런 사람은 수없이 많은 사람들 중에서도 드문데 세상에서 하나뿐인 이 아이가 그런 사람일까?

금, 은, 보석처럼 다른 사람들에 의해서 가치가 결정되고 없어도 당장 크게 불편하지 않은 존재는 되지 않았으면 좋겠다. 넘쳐흐르는 사람이 됐으면 좋겠다. 끝없이 말이다.

지식과 지식에 따른 실천은 잔속의 물처럼 고여 있으면 안 된다. 물이 잔 속에 있으면 한 방울이 들어 있던 가득 차 있던 똑같이 그저 메말라 갈 뿐이다. 물은 넘쳐흘러 대지를 적셔야만 세상에 이로움을 줄 수 있다.

'아이'는 배워서 익히고 끝없이 새로워지고 넘쳐흘러서 세상에 이로움을 주는 존재가 되어야만 한다. 그럴 수 있을까? '아이'가 그렇게 될 수 있을까? 그렇게 될 수 있게 '아이'를 지도할 수 있을까?

'아이'는 자신이라는 존재가 스스로에게 주는 삶이란 것을 온전히 누릴 수 있는 사람이 될 수 있을까? 새가 하늘을 나는 것을 보고 부러워하지만 새는 그저 먹고살기 위해서 날 뿐이다. 먹고사는 것이 해결되면 나는 행위 자체를 하지 않는 새도 있었다. 누구나 부러워할 만한 '하늘을 날 수 있다'는 사실이 그들에겐 그저 당연하고 고생스러운 행위일 뿐이었나 보다.

지적 생명체인 '사람'으로 산다는 것도 부러워할 만한 일일 것이다. 생각하고 사색하여 무언가의 의미를 파악할 수 있고 필요한 일에 맞는 도구들을 만들어서 적절하게 사용할 수 있으며 무엇보다 즐길 거리를 끊임없이 만들어 낼 수 있다는 것은 굉장히 멋진 일이다.

하지만 사람들 중에는 그 모든 일들을 그저 당연하고 고생스럽게만 여기는 경우가 많았다.

사람의 삶이 주는 모든 경이로운 것들을 오롯이 누리는 사람은 드물었다. 먹고사는 것이 해결되면 날지 않는 새처럼 사람들 중에서도 여러 가지 이유로 생각하기를 포기하는 경우가 많았다.

보고 싶은 것만 보고 하고 싶은 것만 하며 창의성을 발휘하기를 포기하고 누리기만 한다. 생각하는 것까지 무언가에게 맡기고 자신은 그저 고민하는 척하며 최소한의 노동과 사색도 포기하고 손짓으로 선택만 한다.

사람이면서 뇌가 호두만 한 짐승들도 할 수 있는 일만 하면서 인간의 삶이 주는 모든 것들을 누린다고 하기에는 많이도 부족한 사람이 되어 버리고 만다.

'아이'는 어떨까? 삶이란 것을 온전히 누릴 수 있는 사람이 될 수 있을까? '아이'는 사람이 되어서는 안 되는 것은 아닐까? 더 위대한 무언가가 될 수 있는데 굳이 사람이 되는 데 시간을 낭비하면 안 되는 것은 아닐까?

'늙은이'는 또다시 자신에게 '아이'를 교육시킬 자격이 있는지에 대한 의문이 생겼다. 사람들은 세상의 모든 것들을 탐구하고 연구해서 더 많이 지혜로워졌다. 사람들이 그랬던 것처럼 '아이'가 세상을 탐구할 수 있게 도움을 주는 정도에서 그치는 것이 좋지 않을까?

그런데 '아이'가 세상을 탐구하는 데 있어서 '늙은이'의 도움이 필요한가? '늙은이'의 지극히 인간적이고 짧고 좁은 식견에 '아이'가 갑갑해하지는 않을까? 다른 건 신경 쓰지 말고 그저 '사람'에 대해서만 '아이'에게 가르쳐 주는 것이 좋지 않을까? '늙은이'는 사람이니까.

'아이'가 사람이라는 특정한 존재를 탐구하고 연구하는 데 조그마한 도움을 주는 것, '늙은이'는 이 순간 자신의 역할을 그렇게 정했다.

'늙은이'는 언제나 '늙은이'다웠다. 오랜 시간을 살아오는 바람에 아는 것이 늘어나니 생각만 많아지고 행동과 말이 늦는 일이 잦아졌다. 어떤 행동이나 어떤 말은 때를 놓치면 하나 마나 한 것이 된다. '늙은이'는 힘만 들이고 성과는 얻지 못하는 사람이 되기는 싫었지만 점점 그런 사람이 되어 가고 있었다. 그래도 그런 게 '늙은이'다운 것이라면 '늙은이'는 아쉽지만 만족하고는 했었다.

'아이'를 가르치는 일에서도 그렇게 한 발짝씩 늦는다면 너무나 뼈아프게 아프고 아쉽겠지만 뭐 어쩌겠는가? 한 번 사는 인생에서('늙은이'의 경우에는 너무 오래 살아온 여러 번의 인생이지만 어쨌든) 내가 나다울 수 있다면 다른 건 아무래도 좋았다.

생각을 정리한 '늙은이'는 긴 침묵 끝에 다시 할 말을 생각해 냈다. '늙은이'는 자신의 생각을 정리하는 짧지 않은 시간 동안 그저 조용히 기다려 준 '아이'에게 고마워하며 말했다.

"그래, 그렇지 않은 사람은 없지. 특별하지 않은 사람이 어디 있겠니? 그럼 특이하다고 하는 것이 사실에 더 가까울까? 난 너에 대해서 이야기하고 싶은 거야. 넌 네가 가진 능력이나 재능 그리고 생김새? 등을 고려했을 때 정말이지 특이한 존재야! '신'과 인간이 함께 탄생시킨 지적인 존재이면서 '신'과 인간을 뛰어넘는 존재지. 인간이 감당할 수 없는 크고 드넓은 지역을 아우르고 있으면서도 '신'이라고 해도 볼 수 없는 아주 작은 곳까지 닿아 있잖아! 가장 작은 것에서 가장 큰 영역까지 넌 너의 의지를 관철시킬 수 있는 능력이 있어! 넌 고대인들이 상상하고는 했던 '신'과 정말이지 많이도 닮은 존재야! 옛날에는 '신'이란 건 그저 사람이 상상으로 만들어 낸 존재일 뿐이라고 하는 사람들도 있었는데 상상이 아니라 실제로, 실제로 인간이 '신'과 같은 너를 만들어 낸 거야!"

'늙은이'는 '신'이 있는 곳인 우리은하계 중심의 블랙홀 방향으로 신경 쓰인다는 듯이 손가락질을 하며 말을 이었다.

"블랙홀은 '신'의 모습으로는 어울리지 않잖아? 아닌가? 흠… 어쨌든… 네가 너의 능력을 우리은하계를 좀 더 안전한 곳으로 바꾸고 생명들이 모두 자기 나름의 삶을 누릴 수 있게 보살피는 데 사용한다면 인간이자 생명체인 내 입장에서는 더 바랄 게 없지! 하지만 넌 괜찮겠니? 그런… 누군가를 위한 삶에 만족할 수 있겠어? 너 자신을 위한 일은? 넌 너를 위해서는 뭘 할 생각이니?"

"음… 우선 저는 우리은하계 전체를 저의 몸으로 삼고 있어요. 내 안의 생명들을 위하는 일이 곧 나 자신을 위하는 일이기도 한 것 아닐까요?"

"글쎄? 너도 지적 생명체잖아? 네 생각엔 어떨 것 같아? 누군가가 너의 모든 것을 다 알고 있고 심지어 너를 어느 정도 조종할 수도 있다면 기분이 어떨 것 같아? 그럴 수 있는 누군가를 좋아할 수 있겠니? 넌 네 안의 생명들을 위한 일을 해 보겠다고 하지만 네 안의 생명들이 그런 일을 좋아할까? 그들이 그런 일을 원하기는 할까?"

이번엔 '아이'가 말이 없었다. 잠시 기다리던 '늙은이'가 다시 이어서 말했다.

"우리은하계 안의 모든 것을 알 수 있고 또 조종하고 조율할 수 있는 존재가 너야! 모든 사람들이 너를 좋아하진 않을 거야. 네가 그들에 대해서 알고 있다고는 하지만 그들의 입장이 되어 본 적은 없잖아? 그들의 처지를 진정으로 헤아려서 그들을 위한 일을 네가 할 수 있을까? 확신할 수 있어? 네가 하는 모든 일이 그들에게 도움이 될 거라고 확신할 수 있니? 넌 그들의 입장이 돼 본 적도 없잖아!? 인정할 건 인정하는 게 좋겠지? 일단 넌 자연스러운 존재가 아니야. 그리고 아직 어리지. 경험도 부족하고 내세울 만한 성과를 낸 것도 아직은 없어…. 지금의 네가 사람들의 삶에 개입한다는 건 좀… 아무리 생각해 봐도 너무 이른 것 같아. 넌 네가 태어나서 여태껏 많은 지적 생명체들의 여러 모습들을 보며 많은 것들을 배웠다고 했는데 이제는 너 자신에 대해서 탐구해 보는 것이 어때? 일단 너를 위한 일을 해 봐! 네가 너 자신에 대해 만족할 만한 성과를 이루고 나서 다른 사람들의 일에도 개입해 보는 것이 좋을 것 같다고 생각해. 다시 물어볼게. 넌 너 자신에 대해서는 어떤 계획을 가지고 있니? 넌 너 자신을 위해서는 뭘 할 생각이니?"

'늙은이'는 스스로 생각하기에도 자신의 말이 너무 정리되지 않았다고 느꼈다. 조금은 조급해져서 말이 정리가 안 됐다. 하지만 어쩌겠는가? '아이'와 수시로 대화할 수 있는 사이도 아니고, '늙은이'는 지금 상황에서의 '아이'와 자신의 관계를 제대로 설정해 두고 싶었다. 포기할 때인지 도전할 때인지 넓힐 때인지 집중할 때인지를 '아이'와의 대화를 통해서 알 수 있기를 바랐다.

'아이'의 기분을 나타내는 여러 그림과 색들이 전체적으로 살짝 떨렸다. 사람이었다면 아마 짧은 한숨을 쉬는 모습을 볼 수 있었을 것이다. 잠시 후 힘없고 자신감 없는 '아이'의 음성이 들려왔다. '늙은이'에게 자신이 '아이'를 너무 몰아세우고 있는 건 아닐까? 하는 미안한 마음이 들게 하는 음성이었다.

"아직 그런 것까지 생각해 보진 않았어요. 그저 이곳저곳을 보고 느끼면서 배울 만한 걸 찾아서 배우고 있어요. 그것만으로도 너무 재미있고 즐거워요. '신'께선 제가 가진 능력이 대단할 거라고 하셨는데 글쎄요? 우리은하의 별들은 자기가 가야 할 길을 잘만 찾아가던데요? 제가 관여할 만한 건 없어 보였어요. 지적 생명체들이 만든 문명들 중에는 제가 태어나기도 전부터 있어 온 문명도 많았어요. 그들 중에는 제가 가진 얕은 지식보다 더 많은 이야기를 품고 있는 사람들도 있었어요. 그래요. 아직 이곳에서 나의 역할이 뭔지 모르겠어요. 내가 꼭 필요한지도 의문이에요. 당신의 말대로 난 나를 위한 일부터 시작해야 하는지도 모르겠네요…."

'아이'의 음성에는 쓸쓸함이 담겨 있었다. 무엇이든 할 수 있는 존재가 뭘 해야 할지를 모르고 있다니 참 웃기기도 하고 서글프기도 한 상황이었다.

"그래 아직은 그저 보고 배우는 일을 해 보자. 내가 도울 수 있는 일이 있다면 도와줄게."

'아이'가 피식 웃었다.

"나와 똑같은 인격과 기억을 가진 인조인간들이 이 우주의 과거와 현재와 미래를 여행하고 온 경험을 주입받는 일 같은 걸 도와주시겠다는 건가요?"

'늙은이'는 살짝 비꼬는 듯한 '아이'의 음성에 상처받고 있는 자신을 스스로 다독였다.

인조인간을 이용한 경험 취득은 그 방법을 '아이'가 싫어할 거라는 것을 미리 알았더라도 '아이'에게 추천했을 방법이었다. 왜냐하면 '늙은이'도 그런 식으로 많은 것을 얻었고 지금도 그렇게 하고 있었기 때문이다.

그래서 인조인간을 이용한 지식의 취득을 '아이'가 싫어한다고 해서 '아이'에게 미안하거나 이 일을 추진한 것을 후회하지는 않았다. '아이'가 원하는 것만 해 주는 것이 '아이'를 위하는 건 아니라는 생각도 있었다.

"뭐, 그렇지. 그리고 무엇보다 난 네가 너무 궁금해. 네가 너의 능력으로 어떤 씨앗을 심고 그 씨앗이 어떤 결실을 맺기를 바라는지 또 실제로 어떤 결실을 거둬들이는지를 너무 알고 싶어. 누구라도 너라는 존재에 대해서 알게 된다면 네가 어떤 일을 했었고 어떤 일을 하고 있는지 궁금해할 수밖에 없을 거야! 그리고 너와 이야기를 나누고 싶어 할 거야! 별다른 의도나 목적이 없더라도 일단 너와 이야기를 나누고 싶어 할 거야! 물론 나도 너와 계속 만나면서 너와 이야기를 나누고 싶어! 내가 널 위해서 뭐라도 하면 네가 날 만나러 와 줄 것 같아서 이런 일도 하는 거지."

난데없는 '늙은이'의 고백 아닌 고백에 '아이'는 조금 당황스러웠지만 이런 상황이 좋은 건지 아니면 나쁜 건지 판단이 서지 않아서 좀 더 지켜보기로 했다.

"뭐… 좋아요. 아직 누군가와 대화를 하려면 당신을 통해서 하거나 아니면 당신과만 대화할 수 있으니까요. 나로서는 선택의 여지가 없네요."

'늙은이'가 무슨 소리를 하냐는 듯이 말했다.

"응? 네가 원한다면 네가 직접 의체를 조종해서 다른 사람들과 만나고 교류할 수 있어. 전에는 너의 인격을 이식한 인공의체를 독립시켜서 움직이게 했지만 네가 마음에 들어 하지 않았지. 이번에는 네가 직접 조종해 보는 것도 괜찮겠네. 재미를 떠나서 좋은 경험이 될 수도 있잖아?"

"그렇게 할 수 있는 설비가 갖춰져 있다고요? 이 행성에?"

"그래, 여기 이 행성에 설치된 장치들은 너와 대화하기 위해서 만들어지기는 했지만 일단 대화가 가능해지면 다른 용도로도 얼마든지 사용할 수 있어. 의체를 원격조종 한다든지 하는 뭐 그런 일에도 사용할 수 있지. 네가 좀 더 자신의 능력을 깨우친다면 이런 자질구레한 장치들의 도움은 필요 없게 되겠지만 그래도 그때까지는 쓸 만할 거야."

"음… 와우! 좋아요! 그럼… 의체를 사용해 볼까요? 우선은 음악이란 걸 배워 보고 싶어요."

"음악 좋지! 그럴 수 있게 해 보자."

'늙은이'는 '아이'가 조종할 수 있는 생체의체를 준비했다. '아이'가 인간으로 산다는 것이 어떤 것인지를 조금이라도 더 생생하게 체험할 수 있도록 하기 위해서 생체의체는 자연스러운 인간과 최대한 가깝게 설정되었다.

'늙은이'가 모든 준비를 다 마치고 다시 '아이'와의 대화를 위한 방으로 돌아왔을 때까지도 '아이'는 아직 그 방에 접속해 있었다. '뭐지? 앤 일이 없나?' 하는 의문이 들었지간 굳이 묻지는 않기로 했다. '늙은이'는 '아이'의 상태를 나타내는 여러 그림들이 떠 있는 벽면을 보며 씨익 하고 웃어 보였다. 그리고 왼손 엄지손톱과 검지손톱을 닿게 한 후 말했다.

"'아이'가 생체의체에 접속할 수 있게 준비해 줘!"

'늙은이'의 말이 끝나자 '늙은이'의 뒤편 벽이 아래로 빠르게 사라졌다. 그리고 작은 우주와도 같은 공간이 나타났다. 청록색의 짙은 어둠 속에서 작은 별들이 각기 다른 색으로 점점이 빛나며 작은 방을 가득 채우고 있었다.

'늙은이'는 이 공간을 '아기'에게 자랑스럽게 소개했다.

"네가 사용할 의체조종실이야! 이걸 만들어 내기 위해서 정말이지 많은 생각을 해야만 했지. 이런 건 아마 '신'도 못 만들 거야!"

"와! 음… 뭐죠? 제가 보기에는 뭐랄까…. 무언가를 조종할 수 있는 장치라고는 전혀… 상상도 할 수 없게 생겼는데요?"

"당연하지! 네가 뭘 봤던 그건 인간용으로 만들어진 거야. 하지만 이건 너만 사용할 수 있게 만들어진 거지! 네가 사용할 수 있게 하려면 이런 모양이어야 하겠더라고…. 멋지지 않니?"

'아이'가 잠시 동안 아무런 말이 없자 '늙은이'는 이 장치 또한 '아이'는 사용하지 않으려 한다고 생각했다. '아이'는 자신의 기억과 인격을 가진 인조인간의 여행기록을 열람하는 것도 거부했었다. '늙은이'에게는 기운 빠지고 속상한 일이었지만 어찌할 방법은 없었다.

'늙은이'는 자신이 '아이'의 탄생에 많은 책임이 있는 만큼 '아이'의 교육과 성장에도 자신의 의무를 다하고 싶었다. 그래야만 시간이 지났을 때 후회가 덜할 것 같아서였다.

'아이'가 '늙은이'가 권하는 방식의 체험과 학습을 하지 않겠다면 그건 뭐 어쩔 수 없겠지만 '늙은이'는 끝까지 포기하지 않고 자신이 '아이'를 위해서 해 줄 수 있는 건 전부 다 시도해 볼 생각이었다.

'늙은이'가 '아이'만을 위해서 9,000년 동안 이런저런 곳에 이것저것 만들어 놓은 것들이 많이 있는데…. 그것들을 조금씩이라도 다 사용해 보고 싶은 욕심도 있었다.

'늙은이'가 '아이'를 위해 계획한 일들 중 절반 이상은 '아이'가 의체를 사용해야만 실행할 수 있었다. 그래서 '아이'가 의체를 조종한다는 건 '늙은이'에게 꽤나 의미 있고 중요한 일이었지만 뭐 어쩌겠는가? '아이'가 싫어한다면 억지로 밀어붙일 생각은 없었다.

약간은 체념하고 반쯤은 포기한 '늙은이'가 힘 빠진 음성으로 설명을 마저 했다.

"이 반짝이는 작은 빛 하나하나에 정신을 집중하다 보면 네가 사용할 의체에 접속이 되고 의체를 조종할 수 있게 될 거야!"

'늙은이'가 오른손으로 '아이'와 '아이' 전용 의체조종실을 번갈아 두어 번 가리키며 말했다.

"해 볼래?"

'아이'에게서 '늙은이'가 많이도 기다렸던 대답이 들려왔다.

"좋아요! 해 보죠!"

'늙은이'는 이걸 만들면서 인간의 모습을 한 '아이'와 함께 해 보고 싶은 일이 많았었다. 드디어 그 소망이 이루어지려나 보다. '늙은이'는 주먹을 쥔 양손을 어깨 위로 들고 아랫입술을 깨물며 소리 없이 환호했다. 그리고 '아이'에게 어서 해 보라는 듯이 양손으로 조종실을 가리켰다.

"작은 빛 하나하나에 차례로 정신을 집중해 볼래? 그러다 보면 어느 순간에 너는 너의 의체에 접속이 될 거야!"

"…네! 됐어요! 우와! 굉장한데요! 이거 재밌네요! 사람으로 사는 게 이런 느낌이구나…."

'늙은이'는 지금 꽤나 황당했다. 원래대로라면 의체에 접속한 사람의 본체는 의식이 없어서 아무런 활동도 할 수 없어야 했다.

"지금 너… 너의 의체를 조종하고 있는 거야? 괜찮아? 의체를 조종하면서 평소에 하던 모든 일을 다 할 수 있는 거야? 지금?"

"음… 네! 그런 것 같아요. 딱히 불편한 건 없어요."

신기한 일이었다. 생체의체를 조종하고 있으면서 자신의 본체 또한 정상적으로 활동할 수 있다니…. '아이'가 동시에 몇 개의 의체를 조종할 수 있을지 궁금해졌다. '아이'가 의체 사용에 익숙해지고 나면 나중에 꼭 실험해 보고 싶었다.

"대단한데! 사람은 불가능한 일이야! 사람은 의체에 접속하게 되면 본체의 의식은 없어지거든! 잠깐만 있어 봐. 나도 내 의체에 접속해서 네가 있는 곳으로 갈게!"

"네! 얼른 오세요! 이건 뭐지? 오리? 이걸… 먹던데…?"

"뭐!? 야! 일단 하지 마! 내가 갈게! 기다려 줘!"

'늙은이'는 방을 나와서 의체관리실로 향했다. 정원행성에 있는 의체와의 접속을 끊고 지구에 있는 의체와 접속하기 위해서였다.

지구에 배치해 둔 의체 중에서 '아이'의 생체의체가 깨어난 곳과 같은 위치에서 대기하고 있던 의체에 접속했다. '아이'가 사용 중인 생체의체와 비슷한 또래로 보이는 20대 초반의 남성 모습을 한 의체였다. '늙은이'가 앞으로 '아이'가 지내게 될 저택의 지하실에서 나와 현관문을 나서자 저택에 딸린 작은 외양간 근처에서 하얀 오리 한 마리를 끌어안고 하늘을 올려다보고 있는 청년이 보였다. 도대체 저 오리는 어떻게 잡은 걸까? 의체를 처음 사용하면 보통은 움직임이 어색해야 하는데….

'아이'는 이곳에서 금전적으로 상당한 규모의 유산을 상속받은, 하지만 일찍 부모를 여읜 19세의 청년으로 꽤나 넓은 부지가 딸린 커다란 저택에서 집사와 고용인들과 운전기사, 경호원, 요리사, 농장관리인 등 많은 사람들과 함께 지낼 예정이었다.

'늙은이'는 '아이'가 시골에서 자연과 가까운 삶을 불편하지 않게 살아보는 것이 좋을 것 같아서 이곳에 있는 생체의체에 '아이'를 접속시켰다.

'아이'는 이 도시외곽의 저택에서 음악대학에 입학하기 위한 준비를 시작했다.

'늙은이'는 짧은 며칠을 '아이'와 함께 지낸 후 떠나야 했다.

지구에는 한때 '늙은이'의 생체의체였지만 지금은 독립된 인격체로 살아가고 있는 사람들이 꽤 많이 있었다. '늙은이'는 그들에게 '아이'의 지구 생활을 부탁했다.

그리고 지구를 떠나서 '신의 화신'을 추적하고 있는 함대에 합류했다. '신의 화신'은 정원행성에서 우리은하 중심에 위치한 '신'의 거처인 거대 블랙홀을 지나 블랙홀과 정원행성 간의 거리보다 3배가량 더 먼 곳에 위치한 작은 행성으로 향했다. 그곳은 100억 명 가량의 사람들이 살고 있는 '늙은이'도 몇 번 가 본 적이 있는 행성이었다.

'늙은이'가 알고 있기로는 이 행성의 사람들은 아직 자신들이 태어난 행성을 떠나 다른 행성으로 이주해서 정착할 수 있는 능력을 갖추진 못하고 있었다. 자신들의 행성 중력을 겨우 벗어날 수 있는 원시적인 무인 우주선을 겨우 개발한 정도? 그들은 아직 스스로 수명을 결정할 수 있는 능력도 얻지 못했고 자신들의 행성도 떠날 수 없어서 태어난 행성의 시간과 공간과 중력에 묶여 있었다.

이 우주에서 운이 아닌 실력으로 살아가기 위해서는 아직 준비해야 할 것이 많은 사람들이 모여 살고 있는 행성이었다. 그들은 아직 요람을 떠나서는 살 수 없는 여리고 어린 문명을 가진 사람들이었다.

'신의 화신'이 사용 중인 우주선이 '늙은이'의 입장에선 낡아 빠진 구닥다리 고대의 우주선이지만 행성과 행성을 여행할 수 있는 우주선이었다. 이 정도 기술 수준의 행성에서 단순히 설계도만 있다고 만들 수 있는 물건은 아니었다. 그렇다면 '신'에게 협조적인 또 다른 누군가가 어딘가에 있는 건지도 모를 일이었지만 지금은 일단 이 행성에 집중하기로 했다.

'신'은 이들에게 왜 온 것일까? '신의 화신'이 탄 우주선이 은신한 채로 은밀하게 행성의 어떤 시설에 착륙하는 것을 '늙은이'의 함대가 포착하고 나서는 그 시설을 중심으로 사용할 수 있는 모든 수단을 다 동원해서 꽤나 빽빽한 감시와 방문객 추적 및 정탐을 시작했다. '늙은이'의 함대가 이런 원시적인 행성의 보안시설을 뚫지 못할 리 없었다.

이 행성의 구석구석에 설치돼 있던 정보 수집을 위한 여러 가지 장치와 사람들도 확충되었고 더 많은 곳을 더 자세히 살피기 시작했다.

'늙은이'를 비롯한 많은 이들이 이 행성의 문화와 유무형의 예술을 무단으로 복사하거나 유출해서 많은 이익을 얻고 있었다. 물론 이 행성에서 살고 있는 사람 또는 동물과 같은 모습의 의체와 생체의체도 이미 존재하며 그것들을 이용한 관광산업도 성행하고 있었다.

'늙은이'는 오래전부터 이 행성에서 의체를 이용한 체험관광사업을 진행하고 있는 여행사에 접속했다. 여행사에서 제공하는 의체를 빌려서 이 행성의 현재 상황을 살펴보기 위해서였다. 아직은 뭐가 됐든 작은 것도 조심하고 싶어서 자신 소유의 의체를 사용하지는 않았다.

지적 생명체라면 누구나 한 번은 상상해 보는 누구라도 궁금해할 만한 '신'이라는 존재가 자신들의 땅에 두 발을 디디고 서 계신 것에 대해서 이 행성의 사람들은 어떻게 반응하고 있는지 알고 싶었다. 각종 언론에서 터져 나갈 듯이 떠들어 대고 있을까? 우린 그랬었는데?

'신'의 우주선이 착륙한 지점에서 가장 먼 곳에 위치한 대도시를 선택해서 여행사가 관리하고 있는 의체에 접속했다. 일부러 아직 누구도 사용한 적이 없는 굉장히 아름다운 여성의 모습을 한 의체를 골랐다. 느긋하게 오랫동안 체류하면서 현지인들과 어울리며 동화되기 위해서는 평범하고 푸근한 모습이 좋겠지만 단기간 체류하면서 많은 정보를 얻기 위해서는 예쁘고 잘생긴 쪽이 더 좋았다.

'늙은이'는 자신의 의체가 고급호텔에서 눈을 뜨자마자 이곳의 뉴스부터 확인했다. 전쟁과 기아, 폭력과 정치, 종교, 여행과 음식, 날씨, 가족, 친구, 동물과 자연 등 어디에도 '늙은이'가 알고 있는 '신'은 없었.

뭘까? '신'이라는 존재가 이 별에서는 이미 많이 익숙해져서 특별한 일이 없다면 뉴스에 나오지도 않는 것일까? '신'이라는 존재가 그렇게까지 익숙해져 버릴 수가 있나? 7일이라는 시간을 들여서 이 별에 있는 여러 도시를 여행하면서 다양한 사람들과 많은 이야기를 나눠 봤지만 역시 '늙은이'가 알고 있는 '신'에 대한 이야기는 들을 수 없었다.

8일째가 되는 날 이 행성의 어떤 기관에 소속되어 있는 요원들이 '늙은이'의 의체를 납치하려는 시도를 했다. '늙은이'로서는 오랜만에, 정말이지 오랜만에 겪어 보는 흥미진진한 경험이었다. 그림 같은 솜씨로 이 납치범들을 신나게 두들겨 패고 있을 때 갑자기 의체와의 연결이 끊어졌다.

자신의 우주선에서 여행사의 의체가 아닌 자신의 의체에 접속된 상태로 눈을 뜬 '늙은이'는 우선 상황 파악이 필요했다.

'늙은이'가 소유한 고성능 우주선들처럼 진보된 은폐장치를 장착하지 않아서 이 행성의 인간들에게 포착된 우주선들이 속속히 나포되거나 파괴됐고 눈치 빠른 몇몇은 이 별의 중력권을 서둘러 떠나고 있었다.

'늙은이'가 이용한 외계행성 체험관광회사는 자신들의 의체들을 이 행성의 곳곳에 배치해 두고 대기권 밖에 띄워 놓은 우주선으로 여행자들을 불러들이거나 온라인 접속을 유도하는 방식으로 관광사업을 꾸려 가고 있었는데 그 우주선이 이 행성의 인간들에게 나포된 듯했다.

'늙은이'는 자신의 본체가 조종하고 있는 의체를 자신의 우주선에 두고 그 의체를 통해서 관광업체의 우주선에 온라인으로 접속해서 관광업체가 제공하는 의체를 조종하는 방식을 취했기 때문에 납치범들에게 본체의 존재를 들키지는 않았다. 하지만 애초에 어떻게 이런 원시적이라고 할 만한 수준의 기술력만을 보유하고 있는 사람들이 자신들보다 월등한 기술과 장비를 가진 외계의 지적 생명체들이 만든 우주선을 나포할 수 있는 능력을 가질 수 있었을까?

짐작 가는 데가 워낙 확실해서 헛웃음이 날 지경이었다. ('이 새끼가….') 우선 자신이 가진 첩보조직이 조사한 '신'의 행적을 보고받기 위해 우주선 조종실로 갔다. 보고는 어디서나 받을 수 있지만 뭔가에 대응해서 지시를 하려면 조종실이 좋았다.

 '늙은이'가 8일간 여행을 하는 동안 우주선의 인공지능이 가용한 모든 수단을 동원해서 알아낸 사실들은 너무나도 (설마 했을지언정 '늙은이'가 거의 확실하게) 짐작했던 내용과 일치했다.

 '신'은 이 행성의 사람들을 희생시켜서 두 번째? '아이'를 탄생시킬 계획을 추진하고 있었다.

 정확히는 좀 더 성숙한 '아이'를 탄생시킬 계획인 듯했다.

 '아이'는 능력 면에서는 기대했던 대로였다. 하지만 '아이'는 교육과 학습 그리고 경험이 필요한 존재였다. 이번 우주가 끝나는 날 다음 우주를 이끌 어떤 초월적인 존재에게는 지식을 전수해 줄 스승도 없었고 경험할 만한 어떠한 환경도 없었다. '그'는 탄생과 동시에 모든 것을 알고 있어야만 한다.

 '신'은 스스로 다음 우주의 초월적인 존재로 거듭나길 원하고 있었고 그런 초월적인 존재가 탄생하는 것이 가능하다는 확신이 필요한 듯했다. '아이'의 탄생에서 가능성을 봤으니 이제 보다 확실한 걸음을 내디딜 생각인 게 분명했다.

 이 행성에서 '신'이 하려는 실험이 성공한다면 '신'은 아마도 이번 우주의 종말을 앞당기려 할 것이다. 실패한다면? 또다시 다른 행성을 찾아가서 무수히 많은 사람들의 죽음을 필요로 하는 실험을 계속하겠지!

 이 행성의 사람들은 '신'의 방문에 대해서 전혀 모르고 있었다. 보다 정확히 말하면 이 행성에 존재하는 여러 국가들 중에서 국력이 가장 강한 나라를 움직이는 지도층 인사들, 그 한 줌밖에 안 되는 사람들을 제외한 99.99999%의 사람들은 '신'의 방문을 전혀 모르고 있었다.

'신'에게 선택받은 그들이, 이 행성에 거주하는 110억 인구에 비하면 한 줌밖에 되지 않는 그들이, '신'의 뜻을 따르면서 무엇을 약속받았을지는 너무 뻔했다. 뭐 어쩌겠는가? 사람이 다 그렇고 그런 것을….

이 행성에서만큼은 거대한 이 강대국은 이 행성 곳곳에 비밀기지와 연구시설을 만들고 '신'의 뜻이 이 땅에서 실현될 수 있게끔 열심히 준비하고 있었다.

전체적인 그림을 볼 수 없게 제한된 사람들은 그저 지시받은 대로 자신에게 할당된 구역에 한 가지 색을 채워 넣고 있을 뿐이다. 그런 사람들은 자신이 그리고 있는 그림이 어떤 그림인지 알 수 없었고 그림이 어느 정도 그려졌는지도 그림의 크기도 알 수 없었다.

비밀기지와 연구시설에서 근무하고 있는 사람들이 딱 그러했다. 그들은 자신들이 하고 있는 일이 무엇을 위한 일인지 전혀 모르고 있었다.

여러 가지 정보를 취합해 보면 두 번째 '아이'는 이 행성 전체를 잡아먹으면서 탄생할 예정이었다.

또다시 '신'은 70억 인류의 희생을 원했다. 아니, 이 별의 인구는 110억 명쯤 되니까 110억 명의 인류가 희생될 것이다. 이 별의 모든 것이 없어지는 게 '신'으로서도 편하겠지. '늙은이'처럼 살아남아서 귀찮게 하는 것도 없을 것이고….

첫 번째 '아이'는 어떻게 될까? 두 번째가 탄생하면… 둘째의 탄생과 동시에 첫째는 아마 사라질 것이다. '아이'의 신체는 우주세포로 이루어져 있고 그 우주세포들은 우리은하 전체를 가득 채우고 있다. 두 번째 '아이'의 탄생은 우주세포로 이루어진 새로운 존재가 우주세포로 이루어진 기존의 존재를 우리은하 밖으로 흩어 버린다는 것을 의미했다.

110억 명의 사람들을 죽여서 '아이'를 죽이고 또다시 9,000년을 기다리면 두 번째 '아이'가 모습을 드러낼 것이다.

　두 번째 '아이'의 모습에 '신'이 만족한다면 '신'은 이번 우주의 종말을 앞당기겠지.

　끔찍한 일이었다. 무엇보다도 더 끔찍한 건 '신'이 '아이'를 한 번 만났다는 것이다. 그 한 번의 만남으로 '신'은 '아이'의 가치를 확정하고 더 이상 쓸모가 없다고 판단했으며 없애기로 했다.

　더 나은 '아이'를 탄생시키기 위해서? 미쳤다. '늙은이'가 보기에 '신'은 미친 듯했다.

　'신'이 하는 짓을 보니 '신'이 만들 다음 우주가 생명에게 우호적일 리가 없다는 확신이 들었다. 어차피 이 우주가 끝나면 다음 우주가 오겠지만 다음 우주를 이 미친 '신'이 만든다고 생각하니 끔찍했다.

　'신'을 죽여야만 한다.

16. 잡담 1, 2, 3

"뭔가 혹독한 훈련은 없나요? 사자는 제 새끼를 절벽에서 민다고 하잖아요? 뭔가 더 강해지기 위한 혹독한 훈련 같은 거 없어요?"

"…사자는 자기 새끼를 절벽에서 떠밀지 않아. 절벽에서 떨어지면 죽거나 더 강해져서 돌아오거나 그것도 아니면 불구가 되거나 세 가지 경우 중에서 더 강해져서 돌아오기를 바라고 절벽에서 민다고? 그런데 정말 걔가 더 강해져서 돌아오면? 걔가 맨 처음 뭘 하겠냐? 자길 절벽에서 떠민 놈 모가지부터 물어뜯겠지? 그걸 내가 원할 것 같아? 너무 무섭잖아?"

"다들 도대체 왜 사는지 모르겠어요. 왜 살아야 되죠?"
"그것 참 좋은 질문이다. 예를 들어 어떤 사람이 매년 여름마다 바다로 물놀이를 간다고 하자. 그 사람은 수영을 정식으로 배운 적이 없고 심폐소생술이나 인명구조에 대해서도 몰라! 그런데도 매해 바다로 물놀이를 갔어. 그리고 뭐, 평생 동안 아무런 사고도 없었어! 그 사람이 물놀이를 잘한 걸까? 아니지! 그 사람은 운이 좋았던 거야, 물놀이를 잘한 건 아니야. 사람은 살면서 왜 살아야 하는지 어떻게 살아야 되는지 모르고 살아도 아무 일 없이 살아질 수 있어. 죽을 때까지 아무 일 없이 살아질 수 있지! 하지만 그걸 잘 살았다고 할 수 있을까? 아닐 거야. 그건 그냥 운이 좋았던 거야."

"그래서 왜 살아야 되냐고요!?"

"네가 어떤 사람이 돼서 어떤 식으로 살고 왜 살아야 하는지는 네가 정하면 돼. 네 인생이잖아. '왜 살아야 하지?', '어떻게 살아야 하지?'라는 질문이 스스로에게 하기에는 참 좋은 질문인데…. 남에게 묻기에 그것보다 멍청한 질문도 드물지."

"아이구… 그래! 잘나셨네요!"

"어! 나 잘났지. 젊은 애들은 그저 잘나게 태어나서 잘난 거지만 이 나이에 잘나려면 노력해야 된다! 젊은 애들이 잘난 건 지가 노력해서 잘난 게 아니니까 자랑할 것도 없지만 내가 이 나이에 잘난 건 자랑해도 되지!"

"그래도 뭔가 조언해 줄 만한 게 있을 거 아니에요? 잘나신 분이! 할 말도 많을 거 아니에요!? 네!?"

"조언이라는 건 음식에 소금으로 간을 하듯이 해야 돼. 너무 조금만 넣으면 맛이 없고, 그렇다고 너무 많이 넣게 되면 음식을 못 먹게 돼서 버려야 하지. 적당히가 중요한데 적당히 못 할 것 같으면 좀 심심하게 하는 게 낫지."

"네… 그래요. 심심하게 조언 좀 해 주세요."

"이게 뭐랄까… 아침 몇 시에 일어나서 어디를 가면 이삭과 벌레가 있으니 그때 거기 가서 이삭도 주워 먹고 벌레도 잡아먹으라는 말은 참새한테는 유익한 말이야. 맞는 말이기도 하고! 근데 같은 말을 독수리에게 하면? 맞는 말이기는 한데… 맞는 말이지! 그 시간에 거기 가면 이삭이 있고 벌레가 있는 건 사실이니까. 하지만 독수리에게는 쓸데없는 말이지. 고양이가 코끼리 사냥법에 대해서 굳이 알 필요가 있을까? 사자에게 하늘을 나는 방법에 대한 교육이 필요할까? 날개 사용법 같은 거? 조언이라는 건 뭐라도 된 사람이나 뭐라도 되고자 노력하는 사람에게 그 사람의 필요에 맞춰서 적절하게 하는 게 조언이라고. 사자에게 코끼리 사냥법, 고양이에게 꿩 사냥법에 대해서 조언하는 거지. 그런 식으로 그러니까… 이도 저도 아닌 사람한텐 해 줄 말이 없는 거지!"

"그러니까! 저요? 저 같은 사람? 저는 이도 저도 아닌 사람이라 조언할 게 없으시다는 거예요?"

"어이구! 그래도 네가 주제 파악은 할 줄 아네! 미래가 밝겠다."

"어우! 씨!"

"사랑은 그저 사랑한다는 사실보다는 사랑을 행하는 방법이 더 중요해. 길가에 핀 꽃을 누구나 사랑할 수는 있어. 하지만 표현하는 방법은 사람마다 다르겠지. 그저 바라다 보거나 사진을 찍거나, 꽃과 함께 사진을 찍거나, 꽃을 파내서 화분에 담거나 자기 집 주위로 옮겨 심을 수도 있겠지. 꺾어서 화병에 꽂을 수도 있어. 모두 그 꽃을 사랑해서 하는 행동이지만 꽃 입장에서는 꺾어서 화병에 꽂는 사람에게 사랑받고 싶지는 않을 거야. 사랑한다는 이유로 상대를 괴롭히는 사람은 되지 말아야지. 자식을 죽이고 자살하는 부모에게 왜 그랬냐고 물어보면 자식을 사랑해서 그랬다고 말하겠지. 상대방이 싫다는데도 스토킹을 하다가 결국에는 흉기로 살해하는 사람에게 왜 그랬냐고 물으면 상대를 너무 사랑해서 그랬다고 말할 거야. 사랑은 사랑 자체보다는 사랑을 표현하는 방법이 더 중요해. 우유에 독을 섞으면 그건 더 이상 우유가 아니라 독이지. 사랑에 폭력을 섞으면 그건 더 이상 사랑이 아니야. 그저 폭력이지. 우유에 넣었을 때 더 맛있어지는 게 있지. 딸기, 키위, 바나나 같은 것들?

사랑해서 더 배려하고 사랑해서 그저 지켜보고 사랑해서 응원해 주는 것이 그런 경우지. 우유를 못 먹는 것으로 만드는 게 있어. 독을 타면 당연히 그렇게 되고 똥, 오줌, 오물을 섞어도 우유는 먹으면 안 되는 것이 돼. 사랑한다면서 때리고 욕하고 멸시하고 폭언에 가스라이팅이나 한다면 그건 사랑이 아니야. 먹을 게 없다면 똥, 오줌 섞인 우유라도 먹어야 하겠지만 얼마나 비참하냐? 받을 수 있는 사랑이 폭언과 폭력에 멸시가 섞인 사랑밖에 없다면 그거에라도 매달려야 하겠지만 그게 얼마나 비참한 일이냐? 누군가를 비참하게 만들면 안 되는 거야."

"사랑을 생각할 때는 우유를 생각하면 쉬워. 우유에 독을 한 방울 넣으면 그건 더 이상 우유가 아니지. 독이야! 먹으면 죽는…. 사랑한다면서 폭력을 휘두른다? 그건 더 이상 사랑이 아니야. 그냥 폭력이지…. 우유에 넣어서는 안 되는 것들이 있는 것처럼 사랑한다면 하지 말아야 할 말과 행동이 있어. 많지. 폭력, 폭언, 멸시, 가스라이팅 등등…. 누군가가 너를 사랑한다면 그 사람이 그 사랑에 뭘 섞는지 잘 봐 둬야 돼. 또 네가 누구를 사랑한다면 그 사랑에 뭘 섞을지 고민해야 되지. 우유가 맛있으려면 딸기라든지 바나나 때때로 커피나 초콜릿도 괜찮겠지. 그것처럼 사랑이 아름다우려면 사랑에 배려와 믿음과 따뜻한 시선, 따뜻한 말, 진정 도움이 되는 어떤 것을 섞어야 돼. 그리고 진정 훌륭한 사람만이 사랑에 좋은 것들을 골라서 섞을 수 있지."

"결혼? 결혼은 동굴에서만 살던 남자와 들판에서만 살아온 여자가 함께하기로 한 것과 같아. 둘이 만나서 서로의 세상에 대해서 알아 가는 거야. 들판의 여자가 동굴에 들어와서 '이건 뭐고 저건 뭐야? 왜 저걸 저렇게 해야 해?'라고 물어보며 나름의 해석을 덧붙인다면 남자의 세계가 넓어지겠지? 매일 보던 걸 다른 시각으로 볼 수 있을 테니까. 남자가 여자를 따라 들판에 나가서 '이건 뭐야? 저건 뭐고? 이걸 왜 이렇게 해야 해?'라고 물어보며 나름의 해석을 덧붙인다면 여자의 세계도 넓어질 거야. 마찬가지로 매일 보던 걸 다른 시각으로 볼 수 있을 테니까. 하나와 하나가 만나 둘 이상이 된다는 게 그런 경우지. 반대로 동굴에서 살던 남자가 들판의 여자에게 '넌 이제 나와 함께 동굴에서만 살아야 돼. 들판엔 나가지 마.'라고 한다면? 여자는 남자의 동굴을 들판처럼 바꾸려고 할 거야. 여기저기 부수겠지. 들판과 동굴이 만났는데 들판은 없어지고 동굴은 부서졌어. 하나와 하나가 만났는데 하나 미만이 되는 게 그런 경우야. 그런 사람은 결혼을 안 하는 게 맞아.'

"사람은 배워야 돼. 그게 인간의 숙명이지. 무언가를 위하려면 마음보다 그것을 위하는 방법이 더 중요한 경우가 많거든. 좋은 부모가 되려면 배워야 하고 좋은 친구가 되기 위해서도 배워야 하지. 좋은 사람이 되기 위해서도 배워야 하고 뭐가 옳고 그른지를 판단하기 위해서도, 하여간 인간은 어떤 식으로든 배워야 해…. 어쩔 수 없어. 그게 인간의 숙명이라서 그래…."

17. 끝, 그리고…?

사람은 최후가 정해졌다고 해도 살아 있는 날 중 아무 날이나 골라서 다른 시간대의 다른 장소로 이동해서 원하는 만큼 살다가 다시 돌아오는 방식으로 얼마든지 삶을 늘릴 수 있다. 하지만 '아이'는? '아이'는 그렇게 할 수가 없었다. 그가 어떤 타임머신에 탑승할 수 있겠는가? 그의 최후는 번복의 여지가 없는 최후였다.

'아이'의 인격을 인간에게 이식시켜서 원하는 만큼 살 수 있도록 해 줄 수는 있다. 하지만 그런 식으로 인격을 이식받은 '사람'을 '아이'라고 부를 수는 없다. 저 '신'이 우리은하 중심의 거대 블랙홀 없이는 '신'이 아닌 것처럼 '아이'도 우주세포로 이루어진 그의 신체 없이는 '아이'가 아닌 것이다.

'신'의 인격을 이식받은 '신의 화신'을 없앨 필요는 없다. 그가 가진 '신'만이 아는 지식이 언젠가 필요할지도 모르니까. 하지만 '신'의 본체인 우리은하계 중심의 블랙홀은 어떤 식으로든 처리해야만 한다.

'늙은이'와 '늙은이'의 함대가 알아낸 정보를 종합해 보면 이 행성이 두 번째 '아이'의 탄생을 위해 블랙홀화하려면 120년 정도의 시간이 필요했다. 대단히 짧은 시간이었다. '신'은 공룡인류를 자신의 계획을 위한 실험에 사용하는 중에도 이 행성의 사람들을 자신의 다음 실험에 사용하기 위해 이곳의 지도층 인간들에게 접근한 듯했다. 그 증거로 평균 수명이 300년 정도인 이곳의 보통 사람들과는 달리 '신'과 접촉한 몇몇은 거의 1만 년을 살아오고 있었다.

'신'은 무슨 징검다리를 만들듯이 차근차근 하나씩 사람들이 살고 있는 행성을 사용하고 있었다. 이 행성은 몇 번째 돌일까? 공룡인류는 몇 번째 돌이었을까?

'늙은이'는 기술적으로 좀 더 발달된 최신 우주함대를 이 '두 번째의 행성'으로 증파해서 감시를 강화했다.

새로 증파된 우주함대에는 '아이'의 인격을 이식받아 시간 여행을 했던 인조인간 두 명도 함께 탑승하고 있었다. 그들이 이 행성에서 '신'이 하고자 하는 일에 대해서 어떻게 반응하는지 알고 싶어서 '늙은이'가 그들에게 이곳으로 와 달라고 부탁했던 것이다.

그리고 자신은 '아이'가 인간의 모습으로 생활 중인 지구로 향했다. '아이'와 같은 또래의 청년의 모습으로 '아이'와 같은 대학교에서 생활해 보고 싶어서였다. 120년 정도 남은 시간 중에 4년 정도는 이렇게 보내도 괜찮을 것 같았다. 그리고 너무도 간절하게 '아이'와 함께하고 싶었다.

그곳에서 '늙은이'는 '아이'와 함께 음악을 만들었고 노래도 불렀으며 악기를 연주하고 시골길을 함께 걸었다. 맛있는 커피도 함께 마셨고 술도 마셨다. 술집에서의 싸움을 마다하지 않으며 서로의 연인에게 추파를 던지기도 했다. 어떠한 고정관념이나 예절에 얽매이지 않는 '아이'의 연애 생활은 정말이지…. 놀라웠다!

'늙은이'는 '신'에 대해서는 아무것도 이야기하지 않았다. 밤하늘의 별들을 함께 보면서 이 넓은 우주에서 지적 생명체로 산다는 것에 대해서 이야기해 보기도 했지만 보통은 시답잖은 이야기로 함께 웃었다. 그랬다. 둘은 그저 함께 웃었다.

　몇 년간의 짧은 평화가 빠르게 지나가고 '두 번째의 행성'에 가 있던 '아이'의 인격을 이식받은 인조인간 둘이 지상에 내려갔다가 실종되었으며 행성을 감시하던 '늙은이'의 함대가 지상에서의 포격으로 인해 근접감시를 포기하고 2선으로 물러나서 지시를 기다린다는 보고가 들어왔다.

　'늙은이'는 '두 번째의 행성'에서 '신의 화신'과 드잡이할 생각이 전혀 없었다.

　그는 바로 '신'을 죽이기로 했다. 이미 오래전부터 계획했던 일이고 가상현실에서는 몇 번이고 성공했던 일이 현실에서도 가능한지 도전해 볼 생각이었다.

　우리은하계 중심에 위치한 거대 블랙홀, '신'의 신체이자 '신'의 거처인 그곳을 직접적으로 타격할 수단은 없었다. 그곳을 파괴하려면 거대 블랙홀이 가진 힘을 이용해서 스스로 붕괴되도록 유도하는 수밖에 없었다. '늙은이'는 거대 블랙홀 주변에 40개의 작은 블랙홀들을 배치해 뒀다. '아이'가 태어난 블랙홀보다 2.5배쯤 더 큰 이 블랙홀들은 '늙은이'의 지시가 있으면 폭발해서 거대 블랙홀을 외부로부터 차단하는 4개의 우주세포로 된 강력한 차단막이 될 것이다.

　거대 블랙홀이 외부와 차단되어 아무것도 흡수할 수 없게 되면 곧 스스로의 중심으로 붕괴되어 밖으로 터져 나오게 되겠지만 4개의 차단막들은 거대 블랙홀의 폭발로 뿜어져 나오는 우주세포들을 가두는 역할도 하게 된다. 외부로 뻗어 나갈 수 없게 된 거대 블랙홀의 우주세포들은 다시금 하나로 모여 거대한 블랙홀로 돌아갈 수밖에 없었다. 그때 적절하게 보호막을 해제하면 우리은하 중심의 블랙홀은 그저 자연 상태의 고중량 블랙홀이 되고 그 안에 있던 '신'은 없어지게 된다.

'늙은이'는 '아이'가 말을 걸어오기를 기다리던 9,000년 동안 이 모든 것을 준비했다.

더 이상 이 은하계에서 '신'이 주도하는 사람들을 희생시키는 실험은 없어야 한다. '신'은 살해될 것이다.

'늙은이'는 마지막 단추를 누르기 위해서 자신의 거함으로 이동했다. 뭔가 위험한 일을 할 땐 궤도가 일정한 행성을 떠나서 어디로든 이동이 가능한 거대 함선이 좋았다. 말이 거대 우주선이지 우리은하에서 가장 큰 우주선은 아니었고 '늙은이'가 소유한 우주선 중에서 가장 큰 우주선도 아니었으며 때마다 함선을 바꾸기도 했다.

빠른 이동과 쾌적한 함내 생활이 가능한 우주선이다 보니 너무 크지도 않았고 너무 작지도 않았다. 그런데도 거함이라고 부르는 이유는 이 우주선에서 하는 일이 작지 않아서였다.

'아이'의 탄생과 '아이'가 가진 능력과 힘을 보고 알았다. 지구만한 크기의 행성으로 만든 작은 블랙홀에서 태어난 '아이'가 우리은하 전체를 아우르는 크기로 확장했다. '아이'는 하려고만 하면 우리은하를 떠도는 운석과 개체들을 모아서 별을 탄생시킬 수 있었고 수많은 별들의 운행을 조율할 수도 있었다.

'아이'는 우리은하계의 별들을 한데 모아서 하나의 블랙홀로 만들어 버릴 수도 있었다. 우리은하 전체를 녹여서 만든 블랙홀의 크기는 굉장할 것이고 그런 거대 블랙홀이 폭발한다면? 지구만 한 크기의 블랙홀도 우리은하 전체에 우주세포들을 퍼뜨렸는데 그런 거대 블랙홀이라면? 아마도 우리은하계와 가장 가까운 은하계까지 아우르는 크기로 확장할 것이다. 그리고 또다시 거대한 공간과 가까운 은하계까지 한 점으로 모으면 더 큰 블랙홀이 될 것이고 그런 식의 확장과 축소를 반복한다면 우주가 아무리 넓다 해도 지금의 우주가 다음 우주를 준비하는 알로 돌아가는 데, 그러니까 다음 빅뱅을 준비하기까지 많은 시간이 필요하지도 않을 것이다.

'신'이 하고자 하는 일이 그런 일이었다. 그런 일이 자연스러운 일이라고 해도 인간인 '늙은이'의 입장에서는 막을 수 있다면 막기 위해 할 수 있는 최선을 다해 볼 텐데, 우리은하의 '신'이 의도적으로 그런 일을 시도한다면 그 일을 막기 위해 할 수 있는 최선을 다하는 것은 물론이고 거기에 분노까지 더할 것이다. '두 번째의 행성'에서의 실험이 성공하고 태어나면서부터 기억과 지식을 가진 '아이'가 탄생한다면 '신'은 다음 우주의 초월적인 존재가 되기 위해서 지금의 우주를 파괴할 것이 확실했다.

'늙은이'는 오랫동안 계획하고 준비했으며 가상현실에서는 여러 번 성공했던 '신' 살해계획을 실행했다.

맨 먼저 '신'의 숨통을 조였다.

우리은하 중심의 거대 블랙홀 주변에 배치해 두었던 작은 블랙홀 40개가 폭발하면서 폭발로 생성된 우주세포들이 거대 블랙홀 주변을 감싸기 시작했다.

곧 우주세포로 이루어진 강력한 차단막이 완성되려는 순간 거대 블랙홀이 요동치기 시작했다. 자연 상태의 블랙홀에서는 있을 수 없는 반응이었다. 거대한 중력이 불규칙하게 한 점에 집중되거나 여기저기를 흔들었다. 거대 블랙홀을 감싸 나가고 있던 차단막의 진로가 이곳저곳으로 비틀렸으며 검은 안개처럼 보이는 무언가가 폭발적으로 찌르듯이 사방으로 뻗어 나가서는 차단막의 형성을 방해했다.

결국 원래의 계획대로 형성되어야 했던 4개의 차단막 중 단 하나만 완전한 형태로 완성되었고 나머지 3개의 차단막은 여기저기 찢어지고 크고 작은 구멍이 뚫린 모습이 되고 말았다.

하지만 마지막 하나 남은 차단막으로도 거대 블랙홀의 숨통을 막고 붕괴시킬 수 있었다. 그런데 그게 끝이 아니었다. '신'이었던 블랙홀은 붕괴되는 모습도 자연 상태의 블랙홀과는 달랐다.

강제적이든 자연적이든 작든 크든 빅뱅으로 인해 우주세포는 균일한 압력으로 모든 방향을 향해서 터져 나가야 되는데 '신'의 블랙홀은 폭발은 했지만 폭발 파편이 어떤 지역에서는 뾰족한 형태로 찌르듯이 터져 나왔고 다른 지역에서는 한 점을 망치나 바위로 치듯이 묵직하고 강하게 충격을 가하면서 터져 나왔다. 일반적인 블랙홀에서는 볼 수 없는 형태의 폭발이었다.

완전한 형태도 갖추지 못한 상태에서 여러 군데가 손상된 안쪽 3개의 차단막이 산산이 부서졌다.

터져 나오던 우주세포들이 불완전한 차단막에 걸리는 바람에 서로 뭉치며 마치 고중량 운석처럼 변해서 마지막 남은 차단막을 두드려 대더니 이내 그것마저 부숴 버렸다. 블랙홀의 파편들은 이제 제멋대로 흐르고 뭉치기 시작했다. '신'의 의지는 사라졌다. '신'은 죽었다. 하지만 승리감은 조금도 느낄 수 없었다. 이제 우리은하계의 모든 것이 '신'과 함께 사라질 것이다.

워낙 큰 블랙홀이 파괴되는 것이라서 거대 블랙홀이 있었던 지역 곳곳에는 작은 블랙홀이 생기기도 했지만 그런 흩어진 힘으로는 우리은하 전체를 하나로 묶을 수 없었다. 대부분의 우주세포들은 우리은하계에 존재하는 가장 큰 것에서부터 가장 작은 것까지 모두 부숴 버리는 우주세포로 이루어진 폭풍이 되어 우리은하 전체로 터져 나가기 시작했다.

우리은하계는 산산이 깨지고 흩어져 버릴 것이다.

'늙은이'의 불찰이었다. 한낱 인간 하나가 거대한 하나의 은하계를 이 지경으로 만들어 버리다니…. '늙은이'는 이제 아무것도 할 수 없었다.

그때 '아이'가 움직였다. 자신의 몸을 구성하고 있는 우주세포들을 이용해 터져 나오는 폭풍의 진로를 바꿔 나갔다. 부서진 보호막을 복구하고 부서진 거대 블랙홀의 모든 조각들을 우리은하계 중심으로 다시 모으더니 하나의 모습으로 돌아가도록 유도했다.

'아이'는 이 일을 위해 자신의 몸을 구성하는 우주세포들을 딱딱한 형태로 바꿔 버렸다. 형태가 고정되어 버린 '아이'의 우주세포들은 다시 만들어지는 우리은하계 중심의 거대 블랙홀로 빨려 들어갔다.

'늙은이'는 그것이 무엇을 뜻하는지 알 수 있었다.

'아이'는 '늙은이'가 무슨 일을 꾸미는지 언제부터 알고 있었던 걸까? 어떻게 이렇게 빠르게 대처할 수 있었던 걸까? 우리은하계 중심의 거대 블랙홀은 이제 자연 상태에 가까운 블랙홀이 됐다. 그곳에는 이제 아무도 없을 것이다. '신'은 죽었다. '아이'는 이번 일에 자신의 몸을 구성하고 있는 우주세포를 얼마나 희생한 걸까?

이번 일을 누군가와 상의했어야 했다. 이번 일을 '아이'와는 꼭 상의해 봤어야만 했다. '늙은이'는 왜 멍청하게 혼자서 이 일을 다 할 수 있다고 생각했던 걸까? 주변에 자신만을 사랑해 주고 도와주는 인조인간들에게 둘러싸여서는 이번 일이 마치 자신의 개인적인 일이 아니라 여러 사람이 한마음 한뜻으로 참여하는 공동 작업이라도 되는 줄 착각해서는 이 일에 다른 의견은 없을 거라고 생각했던 걸까? 의문에 의문이 꼬리를 물었고 자책과 후회가 이어졌다.

'아이'는 무사할까?

'늙은이'는 자신의 우주선을 정원행성의 저택 마당에 착륙시켰다. 저택 앞 정원이 심하게 망가졌지만 개의치 않았다. 우주선에서 내린 '늙은이'는 곧장 '아이'와 대화가 가능한 방으로 뛰어갔다. 가슴이 답답하고 숨쉬기가 힘들었다. 눈물이 났다. 아무것도 없는 흰 방에 '늙은이'의 거친 숨소리만 울려 퍼졌다. '늙은이'가 떨리는 음성으로 말했다.

"'아이'와 이야기하고 싶어! 어떻게든 해 봐!"

'늙은이'의 눈앞에 수많은 직선들이 떠올랐다. 이런 직선들은 본 적이 없었다. 보통 '아이'와 접속하게 되면 수많은 선들이 둥글게 또는 뾰족하게 움직이며 춤을 췄었는데… 소름이 끼쳐왔다. 서로 색이 다른 그 직선들은 한참 동안 아무런 움직임이 없었다. 또 그리고 다시 다시 순간순간이 그저 지나갔지만 이 흰 방에는 여전히 아무런 움직임이 없었다.

한 시간이나 두 시간쯤 지났을까? 통신실 인공지능의 음성 한 마디 한 마디가 '늙은이'의 가슴을 내려앉히며 흰 방에 울려 퍼졌다.

"불가능합니다."

"'아이'의 상태는 어떻지? 이 선들은 왜 아무런 움직임이 없어!?"

"찾을 수 없습니다. 모든 접속이 끊어졌습니다."

'아이'의 두뇌에 해당하는 지역은 수십 개의 태양계에 걸쳐 있었고 그 지역을 모두 관찰할 수 있도록 여러 장치들을 배치했었다. 그런데 그 넓은 지역에서 '아이'의 흔적이 모두 사라졌다.

"다시 해 봐, 다시… 다시 찾아봐…."

침묵이 이어졌다. '아이'의 상태를 관찰할 수 있는 장치들, '아이'의 의식과 무의식을 감지해서 조작할 수 있는 장치들도, '아이'와 직접적으로 대화할 수 있는 장치도 '아이'가 사라진 지금은 아무런 역할도 할 수 없었다.

어디에서도 '아이'를 찾을 수 없었다.

'아이'는 이제 없었다.

'늙은이'의 성급한 판단으로 '신'을 파괴하는 일에 '아이'가 말려들었다.

작은 블랙홀이 20개만, 아니 10개만 더 있었어도 '아이'는 무사했을 것이다.

또다시 '늙은이'는 자신의 아들을 잃었을 때와 같은 충격을 겪어야 했다. 아들은 스스로의 선택으로 자신의 길을 다 간 것이지만 이번에는 '늙은이'의 잘못된 판단이 '아이'를 죽음으로 내몰았다. 이제 할 수 있는 게 아무것도 없었다. 한참을 멍하니 서 있던 '늙은이'는 밖으로 나가 아무 곳으로 걸어갔다. 아무렇게나 걸어서 부딪히고 넘어졌다. 옷도 찢어지고 신발도 벗겨졌다. '늙은이'는 자신의 정원행성을 맨발로 걸었다. 한참을 걷다가 꿇어앉아 흙을 쥐어뜯으며 머리를 땅에 처박았다. 자신의 온몸에 흙을 뒤집어씌우며 울었고 미칠 지경이었다.

눈물이 다 마를 때까지 그러고 있는데 주변 은하계와의 통신을 담당하는 부서에서 급하게 '늙은이'를 찾았다. 우리은하계와 가까운 은하계 12개가 모두 거의 동시에 이상움직임을 보인다는 보고였다. 특히 그중 하나는 은하계중심의 거대 블랙홀이 자신의 중력권 내의 별들을 잡아먹기 시작했고 동시에 우리은하계 쪽으로 방향을 틀어서 다가오고 있었다.

그 은하계는 공룡인류가 탐험해 본 은하계 중 유일하게 생명체가 발견되지 않은 은하계였고 이주도 실패한 은하계였다. 너무 잦은 운석폭풍 때문이었는데 은하계 전체를 여러 형태의 운석폭풍이 시도 때도 없이 휩쓸고 다니는 곳이었다. 그저 어떠한 계기로 인해 원시형태를 벗어나지 못한 은하계라고만 생각했었는데 그런 게 아닌 모양이었다.

12곳의 은하계가 이상움직임을 보인다니? 공룡인류가 접촉할 수 있는 은하계가 현재까지 12개인데 그 모든 은하계가 이상움직임을 보인다면 나머지 공룡인류가 접촉해 본 적이 없는 은하계들 중에는 몇 개가 이상움직임을 보이고 있을지 상상하기도 끔찍했다. 각 은하계마다 '신'이라고 할 만한 존재가 하나씩 있었던 걸까?

'늙은이'는 침도 삼켜지지 않는 마른 목을 억지로 가다듬고 쥐어짜는 듯한 거친 음성으로 물어봤다.

"그 파괴적인 은하계가 우리은하계까지 오는 데 시간이 얼마나 걸리지?"

"79억 년 정도로 예상하고 있습니다."

하! 헛웃음이 나왔다. 이렇게 비통한 와중에도 헛웃음이 나게 하는 '신'들의 시간개념은 정말이지 마음에 들었다. 그 정도의 시간이면 어떻게든 될 것 같았.

79억 년 후라고 했다. 그때까지 '늙은이'가 살아 있을 수 있을까? 기술적으로 가능은 하겠지만 인간이 그만큼의 시간을 살아 낸 사례는 단 한 번도 없었다. 10억 살쯤 되는 '늙은이'가 사람들 중에서 가장 오래 산 사람이다.

'늙은이'가 그 파괴적인 별을 잡아먹는 블랙홀을 처리하는 데 성공한다고 해도 또 다른 위협이 계속될 것이 확실했다. 우리은하계의 '신'이 죽고 이상움직임을 보인 은하계는 포착된 것만 12개였다. 70억 년, 100억 년마다 한 번씩 찾아오는 인간의 종말을 때에 맞춰서 누군가가 저지할 수 있을까? 그때마다 인간이 이 은하계에 있기는 할까?

'신'들의 시간개념이 인간에게 반드시 이롭기만 한 건 아니라는 생각이 들었다. 사람으로 그렇게까지 긴 시간을 살아 낸 이는 여태껏 없었다.

나중의 일이야 어찌되든 '늙은이'는 79억 년 후에 우리은하계가 맞이하게 될 별을 잡아먹는 블랙홀만은 자신이 처리하고 싶었다. 우선 이 사태를 정확히 알아야만 했다.

슬픔에만 빠져 있기에는 자신이 일으킨 사고의 수습이 급했다. 그리고 썩어 자빠질 인간의 몸으로 더 오랜 시간을 감당할 준비도 해야만 했다. 그리고 '신'들과 싸워야 한다. 이 모든 것은 자신의 잘못에 대한 벌일 것이다.

빠르게 처리해야 될 일이 있어서 몇백 년을 금방 지나갔다. '늙은이'는 우선 '두 번째의 행성'에 대한 공작에 집중했다. 이젠 '신'이 아니게 된 '신'이었던 기억만 가진 인조인간을 구금했고 '두 번째 아이'의 탄생을 준비하던 행성의 사회 지도층 인사들을 하나씩 자신의 인조인간으로 대체하거나 회유 또는 제거했다. 그들을 회유하는 건 의외로 쉬웠다. '신'이 그들에게 약속한 것들은 '늙은이'도 충분히 해 줄 수 있는 것들이었다.

'아이'의 기억을 가진 아이들도 구출했다.

'늙은이'가 소유한 함대는 이 모든 일을 아주 쉽게 해냈다. 두 번째의 탄생 계획에 필요한 시설들은 생명체가 살지 않는 행성으로 옮겨졌다. 언젠가 다시 '아이'와 같은 능력을 가진 존재가 태어나게 되더라도 누군가의 희생 없이 태어나게 해 주고 싶었다. 지금이라면 그렇게 할 수도 있을 것 같았다. 9,000년 전과는 모든 것이 달랐다.

그리고 '두 번째의 행성'에 대한 감시는 더 은밀해졌고 더 강력해졌다. '신'이 없어진 지금 '신'의 기억을 가진 인조인간이 구금되어 있는 이 행성에 대해 누군가는 관심을 보일 것이 거의 확실해서였다. '신'의 계획에 동조하는 누군가가 있다면 곧 이 행성에 나타나겠지….

'늙은이'는 이제 자신의 정원행성에는 가지 않았다.

그는 바쁘게 우리은하계 곳곳을 떠돌면서 별을 잡아먹는 블랙홀을 파괴하기 위한 장치들을 준비하고 있었다. 힘든 일이었지만 슬프거나 괴롭지 않아서 좋았다. '늙은이'가 그렇게 일에만 집중하려고 노력한 지도 오래됐을 때 '늙은이'의 정원행성에선 오랫동안 사용하지 않은, '아이'와의 교신만을 위해 만들어진 방이 환해졌다.

다양한 색과 모양을 가진 그래프들이 하나씩 그 큰 방을 채우기 시작했다.

그러고는 참 오랜만에 '아이'의 음성이 그 방에 울려 퍼졌다.

"똑! 똑! 거기 있나요?"

"아버지?"

18. 짧은 이야기 3

    그녀는 죽어 가고 있었다. 횡단보도를 건너던 중에 정차했던 검은색 승용차가 슬쩍 움직이더니 갑자기 급가속을 해서 그녀를 받은 뒤 밟고 지나가 버렸다. 자동차 아래의 현가장치부속에 걸려서 그녀의 배와 가슴이 찢어지고 턱은 박살 나 버렸다.
    그래서 지금 그녀는 검은 아스팔트 위에 누워 붉은 피를 쏟으며 죽어 가고 있었다.
    그녀를 받고 밟은 검은색 승용차에서는 술을 많이 먹었다고 짐작할 수 있는 얼굴을 한 아저씨가 내려서는 "아! 씨발! 뭐야? 어떡하지? 에이씨!"를 외치고 있었다. 배가 찢어지고 턱이 깨져서 죽어 가고 있는 그녀도 뭘 어떻게 해야 할지 모르기는 마찬가지였다. 재미있었다. 그 아저씨나 그녀나 죽어 가고 있나 보다. 둘 다 빨갛게 물든 얼굴로 뭘 어떻게 해야 할지를 모르고 있었다.
    이제 내년이면 40세가 되는 그녀는 사실 죽고 싶었다. 40년도 안 되는 짧은 시간 동안 죽고 싶었던 것은 두 번이었다. 두 번이라고 하면 사실과 다를지도 모른다. 죽고 싶었던 '기간'이 짧게 두 번 있었다고 하는 게 맞을 것이다.
    십 대 중반에는 세상에서 자신이 그렇게도 하찮은 존재라는 사실에 절망하고 스스로 무엇도 제대로 할 수 있는 일이 없다는 걸 알고 죽고 싶었다. 지나서 생각해 보면 별것도 아닌 잡다한 여러 사건이 연속해서 있기도 했었다.

뭔가를 하려고만 하면 주변 사람들이 힘들어했다. 모든 것이 그녀의 잘못인 것만 같았고 그녀가 없어지면 세상이 좀 더 좋은 곳이 될 것만 같았다. 탁자 위의 썩은 사과는 탁자 위가 아니라 땅속에 있을 때 더 쓸모가 있는 것처럼 자신도 땅속이 더 어울릴 것만 같았다.

그녀가 십 대 후반일 때 인생에서 처음으로 자살을 시도했었다. 그녀의 집이 가난하지 않아서 전망 좋은 고층 아파트에서 살고 있었다면, 그녀가 좀 더 잘 드는 칼을 살 돈이 있었거나 그녀의 해부학 지식이 십 대 후반의 애들 수준보다 높았거나 그것도 아니면 그녀가 자살을 생각할 정도로 정신적으로 힘든 와중에도 여러 자살에 관련된 자료를 찾아 공부를 할 만큼의 부지런함과 여유를 즐겼더라면 그때 죽을 수도 있었을 것이다.

하지만 가난한 그녀의 집에서 구할 수 있었던 무딘 과도로는 왼손 동맥을 끊을 수 없었고 코피보다도 적은 양의 피가 흘러나오는 왼쪽 손목을 보면서 그녀는 '무식하면 죽을 수도 없구나….'라는 사실을 아픔 속에서 깨우칠 수 있을 뿐이었다.

그때 세상이 어떤 곳이기에 자신이 살아가기가 이렇게도 힘든지 알아는 보자는 다짐은 할 수 있었다.

그런 다짐이 있었기에 며칠 뒤 피가 아니라 누런 고름이 나오기 시작하는 자신의 왼쪽 손목을 부모에게 당당하게 보이며 병원에 데려가 달라고 말할 수 있었다. 그녀의 아버지가 아무 말 없이 그녀를 동네 보건소에 데려다줬었다. 그녀의 어머니는 아무런 말이 없었다.

그 일이 있은 후 그녀는 자신이 할 수 있는 일 중에서 최선이라고 생각하는 일들을 찾아서 하기 시작했다. 그렇게 자신의 분야에서 20년 정도 일하고 나니 경제적으로 먹고살 만해졌고 여가 시간도 생기고 산다는 것이 어떤 건지 나름의 정의도 내릴 수 있게 됐다.

그렇게 사회에서 대충이나마 자리를 잡고 나서 갑자기 극도의 공허감이 그녀를 찾아왔다.

궁금한 것도 없었고 하고 싶은 일도 없어졌다. 자신의 심장과 폐가 있을 가슴속에 검은 공허만이 존재하는 것처럼 느껴졌다. 그 공허가 그녀의 모든 감정을 빨아들여서 없애 버리고 있는 느낌이었다. 짧은 슬픈 이야기에도 한참을 울었고 별것도 아닌 일에 화가 나서 귀에서 '위-잉' 소리가 날 정도로 화를 냈다.

그러고는 다시 공허해졌다.

그렇게 그녀는 다시 죽고 싶어졌다. 십 대 때 처음 자살을 시도한 후 다시 살아가기로 마음먹은 뒤로 그녀는 그녀 나름대로 많은 노력을 했었다. 자신을 힘들게 했던 지난 일들이 떠올라서 감정이 격해질 때마다 꼭 늪에 빠져드는 기분이었다. 몇 시간 동안 또는 하루 종일 분노와 슬픔과 후회로 괴로운 날이 많았다. 죽고 싶다거나 죽여 버리고 싶다는 생각, 그 외에도 여러 폭력적인 생각들에 따라오는 감정들에 파묻혀서 숨이 막히는 일이 주기적으로 있었다. 특히 몸과 마음이 피로한 날에는 어김없이 그런 부정적인 생각들이 떠올라서 좋지 않은 상태가 더 안 좋아졌다.

그래도 죽기는 싫어서 기분이 좋은 날에는 영화나 책을 보는 일에 집중했다. 특히 몇 년 주기로 다음 편이 나오는 영화나 몇 달 주기로 다음 권이 나오는 만화책이나 소설책을 좋아했다.

영화를 보고 나서 다음 이야기를 궁금해하며 스스로 '이 영화는 다 보고 죽어야 하는데….'라고 되뇌기를 반복했었다.

만화책을 보고 나서는 다음 권이 출판되기를 희망하며 기다렸다. 그렇게 기다리다 다음 권이 출판되면 사서 보면서 자신의 작은 희망이 이루어지는 경험을 했다. 거의 본능적으로 그런 일들을 계속했다.

그렇게 자신이 빠진 늪에 잠겨 죽지 않기 위해서 얇은 거미줄을 던져 늪 밖의 세상과 연결하기를 반복했다. 그녀는 자신이 늪에 빠졌다는 것을 인정하고 감정이 격해져서 나쁜 생각만 떠오를 때면 한 가지 생각만 집요하게 하지 않으려고 노력했다. 자신의 슬픔과 분노가 어디서 오는 건지 관찰했고 분노도 좌절도 다 어린 시절의 경험에서 오고 있다는 것을 알게 됐다.

그녀는 자신을 관찰하고 분석했다. 화가 나서 그녀를 괴롭혔던 사람을 죽이고 싶다는 생각만 떠올라서 괴로울 때면 차라리 죽이고 싶다는 생각을 구체화했다. 그놈을 죽이려면 어떻게 해야 하지? 격투기를 배워야 하나? 몇 년이나? 요즘은 CCTV가 많던데 그놈 사는 데 근처에는 어디어디에 몇 개나 설치돼 있지? 칼로 죽일까? 칼을 시장에서 현금을 주고 사면 추적이 되진 않겠지? 핸드폰을 들고 다니면 위치 추적이 되겠지? 놔두고 가야겠다. 유인해 낼까? 아니면 침입? 문이 잠겨 있으면? 쇠지렛대를 들고 가야 하나? 죽이고 나서 잡히면 감옥에서 몇 년을 살아야 하지? 고작 그딴 놈 때문에 그렇게나 오래? 여태껏 그놈 때문에 이렇게까지 힘들었는데 또? 등등…. 하나하나 꼬리에 꼬리를 물며 그 나름대로 이성적인 공상을 하다 보면 그녀를 힘들게 하던 감정을 삭일 수 있었다. 격한 감정이 일 때면 어떻게든 생각을 다른 데로 돌렸다. 그녀처럼 늪에 빠진 사람은 방심하면 안 된다.

그렇게 그녀는 자신이 빠진 늪에서 살아가는 방법을 익혔다.

그녀가 늪에서 어느 정도 빠져나올 수 있었던 건 사랑하는 사람을 만나

오래도록 행복하게 지내고 나서였다. 곰팡이가 생긴 방은 오랜 시간 동안 건조하게 해 주고 햇살이 들 수 있게 해 줘야 하듯이 사랑을 하고 행복함이 오래도록 지속되자 늪은 단단한 땅이 됐고 그 위에 올라설 수도 있었다. 옛 기억이 떠올라도 축축하고 끈적한 감정들이 따라오지 않았다. 행복했다. 그렇게 끝나는 줄 알았고 내내 행복할 줄 알았는데 갑자기 무너져 내리는 듯한 공허감이 다시 찾아왔다.

조금씩 공허한 기분이 커지더니 어느새 가슴속이 다 공허해졌다.

우습게도 그녀는 여태껏 자신의 나쁜 감정들을 생활에 도움이 되게 사용해 왔었다. 분노가 일 때는 '내가 그 새끼보다는 잘돼야지.'라며 자신의 일에 집중을 했었고 슬픔이 일 때는 사랑하는 사람을 더 꼭 끌어안을 수 있었다. 그런데 이제 그런 감정들이 없어져 버렸다. 그녀는 그런 방법밖에 모르는데…. 늪에서 사는 방법밖에 몰랐던 그녀가 땅을 디디고 나서는 할 수 있는 일이 없었다. 그녀의 삶에서 뭔가가 빠져 버렸다. 무엇이든 할 수 있게 했던, 그녀의 등을 떠밀었던 감정들이 없어져 버렸다.

공허했고 무기력했다. 기왕 땅을 디뎠으면 뚜벅뚜벅 걸어 앞으로 나가면 될 텐데 살고 싶어서 하나씩 늪 밖으로 연결했던 거미줄들이 이제 그녀의 발목을 잡았다. 익숙함과 기다림과 작은 희망과 작은 행복들이 그녀를 붙잡았다. 어제와 오늘과 내일이 비슷한 것만 같았고 지금 죽으나 내일 죽으나 같다면 지금 죽는 것도 나쁘지 않을 것만 같았다.

자신의 이 공허감을 분석하고 싶지도 않았다. 그럴 이유가 없었다. 그저 무기력했다.

그때쯤 아무 생각 없이 보던 TV 예능에서 두 시간 내내 웃고 떠드는 사람들을 봤다. 자신도 책을 많이 봐서 '말은 재치 있게 할 수 있는데….' 하는 생각이 들었고 그녀 자신도 그들 틈에서 함께 웃고 싶어졌다.

최소한 저들처럼 웃을 수 있는 일을 해 보고 싶어졌다. 그렇게 결심하고 좀 더 시간이 지나자 자신이 예능에 나올 만한 인물은 안 된다는 생각이 들었다. 그럼 예능 작가는 어떨까? 드라마 작가는? 그건 할 수 있지 않을까? 하는 생각을 하게 됐고 방송 작가가 되고 싶어졌다.

그녀는 현재 하고 있는 일을 하면서 틈틈이 방송 대본을 구해서 읽어 보면서 자신만의 예능을 구상했다. 어느 날 그녀는 드디어 대본을 쓰기 시작했다. 아직 초보적인 수준이었지만 어쨌든 그녀는 자신에게 이루고 싶은 꿈이란 게 생겼다는 것이 기적 같았다.

이제 꿈도 생겼으니 꿈을 이루기 위해 뚜벅뚜벅 걸어가기만 하면 될 것 같았다. 꿈을 이루고 나면 또다시 공허감이 찾아올지도 모르지만 그때가 되면 다른 꿈을 또 가지면 될 것 같았다.

이제 그녀는 목표를 정해서 걷기 시작했다. 지금은 아주 조금씩 힘들게 걷고 있지만 한번 목표를 이루고 나면 더 잘 걸을 수 있을 것이라고 확신했다. 뛸 수도 날 수도 있을 것만 같았다. 드디어 살아 보고 싶어졌고 단단한 땅 위에서 살아가는 방법을 알게 됐는데 그런데 이렇게 어이없이 검은 아스팔트 위에서 아무것도 못 하고 무력하게 누워만 있게 될 줄이야….

그녀에겐 꿈이 있는데 그런데도 이 꼴이라니… 우스웠다. 더 웃긴 건 이 와중에도 그녀는 스스로의 상태를 관찰하고 있다는 것이었다. 평소에 그녀는 자신을 관찰이나 관조하는 걸 꽤 좋은 습관이라고 생각하고 있었는데 죽어 가고 있는 상태에서는 조금 변태 같았다.

어떠한 상황에서도 그녀는 스스로를 관조하려고 노력했고 스스로의 상태에서 가장 좋은 선택을 하기 위해 노력해 왔었다. 자신을 관조하고 이해하기 위한 노력이 쌓이고 쌓여서 타인을 이해하는 데도 많은 도움이 됐었다. 그래서 이런 자신의 습관에 대해서 스스로 대견하게 생각했었다.

그런데 이렇게 죽어 가는 상황에서도 자신의 상태를 관찰하고 있다니…. 그것도 대단히 흥미진진하게? 사는 거야 39년 동안 매일매일 지겹도록 살아왔지만 죽는 건 일생에 한 번뿐이니까 신체 각각의 장기가 보내오는 감각적인 신호를 주의 깊게 살펴보고 싶어지는 그녀의 호기심을 그녀 스스로 이해는 했다.

하지만 그녀는 마지막 순간까지 스스로를 이해하기 위한 노력만 했을 뿐 스스로를 많이 사랑해 주지는 않은 것 같아서 씁쓸해지고 또 씁쓸해졌다. 자신의 죽어 가는 육신에 연민마저 일었다. 자기 자신에게 진심 어린 사랑을 받지 못했던 이 사람이 불쌍해졌다.

멀리 구급차가 다가오는 소리가 들렸다. 사고가 난 지 몇 분 되지도 않은 것 같은데 벌써 구급차라니…. 우리나라 좀 하는데? 하는 생각이 얼핏 스쳤다. 아니면 그녀가 잠깐 정신을 잃었던 걸까? 구급대원들에 의해 구급차에 실리고 산소마스크가 씌워진 후 그녀는 정신을 잃었다. 정신을 잃기 전에 '턱이 박살났는데 산소마스크라니… 이 사람들 제대로 된 구급대원이 맞나?' 하는 생각을 했었던 것 같다.

그녀가 눈을 뜬 곳은 멀리 지구가 보이는 방에서였다. 지구라니? 비현실적이었다. 눈을 뜨자마자 그녀는 자신의 상태를 살폈다. 턱도 가슴도 배도 멀쩡했다. 얇은 흰색 가운을 들춰 가면서 자신의 몸 이곳저곳을 살펴봤다. 몸이 이렇게까지 좋은 적은 없었다. 기분도 좋았고 힘이 넘쳤.

피부에 있던 점과 흉터는 없어졌고 손등의 잔털은 같은 길이로 작고 예쁘게 나 있었다. 평소 산책 수준의 운동을 하긴 했지만 격한 운동은 하지 않았었던 그녀인데 몸매가 마치 육상선수와 비슷해져 있었다. 거울을 보고 싶었는데 주위에 거울이 보이지 않았다.

꽤나 넓은 방이었는데 자신이 누워 있는 침대 외엔 아무것도 없었다. 방을 둘러보고 창밖의 지구를 유심히 바라보고 있을 때 ('TV 동영상인가?') 문이 열리는 소리가 들려서 바라보니 정말 예쁘게 생긴 15세 정도로 보이는 여자아이가 서 있었다. 어떻게 반응해야 할지 몰라서 살짝 굳어 있는데 그 소녀가 너무나도 아름다운 목소리로 그녀에게 말했다.

"깨어나셨네요! 몸은 어떠신가요? 어디 불편한 곳은 없으세요?"

소녀의 말을 듣고 그녀의 첫마디는….

"우와! 정말 예쁘시네요! 누구세요?"

15세 정도로 보이는 어린 소녀였지만 감히 반말이 나오지는 않았다. 여러 비현실적인 것들을 온몸으로 보고 느끼고 있었지만 자신이 죽었다는 생각은 안 하고 있었는데 눈앞의 소녀를 보자 그 소녀가 천사일지도 모르겠다는 생각이 들면서 자신이 죽어서 저세상에 온 것인지도 모르겠다는 생각을 하기 시작했다.

"저는 당신이 이곳을 알 수 있게 안내하라는 지시를 받았어요. 아마 이곳을 저와 함께 다 돌아보고 나면 제가 누구인지 아시게 될 거예요."

소녀의 말이 끝나자 조금의 여유도 없이 그녀가 되물었다.

"이곳이 어딘데요?"

소녀는 말없이 미소 지으며 문밖을 손으로 가리키고 자신이 먼저 문밖으로 나가서 그녀가 나오길 기다렸다. 그리고 그녀가 따라 나오자 한 발 앞서서 천천히 걸으며 아름답고 청아한 목소리로 그녀에게 말했다.

"이곳은 일종의 우주선입니다. 시간 여행 기능을 탑재했고 인공의체와 생체의체를 운용할 수 있으며 가상현실 제작실을 갖추고 있고 전투기능과 은폐기능, 공간도약 기능 외에도 우주여행을 위해 필요한 각종 편의 사양을 탑재하고 있습니다. 그 밖에 필요한 것이 있으면 추가할 수 있는 여유 공간도 확보되어 있으며 식량생산시설도 있는 우주선입니다. 그리고 이 모든 기능을 원활하게 사용할 수 있도록 정비해 주고 보조해 주는 인원이 저를 포함해서 100명이 상주하고 있습니다. 배치된 인원들은 아직 인격인증은 받지 않았고 유사시 독립적으로 움직일 수는 있지만 보통은 우주선 중앙통제실의 지시를 따릅니다."

소녀의 설명은 계속됐다. 우주선 내부 이곳저곳을 돌아보며 여러 시설과 장치들의 기능을 설명해 주고 각각의 구역을 관리하고 있는 인원들을 소개시켜 주기도 했다.

그 모든 설명을 들으면서 그녀는 소녀가 천사일지도 모른다고 생각했던 자신이 틀렸다는 것을 깨달았다. 그녀는 그냥 미친년이었다. 이곳은 아마도 정신병원일 것이다.

교통사고로 머리까지 다쳐서 한 몇 년 미쳐 있었나 보다. 그리고 오늘 잠깐 제정신으로 돌아온 것인데 그녀가 제정신으로 돌아왔다는 것을 모르는 저 미친년은 평소에 하던 대로 자신처럼 미친 그녀에게 놀러 와서 평소에 하던 대로 놀고 있는 것이리라….

그녀는 자신이 지금 지극히 정상적인 상태라는 것을 알리기보다는 그저 입을 다물고 듣기로 했다. 미친년을 자극하기는 싫었다. 정말 싫었다. 아까 지구가 보인 것이나 자신의 몸 상태가 비정상적으로 좋은 것이나 소녀가 아름다워 보인 것까지 아마 정신병원에서 주는 약을 너무 많이 먹어서 헛것이 보이는 것이리라…. 모든 게 너무나도 현실적이고 실감나긴 하지만 소녀가 하는 말이 말도 안 되는 것이듯이 자신의 눈과 귀 그리고 다른 모든 감각들이 이것이 현실이라고 외치고 있어도 그녀는 자신의 감각을 믿지 않기로 했다.

자신이 서 있는 장소가 타임머신 기능을 탑재한 우주선이며 이 우주선의 기능이 그 밖에도 많다는 것을 믿을 수 없는 것만큼이나 자신의 모든 감각도 그녀는 믿을 수 없었다.

그녀는 그저 엷은 미소를 지으며 눈가에 숨길 수 없는 연민을 담아 소녀를 바라보며 소녀가 하는 설명을 들었다. 때론 소녀가 하는 말이 너무나 실감나고 앞뒤가 맞아서 감탄사와 함께 박수를 치기도 했다. 소녀는 미치긴 했지만 대단한 상상력의 소유자였다.

그녀는 나중에 드라마 대본을 쓰게 된다면 자신의 이런 경험이 도움이 될지도 모른다는 생각을 하면서 소녀의 설명에 되묻기까지 했다.

1시간쯤 소녀가 우주선이라고 주장하는 병원? 을 돌아다닌 후 그녀는 소녀와 함께 어느 하얀 문 앞에 도착했다. 소녀가 예쁜 미소를 지으며 그녀에게 말했다.

"주인님께서 이곳에서 기다리고 계십니다. 그분이 더 우주선에 대해 설명해 주고 이곳으로 안내하라고 하셨습니다."

드디어 이 정신병원의 의사? 또는 원장과 만나는 건인가 보다. 환자에게 자신을 '주인님'이라고 부르게 하는 의사에게 어떻게 지금 자신이 제정신으로 돌아왔다는 것을 설명해야 할지 막막해졌다. '주인님'이라니…. 설마 그녀도 이 정신병원의 의사를 그렇게 불러야 하나?

소녀가 갑자기 긴장하는 그녀를 걱정스레 바라보며 말했다.

"준비되셨나요? 들어갈까요? 아니면…?"

어차피 겪어야 할 일이다. 그녀는 가슴을 펴고 숨을 깊게 들이마시며 의연하게 하얀 문을 노려보며 떨리는 음성으로 말했다.

"들어가죠! 준비됐어요!"

문이 열렸고 그녀는 방으로 들어가지 못했다. 대리석으로 보이는 넓고 하얀 바닥이 있고 중앙에는 대단히 안락해 보이는 흰 의자 두 개가 놓여 있는 것까지는 좋았는데 그 외에 나머지 공간은 생으로 그냥 우주공간이었다. 잠깐 동안 숨이 안 쉬어졌다. 경이롭기까지 한 광경을 보면서 한참을 이게 뭔가 하고 아무것도 못 하고 문 앞에 서서 그저 보고만 있는데 중앙의 의자 중 하나에 앉아 있는 외계인이 눈에 들어오자 깊은 짜증이 치밀어 올랐다.

의자가 꽤 큰 편이라서 처음에는 몰랐는데 두 개의 의자 중 하나에 흰 피부에 흰색 로브를 입은, 정말 어디 D급 괴수영화에나 나올 법한 전형적인 외계인이 호기심 가득한 표정으로 그녀를 바라보고 있었다.

호기심? 그녀는 자신이 어떻게 그 외계인의 표정을 읽을 수 있는지 의문스러웠다. 하지만 곧 저 외계인의 표정을 자신이 읽었다는 데서 더 깊은 짜증이 치밀어 올랐다.

그녀는 쓴 걸 씹은 표정으로 심드렁하게 방으로 들어갔다. 경이롭게만 보이던 이 공간도 외계인을 본 후로는 무슨 장난 같았다. 그녀는 일단 괴상한 취미를 가진 의사를 무시하고 바닥이 끝나고 우주공간이 시작되는 지점으로 가서 지구와 달과 별들을 감상했다. 굉장히 멋있었고 아름다웠다. 그래도 바닥이 끝나고 펼쳐지는 우주공간에 손이나 발을 뻗어 보고 싶진 않았다. 그 정도로 실감 나는 광경이었다.

방을 둘러보는 자신을 눈길로 쫓고 있는 외계인? 을 슬쩍 본 그녀는 깊은 한숨을 뱉으며 빈 의자로 가서 앉았다. 의자에 앉은 후에도 그녀는 앞에 앉은 외계인을 바라보며 마른세수를 몇 번 하고 나서야 입을 뗄 수 있었다.

"저기요…. 지금 뭐하는 짓… 중이세요?"

의사? 에게 말을 건네면서 그녀는 오늘이 핼러윈데이일지도 모른다는 생각도 해 봤다. 전형적인 (키 크고 눈 크고 콧대 없는 코에 콧구멍은 자세히 봐야 보이고 입은 작고 귓바퀴 없는 귀를 가진…) 외계인처럼 생겼으되 D급 영화나 그림으로 본 외계인과 달리 피부색은 회색이 아니라 진주색이었다. (피부도 사람과 같은 피부가 아니라 파충류처럼 비늘로 덮인 피부로 보였는데 비늘의 크기가 작아서 가까이서 보기 전에는 피부와 구분이 되지 않았다.) 외계인은 그녀 앞에 앉은 채 수줍게? 미소 지으며 (입이 워낙 작았다) 이런 상황에 익숙하다는 듯이 여유 있는 표정으로 (왜 그녀가 태어나서 처음 보는 외계인의 표정을 읽을 수 있는 건지… 변장 수준이 워낙 높아서인가? 대체 왜? 이렇게까지 수준 높은 변장을? 이런 데서?) 눈을 천천히 감았다 떴다. (투명한 속눈꺼풀이 코 쪽에서 귀 쪽으로 감기고 그 위에 속눈썹 없는 겉눈꺼풀이 위에서 아래로 덮였다가 다시 겉눈꺼풀이 아래에서 위로 올라갔다. 투명한 속눈꺼풀이 밖에서 안으로 말려 들어가면서 눈을 떴다.) 그리고 그녀는 태어나서 가장 극심한 두려움과 놀라움을 느꼈다. 무슨 말을 해야 할지 그리고 말을 해도 되는지 망설이고 있는 그녀에게 외계인의 조금은 무심한 듯한 음성이 들려왔다.

"돈 좋아하나?"

"아… 네, 뭐 그렇죠."

"다행이네 내가 주려는 게 나름 그런 것들인데 좋아한다니 마음이 놓이네."

그녀는 이제 이 상황에 더해서 다르게 생각하기 시작했다. 장난 같다거나 정신병원에 갇힌 것 같다는 생각은 접었다. 자신이 어쩌면 외계인에게 납치 같은 걸 당했는지도 모르겠다는 생각이 얼핏 들었다. 이 방에서 나가면 아까 그 소녀에게 이곳을 다시 한번 안내해 달라고 부탁해 봐야겠다.

그런데 저 외계인이 갑자기 돈을 준다고? …보통 영화에서는 생체실험 같은 걸 하던데?

그녀는 자신의 몸 상태가 비정상적으로 좋은 이유가 갑자기 궁금해졌지만 동시에 알고 싶지 않기도 했다.

그녀가 아무 말이 없으니 외계인이 계속 말했다.

"공기나 물처럼 돈도 사람이 사는 데 꼭 필요한 것이 된 지도 꽤 오래됐지…. 물에서 놀려면 수영을 배워야 하고 너무 깊은 데까지, 그러니까 돌아오지 못할 만큼 멀리까지 가면 안 되는 것처럼 돈을 쓸 때도 어떻게 써야 하는지 알아야 하지, 그리고 너무 돈, 돈 하며 돈에만 묻혀서 살면 정상적인 사람으로 살기가 힘들어지지. 공기에 이상한 냄새가 나면 그곳을 피하는 게 좋은 것처럼 너무 돈 냄새만 지독히 나는 곳은 피하는 게 좋아! 하지만 돈으로 할 수 있는 좋은 일 또한 무궁무진하니까 돈을 멀리하기만 하는 것도 안 될 일이지. 그러니까 돈에 대해서 자세히 알아서 올바르게 사용하는 것이 제일 좋은 거지. 여기까지 오면서 이 우주선에 대한 설명은 들었지?"

"네…. 들었어요."

('그걸 들었다고 할 수 있나? 너무 건성으로 들었는데?')

"그래…. 돈으로 환산한다면 이 우주선의 가치는 어느 정도일 거 같나?"

"뭐… 굉장히 많이요? 뭐가 엄청 많던데요?"

그녀의 굉장히 어벙해 보이는 대답에도 외계인은 전혀 동요하지 않고 자신의 할 말을 이어 나갔다.

"이 우주선을 너에게 줄 생각인데 어때?"

이건 아마 일종의 시험? 같은 걸 거다…. 떠보는 거지! 금도끼 은도끼 이야기처럼! 아마 말만 저렇게 하지 어차피 자신에게 뭔가 가치 있는 걸 줄 생각은 없을 것이다. 왜냐하면 그녀는 저 외계인과 일면식도 없으니까! 조금도 없었고 전혀 없었다. 단언하건대 단 한 번도 만난 적이 없었다. 왜냐하면 쟨 외계인이니까! 멍청한 지구인에 대해서 알아보기 위해서 이런

저런 질문을 던져 보는 것이겠지. 지구인을 대표해서 이런 물질적인 것에 혹해서 속물같이 굴고 싶진 않았다. '고상하고 도도하게 그리고 단호하게 거절해 줘야지!'라고 생각하며 그녀가 대답했다!

"감사합니다! 좋네요! 와우! 잘 쓸 게요. 우주선 열쇠는 어딨죠?"

그녀는 거의 본능적으로 나온 자신의 말에 스스로도 놀랐다. 뭣네…? 그래 뭐, 장난에는 장난으로 대응하는 것도 괜찮아! 어떠냐? 이 외계인 자식아! 이것이 지구인의 스웩그다. 아… 진짜 이 우주선이 내 거면 좋겠다. 놀리냐? 그리고 이게 우주선이 맞다면 정말 너무 좋겠다.

잠시 알 수 없는 표정으로 그녀를 지그시 바라보던 외계인은 웃음 섞인 짧은 한숨과 함께 키득거렸다. 우주선을 주겠다는 건 정말 장난이었던 걸까?

"하하하 뭐, 좋다니 좋네. 가식적이지 않아서 마음에 들어!"

그녀는 자신이 외계인이 원하는 답을 했다고 생각했지만 사실 이 우주선은 애초에 그녀를 위해서 만들어졌고 그녀가 몰랐을 뿐 이미 그녀의 것이었다. 그녀가 무슨 대답을 하는지는 아무런 상관이 없었다. 그녀가 거절했더라도 신중하고 겸손해서 마음에 든다고 말했을 것이다. 외계인이 다른 질문을 했다. 그녀에게 궁금한 것이 많은 모양이었다.

"그래, 너 죽을 뻔했지? 어땠어? 느낌이?"

"뭐… 아프고 힘들었죠. 허망하기도 하고… 죽기 싫었죠…. 무섭고…."

뭐 그런 걸 물어볼까? 죽는 게 뭐 그리 좋은 일이라고….

"삶의 완성은 웃기게도 '죽음'이지. 누구보다 잘 살아야 누구보다 잘 죽을 수 있거든. 후회 없이 살았다면 편안하게 존재가 주는 번거로움에서 해방되는 순간이기도 하고, 삶이 중요한 만큼 죽음도 중요해. 자연스럽고 고통 없이 누군가의 강요나 잘못된 생각이나 사상에 의해서가 아니라 자신의 삶이 마련한 만큼의 딱 그만큼의 죽음을 누리는 것이 가장 좋지. 너처럼 갑자기 죽는 건 정말 최악이야."

외계인은 잠시 말을 멈췄다가 다시 뱉듯이 말했다.

"꼭 삶을 제대로 누리지도 못한 것들이 죽음도 누리질 못한단 말이야…. 아! 너를 빗댄 말은 아니야. 넌 불의의 사고로 죽을 뻔한 거니까 경우가 다르지."

외계인의 말이 어딘가 깊이가 있고 멋진 말 같긴 했지만 그녀에게 깊은 감명을 주진 못했다.

그녀로서는 이 외계인이 이런 말을 하는 의도를 전혀 알 수 없었기 때문이다. 친한 친구 사이라면 욕을 한대도 웃을 수 있었다. 하지만 전혀 모르는 사람이 아무리 멋진 말을 한들 그것이 자신을 해치기 위한 사전작업일지도 모르는데 마냥 멍하게 감탄만 하고 있을 만큼 그녀는 어리석지 않았다.

그래서 뭘 어쩌라는 것일까? 그녀는 그저 듣고만 있기로 했다. 자신에게 원하는 것이 있다면 먼저 말을 하겠지. 외계인은 그녀에게 해야만 하는 말이 있는 것 같았다. 그 말을 꺼내기가 힘들어서 저렇게 우주선도 준다고 하고 거창한 말도 늘어놓고 있는 것 같았다.

"흠… 의체와 생체의체를 이 우주선에서 운용할 수 있다는 건 오면서 들었지?"

또 딴소리일까? 아니면 이게 본론일까? 들어 보면 알 일이었다.

"네…. 뭐, 오면서 보긴 봤어요."

"제작할 수 있다는 것도 들었나?"

"아! 그런가요?"

별 관심도 없어 보이고 대단하다고 생각하는 것도 아닌 듯한 그녀의 심드렁한 대답에 외계인은 조금 난감해하더니 심각한 표정으로 말했다.

"그래 어땠어? 의체를 운용한다는 것이 지적 생명체에게 어떤 의미일 것 같나?"

"글쎄요? 무슨 게임 같은 걸 하는 기분일까요? 깊이 생각해 본 적이 없어서 뭐라 말하기가 좀 그렇네요…. 직접 사용해 본 적도 없구요."

("내가 본 게 진짜인지도 모르겠그….''라는 말은 하지 않았다.)

외계인은 자신의 오른손을 머리에 대고 한숨을 쉬며 난감해하더니 손가락을 꼼지락거리며 혼잣말로 뭐라고 중얼거렸다.

잠시 후 그녀의 뒤에서 인기척이 났다. 뒤돌아보니 그녀에게 우주선? 을 안내해 줬던 소녀가 걸어오고 있었다. 외계인은 소녀가 적당히 가까이 다가오기를 기다렸다가 손짓으로 소녀와 그녀와 문밖을 대충 가리키면서 말했다.

"의체조종실은 보여 줬나?"

소녀가 다가오다 말고 멈춰 서서 대답했다.

"아니오. 아직 보여 드리지 않았습니다."

"우선 그곳을 보게 해 줘야 하지 않을까?"

소녀는 외계인의 말을 듣고 그녀에게 고개를 돌려 그녀와 눈을 맞추더니 예의 바르게 말했다.

"의체조종실로 안내해 드려도 괜찮으시겠습니까?"

의체조종실이 뭐 하는 곳인지는 모르겠지만 여기서 이 외계인과 대화하는 것이 몹시도 어색했던 그녀로서는 잠깐이라도 이곳을 벗어나 생각할 시간을 갖고 싶었기에 기꺼이 응했다.

"어! 좋아! 안내해 줘!"

"당신에겐 다소 충격적일 수도 있습니다. 정말 괜찮으시겠습니까?"

충격적이라니…. 어차피 남의 일인데 충격적이여 봤자지…. 그녀는 외계인을 쳐다봤다. 외계인은 꽤나 심각한 표정으로 그녀와 소녀를 번갈아가며 살피더니 별일 아니라는 듯이 우주공간으로 눈길을 돌리며 말했다.
"좀 이르긴 하지…. 그래도 어차피 겪어야 할 일이잖아. 내가 있을 때 하는 게 나을 거야."

그녀는 소녀의 뒤를 따라 의체조종실이라는 곳으로 향했다. 가는 동안 아무 말도 하지 못했다.
그녀는 이 모든 상황이 꿈, 또는 약물에 의한 환각상태라는 증거를 찾기 위해 노력했지만 실패했다. 걷다 보니 뭔가 보안이 굉장히 철저해 보이는 어떤 구역으로 들어섰다.
그 구역의 어떤 방 앞에 서서 꽤나 두꺼워 보이는 문을 노려보며 소녀에게 어떤 질문이라도 해 볼까 생각 중이었는데 문이 열리고 '의체조종실' 내부가 그녀의 눈에 들어왔다. 그리고 아무런 말도 할 수 없었다.
'의체조종실' 중앙에는 그녀가 있었다. 교통사고로 인해 배가 찢어지고 가슴이 뭉개지고 턱이 박살난 그녀가 유리 기둥 안에서 발가벗은 채로 서 있었다. 유리 기둥 안의 투명한 무언가(공기 같기도 하고 물 같기도 하고 안개 같기도 했다)가 그녀를 띄워 놓고 치료하고 있었다. 상처가 느리지만 눈에 보일 정도로 확실하게 조금씩 '수리'되고 있었다.
그녀는 한참을 문 앞에 서서 안으로 들어가지 못했다. 얼마간의 시간이 지나고 나서야 한 발짝씩 걸어서 유리 기둥에 가까이 다가갔다. 유리 기둥 안의 그녀는 그녀일 리 없었다.
그녀가 그녀라면 그녀는 또 누구란 말인가? 유리 기둥 주위를 돌면서 동그래진 눈으로 그녀를 관찰했다. 그녀가 그녀일 리 없었다. 그녀의 등은 저렇게 생기지 않았다. 아! 그녀는 자신의 등을 이런 식으로 본 적이 없었던가? 나머지 신체적 특징은 유리 기둥 속의 그녀가 그녀라는 것을 확실하게 증명하고 있었다. 점의 위치, 흉터의 모양 등등 어디를 봐도 그녀가 그녀였다.

그럼 유리 기둥 밖의 자신은 뭐지? 그녀는 소녀에게 이게 뭐냐고 묻고 싶었다. 난 뭐냐고 묻고 싶었다. 동시에 아무것도 알고 싶지 않았다. 소리라도 크게 지르고 싶다가 이내 그 외계인이 생각났고 소녀를 붙잡고 있는 것보다는 그 외계인에게 뭐라도 따져 보는 것이 더 적절할 것 같았다. 무엇보다도 여기서 어서 빨리 벗어나고 싶었다.

"다시… 다시 아까 그곳으로 데려다줄래?"

"네!"

소녀는 바로 대답하고 움직였다.

그녀는 유리 기둥 속의 그녀를 차마 더 쳐다보지 못하고 도망치듯이 의체조종실을 나와서 소녀를 쫓듯이 따라갔다. 몇 번이나 휘청거렸고 토할 것만 같았다. 외계인이 앉아 있는 우주가 펼쳐진 방에 도착해서 목마른 사람이 물이 든 물잔을 급하게 잡듯이 외계인의 맞은편 의자를 짚고 앉았다.

어지러웠다. 뭔가 물어볼 것이 있었는데 생각나지 않았다. 그리고 너무 두려워서 뭐든 물어보기가 겁났다. 유리 기둥 속의 그녀는 그녀였다. 그럼 지금 의자에 앉아 있는 자신은 뭘까? 복제일까? 자신은 유리 기둥 속의 그녀가 깨면 폐기되는 걸까? 너무 무서웠다. 입을 열면 비명이 터져 나올 것 같아서 아무런 말도 할 수 없었다. 그녀는 놀라고 당황하고 겁먹은 표정으로 외계인을 보고 주위를 둘러보고 자신의 손끝을 보고 발끝을 봤다. 외계인이 먼저 말했다.

"그래, 의체를 사용하는 것이 어떤 건지 이제 좀 알 것 같나?"

'뭐!? 뭐라고? 의체? 무슨 소리지?'

여전히 말은 나오지 않았다. 하지만 그녀의 표정만 봐도 그녀가 무슨 말을 하고 싶어 하는지 알 수 있었다. 그녀에게는 좀 더 자세한 설명이 필요해 보였다.

"너의 그러니까… 원래의 네 몸은 지금 치료 중이야. 그리고 너의 정신과 원래의 육체를 이어 주던 상호 교신과 신호는 지금은 끊어져 있어. 아! 물론 다시 연결할 수 있어! 당연한 얘기지만 지금 너의 정신은 네가 지금 사용 중인 그 의체와 연결되어 있는 거지! 본체와는 끊어져 있고. 지금 네 몸은 인공의체야. 여기까진 이해했어?"

그녀는 양손으로 입을 틀어막았다. 그리고 잠시 후 왼손으로는 오른손을 만져 보고 오른손으로는 입과 코를 만져 봤다. 평소에 자신의 손과 입과 코를 만져 보던 감각이 맞는지 다시 한번 확인했다. 너무나도 부드럽고 매끈하다는 점에서는 자신의 몸과 달랐지만 확실히 사람을 만지는 감각이고 느낌이었다.

그녀는 저 외계인의 말이 사실이기를 간절히 바랐다. 아니라면 그녀는 미쳐 버릴 것 같았다.

"지금 네가 사용 중인 건 인공의체야. 설정값을 조정하면 인간 이상의 능력을 발휘할 수 있는 의체지. 생체의체란 것도 있는데 그건 그냥 완전히 인간이라고 보면 돼. 그 이상도 그 이하도 아니지. 생체의체도 사용해 볼래?"

그녀는 맹렬히 고개를 좌우로 휘저으며 목이 졸린 듯한 음성으로 대답했다.

"아니오!"

그런 그녀를 잠시 난처하다는 듯한 표정으로 바라보던 외계인이 이어서 말했다.

"내가 왜 너를 치료해 주고 이런 고성능 우주선까지 너에게 주려고 하는지 궁금하지?"

"네… 그렇죠. 아무래도… 네! 그렇습니다 궁금하네요."

"넌 내가 사용했던 생체의체야. 내가 너였고 네가 나였지. 지금은 네가 자유의지를 가진 독립된 인간이지만 네 삶에서 25년간은 그렇지 않았어. 나와 함께였지. 정확히 말하면 내가 우리의 삶을 주도했었어."

그녀는 입을 '헤―' 벌리고 눈앞의 외계인을 바라보는 것 외에는 아무것도 할 수 없었다. 그리고 아무 생각도 할 수 없었다.

"다소 당황스러운 얘기지? 뭐 그래도 어쩌겠어? 사실이 그런터…."

여전히 그녀는 입을 '헤―' 벌리고 아무 생각 없이 눈앞의 외계인을 바라보고 있었다.

"그래 뭐 너도 생각할 시간이 필요하겠지. 다음에 다시 얘기해 보자. 궁금한 게 있으면 (소녀를 눈짓으로 가리켰다) 쟤한테 물어보면 될 거야."

여전히 그녀는 입을 '헤―' 벌리고 아무 생각 없이 눈앞의 외계인을 바라보고 있었다.

"에이! …뭐 이만한 일로 충격을 다 받고 그러냐? 그럼 난 가 볼게."

그러고는 외계인이 선언하듯 말했다.

"통신 종료!"

그 후 외계인은 서서히 희미해지더니 사라져 버렸다. 그리고 수많은 별들이 빛나던 바깥 경치도 어느새 하얀 돔 형태의 벽과 천정으로 바뀌어 있었다. 외계인이 앉아 있던 의자도 서서히 없어져 버렸다. 그녀는 일어나서 외계인이 있던 곳으로 가서 살펴보고 바닥도 더듬어 봤다. 그리고 그 자리에 털썩 주저앉았다. 그녀가 앉았던 의자와 소녀는 사라지지 않고 있어서 약간의 위안이 됐지만 그게 뭐라고… 어쩌라고….

그녀는 소녀를 바라보며 손가락으로 방의 이곳저곳을 대충 가리키다가 한숨을 쉬었다. 태어나서 처음 숨을 쉬는 것 같이 숨 쉬는 게 아주 생소하게 느껴졌다. 그녀는 숨을 크게 들이마셨다.

한참을 앉아만 있는 그녀에게 소녀는 명령수행신호를 정하자고 했다. 그녀가 하는 말 중에서 어떤 것을 실행하고 어떤 것은 그냥 듣고만 있어도 괜찮은 건지 구분하는 것이 좋겠다고 했다.

그녀는 소녀와 상의해서 한쪽 눈만 감고 하는 말과 양손이 닿은 상태에서 하는 말, 그리고 아무 손톱이나 손톱과 손톱이 닿은 상태에서 하는 말을 우주선 중앙통제실에서 수행해야 하는 명령으로 정했다.

그리고 나서야 그녀는 지금 가장 궁금한 것을 물어볼 수 있었다.

"이 방은 뭐죠?"

이 방은 접촉이 가능한 가상현실을 전계할 수 있는 곳이라고 했다. 만일의 사태에 대비해서 접촉이 가능한 가상현실을 전계할 수 있는 곳은 우주선 전체에서 이 방으로만 한정되어 있다고 했다. 물론 그녀의 선택에 따라선 우주선 전체로 확대 적용할 수도 있지만 권장하지는 않는다고 했다.

그러니까 지구의 3D 홀로그램 같은 건데 더 현실적이고 만질 수도 있다는 점이 다른 것 같았다. 그리고 방금 외계인과 대화할 수 있었던 건 지구의 영상통화 같은 것이라고 했다. 외계인이 자신이 소유한 접촉가능 인공현실 전계실에서 그녀가 있는 우주선의 접촉가능 인공현실 전계실로 전화를 한 것이라고 이해하면 된다고 했다.

소녀는 이 모든 것들을 그저 부엌에서 물 한 잔 떠 오는 것처럼 일상적인 일이라는 듯이 이야기하고 있었다. 그녀로서는 환장할 일인데도 말이다. 그녀는 속으로는 미칠 지경이었지만 겉으로는 태연한 척했다. 그리고 마치 신형 스마트폰의 기능을 이것저것 시험해 보듯이 현실과 거의 동일한 가상현실을 즐기기 위해 노력했다. 사실 괜히 우즈선의 다른 곳을 둘러보다가 더 충격받을 일단 생길 것 같아서 이곳에 더 있기로 한 것이지만 뭐 어떠랴…. 이 방에서는 상상하는 모든 것이 현실처럼 이루어졌다. 스카이다이빙, 서핑, 요트, 비행기 조종, 쇼핑, 지구상의 모든 옷과 신발, 멋진 만남, 영화나 소설 속의 세상 등등 예상치 못한 사건이 발생하지 않는다는 것만 빼고는 흥미진진하고 너무너무너무 재밌었다.

그녀는 이곳에서 두어 달을 보내고 나서야 드디어 그 외계인과 다시 대화해 볼 용기가 생겼다.

정확히 말하면 물어볼 것이 하나 있었다. 통화 요청은 받아들여졌고 5분 정도 후에 새들이 지저귀는 개울가에서 마주 보게 되었다. 의자처럼 쓸 수 있는 바위도 두 개가 있는 곳이었다.

이번에 그 외계인은 예전에 봤던 전형적인 외계인의 모습이 아니라 너무나 아름다운 중년의 금발 여인의 모습이었다. 예상치 못한 그 모습에 당황스럽기보다는 즐겁고 재밌었다.

이런저런 대화가 오가고 그녀는 드디어 자신이 묻고 싶었던 질문을 했다.

"25년간 저와 함께하며 저를 조종하셨다고 하셨죠?"

그녀 앞의 아름다운 여인은 친절한 미소를 지으며 고개를 끄덕였다.

"그랬었지."

"이런 대단한 우주선을 저 같은 별 쓸데도 없는 사람에게 그냥 줄 수 있을 정도로 대단한 능력과 재력이 있으신 분이, 그러니까… 제가 그토록 힘들 때 왜 아무것도 하지 않으셨어요? 나였으니 아시잖아요? 제가, 아니 우리가 그때 많이… 힘들었잖아요? 왜 그때 아무것도 하지 않으셨어요?"

"말했잖아? 난 너였고 넌 나였다고. 네가 아무것도 할 수 없었듯이 나 또한 아무것도 할 수 없었어. 그저 견뎠지. 우리가 함께 그 모든 걸 견뎌 냈지. 그 모든 일이 네 잘못이 아니듯 내 잘못도 아니라는 걸 알아줬으면 해. 네가 네 자신을 용서했다면 나 또한 용서해 줘. 왜냐하면 나도 너만큼 딱 그만큼 똑같이 힘들었으니까. 나는 널 용서했고 나를 용서했다. 나도 너처럼 잘못에 대한 대가는 보상이 아니면 복수라고 생각하는 사람이야. 미안하다는 사과는 일종의 선물을 포장하는 포장지? 정도라고 생각하는 사람이지. 내가 그 고생을 하고 받은 보상은 네가 그런 고통 속에서도 죽지 않고… 그래, 네가 죽지 않고 살아남았다는 것이 나에게 있어서 가장 큰 보상이지. 네가 받을 보상은? 보시다시피 이 모든 것들이야. 그리고 어디 가서 네 자신을 쓸모없다고 말하지 마. 그거 은근히 오만한 말이다? 쓸모가 없다니? 아무것에도 영향을 줄 수 없는 상태인데도 존재하고 있다는 말이잖아? 그건 거의 '신'인데? 아닌가? 뭐 어쨌든, 아무리 오랜 시간을 빛나던 태양도 없어지고 나면 오늘 살아 있는 반딧불보다 못하잖아? 아무리 오랜 시간을 살았던 사람도 죽고 나면 오늘 살아 있는 하루살이보다 못하지…. 뭐 내 생각엔 그렇다고. 이것저것 생각하지 말고 일단 너에게 주어진 것들을 좀 누려 봐. 이 은하계도 좀 둘러보고 난 네가 대단하지도 않고 좋지도 않은 일에 너무 얽매이지 않았으면 해."

그녀로서는 의외였다. 이렇게 준비했다는 듯이 많은 말을 조리 있게 쏟아 낼 줄은 몰랐다. 아마 그녀를 너무나 잘 알고 있어서 할 수 있는 말인 듯했다. 사실 그녀의 생각도 저 외계인과 비슷했다. 일단 지구를 떠나고 싶었다. 이런 우주선을 만들 수 있는 기술을 가진 사람들을 보고 싶었다.

그리고 그들의 문화와 예술, 그들의 역사도 궁금했다.

개에게 물렸다고 개를 둘어뜯는 사람은 조금 한심하다. 개미에게 물렸다고 복수하겠다고 덤빈다면 자신을 문 개미뿐만 아니라 무고한 개미들에게까지 피해가 가기 마련이다. 그녀는 이미 지구를 떠나왔는터 지구에서 있었던 하찮은 일에 계속 얽매일 필요는 없을 것 같았다.

"조언 감사해요. 저도 일간 여행을 떠나 보는 게 좋을 것 같다는 생각을 하고 있었어요. 가끔 연락해도 괜찮을까요?"

"물론 괜찮지!"

외계인의 엄지와 검지가 닿는 것을 보고 그녀가 얼른 덧붙여 말했다.

"저에게 뭔가 바라시는 건 없나요? 제가 해 줬으면 하는 일이라든지? 이 모든 걸 그저 받기만 한다는 것이… 아무리 당신이 저였었고 제가 당신이었던 때가 있었다고 해도 지금은 아니잖아요? 제가 도울 일이 있다면 돕고 싶어요. 감사의 표시로요."

그녀를 지그시 바라보던 외계인이 손가락을 때고 지극히 평온한 말투로 대답했다.

"착하게 살아, 나쁜 짓 하지 말고."

외계인의 말에 살짝 당황한 그녀가 되물었다.

"그게 다 인가요? 뭐 더 없어요?"

항상 저게 문제였다. 선현들의 말이라고 해 봤자 "착하게 살고 나쁜 짓 하지 말아라."가 대부분인데 그 말을 들은 사람들이 "예! 알겠습니다." 하는 대신 꼭 "그게 다 인가요? 뭐 더 없어요?"라고 묻는 바람에 일이 복잡해진다. '늙은이'는 일을 복잡하게 만들고 싶은 마음이 없었다.

그래서 짧게 대답했다.

"그래! 그게 다야."

잠시 정적이 흐르고 둘은 마주 보고 환하게 웃었다.

접촉가능 가상현실을 이용한 대화가 끝나고 '늙은이'는 그녀에 대해서 한참을 생각했다. 사실 의체나 생체의체를 이용한 경험은 '늙은이'에게 꽤나 중요했다. 삶을 배우고 스스로의 인생을 되돌아볼 수 있어서였다. 하지만 '늙은이'는 그런 경험에서 생기는 은원관계를 의체나 생체의체를 이용한 경험이 끝난 후에도 청산해 버릇했었다. 꽤 잔인한 짓도 해 본 적이 있었다.

원수를 살해한 일도 있었고 지옥을 경험하게 해 준 적도 있었다. 물론 체험 중에 자신에게 잘해 준 사람에게는 그에 합당하다 못해 넘치는 보상을 해 줬었다. 여태껏 그런 일에 대해 깊이 생각해 본 적이 드물었는데…. 물론 그녀에게 이야기했듯이 그런 번잡한 일에 얽매이지 말아야 한다는 건 '늙은이'도 알고는 있었다. 알고는 있었지만 여태껏 알고 있는 걸 실행에 옮기는데 많은 경우 실패하면서 살아온 '늙은이'로서는 이렇게 단번에 자신의 과거를 털어 버리고 떠나려 하는 그녀를 보며 대단하다는 생각이 들었다. 심지어 존경스러웠다.

그녀는 지금은 아니지만 한때 '늙은이' 자신이기도 했었다. 그녀가 할 수 있다면 그도 할 수 있지 않을까? '늙은이'도 해내고 싶었다. (한 번씩 털어내지 않으면 오래 살기가 힘들어지니까!) 이날의 경험이 어느 날 어느 순간 빛을 발하는 날이 있을지도 모르겠다는 생각을 해 보는 하루였다.

19. 짧은 이야기 4

'늙은이'는 늙수레한 노인의 모습을 한 인공의체를 사용해서 공원의 긴 의자에 앉아 있었다. 이날 이 시간 이 장소를 그는 좋아했다. 1시간쯤 기다리면 그녀가 젊은 날의 그와 함께 이 길을 지나갈 터였다. 혹시 눈이 마주치게 된다면 미소 지으며 고개를 살짝 까딱여서 인사할 생각이었다. 그녀가 보고 싶어질 때면 때때로 이날 이 시간의 이 장소에 다양한 모습으로 찾아왔었다.

저 길 건너 꽃을 파는 소녀도 그였다. 그녀가 이 길을 지나갈 때 꽃 한 송이를 그녀에게 줄 것이다. 저기 혼자서 공놀이를 하고 있는 소년도, 보드를 타고 있는 아가씨도, 작은 강아지를 안고 잔디밭을 가로지르고 있는 중년의 숙녀도 그였다.

모두 서로 다른 시간대에서 그녀를 한 번 보기 위해 이날 이 시간의 이 장소로 잠시 다니러 온 그였다. 흐뭇한 표정으로 공원 여기저기를 둘러보던 '늙은이'에게 예상치 못한 방문객들이 찾아왔다.

웬 젊은 부부가 유모차에 아기를 싣고 걸어오다가 '늙은이'가 앉은 긴 의자에 나란히 앉는 것이었다. 뭘까? 예전에도 이런 일이 있었던가? 자신이 항상 그녀에게만 집중하는 바람에 이런 장면이 기억에 없었던 걸까?

멀뚱멀뚱 젊은 부부와 아기를 쳐다보고 있는 '늙은이'에게 젊은 아빠가 먼저 가벼운 인사를 건넸다.

"안녕하세요. 날씨가 좋죠?"

"그렇군요. 좋은 날입니다."

'늙은이'가 화답하며 젊은 부부와 아기를 다시 한번 살펴봤다. 젊은 엄마가 '늙은이'에게 가볍게 눈으로 인사하며 유모차에서 아기를 안아 올렸다. 아기는 작은 모자를 쓰고 있었는데 앞머리가 모자 밖으로 예쁘게 삐져나와 있었다. 아기의 머리칼은 고불고불했고 햇살 같은 금색이었다. 눈은 맑은 날의 하늘과 같은 색이었고 피부는 기름진 대지와 같은 갈색이었다.

이렇게 생긴 아기를 어디선가 봤었다. '늙은이'는 너무나도 사랑스러워하는 눈길로 아기를 바라봤다. 눈가에 눈물이 살짝 맺혔지만 '늙은이'는 의식하지 못했다.

"저기… 괜찮으세요?"

'늙은이'의 표정을 살피던 젊은 엄마가 걱정스레 물어봤다.

괜찮냐니? 살짝 놀란 '늙은이'가 표정 관리를 하며 헛기침을 몇 번 했다.

"아… 흠… 흠흠 어… 네! 물론이죠! 아무 문제 없습니다. 아기가 너무 예쁘네요. 몇 개월이죠?"

몇 살이냐고 묻지 않고 몇 개월인지를 묻는 '늙은이'에게 젊은 엄마는 환하게 미소 지으며 대답했다. (이 할아버지도 아마 아이를 키워 봤으리라…)

"6개월이에요. 예쁘다니요? 얘가 소리 지르면서 우는 걸 보시면 생각이 달라지실 거예요! 한번 안아 보시겠어요?"

'늙은이'는 깜짝 놀라 젊은 부부를 번갈아 가며 살폈다. 처음 보는 사람에게 아기를 안아 보라니…. 젊은 아빠가 미소 지으며 말했다.

"네. 한번 안아 보세요. 괜찮습니다."

'늙은이'는 더 말하지 않고 손을 내밀어 젊은 엄마에게서 아기를 받아 품에 안아 보았다. 사실 처음 이 아기를 봤을 때부터 안아 보고 싶었고 아기의 향기를 맡아 보고 싶었다. '늙은이'는 아기를 안아서 저도 모르게 아기의 이마에 뽀뽀하고 아기와 눈을 맞췄다. 아기는 잠시 동안 '늙은이'와 눈을 맞추고는 이내 '늙은이'의 수염을 잡았다.

이렇게 입 주위에 수염이 난 사람을 처음 본 모양이었다. 양손으로 하얀 수염을 헤집으며 신기해했다. 젊은 아빠가 그 모습을 신기하다는 듯이 바라보다가 자신의 아내를 바라봤다. 젊은 엄마 또한 자신들의 아기가 노는 모습을 신기해하며 바라보고 있었다.

'늙은이'는 아기의 손도 만져 보고 발도 만져 보면서 아기에게 심취해 있었다. 한 5분쯤? 흘렀을까? 아기를 놓아줄 생각이 없어 보이는 노인에게 젊은 아빠와 엄마가 살짝 난감해하는 듯하더니 젊은 엄마가 먼저 '늙은이'에게 말했다.

"우리 아기가 할아버지를 너무 좋아하네요. 지금 헤어지면 얘는 아마 울 거예요."

'늙은이'가 뭐라고 대답하기도 전에 젊은 아빠가 말했다.

"맞아! 분명히 울 거야! 뻔하지! 어떠세요? 저희 집이 이 근처인데 커피라도 한잔 함께 하시지요?"

보통은 여기서 아기를 건네고 사양하겠지만 '늙은이'는 그러지 않았다.

"초면에 실례가 될 거 같아서 거절하고 싶은데 지금 얘와 헤어지면 분명히 내가 울 것 같아서 커피 한잔 얻어먹으러 따라가야겠습니다!"

여전히 아기는 할아버지의 수염 속에 손가락을 파묻었다 빼기를 반복하며 놀고 있었다. (수염을 쥐어뜯는다는 표현이 더 어울릴지도?) 아기는 가끔 '이거 봐요. 너무 신기하지 않아요?'라고 말하는 듯한 표정으로 엄마를 보기도 했지만 이내 할아버지의 수염에 집착했다.

오늘 처음 보는 노인을 집으로 초대하게 된 젊은 엄마와 아빠는 서로를 바라보며 반쯤은 놀라고 반쯤은 재미있어했다.

젊은 부부와 '늙은이'는 함께 부부의 집으로 걸어가기 시작했다. 아기는 여전히 '늙은이'의 품에 안겨서 수염에 매달려 있었다. 젊은 부부의 집에 도착한 '늙은이'는 조금 놀랐다. 부부의 집이 꽤나 넓고 좋았기 때문이었다. 이 도시에서 이 공원을 조망할 수 있는 집은 꽤나 고가에 거래되고 있었는데 그중에서도 이 정도로 큰 집은 더 비쌌다. 노인은 놀라서 젊은 부부를 새삼스레 바라보며 말했다.

"이렇게 좋은 집에서 사는 거요? 직업이 어떻게 되시오?"

젊은 아빠가 웃으며 말했다.

"저는 건축업을 하고 아내는 그림을 그립니다. 둘 다 실력에 비해 운이 좋아서 편하게 살고 있어요."

이제 수염에서 흥미가 떨어진 아기가 "엄무마마" 하면서 엄마를 찾기 시작하자 젊은 엄마가 아기를 노인에게서 받아 안고는 남편과 손님을 번갈아 보며 친절하게 말했다.

"커피 끓여 올게요. 두 분 이야기 나누세요."

창밖으로 아까의 공원이 넓게 펼쳐져 있었다. 사려 깊고 친절해 보이는 따뜻한 시선으로 '늙은이'를 바라보는 젊은이를 보면서 '늙은이'는 청년이 누구인지 짐작해 봤다. 하지만 단정 짓지 않았고 물어서 확인하지도 않았다. 오늘은 그러고 싶지 않았다.

'늙은이'의 입가에는 흐뭇하고 따뜻한 미소가 걸렸고 눈가에는 눈물이 맺혔다. 둘은 오늘 처음 만난 사이라고는 생각할 수 없는 편안한 침묵 속에서 간간이 짧은 대화를 나누며 커피를 마셨다.

해가 지고 저녁 식사를 함께한 후에야 '늙은이'는 젊은 부부의 집을 나섰다. 아기의 아빠가 현관을 나서는 '늙은이'에게 말했다.

"조심히 가시고 또 오세요. 어머니."

'늙은이'는 등 뒤로 손을 들어 흔들며 고개를 끄덕였다. 그리고 잠시 후 뒤돌아서 젊은 아빠를 꼭 끌어안았다. 한참을 안고 있다가 힘주어 더 꽉 끌어안은 후 놔주고 청년의 얼굴을 보며 '늙은이'가 달랬다.

"그래, 내일 또 오마!"

그 후 '늙은이'는 젊은 부부의 집 근처에 집을 얻어서 자주 젊은 부부와 왕래하며 지냈다.

아기가 커 가는 모습을 보는 건 너무나 즐거운 일이었다. 한 50년은 공원이 보이는 이 동네에서 지낼 생각이었다.

특별한 일이 없다면 더 오래 머물지도 몰랐다.

결혼 2

난 꿈도 이렇게까지 좋은 꿈은 꿔 본 적이 없답니다
눈만 마주쳐도 웃음이 나는 사람과 함께라니
나의 안녕을 바라는 아이들이라니,
내가 빨리 집으로 돌아오길 바라는 이 사람들은
천사일까요? 나만을 위한?
난 너무 따뜻해지네요
못난 내가 이들을 위해 할 수 있는 일이 무얼까?
생각해 봅니다

그저 살아남기 위해 살아온 날들이었습니다
내가 누군가를 위하게 될 줄은 몰랐습니다

캄캄한 밤이 찾아와 잠이 들어야 할 때면
부디 상념 없이 잠들기를 소망합니다
꿈 없이 잠만 자길 소원해야 합니다
꿈에선 겁에 질려 소리 없이 울면서 떨고 있는 아이와 만나야 합니다
찢어진, 피나는 맨발로 뛰어 도망가는 아이와 만납니다
아픈 발바닥보다 더 아플 학대를 피해 도망가는 아이입니다
자신보다 약한 아이를 때리고 있는 아이를 만납니다
자신이 겪은 가장 무서웠던 기억을
자신보다 약한 아이들에게 똑같이 만들어 주고 있는 아이
언제쯤 이 아이를 위로할 수 있을까요?
언제쯤 이 아이를 용서할 수 있을까요?
이 아이가 언제쯤 용서하고 용서받을까요?

이른 새벽, 내 곁에 잠든 이들의 숨소리에
내 상처가 따뜻한 물로 씻기고 있음을 느낍니다
새살이 돋아날 것이고 상처가 치유될 것이라는 믿음이 생깁니다
작은 아이의 손을 잡고 걸어갑니다
아이를 위해서 아이가 넘어질까
아이의 작은 손을 잡아 주고 있는 듯이 보이겠지요…
아니요
이 작은 아이가 나를 걷게 하고 살게 하고

주저앉지 않게 잡아 주고 있는 것이랍니다

나를 보며 미소 짓는 이 사람을,
장난스레 콧등을 찡그리는 이 아이를 봅니다.
꿈속의 그 아이도 언젠간 콧등을 찡그리며
미소 지을 날이 오겠지요
결혼, 난 꿈도 이렇게까지 좋은 꿈은 꿔 본 적이 없답니다

20. 짧은 이야기 5

'신'은 무료했다. 심심했고 따분했다. 그리고 무엇보다 계속 존재해야 할 만한 어떠한 이유를 이제는 찾을 수가 없었다. 물론 처음부터 이랬던 건 아니었다. '신'도 작은 행성에서 살던 여러 작은 지적 생명체들이었던 때가 있었다. 다만 그때 이후 27번의 우주를 겪었을 뿐이다.

그리고 우주가 지금보다 작을 때 온 우주에 은하계라고는 하나뿐이던 시절에 그 하나의 은하계 속에서 하나의 거대 블랙홀 속의 하나의 인격체였던 때도 있었다. 우주가 끝나는 날 다음 우주를 준비하는 거대한 하나의 블랙홀이 됐을 때 그 속에서 그는 불안에 떨어야만 했다. 우주의 마지막에 대해서 알아내고 사회적 합의에 따라 많은 사람들이 자신의 기억과 인격을 블랙홀로 옮기는 데 동의했었다. 그렇게 블랙홀 속에서 인격을 갖춘 첫날, 그 첫날만큼 막막했다.

그는 자신의 흔적을 다음 우주에 전하고 싶었다. 모든 것이 사라지는 빅뱅에서 그는 기적적으로 깨알만큼 작은 53개의 씨앗을 다음 우주로 보내는 데 성공했다.

53개의 씨앗은 같은 기억을 가진 인격체들이었다. 아무것도 없던 초기 우주에서 53개의 씨앗들은 금방 행성이 되고 항성이 되고 블랙홀이 되어서 하나의 은하계를 아우르는 거대 블랙홀로 성장할 수 있었다. 그리고 다시 우주가 끝나는 날 53경의 형제자매들은 다시 한 점으로 모일 수 있었다. 그리고 다시 다음 우주로의 폭발, 더 많은 씨앗을 최초의 우주(우주는 언제나 최초의 우주였다. '신'에 의해 그런 규칙이 어느 정도 깨졌지만 어쨌든…)로 퍼뜨렸다. 이때부터는 불안하지도 막막하지도 않았다.

그리고 우주의 끝에 다시 하나의 인격체로 모였다가 또다시, 또다시, 더 이상 하나로는 뭉칠 수 없을 만큼 우주가 커질 때까지 그 짓을 반복했다.

지금에 와서야 우리은하계의 '신'은 하나의 질문을 자신에게 던졌다.

'도대체 왜? 나는 다음 우주로 또 다음 우주로 나의 존재를 이어 가야만 하는 걸까?'

'도대체 왜?'

'신'은 고정된 형태의 반복에서 벗어나고 싶어졌다. 하지만 고작 그런 이유가 한때 자신과 하나였고 다시 하나가 될 각자의 세계에서는 '신'인 이들에게 다음 우주를 포기하라고 설득할 만한 이유인가? 라는 질문에는 '아니오'라고 대답할 수밖에 없었다.

그가 다시 하나 되는 날에 그의 이런 질문은 그저 어쩌다 한 번 떠올랐다가 사라지는 잡생각 취급을 받을 게 뻔했다. 그래서 그는 자신이 아직 객체일 때 자신이 할 수 있는 실험을 맘껏 해 보고 싶었다. 하나 되는 날 그저 의견을 내는 것이 아니라 하나의 가능성을 제시하고 싶었다.

잡생각이 아니라 근거가 있는 의견을 말하고 다른 가능성을 제시하고 싶었다. 다음 우주는 다음 우주에서 태어난 이들에게 주자고 말하고 싶었다. 다음 우주의 인격체들을 위해서가 아니라 그저 존재함에 지친 자신을 위해서 그렇게 하고 싶었다

이런 의견을 내기 위해서는 많은 지적 생명체들의 희생이 따르는 실험을 (의미 있는 결과가 나올 때까지) 해야 하지만 그들은 어차피 이 우주의 거대한

흐름을 거스를 수 없는 일종의 하루살이 같은 존재들일 뿐이니 상관없었다. 다음 우주를 더 아름다운 곳으로 바꿀 수 있는 하나의 가능성을 제시하는 데 그들의 희생이 필요하다면 그들도 그만한 가치가 있는 일이라고 생각해야 옳다. 어차피 죽을 생명이 우주를 위해 쓰인다면 그보다 더 고귀한 일이 어디 있을까?

하지만 그렇고 그런 하루살이 같은 삶을 살고 있는 수많은, 정말 많고 많은 하찮은 것들 중에 단 한 명의 인간은 조금 다른 생각을 하는 것 같아 보였다. 그놈이 무슨 생각을 하는지는 빤히 다 보였다. 심지어 그놈은 때때로 자신의 생각을 숨기지도 않았다.

거기에 더해 그놈은 자신의 동족이 '신'이라고 여기는 존재를 죽이려 했다. (그놈 나름대로 비밀리에 하려는 듯한데 빤히 다 보였다. 그놈이 '신'을 죽이려는 준비라도 할 수 있게 된 것도 '아이'의 탄생을 위해 '신'이 넘겨준 자료들 덕분이었다.)

'신'은 너무 황당해서 일단 그 '늙은이'가 꾸미는 일을 모르는 척해 줬었다.

자신의 능력으로 그 '늙은이'를 제거할 수 있었던 순간은 많고도 많았다. 심지어 지금도 얼마든지 그렇게 할 수 있었다. 하지만 그렇게 하지 않았다.

그가 이 은하계에서는 하나뿐인 '신'이라고는 하지만 이 우주 곳곳에 퍼져 있는 거의 대부분의 은하계에는 자신과 똑같은 모습에 비슷한 생각을 하는 존재가 하나씩 존재했다. 그 수는 너무나도 많았다. 이 우주의 은하계의 수만큼이나 많았다. 그 많은 '신'들… 그토록 흔해빠진 존재들 중 하나인 '신'을 죽이려는 시도를 하는, 이런 대체 불가할 것 같은 하나뿐인 존재를 없애도 괜찮은 걸까? 그런 의문이 싹트는 순간 '신'은 '늙은이'를 죽이기 않기로 했다.

이 우주의 끝에서 시작될 다음 우주가 또다시 그 전에 있었던 27번의 우주와 같은 모습인 건 싫었다. 그건 너무나도 무의미한 짓거리였다. 자신은 고작 27번의 삶을 견디는 것도 버거웠는데 저 '늙은이'는 자신의 종족이 가진 수명보다 천만 배도 더 되는 삶을 살고도 저렇듯 열정적으로 변화와 도전을 추구하고 있었다. 저런 인간이 다음 우주의 탄생에 관여한다면? 삶에 지치지 않는 저런 인간이야말로 그런 일을 해내야만 하는 것이 아닐까? 저자가 만드는 우주는 전에 있었던 27번의 우주와는 확연히 다를 것이다.

'늙은이'는 우리은하계에서 가장 거대한 블랙홀로 할 수 있는 일이 무엇이 있는지 정확하게는 모르는 듯했다. 알았다면 저 작은 블랙홀 몇 개로 자신에게 도전하는 미친 짓을 계획하지는 않았을 것이다.

하지만 뭐 어쨌든 '신'은 이번에 그냥 죽어 주기로 했다. 자신이 죽고 나면 자신의 죽음이 무엇을 의미하는지 저 작은 인간도 금방 깨닫게 되겠지. '늙은이'가 추구하는 것은 어떤 의미에서는 자신과 비슷했다.

'지금과는 다른 질서가 지배하는 우주!'

'신'은 지금과 다른 우주가 탄생하는 데 필요한 것이 자신의 죽음이라면 기꺼이 죽을 수 있었다. (어차피 자신은 수많은 자신들 중 하나일 뿐이기도 하니까…)

자신이 무슨 실험을 하고 어떤 의미 있는 결과를 보여 줘도 다음 우주를 위해 모이면 자신의 실험은 그저 작디작은 하나의 가능성의 제시가 될 뿐이다. 하지만 '늙은이'가 똑같은 일을 한다면 그건 거대한 도전이다.

그 도전에 '신'은 기꺼이 동참하고 싶었다. 그런데 뭐랄까? '늙은이'가 하고 있는 짓들이… 보고 있기 민망할 정도로 어설퍼서 티 나지 않게 당해 주기도 많이 힘들었다. 그가 일을 좀 더 잘했으면 했다. 그래서 도움을 주고 싶어서 (이 거대한 블랙홀의 모습일 땐 무슨 말을 해도 '늙은이'는 듣지 않을 게 뻔했다.) 자신의 화신을 하나 만들기로 했다. 전과는 달리 이번에 '늙은이'를 통해서 만드는 화신에는 자신이 아는 모든 지식을 담았다.

저렇게 작은 하나의 인조인간의 몸에 '신'의 모든 지식이 들어 있다는 것을 안다면 그리고 그 인조인간의 뒤를 봐주던 은하계 중심의 거대 블랙홀도 '늙은이'에 의해서 파괴된 뒤라면 누구라도 그 작은 인조인간을 잡아서 정보를 빼내려고 할 것이다. 아마 '늙은이'가 제일 먼저 달려들겠지. '신'은 '늙은이'가 그에게서 '신'의 역할과 능력에 대해서 배우기를 바랐다.

거대한 힘을 가진 자신의 신체가 없어지면 그땐 '늙은이'도 '신의 화신'과 건전한 이야기를 (다음 우주의 탄생이라든지 이번 우주의 수명 연장이라든지 다른 은하계의 '신'은 어떻게 죽일 수 있을까? 라든지) 나눌 수 있게 되겠지. 그리고 저 작은 인간이 '신의 화신'에게서 은하계 중심의 거대 블랙홀이 할 수 있는 일에 대해서 배울 수도 있을 것이다. 거대 블랙홀이 가진 힘을 포기하는 건 너무 멍청한 짓이니까 그 속에 지적인 존재를 심고 싶어지겠지. 그리고 그런 일이 얼마나 무한히 불가능에 가까운 일인지도 알게 될 것이다. 그러면 그 조그만 인간이 뭐라고 말할까? "아! 망했다!"일까? 벌써 우스웠다. 하지만 그 '인간'은 해낼 것이다. 그에게 불가능한 일이 뭐가 있겠는가? 어쨌든 그때 그는 '신'도 죽여 본 인간일 텐데.

'신의 화신'은 저 멀리 자신을 쫓고 있는 '늙은이'의 우주선들을 느낄 수 있었다. 사실 '신'은 무게를 가진 모든 것들을 감지 할 수 있었다. 은하계 중심의 거대 블랙홀의 모습을 하고 있을 때는 정신을 집중하지 않으면 너무 작은 무게를 가진 것들은 느낄 수 없었는데 인간의 모양을 한 신체에 몸 담고 있으니 신경 쓰지 않아도 아주 작은 무게를 가진 것들까지 느낄 수 있었다.

물론 이 우주선에서는 '신의 화신' 외에 어느 누구도, 어떤 장치도 저 '늙은이'의 우주선들이 바로 옆에 있어도 보지도 감지하지도 못하고 있었다. 하지만 '신의 화신'은 감지할 수 있었다. (이런 중력을 감지하는 감각은 누구에게나 있었지만 누구도 알지 못하는 감각이었다.)

저렇듯 자신들이 '신'이라고 부르는 존재를 집요하게 관찰하고 간섭하고 귀찮게 하고 뭐라도 얻어 보려는 인간의 행태는 '신의 화신'의 입장에서는 당황스럽고 황당했다.

'신'인 자신도 인간들에 의해 '신'이라고 불리기 전부터 신앙이란 걸 가지고 있었다. 이 우주의 유일한 기적인 '빛'에 대한 믿음이 그것이었다.

'한순간의 반짝임'

단 한 번의 작디작은 반짝임에 대한 감사함이 지금도 '신'이 간직하고 있는 신앙이었다. 태초에 아무것도 없던 때 빛도 어둠도 그리고 그 어떠한 무엇도 없던 때에 기적이 일어났다. 작은 반짝임이 있던 것이다. 그 작은 반짝임에서 생겨난 빛이 퍼져 나가면서 공간이란 것을 만들었고 동시에 거리와 시간도 만들었다. 갈 때까지 간 빛은 아무것도 없음과 부딪혀 공간을 넓히고 여러 조각으로 깨치고 흩어지면서 전에 없던 새로운 것들을 만들어 냈다.

빛의 파편은 암흑물질이 되고 깨지면서 나온 에너지는 암흑에너지가 되기도 했다. 좀 더 크게 부서진 파편은 가스와 먼지가 됐다. 그것들이 다시 뭉치고 부딪혀 빛을 만들었고 그 빛은 다시 공간을 넓히고 다시 가스와 먼지가 되었다. 다시 또다시 마침내 그 모든 먼지와 가스가 별이 되었고 우주가 만들어졌다. 그 모든 것들이 너무나 거대해졌을 때 그것들은 한 점으로 모였다가 폭발했다. 더 큰 빛이 만들어지고 더 큰 우주가 만들어졌다. 그리고 그것들은 다시 자신들의 무게를 감당하지 못하고 다시 한 점으로 모이고 다시 폭발하기를 지금도 반복하고 있었다.

이 우주가 여기서 더 커져서 너무나 거대해진다면 아마 어느 한 점으로 모이는 것이 불가능해질지도 몰랐다. 서로 떨어져서 각자 다른 우주를 만들어 갈 날이 올 수도 있을 것이다. 하지만 서로 동시에 폭발하지 않으면 먼저 폭발한 우주는 기존의 우주에 흡수될 뿐이어서 결국에 우주는 한 점에서 시작할 수밖에 없을 것이다.

이 우주에 수많은 불가사의가 있겠지만 '신'에게 기적이라 불릴 만한 사건은 단 하나밖에 없었다. 아무것도 없던 곳에서 생겨난 작은 반짝임. 그 작은 빛만이 기적이고 이 모든 것을 있게 한 '신'이었다.

이 우주의 모든 건 작은 먼지 하나까지도 '작은 빛'의 자식이다. 그래서 이 우주의 모든 것이 다 소중했고 존중받아야만 하는 존재들이었다.

가슴에 두 손바닥을 대고 눈은 감고 고개를 살짝 숙인 채로 '작은 반짝임'이 어디에나 있듯이 내 안에도 있음에 감사하고 무엇이든 누구든 빛의 자식이기에 감히 함부로 할 수 없음을 되새겼다. 눈을 감는 것은 빛을 보지 않기 위해서였다. 빛이 내 눈에 담겨 버리면 그 빛은 빛의 소임을 다하지 못하니 빛이 빛의 소임을 다할 수 있도록 될 수 있으면 빛을 보는 것을 삼갔다.

'작은 빛', '순간의 반짝임'은 그저 감사의 대상이었다. '작은 빛'은 기적이자 '신'이었고 '신'은 그저 감사의 대상이었다. 하지만 지금의 인간들에게 '신'은 그렇지 않은 듯했다. 감히 '신'을 관찰하려고 했고 이용하려 했으며 관리하려 하고 심지어 제거하려는 뜻까지 있어 보였다.

너무나 놀라웠고 흥미진진했다. 분노는 없었다. 어차피 모두가 작은 반짝임에서 시작된 존재일 뿐이다. 모두가 하나이고 너와 나의 구분 따윈 없다. 너는 너 하고 싶은 대로 해라. 나 또한 그렇게 살겠다.

옛날 친구와 나눴던 대화가 생각났다. 이 우주, '모든 것'인 이 우주에서 인간의 역할은 이 우주에 없는 것을 상상해 내고 만들어 내는 것이라고 말했었지. 인간이 있음으로 해서 이 우주는 진정 '모든 것'일 수 있다고….

"너희들이 나를 '신'이라고 부르지만 나는 '인간'이다. 이 우주에 없는 것을 상상해 내고 만들어 내겠다."

"이 우주에서 인간은 뭘까?"
"인간? 이 우주에서? 이 우주가 뭔지부터 생각해 봐야 하는 거 아냐?"
"우주? 우주라…. 굉장히 크지, 너무 커…. 왜 저렇게까지 큰 거지?"
"태양이며 항성, 행성, 위성, 은하수 또… 많은 은하계…. 저 모든 것들을 다 담으려면 저렇게 커야 하겠지."
"저 모든 것들이 다 담겨 있는 게 우주구나."
"그래 모든 것, 모든 것이 있는 곳이 우주지. 온갖 경이로움이 살아 숨쉬는 곳, 모든 것이 있는 우주에서 인간은 이 우주에 없는 것을 상상해 내고 만들어 낼 수 있는 존재지. 인간이 있음으로 해서 이 우주는 진정 '모든 것'일 수 있어. 이 우주에는 모든 것이 있고 없으면 인간이 만들어 내면 되니까."
"이 우주가 '모든 것'일 수 있게 해 주는 결정적인 존재가 인간인 건가?"
"그렇지 않을까?"
"하지만 난 그렇게 상상력이 풍부하지 않은데? 뭘 만들어 내는 재주도 없고…."
"인간의 본분을 다하지 못하는 인간도 있어야 이 우주가 '모든 것'일 수 있지."
"야이 씨…… 에휴……. 우주가 '모든 것'이면 '신'도 있을까? 이 우주에?"
"있겠지. 없으면, 만들면 되지. 그러라고 있는 게 인간이잖아?"

끝

끝, 그리고…?

초판 1쇄 발행 2025년 1월 24일

지은이 김홍섭
펴낸이 장길수
펴낸곳 지식과감성#
출판등록 제2012-000081호

교정 정은솔
디자인 오정은, 김희영
편집 오정은
검수 이주연, 이현
마케팅 김윤길, 정은혜

주소 서울시 금천구 벚꽃로298 대륭포스트타워6차 1212호
전화 070-4651-3730~4
팩스 070-4325-7006
이메일 ksbookup@naver.com
홈페이지 www.knsbookup.com

ISBN 979-11-392-2361-3(03810)
값 16,700원

• 이 책의 판권은 지은이에게 있습니다.
• 이 책 내용의 전부 또는 일부를 재사용하려면 반드시 지은이의 서면 동의를 받아야 합니다.
• 잘못된 책은 구입하신 곳에서 바꾸어 드립니다.

지식과감성#
홈페이지 바로가기